# Crystal Transfer

Ich, Su Halcón, gebürtige Hessin, Falkenmutter und Zauberfee, habe ein Faible für everything Science Fiction, Fantasy, Urban Fantasy, Steampunk, Cyperpunk, Apocalypse und Post Apocalypsc (etc.!). Ob sich das auf meine Bücher ausgewirkt hat? Um es mit Jani Jadens Worten auszudrücken: »Aber so was von!« ^.^

Die ›*Crystal Transfer* Trilogie‹ ist ein Traum, den ich mir erfüllt habe. Ob er auch anderen gefällt, ist nicht wichtig. Aber wenn es so sein sollte, danke ich fürs Lesen und freue mich.

»Möge Licht in deinen Träumen sein.«
(Amibroischer Gruß)

crystal-transfer.space
su-halcon.zone
welcome@su-halcon.zone

Crystal Transfer I – Projekt RD
Crystal Transfer II – Projekt Kontakt
Crystal Transfer III – Das letzte Projekt

# CRYSTAL TRANSFER
## -Projekt RD-

Buch 1 der Trilogie

Su Halcón

Cover Design & Illustration von:
M. Henderson / silverscape-studio.weebly.com

Copyright: © 2018 Su Halcón
c/o Susann Ulshöfer
Frankfurter Str. 11
61231 Bad Nauheim

Erstveröffentlichung: 2018 Deutschland

Alle Rechte vorbehalten.
ISBN 978-3-9819835-9-3

2 my very own falcon. With ∞ love.
And 2 u, Gi. I see you sparkle all the time.

Träume deine Träume in Ruh.
Wenn du niemandem mehr traust,
Schließe die Türen zu,
Auch deine Fenster,
Damit du nichts mehr schaust.
Sei still in deiner Stille,
Wie wenn dich niemand sieht.
Auch was dann geschieht,
Ist nicht dein Wille.
Und im dunkelsten Schatten
Lies das Buch ohne Wort.
Was wir haben, was wir hatten,
Was wir…
Eines Morgens ist alles fort.

*›Psst‹ von Joachim Ringelnatz*
*(1883-1934)*

# INTRO

Meteorschauer im Oktober sind nichts Ungewöhnliches. Die Erde kreuzt auf ihrem Lauf um die Sonne die Schweife zweier Kometen und die darin enthaltenen Partikel verglühen in der Erdatmosphäre – die Geburt der Sternschnuppen. Das eindrucksvolle Naturschauspiel fasziniert von jeher die Menschen und es gibt wohl kaum jemanden, der sich nicht schnell etwas wünscht, wenn er einen ›fallenden Stern‹ am Himmel erspäht.

Im Jahre 2011 freuten sich die Sternschnuppen-Fans auf ein besonders spektakuläres Schauspiel, das in der Nacht vom 8. auf den 9. Oktober stattfinden sollte. Aufgrund der Durchquerung eines sehr dichten Abschnitts der Bahn des Kometen 21P/Giacobini-Zinner waren bis zu 1000 Sternschnuppen des sogenannten Draconiden-Meteorstroms pro Stunde vorhergesagt.

Über Europa und Nordafrika zeigten sie sich bereits am Abendhimmel und niemand wunderte sich über die hohe Anzahl, die, wenn man sich die Mühe gemacht hätte, die hellen Lichtblitze zu zählen, in etwa das Doppelte der prophezeiten Rate erreichte.

Weitaus seltsamer war die Tatsache, dass mehr als die Hälfte dieser Weltraumstaubpartikel, die üblicherweise in Sekundenschnelle gänzlich verglühten, dies nicht taten, sondern bis auf die Erdoberfläche gelangten.

Die Einschläge ereigneten sich weltweit und erst allmählich wurde den Menschen bewusst, dass mit diesen Sternschnuppen etwas nicht stimmte. Doch da war es bereits zu spät.

# 1 / Tag 1 – Sonntag, 9. Oktober 2011

Die Wölfe kamen aus dem Vorgarten auf der anderen Straßenseite. Die hohe, akkurat beschnittene Hecke hatte sie verborgen.

Nacheinander traten sieben Tiere hervor. Große hochbeinige Exemplare mit rötlich-schwarzem Fell, struppigem Deckhaar, schmutziggrauen Pfoten. Mitten auf der Straße blieben sie stehen, verharrten im prallen Sonnenlicht und witterten in alle Richtungen.

Dann schienen sie zu entspannen, hechelten mit geöffnetem Maul, in dem das Raubtiergebiss weiß aufblitzte. Einer der Wölfe reckte die Schnauze zum Himmel und heulte. Daraufhin betrat ein achter Wolf die Straße.

Größer noch als die anderen, bewegte er sich geschmeidiger, stellte die Ohren wachsamer, blickte konzentrierter. Dies musste der Anführer des Rudels sein.

Sein dickes, glänzendes Fell war vollkommen schwarz – bis auf einen handbreiten rostroten Streifen, der sich vom linken Ohr über Hals und Schulter zog und zum Rücken hin verlor, als hätte ihm ein Maler den Pinsel einmal quer über den Pelz geschwungen. Zu sehen nur, weil sich der Schwarze auf der Stelle rotierend einmal langsam um sich selbst drehte und die Umgebung aufmerksam musterte. Dann hielt er inne, neigte den kantigen Kopf leicht zur Seite und starrte aus gelb leuchtenden Augen direkt zu ihr herüber.

Er konnte sie unmöglich sehen, die gläserne Haustür war verspiegelt, und doch stellten sich die Haare in ihrem Nacken auf. Mit angehaltenem Atem wich Emily ein Stück zurück und rührte sich nicht, während sie das Tier im Auge behielt.

So verharrte sie für einige Sekunden, die ihr wie eine Ewigkeit erschienen. Schließlich löste sich die Anspannung des Wolfs und er setzte sich in Bewegung, den Hang hinauf, wo es zu den Feldern ging. Seine Meute folgte ihm, sie fielen in Trab und verschwanden aus ihrem Blickfeld.

»Himmel aber auch«, flüsterte Emily und lehnte sich an den Türrahmen. Ihr Herz pochte wild, ihre Hände zitterten.

Normalerweise war sie nicht so leicht aus der Fassung zu bringen, etwas, das sie über die Jahre gelernt hatte, in denen sie ihren Sohn Jani allein aufgezogen hatte. Zumindest gab sie sich Mühe, alles gelassen zu nehmen. Aber der heutige Morgen war eine echte Herausforderung.

Er hatte schon mit dem gefühlt Schlimmsten begonnen, das sie sich für einen gemütlichen Sonntag vorstellen konnte – sie musste auf Kaffee verzichten, quasi ihr Lebenselixier.

Der Grund dafür war ein totaler Stromausfall.

Das Zweitschlimmste war, kalt duschen zu müssen, wobei gegen Ende auch noch das Wasser versiegte. Notdienste ließen sich nicht kontaktieren, da neben dem Ausfall von Telefon und Computer auch ihr Handy kein Netz hatte.

Als Nächstes bemerkte sie, dass die Terrassentür offen stand und sowohl die beiden Kater als auch der Hund die Gelegenheit für einen Ausflug genutzt hatten. In der Absicht, sich im Ort umzuschauen und den einen oder anderen Nachbarn nach den Tieren zu fragen, verließ sie das Haus. Nur um wie betäubt auf die Straße zu starren, dorthin, wo sie ihr Auto am Abend zuvor geparkt hatte. Der kanariengelbe Golf Variant war nicht mehr da.

Polizei anrufen, Versicherung kontaktieren und ein Ersatzfahrzeug mieten, das alles stand jetzt ganz oben auf ihrer To-do-Liste für morgen, wenn hoffentlich der Stromausfall behoben war. Toller Sonntag.

Entnervt wollte sie zum Haus zurückkehren, als sie registrierte, was ihr zuvor nicht aufgefallen war. Es war unnatürlich still um sie herum und Autos sah sie *nirgendwo*. Keine parkenden, keine fahrenden. Kein Mensch schien unterwegs zu sein, auch kein Vogel, kein Insekt. Nicht einmal ein Windhauch wehte.

Und dann hörte sie etwas, das wie das Heulen von Wölfen klang. Was völlig abwegig war. Wölfe im beschaulichen Dörfchen Rostal? Der nächste Zoo war kilometerweit entfernt. Nein, da musste es jemand mit der Lautstärke seines Fernsehgerätes übertrieben haben. Kurzentschlossen klingelte sie an der nächsten Haustür. Sie hatte ja eh die Nachbarn nach ihren Tieren fragen wollen. Niemand öffnete. Sie probierte es noch bei weiteren Häusern, ohne Erfolg.

Alle Nachbarn unterwegs auf Sonntagsausflügen? Das wäre ein seltsamer Zufall. Auch wenn das Wetter durchaus dazu verführen konnte – strahlend blauer Himmel und eine Hitze, als wäre es noch Hochsommer und nicht Anfang Oktober. Gestern Abend hatte sie noch überlegt, ob es heute schneien würde, so kalt war es gewesen.

Dann erklang das Heulen erneut und dieses Mal war sie nicht mehr überzeugt, dass es von einem Fernsehgerät kam. Dazu hörte es sich zu echt an und verdammt noch mal auch zu nah.

Die letzten Meter zu ihrem Haus war sie gerannt, hatte eilig die Eingangstür hinter sich geschlossen und durch die Scheibe die Straße beobachtet, bis sie sich eine Närrin schalt und gerade abwenden wollte. Genau in diesem Moment hatten sie sich dann gezeigt, die Wölfe.

*Und jetzt sind sie weg, also reiß dich zusammen.* Sie überzeugte sich noch einmal davon, dass die Straße verlassen war, öffnete sogar die Tür einen Spalt weit und lauschte. Draußen war es ruhig.

Ihr Pulsschlag beruhigte sich langsam. Natürlich gab es eine logische Erklärung, die sie schon noch herausfinden würde. Vielleicht war ein Tiertransporter auf dem Weg in den Zoo verunglückt und die Ladung in Panik geflohen. Ohne Strom, um das Radio oder den Fernseher einzuschalten, war ihr Plan allerdings ein aussichtsloser.

Aussichtsreicher war die Idee, die ihr gerade einfiel. Sie würde ihren Sohn zu seiner Frühstücksverabredung begleiten, sie hätte ihn eh fahren sollen. Bei seinem Vater in Hannisberg – vorausgesetzt, er war vom Stromausfall nicht betroffen – würde sie Kaffee bekommen, Nachrichten sehen und duschen können. Und sie würde im Tierheim anrufen, vielleicht gab es ja eine Fundmeldung zu ihren Haustieren.

Sie lief hinauf zu Janis Zimmer und klopfte an die Tür.

»Aufstehen, Schlafmütze!«, rief sie. »Wir müssen los! Ach ja, und übrigens – der Strom ist ausgefallen und Wasser haben wir auch nicht mehr.« Sie überlegte kurz, ob sie die Wölfe erwähnen sollte, aber das klang schon in ihrem Kopf so schräg, dass sie es vorerst für sich behalten wollte.

In der Küche checkte sie den Kühlschrank, die Lebensmittel würden nicht mehr lange genießbar sein und sie hatte keine Möglichkeit, etwas dagegen zu tun. Nicht ohne Strom. Aber Mark würde auch hier helfen können. Einmal mit seinem Auto herfahren, alles einladen und in seinem Kühlschrank zwischenlagern. Kein Problem.

Mark war Janis Vater, der Junge das unerwartete, aber nicht minder freudig akzeptierte Ergebnis eines One-Night-Stands. Emilys persönlicher Sommernachtstraum, wie sie ihn gerne bezeichnete. Als Sechzehnjährige war sie in einer lauen Sommernacht während einer Gartenparty einem sehr hübschen und sehr betrunkenen Blondschopf in einer Rosenlaube in die Arme gelaufen und dort geblieben, bis der Morgen dämmerte. Der junge Mann, nur zwei Jahre älter als sie, besann sich erst im nüchternen Zustand wieder auf seine Vorliebe für seinesgleichen. Infolgedessen trennte man sich, jedoch mit einem gewissen Gefühl des Bedauerns. Und freute sich umso mehr, als ihre überraschende Schwangerschaft sie wieder zueinander führte, auch wenn der Schock erst einmal überwunden werden musste. Den elterlichen Vorhaltungen zum Trotz zogen sie weder zusammen noch heirateten sie, aber sie wurden enge Freunde. Bis auf den Umstand, dass er nicht mit ihnen lebte, war Mark ein perfekter Vater, mit intensivem Kontakt zu seinem Sohn. Und das seit inzwischen mehr als siebzehn Jahren.

Der Sommernachtstraum kam polternd die Treppe herunter und stolperte hochbeladen in die Küche.

»Das kannst du erst mal vergessen«, sagte Emily beim Anblick von Gitarre, Rucksack, Sporttasche.

»Was? Wieso?« Jani ließ alles auf den Boden sinken. »Ich muss die Ballade noch üben, ich brauche den Laptop und–«

»Das Auto ist weg«, unterbrach sie ihn. »Wir müssen laufen.«

»Wie – weg?«

»Gestohlen, nehme ich an.«

»Ne, oder? Hast du die Polizei angerufen?«

»Geht erst morgen, wenn wir hoffentlich wieder Strom haben. Oder bei deinem Vater. Ich leihe mir sein Auto und hole deine Sachen.« Sie deutete auf den Kühlschrank. »Und alles, was schlecht werden könnte.«

Jani nickte. »Okay, ist 'n Plan. Hängt das mit den Sternschnuppen zusammen? Der Stromausfall und so?«

»Welche Sternschnuppen?«

Janis kiwigrüne Augen weiteten sich erstaunt. »Weißt du das nicht mehr? Deswegen waren wir doch gestern so spät noch auf. Um sie zu sehen.« Er runzelte die Stirn. »Allerdings kann ich mich nicht erinnern, ob wir das gemacht haben. Und wann wir schlafen gegangen sind.«

Emily schaute nicht weniger erstaunt. »Du hast recht. Jetzt, wo du es sagst – wir waren draußen und es war so kalt, dass ich dachte, es schneit später noch. Aber ich erinnere mich auch nicht an Sternschnuppen, noch nicht mal an einen Sternenhimmel. Oder wann wir ins Bett sind. Einer von uns hat jedenfalls die Terrassentür offen gelassen – Spooky ist weg. Und die Katzen auch.«

»Ne, das kann nicht sein. Ich hab Spooky doch grad noch durch mein Fenster im Garten gesehen?«

Ohne ein weiteres Wort eilten sie beide durchs Wohnzimmer zur Terrassentür und da drückte der Hund bereits schwanzwedelnd die Nase an die Glasscheibe und wartete darauf, hereingelassen zu werden.

Der Whippet verdankte seinen gespenstischen Namen seiner Fellfarbe – bis auf ein gänzlich schwarzes Ohr war sie schneeweiß. Zumindest normalerweise – jetzt allerdings waren die Pfoten bis zum Sprunggelenk hinauf rötlich verfärbt.

Zuerst hielten sie es für getrocknetes Blut, aber dann ließ es sich abreiben und ausbürsten, ohne dass eine Verletzung zum Vorschein kam. Es war wie roter Puder, rotes Pulver, roter Sand? Sie zerbrachen sich den Kopf darüber, in welcher Gegend er gewesen sein mochte, um sich rote Pfoten zu holen, aber es fiel ihnen keine ein.

Der winzige Ort Rostal, in dem sie lebten, lag in einem kleinen Tal und war berühmt für seine Zucht außergewöhnlicher Rosensorten. Außer der Rosenzucht wurde vor allem Landwirtschaft betrieben, zum Sommer hin blühte sonnengelber Raps auf den umliegenden Feldern und dazwischen tummelten sich grüne Kinderstuben, die später zu endlosen Getreideflächen heranwuchsen. Rotfarbene Böden gab es hier nirgendwo, auch nicht im nahen Steinbruch.

Spooky fraß ein wenig und trank sehr viel, er wirkte abgehetzt und Emily fragte sich, ob er den Wölfen begegnet war.

Sie strich ihm über den Kopf. »Und die Kater? Hast du die vielleicht gesehen?« Das Schwanzwedeln, das sie zur Antwort erhielt, konnte alles bedeuten.

»Können wir dann los?«, fragte Jani unruhig. »Paps wartet bestimmt schon. Wenn wir zügig laufen, sollten wir höchstens zwei Stunden brauchen.«

Emily nickte. »Ja, aber nicht ohne Getränke, es ist ganz schön warm da draußen.«

»Brachial heiß ist es! Als wär's wieder Sommer! Ich hol mal eben 'nen kleineren Rucksack, da können wir ein paar Wasserflaschen rein packen.«

Als er zurückkam, durchwühlte Emily gerade die Küchenschubladen.

»Suchst du was?«

»Das Pfefferspray«, erwiderte sie abwesend. »Das muss doch irgendwo hier sein.«

»Für was brauchst du das denn?«

»Ich ... äh ... ich hätte gerne etwas dabei, womit wir uns notfalls verteidigen können.«

»Hä? Gegen wen?«

»Na, zum Beispiel ... hm ... bissige Hunde. Laufen doch öfter mal welche rum.«

Sie schaute Jani nicht an, wusste aber auch so, dass er sie misstrauisch beäugte, als ob sie übergeschnappt wäre.

»Wir haben doch noch diese Maschinengewehre im Keller, wie wär's mit denen?«

»Sehr witzig. Ich hab einfach ein ungutes Gefühl. Lass uns irgendwas mitnehmen.«

»Okay, okay.« Jani verbiss sich ein Grinsen und sah sich nach etwas Brauchbarem um.

»Hm, vielleicht bewerfen wir die bösen Angreifer mit Kakteen und Yucca-Palmen?«

»Jani!«

»Dann das hier?«, fragte er, griff sich den Besen aus der Ecke und schraubte den Stiel ab.

»Stangenwaffe«, erläuterte er und versuchte dabei ernst dreinzuschauen, was misslang, weil seine Gesichtszüge entgleisten.

Emily verdrehte die Augen und da sie das Pfefferspray nicht finden konnte, nahm sie stattdessen das alte Pfadfindermesser, das sie in einer der Schubladen gesehen hatte. Es ließ sich gut am Gürtel ihrer Jeans befestigen. Außerdem hatte sie noch die Leine des Hundes, mit ihr konnte man notfalls wie mit einer Peitsche zuschlagen. Ob sie das fertigbringen würde, falls sie auf die Wölfe trafen, wusste sie allerdings nicht.

Draußen zu sein mutete seltsam an, unwirklich, gespenstisch. Die leere Straße allein war es nicht, die dieses Gefühl vermittelte, es fehlte auch die alltägliche Geräuschkulisse wie zwitschernde Vögel, bellende Hunde oder die immerwährende rauschende Präsenz der nahen Autobahn. Ein leichter

Teergeruch hing in der Luft, denn auch wenn zwischen den Häusern noch morgendliche Schatten lagen, ächzte der Asphalt schon unter der Hitze.

»Was ist denn hier los?«, fragte Jani und schaute sich irritiert um. »War das bei dir auch schon so?«

Emily nickte. »Komisch, oder? Deshalb auch das ungute Gefühl. Niemand scheint zuhause zu sein.«

»Nicht mal die Oldies? Kann ja wohl nicht sein.«

Am entfernten Ende der Straße wohnte ein Rentnerehepaar. Die beiden verließen ihr Haus nie weiter als bis zur Garage, in der sie alle Werkzeuge für den fleißig betriebenen Gartenbau aufbewahrten.

Als sie es erreichten, lief Jani sofort zur Haustür. Doch auch hier tat sich auf Klingeln, Klopfen und Rufen nichts. Beim Rundgang um das Haus entdeckten sie ein offenes Fenster und Emily stimmte widerwillig zu, dass Jani hineinstieg.

Er sollte nur wenige Minuten benötigen, um in alle Zimmer zu schauen, aber es beunruhigte sie trotzdem. Was, wenn auch die Wölfe das Fenster entdeckt hatten und sich innen aufhielten? Sie zwang sich, ruhig zu bleiben. Zu viel Fantasie, schon immer. War Jani überfällig, fielen ihr die ausgefallensten Horrorszenarien ein, die ihm zugestoßen sein könnten. Die sie natürlich geflissentlich für sich behielt, während sie auf cool machte. Bevor sie sich diesmal hineinsteigern konnte, war er zurück.

»Niemand da«, verkündete er. »Aber was Schräges – in der Küche ist der Tisch gedeckt, sieht nach Abendessen aus, und es liegen angeschnittene Brote auf den Tellern. Als wären die beiden nur kurz weggegangen.«

Emily runzelte die Stirn. »Sehr mysteriös.«

»Aber so was von«, stimmte Jani zu. »Wollen wir es noch woanders probieren?«

»Nein, lass uns lieber weiter. Das wird sich schon noch alles aufklären.«

*Geisterstadt*, dachte Emily unwillkürlich, als sie das Ortsschild passierten und auf den Radweg einbogen, der nun hangaufwärts führte und an einer Straßenkreuzung enden würde. Bedrückt von der unheimlichen Stille in den verlassenen Straßen hatte keiner von ihnen mehr etwas gesagt.

Der Whippet lief wie gewöhnlich fröhlich um sie herum, auch auf die Straße. Aus lauter Gewohnheit pfiff Emily ihn zurück, aber was sollte auf der Straße schon passieren. Es waren ja keine Autos unterwegs. Sie maß den steilen Hang, der noch vor ihnen lag, mit missbilligendem Blick. Dann schaute sie zurück. Ein wabernder Hitzeschleier flimmerte über die Straße in das Dorf hinein, das war alles, was sich dort tat. Völlig leblos.

»Geisterstadt«, kam von Jani, der ihrem Blick gefolgt war.

Sie lächelte. »Das hab ich vor ein paar Minuten auch gedacht.«

»Ich bin echt gespannt, was Paps so erlebt hat. Und ob er 'ne Ahnung hat, was hier los ist.«

»Kaffee, Kaffee, Kaffee«, brabbelte Emily und marschierte eilig an ihm vorbei, was Jani zum Lachen brachte.

»Du hattest noch keinen heute?«

»Ne, ohne Strom oder heißes Wasser hätte ich mir nur einen kalten anrühren können und auf Klümpchen kauen hatte ich keine Lust.«

Nur noch ein paar Meter bis zur Kreuzung, dann würde der Hang endlich hinter ihnen liegen und die Stadt Hannisberg in der Ferne zu sehen sein. Danach war es nicht mehr weit bis zu Mark, und waren sie erst einmal bei ihm, würde sich alles klären, Emily glaubte fest daran.

Spooky rannte ihnen voraus und verschwand über den Hügel aus ihrem Sichtfeld. Sie stiefelten hinterher und Emily keuchte: »Da oben erst mal Pause bitte«, dann hatten sie es auch schon geschafft.

Den Bruchteil einer Sekunde später knickten ihr die Knie weg und sie konnte gerade noch Jani am Arm packen, um sich zu halten.

Nicht die Erschöpfung war die Ursache. Es waren Spookys Pfoten. Genauer – seine *roten* Pfoten. Oder noch genauer – *der Grund* für seine roten Pfoten. Denn dieser Grund war alles, was sie sahen.

Hier oben gab es keine Kreuzung mehr. So weit ihr Blick reichte, war nichts zu sehen außer…

Emily schluckte.

Ein Meer breitete sich vor ihnen aus, bis zum Horizont.

Ein Meer aus rotem Sand.

Und nicht nur vor ihnen – der Blick zurück war nicht minder entsetzlich. Die rote Wüste schmiegte sich um den Ort wie die Fassung eines Ringes um den zentralen Edelstein. Während sie durchgelaufen waren, hatten sie davon nichts bemerkt, aber von hier oben war es deutlich zu sehen. Das Dorf duckte sich in sein Tal, jedoch nur noch der Kern. Die Außenbezirke mit vereinzelten Häusern und Wegen waren verschwunden, ganz zu schweigen von den umliegenden Feldern, Waldstücken und Ortschaften. Da war nur Wüste, wohin auch immer sie blickten.

Jani – den Tränen nahe – bestand verzweifelt darauf, dass sie weitergingen in der Richtung, die zu seinem Vater führte, und Emily stapfte stumm vor Entsetzen neben ihm durch den schweren heißen Sand. Selbst der Hund, der ja offensichtlich schon Bekanntschaft mit der Wüste gemacht hatte, trabte mit hängendem Schwanz an ihrer Seite statt wie zuvor umherzutollen. Kleine dünenartige Sandhäufungen blieben die einzige Abwechslung, die die Landschaft hin und wieder bot, und Emily hatte zu viele Spielfilme gesehen, in denen Wüste, brütende Sonne und Wassermangel nur zu einem einzigen Resultat führten.

Wenn sie sich umschaute, war von Rostal nichts mehr zu sehen. Sie blieb schließlich stehen und hielt ihren Sohn am Arm fest. »Wir müssen umkehren«, sagte sie keuchend.

Jani schüttelte wütend ihre Hand ab, ging aber nicht weiter. Er atmete schwer, vor Anstrengung hatte er einen hochroten Kopf, sie sah ihm an, wie er nach Gegenargumenten suchte und dabei hilflos in alle Richtungen schaute, um vielleicht doch noch die Umrisse der Nachbarstadt zu erspähen, die Anzeichen von Leben, wenigstens ein Haus, einen Baum, irgendetwas.

»Lass es gut sein«, sagte sie sanft. »Wenn wir weitergehen, verirren wir uns. Jetzt können wir noch unseren Fußspuren zurück folgen.«

»Zurück WOHIN? In die Geisterstadt? Und dann?« Seine Stimme kippte und er wandte den Kopf ab.

Sie strich ihm über den Arm. Als ob sie das wüsste. Klar war nur, dass sie nicht weitergehen durften. Und dass sie keinerlei Ahnung hatte, was vor sich ging. »Wir gehen zurück und dann sehen wir weiter. Wir ... wir planen, was wir tun. Komm schon, uns fällt schon was ein.«

Verzweifelt über seine Verzweiflung suchte sie händeringend nach irgendetwas, das seine Gedanken in eine andere Richtung lenkte. »Überleg, was das Wichtigste ist, stell dir vor, wir sind ... äh ... Jack und Kate aus *LOST*. Was würden sie tun?«

Warum ihr jetzt ausgerechnet die Fernsehserie einfiel, die sie die letzten Wochen gemeinsam geschaut hatten, wusste sie nicht, aber es war auch egal. Hauptsache, es half. Emily drehte sich in die Richtung, aus der sie gekommen waren, zog ihren Sohn ein wenig am Arm und ging dann langsam los, den Blick auf ihre Spuren im roten Sand gerichtet. Jani folgte ihr erst nach kurzem Zögern, aber er folgte.

»Auf einer unbekannten Insel gelandet, hm?« kam ein paar Minuten später von ihm.

Sie sah in sein Gesicht, auf dem sich getrocknete Tränenspuren über staubige Wangen zogen, und legte so viel Aufmunterung in ihr Lächeln, wie ihr möglich war. »Genau.«

Schweigend gingen sie nebeneinander her, dann stellte er eine weitere Frage: »Glaubst du, dass Paps ... nicht mehr am Leben ist?«

Sie hielt es für möglich. Was sie ihm nicht sagen konnte. »Nein«, erwiderte sie entschieden. »Wir sind es noch, warum sollte er nicht? Wer weiß, vielleicht ist er gerade unterwegs zu uns.«

»Aber von Rostal stehen ja noch Häuser,« wandte Jani ein. »Von Hannisberg anscheinend keine mehr. Vielleicht ... vielleicht ist statt Sternschnuppen ein Asteroid auf die Erde geprallt? Da gibt es dann eine Todeszone, in der kilometerweit alles vernichtet wird. Er könnte doch–«

»Fühlst du es denn?« unterbrach sie ihn energisch.

»Fühle ich was?«

»Dass er ... dass er nicht mehr da ist? Fühlst du etwas? Du weißt schon, wenn sich Menschen nahe stehen, so wie Ehepartner, oder Kinder und Eltern, dann fühlt der eine, wenn der andere ... wenn dem anderen etwas zustößt. So wie damals, als du mit dem Fahrrad gestürzt bist und dir den Arm gebrochen hast. Und ich wusste, dass dir etwas passiert war. Was sagt dir deine innere Stimme?«

Er ging schweigend neben ihr.

Dann erreichten sie die Stelle, an der die Kreuzung hätte sein sollen und nun stattdessen die Wüste wieder in die asphaltierte Straße überging.

Dort blieb Jani kurz stehen. »Es geht ihm gut«, entschied er.

Sie gingen noch nicht nach Hause, sondern folgten der Wüstengrenze rund um den Ort. Janis Idee. Sich an *LOST* orientierend, war er der Meinung, dass die Protagonisten erst einmal die Gegend erforscht hätten, auf der Suche nach anderen Menschen und einer Möglichkeit, die Situation zu ihren Gunsten in den Griff zu bekommen. Besser gesagt, die Drehbuchschreiber hätten es wohl in dieser Art vorgesehen.

In der Fernsehserie ging es um eine Gruppe Menschen, die einen Flugzeugabsturz auf eine geheimnisvolle Insel überlebt hatten und sich dort diversen Gefahren und mystischen Unheimlichkeiten stellen mussten.

Emily war froh, dass sich Jani durch ihren Vorschlag hatte ablenken lassen.

Die Idee mit dem Asteroid hatte er erst einmal wieder verworfen, weil er der Meinung war, dass es dann auch Rostal nicht mehr geben würde.

»Aber wenn es das nicht war, was sonst könnte so etwas verursachen?«, überlegte er laut, als er einmal mehr stehen blieb, damit sie beide etwas trinken konnten, und sich dabei umschaute.

Sie hatten beinahe die Hälfte des Weges hinter sich gebracht und befanden sich jetzt auf einer Anhöhe, die vormals mit Reihenhäusern bedeckt gewesen war. Von hier aus konnten sie deutlich die steil aus Rostal herausführende Hauptstraße erkennen, aber nichts hatte sich geändert außer der Perspektive. In der Mitte lag friedlich und still das, was vom Ort übrig war, unter flimmernder Hitze, außen herum rostrote Wüste, so weit das Auge reichte.

»Was auch immer es war, irgendetwas muss die inneren Bereiche davor geschützt haben«, sagte Emily. »Ich meine – schau dir das doch mal an – beinahe exakt kreisrund, als hätte jemand eine Abdeckung darüber gestülpt und erst wieder abgenommen, als sich der ganze Staub gelegt hat.«

Sie rieb sich mit dem Arm den Schweiß aus dem Gesicht und spürte einen leichten Schmerz. »Oh, oh…«

»Was ist?« Jani war in die Hocke gegangen und ließ Sand durch seine Finger rieseln.

»Wir holen uns hier gerade den Sonnenbrand des Jahrhunderts. Wie ist es bei dir?«

Jani hörte ihr zwar scheinbar zu, antwortete aber nicht und starrte auf den Sand in seiner Hand. »Das sind richtige Körnchen«, bemerkte er dann. »Ich glaube, das ist echter Sand, kein Staub. Und müsste er nicht schwarz sein, wenn es einen Einschlag mit einer Explosion gegeben hätte?«

Was ihr sagte, dass er die Asteroidentheorie doch noch nicht völlig verworfen hatte. Sie hockte sich neben ihn, streckte die Hand aus und er ließ den Sand hineinrieseln. »Ich weiß es nicht«, sagte sie. »Ich kenne mich mit Explosionen nicht so aus.«

Dann rutschte Jani plötzlich auf die Knie, duckte sich tief und zischte: »Runter!«.

Emily machte es ihm nach. »Was?«

»Da unten streunen Hunde herum«, flüsterte er und wies hinunter auf den Ort. »Glaube ich zumindest. Spooky, Platz! Leg dich hin.«

Der Whippet legte sich gehorsam zwischen sie. Emily griff sein Halsband. Er hörte zwar aufs Wort, aber üblicherweise nicht für lange. »Wo?«

»Bei der Kastanie.«

Der riesige Baum bildete die Mitte einer Kreuzung, an der sich drei Straßen gabelten. Rechts davon lag der Sportplatz mit angrenzender Grundschule, gegenüber Bank und Post, an der dritten Seite die örtliche Apotheke. Der Platz war gut einzusehen, der Baum hatte all seine herbstliche Blätterpracht durch die Hitze verloren.

Und dann sah Emily es auch. Sie hatte sie schon fast vergessen. Aber es gab sie noch.

Sie räusperte sich. »Das sind keine Hunde. Sondern Wölfe.«

# 2

Auf die Entfernung ließen sie sich nicht unterscheiden, aber es waren definitiv mehr als die sieben, die sie beim ersten Mal gesehen hatte.

Unerwartet zerriss ein schriller Schrei die Luft und ein großer dunkler Vogel stürzte sich zwischen die Wölfe. Ein Rabe oder vielleicht ein Greifvogel, er musste weit oben über dem Ort gekreist haben, so dass er ihnen nicht früher aufgefallen war. Der Vogel sauste die drei Straßen hinauf und hinunter, umkreiste den Baum, immer mehr Wölfe versammelten sich dort und sprangen aufgeregt umher, offensichtlich in der Absicht, den gefiederten Störenfried zu fangen. Heulen und Knurren, durchsetzt vom Kreischen des Vogels drang zu ihnen herauf.

Dann die nächste Unglaublichkeit – auf der hinteren Straße, die im Verlauf auch an ihrem Haus vorbei führte, sprengte ein schwarzes Pferd in wildem Galopp herbei und mitten unter das Rudel.

Der Vogel flüchtete daraufhin pfeilschnell himmelwärts, während das Pferd inmitten der Wolfsmeute laut wiehernd auf die Hinterhufe stieg, eine Pirouette drehte, um dann mit einem Satz über die Raubtiere zu springen und sein Heil in der Flucht zu suchen.

Die Wölfe setzten augenblicklich hinterher und Emily und Jani beobachteten fassungslos, wie sie zwischen den Häusern untertauchten, um einen Moment später am nördlichen Ortsrand aufzutauchen und in wilder Hatz über die rote Wüste zu jagen, hinauf in Richtung der Felder, die dort einmal existiert hatten. Wenige Momente später waren sie in einer roten Staubwolke verschwunden.

Mutter und Sohn starrten einen Augenbick lang auf die Stelle, dann drehte sich Jani zu ihr. »Woher wusstest du, dass es Wölfe waren? Du schienst gar nicht überrascht.«

»Ich habe sie vorher schon gesehen«, gab sie zu und erzählte ihm, was am Morgen vorgefallen war.

»Deshalb die Verteidigung?«, fragte er.

Sie nickte. »Tut mir leid, dass ich nichts gesagt habe, aber ich habs selbst nicht so recht glauben können.«

Statt zu antworten, eilte Jani zu der Stelle, an der die Wölfe den roten Sand betreten hatten. Emily und Spooky folgten.

Ihr Sohn kam jeglichen Fragen zuvor, indem er auf die deutlichen Spuren am Boden deutete. Jede Menge großer Pfotenabdrücke und dazwischen zeichneten sich Hufe ab. »Wollen wir ihnen folgen, was meinst du?«

»Ich weiß nicht«, erwiderte sie zweifelnd.

Er hob die Hand vor der Sonne schützend über die Augen und spähte den Spuren hinterher, die sich in der Wüste verloren. Dann suchte er den Himmel ab. »Wo ist bloß der Vogel hin? Und wo kam das Pferd her? Komm schon *Emma*lein, du magst doch Pferde, lass uns nach ihm sehen, vielleicht ist es nach Hause gelaufen. Und vielleicht gibt es da Leute, die uns weiterhelfen können.«

Emily musste lachen. »Nenn mich nicht *Emma*!« Dann wurde sie wieder ernst. Ihr war klar, dass sein Hauptinteresse darin lag, etwas über das Schicksal seines Vaters zu erfahren. »Du hast ja recht. Wir müssen dringend jemanden finden, der uns sagen kann, was passiert ist. Aber wir dürfen nicht so leichtsinnig sein und kopflos hinterher rennen.«

»Schon klar«, sagte Jani. »Besenstange, Sonnencreme, noch mehr Wasser, so was in der Art?«

»Genau.«

»Also erst mal nach Hause?«

Emily nickte. »Aber merk dir die Stelle hier.«

Dem Stand der Sonne nach zu urteilen, standen ihnen noch einige Stunden zur Verfügung, bevor es dunkel würde, sie beeilten sich trotzdem. Der Lärm der Tiere hätte Einwohner an die Fenster oder auf die Straße locken müssen, aber der Ort präsentierte sich auf ihrem Rückweg zum Haus weiterhin wie ausgestorben.

Zuhause kam erst die Sonnencreme dran, dann wurde die bereits verstaute Sommerkleidung wieder hervorgeholt, Emily schlüpfte in Baumwollcargos, kurzes Top und Tunika, Jani beließ es bei Jeans und tauschte sein Sweatshirt gegen ein luftiges Baumwollhemd. Dazu Schildkappen und Sonnenbrillen. Die Chucks behielten sie an. Emily band ihre dunkelbraune Mähne im Nacken zu einem Zopf zusammen.

Sie aßen ein paar schnell zubereitete Sandwiches, noch war der Kühlschrankinhalt genießbar und sie hatten noch nicht gefrühstückt. In Janis Rucksack packten sie, was ihnen nützlich erschien, darunter auch eine kleine Erste-Hilfe Box. Seit Emily die Problematik einer fehlenden medizinischen Versorgung bewusst geworden war, wollte sie so etwas bei sich haben. Da es keine Alternative zum Besenstiel gab, nahm Jani ihn tatsächlich mit. Die Wölfe hatten offensichtlich Eindruck hinterlassen.

Wenig später waren sie zurück bei den Spuren im Sand und begannen, ihnen zu folgen.

Sie waren keine halbe Stunde unterwegs, als sich etwas veränderte. Vor ihnen verschwamm der Horizont. Die Wüste waberte, schien in den Himmel zu wachsen und mit ihm zu verschmelzen. Sie hielten es für Hitzeflimmern, aber als sie es erreicht hatten, stellte sich das Phänomen als Nebel heraus. Zumindest fühlte es sich so an, nur die Farbe war völlig unnatürlich, dasselbe Rot wie der Sand der Wüste. Zu Anfang waren es nur ein paar Schlieren, hier und da ein Fetzen, aber je weiter sie vordrangen, desto dichter wurde der Nebel, bis er sie gänzlich einhüllte und sie kaum noch etwas sahen. Die Sonnenbrillen hatten sie längst abgelegt.

Emily nahm Spooky an die Leine, sie bewegten sich vorsichtig, den Blick auf die Spuren geheftet, und hofften, dass sie aus dieser Nebelsuppe nicht plötzlich ein Wolf ansprang. Jani packte die Stange fester. Sie sprachen nicht. Manchmal lichtete sich das dichte Rot über ihnen etwas und sie konnten sich sekundenweise davon überzeugen, dass es den Himmel noch gab und mit ihm das Tageslicht.

Irgendwann veränderte sich der Wüstengrund, die Gegend wurde steiniger. Noch ließen sich die Spuren aber erkennen.

Emily war stehen geblieben, um etwas zu trinken, und Jani hob einen Stein auf, um ihn sich genauer anzuschauen, als es in der Nähe plötzlich wimmerte.

Beide schauten sich alarmiert um.

»Wo kommt das her?«, fragte Emily.

Spooky fiepte. Er hatte die Ohren aufgestellt und blickte angestrengt in den Nebel.

»Gib mir die Leine«, sagte Jani leise. »Ich schaue mal nach. Bleib du hier, damit wir die Spuren nicht verlieren.«

»Warte! Trennen finde ich nicht so gut. Könnten wir nicht irgendwie den Weg markieren, damit wir zurückfinden?«

Jani nickte. »Ich hab was!« Er holte eine Rolle Gaffa-Tape aus seinem Rucksack, riss ein Stück ab und klebte es auf einen Stein am Boden. Der silbern glänzende Fleck war gut zu sehen. Dann nickte er Emily zu. »Los!«

Emily ließ sich von Spooky ziehen und Jani lief beiden nach, klebte dabei alle paar Meter ein Stück des Tapes auf den Boden.

Das Wimmern wurde zunehmend lauter und dann wäre Emily beinahe über Spooky gefallen, weil der Hund jählings stehen blieb und etwas beschnupperte, das vor ihm lag, und trotz offensichtlicher Schmerzen noch ein kleines Knurren zustande brachte. Es war ein Wolfsjunges, mit Fell so rot wie der Wüstensand und deshalb leicht zu übersehen. Es lag hechelnd auf der Seite, die Läufe ihnen zugewandt, die kleine Flanke hob und senkte sich schnell.

Emily schob Spooky zur Seite und kniete neben dem Welpen nieder. »Hey, ganz ruhig, Wölfchen, wir tun dir nichts.«

So sanft wie sie sprach, strich sie mit den Händen über sein Fell und untersuchte ihn. Als sie versuchte, ihn auf die andere Seite zu drehen, quiekte er jämmerlich und startete einen schwachen Versuch, nach ihr zu beißen. Sie schaffte es schließlich und dann war das Übel klar. Auf dieser Seite gab es eine Menge Blut. »Jani, die Erste-Hilfe Box! Und Wasser.«

Er holte ihr beides aus dem Rucksack und behielt dann angespannt die Umgebung im Blick. Wo ein Tierjunges verletzt lag, war die Mutter bestimmt nicht weit.

Emily verwendete das kostbare Nass sparsam, um den Kleinen von Blut und Sand zu säubern, zwischendurch träufelte sie ihm auch einige Tropfen ins Maul. Er hatte sich inzwischen beruhigt, die Augen waren geschlossen, die Atmung ruhiger.

Seine Wunden waren seltsam, kleinere parallele Löcher auf beiden Seiten des Hinterlaufs, ein tiefer Einschnitt am Schenkel. Emily versorgte die Stellen mit desinfizierendem Sprühpflaster und Mullbinden, die sie mit Janis Klebeband befestigte.

Spooky hatte sich nahe dem Welpen ausgestreckt, Jani nahm dem Whippet die Leine wieder ab und musterte den kleinen Wolf. »Wie alt er wohl ist?«

»Vielleicht ein paar Wochen?«, erwiderte Emily, während sie Box und Wasser zurück in den Rucksack räumte.

»Wir nehmen ihn mit, oder?«

»Natürlich.«

Wenig später hatten die glänzenden Stellen am Boden sie zurück zu den Spuren geführt und sie nahmen die Verfolgung wieder auf. Der kleine Wolf war in Emilys Armen eingeschlafen, er lag auf dem Rücken, ganz so, wie sich ihr älterer Kater immer tragen ließ.

Unter ihren Füßen wurde es zunehmend härter, steiniger, dann felsig. Der rote Nebel lichtete sich stellenweise und gab die Sicht frei auf etwas, dessen Anblick sie sich gerne erspart hätten, wenn ihnen eine Wahl geblieben wäre.

Eine gewaltige zerklüftete Felswand wuchs nach beiden Seiten in den Himmel, Höhe und Länge ließen sich kaum erahnen, der Nebel verschluckte alle Grenzen.

Davor standen die Wölfe.

In der Mitte der Schwarze mit dem roten Pinselstrich, flankiert von jeweils drei weiteren Tieren zu jeder Seite. Beim Anblick von Emily und Jani legten sie die Ohren an, senkten die Köpfe und reckten sich ihnen zähnefletschend und knurrend entgegen. Nur der Leitwolf blieb aufrecht stehen, doch auch in seiner Kehle grollte es gefährlich.

Spooky bewies mehr Mut als Verstand, aber Jani erwischte ihn gerade noch am Halsband, als er in ein zorniges Bündel Beschützerinstinkt mutierte und sich allen Ernstes den Wölfen entgegenwerfen wollte. Wie meistens, wenn er anderen Hunden begegnete, bellte er überhaupt nicht, dafür knurrte er in einer dumpfen wilden Art, wie sie es noch nie von ihm gehört hatten. Jani hakte ihn an die Leine, wickelte sie sich um den Arm und griff den Besenstiel fest mit beiden Händen. Ließ dabei die Wölfe nicht aus den Augen und versuchte zu ignorieren, dass ihm übel wurde.

»Rückzug!« flüsterte er Emily zu, die dicht neben ihm stand und kaum zu atmen wagte.

Langsam und mit kleinen Schritten bewegten sie sich rückwärts. Aufrecht und furchtlos. Zumindest gaben sie sich alle Mühe, diesen Anschein zu erwecken.

Sie kamen nicht weit. Auch hinter ihnen knurrte es jetzt und als sie sich entsetzt umsahen, drohgebärdeten sich dort noch mehr Wölfe, weitere tauchten zu beiden Seiten auf. Sie waren umzingelt.

Mutter und Sohn rückten ganz nahe zusammen, schoben sich Rücken an Rücken und schauten rundum in gelbe Augen, die sie mit stechendem Blick fixierten.

Als die Großen den Ring enger schlossen, wachte der Kleine in Emilys Armen auf und quengelte. Das Wölfchen war nun mal erschöpft und hatte gerade so schön geschlafen. Geistesabwesend streichelte sie es und wisperte beruhigend, ohne die Wölfe aus den Augen zu lassen. Sie wusste nicht, mit was sie sich wehren sollte, wenn sie angriffen. Sie konnte ja schlecht den Wolfswelpen verwenden. Dann hielt sie inne. *Was, wenn...?* Einen Versuch war es wert.

Sie fasste den Welpen vorsichtig um die Mitte, um seine verletzten Beine nicht zu berühren, und streckte ihn dann hoch über ihren Kopf. »Stopp!« schrie sie. »Bleibt zurück oder wir töten ihn!«

Jani fuhr überrascht herum und Wölfchen in luftiger Höhe protestierte quäkend.

Was immer die Bestien verstanden haben mochten oder auch nur ihrer Stimme entnahmen, sie alle verharrten auf der Stelle.

*Gut so. Und jetzt?* Emily bildete sich nicht ein, dass die Wölfe sie verstanden hatten, sie hatte das Rudel nur mit ihrem Schreien erschreckt und wahrscheinlich irritierte die Tiere, dass sie einen ihrer Artgenossen bei sich hatte. Sie ging ein paar Schritte auf sie zu. Als einige von ihnen zurückwichen, tat Jani es ihr auf der anderen Seite nach und hob dabei drohend den Besenstiel.

Emily drehte sich zu dem Leitwolf, nahm allen Mut zusammen und versuchte es auch bei ihm.

»Kusch!«, herrschte sie ihn an, während sie sich vorwärts bewegte und den Welpen über den Kopf hob. »Kusch!« Irgendwie brachte sie es fertig, die Panik in ihrer Stimme zu übertönen. »Verschwinde! Hau ab!«

Als er sich nicht rührte, blieb sie stehen und ließ die Arme sinken. Aber weil er nicht merken sollte, dass sie sich fürchtete, sagte sie grimmig: »Pfeif gefälligst dein Pack zurück, Mistvieh!«

Der Wolf starrte sie an und es kam ihr vor, als ob in seinen hellen Augen ein zorniger Ausdruck funkelte. Was natürlich nicht sein konnte. Sie zwang sich, unverwandt zurückzustarren und ja nicht den Blick abzuwenden.

So standen sie einige endlose Sekunden, bis er schließlich zur Seite schaute. Ein Grollen der ganz anderen Art rollte in seiner Kehle und die Wölfe huschten wie eins davon in den Nebel.

»Es hat funktioniert«, flüsterte Jani entgeistert.

Emily schaute sich um. Sie konnte nicht fassen, dass die Wölfe tatsächlich weg waren. Dann drückte sie das Wolfsbaby an sich und streichelte über sein Köpfchen. »Ist alles okay, Wölfchen«, sagte sie, »das hast du gut gemacht!« Sie kraulte es am Kinn, worauf es sein Mäulchen öffnete und mit einer winzigen Zunge über ihre Hand leckte.

»Ähm«, räusperte sich Jani und stieß sie mit der Schulter. »Er ist noch da...«

Emily blickte verwirrt. »Wer? Oh...« Erschrocken wich sie einige Schritte zurück. Sie hatte gedacht, alle Wölfe hätten sich zurückgezogen, doch dem war nicht so.

Der Schwarze war als einziger geblieben, saß auf seinen Hinterläufen und beobachtete sie mit einem irritierend menschenähnlichen duldsamen Gesichtsausdruck. Irgendwie sah er gar nicht mehr gefährlich aus.

»Wartet er auf etwas?« Sie starrte den Wolf argwöhnisch an, traute dem Frieden nicht.

Jani nickte in Richtung des Kleinen in ihren Armen. »Schätze mal auf dieses *Etwas*.«

Emilys Stirn verzog sich in zweifelnde Falten. »Aber ich kann doch nicht ... was, wenn sie alle wiederkommen, sobald ich ihn laufen lasse?«

Wölfchen nahm ihnen die Entscheidung ab. Er schaute in Richtung des Großen und begann zu zappeln und freudig zu winseln. Worauf sich der Leitwolf wieder auf seine vier Füße erhob, ansonsten aber ganz ruhig verhielt.

»Wird schon schiefgehen...«, sagte Jani. Irgendetwas in seiner Stimme klang extrem entspannt, auch wenn er den Schwarzen nicht aus den Augen ließ.

Emily schaute misstrauisch von Wolf zu Wölfchen zu Sohn und – zum Hund. Spooky hatte sich hingelegt, sein Kopf lag auf den ausgestreckten Vorderbeinen. Er wirkte fast schläfrig.

»Na, ihr scheint euch ja schon entschieden zu haben«, stellte sie fest und entschied sich dann ebenfalls.

Sie ging noch einen – aber nur einen – Schritt auf den Leitwolf zu, dann drückte sie dem Welpen einen Kuss auf das wuschelige rote Köpfchen, flüsterte »Tschüss Wölfchen«, und ließ ihn vorsichtig zu Boden. Der Kleine probierte die Belastbarkeit seiner Gliedmaßen und humpelte dann freudig auf drei Beinen los, um sich von dem Schwarzen mit ausgiebiger Schnauzenstupserei und Ablecken begrüßen zu lassen.

Emily schaute den beiden fast wehmütig zu. »An der einen Stelle ist er nur leicht verletzt«, rief sie hinüber. »Oben am Schenkel ist die Wunde ... äh ... tiefer ... und ... ähm ... Was mache ich hier eigentlich?«

Kopfschüttelnd drehte sie sich um und sah sich mit dem breiten Schmunzeln ihres Sohnes konfrontiert. »Was?« fuhr sie ihn an, dann musste sie auch schon lachen.

Jani legte einen Arm um sie. »Gut gemacht, M-chen«, grinste er noch breiter und drückte sie einen Moment an sich, erleichtert. »Wir sollten abhauen. Oder?«

Emily freute sich über das Lob und errötete prompt. »Denke schon. Ja. Oder?«

Sie schauten beide in Richtung des Wolfs, um die Situation einschätzen zu können, aber er und der Kleine waren verschwunden. Einfach so. Lautlos. Geisterhaft.

Sie kehrten nicht um. Nachdem kein Wolf mehr in der Nähe war und sich jegliches Adrenalin mit den Tieren aus dem Staub gemacht hatte, verließ Emilys Beine die Kraft.

»Ich muss mich kurz setzen«, meinte sie und ließ sich an der Felswand nieder. Jani holte die Wasserflasche aus dem Rucksack.

Emily lehnte den Kopf zurück und schloss die Augen. *Nur einen kurzen Moment ausruhen,* dachte sie, *dann können wir weiter.*

# 3

Jani betrat den Proberaum. Dort sah es aus wie immer. Abgetragene Teppiche, um die Kälte des Steinbodens etwas abzumildern, vereinzelte Poster mit Abbildungen der Beatles und Coca Cola Werbeplakate an den unverputzten Backsteinwänden. Eine kleine Sitzgruppe mit Tisch auf der rechten Seite, bunt zusammengewürfelt aus alten Einzelstücken, die über den Sperrmüll-Umweg zu ihnen gelangt waren. Links das Schlagzeug, die Verstärker, sonstige für ihre Musik notwendige Gerätschaften, Kabel überall. Die Jungs waren bereits da, Florian »Fips«, der Drummer, und Lukas an der E-Gitarre. Jani begrüßte sie, packte seinen McCartney Bass aus, stöpselte ihn ein und los ging es.

Wie immer spielten sie zuerst ihre Setliste einmal durch, um nicht aus der Übung zu kommen, sieben Songs waren eigen komponierte, drei coverten sie – *Purple Haze* von Jimi Hendrix, *Creep* von Radiohead und *Seven Nation Army* von den White Stripes. Anschließend wurde meistens gejamt, außer Jani hatte etwas Neues, wie diesmal die Ballade. In diesem Fall stellte er es vor und sie checkten, ob und wie sie es umsetzen konnten.

Sie spielten und spielten, dann war das Hendrix-Cover dran. Jani schloss die Augen und konzentrierte sich auf seinen Gesang.

»Purple Haze all in my brain«, sang er.

»Lately things just don't seem the same.

Actin' funny but I don't know why.

I'm a creep, I'm a weirdo,

What the hell am I doin' here?

I don't belong here,

I'm gonna fight 'em off

A Seven Nation Army couldn't hold me back

And I'm talking to myself at night–«

*Verdammt.* Was für einen Mist sang er da? Er brachte ja alles durcheinander! Er öffnete die Augen und sah sich nach seinen Freunden um. Merkten die nichts? Es schien sie nicht zu stören, Lukas spielte hingebungsvoll seine Geige und Fips blies wie immer kraftvoll ins Saxophon. Nun gut. Jani fuhr fort, zu singen.

»Purple Haze all in my eyes,

Don't know if it's day or night–«

*Moment. Geige? Saxophon?* Erneut blickte er zu seinen Freunden. Ah, er hatte sich geirrt. Der eine spielte Gitarre, der andere saß am Schlagzeug. Alles in Ordnung. Beide hatten sie schwarzes Fell und waren eindeutig Wölfe.

»But I'm a creep, I'm a weirdo…« gaben sie lautstark knurrbrüllend von sich.

Jani wich entsetzt zurück und wollte schreien, konnte aber nur wiehern...

Ruckartig fuhr er aus dem Schlaf auf und stieß sich den Hinterkopf an der Felswand. »Verdammt!«

Das weckte Emily. »Was ist los?«, fragte sie und sah sich erschrocken um. Felsen, Nebel, Kind und Hund. Keine Wölfe, wie sie erleichtert feststellte.

»Nichts«, erwiderte Jani und rieb sich die schmerzende Stelle. »Wir sind wohl beide eingenickt. Ich hab totalen Blödsinn geträumt und mir beim Aufwachen fein den Kopf gestoßen.«

»Himmel, es dämmert ja schon!« Emily stand auf. »Wir müssen zurück!«

»Schaffen wir das denn rechtzeitig?« wandte Jani ein und deutete auf den Nebel. »Der hat sich nicht verzogen und wenn's schnell dunkel wird, finden wir hundert Pro nicht zurück.«

»Stimmt«, sagte Emily unbehaglich. »Glaube auch nicht, dass wir das noch im Hellen hinbekommen. Was machen wir denn jetzt?«

»Irgendeinen Unterschlupf finden, wo wir übernachten können. Vielleicht gibts 'ne Höhle in diesen Felsen. War hier eigentlich schon früher ein Gebirge?«

Emily strich über das schroffe Gestein, das eine schieferartige Struktur aufwies und ähnlich wie der Wüstensand eine rötliche Farbe. Es fühlte sich kühl an. »Auf keinen Fall. Felder waren hier oben und die Straße, über die ich immer nach Morlau zu Bea abgekürzt habe.« Bea war ihre beste Freundin und sie hoffte inständig, dass es ihr gut ging. »Einen kleinen Wald gab es noch, aber so eine riesige Felswand? Schau doch mal da hoch, man kann ja gar nicht das Ende erkennen.«

»Man hätte die auch von unserem Haus aus sehen müssen«, wunderte sich Jani. »Ob der Nebel sie verdeckt hat?«

»Könnte gut sein. Auch weil die Farben alle gleich sind. Roter Sand, roter Nebel, roter Felsen. Von weitem sieht das wahrscheinlich einfach nur rot aus und man hält es für noch mehr Wüste.«

»Kann ein Asteroid so was verursachen? Durch Erdbeben oder Verschiebungen im Erdreich, wie halt Berge entstehen?«

»Keine Ahnung. Machen die nicht eher Krater?«

»Laufen wir ein Stück am Felsen entlang«, schlug Jani vor. »Mal sehen, wo er hinführt.«

»Was hast du eigentlich geträumt?«, fragte Emily neugierig, während sie nebeneinander hergingen.

Jani erzählte es ihr. Emily musste lachen, fand es aber auch irgendwie gruselig.

»Ich wünschte, ich könnte einfach mal mein Handy nehmen und 'ne Runde telefonieren«, sagte Jani. »Ob Fips und Lukas okay sind? Und deine Freundin? Und Paps?« Er seufzte bedrückt.

Emily drückte seinen Arm. »Ich hoffe es.« Sie versuchte, nicht weiter darüber nachzudenken. Wenn sie damit anfing, würde sie bald alle Freunde, Bekannte und Verwandte mit einbeziehen. Sie wollte sich nicht verrückt machen, noch nicht jedenfalls.

»Das Wiehern in deinem Traum hatte bestimmt mit dem Pferd zu tun, das wir im Dorf gesehen haben«, sagte sie. »Ich frage mich, was aus ihm geworden ist. Ich hoffe nur, die Wölfe haben es nicht erwischt. Ich möchte gar nicht wissen, was sie uns angetan hätten, wenn nicht der Kleine gewesen wäre.« Sie schauderte in der Erinnerung an geifernde Mäuler und funkelnde Augen.

»Sieh dir das an!« Jani war stehen geblieben. »Vielleicht ist das Pferd da rein geflüchtet.« Vor ihnen spaltete sich die Felswand, breit genug, um zwei nebeneinander stehende Menschen aufzunehmen. Oder ein Pferd. Oder … Wölfe. Ein Windstoß fegte heraus und ließ ihre Kleidung flattern.

»Es zieht! Ob das ein Durchgang ist?« Emily bewahrte ihre Kappe mit einem schnellen Griff vorm Davonfliegen.

»Mal anschauen?« Jani klang eifrig.

»Ok. Aber aufpassen.«

»Ja, ja.«

Spooky übernahm die Führung. Sie bewegten sich möglichst leise, aber rasch. Emily schaute sich immer wieder um, irgendwann sah sie den Eingang nicht mehr. Sie fröstelte. Im Spalt war es kühl und unheimlich. Inzwischen hatte sich der Nebel verzogen, sie konnten weit oben einen schmalen Streifen des Himmels sehen. Seine violettblaue Farbe deutete darauf hin, dass die Sonne beinahe untergegangen war.

Schnell wurde es dunkler, aber ihre Augen hatten Zeit gehabt, sich an das schummrige Licht im Spalt zu gewöhnen. Und dann war da auch eine Lichtquelle vor ihnen. Was konnte das sein? Es flackerte wie Feuer.

Kurz darauf die unerwartete Erklärung – sie hatten den Ausgang des Spalts erreicht und der wurde in einen sanften Schein gehüllt von … Fackeln.

# 4 / Nacht 1

Zwei Fackeln hingen auf Kopfhöhe links und rechts in kupfernen, in die Felswand eingelassenen Halterungen, vier weitere entdeckten sie zu beiden Seiten des Ausgangs, als sie aus dem Spalt heraustraten. Bevor sie sich noch gegenseitig darauf aufmerksam machen konnten, dass Fackeln durchaus keine Naturerscheinung, sondern üblicherweise Menschenwerk waren, wurden sie plötzlich angesprochen.

»Wir grüßen Euch.«

Zwei hochgewachsene Männer flankierten den Eingang. Spooky umkreiste sie augenblicklich freudig, schnupperte an ihren Stiefeln und sprang an ihnen hoch, was die beiden geflissentlich ignorierten. Emily schloss aus dem Verhalten des Hundes, dass von ihnen keine Gefahr drohte. Ihr Aussehen ließ keinen Zweifel daran, dass es sich um Wachposten handelte: Sie waren von Kopf bis Fuß in metallverstärkte lederne Rüstungen gekleidet und trugen silberfarbene Speere. Der, der sie angesprochen hatte, trat vor sie. Sein lederner Helm umrahmte ein hellhäutiges schmales Gesicht, die dunklen Augen blickten freundlich.

Emily schnappte sich Spooky, leinte ihn an und räusperte sich. »Guten Tag ... ähm ... Abend.« Waren sie in ein altertümliches Kostümfest geraten?

Sie kam nicht dazu, eine Frage zu stellen, denn der Posten nahm eine Fackel aus ihrer Halterung, sagte höflich: »Bitte folgt mir«, drehte sich sogleich um und marschierte davon.

Emily und Jani schauten sich verwundert an, hoben beide unschlüssig die Schultern.

»Wollen wir?«, flüsterte Jani. »Scheint okay zu sein, der Typ.«

Emily nickte. »Vielleicht kann er uns ja weiterhelfen.«

Sie beeilten sich, den Mann einzuholen.

Es war noch hell genug, um festzustellen, dass sie keine Ahnung hatten, wo sie waren. Vor ihnen breitete sich eine weite Hügellandschaft aus, sanft geschwungen und mit Gras bewachsen. Es gab keine Bäume. Ihr Führer hielt sich rechterhand parallel zur Felswand, die sich auf dieser Seite zu einem regelrechten Gebirge ausgedehnt hatte, zu ihrer Linken fiel das Gelände ab. Zwei Mal mussten sie groben Felsnasen ausweichen, an deren Spitzen weitere Fackeln den Weg wiesen.

Als sie zum dritten Mal einen solchen mächtigen Brocken umrundet hatten, wurde der Blick frei auf das, was sich kurz darauf als ihr Ziel herausstellte – ein riesiges, aus dem Schatten des Berges herausragendes steinernes Etwas, dunkel, mit zahlreichen Türmen – eine Burg?

Emily fühlte sich an *Minas Tirith* erinnert, die weiße Felsenstadt aus der ›Herr der Ringe‹-Verfilmung, die in ähnlicher Art an einem Gebirge klebte.

Was sie hier vor sich sahen, wirkte im Gegensatz dazu jedoch völlig düster und lange nicht so elegant und filigran.

Neben ihr schnappte Jani hörbar nach Luft. »Krass«, keuchte er. »Drehen die hier 'nen Film oder was?«

Emily zuckte die Schultern. Ihr huschte eine ganz andere Vermutung durch den Kopf, die aber so irrwitzig schien, dass sie den Gedanken ganz schnell im hintersten Winkel ihres Kopfes vergrub.

Sie holte zu dem vor ihnen eilenden Wachposten auf und griff ihn am Arm. »Entschuldigen Sie bitte?«

Als er sich zu ihr wandte, schenkte sie ihm ein – wie sie hoffte – bezauberndes Lächeln. »Würden Sie uns freundlicherweise sagen, wohin Sie uns bringen und wo wir hier sind?«

»Es ist mir nicht gestattet, Fragen zu beantworten«, erwiderte er knapp, aber bestimmt.

»Können wir dann wenigstens eine Pause machen? Bitte? Nur ganz kurz.«

Er zögerte, nickte dann aber und schaute sich wachsam um.

»Danke«, sagte Emily, rieb sich Schweiß aus dem Gesicht und verschnaufte. Ihr Führer hatte ein ziemliches Tempo drauf.

In Wirklichkeit wollte sie aber nur einen Moment in Ruhe dieses riesige *Was-auch-immer* in Augenschein nehmen. Durch den Schatten des Berges und die zunehmende Dunkelheit war allerdings nicht viel mehr auszumachen als beim ersten Anblick.

Jani stand neben ihr und schaute interessiert in dieselbe Richtung.

Was da im rechten Winkel aus dem Berg kam, breit und hoch, war eine massive Mauer, die vor unerwünschten Blicken schützte, was immer hinter ihr lag. Hoch oben zeichneten sich die Umrisse unterschiedlicher Türme ab, größere und kleinere, manche mit runder Spitze, andere mit drei- oder rechteckigem Abschluss und mindestens zwei Zwiebeltürme.

»Was ist das dort?«, fragte Emily den Wachposten und deutete hinüber. Dann fiel ihr ein, dass er ja keine Fragen beantworten durfte.

Doch der Mann folgte ihrem Blick, schaute ungläubig, wollte etwas sagen, besann sich dann eines Besseren und erwiderte reserviert, aber mit deutlichem Stolz in der Stimme: »Das ist Orbíma Zitíí.« Und als wäre damit alles erklärt, drehte er sich wortlos um und marschierte weiter. Vielleicht sorgte er sich aber auch, bereits zu viel gesagt zu haben.

»Schätze, die Pause ist vorüber«, flüsterte Jani seiner Mutter zu, und beide beeilten sich, dem Wachmann zu folgen.

Je näher sie kamen, desto höher schien dieses Orbíma Zitíí in den Himmel zu wachsen. Und obwohl die hereinbrechende Nacht ihre Umgebung mehr und mehr in Dunkelheit tauchte, sahen sie das Bauwerk deutlicher, je näher sie kamen.

Die riesige Mauer wurde von irgendetwas in ein sanftes Leuchten gehüllt, das nicht abstrahlte, auch nicht blendete, es machte nur einfach die Nacht zum Tag, als hätte jemand eine Lampe angeknipst.

Die Farbe und Struktur des Gesteins glich dem Berg, aus dem es hervorragte, was nicht überraschte, sondern nahe lag. Unerwartet war etwas anderes: Durch das Mauerwerk zogen sich wellenförmig breite goldene Längsstreifen, und in die gesamte Fläche waren tellergroße kugelrunde Kristalle eingelassen, regenbogenfarben. Auch stach die Mauer nicht kerzengerade aus dem Berg heraus, wie es auf den ersten Blick den Anschein gehabt hatte, sondern beschrieb einen sanften Bogen, wölbte sich den Besuchern entgegen. Ein Kunstwerk der Architektur.

Als sie schließlich direkt davor standen, konnten sie die Türme nicht mehr sehen, selbst wenn sie die Köpfe in den Nacken legten. Vor ihnen befand sich ein mehrere Meter hohes Tor, das sie vorher nicht bemerkt hatten, weil es tief in die Mauer eingelassen war. Schwarzes Holz und kupferfarbenes Metall bildeten ein akkurates Schachbrettmuster, das obere Ende bestand aus einer halbrunden Platte aus Regenbogenkristall. In der Mitte des Tores befand sich eine kleinere Kupfertür, an die ihr Begleiter mit der Spitze seines Speers in einer bestimmten Abfolge klopfte und damit einen silberhellen Ton wie das zarte Klingen eines Glöckchens hervorrief.

Ein kurzer Moment verging, dann schwang die kleine Tür nach innen auf, ein weiterer Wachposten nickte ihnen grüßend zu und ließ sie herein.

Ehe sie es sich versahen, waren sie mit ein paar kurzen Worten an den neuen Mann übergeben worden, ihr bisheriger Begleiter nickte ihnen zum Abschied zu und verließ sie, vermutlich um an der Felsspalte seinen Posten wieder einzunehmen.

Der Neue, gleicher Art in Rüstung, ebenso freundlich und nicht gesprächig, führte sie auf einer Straße bergauf, Orbíma Zitíí entpuppte sich als lebhafte, bewohnte Stadt.

Der Ort, taghell erleuchtet wie zuvor auch die Außenmauer, hatte etwas von einem riesigen Bienenstock, nicht nur wegen der Geschäftigkeit seiner Bewohner, sondern auch wegen der Art, in der seine Häuser angeordnet waren. Sie befanden sich im Inneren einer Art ovalen Schornsteins, in dem die Gebäude rundherum bis ganz hinauf in wabenähnlichen Schichten an der gewölbten Wand klebten. Wo es diesen Halt nicht gab, drängten sie sich neben- und übereinander. Auch sie bestanden aus rötlichem Stein mit goldenen Bögen und regenbogenfarbenen Glaspunkten, mit flachen Kuppeldächern in verschiedenen Farben. Gässchen und schmale Wege verliefen zwischen den Häusern, steinerne Treppen schafften Verbindungen.

Emily und Jani folgten ihrem Führer auf einer ausladenden, rot gepflasterten Hauptstraße, die in gemächlichen Serpentinen und nicht allzu steil nach oben verlief. Hier und da überwand sie Höhen mit Hilfe von Stufen und schlang sich stets geschickt und großzügig um diejenigen Häuseransammlungen, die sich – in der Mitte des Schornsteins verteilt – freistehend auftürmten. Dabei ließ sie Platz für filigran geschmiedete Balkone, kleine gesellige Vorhöfe, grüne Miniaturgärten mit fremdartigen bunten Blumen, und endete schließlich an einem weitläufigen halbrunden Platz, der für Veranstaltungen oder als Marktplatz dienen mochte.

Hier befanden sich auch all die Türme mit ihren unterschiedlichen Spitzen, die sie schon von weitem gesehen hatten. Sie flankierten den Platz bis zum hinteren Ende, wo ein dreistöckiges Gebäude, ähnlich einer gotischen Kathedrale, die gesamte Breite einnahm, selbst wiederum mit kleinen und großen Türmen verziert. Es unterschied sich von den sonstigen Häusern auch insofern, als sein oberstes Stockwerk zwar dasselbe rote Steinmaterial und die goldenen Wellen aufwies, aber im Gegensatz zu den darunter liegenden keine Glaspunkte in Regenbogenfarben besaß.

Orbíma Zitíí wirkte ungemein orientalisch, wenn auch ihre Bewohner eher an Gaukler oder Wanderschausteller erinnerten. Sie hatten ausnahmslos sehr helle Haut, schwarze oder rote Haare, und trugen bunte Stoffkleidung. Die Frauen oftmals geringelte Strumpfhosen unter langen Röcken, dazu geschnürte Miederblusen mit Volantärmeln und Bänder in den Haaren. Bei den Männern dominierten lederne Hosen und weite, locker fallende Hemden. Immer wieder entdeckte Emily Tätowierungen auf verschiedenen Körperteilen, kunstvolle Verzierungen, Ornamente aus Spiral-, Punkt- und Linienmustern. Die Kinder, von denen es viele gab, waren Miniaturausgaben der Erwachsenen.

Die Atmosphäre war von Lachen und fröhlichem Geplapper erfüllt, auch wenn es manchmal kurz erstarb, um die Neuankömmlinge neugierig zu mustern. Besonders der Hund schien das Interesse der Leute zu erregen, Emily fiel auf, dass sie nirgendwo Haustiere sehen konnte.

Gleichwohl es Nacht war, schien hier niemand zu schlafen. Konnte es wahrscheinlich auch nicht in dieser Helligkeit. Wer untätig in Gruppen stand, unterhielt sich angeregt, alle anderen waren in irgendeiner Weise beschäftigt. Einzig die Kinder taten nichts anderes als spielen. Sie sahen Frauen, die in einem Vorhof zusammensaßen und an Stoffen nähten. Wäsche, die auf Balkonen aufhängt wurde. Männer, die Holz hackten oder Felle aufspannten. Aus vielen Häusern drangen verführerische Düfte, nach gebackenem Brot, bratendem Fleisch, zuckrigen Süßspeisen. Hier und da wurden Waren feilgeboten, ausgebreitet auf hölzernen Tischen oder direkt durch Fenster gereicht. Zahlungsmittel schienen Tauschwaren zu sein. Emily beobachtete, wie ein Korb voll bunter Wollknäuel in ein Haus getragen und kurz darauf mit Backwaren gefüllt zurückgereicht wurde.

Auf dem weitläufigen Platz angekommen, geleitete ihr Führer sie zur kupfernen Eingangstür des großen Gebäudes, entlockte ihr mit seinem Speer ein glockenähnliches Klingen und übergab Emily und Jani ein weiteres Mal an eine andere Person, diesmal eine weibliche, mit den Worten: »Der Besuch für Vem.«

## 5

Das Dienstmädchen, das sie zurückhaltend grüßte, schien etwa in Janis Alter. Über einem leichten Baumwollkleid trug sie eine ärmellose Kittelschürze, dazu knöchelhohe Lederstiefel und eine unförmige, ihre Haare verbergende steife Kappe. Alles war pudrig verschmutzt, vermutlich kam sie direkt aus der Küche oder war gar die Köchin selbst. Schräge orangefarbene Augen musterten die Besucher verhalten neugierig aus einem porzellanen Gesicht mit vollen Lippen.

Sie befanden sich in einer säulengestützten Halle, schmal und lang, durch seitliche helle Holztüren in Reih und Glied ein wenig an einen luxuriösen blitzsauberen Pferdestall erinnernd. Ein doppelflügeliges Tor mit zwei eingefügten kleineren Metalltüren, an denen reger Betrieb herrschte, bildete das hintere Ende. Ständig ging jemand hindurch oder kam herein, verschwand dann nach links oder rechts hinter einer Holztür oder stieg eine der Wendeltreppen an beiden Seiten in das nächste Stockwerk hinauf. Dort befand sich eine rundum verlaufende Balustrade und darüber eine zweite im Obergeschoß.

Es blieb ihnen nicht viel Zeit sich umzusehen, denn das Mädchen steuerte auf eine der vorderen Türen zu, öffnete sie und fragte kühl: »Wünscht Ihr Euren Gefangenen mit Euch zu nehmen?«

Emily und Jani schauten sie verdutzt an.

»Was?«

Das Mädchen deutete auf Spooky. »Ich achte gerne auf ihn, so lange Ihr bei Vem verweilt.«

Emily betrachtete die Hundeleine, an der sie Spooky führte und zog ihre Schlüsse. »Er ist kein Gefangener. Er ist ein Haustier. Und das ist eine Leine. Man führt sie manchmal an der Leine, damit sie ... äh ... nicht fortlaufen.«

Zwischen den orangenen Augen bildete sich eine Falte. »Aber niemand kann aus Orbíma fortlaufen.«

»Oh. Na dann.« Emily, die sich irgendwie schuldig fühlte, nahm Spooky sowohl Halsband als auch Leine ab und steckte beides in eine der Seitentaschen von Janis Rucksack. »Besser so?«

Das Mädchen nickte mit warmem Lächeln, wirkte erleichtert und mit einem Mal auch wesentlich freundlicher.

Spooky fand es auch toll, lief zur nächsten Säule und hob ausgiebig das Bein.

Emily wollte in den Erdboden versinken, aber da seine Befreierin bereits durch die Tür getreten war und nichts bemerkt hatte, pfiff sie den Whippet schnell zu sich. *Selbst schuld,* dachte sie trotzig und begegnete Janis Blick. Er grinste breit. Dann folgten sie dem Mädchen.

Der Raum war nicht sehr groß, ein rechteckiger Tisch nahm fast den gesamten Platz ein, reichlich beladen mit Speisen und Getränken. Mehrere bequem aussehende Sitzmöbel aus hellem Holz mit bunten Sitzkissen waren um den großen Tisch gruppiert.

»Ihr seid sicher hungrig. Bitte nehmt Platz und bedient Euch, Vem wird in Kürze bei Euch sein. Eure Waffen könnt Ihr getrost ablegen«, sagte das Mädchen mit Blick auf die Stange in Janis Hand und ließ sie allein, ohne dass sie Zeit fanden, Fragen zu stellen.

Jani legte Besenstiel und Rucksack weg und machte sich sofort über das reichhaltige Angebot her. Es gab verschiedene Brotsorten, gebratenes Fleisch, Käse, Obst, Karaffen mit Getränken, die nach Wasser, Milch und Säften aussahen.

»Was hältst du von all dem hier?«, fragte er mit vollem Mund. Und fuhr gleich fort, indem er die Stimme des Mädchens imitierte. »*Aus Orbíma kann man nicht fortlaufen.* Wie meint sie das? Sind wir Gefangene hier?«

Emily füllte für Spooky eine Schüssel mit Wasser und gab in eine andere etwas Hundefutter, das sie im Rucksack mitgeführt hatten. Dann setzte sie sich ebenfalls und goss sich ein Glas rote Flüssigkeit ein, da leider nichts zu entdecken war, das auch nur im entferntesten Kaffee ähnelte. Sie schnupperte daran, nahm einen Schluck. Wein, wie sich herausstellte, halbtrocken mit einem süßen Nachgeschmack.

»Ich weiß es nicht«, erwiderte sie nachdenklich. »Ich weiß gar nichts mehr. Was ist das hier? Wo sind wir? Was ist das für eine Stadt, was sind das für Leute? Was ist denn bloß passiert? Das kommt mir alles vor wie ein Traum«.

»Schmeckt aber gut dafür, dass es ein Traum ist«, sagte Jani und hielt ihr ein Stück aufgespießten Käse vor die Nase. »Musst du mal probieren, hat was.«

Emily schüttelte abwehrend den Kopf. »Hab keinen Hunger.«

Jani schaute sie schräg an. »Komm schon, wir werden es noch rausfinden. Wir fragen einfach diesen Typen, wenn er kommt.«

»Jani…«

»Hm?«

Sie traute sich nicht zu sagen, was ihr schon seit einer Weile im Kopf herumspukte.

Er sah es ihr an, ließ die Hand mit dem Holzspieß sinken. »Was denn?«

»Du … du weißt schon…?« Sie seufzte. Wie viel verrücktes Gedankengut konnte man einem Siebzehnjährigen zumuten? »Du weißt schon, dass wir eventuell gar nicht mehr … Dass wir vielleicht ganz einfach … tot sind?«

Er blickte ungläubig. Wich ihrem Blick aus. Zögerte. Grübelte. Achselzucken. Nicken. »Ja. Hab ich auch schon dran gedacht. Könnte sein.«

»Und?« hakte sie vorsichtig nach. »Könntest du damit leben?«

Sie starrten sich an.

Dann sickerte der Satz. Und sie konnten nicht anders – sie brachen in schallendes Lachen aus – trotz der Anspannung, unter der sie standen. Oder gerade deswegen.

Als ihr Gastgeber das Zimmer betrat, bemerkten sie ihn erst, als er vor ihnen stand. Jäh endete das Gelächter und Emily wischte sich peinlich berührt ein paar Haarsträhnen aus dem Gesicht, rieb die Handflächen an den Hosen, lächelte entschuldigend und sagte gar nichts.

Jani wusste schon, was Sache war, denn bei – *ihrer Meinung nach* – besonders attraktiven Männern pflegte es seiner Mutter gerne einmal die Sprache zu verschlagen. Er kannte Emilys Geschmack inzwischen gut genug, um die Sorte zu erkennen.

Dieser hier war von großer anmutiger Erscheinung, mit ebenmäßigem elfenbeinweißem Gesicht, gekleidet in Lederhose und Stoffhemd, beides in einem Rotbraun, das mit der Farbe sowohl seiner Augen als auch seiner schulterlangen Haare übereinstimmte. Ein goldfarbenes Band hielt ihm die Haare aus der Stirn und eine rötliche filigrane Tätowierung kringelte sich von der linken Augenbraue über die Schläfe hinunter zum Hals, wo sie elegant im Kragen seines Hemds verschwand.

Als er sprach, klang seine Stimme so sanft, dass Jani unwillkürlich an die Elben aus ›Herr der Ringe‹ erinnert wurde. Bloß die spitzen Ohren fehlten.

»Seid gegrüßt. Ich bin Vem'E Darhor, Einerdrei der Amibros, und heiße Euch willkommen in Orbíma Zitíí.«

Er nahm sich einen Stuhl und setzte sich ihnen gegenüber.

Jani brannte bereits die erste Frage auf der Zunge, aber es war klar, dass zuerst die Höflichkeiten an der Reihe waren. Er schaute zu Emily, die sich deutlich zusammenriss, wohl um nicht zu stottern. Er verkniff sich ein Grinsen. Sah so aus, als bräuchte sie seine Hilfe. Auf ihn selbst machte dieser Typ gar keinen Eindruck, außerdem war ja inzwischen gar nicht mehr sicher, ob er überhaupt real war. Seit ihrem Lachanfall und seinem Auslöser fühlte er sich komisch. Wie neben sich schwebend. Vielleicht war er auch einfach nur total übermüdet.

Er stellte sie beide vor. »Ich bin Jani. Und dies ist meine Mutter, Emiliane.«

»Emily«, verbesserte sie sofort. Sie hasste ihren richtigen Namen.

Vem dankte, indem er freundlich nickte. Dann nahm er sich ein Stück Brot und begann in aller Ruhe zu essen.

Jani fragte sich, ob der Typ auf etwas wartete, ob Emily etwas sagen würde, und dann war seine Geduld auch schon zu Ende. »Was bedeutet *Einerdrei der Amibros?*« platzte er heraus.

Vem sah ihn prüfend an. »Das wisst Ihr nicht?«

»Nein. Würde ich sonst fragen?« Das kam trotzig heraus. Er spürte Emilys warnenden Seitenblick, aber Vem schien sich zu entspannen.

»Vermutlich würdet Ihr das nicht. Andererseits…«

»Andererseits was?«

»Nun«, Vem schaute ihm gerade in die Augen. »Verzeiht meine Dreistigkeit – aber Ihr könntet Eure Unwissenheit vortäuschen.«

*Hat er sie noch alle?,* dachte Jani. »Warum sollte ich das tun?«, fragte er scharf.

»Ich weiß ebenfalls nicht, was dieser Ausdruck bedeutet«, mischte sich Emily in besänftigendem Ton ein. »Wir kennen diesen Ort nicht, wir sind fremd hier.«

Vem musterte auch sie mit seinem prüfenden Blick. Nickte schließlich und entschied freundlich: »Ich glaube Euch.« Er lehnte sich zurück. »Nun – wir *sind* die Amibros. Es ist der Name unseres Volkes.«

»Und *Einerdrei?*« setzte Jani sofort nach. »Einer von Dreien? Oder so ähnlich?«

Vem lächelte. »Ganz recht. Der *Rat der Drei*. Unter den Amibros gibt es drei Familienstämme, die im Rat der Drei von je einem Abgesandten vertreten werden. Der Rat leitet das Volk, lenkt seine Geschicke, fällt Entscheidungen in den Zeiten, in denen das Volk sie fordert. Ich als Einerdrei habe zudem die Verantwortung für die Stadt inne.«

»Ihr seid der Bürgermeister«, stellte Jani fest.

Vem hob fragend die Augenbrauen.

»So würde unser Volk Eure Position nennen«, erläuterte Emily.

»Euer Volk«, wiederholte Vem nachdenklich. »Wollt Ihr mir davon erzählen?«

»Wenn Ihr Eure Unwissenheit nicht nur vortäuscht, gerne«, konnte Jani sich nicht verkneifen zu kontern.

Ein Atemzug verging, dann blitzte in Vems Augen ein verschmitzter Funke auf und er lachte lauthals. Es war ein herzliches, ehrliches und sehr einnehmendes Lachen. Jani beschloss, dem Typen zu vertrauen. Und Emily zog die Möglichkeit in Betracht, sich mal wieder zu verlieben.

# 6

Mutter und Sohn erzählten abwechselnd, ergänzten einander. Ein paar allgemeine Informationen über ihr Leben wie es noch bis vor drei Tagen abgelaufen war, dann genauere Schilderungen des Tages, der alles verändert hatte. Wie die Landschaft plötzlich eine andere gewesen war und die Jahreszeit. Dass es zuvor weder die rote Wüste gegeben hatte, noch den Nebel und das Gebirge, geschweige denn das dahinter liegende Orbíma. Sie sprachen von frei laufenden Wölfen und fehlendem Strom, verschwundenen Fahrzeugen, entschwundenen Nachbarn und zu guter Letzt von der Nachbarstadt inklusive Janis Vater, die sich in Luft aufgelöst hatten.

Vem hörte aufmerksam zu, hakte hier und da nach, ließ sich Dinge wie Elektrizität, fließendes Wasser, Duschen, Kaffeemaschinen und Autos genauer beschreiben, schüttelte immer wieder erstaunt den Kopf und wirkte tatsächlich nicht so, als würde er seine Unwissenheit vortäuschen. Leider hatte er keinerlei Erklärung für die Geschehnisse und konnte auch zum Verbleib von Janis Vater keine Auskunft geben – außer Emily und Jani waren ihm keine *Sichtungen von Fremden* bekannt, wie er es nannte.

Jani versuchte mehrfach, ein Gähnen zu unterdrücken. Er konnte kaum noch die Augen offen halten.

Vem wandte sich an Emily. »Ich denke, es ist an der Zeit, dieses Gespräch für heute zu beenden. Ihr seid Nachtschläfer, nicht wahr? Wir verfügen über entsprechende Schlafgemächer, darf ich Euch einladen, hier in Orbíma zu bleiben? Ich würde sehr gerne unsere Unterhaltung fortsetzen und auch die restlichen Mitglieder des Rats hinzuziehen. Vielleicht fällt uns etwas ein, das von Nutzen für Euch sein könnte. Was sagt Ihr?«

Emily war selbst todmüde, es musste bereits früher Morgen sein. Bis zu ihrem Haus würden sie es in ihrem Zustand sowieso nicht mehr schaffen, warum also nicht das Angebot annehmen? Außerdem gab es noch jede Menge unbeantwortete Fragen, sie selbst war ja kaum dazu gekommen, welche zu stellen.

»Habt Dank für Eure Freundlichkeit«, sagte sie. »Es wäre uns eine Freude, zu bleiben.« *Erstaunlich, wie schnell ich seine gestelzte Art zu sprechen adaptiert habe,* dachte sie.

Vem freute sich sichtlich und winkte in eine Ecke des Raumes, aus deren Schatten daraufhin eine junge Frau näher trat.

Emily fragte sich überrascht, wie lange sie dort schon gestanden hatte. Sie trug eine lustige Frisur – zwei rostrote, mit gestreiften Bändern gehaltene Zöpfe standen senkrecht auf ihrem Kopf. Unzählige ungebundene lange Haarsträhnen, die ihr Gesicht umrahmten, fielen ihr auf die nackten Schultern.

Sie trug eines dieser Mieder im Corsagenstil, die Emily bereits an den Frauen in der Stadt gesehen hatte, vorne geschnürt und unter festen kleinen Brüsten gerafft. Die Volantärmel waren halblang gerafft, Dekolleté und Schultern frei lassend. Dunkelrote und rauchschwarze Bordüren säumten den in mitternachtsblauen Schattierungen schimmernden Stoff. Dazu trug sie einen gleichfarbigen knöchellangen Rock mit seitlichen Schlitzen, der in Zipfeln über eine schwarz-weiß blockgestreifte Strumpfhose fiel. Oberhalb der linken Brust und auf den unverdeckten Partien ihres linken Armes schnörkelten sich zarte schokoladenfarbige Tätowierungen über die Haut.

Die gesamte Erscheinung kam Emily vage bekannt vor. Aber erst als Vem sie vorstellte – »Tember'P Darrav, Zweierdrei der Amibros« – und ihre schrägen orangenen Augen schelmisch blitzten, erkannte Emily das Mädchen, das sie fälschlicherweise für eine Dienstmagd oder gar die Köchin gehalten hatte. *Kleider machen Leute*, dachte sie. Es war erstaunlich, wie verändert das Mädchen wirkte und wie viel älter, wenn auch immer noch sehr jung für ein Amt wie den Rat der Drei, dem sie offenbar angehörte.

»Tember wird Euch zu Eurem Gemach geleiten«, erläuterte Vem und fügte hinzu, dass sie sich als Gäste nach dem Aufwachen völlig frei in Orbíma bewegen sollten, auch für den Fall, dass die Bewohner vielleicht unterwegs seien. Ein Frühstück werde in jedem Fall in diesem Raum für sie bereit stehen.

»Möge Licht in Euren Träumen sein«, verabschiedete er sich und entließ sie mit einer leichten Neigung seines Kopfes.

Emily, Spooky und Jani, der seit Minuten kein Wort mehr gesagt hatte, dessen Augen aber wie paralysiert an der verwandelten Schönen hingen, folgten Tember. Es ging hinaus in die Halle und zwei Wendeltreppen hinauf in das Obergeschoß, in dem es ungewöhnlich dunkel war. Nur der Lichtschein von den unteren Stockwerken sorgte dafür, dass sie überhaupt etwas sahen.

Tember führte sie in ein Zimmer mit diffusem Zwielicht, in dem ein breites, behaglich wirkendes Bett sofort Janis Aufmerksamkeit auf sich zog. Daraufhin murmelte er etwas wie »gudenacht«, ließ sich in die Kissen fallen und schlief sofort ein

Ein spontanes Lächeln wechselte zwischen seiner Mutter und dem Mädchen, das flüsternd erklärte, dass sich nebenan ein Bad befände und Emily zeigte, wie man die Lichtquelle auf dem Tisch bediente. Dann zog sie sich zurück, nachdem sie ebenfalls ›Licht erfüllte Träume‹ gewünscht hatte.

Emily schaute noch einen Moment nachdenklich auf die Tür, die Tember beim Hinausgehen hinter sich geschlossen hatte. Das vage Gefühl, sie schon einmal gesehen zu haben, hatte sich mit der Wiedererkennung des ›Dienstmädchens‹ nicht völlig verflüchtigt. Sie schüttelte den Gedanken ab, wahrscheinlich waren sie ihr in der Stadt beggegnet, vielleicht hatte sie sich unter den Frauen dort befunden.

Das Zimmer verfügte über ein Fenster mit geschlossenen Läden, außer Bett und Tisch noch über einen schmalen Schrank und zwei Schemel sowie eine zweite Tür, die vermutlich in das erwähnte Bad führte. Auf dem roten Steinboden lag ein bunter Teppich, kunstvoll geknüpft aus gefärbten Fellen. Die Möbel waren aus demselben hellen Holz geschnitzt wie jene in dem Raum, in dem sie mit Vem gesessen hatten.

Emily fühlte sich zwar nach wie vor todmüde, aber gleichzeitig zu aufgeputscht, um zu schlafen, sie hatte ihren ›toten‹ Punkt überwunden.

Sie trat an das Bett, zog ihrem Sohn behutsam die Chucks von den Füßen und die verrutschte Kappe vom Kopf, dann griff sie sich einen Schemel und setzte sich an den Tisch.

Die Lampe faszinierte sie, auch weil sie die Erklärung für die taghelle Stadt lieferte. Zuerst entfernte sie das schwarze Tuch, mit dem die Helligkeit gedämpft wurde – Jani schlief zu tief, als dass es ihn stören würde. Der Korpus ähnelte einer Sanduhr mit verbreiteter Taille und bestand aus dem bekannten roten Gestein. Obenauf ruhte ein Regenbogenkristall in einer Mulde, oval geschliffen, etwa so groß wie ein Tennisball. Für das Licht sorgte die steinerne Sanduhr, denn sie selbst war es, die in sich leuchtete, allerdings mit einer Kraft, die für den ganzen Raum ausreichte.

Als Emily den Kristall vorsichtig aus der Mulde nahm, begann der rote Stein zu verblassen. Bevor der Effekt gänzlich verschwunden war, legte sie den Kristall zurück und sofort stieg die Helligkeit wieder an. Es musste sich um eine Art Aufladung handeln, der Regenbogenstein selbst besaß keinerlei Leuchtkraft. Verwirrend war zusätzlich, dass er zwar aussah wie ein geschliffener Kristall – die Struktur fing Licht auf und sprühte Glitzerfunken, wenn man den Stein bewegte – sich aber weich, beinahe glibberig anfühlte. Ihre Berührung hinterließ keinerlei Spuren auf ihren Fingern und auch die Oberfläche des Kristalls veränderte sich nicht.

Was immer dies für ein Material war – überall dort, wo es in das rote Gestein eingelassen war, sorgte es für taghelle Beleuchtung. Deshalb die getupften Häuser, deshalb die gesprenkelte Stadtmauer. Warum die Amibros jedoch die Nacht zum Tag machten, erschloss sich Emily nicht. *Nachtschläfer* hatte Vem sie genannt. Gab es auch Tagschläfer? War es das, was die Amibros waren?

Gedankenverloren legte sie das Tuch zurück über die Lampe und sofort wurde es im Raum wieder schummrig dunkel. Sie sann über Vem nach. Er war wirklich ein ausgesprochen schönes Exemplar des anderen Geschlechts und sie ärgerte sich immer noch darüber, dass sie wie ein Teenie reagiert und zu Anfang keine Worte gefunden hatte.

Dieser Tick verfolgte sie schon ihr Leben lang, aber sie war nun dreiunddreißig Jahre alt und wünschte sich sehr, derartigen Psychokram im Griff zu haben. Und dann sein traumhaftes Lachen... Eigentlich war es zu früh für dieses Kribbeln im Bauch, aber es war trotzdem da. Wahrscheinlich hatte sie zu viel von dem süßen Wein getrunken. Oder es war einfach mal wieder Zeit, sich zu verlieben.

Ihre letzte Beziehung lag drei Jahre zurück, so lange hatte sie es noch nie ohne Mann ausgehalten. Oder besser gesagt – ohne verliebt zu sein. Der Männer wurde sie jedes Mal recht schnell überdrüssig, es vergingen meist nur wenige Monate, dann begann das Dilemma – sie fingen an zu stören. Störten ihre Unabhängigkeit, ihren Tagesablauf, ihre Gewohnheiten und vor allem ihre Zweisamkeit mit Jani. Ihre Verliebtheit ließ nach, ihre Kompromissbereitschaft ebbte ab, bis irgendwann der Tag gekommen war, an dem sie einmal mehr Schluss machte und das eine oder andere Herz brach. Sie brauchte einfach keinen Kerl, alles funktionierte besser ohne.

Einzig das Gefühl der Verliebtheit fehlte ihr irgendwann und führte letztendlich meist dazu, dass sie sich doch auf eine neue Beziehung einließ, auch wenn die Abstände inzwischen immer länger wurden. Die Symptome, die bei einer neuen Liebe anfangs regelmäßig auftauchten, ließen sie allerdings vermuten, dass sie im Grunde ihres Herzens noch immer auf ›den einen‹ hoffte – der, bei dem es nicht aufhören würde, der eine, dessen sie nicht überdrüssig werden würde, der eine für die Ewigkeit. *Na ja, vielleicht im nächsten Leben…*

Sie zog sich bis auf Top und Slip aus, löste die festgesteckten Haare vom Hinterkopf und entwirrte den Zopf. Spooky lag zusammengerollt zu Janis Füßen und hob kurz den Kopf von den Pfoten, als sie sich leise auf der freien Seite des Betts niederließ. Sie drehte sich auf den Rücken und verschränkte die Arme hinter ihrem Kopf. Die Zimmerdecke war von goldenen Schnörkeln durchzogen, ähnlich den Tätowierungen der Amibros.

Alles langsam angehen lassen, nahm sie sich vor. Keine falschen Hoffnungen hegen, keine wecken. Schon gar nicht, bevor das Rätsel um ihre Erlebnisse gelöst war. Vielleicht war ja wirklich alles nur ein Traum, aus dem sie und Jani bald erwachen würden. So lange wollte sie einfach nur ein wenig träumen.

# 7 / TAG 2

Als sie erwachte, trug das Sonnenlicht sommerlich schwüle Hitze durch das geöffnete Fenster herein. Das Bett war verlassen und auf dem Tisch fand sie eine kleine Zeichnung. Dort saßen ein Hund mit schwarzem Ohr und ein Junge mit dunklen Haaren vor einer Schüssel Knochen, in die ›Kelloggs‹ eingraviert war. Darunter stand geschrieben: *Wir sind frühstücken.* Sie lachte. Papier und Zeichnung nach musste Jani sein Moleskine-Notizbuch und einen Bleistift dabei haben, es war ihr nicht aufgefallen, dass er beides eingepackt hatte.

Emily schaute aus dem Fenster. Unten lag der Marktplatz halb im Schatten, sie konnte den Anfang der roten Straße erkennen. Die vielen bunten Dächer rundherum sahen entzückend aus, wie eine Spielzeugstadt aus Bauklötzen. Es war ruhig dort draußen, kein Mensch zu sehen, was sie in ihrer Vermutung bestärkte, dass die Amibros tagsüber schliefen anstatt nachts. Vielleicht lag es ja an den Temperaturen, die hier am Tag herrschten.

Neugierig öffnete sie die Tür, hinter der sie das Bad vermutete und wurde angenehm überrascht. Der kleine Raum verfügte ebenfalls über ein Fenster und bunte Fellteppiche, aber in erster Linie nahm eine Art Waschzuber aus Holz, verkleidet mit geprägtem goldfarbenen Metall, den meisten Platz ein. Er war mit Wasser gefüllt und ruhte auf einem steinernen Sockel, durch dessen seitliche Öffnungen flach brennendes Feuer zu sehen war, eingelassene Stufen bildeten den Einstieg in die Wanne. Auf einem Schemel lagen Tücher bereit. Ein zarter blumiger Duft im Raum ließ auf Badezusätze schließen.

Emily berührte das Wasser, es war angenehm warm. Einen Augenblick später war sie ausgezogen und versank in wohliger Nässe. Himmel, tat das gut! Und dort lag sogar ein quadratisches Stückchen Etwas auf dem Rand des Zubers, türkisblau und vermutlich Seife, wenn es auch eher fruchtig roch, ein wenig wie eine Mischung aus Pfirsich, Banane und Basilikum. Da es jedoch unter ihren feuchten Händen leicht schäumte, verwendete sie es einfach als das, was sie glaubte, das es war.

Nicht lange danach steckte Jani den Kopf zur Tür herein. »Juhu, Langschläferin!«

»Hey, guten Morgen! Wusstest du, dass die hier eine Badewanne haben?«

»Klar, ich war ja schon drin.«

»Oh.«

»Keine Sorge, war ja nur Schweiß und bleibt in der Familie«, lachte er.

Emily rümpfte die Nase und streckte ihm die Zunge raus. »Wieso eigentlich Langschläferin? Seit wann bist du denn auf?«

Jani schaute auf eine imaginäre Uhr an seinem Handgelenk und überlegte. »Och, ein paar Stunden bestimmt. Hab mich überall umgesehen, wenn du fertig bist, muss ich dir unbedingt Einiges zeigen. Also beeil dich!«

Er zog sich ins Zimmer zurück.

»Wie gehts Spooky?«, rief sie.

»Prima, es war Futter für ihn da, und ein kleines Stück Wiese fürs Geschäft haben wir auch gefunden.«

»Hast du irgendjemanden getroffen? Vem oder Tember?«

»Nö. Hier ist niemand. Wer ist Tember?«

»Na, das Mädchen, das uns aufs Zimmer gebracht hat. Die auf einmal ganz anders aussah, andere Klamotten, Zöpfe auf dem Kopf und so.«

»Ach die. *Pippi Langstrumpf*. Ich dachte, die hätte ich geträumt.«

Emily lachte laut. »Nein, die gab es wirklich. Aber ich glaube, du hast schon fast geschlafen und nichts mehr mitbekommen. Wie meintest du das eben, niemand ist hier?«

Sie kletterte aus der Wanne, nahm sich ein Tuch vom Schemel, wickelte es um ihre Haare und trocknete sich mit einem weiteren ab.

»Alle ausgeflogen, keiner da«, kam die Antwort von nebenan.

»Bist du sicher, dass sie nicht einfach nur schlafen?«

»Ich hab hier im Gebäude in jedes Zimmer geschaut, in das ich rein konnte. Und ich bin mit Spooky bis runter zum Tor gelaufen, durch das wir gestern reingekommen sind, und in verschiedenen Häusern war ich auch. Die haben sich in Luft aufgelöst oder pilgern grad nach Mekka, was weiß ich. Und wir sind übrigens eingesperrt.«

»Wie bitte?!«

»Wir kommen hier nicht raus. Das Tor unten lässt sich nicht öffnen und einen anderen Ausgang habe ich nicht gefunden. Ich war sogar oben auf der Stadtmauer nachsehen, aber außerhalb runterkommen ist nicht. Es sei denn, man kann fliegen.«

Emily schlang sich ein großes Tuch um, ging nach nebenan und wurde freudig schwanzwedelnd von Spooky begrüßt. »Ich würde zu gerne was Frisches anziehen, aber ich kann ja schlecht jetzt auch noch die Kleider in der Wanne waschen. He, wo hast du die Sachen her?«

Jani steckte in schwarzen Hosen und einem der locker fallenden Hemden, wie sie die Männer hier trugen, hellgrau mit schwarzen Lederbändern vernäht. Stand ihm gut. Dazu die Bräune, in die sich der gerade noch abgewendete Sonnenbrand inzwischen verwandelt hatte, seine schwarzen Haare und die kiwigrünen Augen – einen hübschen Sohn hatte sie da.

Er grinste sie an. »Cool, was? Guck mal in den Schrank, der ist voll mit dem Zeug.«

Das ließ sie sich nicht zweimal sagen. Während sie den Inhalt durchsuchte, hakte sie weiter nach. »Wie bist du denn auf die Stadtmauer gekommen?«

»Es gibt auf jeder Seite einen Turm mit Steintreppe und man kann oben rundum laufen und die ganze Gegend überblicken. Wie bei einer Ritterburg, in der die Wachen nach Feinden Ausschau halten.«

Emily probierte eine Lederhose an, goldbraun, wildlederartig weich, seitlich kreuzgeschnürt mit vielen langen Fransen, die Jani mit hochgezogenen Augenbrauen und der Frage »Cowgirl?« kommentierte. Die Hose war viel zu weit, also wühlte sie weiter. Eine ähnliche Ausgabe, auch seitlich geschnürt, aber ohne Fransen und in glattem, abgenutztem Lederstil, fast wie auf Antik gegerbt, passte da schon besser und fand auch Janis Zustimmung. Es war sicherlich eine Männerhose, aber sie hatte keine Lust, in einer dieser scheußlichen geringelten Strumpfhosen herumzulaufen.

Sie griff sich einen passenden Gürtel und schnallte ihn um, fehlte nur noch ein Oberteil. Mit diesem Miederkram konnte sie auch nicht wirklich etwas anfangen, stellte sich die Schnürung unter der Brust ziemlich unbequem vor. Also schlüpfte sie in ein einfaches weißes Hemd und beschloss, ihre eigenen Sachen doch zu waschen und später wieder anzuziehen.

Jani wurde ungeduldig, ließ sich aber von weiteren Fragen nach Neuigkeiten ablenken. In der Zwischenzeit knetete sie ihre Kleidungsstücke im Badewasser ein paar Mal durch, wrang sie aus und hängte sie zum Trocknen über die Schemel, die sie vor das Fenster ins Sonnenlicht rückte.

Jani erzählte währenddessen, dass auch er hinter das Geheimnis der Regenbogensteine gekommen war, als er am Morgen wissen wollte, was sich unter dem Tuch auf dem Tisch verbarg. Emily rubbelte ihre Haare so gut es ging trocken, kaum machbar bei dieser Fülle. Den Rest musste die Luft erledigen. Es gab natürlich weder Kamm noch Bürste, also behalf sie sich mit ihren Fingern, gab es aber schnell auf. *Das kann ja heiter werden,* dachte sie. *Dreadlocks vorprogrammiert...* Hatte Jani gerade etwas von Kaffee gesagt?

»Kaffee??«

»Na ja, ich bin nicht sicher. Aber da steht 'ne Kanne unten auf so einem kleinen Feuer. Und drinnen ist was Dunkles.« Jani mochte keinen Kaffee, deshalb hatte er nicht probiert.

Schnell schlüpfte Emily in ihre geblümten Chucks, dann eilte sie aus der Tür. »Dann sollten wir das mal ganz fix herausfinden.«

»Wenn ich gewusst hätte, dass du dann so schnell fertig bist, hätte ich früher davon erzählt«, rief Jani ihr nach.

Woraus immer es gemacht war, das Getränk kam Kaffee verdammt nahe. Emily trank mehrere Becher voll und langte beim Frühstück kräftig zu. Jani genehmigte sich sein zweites. Wieder war das Angebot reichlich und Jani legte seiner Mutter immer wieder unbekannte Speisen vor, die er bereits getestet und für gut befunden hatte. Darunter waren himmelblaue Früchte, geformt wie winzige Bananen, grüngelber würziger Käse und geräucherte Fleischstücke unbekannter Herkunft. Außerdem eine Art Gebäck, kleine rötliche Fladen, ihm viel zu süß, aber für Emilys Geschmack gerade richtig.

Irgendwann war sie mehr als satt und Jani begierig, ihr seine Entdeckungen zu zeigen. Als sie durch die Eingangshalle liefen, an deren Ende sich das Tor befand, an dem tags zuvor so viel Trubel geherrscht hatte, erzählte Jani, dass es ebenfalls verschlossen sei, er aber am Morgen Geräusche dahinter gehört hatte, die er nicht näher spezifizieren konnte. »Ein wenig wie spielende Hunde«, meinte er.

Er führte sie zu einem der Türme an der Stadtmauer. Sie stiegen etliche Stufen hinauf, bis sie nach etwa zwei Drittel durch eine gewölbte Öffnung auf den Mauerwall treten konnten. Spooky hatte sich schon am Fuße der Treppe geweigert, mitzukommen, offensichtlich war ihm die erste Begehung noch unangenehm in Erinnerung.

Obwohl sie in der prallen Sonne standen, war es viel angenehmer als unten auf dem Platz, denn hier wehte eine frische Brise. Das Panorama war atemberaubend. Vor ihnen breitete sich eine riesige grüne Wiese aus, durch viele Blumen bunt gesprenkelt. Hinter ihnen gab es nur das rote Gebirge, aber die gesamte rechte Grenze bildete ein dichter dunkelgrüner Wald, der weit entfernt um die Wiese herumführte. Die gesamte linke Seite schimmerte Blau bis zum Horizont – Wasser? Ein Meer?

Jani lenkte ihre Aufmerksamkeit zurück auf die Stadt. »Schau mal über den Rand«, sagte er. »Erkennst du die Form?«

Emily sah nur dicke Wülste, egal an welcher Stelle sie sich über die Mauer lehnte.

»Von weiter oben sieht man es besser«, meinte Jani eifrig und schleifte sie zurück zum Turm, wo sie auch das letzte Drittel der Stufen nach oben stiegen. Dort befand sich eine kleine Plattform mit hölzernem Geländer und Emily war froh, schwindelfrei zu sein.

»Siehst du es jetzt?«

Sie blickte nach unten auf die Stadt, die wie in einem ovalen Loch versenkt schien. Zur Linken ein dicker Wulst, der sich bis zur Mitte der gegenüberliegenden Seite zog. Sie wusste, dass sich darunter die Mauer mit dem Eingangstor befand. Die rechte Seite sah etwas anders aus. Hier waren es mehrere Wülste, vier, um genau zu sein, die leicht versetzt aufeinander geschichtet die restliche Außenmauer der Stadt bildeten.

»Und?«

Emily zuckte die Achseln.

»Gibts doch nicht«, murmelte Jani, griff dann ihren Arm und umschloss ihr Handgelenk mit seiner rechten Hand, die er dabei zu einer Faust formte. »Schau mal von oben auf meine Hand. Das ist die Form von Orbíma: Eine Faust, die die Stadt umschließt.«

Jetzt sah sie es auch. Die steinernen Wülste waren Finger, vier auf der rechten Seite, ein dicker Daumen auf der linken. »Tatsächlich!«

»Ich denke, man sieht es noch deutlicher von außen, wenn man auf der Wiese steht«, erklärte Jani. »Deswegen wollte ich raus.«

»Ob das etwas bedeutet? Die Stadt im festen Griff von irgendetwas, vielleicht etwas Bösem?«

»Ich dachte eher an Schutz«, erwiderte Jani. »Eine Hand, die sich schützend um die Stadt legt.«

»Auch möglich«, stimmte Emily zu. »Wir sollten Vem danach fragen. Falls er jemals wieder auftaucht.«

»Übrigens habe ich auch Wölfe gesehen«, sagte Jani. »Als ich heute Morgen auf der Mauer war.«

»Was? Wo? Hier in der Stadt?«

Jani schüttelte den Kopf und deutete auf die grüne Ebene vor ihnen. »Nein. Sie waren da draußen, sind über die Wiese gerannt und im Wald verschwunden.«

»Hm.« Emily starrte angestrengt in die angezeigte Richtung, als könnten die Biester jeden Moment wieder auftauchen. »Aber du weißt nicht, ob es *unsere* waren?«

Jani schüttelte den Kopf. »Nein, dazu waren sie zu weit weg.« Er zögerte und fuhr dann fort: »Und dann habe ich noch etwas gesehen.«

Sie wandte sich ihm zu. »Was denn?«

»Aber lach mich nicht aus. Ich war wirklich schon wach.«

»Keine Sorge. Bei dem, was wir hier schon gesehen haben, glaube ich dir alles, versprochen. Was war es?«

»Zwei Fledermäuse. Schneeweiß. Über der Stadt.«

Emily schaute verdutzt. »Na ja, ungewöhnliche Farbe. Aber…«

»Ich bin noch nicht fertig«, unterbrach er sie. »Du kannst dir nicht vorstellen, *wie groß* sie waren. Erinnerst du dich noch an die Serie *Dinotopia*?

»Ja, wieso?«

»An die Viecher, auf denen sie geflogen sind? Diese Flugsaurier?«

»Ähm, ja…«

»Etwa so groß waren die Fledermäuse. Und ich glaube, die eine hatte einen Reiter. Jedenfalls … saß da *irgendwas* drauf.«

Nachdem er vom plötzlichen Überflug überrascht worden war, hatte er sich im Turm versteckt, instinktiv misstrauisch, erzählte er. Die Tiere waren nicht nur einfach über die Stadt geflogen, sie waren auch im Sturzflug in sie abgetaucht, als hätten sie etwas gesucht. Dabei hatte er bemerkt, dass eine Fledermaus etwas auf dem Rücken trug. Genaueres konnte er nicht sehen, denn als sie wieder auftauchten, flogen sie so nah um die Türme und über den Wall, dass er schnell einige Stufen hinuntersteigen musste, um nicht entdeckt zu werden. Danach hatten sie abgedreht und waren über den Wald davongeflogen, bis er sie nicht mehr sehen konnte.

»Und du meinst, dass sie gefährlich waren?«

Jani kratzte sich am Kopf. »Vielleicht nicht sie selbst, sondern das, was auf der einen saß. Irgendwie kamen sie mir vor wie Spione.«

Emily und Jani spazierten durch die Stadt, einmal zum Eingangstor – dem verschlossenen – und wieder zurück. Hier und da spähten sie durch das Fenster eines Hauses oder schauten sich auf einem verlassenen Vorhof um, inspizierten die fremdartigen Blumen in einem einsamen Garten. Die Hitze war drückend trotz fortgeschrittenem Sonnenlauf, wurde aber erträglicher in den schmalen schattigen Gassen zwischen den Häusern. Hin und wieder wehte ihnen ein kurzer kräftiger Windstoß um die Nase, eine am oberen Wall eingefangene Brise wurde gelegentlich in den Schornsteinschacht der schützenden Mauerfaust gesaugt.

Die Atmosphäre hatte etwas von einem Déjà vu – sie glich der plötzlichen Ausgestorbenheit in Rostal und Emily befürchtete, dass sie ihr nicht nur ähnelte, sondern hier dasselbe passiert war.

Nach ihrem Rundgang beschlossen sie, in den Speisesaal zurückzugehen, etwas trinken, Emily wollte außerdem nachsehen, ob ihre Kleider bereits trocken waren. Schon beim Betreten des Gebäudes hörten sie es – da waren Geräusche hinter dem Tor am Ende der Halle. Sie schlichen auf Zehenspitzen näher und lauschten. Trappeln, als würde etwas rennen, fröhliches Quietschen, Patschen, Quieken, Schnappen, Zischen, Knurren – es hatte etwas von spielenden Tieren. Spooky stand mit aufmerksamem Blick und gespitzten Ohren davor.

»Genau wie heute früh«, flüsterte Jani. »Ich will da rein!«

»Bloß wie?« wisperte Emily.

Weder die beiden Hälften des Tores noch die beiden kleinen Metalltüren ließen sich öffnen, es gab noch nicht einmal einen Griff oder Knauf. Mit den Händen tasteten sie die Flächen und den Rahmen ab, auf der Suche nach einem versteckten Mechanismus. Nichts.

»Die anderen Türen mal versuchen?«, fragte Jani leise.

Emily nickte.

Jani hatte am Morgen zwar kurz in alle begehbaren Räume geschaut, sie aber nicht näher untersucht. Da er schon wusste, dass sich auf der linken Seite Toiletten befanden, wandten sie sich der Holztür auf der rechten Seite zu. Der Riegel daran ließ sich widerstandslos lösen und sie betraten einen länglichen Raum, der an einen Waschsaal erinnerte. Mehrere Zuber mit Wasser waren an der Stirnseite aufgereiht, Tücher und Seifen lagen auf Ablagen bereit, Lampen mit Regenbogenkristallen sorgten für Licht.

Das erklärte zumindest, warum am Tag zuvor so viele Amibros hier und auf der gegenüberliegenden Seite ein und aus gegangen waren, dachte Emily. Zur Toilette gehen, Hände waschen, so etwas in der Art musste der Grund gewesen sein.

Sie traten wieder hinaus und nahmen sich die nächste Tür auf derselben Seite vor. Ein Lagerraum, gefüllt mit Dingen, die keiner starken Kühlung bedurften: Stoffballen und Felle in Regalen, Kisten mit Obst oder Gemüse und Fässer auf dem Boden, auch Werkzeuge, an den Wänden aufgehängt.

Da waren Schaufeln, Eimer, Zangen, Hammer, Schneidewerkzeuge, ein Amboss in der Ecke.

Der Raum zog sich über die Länge des angrenzenden Waschraumes entlang, knickte dann in einen weiteren ab, ging über in einen nächsten größeren, in dem es wie in einem Pferdestall roch. Hier waren massenhaft Heu- und Strohballen gestapelt, auch korbgeflochtene Behältnisse mit Grünzeug und Kisten mit Rohgemüse entdeckten sie. Spooky ging auf Schnuppertour und untersuchte jeden Winkel aufmerksam.

Am interessantesten war die Tatsache, dass da eine Öffnung quer in der Wand verlief, mit einem Gitter verkleidet. Unter ihr hing ein drahtgeflochtener Trog, bei dem es sich um eine Fütterungsvorrichtung handeln mochte. Geeignet für Tiere, die mindestens die Größe eines Pferdes besaßen.

Sie schleppten zwei Strohballen an die Wand, kletterten hinauf und schauten durch das Gitter. Direkt unter ihnen verlief ein breiter Weg und so weit sie die Köpfe auch in beide Richtungen drehten, war kein Ende in Sicht. Rundherum sahen sie nur pures grobes rotes Gestein – sie blickten direkt in das Innere des Gebirges.

»Die haben den Berg ausgebaut«, sagte Jani. »Ich könnte wetten, hier gibt es mehr als nur diesen Weg.«

Emily legte einen Finger an die Lippen. »Schhhh. Hörst du das?«

Schnell schoben sie die Strohballen in die dunklere Ecke des Raumes, stiegen hinauf und drückten sich an die Wand.

Die Geräusche ähnelten den zuvor hinter dem Tor gehörten, sie näherten sich. Dann trabten zwei große Wölfe unterhalb des Gitters vorbei, im Schlepptau eine beachtliche und völlig ungeordnete Menge an Jungtieren, die miteinander rangelten, umher hüpften und quiekten, als Schlusslicht ein einzelner weiterer ausgewachsener Wolf. In der Meute entdeckte Emily einen humpelnden Wollknäuel mit wüstensandrotem Fell.

»Wölfchen!« entfuhr ihr, immerhin geflüstert. Erschrocken schlug sie sich die Hand auf den Mund und hielt die Luft an. Zum Glück zeigten die Wölfe keine Reaktion. Offensichtlich waren die Kleinen zu laut.

Sie warteten, bis nichts mehr von den Tieren zu hören oder zu sehen war, dann machten sie, dass sie weg kamen. Der Hund hatte sich ruhig verhalten, er war noch viel zu beschäftigt mit der Erkundung der Räume. Emily griff sich beim Hinausgehen einen Hammer aus einer Werkzeugkiste. Als sie wieder auf ihrem Zimmer waren, suchte sie nach Möglichkeiten, die Tür zu verbarrikadieren.

Jani hielt sie zurück, nahm ihr den Hammer ab und dirigierte sie zum Bett, wo sie sich setzte. Ihre Finger zitterten. Jani setzte sich neben sie und klopfte ihr den Rücken. »M, jetzt beruhig dich erst mal«, sagte er. »Ist doch gar nichts passiert.«

»Aber sie sind hier! In der Stadt! Wie sollen wir uns verteidigen? Und wo ist überhaupt deine Stange?«

»Keine Ahnung, die haben sie wohl weggeschafft, war jedenfalls nicht mehr im Frühstücksraum heute früh.« Er tätschelte weiter beruhigend ihren Rücken. »Ich glaub nicht, dass die Wölfe in der Stadt sind. Wir waren doch den ganzen Tag unterwegs, wir wären ihnen längst über den Weg gelaufen. Ich glaube die sind nur da, wo wir sie gesehen haben. Hinter dem Tor, im Berg. Ich frage mich allerdings, ob die Amibros das wissen.«

Emilys Angst schlug in Empörung um. »Das wäre ja noch schöner. Uns mit diesen Bestien allein zu lassen! Ohne Warnung!«

»Na ja, sie waren doch ganz friedlich bei unserer letzten Begegnung«, wandte Jani ein.

»Aber da hatten wir noch ein Druckmittel. Wer weiß, wie die Sache sonst ausgegangen wäre…«

»Vielleicht besteht trotzdem keine Gefahr. Vielleicht können die da gar nicht raus«, überlegte Jani laut. »Vielleicht ist es so etwas wie ein Wildwechsel und sie haben sich arrangiert. Wenn die Wölfe da unterwegs sind, geht keiner der Amibros rein und umgekehrt.«

Emily sah nicht überzeugt aus.

»Und noch ein viertes Vielleicht«, kam von Jani. »Vielleicht wissen die Amibros nichts von den Wölfen – aber die Wölfe wissen, wann sie nicht in der Stadt sind.«

»Vorausgesetzt, unsere neuen Freunde verlassen die Stadt tatsächlich«, wandte Emily ein.

»Wie meinst du das«, fragte Jani irritiert. »Wo sollten sie denn sonst sein?«

Emily, etwas ruhiger inzwischen, erhob sich vom Bett, trat ans Fenster und überzeugte sich davon, dass keine Wölfe durch Orbíma streiften.

Zu ihrer Linken färbte sich der Himmel purpurn, dort musste die Sonne gerade untergehen. Die hohe Stadtmauer versperrte die Sicht auf sie und ebenso auf das vermeintliche Meer, das Emily vom Turm aus gesehen hatte. Dies bedeutete, dass das rote Gebirge zwischen Osten und Westen verlief, während Wiese und Wald vor ihnen im Norden lagen. Ihr verlassenes Rostal müsste in südlicher Richtung zu finden sein. Sofern die alten Himmelsrichtungen und der übliche Lauf der Sonne hier noch Gültigkeit besäßen.

»Du glaubst, sie sind verschwunden wie die Leute zuhause«, beantwortete Jani seine Frage selbst. »Stimmt's?«

»Ich halte es zumindest für möglich«, bestätigte Emily vorsichtig. »Es kommt mir einfach total komisch vor, dass sie *alle* weg sind – Männer, Frauen, Kinder. Und wir nichts davon bemerkt haben.«

Jani schwieg eine Weile. »Und wenn es so ist – was machen wir dann?«, fragte er schließlich.

Emily setzte sich auf einen Schemel. Sie senkte ihren Kopf mit Schwung, so dass die Haare nach vorne fielen. Erfolglos versuchte sie, ihre Mähne mit den Fingern zu entwirren und dachte dabei nach.

»Jedenfalls nicht hier bleiben«, sagte sie schließlich, richtete sich wieder auf und ließ die schwarzbraunen ineinander verhedderten Locken auf ihren Rücken fallen. *Das Einfachste wäre, ich besorge mir ein Messer und säbele sie ab*, dachte sie entnervt. Sie stand auf und suchte nach ihren Haarklammern, fand sie neben dem Bett.

»Lass doch so«, meinte Jani mit prüfendem Blick. »Sieht cool aus.«

»Echt?«, sie blickte zweifelnd.

»Fehlen nur noch ein paar Totenköpfe um den Hals, Piercings und blutige Schrammen«, meinte er trocken, »dann siehst du aus wie eins der Mädels in deinem Lieblingskalender.«

Sie lachte. Sie wusste, was er meinte. *Luca Toro*. Der begnadete spanische Zeichner. Schon seit Ewigkeiten kaufte sie regelmäßig seine Jahreskalender. Sie legte die Haarklammern auf den Tisch und grinste ihren Sohn an. »Okay – wo gibts hier Totenköpfe?«

Er grinste zurück, dann räusperte er sich. »Also, wie ist der Plan? Wenn wir nicht hier bleiben wollen, müssen wir ja irgendwie raus, oder?«

Sie nickte. Zog einen Schemel an den Tisch und setzte sich, Jani kam mit dem zweiten dazu, kramte Notizblock und Stift aus dem Rucksack, dann sammelten sie Ideen. Vom Abseilen über die Mauer über Erkunden des Wolfspfads im Berg bis hin zu zerstörerischen Aktionen mithilfe der Werkzeuge, die sie im Lager gesehen hatten, war alles dabei.

Die Sonne setzte sich derweil zur Ruhe und der Abend brach an. Als es laut wurde in der Stadt, benötigten sie einen Moment, um es zu realisieren. Dann eilten sie beide ans Fenster. Vom Eingangstor floss ein fröhlicher Strom Menschen herauf und verteilte sich wie eine Flutwelle in den Gassen und Häusern. Die Amibros waren zurück.

# 8 / Nacht 2

Sie ließen ihnen eine gefühlte Viertelstunde Zeit, um von sich aus an ihre Tür zu klopfen, eine Erklärung für ihre Abwesenheit zu liefern, oder sie einfach nur zum Abendessen zu bitten. Als niemand kam, verlor vor allem Emily die Geduld. Sie wollte Antworten. Also gingen sie nach unten. Als sie am hinteren Tor vorbei kamen, traten gerade zwei Männer durch die Türen in das Innere des Berges. Sie trugen kleine Schaufeln und Eimer mit sich. Und erweckten nicht den Anschein, als hätten sie vor irgendetwas dort drinnen Angst.

Aus dem Speisesaal drangen Stimmen, die sanfte gehörte Vem. Die andere, laut und zornig, war ebenfalls die eines Mannes, aber sie kannten sie nicht. Emily und Jani blieben mit Spooky vor der Tür, verhielten sich ungezwungen und lauschten. Es waren Schritte zu hören, die erregt auf und ab liefen.

»Welchen Grund seht Ihr, ihnen zu misstrauen?«, fragte Vem gerade. »Haben sie nicht bereits bewiesen, dass sie unser Vertrauen verdienen?«

»Sie sind wie *er*«, erwiderte der Zornige. »Sie kommen aus *seiner* Welt. Das allein sollte Euch Grund genug sein. Alles andere ist Täuschung, damit wir uns in Sicherheit wähnen. Auch ihm schenkten wir Vertrauen, wie Ihr Euch sicherlich erinnert. Und wohin hat es uns gebracht?«

»Ich verstehe Euren Schmerz. Aber ich erkenne bereits jetzt den Unterschied zwischen ihm und ihnen, welcher sich auch Euch erschließen sollte, sofern auch *Ihr Euch* erinnert.«

Die Schritte hielten kurz inne, dann wurde die Wanderung wieder aufgenommen. »Ja ich erinnere mich. Aber ist es wirklich von der Bedeutung, die Ihr dem Ganzen beimesst? Es war doch nur ein Zufall. Rechtfertigt das Euer Vorhaben?«

»Mein Vorhaben kommt Euch sogar entgegen, je schneller Ihr Euch dafür entscheidet.«

Die Schritte verlangsamten sich, ein Stuhl wurde gerückt. Seufzen. »Also gut. Aber wenn sich herausstellt, dass Ihr Euch getäuscht habt, werde ich es anders zu Ende bringen, als es Euer Wille ist.«

»Wenn ich mich getäuscht haben sollte, ist mein Wille nicht länger von Bedeutung.«

»Dann sind wir uns einig.«

»Tember, wäret Ihr so freundlich, sie zu uns zu bitten?« Vems Stimme.

»Natürlich«, hörten sie die Erwiderung, dann schwang auch schon die Tür auf. Tember musste direkt davor gestanden haben. Sie und Emily starrten sich an, Jani blickte betreten zu Boden, während Spooky fröhlich an ihr hoch sprang, weiter zum Tisch rannte, kurz den Fremden beschnüffelte und dann Vem die Vorderpfoten auf den Schoß warf.

Dieser lachte herzlich und tätschelte – noch etwas unbeholfen – den weißen Hals des Hundes, erhob sich dann und winkte mit einladender Geste und freundlichem Lächeln Richtung Tür. »Bitte kommt und schenkt uns einen Augenblick Eurer Zeit. Ich wollte Euch gerade holen lassen.«

Tember trat wortlos zur Seite und ließ sie eintreten.

Vem kam Emily entgegen, ergriff ihre Hände und führte sie mit warmem »Wie geht es Euch heute, meine liebe Emiliane« zu einem Stuhl an seiner Seite.

Da ihr ob seiner Schönheit bereits wieder ein hemmender Kloß im Hals saß, über den sie sich ärgerte, entfuhr ihr ruppiger als geplant: »*Emily* bitte. Wahrscheinlich ginge es uns besser, wenn Ihr uns nicht den ganzen Tag allein gelassen hättet.«

»Oh.«

Der schnelle Blick zu dem anderen entging ihr nicht. Sie setzte sich, aber er hielt noch immer ihre Hand.

»Verzeiht, dass wir Euch dies antun mussten«, sagte er elfensanft. »Ist es Euch denn nicht gut ergangen?«

Emily versank in seinen rotbraunen Augen und brachte keinen Ton heraus.

Jani, der gegenüber Platz genommen hatte, beobachtete die Szene fassungslos. Gleich würde sie zu stottern anfangen und wahrscheinlich noch selbst um Verzeihung bitten, dass sie überhaupt gefragt hatte. Da half nur eins.

»Emma?«, sagte er liebenswürdig.

Sie fuhr herum. »Nenn mich nicht…!«

Er grinste und zwinkerte ihr zu.

Emily lief puterrot an, entzog Vem ihre Hand, ging um den Tisch herum und setzte sich neben ihren Sohn. Nahm einen Becher, goss von dem roten Wein ein, trank ihn in einem Zug, warf die Haare zurück, streckte den Rücken und atmete einmal tief durch.

»Schluss mit den Höflichkeiten«, sagte sie energisch, an Vem gewandt. »Wir haben heute viel gesehen und gerade eben viel gehört. Was geht hier vor? Und wer ist *er*?«

Bei den letzten Worten zeigte sie auf den Fremden. Der musterte sie mit arrogant gelupfter Augenbraue und erinnerte an einen desillusionierten *Zorro*. Schwarz alles an ihm, die abgetragene Kleidung, die langen strähnigen Haare, die ungepflegten Bartstoppeln, die kühl blickenden Augen. Etwas dunklere Haut als Vem, aber immer noch hell, champagnerfarben. Anstelle einer Tätowierung trug er eine hässliche Narbe im Gesicht, die eine Kerbe in den linken Wangenknochen grub und am Ohr entlang in seinen Hemdkragen kroch.

Vem blieb die Ruhe selbst und verlor nichts von seiner Freundlichkeit. Emily bewunderte ihn dafür.

»Ich verstehe«, sagte er mit bedächtigem Neigen seines Kopfes. Er winkte Tember, zu ihnen zu kommen, und wartete, bis sie die Tür geschlossen und sich gesetzt hatte. Dann schaute er zu dem Schwarzen. »*Er* ist Dreierdrei der Amibros – Roc'B Darwo.«

*Der fehlende Dritte im weisen Rat, natürlich.*

Roc deutete eine Verbeugung in ihre Richtung an, die in ihrer Nachlässigkeit beinahe schon einer Beleidigung gleich kam. »Es ist mir ein Vergnügen, Eure Bekanntschaft zu machen, Teuerste.«

Ein Sarkast. *Auch recht,* dachte Emily und lächelte zuckersüß zurück. »Und mir erst«. *Herr Einerlei* lag ihr auf der Zunge hinzuzufügen, aber sie verkniff es sich gerade noch.

Er nickte Jani zu. »Seid gegrüßt«.

»Tagchen«, erwiderte Jani.

»Ihr sagtet, Ihr hättet heute etwas gesehen«, begann Vem. »Wollt Ihr uns erzählen, was es war?«

Emily reagierte trotzig. »Nein. Zumindest nicht sofort. Erst seid Ihr dran. Wo waren alle heute?«

»Und warum habt Ihr uns eingesperrt?« fügte Jani hinzu.

»Dies geschah nicht böswillig«, beantwortete Vem seine Frage zuerst. »Vielmehr aus Gewohnheit. Auch hattet Ihr zugesagt, unsere Gastfreundschaft anzunehmen und unser Gespräch fortzusetzen – es war mir nicht in den Sinn gekommen, dass es Euer Wunsch sein könnte, die Stadt zu verlassen. Dies war mein Fehler und ich erbitte Eure Verzeihung, Ihr seid frei und dürft gehen, wohin es Euch beliebt.«

»Wir wollten die Stadt gar nicht verlassen«, erläuterte Emily. »Erst als wir davon ausgehen mussten, dass ihr nicht zurückkommt, haben wir darüber nachgedacht.«

»Erneut mein Fehler«, nickte Vem. »Ich hätte Euch unterrichten müssen, dass die Amibros, auch wenn sie ›unterwegs‹ sind, selbstverständlich zurückkehren. Es ist so – wir verlassen Orbíma am Tag immer, um in den Wäldern zu jagen.«

»Ihr *alle* geht jagen?«, fragte Emily verblüfft. »Auch die Frauen und Kinder?«

»Die Erfahrung hat uns gelehrt, dass es sicherer für uns ist, wenn wir zusammenbleiben. Natürlich ist nicht jeder mit dem Jagen beschäftigt, es gibt auch Erkundungseinheiten oder Schlafgruppen.«

Viel Schlaf schienen die Amibros nicht zu benötigen, wenn sie sich die ganze Nacht und offensichtlich auch noch viele Stunden am Tag derart beschäftigten. Und warum man in einer Stadt, die einer Festung glich, weniger sicher sein sollte als auf weiter Flur, wo sich wilde Wolfsrudel herumtrieben, wollte Emily auch nicht in den Kopf.

»Fahrt fort«, bat Vem. »Was wollt Ihr noch wissen?«

»'tschuldigung«, kam Jani ihr zuvor. »Kann ich erst mal was Grundsätzliches klären, bevor wir unser lustiges Frage-und-Antwort-Spielchen fortsetzen?«

Vem nickte ihm auffordernd zu, Emily ahnte bereits, um was es ging.

»Ich will euch echt nicht zu nahe treten, also bitte nicht beleidigt sein oder so. Ich würd gern wissen – seid ihr überhaupt real?«

Die drei Weisen schauten überrascht.

»Was meint Ihr?«, fragte Tember.

»Ob ihr echt seid. Ob ihr wirklich existiert. Weil … also … meine Mutter und ich, wir haben darüber diskutiert, ob wir das alles hier vielleicht nur träumen … oder ob wir … tot sind. Und nun im Himmel.«

»Im Himmel?« Tember klang irritiert.

»So ein religiöser Glaube bei uns«, fühlte sich Emily verpflichtet zu erklären. »Man stirbt, der Körper verfällt, aber die unsterbliche Seele fährt auf in den Himmel. Zu Gott.«

»Gott?«

»Puh.« Jani kratzte sich am Kopf. Das war komplizierter als gedacht. »Gott ist etwas, das die Leute bei uns verehren. Manche stellen ihn sich vor als gütigen bärtigen alten Mann, für andere ist er irgendeine übergeordnete Macht, zum Beispiel ein Energiefeld. Sie glauben, dass Gott die Welt geschaffen hat und unserem Leben einen Sinn gibt, weil wir am Ende, wenn wir sterben, zu ihm dürfen. In den Himmel, wo alles ganz toll ist. Ein Paradies – Friede, Freude, Eierku…« *Nein, den Kuchen ließ er besser weg.* »Aber nur, wenn man ein gutes Leben geführt hat. War man fies und böse, kommt man nicht in den Himmel, sondern in die Hölle. Das–« kam er schnell allen Fragen zuvor, »ist ein übler Ort, voller Feuer und ganz furchterregend. Wird beherrscht vom Teufel – der ist ähm … na ja, sowas wie Gott, nur die miese Ausgabe. Sein Gegenspieler sozusagen.«

Emily sah ihn sichtlich amüsiert an, aus den restlichen Gesichtern sprach Ratlosigkeit.

»Das sagt euch gar nichts, oder?«

Kopfschütteln.

»Beantwortet die Frage ja auch irgendwie«, Jani schaute unsicher zu Emily. »Sie würden es doch wissen, wenn dies der Himmel wäre?«

»Denke schon«, stimmte sie zu. »Paradiesisch ist es hier nun nicht gerade. Und für die Hölle wiederum zu nett. Außerdem müssten tote Seelen dann doch in Scharen hier einfallen.«

»Okay, dann die Traumtheorie«, ging Jani zum nächsten Punkt über. »Was spricht dagegen, dass wir alles nur träumen? Abgesehen davon, dass der Traum nun schon ein paar Tage anhält und man üblicherweise nur von etwas träumt, von dem man auf irgendeine Art etwas weiß.«

Hier war das Feedback befriedigender. Die Amibros wussten, was Träume waren, sie selbst träumten ebenfalls. Aber sie konnten sich nicht darauf einigen, ob dies ein eindeutiges k.o.-Kriterium war. Das Gehirn im

Schlafzustand war wie ein Spielplatz voller Kleinkinder – fantasievoll und einfallsreich. Was Jani auf eine weitere Idee brachte.

»Vielleicht liegen wir im Koma!?« Und fügte schnell hinzu: »Tiefe Bewusstlosigkeit nach schweren Gehirnschäden, zum Beispiel, wenn einem ein Meteorit auf den Kopf fällt.«

Emily lachte und strich ihm tröstend über den Arm. »Wir werden das Rätsel nicht lösen. Noch nicht jedenfalls.«

Jani seufzte. »Sieht so aus.«

»Ich verstehe, worum es Euch geht«, sagte Vem mit sanfter Elbenstimme. »Und ich kann Euch versichern, dass wir allen Grund haben, uns für echt zu halten. Das Volk der Amibros blickt auf eine lange Geschichte zurück, wir verfügen über eine große Sammlung historischer Schriften, die dies belegen. Auch ist unser Wissen über diese Welt sehr umfangreich, im Laufe der Jahrhunderte haben amibroische Forscher jeden erreichbaren Winkel besucht.«

»Habt ihr einen Namen für sie?«, fragte Jani neugierig.

»Für die Welt?« Tember nahm sich des Themas an. »Es gibt unterschiedliche Bezeichnungen. Da wäre zum einen der wissenschaftliche Begriff *Plamont*. Und dann der Name im Sprachgebrauch seiner Bewohner. Wir sagen *Palla*.«

»Interessant. Plamont entspricht dann wohl unserem Wort *Planet*. Wie sagt ihr zu Sonne und Mond?«, fragte Jani. »Die Teile, die am Tage oder in der Nacht am Himmel hängen.«

»Sunne und Luni.«

»Verdammt ähnlich. Bei uns sagt man mancherorts auch Luna zum Mond.« Was hatte das zu bedeuten? Jani rauchte der Kopf.

»Mit dem Unterschied, dass es bei uns drei Luni … Monde gibt, bei euch aber nur einen«, sagte Vem und fing sich einen zornigen Blick von Roc ein.

»Drei?«, fragte Emily perplex. »Aber wir haben doch bisher nur einen gesehen?«

»Ja, den ersten. Die Zwillingsluni erscheinen erst weit nach Mitternacht, als Nachtschläfer habt Ihr sie bisher vermutlich verschlafen«, erklärte Vem eilig.

Jani starrte ihn an. »Moment mal – Ihr habt gesagt, dass es bei uns nur *einen* Mond gibt. Woher wisst Ihr das?«

»Habt Ihr nicht gerade selbst…?«

»Nein, nichts über die Anzahl. Jetzt windet Euch nicht raus. Wir sind nicht die ersten unserer Art, die Ihr trefft, richtig?«

»Nein«, erwiderte ein ungehaltener Roc an Vems Stelle. »Seid ihr nicht.«

# 9

Wie sich herausstellte, kam es in unregelmäßigen Abständen vor, dass Fremde auf Palla strandeten. Mal lagen Jahre dazwischen, mal Jahrzehnte. Der Überlieferung ihrer Vorfahren nach tauchten die Fremden immer in der Nähe von Wasserstellen wie Flüssen oder Seen auf. Es existierten Berichte von vereinzelten Erscheinungen ebenso wie Ansammlungen von Dutzenden, die sich dann auf Palla angesiedelt hatten und die Wurzeln heutiger Völker bildeten, über den gesamten Planeten verstreut. Nicht belegte Gerüchte spekulierten, dass auch die Amibros auf diese Weise vor Jahrhunderten auf Palla angekommen waren.

Jani flüsterte seiner Mutter wilde Fantasien ins Ohr, die mit Parallelwelten und schwarzen Löchern zu tun hatten, bis sie ihm zuraunte, dass sie das alles gar nicht so abwegig fände, er aber doch erst einmal weiter zuhören sollte.

Wie oft und an welchen Stellen solche Strandungen auf dem Plamont im Allgemeinen auftraten, war nicht bekannt. Die derzeitige Generation hatte selbst erst zwei erlebt, wobei Tember bei der ersten noch gar nicht geboren war (sie war sechzehn Jahre alt). Beide Male hatten an einem Ort stattgefunden, an dem normalerweise eine kleine Oase inmitten der roten Wüste ihren Platz hatte.

Vor etwa drei Jahren war dort über Nacht ein großes Stück gepflegten Grases erschienen, mit Bäumen, Pfaden und Bänken, die insgesamt fünf Menschen als Nachtlager gedient hatten. Vier davon erklärten, sie seien Studenten der Malerei, die schon öfter im Park übernachtet hätten, der fünfte war ein alter kranker Mann, der mit Zeitungen bedeckt auf einer der Bänke geschlafen hatte. Sein Herz verkraftete die Aufregung nicht, er verstarb innerhalb der ersten Stunden ihrer Anwesenheit auf Palla. Die Amibros nahmen die vier übrigen bei sich auf und nach etwa einem halben Jahr fanden sie eines Tages die Oase wieder an Ort und Stelle vor – der Park war verschwunden.

»Was ist aus ihnen geworden?«, fragte Emily gespannt. »Befinden sie sich hier in der Stadt?«

»Nein«, beschied Vem bedauernd. »Sie haben uns schon lange verlassen.«

Besonders einen der Vier – er nannte sich Bobbeye Hicks – hatte es nicht in Orbíma gehalten, er war begierig darauf, die Welt zu erforschen, um ›den Weg zurück‹ zu finden, wie er sich ausdrückte, und er überredete die anderen, zwei Männer und eine Frau, ihn zu begleiten. Man hatte lange nichts von ihnen gehört, wähnte sie schon nicht mehr am Leben, jedoch wusste man inzwischen aus mehreren zuverlässigen Quellen, dass zumindest Hicks noch am Leben war. Es hieß, er habe sich westlich des Ozeans niedergelassen, auf einem Kontinent, der als dicht bewachsen und undurchdringlich galt, Urwald und wilde Tiere beherrschten ihn.

»Was habt ihr noch erfahren, außer dass es dort, wo sie herkamen, nur einen Mond gab?«, wollte Jani wissen.

»Nicht viel«, erklärte Vem. »Sie waren nicht sehr offen, vielleicht quälten sie ähnliche Gedanken wie die von Euch geschilderten. Roc kann Euch dazu mehr sagen, er und Hicks waren so etwas wie Freunde.«

Roc war der Erzählung mit finsterem Blick gefolgt, ganz offensichtlich ging ihm etwas gewaltig gegen den Strich. Jetzt sprang er auf und zischte: »Ich erinnere mich nicht. Fragt ihn doch selbst.« Dann verließ er schnellen Schrittes den Saal.

Emily und Jani sahen ihm erstaunt nach.

»Ich erbitte Eure Verzeihung für sein Benehmen«, sagte Vem matt. »Er und Hicks – sie verstanden sich nur zu Anfang ihrer Bekanntschaft gut. Später… Doch das tut nichts zur Sache. Mir ist noch etwas eingefallen, das Euch vielleicht weiterhilft. Ich erinnere mich an den Namen des Ortes, in dem Hicks und seine Freunde gelebt hatten, er nannte ihn Pahrieh.«

Erst runzelten sie die Stirn, dann erhellte sich Janis Gesicht. »Paris wahrscheinlich, dieser Hicks war doch Franzose, richtig? Der alte Mann, der unter Zeitungen auf einer Parkbank geschlafen hat, hatte er einen Namen?«

Vem dachte nach. »Die anderen nannten ihn … Gloscha? Oder so ähnlich.«

Jani nickte eifrig. »Kein Name, aber eine Bezeichnung für Obdachlose – Clochard. Das passt zu Paris. Es scheint also zu stimmen – sie kamen wie wir von der Erde.«

»Euer Dreierdrei hat gar nicht unrecht«, sagte Emily zu Vem. »Wir sollten diesem Hicks wirklich ein paar Fragen stellen. Ist es nicht irgendwie machbar, ihn zu treffen, dort wo er sich jetzt aufhält?«

Vem und Tember wechselten einen schnellen Blick. »Nun, um aufrichtig zu sein – das ist es, was wir Euch vorschlagen wollten.«

Der Plan sah vor, dass sie Roc begleiteten, der – seit die Amibros wussten, dass und wo in etwa Hicks lebte – eine Expedition vorbereitete, die ihn aufspüren sollte. Zwar war sein Beweggrund ein persönlicher, die Erforschung des Dschungelkontinents aber etwas, das die Gelehrten der Amibros schon lange forderten, so dass Bobbeye Hicks Mittel zum Zweck wurde.

Vem hatte vorgeschlagen, dass Roc Emily und Jani mitnehmen sollte, wovon beide Seiten profitieren könnten. Hicks war sicherlich interessiert an Besuchern seiner eigenen Art und würde sich daher voraussichtlich eher auf ein Treffen einlassen, wohingegen Emily und Jani die Begegnung zur Informationsbeschaffung nutzen konnten. Roc hatte sich lange geweigert, weil er den Neuankömmlingen nicht traute. Letztendlich hatte er sich doch auf den Vorschlag eingelassen. Vem führte sein Misstrauen als Erklärung für sein unfreundliches Verhalten an.

Emily und Jani waren mehr als bereit, die Expedition zu begleiten. Die Vorbereitungen würden noch einige Zeit in Anspruch nehmen, auch wollten beide auf jeden Fall noch einmal in ihr Haus, bevor das, was von Rostal übrig war, vielleicht ebenso verschwand wie der französische Park im Fall von Hicks und seinen Begleitern. Emily hatte immer noch Hoffnung, dass ihre Kater heimgekehrt waren.

Nachdem dies geklärt war, bat Vem sie um ihre noch ausstehende Erzählung der Vorfälle des Vortages, worauf Jani seine Begegnung mit den weißen Fledermäusen schilderte.

»Snopire«, nickte Vem und warf Tember einen sorgenvollen Blick zu. »Unangenehme Zeitgenossen. Ihr habt gut daran getan, Euch zu verbergen. Sie bereiten uns viel Ärger in letzter Zeit.«

»Sind sie gefährlich?«, wollte Jani wissen.

»O ja, es sind Fleischfresser, Raubtiere. Früher hat man sie selten in unseren Gefilden gesehen, sie sind auf der Eisinsel zuhause, welche östlich zwischen unserem Kontinent und der Dschungelwelt liegt. Etwas treibt sie herüber, vielleicht Nahrungsmangel.«

»Und der Reiter?«

»Ich will Euch nicht zu nahe treten, junger Mann, aber seid Ihr sicher, dass es sich um einen solchen handelte? Mir ist Derartiges nicht bekannt. Vielleicht handelte es sich um eine Pigmentierung des Felles, die nur den Anschein erweckte?«

»Kann auch sein«, gab Jani zu. »War schwer zu erkennen.«

»Gut, dann jetzt zum zweiten Erlebnis«, übernahm Emily das Gespräch. »Euer geheimnisvoller Berg und die Wölfe.«

Erneut bemerkte sie ein Wechselspiel der Blicke zwischen Vem und Tember.

Sie erzählte von den Geräuschen hinter dem Tor, der Suche nach einem Eingang und ihrer Entdeckung des Pfades im Innern des Gebirges sowie der Begegnung mit der wölfischen Kinderstube.

Als sie am Ende angekommen war, verließ Tember nach einer auffordernden Geste des Einerdrei den Saal. Dann lächelte er Emily an. »Es verbirgt sich nichts im Innern des Berges, den wir übrigens *Fogmon* nennen, das nicht für Eure Augen bestimmt wäre. Ich hoffe, Ihr erweist mir später die Ehre einer persönlichen Führung. Ihr werdet überrascht sein. Wir betreiben dort handwerkliche Arbeiten, Töpferkunst und Schmiedearbeiten, Gartenbau und Nutztierhaltung. Auch beherbergen wir dort Vertreter anderer Völker, sie lehren uns Künste, die wir selbst nicht beherrschen.« Er blickte zur Tür, als erwarte er jemanden. »Nun – der Fogmon erweist uns noch einen weiteren Dienst. Sobald wir seine wenigen Ausgänge verschließen, ist ein Eindringen unmöglich. Daher nutzen wir ihn auch, um die schwächsten Glieder unserer Gemeinde zu schützen, diejenigen die zu jung oder zu alt sind, um uns zur Jagd zu begleiten.«

Vem schaute erneut zur Tür und rutschte etwas auf seinem Stuhl herum. »Doch damit Ihr die ganze Wahrheit versteht, muss ich Euch in ein Geheimnis einweihen, das nur wenigen bekannt ist. Zudem wird es schwierig für Euch werden, mir Glauben zu schenken, wenn ich es nur in Worte fasse.«

Nun endlich öffnete sich die Tür. Tember war zurück, aber nicht allein. Eine junge Frau begleitete sie, die ein kleines rothaariges Mädchen auf der Hüfte trug, das vielleicht drei oder vier Jahre alt war. Hinter den dreien betrat auch Roc wieder den Saal.

Vem langte über den Tisch und ergriff Emilys Hand. Er sah ihr fest in die Augen. »Was Ihr jetzt erfahrt, birgt großen Wert, aber auch große Gefahr für unser Volk. Ihr müsst mir versprechen, dass Ihr dieses Wissen niemals preisgeben werdet, wo es nicht bekannt ist.« Dabei ließ er seinen Blick nun auch zu Jani wandern.

Dieser nickte sofort. »Versprochen.«

»Versprochen«, sagte Emily ebenfalls.

»Missbraucht unser Vertrauen nicht!« warnte Vem noch einmal eindringlich. Er erhob sich, ging zu der jungen Frau und nahm ihr das Kind ab, das ihm einen Arm entgegenstreckte, der andere hing in einer Schlaufe an die Brust gedrückt.

»Hallo, kleine Yuna«, sagte er liebevoll. »Wie geht es dir heute?«

»Dut«, kam die ernsthafte kindliche Antwort, *gut*.

»Tut dir noch was weh?«

Sie steckte den Daumen in den Mund und nuschelte: »Nnöö.«

Er lachte. »Das freut mich zu hören.«

Er kam mit ihr an den Tisch, deutete auf Emily und sagte: »Schau mal. Kennst du diese Dame?«

Die Kleine nahm den Daumen aus dem Mund und begann mit den Fingern Löckchen in ihr Haar zu kringeln, dann erhellte sich das Gesichtchen mit einem strahlenden Lächeln und ein fröhliches »Ja!« purzelte aus ihr heraus.

Emily stand von ihrem Stuhl auf, sie war mehr als verdutzt. Sie hatte das Kind noch nie zuvor gesehen.

»Und warum kennst du sie?«, fragte Vem geduldig.

»Helft Yuna.«

»Sie hat dir geholfen? Was hat sie denn gemacht?«

»Bindet Yuna!« Zur Bekräftigung hob sie den Arm in der Schlaufe ein wenig an.

Emily wurde der Mund trocken. Sie hatte kein Kind verbunden. Nur einen...

»Ja, sie hat dich verbunden. Und hat sie deinen Namen gewusst? Hat sie dich Yuna genannt?«

Energisches Kopfschütteln.

»Nein? Wie hat sie denn zu dir gesagt?«

Die Kleine kicherte und verbarg den Kopf an seiner Schulter. »Wölfsn.«
»Himmel.« *Wölfchen.* Emily wurden die Knie weich, sie musste sich wieder setzen.

Vem hob Yunas Kleid ein wenig an, so dass man den Verband sah, der sich am linken Oberschenkel befand. »Unser Mediziner hat die Verbände natürlich inzwischen erneuert und die Wunden fachmännisch versorgt. Aber Tatsache bleibt, dass Ihr Yuna das Leben gerettet habt.«

»Aber, aber…«, stotterte Emily. Jani brachte überhaupt keinen Ton heraus.

Vem setzte sich, behielt Yuna auf den Knien und strich ihr über das wüstenrote Köpfchen. »Wir verwandeln uns bei Tagesanbruch«, sagte er leise, aber überaus deutlich, »und in unsere menschliche Gestalt zurück bei Sonnenuntergang. Wir Amibros sind Metamorphe. Gestaltwandler.«

Yuna wollte auf Emilys Schoß. Beide waren sie völlig fasziniert voneinander. Tember, Roc und auch die junge Frau, die sich als Yunas Kindermädchen Rays vorstellte, nahmen am Tisch Platz. Da alle hungrig waren, aßen und tranken sie, während jeder reihum etwas zur Geschichte der Gestaltwandler beitrug. Bis auf den immer noch verstockten Roc.

Vem versicherte Emily und Jani zuvor, dass man sie – falls sie die Nacht nicht ohne Schlaf würden durchhalten können – am Morgen notfalls wecken würde, damit sie sich mit eigenen Augen von der Transformation überzeugen könnten.

Jede der drei Sippen tat *es* auf die eigene Weise – die Darwos verwandelten sich in ›Fangworge‹ (Wölfe), die Darravs wurden zu ›Federfluglingen‹ (Raben), die Darhors zu ›Hornhufern‹ (Einhörner), andere Arten gab es nicht, seit jeher. Als Tiere waren sie in menschlichen Handlungen eingeschränkt, also verließen sie Orbíma vor Tagesanbruch, um nicht selbst Gefangene der Stadt zu werden. Sie nutzten die Nacht für alle Tätigkeiten, die sie weitaus effektiver in Menschengestalt durchführen konnten und schliefen bei Tag, auch weil sie in Tierform weniger Schlaf benötigten. Die restliche Tageszeit verbrachten sie tatsächlich mit der Jagd, die Wölfe waren Meister darin, die Vögel wurden zu Kundschaftern, die Einhörner verrichteten Transportdienste.

Normalerweise blieben wesentlich mehr Amibros in der Stadt zurück als nur Alte und Kleinkinder, aber die Überfälle der Snopire hatten stark zugenommen. Daher waren sie seit dem letzten Angriff dazu übergegangen, die Schwächsten ihres Volkes im Fogmon zu verbergen und sie erst nach Sonnenuntergang, wenn sie zurückkehrten, wieder herauszulassen.

Bei der letzten Attacke zwei Tage zuvor waren etliche Bewohner verletzt und einige getötet worden. Die weißen Fledermäuse waren ohne Vorwarnung über die Stadt hergefallen, sie schlugen ihre scharfen Klauen und spitzen Vampirzähne wahllos in die Bewohner, versuchten sie davonzutragen, was ihnen zum Teil gelang – es war eine traurige Aufgabe, die sterblichen Überreste vieler Vermisster einzusammeln.

Yuna war eines ihrer Opfer und der Snopir hatte sie vermutlich unterwegs verloren oder absichtlich fallen gelassen, als er im dichten Nebel vor dem Fogmon die Orientierung verlor. Hätten Emily und Jani den Wolfswelpen auf ihrer Wanderung nicht zufällig gefunden, wäre Yuna verblutet, denn niemand hätte sie aufgespürt. Vem berichtete, dass sie nie in Betracht gezogen hatten, dass die Snopire mit ihren Opfern auch auf die andere Seite des Gebirges gelangt sein könnten, da diese nur durch den Felsspalt oder per Überquerung erreichbar war. Beides hatten sie als unmöglich für die großen Flugtiere erachtet.

Tember hatte sich an dem Tag in der Stadt aufgehalten und es war ihr dank ihrer Vogelform gelungen, im Kampfgetümmel zu entkommen und Vem und Roc zu verständigen, die sich mit anderen Amibros zu dieser Zeit in Rostal aufhielten – um ein zweites Mal nach Ankömmlingen zu suchen, wie Vem erklärte. Das hatten sie tags zuvor schon einmal getan, aber ohne Erfolg. Dass sich Emily und Jani zur selben Zeit in einem der nahen Häuser versteckten und sie sogar beobachteten, hatten sie natürlich nicht wissen können.

»Wartet«, unterbrach Emily. »Wir waren oben an der Grenze zur Wüste und konnten den Platz mit der Kastanie sehen, dem großen Baum. Wir haben die Wölfe beobachtet. Dann tauchte ein großer Vogel auf, aus dem Nichts. Und kurz darauf kam ein schwarzes Pferd. Als es davon lief, dachten wir, es flüchtet vor den Wölfen. Später sind wir den Spuren in die Wüste gefolgt. War das, als… Das wart ihr, oder?«

Vem nickte und lächelte schwach. »Der Vogel war Tember. Ich war das Pferd. Hornhufer besser gesagt. Wahrscheinlich habt ihr es auf die Entfernung nicht sehen können, das Horn.«

Emily konnte es immer noch nicht fassen. »Irre«, flüsterte sie.

»Wirklich zahm seid ihr aber nicht?«, fragte Jani, den Welpen vor Augen, der Emily zu beißen versucht hatte, und das geifernde, Zähne fletschende Rudel.

»Wir denken menschlich, aber es bleibt ein Risiko«, bestätigte Vem. »Es gibt Situationen, in denen man uns nicht trauen kann. Schmerzen, Todesgefahr, Jagdeifer, Fluchtreflex – wenn die Urinstinkte die Oberhand übernehmen, hält man sich besser von uns fern.«

Yuna auf Emilys Schoß gähnte herzhaft und rieb sich die Augen, weit entfernt davon, einem Raubtier zu ähneln.

Rays erhob sich. »Zeit für den Mittagsschlaf«, sagte sie lächelnd. Es war kurz nach Mitternacht.

Emily reichte ihr die Kleine, die bereits halb schlief, und das Kindermädchen verabschiedete sich.

Yunas Müdigkeit war ansteckend, Roc entschuldigte sich kurz angebunden ebenfalls für eine Ruhepause und Emily schloss sich an, ging aber nicht ohne Vems Versprechen, sie rechtzeitig vor Morgengrauen wecken zu lassen. Den Whippet nahm sie mit. Jani blieb, er fühlte sich nicht müde. Emily hatte den Verdacht, dass die neben ihm sitzende Tember der Grund war. Die tuschelnden Zwiegespräche der beiden Teenager hatten im Verlaufe des Abends zugenommen.

Sie rechnete nicht damit, schnell einschlafen zu können, den Kopf bis oben hin angefüllt mit all diesen unglaublichen Neuigkeiten, aber sie täuschte sich. Kaum lag sie ausgestreckt auf dem Bett, übermannte sie auch schon der Schlaf.

# 10

Vem bot Jani die Führung durch den Fogmon an, aber der hätte ein schlechtes Gewissen gehabt, dies ohne Emily anzunehmen. Die Besichtigung wurde also verschoben und Vem entschuldigte sich für eine Weile, um einigen Aufgaben nachzugehen.

Jani blieb mit Tember allein zurück. Seit er wusste, dass sie ein Jahr jünger war als er, fühlte er sich im Umgang mit ihr wohler. Sich mit ihr zu unterhalten, war okay, sie war nett und redete nicht so geschwollen wie der Rest der Sippe, wenn diese nicht zuhörten. Allerdings ging ihm das stundenlange Herumsitzen nun langsam auf die Nerven, er wurde zappelig.

»Könnten wir nicht irgendwas unternehmen, bis der Hokuspokus los geht?«, fragte er sie. »Oder hast du auch noch was zu erledigen?«

»Nein, heute nicht. Was möchtest du machen? Und was ist Hokuspokus?«

Jani zuckte die Achseln. »Wenn es nicht so weit wäre bis zu unserem Haus, würde ich meine Gitarre holen. Mir fehlt die Musik. Hokuspokus ist … äh … nur ein anderes Wort für Verwandlung.«

Tember nickte und zwirbelte gedankenverloren die roten Haarspitzen, die aus einem ihrer Zöpfe fielen. »Es gibt da eine Möglichkeit, den Weg schneller zurückzulegen. Ist aber nicht wirklich erlaubt.« Ihre orangenen Augen blitzten abenteuerlustig. »Wir tun es dennoch. Komm mit!«

Jani bestand darauf, seinen Rucksack zu holen (darin ganz wichtig: der Haustürschlüssel) und seiner Mutter eine kurze Nachricht zu hinterlassen. Emily schlief mit Spooky zu ihren Füßen und rührte sich nicht, als er so leise wie möglich den Rucksack ausräumte. Er riss ein Notizblatt aus seinem Moleskine, schrieb

> *Hole meine Gitarre,*
> *Tember kommt mit.*
> *Sind bald zurück :-)*

darauf und legte es auf den Tisch. Notizblock und Bleistift steckte er zurück in den Rucksack und räumte ihn ansonsten bis auf Brauchbares ganz aus. Dann tätschelte er kurz Spookys Kopf, der ihn die ganze Zeit über mit gespitzten Ohren neugierig beobachtet, aber keine Anstalten gemacht hatte, seinen Platz zu Emilys Füßen aufzugeben, und verließ auf Zehenspitzen das Zimmer, ohne zu ahnen, wie lange er es nicht mehr betreten würde.

Tember wartete in der Eingangshalle auf ihn, sie betraten den Fogmon durch eine der kleinen Türen im großen Tor und verhielten sich völlig ungezwungen. Jeder, der sie sah, erhielt den Eindruck, dass die Zweierdrei der Amibros mit dem jungen Fremden eine Führung durch den Berg machte.

Jani bat Emily insgeheim um Verzeihung, aber er hatte ja nicht ahnen können, dass, was immer Tember vorhatte, ein Betreten des Berges voraussetzte.

Der Besuch der Fremden hatte sich natürlich inzwischen herumgesprochen und die Gastfreundschaft der Amibros beinhaltete nun einmal auch höfliche Diskretion. Insofern starrten die Leute sie nicht mehr unverblümt neugierig an, sondern lächelten höchstens freundlich und wandten sich dann wieder ihrer Arbeit zu.

Sie wanderten durch ein Bergwerk der unendlichen Möglichkeiten, so schien es Jani. Obwohl Tember augenscheinlich den kürzesten Weg nahm – sie ließen viele Abzweigungen aus – war die Vielfalt unbeschreiblich.

Das Innere dieses Berges war größtenteils keineswegs künstlich geschaffen, wie er und Emily vermutet hatten. Sicher, die ersten Tunnel und Pfade waren in den Stein getrieben geworden, aber nur so weit, bis der Durchbruch geschafft war, dann hatten die Amibros nur noch verschönert, verbessert und in Besitz genommen, was die Natur ihnen von selbst darbot: Eine immense Höhlenlandschaft, bestehend aus zusammenhängenden, luftig weiten Hohlräumen, dazu ein großzügiges Angebot an natürlichen Ressourcen. Hier wurden Erze aller Art abgebaut und nutzbar gemacht, eine unterirdische Quelle speiste einen kleinen jadegrünen See mit Wasserfall, der abfließende Bach verschwand irgendwo im Boden. Er kam in der Vereinigung mit einem im benachbarten Landstrich namens Schwarzöde fließenden Fluss wieder zum Vorschein, wie Tember erzählte.

Unter dem Einfluss der Tageslicht spendenden Verbindung von Regenbogenkristallen mit Gebirgsgestein war es möglich gewesen, Grünflächen anzulegen, auf denen kleinere robuste Nutztiere wie Wildschafe und Ziegen gehalten wurden, um Fell und Milch zu gewinnen. In bestimmten Bereichen des Höhlensystems war der Boden so fruchtbar, dass sie in reduzierter Form sogar Landwirtschaft betreiben, Getreide, Früchte, Gemüse, all dies stammte von hier.

Die Amibros hatten sich spezialisiert, berichtete Tember, jeder führte die Tätigkeit aus, die er am besten beherrschte, und später tauschten sie ihre Produkte einfach untereinander aus. Von den ortsfremden Lehrmeistern, die Vem erwähnte hatte, sah Jani auf ihrem Weg nur zwei und auch nur weil ihn seine Begleiterin darauf aufmerksam machte, sonst hätte er sie übersehen – zwei winzige Wesen mit Schmetterlingsflügeln und klobigem Körper schwirrten um die Köpfe zweier Frauen, die Wolle an Spinnrädern verarbeiteten.

»Centerflies«, flüsterte Tember ihm zu, sie waren jedoch zu weit entfernt, um Einzelheiten auszumachen.

Einige der Pfade führten auch nach oben in weitere Etagen des Höhlensystems, aber sie nahmen stattdessen einen Weg, der sie abwärts lenkte, laut

Tember bis auf die Ebene der roten Wüste auf der anderen Seite des Fogmon, wo sich einer der wenigen versteckten Ausgänge des Bergwerks befand. Das letzte Stück führte sie zu einer künstlich angelegten Weide. Sie war eingezäunt und beherbergte neben Bäumen und einem Stall mit angrenzender Scheune – Pferde, aber keine im herkömmlichen Sinn.

»Wir nennen sie *Spektraler*. Man kann sie nur für begrenzte Zeit von ihrer Heimat trennen«, erzählte Tember, während sie durch ein Gatter traten und auf das flache Gebäude zuliefen. »Sie leben auf Rainbowedge, einer Halbinsel weit im Osten, hinter der Schwarzöde. Früher wurden mehr von ihnen benötigt, inzwischen reichen uns einige wenige, um den Bedarf zu decken. Nach ein paar Monaten, wenn sie erste Anzeichen des Unwohlseins zeigen, bringen wir sie zurück. Zurzeit sind zwei Stuten bei uns, Geschwister – kannst du eigentlich reiten?«

Jani schüttelte den Kopf. »Als Kind saß ich mal auf einem Pony, das immer im Kreis lief. War so'n Jahrmarkt. Das war das einzige Mal.«

»Kein Problem. Du reitest einfach mit mir. Ah – da sind sie ja. Ich grüße Euch, meine Schönen.«

Die beiden hatten neben der Scheune gegrast und kamen nun in schwebend wirkendem Trab auf sie zu. Zwei hochgewachsene Pferde in... *bunten Regenbogenfarben*. Die pastellblaue Stute mit pfirsichfarbenem Schweif, apfelgrüner Mähne und goldener Blesse trug den Namen Shantae. Ihre Schwester Saelee war ein ähnlicher Farbrausch – fliederfarben das Fell, die Kruppe in schimmerndem Gold gesprenkelt, die üppige Mähne und der lange Schweif von kräftigem Pink und dichte Haarbüschel an den Fesseln, vorne zitronengelb, hinten mitternachtsblau.

Sie begrüßten die Amibro mit leisem Wiehern und stupsten sie mit den Nasen, bis Tember mitgebrachte Leckereien herausrückte. Jani beachteten sie zunächst nicht.

Der traute sowieso kaum seinen Augen und stammelte: »Sind die in einen Farbtopf gefallen?«

»Das ist Jani«, stellte ihn Tember den Stuten vor und flüsterte: »Öffne mal deine Hand«, legte ihm dann kleine Stückchen Futter darauf und ließ ihn die Hand den Pferden entgegenstrecken. Shantae war die erste, die sich traute, und nach ihr ließ sich auch Saelee herab, von ihm eine süße Gabe anzunehmen. Im Anschluss ließen sie zu, dass er sanft und vorsichtig über ihre Nüstern streichelte.

»Die muss meine Mutter unbedingt sehen«, sagte er begeistert. »Sie ist eine totale Pferdenärrin, ist früher oft geritten.« Emily würde ausflippen, da war er sicher. »Für was braucht ihr sie eigentlich?«

»Dafür«, erwiderte Tember und deutete auf Shantae, die gerade den Schweif hob und ganz nach Pferdeart Pferdeäpfel fallen ließ, nur dass diese weder die übliche Farbe besaßen noch den entsprechenden Geruch verströmten.

»Das gibts doch nicht!« entfuhr Jani verblüfft.

Was da aus dem Hinterteil der Stute fiel, waren Regenbogensteine, genau die, die überall für die Lichtspeisung des roten Steines verwendet wurde.

»Da bekommt ihr die her?«

Tember nickte. »Praktisch, was?« Sie grinste. »Warte kurz.«

Sie lief in den Stall und kam mit einem silbergeflochtenen Zaumzeug zurück, das sie Saelee anlegte. Dann klopfte sie beiden Pferden beruhigend die schlanken Hälse, erklärte Shantae, dass ihre Schwester bald wieder zurück sei und führte die violette Stute von der Weide.

Nach wenigen Metern erreichten sie den Ausgang, wieder einmal handelte es sich um eine Kupfertür. Es waren weder Griff noch Schloss zu sehen, aber Tember legte ihre rechte Hand in einem bestimmten Winkel auf eine ausgesuchte Stelle, woraufhin die Tür mit schnalzendem Geräusch einfach seitlich in den Berg glitt. Es war nur ein schmaler Durchgang, gerade ausreichend, um die Stute hindurch zu führen. Draußen berührte Tember eine kaum sichtbare Maserung im Felsgestein, die Tür kam wieder zum Vorschein und verschloss den Eingang nahtlos.

»Wird man das Pferd denn nicht vermissen?«, fragte Jani.

»Wenn wir Glück haben, sind wir zurück, bevor sie Saelees Fehlen überhaupt bemerken. Erst kurz vor der Wandlung schaut Aydo, der Stalljunge, noch einmal nach den Spektralern, und bis dahin bleiben uns noch ein paar Stunden.«

Mit einem Satz, so schnell, dass Jani ihn kaum mitbekam, schwang sich Tember auf Saelees Rücken und streckte ihm die Hand hin. »Komm rauf.«

*Leicht gesagt,* dachte Jani und schaute sich nach irgendetwas um, das er als Kletterhilfe benutzen konnte.

»Versuch es. Einfach mit Schwung, ich zieh dich.«

Okay, schwerer als im Sportunterricht auf einen Bock zu springen, konnte das ja auch nicht sein. Dummerweise sah er sich vor seinem inneren Auge aber bereits breitkant an den lila Pferdebauch klatschen. Ob der abfärbte? Aber nichts zu tun, wäre auf Dauer noch peinlicher. Also nahm er Tembers Hand und stieß sich kräftig ab. Ihr Zug war stärker, als er ihr zugetraut hätte. So landete er zwar etwas unsanft hinter ihr, aber immerhin war er oben.

»Halt dich an mir fest«, befahl Tember, »wir müssen im Nebel noch etwas aufpassen.«

Zögerlich legte er seine Hände an ihre Seiten. Sie zog sie prompt nach vorne, so dass er eng aufschließen musste.

»Richtig festhalten!«

Befehl war Befehl. Ihre roten Haare, die ihm nun um die Nase flatterten, waren weich und dufteten blumig.

Tember gab Saelee nur die Richtung vor, dann ließ sie die Spektraler Stute selbst den Weg finden, bis sie den Nebel hinter sich gelassen hatten. Von da an ging es im gestreckten Galopp durch die Wüste und Jani war froh um die Taille, an der er sich festklammern konnte.

Die Strecke kam ihm viel kürzer vor, es dauerte nicht lange und dann kam Rostal bereits ins Blickfeld. Es war jedoch nicht das Dorf selbst, was sie zuerst sahen, sondern *Palmen*, die sich am Rand der Senke ausbreiteten. Tember verlangsamte Saelees Schritt und brachte sie schließlich zum Stehen, als sie das ganze Tal überblicken konnten.

Palmen wuchsen auch zwischen den Häusern, der Ort wirkte kleiner, was daran lag, dass der Wüstensand ringförmig vordrang und an den äußeren Bereichen die ursprünglich noch vorhandenen Gebäude einfach verschwunden waren.

»Was hat das zu bedeuten?«, fragte Jani entsetzt. »Wird das die Oase? Hat es schon angefangen?«

»Ich denke ja. Wo befindet sich euer Haus?«

Jani leitete sie, noch stand es unversehrt, auch wenn auf der vorderen Wiese eine junge Palme spross und sich hinten im Garten, in den sie Saelee brachten, feinkörniger roter Sand auf dem Gras ausbreitete.

Im Haus sah sich Tember neugierig um, während Jani als erstes einmal durch alle Zimmer lief und nach den Katzen rief. Nichts rührte sich. Also tat er dasselbe im Garten. Vielleicht hörten sie ihn, wo immer sie sich aufhielten und kamen noch, so lange er und Tember hier waren.

Er überlegte angestrengt, was alles mitzunehmen war. Er musste davon ausgehen, dass sie kein zweites Mal herkommen konnten und somit Emily keine Möglichkeit mehr haben würde, etwas zu holen. Was ihr wohl wichtig war? Wenn er doch nur wie früher mal eben mit dem Handy bei ihr durchklingeln könnte.

Erst einmal packte er seine Akustik in das lederne Gigbag, auf die Art würde er die Gitarre umhängen können, notfalls auch zusätzlich zu dem Rucksack. Dann seine selbst verfassten Songs. Verdammt, immer schon hatte er einen Ordner für sie anlegen wollen, es aber nie umgesetzt. In allen möglichen Ecken kramte er sie zusammen, an manchen hatte er Stunden und Tage gefeilt, andere auf den Zipfel eines Blatt Papiers gekritzelt, das gerade greifbar war. Was er fand, häufte er aufeinander und stopfte es in eine Klarsichthülle.

*Emilys Geschichten!* Wenigstens die konnte er ihr mitbringen. Sie war ordentlicher als er, es existierte ein Ordner. Die am Computer geschriebenen waren natürlich verloren, es sei denn sie hatte sie noch alle ausgedruckt, das wusste er nicht. Er fand den Ordner im Wohnzimmerregal, prall gefüllt und schwer, zu dick für den leichten Rucksack. Er brauchte den großen, den sie immer fürs Zelten genommen hatten und verschwand mit einem knappen »gleich wieder da« im Keller.

Als er wieder nach oben kam, stand Tember vor der metallenen Pinnwand und studierte die mit Magneten befestigten Fotos. »Die sind ja unglaublich gut gemalt«, sagte sie. »Ist das dein Vater?«

Er warf einen Blick über ihre Schulter. Das Foto von Weihnachten, er selbst mit sieben Jahren auf Paps' Schoß, Emily daneben, alle lachend, in festlicher Kleidung. Weihnachten verbrachten sie immer noch zusammen, wenigstens zumindest einen der Feiertage. »Ja«, erwiderte er. »Du bist ihm nicht zufällig in den letzten Tagen begegnet, oder?«

Tember schüttelte den Kopf.

»Die sind übrigens nicht gemalt«, erklärte er. »Sowas nennt man *Fotos*. Man benutzt dafür einen Apparat, in dem etwas steckt, das man *Film* nennt. Man schaut durch ein kleines Fenster, klickt auf einen Knopf und das Bild von dem, was man eben noch durch das Fenster gesehen hat, wird verkleinert auf den Film übertragen. Später wird der Film mit verschiedenes Chemikalien bearbeitet und die Fotos vergrößert, und am Ende hat man solche Abbilder wie die hier.«

Dass sie inzwischen ihre Fotos überwiegend mit Digitalkameras fertigten, verschwieg er. Die dazu gehörige Erklärung erschien ihm von vorneherein zu mühselig. Kurzerhand pflückte er das alte Foto von der Wand und steckte es in die Hülle zu seinen Songs. Ein anderes zeigte Spooky auf dem Sofa. An seinen Bauch gekuschelt schliefen der ausgewachsene Birma Kater und ein winzig kleiner roter Knäuel, der kleine Somali, erst ein paar Wochen alt. Das nahm er auch.

»Was machst du?«

Jani zuckte die Schultern. »Zeugs mitnehmen. Sachen, die man nicht ersetzen kann. Erinnerungen. Bevor alles weg ist.«

»Ich könnte auch noch so eine Tasche tragen«, erbot sie sich, nachdem sie offensichtlich verstanden hatte, um was es hier ging. »Dann kannst du mehr mitnehmen.«

Er grinste flüchtig. »Cool. Mal sehen. Danke.«

Jetzt streunten sie beide durch die Zimmer und Tember half ihm unbewusst bei seinen Entscheidungen, indem sie weiter Fragen stellte zu Dingen, die sie sah. Kratzbaum und Federspielzeug ließen sich in Verbindung mit dem letzten Foto leicht erklären. Allerdings war die Haltung von Haustieren etwas völlig Unbekanntes für Tember. Und nein, bis auf Spooky hatte sie keines dieser anderen abgebildeten Tiere jemals gesehen.

Auf dem Tisch lagen Übungsfragebogen für die Führerscheintheorie. Wehmütig erinnerte er sich, dass er in wenigen Wochen die Prüfung hatte ablegen wollen. Führerschein mit 17, begleitetes Fahren. Wenigstens für vier Monate, denn dann wurde er schon achtzehn und konnte regulär fahren. Er erklärte ihr anhand der Bilder, was Autos waren. So unwissend, wie sie reagierte, brauchte er aber sowieso keinen Gedanken mehr daran verschwenden. In dieser Welt würde er keine Gelegenheit zum Fahren haben.

Kalender waren Tember ebenfalls völlig fremd und sie hatten eine Menge davon im Haus: Emilys alljährliche Lieblinge wie Luca Toros martialische Kriegerinnen, der Cosmopolitan Männerkalender, um den sie in jedem Januar einen Tanz machte, weil die Ausgabe oft schnell ausverkauft war, die gezeichneten, mädchenhaft verspielten Feenwelten, der Fantasy Kalender von Magic Cards. Zusätzlich gab es ein Fach in der antiken Kommode, in dem sie alte Kalender aufbewahrte, entweder im Ganzen oder einzelne Lieblingsmotive. Seine und ihre eigenen Zeichnungen waren ebenfalls hier untergebracht, sortiert in feste große Mappen aus Pappe.

Während er dem Mädchen einen kurzen Abriss über die Zeitzählung auf der Erde gab und Sinn und Zweck eines Jahreskalenders erläuterte, wühlte er in dieser Schublade, um das eine oder andere Bild für Emily mitzunehmen. Plötzlich hielt er inne, glaubte seinen Augen nicht zu trauen und starrte ungläubig auf das Kalenderblatt in seiner Hand.

*Das. Kann. Nicht. Sein.*

Als Tember einige Schritte auf ihn zu ging, faltete er das Papier schnell zusammen und schob es unter andere. Dann tat er unbeteiligt und redete weiter, als sei nichts geschehen. Bei der nächsten unbeobachteten Gelegenheit versteckte er das Blatt zwischen seinen Liedtexten. Er musste es unbedingt Emily zeigen.

Es war spät, als sie sich auf den Heimweg machten. Tember war immer nervöser geworden und trieb zur Eile an. Sie mussten zurück sein, bevor sich die Amibros verwandelten. Letztendlich hatte ihm der eine große Rucksack gereicht (den kleinen hatte er darin verstaut, er wollte ihn nicht zurücklassen, und auch die letzten zwei Flaschen Mineralwasser, die er im Haus gefunden hatte), denn irgendwann hatte er begonnen, Dinge wieder auszupacken. So viele hatten den faden Beigeschmack der Hoffnungslosigkeit und er wollte die Hoffnung auf eine Rückkehr in die Normalität nicht aufgeben. Noch nicht.

Rucksack und Gitarre auf seinem Rücken wogen schwer, er zog die Gurte so eng er konnte, in der Hoffnung, problemlos damit reiten zu können. Ein letztes Mal drehte er seine Runde und rief nach den Katern, erfolglos.

Als sie auf Saelees Rücken davongaloppierten, sah er sich nicht um. Er hätte es nicht ertragen.

Bevor sie den Nebel erreichten, der die Fogmon Gebirgskette ankündigte, überraschte sie ein plötzliches dumpfes Grollen. Es klang nach einem fernen Gewitter, das schnell näher kam, aber es zeigte sich keine Wolke am Nachthimmel. Dafür hatten sich die Zwillingsluni, von denen Vem erzählt hatte, zu ihrem Einzelpendant gesellt. Zu dritt und in voller Größe hüllten sie die Landschaft in sanftes gelbweiß-blau-rötliches Licht, denn so erdenhaft normalfarbig der Single ausgesehen hatte – das Pärchen hing als leuchtend blaue und rote Scheiben am Firmament.

Die Stute blieb abrupt stehen und tänzelte auf der Stelle, weigerte sich weiterzulaufen. Sie glitten von ihrem Rücken und schauten sich argwöhnisch um. Das Grollen schwoll an, Tember konnte die Stute kaum halten, die angstvoll zurückwich.

Dann begann die Erde zu beben, das Grollen wurde zu einem mächtigen Brüllen. Saelee riss sich panisch los und rannte wiehernd davon, Tember schrie ihr nach, aber der Lärm verschluckte ihre Stimme. Sie verlor den Halt auf dem wankenden Boden und fiel auf die Knie. Jani war im gleichen Moment neben ihr, griff ihren Arm und sie klammerten sich aneinander – eine halbe Minute später war alles vorbei. Kein Beben, kein Grollen, stattdessen Stille, genau wie zuvor.

Janis Beine fühlten sich zittrig an, als er sich erhob. »Ist es vorbei?«, fragte er und klopfte sich den Sand aus der Kleidung. »Was zum Teufel war das?«

Tembers Gesicht war aschfahl. »Keine Ahnung. So etwas habe ich noch nie erlebt. Komm, wir müssen Saelee finden.«

Auf die Stute trafen sie schon nach wenigen Minuten. Sie hatte sich völlig beruhigt und war selbst bereits auf der Suche nach ihnen. Tember sprang auf ihren Rücken, half Jani hinter sich und Saelee ließ sich in den Nebel treiben, als wäre nichts geschehen.

Dass sehr wohl etwas passiert war, eröffnete sich ihnen, als sie den Fogmon erreichten.

Gesteinsbrocken in allen Größen verteilten sich zu seinen Füßen, ganze Spitzen schienen von seinem Kamm gebrochen, türmten sich zu Schutthügeln und – was das Schlimmste war: Sowohl der geheime hintere Eingang als auch der Spalt im vorderen Bereich waren nicht aufzufinden. Staubwolken, die sich erst langsam zu legen begannen, erschwerten die Sicht. Sie ritten den Berg in beiden Richtungen ab, weit über die Länge hinaus, in der sich die Eingänge hätten befinden müssen, aber sie konnten sie nicht finden. Sie mussten verschüttet worden sein.

Jetzt war es Tember, die langsam in Panik geriet. Nervös schaute sie immer wieder zum Himmel, beobachtete den Lauf der Monde, spähte westwärts auf die ersten Zeichen des anbrechenden Morgens.

Schließlich lenkte sie Saelee an die Stelle zurück, wo der Felsspalt hätte sein müssen und hielt an.

»Steig ab«, sagte sie und tat es ihrerseits bereits. »Wir haben keine Zeit mehr, meine Verwandlung, äh … mein *Hokuspokus* steht kurz bevor. Wir werden folgendermaßen vorgehen: Wenn es geschehen ist, bleibst du mit Saelee hier und ich versuche einen Weg über den Berg zu finden, fliege nach Orbíma und bespreche mich mit den anderen. Vielleicht haben sie schon eine Lösung für das Problem.«

»Und wie erfahre ich davon?«

»Am besten suchst du dir hier eine sichere Stelle, bis wir in menschlicher Form zu dir kommen können. Warte auf jeden Fall in der Nähe.«

»Was, wenn etwas schiefgeht? Wenn du es gar nicht über den Berg schaffst?«

»Dann bleibt uns nur eins – ich komme zurück und du bringst uns zum Meer.« Sie deutete nach Westen, wo es noch dunkel war, während sich auf der gegenüberliegenden Seite der Himmel golden zu färben begann. »Halte dich in diesem Fall in dieser Richtung, immer am Fogmon entlang.«

»Und was wollen wir dort?«

»Einen Weg auf die andere Seite finden.« Ihre Stimme klang rauchig und krächzte bei den letzten Silben. Sie hustete. Ihre roten Zöpfe schienen sich in Feuerfunken aufzulösen, als der erste Sonnenstrahl sie traf.

Das Schauspiel, das nun folgte, war so atemberaubend, dass Jani nicht einmal daran dachte, rot zu werden, als Tember während der Metamorphose für Sekundenbruchteile völlig nackt erschien.

# 11

*Es (eines der Jüngsten) befand, dass nun der geeignete Moment gekommen war. Es (eines der Präsenten) tolerierte die Entscheidung. Beide stellten sicher, dass vorerst keines der anderen Jüngsten oder Präsenten und schon gar nicht das Kollektive davon erfuhr.*

## 12 / Nacht 2 – etwas früher

Emily erwachte nach überraschend traumlosem Tiefschlaf. Sie wusste nicht, wie lange sie geschlafen hatte, aber es fühlte sich nicht so an, als wäre es lange genug gewesen. Gerne hätte sie sich einfach umgedreht, um der Erholung noch eine zweite Chance zu geben, doch der Lärm aus der Halle erstickte ihr Vorhaben im Keim. Fröhlich krakeelende Kinderstimmen wurden vielfach von den hohen Wänden widergeschallt und seufzend erhob sie sich, um dem Ganzen auf den Grund zu gehen.

Vor der Tür über die Brüstung hinunterschauend sah sie die wuselnde Horde, viele Kinder, aber auch Alte und Gebrechliche. Offensichtlich sammelten sie sich, einige Erwachsene versuchten Ruhe und Ordnung in das Chaos zu bringen. Yuna war in der Menge nicht auszumachen, obwohl sie sicherlich dabei war. Wenige Minuten verstrichen, dann öffnete sich das große Tor in den Berg und ließ die Meute hinein. Emily vermutete, dass dies der übliche Ablauf kurz vor den Verwandlungen war und eilte in ihr Zimmer zurück, um sich etwas frisch zu machen, da sie erwartete, in Kürze abgeholt zu werden.

Als sie das Tuch von der Kristalllampe nahm, um Licht zu schaffen, entdeckte sie Janis Zettel auf dem Tisch, sorgte sich aber nicht, da zu vermuten war, dass er und Tember längst zurückgekehrt waren. Sie suchte ihre zum Trocknen über den Schemel gehängten Kleidungsstücke und fand Tunika und Top schließlich säuberlich zusammengefaltet im Bad. Dem frischen Duft nach zu urteilen, hatte sie jemand einer echten Wäsche unterzogen.

Sie wusch sich schnell und schlüpfte in die Teile, die antilederne Hose behielt sie an. Zu ihrem Glück fehlte ihr nur noch eine Zahnbürste, aber sie suchte vergeblich nach etwas, das dem nahe kam. Schließlich benutzte sie ersatzweise die Ecke eines Handtuches und ein wenig des seifenartigen Stückes, das freundlicherweise über einen erträglichen Geschmack verfügte.

Sie beschloss, nicht länger zu warten, sondern sich selbst auf die Suche nach Vem zu machen. Das Tor war wieder verschlossen, die Halle leer. Geschwind führte sie Spooky zu einem kleinen Grasstück auf dem großen Vorplatz, zu Recht vermutete sie, dass er dringende Bedürfnisse hegte. Hier oben war niemand mehr, aber es drangen Stimmen und Gelächter von den tiefer gelegenen Anlagen herauf. Sie lief zu der Stelle, wo sich die rote Pflasterstraße nach unten wand und sah die Amibros scharenweise die Stadt verlassen. Dies musste bedeuten, dass der Zeitpunkt ihrer Verwandlung nicht mehr fern war.

Sie eilte mit Spooky an ihrer Seite zurück, um in der Frühstückshalle nach Vem zu sehen. Diese war verlassen, aber der Tisch noch (oder schon wieder) reich gedeckt und Emily konnte sich nicht verkneifen, noch schnell zwei Tassen des kaffeeähnlichen Gebräus und ein paar Happen des zuckersüßen Kuchens zu sich zu nehmen.

Die Tür flog auf und ein düsterer Roc stürmte herein. In seine Stirn grub sich eine tiefe Falte.

»Ist Vem hier?«, herrschte er sie an.

Emily verschluckte sich fast an ihrem Gebäck. Unverschämter Kerl. Selbst Spooky zog es vor, ihn nicht wie sonst jedes Wesen freudig schwanzwedelnd zu begrüßen. Sie zwang sich, ruhig zu bleiben, schaute übertrieben suchend nach links und rechts, dann unter den Tisch, lächelte ihn schließlich zuvorkommend an und fragte süffisant: »Erwarten Euer Höflichkeit tatsächlich eine Antwort auf diese Frage?« Dann biss sie erneut in den Kuchen, kaute seelenruhig weiter und beobachtete, wie sich in Rocs Gesicht unterirdische Wuteruptionen einen Weg an die Oberfläche bahnten.

Der Ausbruch wurde jedoch durch Vem aufgehalten, der den Raum betrat. Er interpretierte Emilys Mimik und fixierte seinen dritten Ratsvorstehenden mit warnendem Blick. Spooky sprintete los.

»Habt Ihr sie gefunden?«, fragte er ruhig und tätschelte dem in einen lebendigen Flummi verwandelten Hund beiläufig den Kopf.

»Nein«, antwortete Roc in mürrischem Tonfall. »Eine der Spektraler ist verschwunden.«

Vem zog erstaunt eine Augenbraue in die Höhe. »Hm.«

Dann wandte er sich um und kam mit begrüßender Geste auf Emily zu. »Meine Liebe, wie ich sehe, seid Ihr schon auf – aber ich habe Euch nicht vergessen und hätte Euch in Kürze geweckt. Etwas hat mich aufgehalten – wir vermissen die Zweierdrei der Amibros.«

»Tember?« Emily stand auf und kam ihm entgegen. »Sie und Jani sind noch nicht zurück?«

»Zurück von wo?«

Sie erzählte ihm von der Nachricht, die Jani im Zimmer hinterlassen hatte. Vem nickte bedächtig.

»Das erklärt das Verschwinden der Spektraler. Ein Reittier«, fügte er erklärend hinzu. »Wir halten sie im Fogmon, in der Nähe eines geheimen Ausgangs auf die andere Seite des Berges. Es sähe Tember ähnlich, durch einen Ritt Zeit zu sparen. Selbst wenn dieser nicht gestattet wäre.«

Er nahm Emily am Arm. »Kommt. Wir müssen uns in diesem Fall nicht länger sorgen. Sie werden sicherlich in Kürze vor den Toren der Stadt zu uns stoßen. Für uns aber ist es Zeit, zu gehen.«

Die Stadt wirkte bereits geisterhaft verlassen, als sie die rote Pflasterstraße hinunterliefen. Roc hatte sich ihnen angeschlossen.

»Schaut«, sagte Vem und deutete zum Nachthimmel.

Fasziniert betrachtete Emily das leuchtend blutrot-blaue Mondpaar, das dem hellen Einzelnen inzwischen Gesellschaft leistete.

Vem zog sie sanft weiter, dann grollte es plötzlich in der Ferne. Die beiden Männer warfen sich sichtlich verwirrte Blicke zu. Alle drei beschleunigten ihre Schritte, während das Grollen zu einem Brüllen wurde und der Boden unter ihren Füßen zu beben begann. Emily griff Halt suchend nach Vems Arm. Die Angst vor einem Einschluss in der Stadt trieb sie weiter und sie erreichten das Tor in dem Moment, als der ganze Spuk vorüber war.

Draußen hatten sich die Amibros versammelt, furchtsam aneinander gedrängt, keiner konnte sich erklären, was geschehen war. Staubwolken hingen in der Luft, sie trieben vom Fogmon herüber. Emily versuchte erfolglos, Tember und Jani unter den Stadtbewohnern zu entdecken.

Vem schickte sofort Kundschafter in Richtung des Gebirges aus. Die Zeit wurde knapp, aber es reichte um die beiden Wachleute zu finden, die an der Fogmon-Spalte Posten bezogen hatten.

Einer war tot – erschlagen von herabstürzenden Felsen, der andere nur leicht verletzt, aber unter Schock. Alles, was er berichten konnte, war, dass der Durchgang vollständig verschüttet worden war.

»Was hat das zu bedeuten?« Emily krallte sich verzweifelt an Vems Hemdärmel. »Wo sind Jani und Tember?«

»Ich weiß es nicht. Und wir haben keine Zeit mehr, es herauszufinden«. Er deutete in die Richtung in der sich der Horizont zu verfärben begann. Golden. Rosa. Morgenröte.

Emily folgte entsetzt seinem Blick. »Himmel, aber was, wenn sie da drin sind? In der Spalte? Verschüttet?«

Vem packte sie an den Schultern und schüttelte sie leicht. »Seht mich an! Roc oder ich würden es wissen, wenn der Rat nicht mehr vollständig wäre. Wir werden sie finden. Aber wir können uns erst später darum kümmern. Könnt Ihr reiten?«

»Was?« Emily schaute ihn verwirrt an.

»Ob Ihr reiten könnt.«

Sie nickte.

»Gut. Wenn ich mich verwandelt habe, werdet ihr sofort – und ich meine *augenblicklich* – auf meinen Rücken springen. Bleibt dort, so lange Ihr könnt. Was immer geschieht, bleibt in meiner Nähe. Haltet Euch von den Wölfen fern. Habt Ihr das verstanden?«

Ihre Augen wurden nass. Sie nickte stumm.

Er lächelte und wischte sanft eine Träne von ihrer Wange. »Alles wird gut.«

Dann trafen ihn die ersten Strahlen der aufgehenden Sonne und verwandelten ihn in feuernebelige Schwaden.

# 13 / TAG 3

Aus den Feuerschwaden materialisierte sich ein massiger blauschwarzer Hengst mit rostroter wallender Mähne und Schweif. Der Stirn entsprang ein schwarzes rotgespitztes Horn, die Nüstern waren geweitet, dunkelrote große Augen rollten, so dass das Weiße sichtbar war. Die Hufe hieben tänzelnd in den Boden, *ein Traum von einem Pferd*, schoss es Emily durch den Kopf. Jeden Moment würde sich die Spannung entfesseln.

Sie nahm allen Mut zusammen, griff in Höhe des Widerrists tief in die Mähne, stieß sich mit aller Kraft ab und schwang sich auf den breiten Rücken. Kaum hatte sie ihn sitzend berührt, bäumte sich der Hengst, stieg mit den Vorderbeinen in die Höhe, wieherte lauthals. Sie rief nach Spooky und klammerte sich mit den Beinen fest. Die Hände fest in der Mähne vergraben, beugte sie sich tief über den Hals des Tieres, denn kaum waren seine Hufe zurück auf dem Boden, galoppierte er donnernd los, wie sie es erwartet hatte.

Er sprengte durch die Ansammlung der nun verwandelten Amibros über die Wiese in Richtung Wald, und alle folgten ihm – Einhörner, Wölfe, Vögel.

Emily sah kein einziges menschenähnliches Wesen mehr, war aber auch viel zu sehr damit beschäftigt, nicht herunterzufallen, um genauer hinzuschauen. Es gefiel ihr gar nicht, dass sie sich so weit von dort entfernten, wo sie Jani vermutete, aber sobald sie alle im Wald untergetaucht waren, fiel der Hengst in einen kräftigen Trab und folgte einem ausgetretenen Pfad, der sie in kurzer Zeit zum Ufer eines schmalen, langgezogenen Sees führte. Ein natürliches Blätterdach überdeckte ihn größtenteils, offensichtlicher Schutz gegen Einblicke von oben, und färbte das Wasser in ein dunkelgrünes Spiegelbild. Hier lagerten sie.

Die Vögel verteilten sich in die Bäume, steckten die Köpfe unter die Flügel und schliefen. Ähnlich verhielt sich der Rest – die Wölfe breiteten sich zum Ruhen an der hügeligen Längsseite des Sees aus, wo die Einhörner aufgrund der struppigen Flora schwerlich Platz gefunden hätten. Sie blieben in der Nähe des kurzen Ufers, hier boten Gras und Moos eine flache Schlafstatt.

Als ihr Reittier Anstalten machte, sich hinzulegen, rutschte Emily von seinem Rücken und folgte Spookys Beispiel, der seinen Durst wie auch einige der anderen Tiere am Wasser des Sees stillte. Sie schöpfte das frische kühle Nass aus der hohlen Hand in den Mund. Es hatte wirklich eine grüne Farbe, schmeckte erfrischend und trotz der ungewöhnlich Färbung nicht unnatürlich.

Sie nahm den Wald näher in Augenschein und machte unter den Bäumen und Sträuchern viele aus, die ihr vertraut waren, eine Mischung aus

Nadel- und Laubbäumen. Andere wiederum schlugen völlig aus der Art, zumindest aus der, die sie von zuhause kannte.

Das Blätterdach über dem See bildeten tiefdunkle, schwarzgrüne, herzförmige Blätter, die sich an den Stämmen der am Ufer stehenden Bäume hinauf- und über deren Kronen quer hinüber zur anderen Seite rankten. Das Gewächs glich überdimensioniertem Efeu. Der natürliche Sonnenschirm wogte leicht im Wind, immer wieder blitzten Sonnenstrahlen hindurch, aber er erfüllte seinen Zweck – weder Hitze noch unerwünschte Blicke von überfliegenden feindlich gesonnenen Was-auch-immer waren in der Lage durchzudringen.

Emily betrachtete die ruhenden, verwandelten Amibros. Zwar gab es die unterschiedlichsten Größen, Körperbauten, Zeichnungen und Schattierungen, aber ihnen allen gemein war ihre Farbe, sie sah nur Schwarz- und Rottöne.

Wie üblich faszinierten sie die Pferde am meisten, *Einhörner*, verbesserte sie sich in Gedanken. Sie hatte eine typische Mädchenkindheit als Pferdenärrin hinter sich, mit Reitunterricht, Pflegepferden, Reiterurlaub, sich aber aus Zeitgründen letztendlich nie zum eigenen Pferd durchgerungen. Dafür verschlug es ihr immer noch den Atem beim Anblick der für sie schönsten Rassen wie Vollblutaraber, Berber, Trakehner, Andalusier, Friesen. Und die amibroischen Hornhufer, größer und massiger, aber nichtsdestotrotz schlank und markant im Körperbau, setzten noch eins drauf mit ihren Hörnern und den ungewöhnlichen Fellfarben. Sie hätte sie stundenlang beobachten können.

Bei den Gefiederten schien es sich allesamt um Rabenartige zu handeln. Wie sie dort in den Zweigen Perlenketten gleich aufgereiht saßen, erinnerten sie Emily an die wohl gruseligste Szene aus Hitchcocks ›Die Vögel‹, in der sich hinter Tipi Hedren in jeder Kameraeinstellung eine immer größere Anzahl der Schwarzen auf dem Klettergerüst niedergelassen hatte.

Trotzdem flößten sie ihr lange nicht so viel Unbehagen ein wie das Rudel der Wölfe. Ihnen traute sie am ehesten die unberechenbaren Urinstinkte zu, von denen Vem gesprochen hatte. Die meisten von ihnen lagen in kleinen Gruppen beieinander, an Flecken, wo sich das Dickicht etwas lichtete. Im Traum zuckende Pfoten und Schwänze, wie sie es auch von Spookys Schlaf kannte, konnten dennoch nicht über die ständig spielenden Ohren hinwegtäuschen, Emily war sicher, dass sie sekundenschnell hellwach sein würden, wenn es nötig war.

Ihr Blick blieb an einem abseits schlafenden Wolf hängen, ein kräftiger, schwarzer. Einfallende Sonnenstrahlen hüllten seine Seite lange genug in Licht, um den rostroten Pinselstrich an seiner Seite erkennen zu können, der sich vom Ohr den Hals entlang zog und über den Rücken verlor. Das Zeichen des Anführers unter den Wölfen, die sie am ersten Tag zu Gesicht bekommen hatten.

Auch wenn Vem nicht detailliert geschildert hatte, welche Amibros sich in ihrer Wolfsform in Rostal aufgehalten hatten – sie hatte eine Ahnung, um welchen es sich bei diesem hier handelte. Und als ob er ihre Gedanken spürte, öffnete der Wolf die Augen, ohne jegliche sonstige Regung, und erwiderte ihren Blick auf eine Art, die sie frösteln ließ.

Sie schaute sich nach ›ihrem‹ Hengst um, der auf der Seite liegend ruhte, Hals und Kopf ausgestreckt ins weiche Moos gebettet, ging zu ihm und setzte sich, mit dem Rücken an seinen Bauch gelehnt. Hier fühlte sie sich warm und sicher. Das Einhorn schnaubte leise und ließ sie gewähren. Spooky kam und legte sich zu ihren Füßen. Als sie noch einen Blick in Richtung des Wolfs wagte, war sein Platz leer.

Sie rief sich den Anblick der entstellenden Narbe in Erinnerung, die der Dreierdrei der Amibros im Gesicht trug. Wenn sie sich nicht täuschte, zog sich diese am Ohr über den Hals entlang und verschwand dann im Hemdkragen. Richtung Rücken, dafür hätte sie jetzt die Hand ins Feuer legen können.

Nun, sie konnte ihn ja einfach fragen, wenn er sich zurückverwandelt hatte. Und vielleicht würde sie ihn auch fragen, was er eigentlich gegen sie hatte. Die Abneigung, mit der er sie und Jani behandelte, war nicht nur unhöflich, sie war auch unangebracht. Es musste einen Grund für sein extremes Misstrauen geben. Wenn sie schon mit ihm zu einer Reise aufbrechen sollte, wollte sie diesen Grund aus der Welt geschafft wissen – oder ihn zumindest kennen.

Seufzend ließ sie ihre Blicke über das Schlaflager wandern. Dieser Aufenthalt würde Stunden dauern. Automatisch schaute sie auf ihr Handgelenk, aber dort war keine Uhr und natürlich hätte sie auch keine Zeit anzeigen können, selbst wenn sich dort eine befunden hätte. Es machte sie wahnsinnig, derart zur Untätigkeit verurteilt zu sein. Ein ganzer Tag würde verloren gehen, an dem sie nicht nach Jani suchen konnte, erst die anbrechende Dunkelheit würde aus diesen Metamorphen wieder etwas machen, das ihr helfen konnte, Jani zu finden. War sie auch der Meinung gewesen, sie hätte nicht genug Schlaf bekommen, so fühlte sie sich jetzt, wo sie ihn hätte nachholen können, viel zu aufgeputscht.

Nicht zum ersten Mal seit nunmehr wie viel Tagen? – sie musste nachrechnen, *meine Güte, dies war bereits der dritte* – fragte sie sich, wo zum Henker sie hier gelandet waren. Wenn sich Traum und Tod ausschließen ließen, was war es dann? Eine simulierte Computerwelt, wie in Tad Williams' *Otherland*? Aber sie legte sich weder in Tanks mit Glibbermasse noch stöpselte sie sich per Cyberanzug oder Rückenmarksteckdosen ins World Wide Web, wenn sie online ging. Ende des ersten Zweitausenderjahrzehnts schaltete sie noch gänzlich primitiv ihren PC ein und ließ sich von ihrem Provider per DSL mit dem Internet verbinden, selbst wenn sie in ihrer Freizeit dabei tatsächlich hin und wieder gerne in simulierte Online-Rollenspiel-Welten eintauchte. Doch in ihrer Zeit saßen die Avatarlenker noch brav vor ihren Computern, wenn auch über den gesamten Planeten verteilt.

Und nur einmal angenommen, es wäre möglich, dass eine mysteriöse Macht sie in eines dieser Spiele hineinziehen könnte... Erstens hatte sie am Tag als *es* geschehen war, gar nicht gespielt und zweitens passte es nicht zu der Tatsache, dass ihr Sohn ebenfalls hier war. Jani hegte eine tiefe Abneigung gegen die seiner Meinung nach sinnlosen MMOs. Er hielt sich im Internet nur aus drei Gründen auf: Musik, Schule oder Schnellkontakt mit seinen Kumpels über ICQ (durch das Speedchatten war er an der Tastatur beinahe ebenso schnell wie sie selbst mit gelerntem Zehn-Finger-System). Von Spooky ganz zu schweigen – in seinem Hundeleben spielten die Computer im Haus wahrscheinlich nur insofern eine Rolle, als die Chance auf einen Spaziergang stieg, wenn sie ausgeschaltet wurden.

Emily schloss die Augen und konzentrierte sich auf ihre Sinne. Die Wärme des Pferdekörpers hinter ihr, der weiche moosige Grund unter ihren Händen, die unterschiedlichen Schlafgeräusche, die Luft, die nach einer Mischung aus Baumharz, Gras und Tier roch, das plätschernde Wasser des Sees, wenn daraus getrunken wurde, der leise Wind in den Ästen und auf ihrer Haut. Bei allem technischen Fortschritt, noch gab es keine Computerspiele, die eine derartige Realität vortäuschen konnten. Zumindest nicht, soweit sie davon wusste.

Eine Sache jedoch war so real wie sie nur sein konnte – Jani. Und sie mochte es auf keinen Fall länger ertragen, nicht zu wissen, ob es ihm gut ging. Vem hatte gesagt, er und Roc hätten es gespürt, wenn der Rat nicht mehr vollständig wäre und anfänglich war Emily überzeugt gewesen, dass dies Jani einbezog. Doch je öfter sie an die Worte dachte, desto unsicherer wurde sie. Tember war das Ratsmitglied, nicht Jani.

Fürs Erste würde sie jetzt einfach akzeptieren, dass Jani und ihr etwas widerfahren war, dass sie (noch) nicht erklären konnte. Sie musste jedoch nicht akzeptieren, von ihrem Sohn getrennt zu sein. Immerhin war sie ein großes Mädchen. Das schon lange aufgehört hatte, sich Vorschriften machen zu lassen. Und dieses fasste jetzt einen Entschluss.

Als sie die Augen öffnete, lag Spooky nicht mehr zu ihren Füßen, sondern stand vor ihr und musterte sie aufmerksam mit aufgerichteten Ohren. Genauso wie er immer genau zu wissen schien, wann sie gerade einen Spaziergang plante. Sie musste lächeln. Dann legte sie einen Finger an die Lippen, rückte vorsichtig von Vems Pferdebauch ab und erhob sich lautlos. Sie streckte sich und tat so, als müsse sie sich ein wenig die Beine vertreten. Sollte sie einer der Amibros beobachten, so schien er oder sie zumindest keinen Verdacht zu schöpfen. Ungehindert lief sie Spooky hinterher, der die Lichtung bereits auf dem Pfad verließ, der sie hergebracht hatte.

# 14 / TAG 3

Mit offenem Mund verfolgte Jani die bizarre Verwandlung des Mädchens. Der kurze Eindruck von nackter Haut verflog unter dem konzentrierten feuerwerkartigen Lichtspektakel so schnell, dass er es sich auch eingebildet haben könnte. Aus regenbogenfarbigen blitzenden Strahlen zuckten Federn, knäuelten sich zu einem ballrunden aschgrauen Flauschgebilde, dem dunkle flatternde Flügel entsprossen und dann – zack, wie der Phoenix aus der Asche – war der Rest des Vogels da.

Doch statt sich elegant in den Himmel aufzuschwingen, flappten die Schwingen unkoordiniert, dem Schnabel entrang ein verwirrtes Krächzen. Dann trudelte das Tier hilflos zu Boden, kippte vornüber auf den Bauch und lag reglos da, beide Flügel weit von sich gespreizt.

Es war nicht ganz das, was Jani erwartet hatte.

»Ähm.« Er trat näher, beugte sich hinunter. »Hallo?«

Der Vogel war recht groß, so lang wie sein Unterarm, aber dem Schnabel nach kein Greifvogel und von seltsamer Färbung: Kopf, Körper und Schwanz besaßen ein glänzend schwarzes Federkleid, der linke Flügel ebenfalls, hier endeten die Federn jedoch in rostroten Spitzen. Im Gegensatz dazu bestand die rechte Schwinge völlig aus orangefarbenen Federn.

Jani strich vorsichtig über den schwarzen Rücken. »Tember?«

Er nahm einen Flügel nach dem anderen in die Hand, und tastete behutsam nach Verletzungen. Es war nichts festzustellen. Gerade wollte er den Vogel hochnehmen, als sich erst das eine Auge, dann das andere öffnete. Zwei orangene Blicke fixierten ihn. Also hatte sie zumindest ihre Augenfarbe beibehalten.

»Hallo Hühnchen«, sagte er und grinste den Vogel an.

Der hackte nach seiner Hand, hüpfte auf die Füße und trippelte ein paar Schritte von ihm fort.

Jani hob abwehrend die Hände. »Schon gut, war nicht so gemeint.« Er war sich allerdings nicht wirklich sicher, ob verletzte Eitelkeit oder Vems erwähnter Urinstinkt zu dem Angriff geführt hatte.

Sicherheitshalber zog er sich in Saelees Nähe zurück, die Stute hatte sich von der ganzen Verwandlungsaktion nicht stören lassen und stand ruhig im Schatten der Felswand. Beide beobachteten sie, wie der Vogel erst in die eine, dann in die andere Richtung und schließlich im Kreis lief, dabei wie probeweise die Flügel ausbreitete und ein wenig auf und ab bewegte. Er verhielt sich wie ein aus dem Nest gefallenes Junges, gerade flügge geworden und noch völlig ungeübt im Fliegen.

Plötzlich hielt er inne, schaute umher und lief dann schnurstracks auf Jani zu, blieb vor ihm stehen, reckte den Hals und blickte ihm mit schief gelegtem Kopf ins Gesicht. Saelee senkte neugierig ihren Kopf und blies den Vogel sachte durch die Nüstern an, woraufhin dieser auf seinen Hintern plumpste und ein entrüstetes Piepen von sich gab.

Jani lachte schallend und begab sich in die Hocke. »Du hast echt was von 'nem Hühnchen«, kicherte er. »Wie solls denn jetzt weitergehen? Was ist nun mit über den Berg fliegen und die anderen zu Hilfe holen?«

Der Vogel legte den Kopf auf die andere Seite, dann rappelte er sich wieder auf die kleinen Füße, krächzte wie ein Rabe und schwang sich kraftvoll und mühelos in die Luft.

Sprachlos schaute Jani ihm nach, wie er sich nahe dem Fogmon immer höher schraubte, bis er im Staubnebel verschwunden war. »Das soll jetzt mal einer verstehen«, sagte er kopfschüttelnd, »Weiber…«

Dann klopfte er Saelees Hals. »Nichts für ungut. Komm. Wir sollen ja hier bleiben und warten. Also warten wir.«

Er nahm Gigbag und Rucksack ab, lehnte beides an die Felswand, setzte sich daneben und kramte eine Flasche Wasser heraus. In einem Zug leerte er sie zur Hälfte und packte sie dann zurück. »An Proviant haben wir natürlich nicht gedacht«, fuhr er fort, mit der Stute zu reden.

Und überlegte, ob er es zurück zum Haus versuchen sollte, vielleicht war ja noch Essbares im Kühlschrank, er hatte gar nicht nachgesehen, als sie dort waren. Aber Tember würde sie nicht finden, wenn sie zurückkehrte. Außerdem müsste er laufen, denn auf dem Pferd alleine zu reiten, traute er sich keinesfalls zu. Wahrscheinlich käme er noch nicht einmal auf den Rücken der Stute.

Mit einem Mal fühlte er sich bis in jeden einzelnen Knochen erschöpft und müde. *Adrenalinabfall* nannte man das wohl. Und wenn man es genau nahm, hatte er ja auch eine ganze Nacht durchgemacht.

»Ich glaub, ich penn' mal 'ne Runde. Du wirst doch nicht weglaufen, oder?«

Die Stute schüttelte den Kopf. Jani starrte sie an. »Du wirst hier bleiben, bis das Hühnchen wieder da ist?«

Die Stute warf den Kopf auf und ab.

Jani verdrehte die Augen. »Ihr habt doch echt 'n Rad ab. Alle miteinander.« Sprach es, legte sich auf die Seite und war – was er nicht erwartet hätte – eingeschlafen, kaum dass sein Kopf auf dem Rucksack zu liegen gekommen war.

Er träumte von einer wilden Flucht, bei der er selbst auf allen Vieren dahin galoppierte, während Saelee auf seinem Rücken saß und ihn mit »Schneller, schneller!«-Rufen antrieb. Ihnen auf den Fersen war – wie er sicher wusste – ein alles verschlingender Tsunami, der Hektar um Hektar Palmenwälder hinterließ, wo er gewütet hatte. Doch wann immer Jani sich umschaute, sah er nur eine weiße, ins Unendliche reichende Wand, die sie verfolgte. Vor ihm war ein Licht, auf das er in rasender Geschwindigkeit zuhielt und dem sie sich doch quälend langsam und wie in Zeitlupe näherten. Sein Herz schlug wild, der Atem wurde erschreckend knapp, er keuchte wie wahnsinnig. Dann plötzlich waren sie an dem Ort – war es der des Lichts? Er wusste es nicht – und ein schwarzer Vogel lag vor ihm auf rotem Felsgrund. Er streckte den Arm aus und als seine Hand die dunklen Federn berührten, verwandelte sich das Tier in eine Vogelstatue aus purem weißblauem Eis, das kaum einen Atemzug später in Hunderte glitzernde Kristalle zerbarst.

Jani fuhr gehetzt aus dem Schlaf auf und schlug nach etwas, das auf sein Gesicht gedrückt und ihm den Atem genommen hatte – empört krächzend flatterte der schwarzorangene Tember-Vogel beiseite, um ihn aus sicherer Entfernung keckernd auszuschimpfen.

Jani spuckte Daunenfedern und wischte sich hektisch den Mund. »Verdammt, das ist ja widerlich. Du hast wohl 'n Vogel, du Vogel, wolltest du mich umbringen oder was?«

Er griff sich die angebrochene Flasche Wasser aus dem Rucksack, trank sie leer und fühlte sich besser.

Die Sonne stand beinahe mittig über ihnen und hatte die Schatten aus der Felswand vertrieben. Das wären – nach Erdenzeit – fünf bis sechs Stunden, die er geschlafen haben musste. Doch außer dem nörgelnden Piepmatz und der lila Stute, die einige Schritte weiter spärlich wachsendes Grün aus den Ritzen des Felsbodens zupfte, war sonst niemand zu sehen.

»Heißt das nun, du warst drüben und sie sind unterwegs zu uns, oder hast du es gar nicht über den Berg geschafft?«, fragte er den Vogel.

Der ließ das Schimpfen sein und betrachtete ihn misstrauisch.

»Ja, dich meine ich. Seit wann bist du schon wieder hier, hm? Warum hast du mich nicht geweckt? Na ja, im Prinzip *hast* du mich geweckt. Gerade eben.« Er strich sich eine schweißnasse Haarsträhne aus der Stirn. Es war so verdammt heiß geworden und sein Magen knurrte unüberhörbar. »He, ich rede mit dir«, raunzte er den Vogel an. »Was ist nun? Tritt Plan B in Kraft? Auf nach Westen?«

Keine Reaktion. Das Tier hatte sich abgewandt und pickte ungerührt im Boden herum.

»Na toll. Vielleicht hätten wir noch eine Art Zeichensprache ausmachen sollen vor deiner Verwandlung. So wie's jetzt steht, haben wir nämlich ein kleines Verständigungsproblem.«

Sein Magen knurrte erneut. Ihm wurde flau vor Hunger. »Mist, ich brauche was zu essen.«

Er dachte an den Weg, den sie gekommen waren und an den, der vor ihnen lag. Nur an einem Ende war das Vorhandensein von Nahrung ein einigermaßen sicherer Fakt. »Okay, Mädels, versuchen wir es.«

Er löste einen Gurt des Rucksacks aus seinem Schnappverschluss, zog ihn durch die Halterung des Gigbag und steckte ihn wieder ein. Das Gepäck legte er Saelee so über den Rücken, dass es an beiden Seiten wie Satteltaschen herunterhing und hoffentlich nicht abrutschte. Zwei halbherzige Versuche, den Vogel einzufangen, schlugen fehl, also ignorierte er ihn einfach, griff die silbernen Zügel und machte sich auf den Weg zurück zu ihrem Haus in Rostal. Ab und an warf er einen Blick zurück und versicherte sich, dass die gefiederte Tember ihnen noch folgte, was sie in zwar beleidigt wirkendem Abstand, aber immerhin doch beständig tat – zu Fuß trippelnd.

Der Anblick war idyllisch und trotzdem wurde ihm davon übel. Rostal gab es nicht mehr, dafür eine malerische Oase mit mehreren kleinen kristallklaren Seen, feinem weißen Sand, prächtigen grünen Palmen und dazwischen umherschwirrenden paradiesisch anmutenden Schmetterlingen und winzigen Vögeln.

Seufzend beschloss er, wenigstens frisches Wasser in die leere Flasche zu füllen und begab sich zu einem der Seen, linkerhand, etwa an der Stelle, an der ihr Haus gestanden hatte.

Inmitten dreier Palmen thronte dort – völlig widersinnig – das ›Paradoxon des Tages‹, ihr Kühlschrank in seiner fast zwei Meter hohen silbernen Pracht. Sicherlich war nicht ausgeschlossen, dass inmitten des Oasendschungels noch weitere Überbleibsel anderer Haushalte existierten, aber hier und jetzt sah er nur dieses eine. In dem unschönen vor sich hin gärenden Wirrwarr des Kühlschrankinneren fand er tatsächlich noch Genießbares. In Plastikfolie eingeschweißte Salami hatte noch keine sichtbaren Schäden davongetragen, ein Glas eingelegte Antipasti-Paprikaschoten sahen ebenfalls unverdorben aus und einem handtellergroßen Stück Gouda, der nur außen herum dunkelgelb verhärtet war, schlug das letzte Stündlein – Jani verschlang den Käse an Ort und Stelle.

Er widerstand der Versuchung, sich auch über die Wurst herzumachen, verstaute sie und das Glas Paprika stattdessen im Rucksack und trank so lange Wasser aus dem See, bis er sich vollständig gesättigt fühlte. Dann füllte er die leere Flasche, wartete, bis Saelee ebenfalls ihren Durst gestillt hatte und brach wieder auf.

Unruhe hatte ihn ergriffen. Was, wenn die anderen inzwischen einen Weg durch den Spalt gefunden hatten und er war nicht da? Er ließ die Türen des Kühlschranks offen stehen, sollten sich die hiesigen Aasfresser über seinen restlichen Inhalt hermachen, sicherlich besser als wenn die Gärprozesse ungeahnte Folgen nach sich zögen. Konnten Kühlschränke explodieren?

Auf dem Weg zurück flatterte der Tember-Vogel irgendwann auf Saelees Rücken, hielt sich mit seinen Füßen an den verschlungenen Riemen von Rucksack und Gigbag fest und ließ sich tragen. Als sie ihre alte Lagerstatt am Fogmon erreichten, deutete nichts darauf hin, dass irgendjemand in der Zwischenzeit dort gewesen war.

Einer plötzlichen Eingebung folgend, kramte Jani das Moleskine aus dem Rucksack, schrieb eine Nachricht, die besagte, in welcher Richtung er unterwegs war, schichtete ein paar kleinere Felsstücke aufeinander, riss den Notizzettel heraus, legte ihn obenauf und beschwerte ihn mit einem Stein.

»Dann also nach Westen«, sagte Jani mit Blick auf den Stand der Sonne. Ihm wurde bewusst, dass er sich auf die Nacht freute. Denn dann würde sich Tember zurückverwandeln.

»Wirst du doch oder?«, fragte er den Vogel auf Saelees Rücken.

»Wird sie?«, fragte er die Stute.

Keine Antwort. Und er hatte schon angefangen zu glauben, dass die Tiere ihn verstanden und sogar antworteten, zumindest das Pferd. War wohl nur Einbildung gewesen. Blieb also nichts übrig, als abzuwarten. Zügig schritt er die Felswand entlang, wobei er begann, seinen neuen Song vor sich hin zu summen, ›The Island of Lost Dreams‹. Nach einer Weile sang er den Text laut, hier gab es ja sowieso niemanden, den es stören konnte.

*»I was sailing for a thousand years*
*Cruising the oceans with a thousand tears*

*Searching the one that loves me forever*
*Longing for the love that leaves me never*

*Now that I found this island you tell me not to go*
*You try to scare me away with your freaky show*

*You reach for me with a thousand cries*
*Whispering in my ears a thousand lies*
*The Island of Lost Hopes is what you call it*
*The Island of Lost Dreams is what you call it*

*Beware, beware my tired friend*
*Don't go there or it will be your end*
*Don't give up on your dreams*
*Don't give up on your hopes*
*This isle is gonna chain you with iron ropes…«*

# 15

Begegnungen mit Amibros auf ihrem Weg aus dem Wald beschränkten sich auf mehrere Sichtungen beiderseits des Pfads von – Emily mochte es gar nicht glauben – Schäferstündchen der verschiedenen Tierarten. Wölfe hatten pärchenweise ihren Spaß, ebenso die Raben, während Einhorn-Hengste auch mal einen kleinen Harem williger Stuten um sich scharten. Offensichtlich hatten sich am See nur die schläfrigen Bewohner von Orbíma zum trauten Gruppenschlummern versammelt, während eine große Anzahl sehr wacher Bürger Besseres zu tun wusste. Dass sie sich auch mit so etwas die Tageszeit vertrieben, hatte Vem in seinen Erläuterungen nicht erwähnt… Was allerdings nicht weiter verwunderlich war.

Emily fühlte sich von den unerwarteten erotischen Szenerien peinlich berührt und eilte möglichst schnell und lautlos an den jeweiligen Stätten lustvoller Tête-à-têtes vorbei. Jetzt wollte sie erst recht nicht entdeckt werden.

Sobald sie den Waldrand erreicht hatte, rief sie Spooky an ihre Seite und wagte sich zögernd auf die Wiese, die sich vor ihr ausbreitete. Sie konnte den Fogmon und die Orbíma-Faust gut sehen, aber Gras und Blumen boten keine Deckung bis dorthin und sie hatte kein Verlangen, einer der von Jani beschriebenen weißen Fledermäuse in die Quere zu kommen.

Es war nichts Verdächtiges zu sehen, rein gar nichts. Der Himmel schimmerte in einem unwirklichen Kobaltblau, künstlich, wie mit Technicolor nachbearbeitet und so intensiv, dass es beinahe weh tat. Emily versuchte sich vergeblich zu erinnern, ob sie in den vergangenen Tagen überhaupt jemals eine Wolke zu Gesicht bekommen hatte. Ob es hier keine gab? Aber dann gäbe es auch keinen Regen und das erschien ihr unwahrscheinlich in Anbetracht von Wiesen, Blumen und Wald. Auch das Wasser des Sees musste irgendwohin verdunsten. Vielleicht war derzeit ja Hochsommer und über kurz oder lang würden sich gewaltige Sommergewitter entladen. Im Moment war es gut, so wie es war – fliegende weiße Fledermäuse sollten sich problemlos am Himmel ausmachen lassen.

Emily versuchte, die Entfernung zur Stadt einzuschätzen, in den Maßen ›Sprinten‹ oder ›gemütlicher Dauerlauf‹, und entschied sich für letzteres, weil es kräftesparender war und ihr die Sprintmöglichkeit noch für den Notfall ließ. Orbíma war ihr Ziel. Auch wenn das Tor verschlossen war, hoffte sie herausfinden zu können, ob Jani und Tember inzwischen über den rückwärtigen Eingang im Berg zurückgekehrt waren.

Sie tätschelte den Kopf des Windhundes. »Dann mal los, mein Guter.«

Natürlich hatte sie sich in der Entfernung völlig vertan – sie war eine Niete im Schätzen.

Zu ihrer Verteidigung trug allerdings der Umstand bei, dass sie vieles nicht hatte sehen können und während des wilden Ritts auf Vems Rücken auch nicht wahrgenommen hatte. Das Gras stand hoch und der Grund war moosig weich, ihre Schuhe versanken bei jedem Schritt, was das Laufen erschwerte. Zudem war die Landschaft hügelig, zwar in sanften, langgestreckten Wellen, aber es führte dazu, dass sie auf den ansteigenden Strecken außer Atem geriet. Seitenstechen kam hinzu und sie musste zwischen Gehen und Traben abwechseln. Das bisschen Wind, das ihr um die Nase wehte, war viel zu warm, um zu erfrischen.

Neidvoll beobachtete sie Spooky, der die Strecke problemlos sogar mehrfach lief, voraus und zurück zu ihr und um sie herum, wie immer bereitete ihm das Tollen viel Spaß.

Als sie endlich das Tor erreichte – schätzungsweise hatte sie mindestens eine halbe Stunde gebraucht (aber auch im Schätzen von Zeiten war sie nicht gerade eine Kanone) –, ließ sie sich keuchend in den Schatten der Stadtmauer fallen. Was hätte sie nicht für einen Schluck Wasser gegeben – gleich ob aus dem See oder einer Flasche. Wobei, die hatte wohl Jani dabei. Unter dem zurückgelassenen Inhalt des Rucksacks waren nur zwei leere gewesen, soweit sie sich entsinnen konnte.

*Jani* – ihr fiel wieder ein, warum sie hier war.

Zuerst untersuchte sie das Tor und die darin eingelassene kupferne Tür nach einer Möglichkeit, eines von beiden zu öffnen. In Tierform sei das nicht möglich, hatte Vem erklärt, also musste es für Menschen machbar sein. Doch so sehr sie auch suchte, das Tor gab sein Geheimnis nicht preis. Emily vermutete, dass die Speere der Wächter und ihr Glockenklang eine Rolle spielten. Vielleicht war sie im Moment auch einfach zu erschöpft, um Rätsel zu lösen.

Also begann sie, Janis und Tembers Namen zu rufen, dabei lief sie die gesamte Stadtmauer ab. Die steinernen Fingerwülste der überdimensionalen Faust waren allerdings so mächtig, dass sie keine Ahnung hatte, ob ihre Stimme überhaupt bis ins Innere der Stadt trug. Sie schrie und brüllte sich die Seele aus dem Leib, bis sie heiser war.

Noch durstiger als zuvor und jetzt auch mit schmerzender Kehle setzte sie sich erneut vor das Tor und überlegte, wie es weitergehen sollte. Im Falle, dass es den beiden nicht möglich war, herüberzukommen, befanden sie sich noch auf der anderen Seite. Und wussten, dass sie Hilfe frühestens nach Einbruch der Dunkelheit erwarten konnten, wenn sich die Amibros zurückverwandelt hatten. Tember selbst hatte sicherlich wie alle anderen die Form gewechselt, also war Jani auf sich allein gestellt. Was würde er tun?

Emily erinnerte sich an einen Tag, als sie ihn von der Schule abholen wollte, aber zu spät dran war. Sein Handy funktionierte nicht, er hatte vergessen es aufzuladen. Also lief er ihr entgegen, entlang Straßen, von denen er annahm, dass sie sie nehmen würde. Sie aber fuhr aufgrund einer Straßensperre einen anderen Weg und so verpassten sie einander und konnten sich telefonisch nicht erreichen. Während Emily sich den Kopf zerbrach, wo er sein könnte, ging Jani letztendlich zu einem Freund und benutzte dessen Telefon, um sie anzurufen.

Seit diesem Tag gab es von ihr eine strikte Regel: »Rühre dich nie von dem Ort fort, den wir zur Abholung verabredet haben. Über kurz oder lang tauche ich dort auf.«

*(Und achte darauf, dass dein Handy aufgeladen ist, das erleichtert die Sache ungemein!)*

»Er wartet«, versicherte sie dem Hund, dessen schwarzes Ohr sich aufmerksam in die Höhe reckte. »Bloß wo?«

Vor einem der Eingänge im Fogmon oder – und das wäre bequemer – in ihrem Haus in Rostal. Ja, sie glaubte, das war es. Er wartete im Haus. Und sie musste dort hin. Auf die andere Seite der Felswand. Wenn weder *durch* noch *darüber* funktionierten, musste es eben *außen herum* sein. Sie wusste nicht, wie weit der Berg nach Osten reichte, aber das Meer im Westen hatte sie gesehen, dort könnte es eine Möglichkeit geben. Sie würde es herausfinden.

*Und so lange ohne Wasser auskommen?* mahnte eine innere Stimme.

Emily seufzte. Es ging nun mal nicht anders. Auf keinen Fall zurück in den Wald. Wer weiß, ob sie ein zweites Mal entwischen konnte. Die Sonne stand beinahe im Zenit, aber ein paar Grad jenseits des Gipfels, wodurch es auf ihrer Seite der Felswand Schatten gab. Sie müsste nur dort entlang laufen, es wäre kühler und das würde helfen.

Als sie gerade aufbrechen wollte, drangen seltsame melodische Laute an ihr Ohr. Sie schienen über die Wiesen von der Luft zu ihr getragen zu werden und klangen ... wie Gesang?

Den Himmel aufs Neue erst einmal genauestens auf weiße Flecken ausspähend, wagte sich Emily hinaus auf die Wiese, um sich dem Geräusch zu nähern. Spooky gierte mit allen Fasern seines Körpers danach, loszustürmen, aber es gelang ihr, ihn mit scharfer Stimme bei Fuß zu halten.

Die Quelle war schnell ausgemacht. Da sie sich nicht aus dem Wald gegenüber, sondern von unterhalb der Stadt näherte, hatte Emily sie nicht sofort gesehen. Dort schlenderte eine junge Frau mit langen blonden Haaren. Sie trug ein knielanges, sonnengelbes Kleid und schleifte einen Gegenstand achtlos hinter sich her, einen Stab oder Stock, Spazierstock vielleicht.

Wenn sie so weiterging, würde sie in wenigen Metern Entfernung an Emily vorbeilaufen, und bis jetzt erweckte sie nicht den Anschein, als würde sie Notiz von ihr nehmen. Sie spazierte dahin wie in einer eigenen Welt, schaute nicht nach links und rechts, sondern auf den Boden, der linke Arm pendelte willenlos an ihrer Seite. Sie schien sich völlig auf das Singen ihres Liedes zu konzentrieren.

Emily glaubte ihren Ohren nicht zu trauen, als sie auf einmal Text und Melodie erkannte, reichlich schief gesungen zwar, aber deutlich erkennbar

›Burn the Witch‹ von *Queens of the Stone Age*, einer Lieblingsband sowohl von ihr als auch von Jani.

Sie war so verblüfft, dass sie die junge Frau an sich vorbeiziehen ließ, ohne auf sich aufmerksam zu machen.

Dann bemerkte sie auf der anderen Seite eine schattenartige Bewegung im hohen Gras – und schon begann Spooky zu knurren. Was immer dort war, die Reaktion des Hundes war eindeutig – es drohte Gefahr. Emily zögerte nur eine Viertelsekunde, dann rannte sie armwedelnd und Warnungen rufend der singenden Unbekannten hinterher, den nun wie irrsinnig kläffenden Hund an ihren Fersen.

Durch das Gras flog ein pfeilschneller schwarzer Körper und mit einem Mal erkannte Emily, dass es sich um einen Wolf handelte, die Zähne gefletscht und in den Augen lupenreine Mordlust.

»Achtuuung!« brüllte sie. Die Blonde blieb tatsächlich stehen und legte bewegungslos lauschend den Kopf schief.

Der Wolf hatte sein Opfer beinahe erreicht, aber Emily war schneller – mit aller Kraft sprang sie vorwärts und riss die Frau zu Boden. Aus den Augenwinkeln sah sie den Wolf ebenfalls zum Sprung ansetzen. Panisch schloss sie die Augen in Erwartung scharfer Zähne, die sich in ihr Fleisch gruben. Sie spürte sogar den Luftzug, als der Wolf über sie setzte, hörte sein grollendes Knurren, dann einen dumpfen Aufschlag, ein schrilles Kreischen, das grässliche Geräusch von brechenden Knochen – für einen entsetzten Moment dachte sie *Spooky??*, aber nein, er bellte immer noch – dann war Stille und die schleckende Zunge des Hundes an ihrem Ohr.

Die Frau unter ihr atmete flach und stumm, Emily rückte von ihr ab, öffnete die Augen, schob den Whippet von sich und sah sich um.

## 16

Die Fledermaus lag bäuchlings am Boden, die Schwingen ausgebreitet, mit abgeknicktem Hals, die toten Augen starr, das Maul halb geöffnet. Der schwarze Wolf saß hechelnd daneben und erwiderte Emilys Blick für einen kurzen Moment mit heiterer Gelassenheit in den Augen, bevor der Ausdruck wieder in Frostigkeit abglitt. Natürlich war es der Wolf mit dem roten Pinselstreifen im Fell.

»Ich fasse es nicht.« Emily erhob sich auf zitternden Beinen und rieb sich die Seite, wo ihre Rippen vom Aufprall schmerzten.

Der Snopir musste aus Richtung des Fogmon her angegriffen haben, vielleicht hatte er in der Nähe des Gipfels gelauert, auf einem Felsvorsprung, vielleicht auf Orbímas Stadtmauer, um dann in vollständig lautlosem tödlichen Gleitflug seine Beute anzuvisieren – sie hatte nichts, aber auch gar nichts von seiner Anwesenheit mitbekommen.

Sie trat näher an ihn heran, wider Willen fasziniert berührte sie den mausähnlichen Kopf, der von dichtem schneeweißen Haar bedeckt war, wie auch der Rest des Körpers. Es fühlte sich seidig weich an. Die Augen waren klein, rund, von rötlich brauner Farbe und wimpernlos, zwei ovale runde, im Verhältnis zum Kopf viel zu große Ohren erinnerten an *Micky Maus*. Das furchterregende Gebiss mit ausgeprägten Eckzähnen nahm dem Ganzen jedoch die Niedlichkeit. Sie ging um das Tier herum. Die gigantischen ledrigen Flügel spannten sich zwischen langen dünnen Knochen und erinnerten an Drachenschwingen, je eine große scharfe Kralle befand sich an der Spitze. Am Hinterteil verbanden die dickhäutigen Lappen die Beine mit einem mittleren Schwanzknochen. Insgesamt wirkte der riesige Weiße wie einem Urzeitfilm entsprungen, *Als die Dinosaurier noch die Erde beherrschten*, oder einem Horrorstreifen – *Tarantula* in Fledermausform.

Es stand außer Frage, dass Emily oder die blonde Frau, vielleicht auch sie beide, seinen Angriff nicht überlebt hätten. Ob es ihr nun gefiel oder nicht – der Wolf hatte ihnen das Leben gerettet. Was vermutlich bedeutete, dass sie sich seinem Willen fügen sollte, sie wieder zurück in den Wald zu bringen, denn zweifelsohne war er ihr deshalb gefolgt, vielleicht sogar von Vem geschickt.

»Hör zu«, begann sie und drehte sich zu ihm um, worauf ihr die Worte im Hals stecken blieben. Vor ihr lag ein halbes Dutzend weiterer Wölfe, dazwischen hockten ein paar Raben.

»Himmel nochmal«, keuchte sie, »müsst ihr mich so erschrecken? Verdammte Geisterbande.«

Die Meute schaute sie mit unschuldigen Augen an, als könne sie keiner Fliege etwas zuleide tun. Spooky saß ungerührt zwischen ihnen, es drohte also keine Gefahr von den Tieren. Wo war eigentlich die Blonde?

»O nein!« Sie entdeckte die Gestalt in einiger Entfernung, offensichtlich war sie nach dem Aufstehen einfach weitergegangen, immer noch singend. Eilig rannte sie ihr nach und ergriff ihren Arm, um sie aufzuhalten. Jetzt konnte sie auch den Stock identifizieren: Es handelte sich um einen völlig zerfledderten Reisigbesen.

Die Blonde war stehen geblieben und ihr Singen in Summen übergegangen, sonst erfolgte keine Reaktion.

Emily musste vor sie treten, um ihr ins Gesicht blicken zu können. Sie war ein wenig kleiner als sie selbst, mit einem schmalen hellhäutigen Gesicht, Sommersprossen auf der Nase, blauen leeren Augen. Eine Wange war dreckig verschmiert, das lange Haar verfilzt, Grashalme und Blätter hatten sich darin verfangen. Irgendetwas stimmte ganz und gar nicht mit ihr.

»He, Kleine«, sagte Emily und bemühte sich, beruhigend und freundlich zu klingen. »Wer bist du? Wo kommst du her?«

Wieder legte sie den Kopf wie lauschend schief, war sie vielleicht blind? Emily wedelte mit der Hand vor ihren Augen, was Blinzeln hervorrief. Also nicht blind.

Sie strich ihr sanft über die Schulter. »Wie heißt du?«

Diesmal erschien ein nachdenklicher Ausdruck auf ihrem blassen Antlitz und das Summen erstarb.

»Wie ist dein Name?«, setzte Emily nach.

Ihre Rechte hob sich, als ob sie sie an die Stirn führen wollte, blieb auf halbem Weg in der Luft hängen und fiel dann wieder herunter. Sie blickte auf, streifte Emilys Augen und schaute ziellos in die Ferne.

»… ia …«, löste sich wie ein Hauch von ihren Lippen.

»Pia? Dein Name ist Pia? Oder Mia?«

»Nnn … ia«

»Nia?«

Der Ausdruck wurde schmerzlich, ihre Mundwinkel begannen zu zittern und mit weinerlicher, aber erstaunlich klarer Stimme fragte sie: »Wo ist er?«

»Wer?«, fragte Emily verwirrt.

»Holding Hands … skipping like a stone…«, begann der Gesang von neuem und Nia setzte sich in Bewegung. Das Gesicht ausdruckslos wie zuvor.

*Wie ein Roboter*, dachte Emily und seufzte ratlos.

Der Schwarze mit dem Pinselstrich trat in ihr Blickfeld, verhielt neben ihr, schaute der Blonden nach, schaute sie an. Er reichte ihr bis zur Hüfte.

»Weißt du, wer sie ist?«, fragte sie ihn. »Scheint ja keine von euch zu sein.«

Der Wolf blickte sie gelangweilt an. Befand Emily. Und blickte grimmig zurück. »Interessiert dich nicht sonderlich, was? Also jetzt hör mal zu. Ich bin dir echt dankbar, dass du mir das Leben gerettet hast. Wirklich. Aber ich komme auf keinen Fall mit zurück. Ich bin hier, um meinen Sohn zu suchen. Auf der anderen Seite des Berges. Und du wirst mich nicht davon abbringen. Verstanden?«

Der Wolf hob eine Braue.

»Wie auch immer..., *Roc*. Du kannst Vem ja ausrichten, dass ich zurückkomme, wenn ich ihn gefunden habe. Ihn und Tember. Komm, Spooky.«

Sie ging ein paar Schritte, dann drehte sie sich nochmals um. »Und das Mädchen nehme ich mit. Hier ist ja keiner, der sich um sie kümmern kann.«

Flink schloss sie zu Nia auf und schaffte es mit gutem Zureden und sanfter Gewalt, sie in den Schatten der Felswand zu dirigieren, wo sie sofort wieder ihren Schlendergang aufnahm und einfach geradeaus weiterging. Singend natürlich.

Emily ging hinter ihr, glaubte aber nicht, dass sie das Tempo lange ertragen würde. Viel zu langsam. Sie hörte den Wolf heulen und blickte sich argwöhnisch um. Was heckte er jetzt wieder aus?

Das Rudel war in Aufruhr, lief unruhig durcheinander, die Vögel kreisten darüber, während der Schwarze mit allen zu kommunizieren schien. Dann setzten sich beinahe alle Tiere ab, hechteten oder flogen Richtung Wald davon. Übrig blieben drei Raben, der schwarze Wolf und zwei rote, die sich eilig daran machten, Emily einzuholen. Die Roten liefen an ihr vorbei, verhielten zu beiden Seiten Nias und passten sich ihrem gemächlichen Schritt an.

Währenddessen setzten sich Roc und die Raben an die Spitze, Spooky folgte ihnen sogleich. Der Dreierdrei in Wolfsgestalt blickte im Laufen nach hinten und gab einen auffordernden Laut von sich, eine Mischung zwischen Heulen und Bellen.

Emily verstand. Nia hatte Begleitschutz und sie selbst hatte auch welchen. Schnelleren. Sie beeilte sich, ihm zu folgen. Auch wenn sie noch nicht begriff, was ihr diese Gunst eingetragen hatte. Vermutlich steckte Vem dahinter.

# 17 / Nacht 3

*Unaufhaltsam schlüpfte der Himmel in sein Schlafgewand, beharrlich vertrieben Purpur und Indigo das müde gewordene Tagesblau und der Horizont umschmeichelte den glutroten Ball mit himbeerfarbenen Liebkosungen, lockte ihn mit jadegrünen Küssen in den Schoß der Nacht.*

Insbesondere die grünen unregelmäßig geformten Flecken irritierten Jani. Er saß schon eine ganze Weile hier im Sand, ließ sich die wundgelaufenen Füße von anrollenden seichten Wellen kühlen, beobachtete das fantastische Spektakel des Sonnenuntergangs und dachte sich poetische Beschreibungen dafür aus, die man vielleicht in einem Song verwenden könnte.

Das Grün hatte etwas an sich, das ihn an den Science Fiction Film *Matrix* erinnerte. Und an den verrückten Taxifahrer, der Emily und ihn einmal gefahren hatte und vollständig von der Realität der Botschaft des Filmes überzeugt war, dass nämlich die Menschen ihr Leben in einer virtuellen Welt verbringen, ohne es zu wissen, und in Wirklichkeit als menschliche Energiequelle von künstlichen Maschinenwesen missbraucht werden. Dem Mann war es so ernst, dass Emily und er es nicht wagten, darüber zu witzeln. Und sehr erleichtert waren, als sie das Taxi endlich verlassen konnten.

Dann war da noch *The 13th Floor*, auch ein Film, in dem die Farbe Grün eine Rolle spielte. Hier stand sie für die Grenzen einer virtuellen Welt, in der die Bewohner nicht wissen, dass sie nur computergenerierte Lebewesen in einer simulierten Umgebung sind.

*Nette Varianten,* dachte Jani. *Als Erklärung für das alles hier gar nicht mal so unbrauchbar.*

Er hätte der feurigen Sonnenkugel am liebsten einen Schubs gegeben, damit sie endlich unterging. Tember sollte sich zurückverwandeln, der Piepmatz ging ihm auf die Nerven.

Als er seine Ballade gesungen hatte, war der Vogel ausgeflippt, um seinen Kopf herumgeflogen und hatte ständig versucht, auf seiner Schulter zu landen, ihm brannte die Haut von den Kratzern, die seine Krallen hinterlassen hatten. Also stellte er das Singen ein, aber da war dieses durchgeknallte Huhn richtig böse geworden, hatte lauthals gezetert und in seine guten Chucks gepickt, bis ihm schließlich die Galle überging. Er hatte den Vogel gepackt, in den Rucksack gestopft und die Öffnung so verzurrt, dass nur sein Kopf herausschaute. Natürlich konnte er das Gezeter nicht abstellen, weshalb er weitersingen musste, wenn er nicht durchdrehen wollte. Aber wenigstens musste er sich nicht mehr kratzen und picken lassen. Irgendwann hatte der Vogel dann Ruhe gegeben und war eingeschlafen.

Er schlief immer noch, halb aus dem wieder entzurrten Rucksack ragend, der zusammen mit dem Gigbag am Ende der Felswand lehnte. Saelee war einige Runden fröhlich wie ein junges Fohlen über den Strand galoppiert, hatte aus dem Meer getrunken (es führte Süßwasser) und sich im weichen Sand gewälzt. Sie lag nun behaglich ein paar Schritte von Jani entfernt, außerhalb der Reichweite der Wellen, ein quietschbunter Fleck im weißen Sand.

Er brauchte Tember dringend für die Erläuterung, wie zum Teufel sie auf die andere Seite kommen sollten. Nach gründlichem Auskundschaften schien dies nämlich keine einfache Sache zu sein. Zwar flachte der Fogmon zum Meer hin ab und versank sogar darin, aber irgendein superschlauer Zeitgenosse hatte den nun übrig gebliebenen Felswall mit einem unüberwindlich hohen Gitter gespickt, die silbern glänzenden Stahlstreben weit genug auseinander für einen menschlichen Arm, aber zu schmal für den dazugehörigen Rest des Körpers.

Und auf der linken Seite kam ihm ein weiterer Berg entgegen, bei dem es sich durchaus um das Ende des Fogmon handeln könnte, falls sich dieser kreisförmig um die rote Wüste wand.

Diese Felsen brachen sich in Klippen im Meer, kurz unterhalb des Übergangs von steinigem in sandigen Untergrund hatte Jani eine hölzerne Tür im Gestein entdeckt, die in rostigen Scharnieren hing, und sogar mutig gewagt, sie zu öffnen. Dahinter gähnte ein abwärts führender schwarzer Schlund und hauchte feuchten, nach nassen Algen riechenden Atem in sein Gesicht. Es konnte sich um eine unterirdische Grotte handeln, vielleicht aber auch um einen Tunnel, wohin immer der auch führte. Jani hatte auf weitere Erkundungen verzichtet. Vorerst.

Jetzt, wo die Sonne tatsächlich verschwand und ein mehrfarbiges Leuchten wie von Polarlichtern zurückließ, bemerkte er, dass der Horizont über eine weite Strecke uneben war, es musste sich um fernes Festland handeln.

»Was ist geschehen?«, fragte es hinter ihm und wie von einer Tarantel gestochen, fuhr er aus dem Sand auf. »Tember!«

Er strahlte über das ganze Gesicht und war drauf und dran, sie zu umarmen, so sehr erleichterte es ihn, sie zu sehen, als sie auch schon strauchelte. Aus der Umarmung wurde ein auffangendes Stützen (wofür er später dankbar war, das hätte eine peinliche Situation werden können), er half ihr zum Felswall, wo sie sich setzte, anlehnte und die Augen schloss.

»Tief durchatmen!« sagte er und drückte ihr eine Flasche Wasser in die Hand, aus der sie gierig trank, dabei musste sie mit beiden Händen zugreifen, weil eine allein zu sehr bebte.

»Gehts wieder?«, fragte er besorgt.

Sie nickte. »Ich weiß auch nicht, mir drehte sich alles. Ist schon besser.«

Er ließ ihr etwas Zeit und stellte erstaunt fest, dass sie genau so aussah wie vor ihrer Verwandlung. Sie trug wieder diesen dunkelblauen Mix aus komischem Oberteil mit Schnüren, Zipfelrock, dazu schwarz-weiße Strumpfhosen. Die roten Zöpfe standen ordentlich gebunden von ihrem

Kopf ab und lange einzelne Haarsträhnen fielen ihr auf die Schultern. Wo hatte sie das bloß alles in der Zwischenzeit gelassen? Zwischen den Federn?

Es wurde nun rasend schnell sehr dunkel, wenige Farbfetzen hingen noch mit letzter Kraft am Himmel, aber im Osten hob sich Mond Nummer Eins längst scharfkonturig gelb vor schwarzer Nachtleinwand ab.

Über den Strand verteilt glimmten unterschiedlich große Flecken wie in Sand gesteckte Taschenlampen und Jani ging sprichwörtlich ein Licht auf.

»Bin gleich zurück«, sagte er und lief los, um so viele von Saelees Zauberpferdeäpfeln zu sammeln und an der Wand und zwischen den Gitterstäben des Walls verteilt aufzuschichten, bis das rote Felsgestein sich stellenweise aufgeladen hatte und genügend Licht abgab, um wenigstens etwas Sicht auf beide Seiten des Walls zu ermöglichen.

»Hunger?«, fragte er und als Tember nickte, holte er die Vorräte hervor, die er aus dem Kühlschrank mitgenommen hatte, kramte erfolgreich nach dem Pfadfindermesser und bereitete ihnen ein kleines Abendmahl. Als Unterlage dienten ein paar Papiertaschentücher.

Nach anfänglichem Zögern schmauste Tember mit solchem Genuss, dass er grinsen musste. »Schmeckt, hm?«

»Dasischgud«, antwortete sie mit vollem Mund und glänzenden Augen.

Er fragte sie ein wenig über diesen Ort aus, aber sie wusste nichts über den Tunnel oder den Palisadenzaun aus Stahlstreben, weil sie selbst noch nie hier gewesen war. Sie meinte sich nur aus Erzählungen von Vem und Roc daran zu erinnern, dass man an diesem Ende des Fogmon auf die andere Seite gelangen konnte.

Als sie gesättigt waren, packte er die Reste sorgsam zurück in den Rucksack.

»Was ist geschehen?«, nahm Tember unvermittelt ihre erste Frage wieder auf. Und bevor er etwas sagen konnte: »Ich kann mich nämlich nicht erinnern, weißt du. Das ist ungewöhnlich. Normalerweise weiß ich was ich als Meta getan habe. Außer wenn ich etwas aus Instinkt tue. Aber diesmal weiß ich gar nichts. Ich habe mich doch verwandelt?«

Jani verdrehte seufzend die Augen. »Allerdings.«

Sie schaute irritiert. »Was meinst du?«

Also erzählte er ihr alles, was vorgefallen war – in der Zwischenzeit und in Sachen ›Hühnchen‹ – vom Zeitpunkt ihrer Verwandlung bis zur Ankunft am Meer.

Am Ende waren ihre weißen Wangen mit roten Flecken übersät wie ein Fliegenpilz, eine Hand bedeckte den Mund und ihre Augen wichen den seinen beschämt aus. »Bei den Altehrwürdigen Ahnen«, hauchte sie kaum hörbar. »Wie entsetzlich.«

Jani winkte ab und grinste frech. »Halb so wild. Das nächste Mal gibts eben Brathähnchen am Rost.«

Auf ihren verständnislosen Blick hin wollte er gerade mit einer Erklärung ansetzen, als plötzlich ein freudig verzücktes Bellen die Luft durchschnitt, das er nur zu gut kannte.

## 18

Im Schatten marschieren half gegen Durst nur bedingt, wurde Emily belehrt. Außerdem schmerzte ihre linke Seite zusehends, die Prellung war stärker als es anfänglich den Anschein gemacht hatte, auf den unteren Rippenbogen dehnte sich ein rötlicher Fleck mit einem Hauch von Violett aus, von dem sie annahm, dass er noch ein hübsches Farbenspiel abgeben würde.

Roc wartete von Zeit zu Zeit mit den Raben an seiner Seite, bis sein Gefolge bis Sichtweite aufgeholt hatte, und sie war dankbar für die Pausen. Die Füße taten ihr ebenfalls weh, sie spürte bei jedem Schritt, wie sich Blasen an den vorderen kleinen Zehen entwickelten. Nur der Gedanke an Jani trieb sie vorwärts, sonst wäre sie wahrscheinlich längst umgekehrt und hätte sich mit Freuden einem vermutlich ziemlich wütenden Einhornhengst gestellt.

Als Nia und ihre beiden roten Begleiter gemütlich in Sichtweite schlenderten, setzten sich Emilys sofort wieder in Bewegung. Sie biss die Zähne zusammen und folgte ihnen. Ihr Mund war völlig ausgetrocknet. Selbst Spooky hatte seine Dreifachrennerei aufgegeben, er lief in leichtem Whippettrab an ihrer Seite, hechelnd mit heraushängender Zunge.

Der Sonnenuntergang war nicht mehr fern, aber sie hatte keine Augen für den sich exotisch verändernden Nachthimmel, ihr Blick war fest auf ein schwarzes Wolfshinterteil gerichtet und in ihrem Kopf wiederholte sie fortgesetzt und selbsthypnotisch die Worte »und noch ein Schritt, und noch ein Schritt, und noch ein Schritt...«

Bei einer der nächsten Wartepausen wartete Roc, bis Nia zu ihnen aufgeschlossen hatte, dann verschwanden er und die anderen Tiere lautlos in der zunehmenden Dunkelheit.

Emily achtete kaum darauf, alles war ihr egal. Sie ließ sogar die singende Blondine an sich vorbei gehen und wäre wohl im Stehen an der Felswand lehnend eingeschlafen, wenn nicht die Amibros wieder aufgetaucht wären, zurückverwandelt in ihre menschliche Pendants, und sich ihrer angenommen hätten.

Außer (wie zu Recht vermutet) Roc, unverändert in Schwarz, handelte es sich um zwei Frauen und drei Männer, einer recht jung, etwa in Janis Alter, zwei etwas älter, gekleidet in Amibro typische farbenfrohe Kleidung. Sie nannten kurz ihre Namen, aber Emily konnte sie sich nicht merken, vermutlich war ihr Gehirn inzwischen vertrocknet. Die beiden Frauen hakten sie unter, der junge Mann gesellte sich zu Nia, und Roc führte sie, trieb sie zur Eile an, es sei nicht mehr weit bis zu ihrem Ziel und dort gäbe es auch Wasser. Die beiden älteren Amibros folgten am Ende der Gruppe. Der aufgehende Vollmond verschaffte ihnen mit seinem gelbtrüben Schein bessere Sicht, ansonsten diente nur der linkerhand verlaufende Fogmon zu ihrer Orientierung, die sonstige Umgebung verbarg sich in undefinierbaren finsteren Schatten.

Bevor Emily richtig bewusst wurde, wie intensiv ihr mit einem Mal eine salzige Meerwasserbrise um die Nase wehte, jaulte es an ihrer Seite auf und Spooky stürmte los (er hatte wirklich blaues Championblut in den Adern, aber er gebrauchte es selten), dabei überschlug sich sein Bellen fast vor Freude. Das machte er nur bei sehr nahestehenden Freunden und Verwandten, es konnte also nur eins bedeuten...

Mit einem Schlag war sämtliche Müdigkeit von ihr gefallen und hatte die Schmerzen gleich mitgenommen, sie befreite sich von den stützenden Händen und rannte ihm nach.

Es waren noch einige hundert Meter, aber dann sah sie auch schon ein Stück leuchtende Steinmauer und in ihrem Schein den Hund, wie er die Pfoten auf den Wall gelegt hatte und sich durch ein Gitter von jemandem auf der anderen Seite hinter den Ohren kraulen ließ.

»Jani!«

»Ma?!«

Sie umarmten einander durch die stählernen Stangen und Emily, überwältigt von mütterlichen Gefühlen, wollte ihn gar nicht mehr loslassen, wenn da nicht ein kleiner hilflos halbgrinsiger Zug um seine Mundwinkel erschienen wäre, der sofort ihr Pubertäts-Alarmsystem in Gang setzte. Sie erblickte Tember hinter ihm, und ließ die Hände sinken.

»Alles okay?«, fragte sie schnell im Flüsterton und er nickte beruhigend. Sie lächelte Pippi Langstrumpf freundlich zu. »Hallo Tember.« Dann entrang sich ihr ein kleiner Jauchzer. Sie hatte das Pferd entdeckt.

Jani grinste und rief die Stute herbei. »Das ist Saelee. Spektraler heißt die Rasse.«

Emily langte durch die Stangen und streichelte weiche Nüstern. »So ein schönes Tier. Spektraler? So sehen sie also aus. Sind die Farben echt? Sie sieht aus, als wäre sie in einen Farbtopf gefallen.«

Jani lachte laut. »Meine Worte. Aber die sind tatsächlich so bunt. Da wo wir Saelee aufgegabelt haben, gabs noch so eine, in Hellblau.«

»Ihr seid geritten?«

Jani verzog das Gesicht. »Na ja. Tember ist geritten. Ich hab mich festgehalten.«

»Verstehe«, grinste Emily.

»Und wer ist Schneewittchen?«, fragte Jani und schaute dabei über ihre Schulter.

»Wer?« Sie schaute sich um, da waren die singende Nia und die beiden Amibro Frauen, die sich um sie kümmerten (was in erster Linie darauf hinauslief, sie daran zu hindern, geradewegs ins Meer zu laufen) sowie die drei Männer. Sie standen abseits, wartend.

»Du weißt schon, Haut weiß wie Schnee, Lippen rot wie Blut und Haare schwarz wie Ebenholz. Singt die da etwa QOTSA?«

Alle Amibros hatten rötliche Haare und Nia war blond.

»Ja, singt sie, und zwar ununterbrochen. Aber sie ist, äh, blond…?«

Jani schaute noch einmal konzentriert hin. »Also die, die singt, hat lange schwarze Haare und trägt ein schwarzes Kleid.«

»Gibts doch nicht«, sagte Emily. »Ich sehe blonde Haare und ein gelbes Kleid.«

»Echt? Das ist ja strange.«

»Sie heißt Nia. Wir haben sie unterwegs aufgegabelt. Lange Geschichte, aber jetzt muss ich dringend erst einmal etwas trinken.«

»Trink einfach aus dem Meer«, sagte Jani, »es führt Süßwasser.«

»Nein«, mischte sich Roc von der Seite ein. »Nicht auf dieser Seite. Hier ist es salzig.«

Emily schaute ihn verwundert an. »Aber Ihr sagtet doch, hier gäbe es…«

»Das war bevor ich dies hier gesehen habe«, unterbrach er sie schroff und schloss die Wand aus Gitterstäben in eine ausholende Bewegung ein. »Diese Stangen waren hier nicht. Bislang stieg man einfach über die Steine und bediente sich am Wasser auf der anderen Seite.«

»Wir haben Wasser, warte«, sagte Jani, holte die Flaschen aus dem Rucksack und reichte sie durch das Gitter an Emily weiter, die sie mit den Amibros und Nia teilte.

Tember brachte ihnen ein paar von Saelees wundersamen Ausscheidungen, mit denen sie ihre Seite etwas heller gestalteten und Jani schnitt zum zweiten Mal an diesem Abend mundgerechte Salamischeiben, so dass sie alle ein paar Happen essen konnten. Nia war nicht zum Essen zu bewegen, stattdessen legte sie sich dort wo sie stand, in den Sand, rollte sich zusammen, den Besen in den Armen geborgen, und schlief sofort ein. Erleichterung machte sich breit, als ihr Singsang endlich endete, und Spooky war ein dankbarer Abnehmer ihres Anteils an der Wurst.

An den Wall gelehnt, standen sie beieinander und tauschten ihre Erlebnisse aus (wobei Jani Tembers Gefühle schonte, indem er den Vogel nur selten und wenn, dann positiv erwähnte, und Emily wiederum Rücksicht nahm, indem sie so tat, als wäre die Suche nach Jani keine von mütterlicher Besorgnis ausgelöste Flucht gewesen, sondern mit Vems Einvernehmen erfolgt).

Währenddessen kletterte Roc nahe der ersten Wellen auf den Felsen und verschwand, sich an den Stangen entlang hangelnd, in der Dunkelheit.

»Was tut er da?«, fragte Emily.

»Herausfinden, ob es irgendwo einen Durchgang gibt«, erklärte Tember.

Der Wallfortsatz des Fogmon, im Meer bei ruhigem Seegang die Wasseroberfläche noch übersteigend, reichte hinüber bis zum Festland – bei dem es sich um den Dschungelkontinent handelte – und teilte den Ozean (*Moseslike* lautete Janis Anmerkung) in eine Süß- und eine Salzwasserhälfte. Was überschwappte, adaptierte umgehend die chemische Zusammensetzung der jeweiligen Seite. Das gegensteuernde Pendant befand sich in Form einer unterirdischen neutralen Strömung in Höhe von Rainbowedge, Heimat der Spektraler-Pferde, im östlichen Weltmeer.

Zwar war die tropische Wildnis des Dschungels bekanntermaßen noch nicht erforscht, aber die Amibros waren einem exotischen Eingeborenenstamm in Freundschaft verbunden, der den zugänglichen und einigermaßen sicheren Teil der Küste in lose verbreiteten Dorfeinheiten bewohnte. Man hatte die Eingeborenen anlässlich früherer Expeditionsausflüge kennengelernt und die Freundschaft ging inzwischen so weit, dass die beiden Völker einander regelmäßig Lehrmeister verschiedener Wissenschaften für begrenzte Zeitintervalle ausliehen.

Normalerweise war das Hinüberkommen ein nicht unbedingt angenehmes, aber einfaches Unterfangen: Ein schon seit Urzeiten vorhandener unterirdischer Tunnel (der von Jani entdeckte) führte direkt hinüber. Ein Überqueren des Fogmonausläufers dagegen wurde nach einigen Versuchen, in denen Forscher weder auf der anderen Seite angekommen noch zurückgekehrt waren, als zu gefährlich eingestuft. Dank des Tunnels war es auch nicht notwendig.

Dies alles erzählte ihnen Roc nach seiner Rückkehr und der Erkenntnis, dass sich der unerklärbare stählerne Zaun voraussichtlich bis zum Ende des Walls zog, und damit bis zur Küste der Dschungelwelt.

Als er geendet hatte, wechselten seine Zuhörer ratlose Blicke.

»Und wie sollen die beiden nun auf unsere Seite zurückkehren?«, fragte Emily.

»Sicherlich werden die verschütteten Zugänge wieder freigelegt«, meinte Tember zuversichtlich.

»Könnten eure Handwerker diese Stangen nicht irgendwie wegschaffen?«, schlug Jani vor. »Zersägen oder mit Hitze auseinander biegen oder aus dem Stein schlagen?«

»Was ist mit der anderen Seite des Berges? Gibt es da nicht einen Weg?« Emily wieder.

Roc wartete, bis ihnen nichts mehr einfiel, um dann seinen Vorschlag zu unterbreiten. Erst später erinnerte sich Emily, dass seine Gefährten keinen Beitrag zur Diskussion geleistet hatten, so als hätten sie schon gewusst, was er plante.

»Nein, es gibt keinen Weg am anderen Ende des Fogmon, dort existieren nur steile Klippen«, begann er. »Ja, wir werden – so sie nicht völlig vernichtet sind – die Zugänge frei räumen. Und ja, es ist denkbar, dass wir diese Stahlwehr niederreißen können, wenn die Macht, die sie errichtet hat, uns dies gewährt. Jedoch…« hob er an und richtete seine Augen insbesondere auf Emily »…wie lange wird all dies dauern?«

Seufzend ließ sie die Schultern sinken. »Ewig.«

»Ihr habt doch schon eine Idee oder?«, fragte Jani gespannt. »Lasst hören.«

Emily meinte in Rocs Augen eine Art kurzes Glitzern gesehen zu haben, als er fortfuhr, schalt sich aber sogleich eine Närrin und schob es auf irgendwelche Lichtreflexe.

»Wenn ihr beiden«, er schaute zu Tember und Jani, »den Weg durch den Tunnel nehmt, erreicht ihr kurz nach dem Erscheinen der Zwillingsluni die Küste. Wir auf der hiesigen Seite gehen über den Wall – mit Hilfe der Stangen lässt es sich dort gut laufen. Wir werden ein wenig langsamer voran kommen, aber bis Tagesanbruch sollte es möglich sein. Die Metaphase verbringen wir dort am Strand und kehren bei Anbruch der Nacht zusammen über den Wall hierher zurück.«

Stille kehrte ein. Er schaute sie abwechselnd fragend an. »Nun, was sagt ihr?«

Jani räusperte sich. »Warum gehen Tember und ich nicht einfach durch den Tunnel und kommen über den Wall zu euch? Wieso müsst auch ihr hinüber?«

»Die Eingeborenen würden Euch in Feindschaft begegnen, da Ihr Ihnen unbekannt seid.«

»Warum ist es nötig, dass meine Mutter mit Euch geht?«

»Würde sie denn hier bleiben?«

»Auf keinen Fall«, meldete sich Emily energisch zu Wort.

Roc warf Jani einen vielsagenden Blick zu.

»Nehmen wir Saelee mit?«, fragte Tember.

»Nein. Der Tunnel ist nicht hoch genug für sie. Ihr müsst sie zurück zur Oase schicken, wo sie gut zurechtkommen wird, bis der Durchgang wieder zur Verfügung steht.«

»Wie sollen wir ihr das begreiflich machen?«, fragte Jani skeptisch.

»Oh, wir sagen es ihr einfach, sie versteht uns«, erwiderte Tember.

*Also doch,* dachte Jani und warf der Stute einen bösen Blick zu.

Spooky schob seine Schnauze in Emily Hand. »Ach herrjeh – der Hund!« rief sie.

»Nicht über den Wall«, kam sofort von Roc.

»Ich glaube er passt durch das Gitter«, sagte Jani. »Er könnte mit uns kommen.«

»Rückweg wieder Wall.« Erneut Roc. Emily hätte ihm am liebsten eine geklatscht.

Roc deutete zu den beiden Amibros Frauen. »Sie kehren nach Orbíma zurück. Sie können ihn mitnehmen.«

»Dann brauchen wir eine Leine«, seufzte Emily und wuschelte Spookys Ohren. »Sonst wird er nicht mitgehen.«

»Ich habe eine Idee.« Jani wandte sich zu Tember. »Saelee braucht doch ihr Zaumzeug nicht mehr oder?«

Sie verstand sogleich und sprang auf, um es der Stute abzunehmen. Emily knotete es um Spookys Hals. Dann fiel ihr noch etwas ein. »Was ist mit Nia?«, fragte sie. »Sie wird es nicht über den Wall schaffen.«

Roc blickte für einen Moment irritiert. »Nia? Ah, Feuerhaar.« Wieder der Wink zu den beiden Frauen. »Sie nehmen auch sie mit. Aber wo ist sie denn?«

Der Platz, an dem Nia geschlafen hatte, war leer. Der Abdruck im Sand war noch deutlich zu sehen, es führten jedoch keinerlei Fußspuren von ihm fort.

Emily war entsetzt, rannte umher und rief laut Nias Namen, aber Roc untersuchte die Stelle und erklärte ihr dann, dass dies bestätige, was er schon vermutet habe. Bei Nia handele es sich um einen ›Metaschweber‹.

Dies war ein Phänomen, das auftreten konnte, wenn während des Gestaltwandlungsprozesses etwas schiefging. In diesem Fall blieb die betreffende Person für immer in einer Art Übergangszustand, tauchte auf und verschwand ohne Ankündigung und ohne Anzeichen. Dies konnte der Menschform ebenso wie der tierischen widerfahren und geschah äußerst selten. Meist schienen die Wesen geistig verwirrt und in den seltensten Fällen waren sie jemandem bekannt, woraus geschlossen wurde, dass sie sich schon seit uralten Zeiten in diesem Zustand befanden.

Emily fand die Vorstellung einfach nur schrecklich. »Ihr habt sie ›Feuerhaar‹ genannt«, erinnerte sie sich, »warum?«

»Nun, selbstredend wegen der feurig roten Farbe ihres Haares«, erwiderte Roc.

Emilys Augen wurden groß. »Welche Farbe hatte ihr Kleid?«

Er hob missmutig eine Augenbraue. »Grün wie das Gras unter ihren Füßen. Wart ihr zu erschöpft, um Derartiges zu sehen?«

»Für mich hatte sie Sonnenhaar und ein gelbes Kleid, Jani hat Haare und Kleid in Schwarz gesehen. Ist das üblich bei diesen – wie habt Ihr sie genannt – Metadingsda?«

»Metaschweber«, sagte Roc, deutlich am Ende seiner Geduld. »Nein, davon habe ich noch nie gehört.«

Völlig verwirrt folgte sie ihm zurück zur Gruppe. QOTSA singende Zwischenweltgespenster? Bei Gelegenheit musste sie unbedingt alle anderen, die Nia auch gesehen hatten, zu den Farben befragen.

»Zurück zur Planung«, nahm Roc den Faden wieder auf, nachdem er den Wartenden schnell die Metaschweberei erläutert hatte. Er schien es eilig zu haben.

Jani warf Emily einen fragenden Blick zu, sie zuckte hilflos die Schultern.

»Epte und Enu werden zur Stadt zurückkehren, auch ohne Nia. Und Vem von unserem Vorhaben berichten. Die anderen begleiten uns.«

Die Namen der Frauen kamen Emily vage bekannt vor. Richtig, die hatte sie gehört, als ihr Gehirn vor sich hin trocknete.

»Wenn es keine weiteren Einwände gibt, schlage ich den sofortigen Aufbruch vor. Es gilt die Strecke vor Tagesanbruch zu bewältigen und noch ist nicht gesichert, dass es keine Verzögerungen geben wird.«

Der junge Amibro meldete sich erstmals zu Wort. »Ihr spracht von denen, die vom Wall nicht zurückkehrten, verehrter Dreierdrei.«

Emily verdrehte die Augen. Gleich wird mir schlecht, sagte der Blick, den sie Jani zuwarf. Der musste sich das Lachen verbeißen.

»Ja, was ist mit ihnen?«, fragte Roc ungeduldig.

Das Gesicht des Jungen nahm den Farbton seines Haares an. Stotternd setzte er zu einer Antwort an.

»Ihr fürchtet euch, Mero?«, fragte Roc, ganz Dreierdrei, von oben herab.

*Was für ein mieser Kerl,* dachte Emily.

Meros Gesicht glühte in flammendem Schamrot. Er wehrte mit beiden Händen ab.

»Gut. Dann wäre das ja geklärt.«

Sie hasste den Typ.

Dann ging alles sehr schnell. Emily knuddelte Spooky, befahl ihm brav zu sein, und übergab ihn den beiden Amibro Frauen. Die machten sich nach kurzem Wortwechsel mit Roc sofort auf den Weg, der Hund war offensichtlich zu überrascht, um zu protestieren (das fing erst später an, als sie es schon nicht mehr hören konnten).

Roc instruierte Tember über die Reise durch den Tunnel, dann sprach diese mit der Stute–

(»Jetzt wird sie in die Wüste geschickt«, flüsterte Jani in Emilys Ohr und sie nutzte die Gelegenheit, ihn fest zu drücken und zur Vorsicht zu mahnen)

–und sorgte anschließend noch dafür, dass jede Gruppe mit Licht spendenden Pferdeäpfeln ausgerüstet war, bevor sie Saelee einen Klaps auf das Hinterteil gab, woraufhin das regenbogenfarbene Pferd ein Wiehern von sich gab, das sich beinahe bedauernd anhörte, und davon trabte.

Jani teilte den Rest der Salami (langsam ging ihm auf, warum man diese Sorte auch ›Dauerwurst‹ nannte) und reichte eine Hälfte in Alufolie gewickelt zusammen mit einer Plastikflasche Wasser an Roc weiter. Alles verschwand in irgendwelche unauffällig in seine Kleidung eingelassene Taschen. Schon ging es ans Abschiednehmen.

Emily mochte sich gar nicht trennen, Jani hingegen schien sich auf das neue Abenteuer zu freuen. »Ist doch nur bis heute Abend, äh morgen früh«, sagte er beruhigend, brannte aber auf den Aufbruch.

»Hast ja recht«, sie brachte sogar ein kleines Lächeln zustande. »Pass gut auf euch zwei auf…«

»Und du auf dich.« Küsste sie auf die Stirn, winkte den anderen und ging mit Tember davon.

Ein Kuss! Emily sah ihm gerührt nach. Irgendwie wirkte er viel älter und reifer. Aber dachte man das nicht immer, wenn man sein Kind alleine in die Welt hinaus ließ? (selbst wenn es nur um die Ecke zum Brötchen holen war).

Sie seufzte. Roc rief sie ungeduldig.

Die Dunkelheit verschluckte die beiden jungen Leute und da riss sie sich endlich los und kletterte auf den Wall.

# 19

Nur knapp eine Stunde später preschte ein Reiter auf einem hellblauen Pferd heran, trieb es bis in die ersten flachen Wogen, wo es tänzelte und stieg, hielt ausschauend die Hand über die Augen und fluchte wie ein Rohrspatz.

Dann lenkte er das Ross an den Wall, glitt herunter und war dem weißen Vierbeiner, der ihn begleitete, behilflich, sich durch die Gitterstangen zu zwängen. Der schnüffelte auf der anderen Seite aufmerksam am Boden, dann sauste er davon.

»Viel Glück!« rief Vem ihm nach.

Unterwegs war er auf die beiden Frauen gestoßen, hatte ihnen das wild gewordene Bündel Windhund abgenommen und sich das Geschehene erzählen lassen. Es war beruhigend zu wissen, dass es Tember und dem Jungen gut ging.

Er klopfte Shantae den Hals, über den die apfelgrüne Mähne wogte, schwang sich wieder auf ihren Rücken und hetzte sie den Weg zurück. Wenn Roc das vorhatte, was er vermutete, blieb ihm nicht viel Zeit, um den Lauf der Dinge noch zu wenden.

# 20

Vor dem Aufbruch hatte Jani umgepackt: Was ihnen vielleicht nützlich sein könnte in den kleinen Rucksack, alles andere, vor allem die Erinnerungsstücke aus ihrem Haus, ließ er im großen zurück. Der und das Gigbag warteten jetzt sorgsam in einer Felsnische geborgen darauf, irgendwann abgeholt zu werden, so wie Saelee. Die Stute war Garant dafür, dass es wirklich passieren würde. Irgendwann, nachdem klar war, dass sie die Heimkehr per Klettertour über den Ozean absolvieren würden, hatte er den Entschluss gefasst, mit leichterem Gepäck zu reisen. Lieber verzichtete er ein, zwei Tage auf die Gitarre, als dass er das Risiko einging, sie ganz zu verlieren.

Emily wusste noch gar nichts von den Dingen, die er vor dem Verschwinden ins oasige Nimmerland gerettet hatte, es wäre nötig gewesen, ihr ebenfalls zu sagen, dass Rostal nicht mehr existierte, und dazu hatte er sich nicht durchringen können. Um sie nicht zu belasten und auch um es sich selbst nicht endgültig eingestehen zu müssen, wahrscheinlich. In welchem Umfang sich die Oase bereits wieder regeneriert hatte, wusste außer ihm und Tember bislang nur Roc.

Im Tunnel angekommen, war er froh über seine Entscheidung, nicht voll bepackt losgezogen zu sein. Grob in den Stein gehauene Treppenstufen, von immerwährender Feuchtigkeit glatt und glitschig geschliffen, wanden sich steil in die Tiefe. Die Wände schimmerten fluoreszierend grünlich, nachdem sich die Augen an das mattschummrige Licht gewöhnt hatten, konnten sie recht gut sehen.

Der Gang war so schmal, dass sie hintereinander gehen mussten, die Arme seitlich ausgebreitet, suchten sie Halt an der Felswand. Erleichtert wurde der Abstieg einige Meter tiefer, als plötzlich Halterungen erschienen, durch die ein dickes Tau verlief, zwar abgenutzt und rau unter der schmierigen Oberfläche, aber gut zu greifen und damit ein sichernder Halt, der sofort dazu führte, dass sie schneller vorankamen.

»Habt ihr das angebracht?«, fragte er über die Schulter. Er hatte darauf bestanden vorne zu laufen, um Tember helfen zu können, falls sie ausrutschte. Wenn *er* ausrutschte ... tja.

»Was meinst du?«, fragte sie.

»Die Griffe hier, und das Seil – stammt das von den Amibros?«

»Ich glaube nicht. Roc sagte etwas von einer Stadt hier unten und dass der Tunnel von den Bewohnern gebaut worden sei.«

Vor Überraschung wäre er beinahe gestolpert. »Eine Stadt? Hier unten? Was für eine Stadt?«

»Ich weiß auch nicht viel mehr außer dass wir an eine Stelle kommen werden, wo der Gang abzweigen wird. Roc sagte, wir dürften unter keinen Umständen dort abbiegen, egal was uns dort erwartet. Wir sollen auf jeden

Fall geradeaus weitergehen. Und als ich ihn fragte, wohin der Abzweig führt, erwähnte er kurz einen Ort unter Wasser und dass die dort lebenden Wesen diesen Tunnel errichtet hätten.«

»Faszinierend«, entschlüpfte Jani, was sofort dazu führte, dass er *Mr. Spock* assoziierte, passend allerdings, er fühlte sich ohnehin langsam wie der Erforscher unbekannter Welten und unendlicher Weiten. »Sind sie gefährlich? Diese Wesen aus der Unterwasserstadt?«

»Ich weiß es nicht«, erwiderte Tember. »Aber Rocs Worte hörten sich ganz danach an, als wäre es von Nutzen, ihnen aus dem Weg zu gehen.«

Sie klang angespannt, vielleicht aus Konzentration, vielleicht aber auch ängstlich, und weckte in Jani schon wieder das Bedürfnis, sie zu beschützen. Vielleicht würde etwas Ablenkung helfen. Also fragte er sie etwas, das ihn schon lange interessierte. »Woher stammen eigentlich eure Namen? Tember, Roc, Vem, Mero, Epte und so weiter – haben sie eine Bedeutung?«

Sie schwieg so lange, dass er schon dachte, sie habe ihn nicht gehört, und wollte gerade nachhaken, als sie zu erzählen begann. »Da ist diese Schrift, ein schwarzes Buch, sehr alt, es heißt, dass die Altehrwürdigen Ahnen es mit eigener Hand geschrieben haben. Es enthält nichts als Namen. Nur dem Einerdrei der Amibros ist es gestattet, es zu öffnen, Roc und ich dürfen es sehen, aber nicht berühren. Es wird in einer Kammer in Orbíma Zitíí aufbewahrt, zu der nur wir drei Zugang haben. Immer wenn ein Kind geboren wird und die Zeit der Nennung gekommen ist, öffnet Vem das Buch, entnimmt den ersten zur Verfügung stehenden Namen und gibt ihn an uns weiter. Wir notieren ihn auf der Nennungsschrift, einem speziellen Papier – Roc ist zuständig für männliche, ich für weibliche Kinder – Vem streicht den vergebenen Namen in dem Buch und die Familie des Kindes erhält das Schriftstück und den altehrwürdigen Segen. Wir glauben, dass jeder Name einmal einem Ahnen selbst gehört hat und ehren unsere Vorfahren auf diese Weise.«

»Und was hat es mit den Buchstaben auf sich, die an den Namen hängen? Bei dir war es glaube ich ein *E*?«

»Nein, es ist ein *P*. Jeder Name besteht aus zwei Teilen, der Buchstabe steht für den zweiten, bei mir für *Pse*. Die des Einerdrei ist ein *E* für *Eborn*, die des Dreierdrei ein *B* für *Bote*.«

»Und die Bedeutung? Überbringt der Dreierdrei Nachrichten oder so was?«

Er konnte förmlich hören, wie sie mit den Schultern zuckte.

»Keine Bedeutung. So steht der Name im Buch und das bedeutet, dass der Altehrwürdige Ahne so hieß.«

»Hm. Seltsam. Äh – *interessant* meine ich. Und die Namen gehen euch nicht aus?«

»Bis jetzt nicht. Das Buch ist sehr dick. Übrigens gibt es zu den unerklärten Zweitnamen auch eine Legende.«

»Ach ja? Welche?«

»Einer alten Überlieferung nach wird der Tag kommen, an dem das Geheimnis sich entschlüsselt. Dieser Tag wird unermessliche Erleuchtung bringen und grenzenlose Seelennot. Unsere Wissenschaftler sind sehr erpicht auf diesen Tag, wir anderen weniger.«

»Mehr weiß man nicht über diesen Tag?«

»Nein.«

Sie schwiegen eine Weile, dann revanchierte sich Tember mit einer Frage. »Und dein Name? Woher stammt *Jani*?«

Jani grinste. »Das ist einfach erklärt. Als meine Mutter mit mir schwanger war, war sie gerade Fan von diesem Schauspieler, *Keanu Reeves*. Der den *Neo* in *Matrix* gespielt hast, weißt du?«

»Nein?«

»Ach, auch egal. Na jedenfalls wollte sie mich nach ihm nennen, hatte aber Angst dass niemand K-e-a-n-u richtig schreiben würde. Also hat sie die Schreibweise einfach in K-i-j-a-n-u geändert. Das ist mein Name – Kijanu. Jani ist die Abkürzung.«

»Deine Mutter hat deinen Namen ausgesucht?«

»Ja. Machen bei uns eigentlich immer die Eltern.«

»Und es gibt keinen zweiten Teil?«

»Manchmal gibt es einen, manchmal sogar mehrere. Mein Vater zum Beispiel hat drei Vornamen, Mark, Leander und noch Richard nach seinem Großvater. Ich habe zum Glück nur einen. Und meinen Nachnamen natürlich. Aber den gibts bei euch ja auch – wie Darrav bei dir.«

»Und wie lautet dein Nachname?«

»Jaden. Völlig ohne Bedeutung, nichts in das man sich verwandeln könnte.« *Höchstens in einen jadegrünen Edelstein*, dachte er.

»Also Kijanu Jaden?«

»Genau.«

Natürlich führte dies zu noch mehr Fragen – Janis Erläuterung erdlicher Nachnamen füllte die Zeitspanne, die es noch brauchte, um am Ende der Stufen anzukommen, wo sich der Tunnel so weitete, dass man in dem nun ebenen Gang bequem nebeneinander laufen konnte.

Hier war es noch eine Nuance heller, in das grüne Leuchten mischten sich goldene Schimmer, die von irgendetwas ausgelöst wurden, das sich in der Decke des Gewölbes befand.

In diesem Moment der Stille, in dem sie sich umsahen, hörten sie die Geräusche. Tembers weißhäutiges Gesicht, in dem grüngelben Licht sowieso schon fahl, wurden noch eine Spur grauer. Jani legte einen Finger an die Lippen und zog das Mädchen hinter sich an die Wand. Verstecken konnten sie sich nirgendwo, also wühlte er in seinem Rucksack nach dem Pfadfindermesser, das einzige, das er dabei hatte, was einer Waffe gleich kam.

Das Geräusch war ein seltsames Gemisch aus Schnaufen und Scharren und kam aus ihrer ursprünglichen Richtung die Treppe herunter. Noch bevor Jani das Messer gefunden hatte, nahm die angsteinflößende Quelle die letzten Stufen in weiten Sprüngen und Spooky tanzte außer sich vor Freude um ihn herum.

»Oh, verdammt. Wo kommst du denn her? Ja, guter Hund. Ist ja gut.« Er streichelte den weißen Kopf des Whippets und drehte sich zu Tember um. »Er muss ihnen irgendwie entwischt ... Tember??«

Sie lag halb auf dem Boden, halb an die Wand gelehnt, die Glieder verkrampft, den Kopf zur Seite hängend, die Augen geschlossen. Er kniete neben ihr, schüttelte sacht ihre Schultern, führte sein Ohr an ihren Mund, ihre Brust, sie atmete, aber sie reagierte nicht auf ihn, sie war bewusstlos. Er erinnerte sich, dass sie sich nicht gut gefühlt hatte, nach der Rückverwandlung, und vorhin ihre angespannte Stimme, ihr blasses Gesicht, vielleicht war alles zu viel gewesen.

Er flüsterte leise ihren Namen, strich über ihre Stirn, sie war klamm und feucht, mit einem Mal spürte er ihre Hand an seinem Hinterkopf. Die Augen geöffnet und den orangefarbenen Blick auf seinen Mund gerichtet, zog sie ihn zu sich und ... küsste ihn.

Das war es auch schon. Nachdem ihre Lippen auf den seinen für einen kurzen (ewiglichen) Moment verweilt hatten, fragte sie: »War das richtig so?« und während er noch stotternd nach einer Antwort suchte (woher sollte er das wissen, dies war sein erster Kuss gewesen), sackte sie mit erneut geschlossenen Lidern zurück in den katatonischen Zustand von zuvor.

Als sich das Erdbeben um ihn herum endlich gelegt hatte (nein, in Wirklichkeit hatte es natürlich *in* ihm stattgefunden), ließ es ihn mit Pudding in den Waden, einem süßen Prickeln auf der Oberlippe und einem flauen Gefühl im Magen zurück. Ob das wohl jedes Mal passierte? Und warum war diese Flauheit im Bauch so ganz anders als er von den viel gerühmten Schmetterlingen erwartet hatte? Dieses Empfinden war nicht schön und aufregend, es hatte etwas Ungutes, Unperfektes, irgendetwas stimmte nicht. Die kalte Feuchtigkeit dieses Ortes drang mit einem Male durch seine Kleider, er fröstelte. Sie mussten weiter.

Versuchsweise bemühte er sich, Tember in eine Position zu bugsieren, die es ihm ermöglichen würde, sie zu tragen, aber er konnte sie ziehend kaum vom Fleck bewegen, selbst mit dem Standard Rettungsgriff, den er in der Erste Hilfe Vorbereitung für den Führerschein gelernt hatte, sie war einfach zu schwer. Es würde ihm nichts anderes übrig bleiben, als sie hier zu lassen und Hilfe zu holen. Entweder er trieb seine Mutter und ihre Begleiter auf der anderen Seite des Tunnels auf oder er suchte sich Unterstützung in der geheimnisvollen Unterwasserstadt.

Gerade als er sich zur ersten Variante durchgerungen hatte und sich die Regeln der ›Stabilen Seitenlage‹ ins Gedächtnis zurückzuholen versuchte, rührte sich das Mädchen. Als hätte sie seine Absicht gespürt. Mit gemischten Gefühlen beobachtete Jani, wie sie zu sich kam, sicherheitshalber hielt er etwas Abstand. Den zweiten Kuss seines Lebens wollte er jetzt noch nicht. Nicht wirklich.

Tember wirkte anfänglich desorientiert, bis sie ihn entdeckte und ihr Blick sich klärte.

»Was ist passiert?«, fragte sie schwach.

*Okay.* Jani war beruhigt. Das klang nicht nach einer neuerlichen Attacke, im Gegenteil, es hörte sich nach einer größeren Erinnerungslücke an. »Du bist ohnmächtig geworden«, erwiderte er. »Was ist das letzte, an das du dich erinnerst?«, fügte sein Mund hinzu, ohne dass er großartig darüber nachgedacht hätte.

Sie runzelte die Stirn. Bemerkte Spooky und deutete auf ihn. »Da waren diese Geräusche … und dann kam *er* die Treppe herunter. Mehr weiß ich nicht mehr.«

»Mehr war auch nicht«, sagte Jani beiläufig, schaute sie dabei aber nicht an. »Du warst einfach völlig weggetreten. Ich wollte gerade schon Hilfe holen. Kannst du aufstehen?« Er reichte ihr seine Hand und sie ließ sich aufhelfen, war etwas wackelig auf den Beinen, er stützte sie, sie lehnte sich gegen die Wand.

»Ich bin so durstig.«

»Moment, ich habe Wasser.« Er holte die Flasche aus dem Rucksack und reichte sie ihr. Sie trank in gierigen Zügen.

»Schon besser.« Ein kleines Lächeln erschien auf ihrem Gesicht. »Lass uns weitergehen.«

Er bot ihr seinen Arm und für eine Weile brauchte sie ihn, aber sie erholte sich bald. Trotzdem bemühte sich Jani, nicht ganz so schnell durch den Tunnel zu laufen, wie es ihn eigentlich verlangte.

Die Abzweigung war weder zu übersehen noch zu verfehlen, auf der linken Seite gähnte ihnen eine riesige Öffnung entgegen und den Tunnel dahinter konnte man nur erahnen, denn er war vollständig mit einer wabernden, blau schimmernden, transparenten Masse gefüllt, die wie Wasser aussah, aber keines sein konnte, weil nichts davon herausfloss oder tropfte. Sie standen staunend davor und Jani hätte zu gerne eine Hand ausgestreckt, um die Materie zu berühren, aber Tember berührte seinen Arm und sagte leise: »Nicht.« Richtig, Roc hatte sie angewiesen, an dieser Stelle unbedingt vorbei zu gehen, was immer sie auch sehen würden.

Plötzlich schoss ein großer dunkler Schatten aus der blauen Tiefe heran und baute sich vor ihnen auf, so unerwartet, dass sie beide aufschrien, Spooky wild zu bellen begann, Jani nach Tembers Hand schnappte und sie mit sich reißend davon rannte.

Viele Meter weiter, als sie irgendwann bemerkten, dass sie gar nicht verfolgt wurden, stoppten sie, nach Luft japsend, spähten angestrengt in die Richtung, aus der sie geflüchtet waren, aber nur der Whippet war ihnen nachgekommen.

»Was ... war ... das ... zum ... Teufel...?«, keuchte Jani.

Einig waren sie sich über die Größe, die ungeheure Größe, aber in der Beschreibung des Gesehenen gingen ihre Schilderungen völlig auseinander. Tember hatte ein Tier wahrgenommen, mit blutroter Haut, Flügeln und gewundenem schlangenförmigem Körper, zahngespicktem aufgerissenem Maul, in dem Feuerschwaden tobten – für Jani hörte es sich nach etwas an, das einem chinesischen Drachen geähnelt haben mochte. Bei ihm war es ein hochgeschossenes schlankes Wesen mit neugierigen menschlichen Zügen gewesen, mit türkisfarbener Haut, Armen und Beinen, die mit dem dünnen Körper durch Schwimmhäute verbunden waren, entfernt an *Na'vi* erinnernd, die Bewohner des Planeten *Pandora* im Film *Avatar*. Spooky konnten sie leider nicht fragen, aber seinem lautstarken Bellen zufolge hatte auch er nichts gesehen, das vertrauenswürdig gewirkt hätte.

Sie hielten sich nicht lange mit Diskussionen auf, beide wollten sie nur einen möglichst großen Abstand zwischen sich und Was-immer-es-auch-gewesen-sein-mochte bringen. Auch wenn es durchaus sein konnte, dass die Erscheinung gar nicht in der Lage war, die mit Flüssigkeit gefüllte Abzweigung zu verlassen. Sobald sie wieder zu Atem gekommen waren, eilten sie den Tunnel entlang und legten nur noch selten kurze Pausen ein.

Irgendwann unterwegs traf Jani die Erkenntnis über den Grund seines Unwohlseins anlässlich Tembers Kuss wie ein Schlag: Ihre Stimme war es gewesen, die ihn irritiert hatte – sie hatte anders geklungen, fremd, so als wäre es gar nicht die ihre gewesen. Gleichzeitig mit dieser kam aber auch eine andere Erkenntnis: Diese Gefühl ihrer weichen Lippen auf den seinen – das wollte er nochmal. Irgendwann...

## 21

Die Gruppe oberhalb des Ozeans kam gut voran. Der schwarzgekleidete Dreierdrei, immer einige Meter voraus, erkundete die Lage und sorgte für Lichtquellen, wenn es Stellen gab, an denen sie aufpassen mussten und die vom Mondlicht nicht genügend beschienen waren. Entweder handelte es sich dann um lose Steinbrocken im Wall, oder bemooste und dadurch rutschige Bereiche. Roc löste dazu kleine Brocken aus einem großen Klumpen Regenbogenkristall und drückte sie auf die Steine, wo sie hafteten.

Emily lief in der Mitte, hinter ihr der junge Mero, die beiden Älteren (sie hießen Lir und Fadi) bildeten das Schlusslicht. Zu Anfang hatte sie versucht, Mero in ein Gespräch zu verwickeln, aber nachdem er jedes Mal einsilbig und zurückhaltend geantwortet hatte, hatte sie es aufgegeben. Es war ihr recht, so konnte sie sich einerseits auf den Wall und die Stangen konzentrieren, an denen sie sich entlanghangelte, und andererseits ihren Gedanken nachhängen.

Die Luft war lauwarm und roch salzig (zuvor war ihr nie klar gewesen, dass Süßwasser im Gegensatz dazu *nicht süß* roch), hin und wieder kühlend aufziehende Brisen trockneten den Schweißfilm auf ihrer Haut. Sie fühlte sich schmutzig und klebrig und mochte sich nicht vorstellen, wie ihre Haare inzwischen aussahen, von Schlaf, Ritt, Wind, Wasser und Schweiß zerzaust. Da sie nichts dagegen tun konnte, beschloss sie, dass es ihr egal war. Der Einzige, von dem sie nicht gewollt hätte, dass er sie so sah, war sowieso nicht hier. Ob er über ihr Weglaufen wohl wütend war? Wie alle anderen musste auch Vem inzwischen wieder seine menschliche Gestalt angenommen haben und sie hätte zu gerne gewusst, ob er sich um ihr Wohl sorgte oder all die Aufregung, die sie und Jani den Amibros gebracht hatten, eine Belastung für ihn waren.

Apropos sorgen. Die Kletterpartie erinnerte Emily an ihre Eltern, zum einen weil diese sich vor einigen Jahren ein Häuschen in ihren geliebten Bergen gekauft und dorthin gezogen waren, zum anderen weil sie in ihrer Kindheit auf viele Touren der beiden begeisterten Wanderer mitgenommen worden war. Im Nachhinein gesehen etwas zu oft – heutzutage zog sie Urlaub an Strand und Meer der bergigen Variante vor.

Ob sie sich Sorgen machten, weil Tochter und Enkel verschwunden waren? Vorausgesetzt natürlich, dass dies überhaupt den Tatsachen entsprach. Wenn sie und Jani tot wären oder im Koma lägen, wäre es wohl eher Trauer als Besorgnis, das die Eltern umtrieb. *Verdammt, schon wieder diese Gedanken über was-ist-eigentlich-passiert.* Emily seufzte entnervt. Sie musste damit aufhören. Außerdem befanden sich Janis Großeltern derzeit auf Campingtour durch Australien und gaben nur hin und wieder ein Lebenszeichen per SMS von sich, ohne eine Antwort zu erwarten – was auch immer passiert war, vermutlich wussten sie noch gar nichts davon. Und wenn es ein globales Ereignis gewesen war, dass die gesamte Menschheit betraf?

*Dann ist es nun mal so.* Der Gedanke schob sich hartnäckig durch alle Gewissensbarrieren ganz nach vorne. Und da es in ihrem Kopf niemanden gab, der sie ob dieser Kaltherzigkeit kritisieren konnte, ließ sie ihn zu. Eltern, Verwandte, Freunde, Bekannte – all diese Verluste wären furchtbar schmerzlich, aber auch etwas, das sie verkraften konnte. Solange der wichtigste Mensch noch lebte, und das tat er – Jani.

Ein paar Gedankensprünge weiter und sie hatte Glück gewünscht, Abbitte geleistet und abgehakt: Janis Lehrer, soweit sie sie persönlich kannte, die Kollegen in der Werbeagentur (zumindest die, die sie schätzte), ihren gutmütigen Chef, die netten Nachbarn links, rechts und gegenüber (sonst kannte sie eh keine), ihre seit der Schulzeit beste Freundin Bea, die immer gut war für spontane Aktionen, und ihre beiden lieben langjährigen Freunde Victor und Boris, die sie treu zu allen Auftritten von Janis Band begleitet hatten. Auch ihrer beiden Kater gedachte sie wehmütig. Ein Seufzer zum Abschied, dann war sie zurück in der Gegenwart, fest entschlossen, dort zu bleiben.

Was gar nicht so einfach war.

Emily fand sich in dichtem feuchten Nebel wieder, kurioserweise pfiffen ihr dazu derart stürmische Böen um die Ohren, dass sie sich krampfhaft an eine der Stangen klammerte, um nicht den Halt zu verlieren. Im nächsten Moment rauschte aus dem Nichts eine eiskalte Wasserwelle über sie und ließ sie klitschnass, vor Kälte zitternd und nach Luft schnappend zurück. Ihr offener Mund erwies sich als wenig praktisch, denn die nächste Welle brach über sie herein, nur dass sie diesmal auch noch jede Menge der salzigen Brühe schluckte.

Hustend und spuckend blieb sie zurück, ihre Augen brannten, aber sie wagte nicht, die Stange loszulassen, sie hatte so schon Mühe, der Kraft des reißenden Wassers zu widerstehen. Für einen Augenblick lichtete sich der Nebel und sie sah Mero, der ebenfalls an den Stangen hing, nur ein paar Meter hinter ihr, er kniete auf den Felsen und hustete sich die Seele aus dem Leib. Von den anderen beiden war nichts zu sehen, die Nebelwand hatte sie verschluckt.

Zähneklappernd löste sie eine Hand von der Stange, streckte sich nach der nächsten in Richtung Mero, versuchte sich zu ihm zu arbeiten, aber da kam wieder das Wasser über sie und dieses Mal verlor sie den Boden unter den Füßen. Ein entsetztes Gurgeln brach aus ihrer Kehle, der Sog der Welle zog an ihr und die Finger ihrer rechten Hand rutschten vom Metall. Hilflos zappelte sie mit den Beinen, ohne Chance gegen die Strömung.

Im nächsten Moment schlang sich ein Arm um ihre Taille und ein kräftiger Zug beförderte sie zurück auf den Felsen und an das Gitter. Sie klammerte sich fest. Nachdem er sich vergewissert hatte, dass sie sicher stand, schob sich Roc hastig an ihr vorbei und fischte in letzter Sekunde einen halb ohnmächtigen Mero am Hemdkragen aus dem Meer. Er zerrte ihn hinauf auf den Felsen, direkt neben Emily, umfasste beide und hielt sie mit eiserner Kraft, als sie einem weiteren Angriff des wild gewordenen Wassers standhalten mussten.

Kaum ebbte die Welle ab, brüllte er Emily »Vorwärts!« ins Ohr, und so rangen sie dem Wall Meter um Meter ab, jedem neuerlichen Wellenbrecher mit der reinen Willens- und Muskelkraft Rocs trotzend.

Irgendwann, als sie schon nicht mehr daran glaubte, wurde der dichte Nebel zu einem silbrigen Wabern und mit dem ersten Blick auf den klaren Sternenhimmel gab das Meer sie aus seinen Klauen frei. Die warme laue Sommernacht umfing sie wieder. Fadi und Lir hatten es auch geschafft.

Roc ließ ihnen gerade so viel Zeit, bis sie wieder sicher auf eigenen Füßen standen, dann setzte er sich abermals an die Spitze und führte sie in raschem Tempo weiter. Mero hatte sich in der kurzen Pause übergeben, er sah erbärmlich aus, seine Augen blickten glasig, die Haut glänzte wachsgelb, aber er verlor kein Wort, ignorierte Emilys Anstalten, ihm zu helfen, und setzte sich verbissen in Bewegung.

Emily war wütend auf den unerbittlichen Roc, aber andererseits konnte nur Bewegung sie jetzt wirklich aufwärmen, denn selbst in der milden Luft fror sie so entsetzlich, dass sie kaum noch ihre Zehen und Finger spürte. Dafür spürte sie allerdings im Moment auch die Blasen an den Füßen nicht mehr, was angenehm war. Ihre geprellten Rippen dagegen rebellierten nach der Anstrengung umso heftiger.

Wenn es in früheren Zeiten keine Stangen zum Festhalten gegeben hatte, wunderte es sie nicht mehr, warum keiner je die Überquerung des Walls geschafft hatte – vermutlich blichen die Knochen der Ertrunkenen auf dem Grund des Meeres vor sich hin.

## 22 / TAG 4

Trotz der Geschwindigkeit, die Roc vorlegte, erreichten sie den Strand nicht wie von ihm vorhergesagt kurz nach dem Erscheinen der Zwillingsluni, sondern erheblich später – wenige Minuten vor Sonnenaufgang. Das metallene Gitter endete hier urplötzlich und die roten Fogmonfelsen flachten immer mehr ab, so dass sie die letzten Meter durchs Wasser waten mussten. Heller feinkörniger Sand erwartete sie, in einiger Entfernung konnte Emily Ansammlungen von termitenhügelartigen Erhebungen sowie verstreute einzelne Palmen ausmachen und dahinter erhob sich eine dunkle Wand aus dichtem Bewuchs, der Beginn des Urwalds.

Im zarten Schimmer der gelben, roten und blauen Himmelskörper hetzte Roc sie nach links hinüber zum Ausgang des unterirdischen Tunnels, um die Zusammenführung noch vor den Verwandlungen unter Dach und Fach zu bringen. Einer schwarzen Schlange mit geöffnetem Maul gleich schob sich das Ende des steinernen Schlauchs aus dem Meer auf den Strand hinaus. Das Timing war perfekt, auch Jani und Tember hatten sich durch die Vorkommnisse verspätet und verließen den Gang just in dem Moment, als die zweite Gruppe dort ankam.

Emily war erleichtert, Jani wohlauf zu sehen, stellte verwundert fest, dass er Spooky dabei hatte, hielt sich aber mit Fragen zurück, denn Roc ließ ihnen keine Zeit für Begrüßungen, sondern verteilte hastig letzte Instruktionen. Sie sollten sich alle möglichst im Innern des Tunnels aufhalten, mindestens aber in der unmittelbaren Nähe bleiben, am besten schlafen, um für die strapaziöse Rückreise gerüstet zu sein, sich vom Dschungel fernhalten und jeden Kontakt zu den in der Umgebung lebenden Bewohnern vermeiden. Über die Anwesenheit des Hundes verlor er kein Wort, Emily nahm an, dass es spätestens beim Aufbruch ein Thema sein würde. Sie mochte sich noch keine Gedanken darüber machen.

Dann brach auch schon das Tageslicht über sie herein und die Amibros fügten sich in das Unvermeidliche. Jani und seine Mutter beobachteten gebannt die Metamorphosen und mussten zeitweilig die Augen abwenden, weil das fünffache Lichtspektakel zu sehr blendete. Die Verwandlung von Rocs Narbe in den roten Farbstrich in seinem Fell war nun unzweifelhaft. Kaum hatte sich der schwarze Wolf vollständig materialisiert, schüttelte er sich einmal kräftig, stieß ein dunkles Grollen hervor und verschwand im Eingangsbereich des Tunnels, wo er sich niederließ, den Kopf auf die Pfoten legte und die Augen schloss.

Die anderen vier waren zu rabenartigen Vögeln geworden, Mero stellte ein dunkelgraues Häuflein Elend dar, das mit hängenden Flügeln müde in eine Tunnelecke trippelte, den Kopf unter eine Schwinge steckte und sofort einschlief. Lirs und Fadis Federn waren gleichermaßen schwarz, auch sie verschwanden im Tunnel. Tember dagegen schwang sich erst einmal in die Luft und drehte ein paar lässige Pirouetten, um dann anmutig auf der Oberfläche des Tunnels zu landen und mit der sorgsamen Säuberung ihres oranggeschwarzen Federkleids zu beginnen.

Jani stand der Mund offen vor Staunen. Das war gar nicht das *Hühnchen,* das er kannte.

»Was ist los?«, fragte Emily flüsternd. »Du hast es doch schon mal gesehen, oder?«

»Ja«, flüsterte Jani zurück. »Aber da war sie ganz anders drauf, voll tollpatschig. Ich glaub eh, die ist schizophren.«

»Was? Wieso denn das?«

Janis unmissverständliche Mimik machte ihr klar, dass er hier nicht reden wollte.

»Meine Füße könnten mal ein wenig entspannen und Hunger habe ich auch«, sagte sie in normaler Lautstärke und deutete zum nahen Wasser, das in sanften Wellen an den weißen Sandstrand spielte. »Kommst du mit?«

Sie vergewisserte sich, dass landeinwärts nichts von den ominösen Bewohnern zu sehen war, die Roc erwähnt hatte, ging die paar Schritte zum Meer, setzte sich, zog die geblümten Chucks aus, krempelte die Hosenbeine hoch und tauchte ihre nackten Füße in das angenehm kühle Nass. Ah, das tat gut.

Gleich drauf ließ sich Jani neben ihr nieder (Spooky quetschte sich eifrig und glücklich, beide bei sich zu haben, noch zwischen sie), nahm den Rucksack ab und zog dann ebenfalls seine Turnschuhe aus. Er grinste sie an. »Gute Idee. Hast du auch Blasen?«

Emily seufzte. »Und wie. Chucks sind nicht wirklich für Kletterpartien gemacht.«

Er schaute sie kritisch an. »War's schlimm?«

Sie nickte. »Heftig. Jedenfalls da in der Mitte, wo sie sonst immer gescheitert sind.«

»Und wie habt ihr es geschafft?«

Sie erzählte es.

Am Ende stellte Jani nüchtern fest: »Den Stangen und Roc sei Dank. Er hat euch beiden dann wohl das Leben gerettet.«

»Stimmt.« Das hatte sie noch gar nicht bedacht. *Zum zweiten Mal sogar,* dachte sie und hatte dabei den Angriff des Snopir vor Augen.

Er betrachtete sie amüsiert, wie sie mit gerunzelter Stirn aufs Meer starrte. »Wolltest du nicht was essen?«

Sie kehrte aus ihren Gedanken zurück. »O ja, unbedingt. Und Durst habe ich auch. Hast du noch etwas?«

Er begann im Rucksack zu kramen. »Ein bisschen was, ja. Was ist mit eurem Proviant?«

Emily zuckte die Schultern. »Frag mich was Leichteres. Metaschwebt im Nirwana schätze ich.«

Jani lachte laut. »Roc trug alles bei sich?«

Emily nickte.

»Na vielleicht taucht es wieder auf, wenn er zurückverwandelt ist. Hier.«

Sie teilten sich den Rest der Wurst mit dem Hund, während der Nachschub an Wasser kein Problem darstellte. Man brauchte sich nur im Meer bedienen, Süßwasserseite natürlich.

Dann ließ sich Emily berichten. Jani begann mit dem Vorfall im Tunnel, erzählte wie Tember ohnmächtig geworden war, kurzzeitig eine andere Person mit fremder Stimme zu sein schien (den Kuss verschwieg er) und anschließend von nichts wusste. Dies hatte ihm ihre erste Verwandlung ins Gedächtnis gerufen, das seltsame Gebaren des Vogels, der sich aufführte, als wäre er zum ersten Mal in dieser Gestalt, und wie sie sich nachher an nichts erinnern konnte, obwohl das ihrer Erfahrung nach völlig ungewöhnlich war.

»Es ist mir erst richtig klar geworden, als ich gesehen habe, wie natürlich sie eben geflogen ist«, erklärte er Emily. »Sie ist jetzt sie selbst und sie war es beim ersten Mal nicht, da bin ich sicher.«

Emily überlegte. Dann schüttelte sie den Kopf. »Nein, ich könnte nicht sagen, dass mir so etwas auch aufgefallen ist. Ich habe Vem gesehen, wie er sich in das Einhorn verwandelt hat, und Roc, wie er zum Wolf wurde. Sie kamen mir beide nicht so vor, als wären sie nicht Herr ihrer selbst. Aber vielleicht hat es andere Gründe? Es könnte mit ihrem Alter zu tun haben, etwas, das durch die amibroische Pubertät ausgelöst wird zum Beispiel.«

»Hm«, brummte er und suchte so angestrengt etwas in seinem Rucksack, dass sein Kopf fast darin verschwand. Emily war irritiert, dann funktionierte das Warnsystem wieder und ihr war klar, dass sie irgendeinen wunden Punkt getroffen hatte. Vermutlich war ihm das Thema peinlich.

»Frag doch bei Gelegenheit mal Mero, der ist doch auch ein Darrav und ungefähr in Tembers Alter, er kennt sich darin bestimmt aus«, sagte sie leichthin, stand dann auf und klopfte sich den Sand von der Hose. »Du, ich bin ziemlich k.o., ich hau mich mal ein bisschen aufs Ohr. Weck mich, wenn was Tolles passiert, okay?«

Jani tauchte aus dem Rucksack auf und grinste schief: »Okay, geht klar!«

Sie wuschelte ihm durch die Haare, meinte frech »Ey, wie wär's mal mit Waschen?« und wich geschickt der Hand aus, die nach ihr schlug. Kichernd winkte sie ihm: »Bis später!«, und suchte sich dann ein Plätzchen an der sonnenzugewandten Seite am Tunnel, wo sie sich im aufgewärmten Sand zusammenrollte, den Kopf auf ihren Arm legte und die Augen schloss.

Jani beobachtete, wie sich Spooky, der sich auch für ein Nickerchen entschieden hatte, zu Emilys Füßen behaglich ausstreckte, hob den Blick dann höher, um festzustellen, dass aus dem Tember-Raben ein schlafendes, flauschig schwarzorangenes Federknäuel geworden war, in dem irgendwo Kopf und Füße verborgen waren. Eine ganze Weile lang schaute er dann zu, wie sich auf der anderen Seite des Meeres die Sonne (hier natürlich »Sunne«) langsam in den Himmel schob. Zur Abwechslung bespielte sie den weichenden Nachthimmel in dramatischen Blautönen und setzte sich selbst als strahlende schneeweiße Scheibe in Szene. Die zwar kalt aussah, aber bereits beträchtliche Wärme ausstrahlte – dies würde wieder ein heißer Tag werden.

Jani schnappte den Rucksack und seine Schuhe, trug beides zum Tunnel und legte es leise, um keinen der Schlafenden zu stören, nahe des Eingangs nieder. Spooky beobachtete sein Treiben mit erhobenem Kopf und gespitzten Ohren, aber er bedeutete ihm mit einer Handbewegung, liegen zu bleiben und schlich sich von dannen. Roc hatte zwar gesagt, dass sie sich nicht vom Tunnel entfernen sollten, aber erstens war rundherum nichts zu sehen, das auf eine Gefahr deutete, und zweitens wollte er für das, was er vorhatte, allein sein.

Barfuß trabte er am Meer ein Stück die Süßwasserseite entlang, bis er außer Sichtweite war, entledigte sich dann seiner Kleidung und ging erst mal eine Runde schwimmen. Später nahm er die Kleidungsstücke, warf sie ins Wasser, knetete sie kräftig durch, breitete sie dann zum Trocknen am Strand aus, legte sich daneben auf den Rücken, starrte in den Himmel und verfolgte, wie dieser immer hellblauer wurde. Kurz darauf fielen ihm die Augen zu.

# 23

Er träumte wirr, Feuer und Eis spielten eine Rolle, aber als er aufwachte, wusste er nicht mehr, welche. Irgendjemand, irgendetwas hatte ihn geweckt, dachte er jedenfalls, aber da war nichts Ungewöhnliches zu sehen. Die See schimmerte glatt und ein paar bunte Schmetterlinge spielten flatternd über der Wasseroberfläche.

Die Sonne stand ein gutes Stück höher als zuvor, seine Kleidung war vollständig getrocknet, er zog sie wieder über. Das Hemd kratzte am Kinn und als er darüber fuhr, fühlte er leichte Stoppeln. Ein komisches Gefühl, er hatte sich bisher noch nie rasieren müssen. Wie das Zeug wohl aussah in seinem Gesicht? Emily hatte kein Wort darüber verloren, das war gar nicht ihre Art. Na ja, abhaken erst mal, so schnell würde er wohl kaum einen Rasierapparat auftreiben.

In der Luft hing schwüle Hitze und eine leichte Brise brachte feuchtes subtropisches Flair und fremdartige Vogelstimmen herüber von dem, was den kleinen Sandstrand, den Jani jetzt in seiner Gesamtheit überblicken konnte, bis zum Meer umschloss: tiefgrüner Urwald. Platzbeherrschend waren mächtige Baumriesen, dazwischen wucherten Schlingpflanzen, großblättrige buschige Gewächse, meterhohe satte Grasbüschel und exotische Blüten in Knallfarben. In ihrer Unbeweglichkeit wirkte diese riesige grüne Wand einschüchternd und wenig einladend.

Er machte sich auf den Weg zurück zum Tunnel, dabei fiel ihm auf, dass es hier doch erstaunlich viele Schmetterlinge gab, besonders über den termitenartigen Hügeln tummelten sie sich schwarmartig. Diese Sandhaufen standen in kleinen Einheiten verschiedener Größen meist um eine einzelne Palme gruppiert beieinander. An irgendetwas erinnerte ihn der Anblick der Schmetterlinge, aber er kam nicht darauf, was es war.

Als er den Tunnel erreichte, schlief Emily immer noch, Spooky und Tember waren verschwunden. Jani schlich zum Eingang und lugte hinein. Es brauchte einen Moment, bis sich seine Augen an das schummrige Licht gewöhnt hatten, dann sah er auf der einen Seite den dunklen schlafenden Fellklumpen, der Roc war, und nicht weit von ihm die beiden schwarzen Vögel, Fadi und Lir, sie hatten die Köpfe unter die Flügel gesteckt.

Dann fiel sein Blick auf die gegenüberliegende Ecke. Dort saßen der graue Mero und die schwarzorangene Tember. Eng aneinander geschmiegt…

Der Anblick stach Jani in die Brust, wo er sich zusammenballte, ihm die Luft abschnürte, dann abwärts rutschte und als lähmender Klumpen in seinem Magen liegenblieb. Erst ein schläfriges Grunzen des Wolfs löste ihn aus seiner Erstarrung und hastig drehte er sich um, griff seine Chucks und lief ein paar Meter weiter, wo er sich setzte, den Sand von den nackten Füßen wischte und die Schuhe anzog. Dort löste sich auch das Rätsel um den Hund – er kam vom Meer heraufgeflitzt, in dem er gebadet oder aus dem er getrunken hatte (oder beides), schüttelte sich das Wasser aus dem Fell und freute sich sichtlich über Janis Rückkehr. Der tätschelte dem Whippet reichlich abwesend den feuchten Rücken und wartete darauf, dass sich sein Magen wieder beruhigte.

Was zum Teufel war da los gewesen? Eifersucht, ja, vermutlich, aber so extrem? Sein Verstand erkläre ihm sachlich, dass es kühl gewesen war dort im Tunnel und auch sonst völlig natürlich, dass Vögel eng beieinander saßen, wenn sie schliefen.

Und doch störte es ihn so sehr, dass er sie am liebsten auf der Stelle unter einem Vorwand geweckt hätte, nur damit sie sich trennten. *Und den grauen Vogel Spooky zum Frühstück vorgeworfen*, lästerte es in einem dunklen Winkel seines Kopfes.

Für einen Moment schämte er sich dieses Gedankens, aber da er ihm auch irgendwie Erleichterung verschaffte, malte er sich schließlich ein genüssliches Szenario aus, in dem ein hübsches Lagerfeuer und ein darüber befestigter drehbarer Röstspieß keine geringe Rolle spielten.

Irgendwann fühlte er sich wesentlich besser und beobachtete den zukünftigen Rabenverspeiser, wie er ein buntes Trio Schmetterlinge jagte. Sonderlich furchtsam schienen sie nicht, führten ihn eher an der Nase herum und schienen selbst ihren Spaß an dem Verfolgungsspiel zu haben. Als einer auf dem weißen Rücken des Hundes landete und sich tragen ließ, bewunderte Jani für eine Weile die schönen lila-rosafarbenen Flügel, bis ihm bewusst wurde, wie *groß* sie waren. *Mindestens so groß wie meine Handfläche*, dachte er und sprang beunruhigt auf. Und wenn es sich um bösartige Insekten handelte, die dem Hund da gerade irgendetwas antaten?

»Spooky!« Er rief und pfiff, rannte ihm nach, bis der Whippet schließlich gehorchte und schwanzwedelnd zu ihm gelaufen kam.

Zwei der Schmetterlinge, gelbe Flügel der eine, grüne der andere, folgten in vorsichtigem Abstand, aber der auf Spookys Rücken blieb einfach sitzen. Und sagte »Bonjour«, als der Hund bei Jani angekommen war.

Jani schaute das Wesen einen Moment lang sprachlos an, drehte sich dann wortlos um und stapfte davon. Am Strand entlang. Erst mal. So nahe am Meer, dass die seichten Wellen seine Schuhe überspülten. *Egal.* Die mussten ja auch mal gewaschen werden, man konnte kaum noch die rote Farbe erkennen. Dabei fluchte er vor sich hin. *Ihr könnt mich alle mal. Kack Planet. Durchgeknallte. Alle miteinander. Schnauze voll. Nichts wie es sein soll. Wollt mich wohl verarschen. Nicht mit mir. Fuck. Kann mal endlich einer den Knopf drücken und diese beschissene Soap abschalten.*

Irgendwann traf er auf eine einzelne extrem schräg gewachsene Palme, hielt inne, grüßte den Baum mit »Hallo?!«, wartete vergeblich auf eine Antwort, kniete sich dann in den nassen Sand und begann, Sandburgen zu bauen.

Spooky tauchte auf, schnüffelte herum und buddelte mit den Vorderpfoten die Burggräben.

Die drei Schmetterlinge kamen ebenfalls, umflatterten Junge und Hund entzückt piepsend und fragten, ob sie mitspielen dürften.

»Klar«, sagte Jani, inzwischen vollständig davon überzeugt, dass er den Verstand verloren hatte.

Es waren winzige weibliche Wesen, halb Mensch, halb Pferd. Nackt bis zu der Stelle, an der die Taille in den Pferdekörper überging, mit wunderschönen farbigen Tätowierungen am ganzen Körper, langen wallenden Haaren und Schweifen. Jetzt wurde ihm auch klar, an was ihr Anblick ihn erinnert hatte – er hatte solche wie sie schon einmal gesehen – im Inneren des Bergwerks von Orbíma, *Centerflies* hatte Tember sie genannt. Handelte es sich bei ihnen etwa um die Eingeborenen, von denen Roc gesagt hatte, dass sie jeden Kontakt vermeiden sollten?

Nachdem sich immer mehr Schmetterlingsmädchen zu ihnen gesellt hatten und sie schließlich alle vom Spielen erschöpft waren, legten sie sich in den Schatten der Palme um auszuruhen, nickten dann aber nacheinander ein.

Hier fand Emily sie kurz darauf, nachdem sie sich nach dem Aufwachen besorgt auf die Suche gemacht hatte, und starrte nicht wenig erstaunt auf das abstrakte Bild, das sich ihr bot: Jani im Tiefschlaf, den Kopf auf den zusammengerollten Windhund gebettet, beide umgeben und teilweise bedeckt von Dutzenden bunter Blütenblätter, die sich erst beim genaueren Hinsehen als kleine feenartige Zentaurinnen mit farbenreichen Schmetterlingsflügeln herausstellten. Emily vermeinte leise Geräusche zu hören, die von ihnen ausgingen und beugte sich nahe an sie heran. Dann grinste sie. Die Winzlinge schnarchten um die Wette.

# 24

Keine halbe Stunde später wachte Jani wieder auf, überrascht, dass er überhaupt eingeschlafen war, immerhin hatte er das bereits vor nicht allzu langer Zeit am Strand hinter sich gebracht, aber unter Umständen ja nicht ausreichend.

Neben ihm saß seine Mutter an den schrägen Palmenstamm gelehnt, mit angezogenen Knien, auf denen eins der Schmetterlingsmädchen thronte, und unterhielt sich mit ihr.

Jani fuhr ruckartig in eine aufrechte Position und scheuchte dadurch einen ganzen Schwarm Centerflies auf, die auf ihm gedöst hatten und nun schnatternd umherflogen.

»Du siehst sie also auch?«, fragte er.

»Guten Morgen, Schlafmütze«, erwiderte Emily. »Aber ja. Wieso?«

»Und hörst sie reden?«

»Ja. Obwohl der gelegentliche französische Einschlag etwas problematisch für die Verständigung ist.«

»Gottseidank.« Erleichterung durchflutete ihn. »Ich dachte schon, ich wäre endgültig übergeschnappt.«

Sie lachte. »Ach deshalb hast du mich nicht wie verabredet geweckt als sie aufgetaucht sind? Also mir erscheinen sie recht real. Sag Hallo zu Die-mit-den-Federn-tanzt.«

»Ne, oder?«, sagte er perplex. »Ähm. Hallo.«

Das kleine Ding wandte sich ihm zu und lächelte ihn an. »'allo.« Französischer Akzent. Es war die Kleine mit den lila Flügeln, genauer gesagt, lila-rosa-violett schattierten Schmetterlingsflügeln, die an den Enden in lange fedrige, am Ende geringelte Spitzen ausliefen. Ihr Pferdekörper war von pastellener blassblauer Farbe, die Beine mit den winzigen Hufen ganz nach Pferdeart unter den Körper gefaltet, ab der Taille aufwärts war alles nackte gebräunte Haut, schlanke Arme, langfingrige Händchen, wohlgeformte Brüste, zum Glück größtenteils unter den wallenden schneeweißen Haaren verborgen, so dass er sich das peinlich-berührt-Sein verkneifen konnte, ein bildhübsches Gesichtchen mit dunkelgrauen Augen, die Ohren wieder lila und fedrig, sich emporkringelnd zu hauchzarten Fühlern. Oberarme, Bauch und Hinterbeine zierten schwarze und rosafarbene filigrane Bemalungen, vielleicht eine Art Tattoo, vielleicht auch einfach naturgegeben.

Jedenfalls sah sie einfach bezaubernd aus, sogar für Jani. »Du bist nicht zufällig einem Hollywoodfilm mit Kevin Costner entsprungen oder?«

Der Zwerg guckte verwirrt. »Pardon?«

Jani grinste und Emily patschte ihm auf den Kopf. »Bring sie doch nicht so durcheinander.«

»Sie heißen übrigens Centerflies«. Er erzählte ihr von der Begegnung im Bergwerk.

»Also sind die Amibros mit ihnen befreundet?«, schloss Emily. »Wieso war es Roc dann so wichtig, dass wir keinen Kontakt aufnehmen? Sie sind doch gar nicht gefährlich?«

Jani zuckte die Achseln. »Das weiß nur Roc, schätze ich.« Dann fiel ihm ganz heiß etwas ein. »Apropos *entsprungen*«, sagte er. »Ich muss dir auch noch was zeigen. Ist in meinem Rucksack.«

»Was denn?«, setzte Emily zum Nachfragen an, als Die-mit-den-Federntanzt plötzlich auf ihre vier Hufe sprang und mit einem unheilvollen »Oh-oh« geschwind aufflog und in Janis Hemd verschwand. Er blickte ihr verdutzt nach, spürte, wie sie sich nach hinten arbeitete, an seinen Rücken schmiegte und offensichtlich versuchte, sich unsichtbar zu machen.

»Was ist denn los?«, fragten er und Emily sich gegenseitig, aber dann erübrigte sich die Frage.

Mit lufterfüllendem Brummen und Summen schob sich eine dichte dunkle Wolke vom Dschungel her über den Strand auf sie zu. Spooky begann zu knurren.

Jani schluckte beunruhigt. »Äh – Roc wird doch nicht *das* gemeint haben?«

Emily schaute sich gehetzt um – es waren keine Centerflies mehr in der Nähe und auch keine Deckung. »Zum Tunnel?«, fragte sie Jani.

»Zu weit«, sagte der, packte sie am Arm und zog sie mit sich. »Komm ins Wasser, notfalls schwimmen und tauchen wir weg.«

Als sie bis zu den Knien im Ozean standen, den Hund neben sich, hatte die Wolke den Strand erreicht, machte aber keine Anstalten ihnen zu folgen. Sie hielten inne und warteten ab.

Was auf die Ferne wie ein Schwarm Heuschrecken ausgesehen hatte und sich auch von Nahem noch wie ein Schwarm zorniger Hornissen anhörte, waren ebenfalls Centerflies – nur größer und nicht bunt wie die, die sie kennengelernt hatten, sondern von dunkler Farbe und anscheinend aggressiver Natur – sie waren von Kopf bis Huf in glänzende Rüstungen gehüllt und trugen Waffen, Miniaturspeere und Schilde.

»Was tun die da?«, flüsterte Emily.

Der aufgebrachte Schwarm formierte sich zu einem keilförmigen Dreieck, die Spitze auf sie gerichtet. Die Schilde richteten sie dabei so aus, dass sie rundum geschützt waren. Währenddessen schwoll das zornige Summen zu einer bedrohlichen Lautstärke an.

»Die machen dicht«, sagte Jani. »*Wasserdicht* glaube ich.«

»Du meinst…?«

»Ja, die wollen uns ins Wasser folgen. Los – SCHWIMM!«

Emily hielt ihn gerade noch zurück. »Warte!« rief sie. »Da!«

Über den Strand raste ein vertrauter schwarzer Schatten, stemmte bei Erreichen der kriegerischen Centerflies beide Vorderpfoten in den Sand und kam schlitternd vor der Spitze zum Stehen. Der mächtige Wolf baute sich drohend auf, fletschte die Zähne und setzte dem zornigen Brausen so lange ein gefährliches Grollen entgegen, bis es langsam verebbte. Währenddessen stießen vier kreischende Raben vom Himmel, landeten zu beiden Seiten des Schwarzen und täuschten durch ausgebreitete Schwingen und aufgeplustertes Federkleid eine furchteinflößende Größe vor.

Die Formation der Centerflies wankte unsicher und schließlich senkten sich Schilde und Speere und aus der Mitte löste sich eines der Wesen und flog zu Roc, woraufhin dieser seine bedrohliche Haltung aufgab, sich auf sein Hinterteil setzte und sanfte, beinahe schnurrende Töne von sich gab.

Jani und Emily näherten sich vorsichtig, blieben aber hinter dem Wolf.

Der Schmetterlingskrieger trug eine goldene Rüstung und schwebte, gehalten von braungoldenen grazilen Flügeln, schwerelos in der Luft. Gerade nahm er seinen Helm ab, unter dem blonde Locken hervorquollen, legte diesen sowie Schild und Speer in den Sand, breitete die Arme aus und umarmte den Hals des Wolfs (wobei er nicht ganz herumreichte). Der Krieger war eine Kriegerin.

Die Formation löste sich vollständig auf und bis auf zwei Centerflies, die zuseiten der Goldenen stramm in der Luft standen, flogen alle anderen zurück in den Dschungel.

Roc drehte den Kopf nach Jani und Emily und gab einen unmissverständlichen auffordernden Laut von sich. Sie traten zu ihm und betrachteten die Kriegerin. Diese wiederum starrte so lange mit missbilligend gekräuselter Stirn zu ihnen hinauf, bis sie sich automatisch auf die Knie niederließen, um mit ihr auf Augenhöhe zu sein. Nun entdeckten sie auch das glitzernde Diadem, das auf ihrem Haupt saß.

Sogleich glättete sich die Stirn und mit einer huldvollen Bewegung gestattete die goldene Zentaurin ihrer Garde, sie vorzustellen.

»Son Altesse Royale – Glänzt-wie-Gold!«

»Eine königliche Hoheit«, zischte Jani seiner Mutter ins Ohr und schubste sie in Verneigungsposition, wie auch er selbst sich verneigte.

Im Herunterbeugen meinte Emily ein spöttisches Funkeln in Rocs Wolfsaugen aufblitzen zu sehen, was sie sofort veranlasste, sich formvollendet zu benehmen. »Sehr erfreut, Eure Hoheit«, sagte sie ehrerbietig.

Jani tat es ihr nach und ein strahlendes Lächeln breitete sich über das Gesichtchen der kleinen Königin aus.

Für eine Weile saßen sie beieinander und tauschten Informationen und Höflichkeiten aus.

Wie sich herausstellte, hatte Roc den Kontakt zu den Strandbewohnern nicht gänzlich untersagt, sondern nur bei der Erstbegegnung dabei sein wollen – um Missverständnisse, wie sie nun aufgekommen waren, zu vermeiden.

Sie erfuhren, dass sich hier am Strand eine Art Kinderstube befand – die Centerflies, die sie zuerst angetroffen hatten, waren im Kindes- und Jugendalter, während sich die erwachsenen Zentaurinnen mit den Kleinkindern und Babys in den Randzonen des Urwalds aufhielten – dort lebten sie in Höhlen und Nestern in den Baumriesen.

Was aber nicht bedeutete, dass sie nicht ein wachsames Auge auf die Jungen hatten, die vielen Gefahren ausgesetzt waren, darunter wilde Dschungeltiere und Fremde. Und da sie mit letzteren schlechte Erfahrungen gemacht hatten – Ihre Königliche Hoheit (die darum gebeten hatte, dass man sie der Einfachheit halber Golda nennen solle) ging nicht näher auf diese ein – wollten sie mit ihrem Angriff den Anfängen wehren. Für ihren Geschmack hatten sich Jani und Emily zu intensiv mit den jungen Centerflies beschäftigt (von denen man im Übrigen derzeit gar nichts mehr sah, sie waren schuldbewusst in ihren Sandhügeln verschwunden).

Die Amibros jedoch waren ihre Freunde (der Austausch ihrer Handwerksmeister untereinander hatte den Centerflies ihre Rüstungen und den Amibros die filigrane Schneiderkunst beschert) und glücklicherweise war die Verständigung zwischen beiden Völkern auch dann möglich, wenn sich erstere in ihre animalischen Gegenstücke verwandelt hatten.

Schließlich wurde es für die Königin Zeit, sich in ihre Baum-Gemächer zurückzuziehen, man versicherte sich gegenseitiger Achtung und Freundschaft, und Ihre Hoheit unterstrich ihre guten Absichten noch, indem sie ihre Besucher anhielt, sich vor der Weiterreise ausgiebig zu stärken. Dann verabschiedete sie sich und verschwand mit ihrem Gefolge im Urwald.

Erst als sie zum Tunnel zurückgekehrt waren, verstanden sie die Worte der kleinen Herrscherin – es erwartete sie ein opulent gedeckter Strand: Von exotischen obst- und gemüseähnlichen Objekten über auf den ersten Blick nicht zu definierende, aber köstlich duftende Teig?-Fisch?-Fleisch?-Bällchen bis hin zu honigfarbenen Flüssigkeiten, gesammelt in kelchförmigen Blüten, türmte sich dort ein Berg von Ess- und Trinkbarem auf einer Lage aus riesigen grünen Blättern.

Ausgehungert machten sich alle dankbar über diese Gaben her, selbst die Amibros in Tiergestalt ließen es sich schmecken. Und es schmeckte wirklich, so gut, dass Jani und Emily vergaßen, über die Zutaten nachzudenken. Spooky erhielt von den fleischigen Bällchen und verschlang sie begeistert.

Immer wieder jedoch wanderte Janis Blick unauffällig zu dem Raben mit den roten Federspitzen, er konnte einfach nicht aufhören nach Zeichen der Verbundenheit zwischen Tember und Mero zu suchen, jetzt, da sein Argwohn geweckt war. Er erkannte nichts Verdächtiges, im Gegenteil, Tember schien seine Nähe zu suchen, flog ihm ab und an auf eine Schulter, pickte ihr Essen zu seinen Füßen auf. Doch irgendwie konnte er sich nicht darüber freuen, der Stachel saß. Er setzte ein wenig Hoffnung in ihre Rückverwandlung, was er fühlte, gefiel ihm nicht, er wünschte sich, es irgendwie abstellen zu können.

Was ein klein wenig half – und auch diese Regung erstaunte ihn – war sein Geheimnis. Das, welches das Versteck in seinem Rücken verlassen und wieder nach vorne gekrochen war, hungrig ein paar absichtlich fehlgeleitete Krumen verspeist hatte und sich nun warm an seinen Bauch schmiegte und schlummerte, die Federflügel um sich geschlungen und verhüllt in den Falten seines weiten Hemdes. Er dachte an die winzige Centerfly anhand des Namens, den er ihr insgeheim gegeben hatte, eine Kurzform ihres tatsächlichen: *Federchen*. Und er hatte nicht vor, ihre Anwesenheit irgendjemandem preiszugeben, solange sie selbst nicht Anstalten dazu machte.

## 25 / Nacht 4

Emily nutzte die letzten Sonnenstrahlen, suchte sich eine abgelegene Stelle am Strand, außer Sichtweite der anderen (denen sie aber Bescheid gegeben hatte), und unterzog erst sich und danach ihre Kleidungsstücke einer Süßwasserwäsche im Ozean.

Es tat ungemein gut, sich einmal wieder einigermaßen frisch und sauber zu fühlen, auch wenn es nicht mehr möglich war, mit den Fingern durch die langen Haare zu kämmen. Wind und Wasser hatten ihr Bestes gegeben, die Mähne zu kringeln, zu krausen und zu locken, hier und da konnte sie eine Strähne entwirren, aber schließlich gab sie es auf – der Rückweg würde sowieso alle aufgewendete Mühe neutralisieren.

Die Rippengegend, die sie sich beim Angriff des Snopirs geprellt hatte, verfärbte sich bereits in schillerndem Grünblau. Nackt wie sie war, legte sie sich in den warmen Sand, um die Zeit zu überbrücken, bis ihre Sachen getrocknet waren, und hoffte, noch ein wenig schlafen zu können, bevor sie aufs Neue eine ganze Nacht auf den Beinen sein musste.

Jetzt im Nachhinein fragte sie sich, ob es nicht eine weniger strapaziöse Möglichkeit der Zusammenführung gegeben hätte. Beispielsweise hätte es doch völlig ausgereicht, wenn nur Roc hierhergekommen wäre und Tember und Jani über den Wall zurückgebracht hätte. Woran hatte es noch mal gelegen, dass sie alle fünf herübergekommen waren? Ach richtig, sie erinnerte sich – *sie selbst* hatte sich geweigert, zurückzubleiben. Und sie war es auch gewesen, die nicht hatte warten wollen, bis die Amibros vielleicht einen Durchgang auf die andere Seite freigelegt hätten. Tja, sah ganz so aus, als hätte sie sich dieses Dilemma selbst eingebrockt.

Nun, dann wollte sie es positiv sehen – immerhin war die Hälfte des Weges geschafft (wenn sie auch nicht an den mittleren Abschnitt des Walls denken wollte, hoffentlich ging es so glimpflich aus wie beim ersten Mal, zumindest wussten sie jetzt, was sie erwartete), morgen um die gleiche Zeit waren sie längst wieder im gemütlichen Orbíma. Und sie konnte Vem wiedersehen. Ein angenehmer Gedanke, den sie sich romantisch ausmalte und darüber schließlich auch einschlief.

Wieder wach wurde sie, weil Roc sie weckte. Ein Roc in Menschengestalt, dem die letzten Nachwehen der inzwischen untergegangenen Sonne orangegolden glühende Streifen ins Gesicht malten, als er sich ungerührt neben die nackte Emily in den Sand setzte.

Diese stieß einen spitzen Schrei aus, sprang auf die Füße, raffte ihre Kleidungsstücke zusammen und zog sich – bar jeder sonstigen Abschirmung – hinter seinem Rücken an. »Ist Euch jedes Gefühl von Anstand fern?«, herrschte sie ihn an.

Sein Körper versteifte sich und das verzögerte unsichere »Was meint Ihr?« klang so unschuldig, dass sie ihm beinahe abnahm, dass er nicht wusste wovon sie sprach. Die Vorstellung jedoch, dass er da gestanden und sie wer weiß wie lange angestarrt hatte, ärgerte sie unglaublich. Nicht, dass sie in dieser Welt nicht jemandem gestattet hätte, sie nackt zu sehen, aber *er* war es ganz sicher nicht.

»Man ... man tut so etwas nicht!« schimpfte sie weiter. »Es ist unhöflich, anstandslos!«

Jetzt drehte er doch den Kopf zu ihr. »Was denn nur?«

Sie schnappte nach Luft, dann giftete sie: »Ach vergesst es einfach«, drehte sich um und stapfte davon.

»Wartet!« rief er ihr nach.

»Was??!«

»Ich muss mit Euch reden. Es gibt ein Problem.«

Emily holte tief Luft, stapfte zurück und stellte sich vor ihn. »Welches?«

»Bitte setzt euch«, bat er in höflichem Ton.

Sie setzte sich. Schwieg. Verdammt, sie hatte sich den Sand nicht abgewischt, bevor sie sich angezogen hatte. Er begann sie an den unmöglichsten Stellen zu jucken und zu kratzen. Sie rutschte ein wenig hin und her, aber es half nicht.

Der Dreierdrei der Amibros starrte geradeaus und nahm von ihrem Unwohlsein keine Notiz. »War es...« begann er. Räusperte sich. »War es *ohne Anstand*, weil ihr unbekleidet wart?«

Mit dieser Frage hatte sie nun nicht gerechnet. Aber sie war noch zu verärgert, um darauf einzugehen. »Welches Problem gibt es?«, fragte sie widerborstig. Fuhr sich dann mit einer Hand in den Nacken und begann Sand aus ihren Haaren zu schütteln.

Neben ihr straffte sich der Schwarzgewandete und wurde wieder zu dem alten Roc. Der mit fester Stimme sprach. »Schwarzohr ist ein Problem. Wir können mit ihm nicht über den Wall zurück.«

Hatte sie es sich doch gedacht. Dass Roc ihn *Schwarzohr* nannte, fand sie allerdings amüsant. »Doch, das können wir«, widersprach sie. »Einer muss ihn tragen.«

»Wer sollte das sein?«

»Nun ... Ihr. Ihr kennt den Weg am besten.«

»Dann habe ich die Hände nicht frei, um Euch und den anderen zu helfen.«

»Wir werden keine Hilfe benötigen, wir wissen doch jetzt was uns erwartet.«

»Sicher?«

Sie schwieg. *Nein, nicht sicher, Schlaumeier.* Wenn doch jemand abrutschte, gab es niemanden, der so schnell und kräftig reagieren konnte wie Roc. »Dann trägt ihn eben Jani.«

»Und wenn etwas geschieht, soll ich dann Euren Sohn retten oder Schwarzohr?«

»Gut, dann eben Mero…« Sie verstummte. Mero hatte schon ohne eine solche Last am meisten Angst von ihnen allen.

Roc sagte nichts.

»Lir und Fadi sind kräftig, einer von ihnen könnte ihn auf seinen Rücken schnallen?«, fragte sie schließlich, selbst nicht überzeugt.

»Würde er ruhig bleiben? Besonders an der einen Stelle?«

Sie seufzte. Spooky ließ sich noch nicht mal auf den Schoß nehmen, ohne dass er nur noch aus wuselnden Beinen zu bestehen schien. »Wohl kaum.«

Er wartete.

»Habt Ihr denn einen besseren Vorschlag?«, fragte sie.

Er nickte. »Ja.«

»Und der wäre?«

»Wir gehen nicht zurück. Wir gehen weiter.«

»Weiter? Wohin denn?«

»Wir suchen Bobbeye Hicks. Er ist hier durchgekommen und die Centerflies kennen seinen letzten Aufenthaltsort, dort soll die Suche beginnen – sofern er sich nicht noch dort aufhält. Wie Ihr Euch erinnern werdet, war eine Expedition in den Dschungel längst geplant. Ihr wolltet uns begleiten – so war es doch, richtig?«

Sie nickte und spann den Faden weiter. »Und wo wir nun schon einmal hier sind… Es gäbe Vem und den anderen Zeit.«

Er sah sie aufmerksam an. »Für den Durchbruch, ja.«

»Wir könnten dann auf dem Rückweg durch den Tunnel.«

Er neigte zustimmend den Kopf. »Das wäre denkbar, durchaus.«

Emily überlegte. Im Grunde sprach nichts dagegen, es war ja nicht so, als ob sie gerade etwas anderes vorgehabt hätten. Bis auf… »Was ist mit Eurem Misstrauen? War es nicht so, dass Ihr Euch ursprünglich geweigert habt, uns mitzunehmen?«

Er wich ihrem Blick aus. »Nun, meine Vorbehalte waren vielleicht zu voreilig. Sie haben sich bisher nicht bestätigt.«

»Na, das beruhigt mich aber.« Sie konnte den sarkastischen Tonfall nicht lassen. Beschloss jedoch, es dabei bewenden zu lassen. »Ist es denn nicht zu gefährlich, den Dschungel zu betreten? Wir sind nur eine Handvoll Leute.«

»Ich will Euch nichts vormachen.« Er sah sie nicht an, als er das sagte. »Die Centerflies schließen nicht aus, dass es zu … Begegnungen kommt.«

»Begegnungen? Ihr meint wilde Tiere und so etwas?«

»So habe ich es verstanden. Aber wir sind nicht ungeschützt. Wir werden uns ausrüsten, wir haben Waffen hier.«

Er grinste spöttisch ob ihres verblüfften Gesichtsausdrucks. »Vorsorglich. Ein kleines Lager, Ihre Hoheit und ihr Gefolge hüten es für uns. Außerdem hat Golda bereits zugestimmt, uns einen Teil ihrer königlichen Garde zur Seite zu stellen. Sie mögen von kleinem Wuchs sein, aber man darf ihre Kriegskunst nicht unterschätzen.«

»Also gut«, sagte Emily. »Ich bin einverstanden. Aber wir sollten die anderen noch fragen.«

»Sie ... nun ... sie haben sich bereits dafür ausgesprochen.«

»Ach?! Ich bin also die letzte, die gefragt wird?«

Er schaute ein wenig schuldbewusst drein, wusste aber offensichtlich nichts zu sagen.

Sie scheuchte ihn mit den Händen auf. »Geht schon voran, ich komme gleich nach. Ich habe noch kurz etwas zu erledigen.«

»Wie Ihr wünscht.«

Sie wartete, bis er auch ganz bestimmt außer Sichtweite war, schlüpfte dann hastig aus allen Kleidungsstücken und befreite sie und sich von jedem Sandkörnchen, dessen sie habhaft werden konnte.

Jani kam ihr entgegen und vergewisserte sich, dass auch sie Rocs Plänen zugestimmt hatte. Er war sehr aufgeregt, hoffte er doch von diesem Bobbeye Hicks Neues über ihre Situation zu erfahren, insbesondere aber vielleicht auch etwas über den Verbleib seines Vaters.

Die Waffen befanden sich in ledernen Hüllen verwahrt in einer Grube, deren Wände mit Pfählen gesichert und die mit Holzplatten abgedeckt war, zwischen zwei Termitenhügeln. Darüber gehäufter Sand verbarg sie vollständig vor unbefugten Blicken.

Es waren viel mehr als sie benötigten, Roc nahm sich selbst Bogen, Köcher und Pfeile, gab solches auch an seine Gefährten, offensichtlich waren die Amibros geübt in der Verwendung. Jeder von ihnen schnallte sich zudem einen Gürtel mit zwei Dolchen um, außer Jani, der sich einen kunstvoll geschnitzten Stab nahm, weil er mit ›Stangenwaffen‹ inzwischen sehr vertraut sei, wie er sich brüstete (vor allem vor Tember, vermutete seine Mutter).

Neun bis an die Zähne bewaffnete Centerfly-Kriegerinnen in schwerer Rüstung warteten auf ihren Aufbruch, dazu kam ein Kurier, eine in leichte Lederkluft gekleidete Schmetterlingsfrau, die eingesetzt werden sollte, falls Verstärkung geholt werden musste.

»Wo sind eigentlich ihre Männer?«, fragte Emily Roc neugierig.

»Es gibt keine«, war die lapidare Antwort.

»Und woher stammt dann der Nachwuchs?«

»Sie wechseln vorübergehend ihr Geschlecht, wenn die Fortpflanzungsphase anbricht.«

»Oh. Wie bei den Dinos in Jurassic Park?«, fragte Emily. Und winkte gleich ab, bevor die Runzeln auf Rocs Stirn sich noch tiefer gruben. Zu aufwändig, dies zu erklären. In *Jurassic Park* war die Wandlung wegen der Frosch-DNA möglich geworden, die als Lückenfüller für die bruchstückhafte Dino-DNA gedient hatte, soweit sie sich erinnerte. Schmetterlinge gehörten doch nicht zu den Amphibien? *Zentauren etwa? Blödsinn.* Aber was war hier schon normal...

Sie beobachtete Jani, der seinen Stab mit beiden Händen in der Mitte gepackt hatte, grazile Bewegungen ausführte (auszuführen versuchte) und währenddessen Tember und Mero etwas von doppelseitigen Laserschwertern, Wesen namens *Jedi* und *Sith* und Sternenkriegen erzählte.

Sie grinste sich eins und hoffte nur, dass niemand verletzt würde. »Wie wollen wir eigentlich durch den Dschungel kommen?«, wandte sie sich erneut an Roc. »Benötigen wir nicht noch so etwas wie Macheten, also Buschmesser, um uns den Weg freizuschlagen?«

Der Dreierdrei der Amibros, gerade damit beschäftigt, einen Schwung lederner Beutel aus der Grube zu fördern, speiste sie mit einem kurzen »Nicht nötig« ab.

»Aha.« Emily maß die dichte schwarzgrüne Wand mit misstrauischen Blicken. Das konnte sie sich nun wirklich nicht vorstellen. Gleich darauf fing sie einen der Beutel auf, Roc hatte ihn ihr zugeworfen.

»Für Proviant«, sagte er und ging davon, um weitere zu verteilen.

Die aus grob gegerbtem Leder bestehenden Taschen besaßen lange Riemen zum Umhängen. Sie stopften sie voll mit den Resten des Festmahls, einzig statt der süßen (und klebrigen) Getränke füllten sie ihre Plastikflaschen wieder mit Wasser aus der trinkbaren Hälfte des Ozeans. Laut den Centerflies gab es auch im Urwald Wasser zu finden, so dass es an Nachschub nicht mangeln würde. Sie hatten einen eigenen Namen für den Wald, *Fuí Foé*, aber sogar sie selbst konnten nicht erklären, was diese Bezeichnung bedeutete.

Die-mit-den-Federn-tanzt war in der Zwischenzeit unbemerkt in Janis Rucksack umgezogen. Die junge Centerfly bestand darauf, mitzukommen und hatte sich bereits häuslich eingerichtet. Einige größere Blätter, die Jani dem Buffet unauffällig entwendet hatte, dienten nun als Polsterung, damit es für die Kleine bequemer war. Die Öffnung war nur locker verschnürt, die Schnalle der darüber liegenden Abdeckung nicht eingesteckt, so dass sie sich leicht anheben ließ, wenn dem blinden Passagier danach war, hinauszuschauen. Das Pfadfindermesser steckte sicherheitshalber in einer der äußeren Seitentaschen.

Bisher war ihr Fehlen niemandem aufgefallen, sie versicherte Jani, dass dies auch bis zum frühen Morgen so bleiben würde, und selbst dann könne es noch etwas dauern, da die anderen daran gewöhnt waren, dass sie gerne länger schlief. Das Vertrauen dieses zauberhaften Wesens schmeichelte ihm derart, dass es ihm mit einem Mal auch wieder möglich war, normal mit Tember und Mero umzugehen. Das Verhältnis der beiden erschien ihm gar nicht mehr so eng wie zuvor.

Als sie aufbrachen, stand der erste Mond bereits hoch genug, um ihnen mit fahlgelbem Licht den Weg zu erhellen. Es war nicht mehr so heiß wie am Tag, aber immer noch warm und die Luftfeuchtigkeit hoch.

Jani hatte sich in letzter Minute doch noch gegen den Stab und für die Dolche entschieden, angeblich aus ›kriegstaktischen‹ Gründen, in Wirklichkeit war er zu faul, den schweren Stab mitzuschleppen.

Roc an ihrer Spitze marschierte schnurgerade auf den Wald zu, Emily direkt hinter ihm konnte an der Stelle, auf die er zusteuerte, nichts erkennen, was auf einen Eingang oder einen Pfad schließen ließ. Die Ursache entpuppte sich als gleichwohl einfache wie auch überraschende – in dem Moment, als er den Dschungel erreichte, wichen die Bäume zur Seite und machten ihnen allen Platz. Ein erstauntes Raunen ging durch die Gruppe, einzig Roc und den Centerflies schien dieses Phänomen bereits bekannt gewesen zu sein.

Allerdings geizte der schattige Wald mit seiner höflichen Gabe – sie mussten hintereinander gehen, für zwei Personen nebeneinander wurde es so eng und ungemütlich, dass sie es nicht lange durchhielten. Nur Spooky ließ sich nicht davon abhalten, sich an ihnen vorbei nach vorne oder hinten zu drängeln, wenn er gerade mal wieder überprüfte, ob ihre Gruppe noch vollzählig war. Hinter Fadi, der am Ende der Schlange lief, schloss sich der Pfad sofort wieder und auch über ihnen trennte sich das Blätterdach nur ungern und schließlich wurde den Centerflies das Fliegen unter diesen Voraussetzungen zu anstrengend, immer zu zweit ließen sie sich auf den Schultern der Wandernden nieder.

Jani konnte nur hoffen, dass seine beiden nichts von der heimlichen Fracht in seinem Rucksack mitbekamen. Es war lustig anzusehen, wie sie mit ihren kleinen breiten Pferdehintern dasaßen, die Hufe baumeln ließen und dabei mit leichten Schwingungen ihrer Schmetterlingsflügel das Gleichgewicht zu wahren versuchten. Kamen sie in Gefahr dieses zu verlieren, klammerten sie sich zum Leidwesen ihrer Träger kurzfristig an deren Haaren fest.

Eine gefühlte halbe Stunde später wandelte sich das Aussehen des Urwalds vollständig. Als wäre das äußere, vom Strand aus Sichtbare nur eine Tarnung gewesen. Die Flora blieb dicht und scheinbar undurchdringlich, aber die Farbe wechselte von Grüntönen ins geisterhaft Blaustichige und die Formen der Bäume, Büsche, Zweige, Blätter und Blumen wurden immer abstrakter. Spiralen, Kegel, Kugeln, Prismen, Treppen, es gab beinahe nichts, das es nicht gab. Wo immer der Dschungel sich vor ihnen zurückziehen musste, gab er leuchtend purpurfarbene Flächen frei, die flüssig wirkten, obwohl sie es nicht waren, und gleich darauf wieder von geisterblauem Bewuchs verschluckt wurden.

Einmal, als Emily für kurze Zeit an Rocs Seite aufgeschlossen hatte, spaltete sich ein breiter rechteckiger Baumstamm vor ihnen in drei Teile, um sie hindurch zu lassen, während seine Krone, eine überdimensional große

Kugel, in der Luft zu schweben schien. Das fluoreszierende Violett der Schnittflächen zu beiden Seiten leuchtete schmerzhaft in Emilys Augen, der Baum schien zu bluten, und für den Moment, in dem sie hindurch trat, stach ihr ein Geruch in die Nase, der etwas von Zwiebeln und Pfirsichen zugleich hatte.

Sie drehte sich um und sah zu, wie der Baum sofort wieder eine unversehrte Einheit bildete, um im nächsten Augenblick in der Mitte aufzuklaffen und dem nächsten Wanderer, in diesem Fall Tember, den Weg frei zu machen.

Jani, der das Schauspiel von seinem Platz hinter Tember beobachtet hatte, bediente sich in Gedanken einmal mehr des Wortschatzes eines gewissen spitzohrigen Vulkaniers. *Faszinierend*, dachte er, als er selbst den Stamm durchquerte.

Er kam gerade rechtzeitig, um Tember zu stützen, die vor ihm ins Strauchel geraten war. »Alles okay?«, fragte er.

Tember stand leicht vornübergebeugt, ihre Hand fuhr an die Stirn. Die Centerflies auf ihren Schultern hielten sich krampfhaft an ihren roten Haaren fest. »Kopfschmerz … übel…«, flüsterte sie mit schwacher Stimme.

»Was ist geschehen?«, fragte Mero, der Jani durch den Stamm gefolgt war und dem sie nun den Weg versperrten. Lir folgte ihm auf dem Fuß.

Jani wandte sich um. »Ich glaube, ihr ist schlecht.«

Aber Tember richtete sich schon wieder auf und löste sich aus Janis Griff. »Schon vorbei«, sagte sie verlegen lächelnd.

Fadi kam als letzter durch den Baum und blieb verdutzt bei ihnen stehen. In einiger Entfernung hörten sie Spooky aufgeregt bellen, aber sie sahen ihn nicht – vor ihnen hatte sich der Wald geschlossen.

»Verdammt«, fluchte Jani. »Der Abstand ist zu groß geworden.«

Tember schaute betreten. »Meine Schuld, tut mir leid.«

»Ach was«, winkte Jani ab, drehte sich einmal um die eigene Achse und sah nur dicht stehende bizarr geformte blaue Gewächse. »Sie hätten ja auch mal auf uns warten können. Weiß jemand wo wir lang müssen?«

»Oui!«

»Oui, bien sûr!«

»Oui, oui!«

Die Centerflies auf ihren Schultern schnatterten durcheinander, erhoben sich alle in die Luft und übernahmen die Führung.

Mero ließ ein erlöstes Seufzen hören.

Es dauerte nicht lange und der Pfad öffnete sich von zwei Seiten gleichzeitig. Auch die Vorausgehenden waren auf ihr Fehlen aufmerksam geworden und zurückgekommen. Dank des Whippets guter Nase hatten sie die Zurückgebliebenen direkt ansteuern können.

Emily reagierte erleichtert, Roc stauchte sie zusammen: »Untersteht Euch, noch einmal so weit zurück zu bleiben! Dies ist kein Spiel, dieser Ort ist voller Gefahren.«

»Es war meine Schuld, verzeiht...« begann Tember, aber Jani unterbrach sie. Rocs Ton machte ihn wütend.

»Tember ging es nicht gut. Und Ihr als Führender solltet so viel Verantwortung zeigen, Euch hin und wieder auch einmal nach Euren Schutzbefohlenen umzusehen.«

Roc ignorierte ihn und musterte Tember. »Fühlt Ihr Euch nicht wohl?«

»Es geht schon wieder.«

»Wenn es wieder passiert, ruft *HALT*. Und ruft es *LAUT*.« Roc drehte sich um und nahm den Weg ungerührt wieder auf. Alle mussten sich beeilen, den Anschluss zu halten.

»Arsch«, zischte Jani.

Tember drehte sich um. »Was?«

»Ach nichts«, winkte Jani ab und fing einen belustigten Blick seiner Mutter auf.

Er grinste sie an und sie lächelte zurück, wandte sich wieder um, und fand sich Auge in Auge mit einem Roc, der tatsächlich kurz stehen geblieben war, damit sie alle aufholen konnten. Sein Blick begegnete dem ihren nur einen Wimpernschlag lang, aber was sie darin sah, beunruhigte sie. Dieser unstete Ausdruck in seinen Augen ... glasig ... fiebrig. Irgendetwas trieb diesen Mann um. Warum noch gleich wollte er Bobbeye Hicks finden? Es wollte ihr nicht einfallen.

Er ging weiter und sie eilte ihm nach.

Einige Zeit später blieb er erneut stehen, wartete, bis sie alle aufgeschlossen hatten und deutete dann in den Wald zu seiner Linken.

Ihre ungewöhnliche Umgebung ließ schon seit Anfang eine bunte Palette exotischer Tierstimmen hören, aber dies war das erste Mal, dass sie einen Dschungelbewohner sahen. Das Tier von der Größe einer Amsel saß auf einem Ast aus blauen, wie Perlen an einer Kette aufgereihten kleinen Kugeln, und zwitscherte munter vor sich hin. An seine Seiten schmiegten sich Flügel aus bunten Federn und statt einem Kopf besaß es zwei, einer grün, einer violett, beide mit gelben Federhauben versehen, die Schnäbel wie die von Papageien, darüber je zwei hervorstehende dunkle Knopfaugen, die in alle Richtungen blickten.

Völlig aus dem Rahmen des Vogelähnlichen fiel jedoch sein Körper, der am ehesten mit einer Schlange vergleichbar war, einer pelzigen Schlange mit farbigen Mosaikschuppen und einem langen dünnen Schwanz, der sich um den Ast kringelte und dem Wesen Halt gab.

Emily fand es wunderschön.

Die Centerflies auf Rocs Schultern flüsterten ihm etwas ins Ohr und er nickte und flüsterte: »Zurück.«

Alle wichen sie etwas nach hinten, aber der kleine Vogel hatte wohl etwas gehört, sein Oberkörper ruckte kerzengerade nach oben, wogte witternd leicht vor und zurück und ein Kranz aus tiefroten Stacheln spross unterhalb der beiden Köpfe aus seinem Hals. Dann verschwand das Tier spurlos.

»Wo ist es hin?«, fragte Jani verblüfft.

Roc drängte sie nochmals zurück, starrte dabei aber unverwandt zu der Stelle, an der das Tier gesessen hatte. »Es ist noch da«, sagte er leise.

Alle schauten gebannt auf den Ast und verhielten sich ruhig. Nach einer Weile bewegte sich der Vogel, erst wurden Konturen sichtbar, dann Einzelheiten wie Federn, alles in dunklerem Blau als die Umgegend. Erst nach und nach, als er sich wieder sicher fühlte, kehrten die natürlichen Farben zurück.

Roc führte sie weiter, schlug dabei einen weiten Bogen um das Tier und ließ sich anschließend ausfragen. Nein, nicht unsichtbar, *Transparenz* war das Zauberwort. Die Schönheit war trügerisch, die Stacheln enthielten tödliches Gift. Die Centerflies nannten die Spezies *Serpoise* und fürchteten sie aufgrund mörderischer Erfahrungen – einige der ihren hatten zufällige Begegnungen mit dem Leben bezahlen müssen.

»Schlangenvogel«, sagte Jani und als sie ihn fragend anschauten, erläuterte er: »Ich glaube das Wort ist aus *serpent* und *oiseau* zusammengesetzt, französisch für Schlange und Vogel.«

»Wäre möglich«, stimmte Emily zu und war stolz auf ihn. Sie selbst hätte eher auf einen Zusammenhang mit *poison* getippt, dem englischen Wort für Gift. *Kluges Kind.* Beunruhigt war sie jedoch auch.

»Gibt es noch mehr von diesen gefährlichen Kreaturen?«, fragte sie Roc.

Der hob eine schwarze Augenbraue. »Sagte ich das nicht bereits?«

Sie ärgerte sich über den herablassenden Ton, tat aber so, als hätte sie ihn nicht bemerkt. »Welcher Art sind diese? Auf was sollten wir achten?«

Roc zuckte die Schultern. »Das können Euch nur die Centerflies beantworten. Ich selbst hatte noch nicht das Vergnügen der näheren Bekanntschaft mit diesem Ort.«

Emily verzichtete, sie befürchtete mit dem französischen Sprachmix nicht zurechtzukommen. Stattdessen hielt sie nun die Augen auf und schaute bewusst nach Anzeichen von Tieren. Dabei half ihr der Umstand, dass der Wald sich immer mehr lichtete, je weiter sie vorrückten. Und natürlich die Tatsache, dass es hier trotz Nachtzeit einfach nicht dunkel wurde, die Pflanzen gaben ihre nebelblaue Farbe als geisterhaftes Licht an die Umgebung ab.

Jani und Tember beteiligten sich eifrig am neuen Spiel ›*ich sehe ein Tier, das du noch nicht gesehen hast*‹, deuteten zusammen mit Emily abwechselnd nach hier und dort, wo etwas flog, hüpfte, krabbelte, schlich – je weiter der Wald sich auftat, desto mehr Geschöpfe entdeckten sie.

Mero war wie gewohnt zurückhaltend, aber umso glücklicher, wenn er tatsächlich etwas Neues aufspürte: Zum Beispiel den daumennagelgroßen roten Doppelkäfer auf einem kniehohen blau marmorierten Pilz. Er trug einen identischen quadernen Körper wie einen Zwilling auf dem Rücken und rollte sich auf kleinen schwarzen runden Füßen vorwärts. Das Käferchen erinnerte Emily spontan an einen Londoner Routemasterbus im Miniaturformat.

Fasziniert standen sie um den Winzling herum, Jani klopfte Mero (die Rivalität kurz vergessend) anerkennend auf die Schulter, und der junge Mann lief vor Freude derart rot an, dass kaum noch ein Unterschied zu seinem Haaransatz zu erkennen war.

Dann kam Spooky und mit der Idylle war es vorbei.

Im Bestreben auch einmal nach dem interessanten Ding auf dem Pilz zu schauen, stieß er so heftig gegen ihn, dass der Käfer herunterpurzelte und auf dem Rücken liegenblieb, wo seine Räderfüßchen hilflos in der Luft kurbelten. Dabei gab es schrille laute Töne von sich, die man dem Kerlchen gar nicht zugetraut hätte. Die Centerflies zwitscherten aufgeregt durcheinander und Roc, der dem Treiben abseits missmutig zugeschaut hatte, hörte ihnen zu und zischte: »Vorsicht!«

Abgesehen davon, dass der Marmorpilz Spookys Schubsen nicht ungestraft hingenommen hatte, sondern mit blauem Pulver um sich warf, so dass der Hund aus dem Niesen und Schütteln gar nicht mehr herauskam und verwirrt davonlief, begann der Boden zu brodeln.

»Lauft! Schnell!«, rief Roc. »Versucht, nicht auf sie zu treten!«

Hunderte roter Doppelbuskäfer gruben sich aus dem Erdreich, um ihrem Kollegen zu Hilfe zu eilen. Jani und die Amibros schafften es noch über die ersten Reihen zu springen, aber Emily zögerte zu lange und lief Gefahr, auf die wimmelnde Masse zu treten, also blieb sie stehen.

Als Jani bemerkte, dass seine Mutter nicht nachkam, hielt er an und schrie den anderen nach, zu warten. Sie kamen zurück und beobachteten von weitem wie sich der Boden um Emily rot färbte.

Jani griff Roc am Ärmel. »Werden sie ihr etwas tun?«, fragte er entsetzt.

Roc schüttelte wütend seine Hand ab. »Sie könnten. Warum tut sie nie, was man ihr sagt?« Angespannt sah er hinüber und näherte sich vorsichtig.

»Helft ihr doch, um Himmels Willen!« Jani folgte ihm auf dem Fuße.

»Was macht sie da?«, fragte Tember.

Sie sahen, wie Emily in die Hocke ging und die rote Masse um sie wuchs, als würden die Käfer an ihr hochklettern.

»Ma!«, rief Jani außer sich und nur Roc hinderte ihn daran, vorwärts zu stürmen, indem er ihn mit eisernem Griff auf der Stelle hielt.

»Ihr könnt ihr nicht helfen«, sagte er mit zusammengekniffenen Lippen.

Der rote Berg war mitsamt Emily zu Bewegungslosigkeit erstarrt. Tember nahm Janis Hand. Ein Teil von ihm merkte es sogar. Der Rest betete.

Dann plötzlich rührte sich die rote Flut. Emily richtete sich etwas auf, beugte sich dann noch einmal kurz hinunter, richtete sich ganz auf, wartete. Die Käfer zogen sich erst von ihr zurück, dann von der Oberfläche. So schnell wie sie aufgetaucht waren, verschwanden sie in der Erde. Dann war der Spuk vorbei und Emily konnte sich frei bewegen.

Roc gab Jani frei, der Tembers Hand losließ und zu seiner Mutter eilte. Spooky tauchte von irgendwoher wieder auf und lief ihm nach.

»Ist alles okay? Mann, M, du hast mir vielleicht einen Schrecken eingejagt. Geht es dir gut? Du zitterst ja. Haben sie dir was getan?« Er legte einen Arm um ihre Schultern.

Emily grinste schief und schüttelte den Kopf. »Nein, alles okay«, sagte sie mit schwacher Stimme.

Jani führte sie zu den anderen, die sie umringten.

»Warum seid Ihr nicht weggelaufen, als ich es sagte?«, fragte Roc finster.

Emily hob die Schultern. »Der Kleine lag immer noch auf dem Rücken. Ich habe zu lange überlegt, ob ich ihn umdrehen soll oder nicht, und dann konnte ich nicht mehr weg, ohne auf die anderen zu treten.« Sie warf Roc einen vorwurfsvollen Blick zu. »*Ihr* habt gesagt, wir sollten nicht auf sie treten.«

»Und was hast du gemacht?«, fragte Jani.

»Na ja, ich hab es getan. War ja jetzt egal. Ich habe ihn umgedreht und auf meine Hand gesetzt. Und ihn gefragt, ob er auf den Pilz zurück möchte. Und weil er es wollte, habe ich es den anderen erklärt und sie gebeten, es mich tun zu lassen. Als er wieder auf dem Pilz saß, haben sie sich bedankt, verabschiedet und mir den Weg frei gemacht.«

Jani riss die Augen weit auf. »Ach du heilige Scheiße! Nicht im Ernst.«

Emily brachte ein klägliches Lächeln zustande. »Nun ja. *Mein* Teil war so. *Ihren* Teil habe ich mir eingeredet. Aber wie du siehst, hat es funktioniert.« Sie griff haltsuchend seinen Arm. »Ich glaube, mir wird schlecht. Können wir eine Pause einlegen?«

Roc schaute sie an. Blick undefinierbar. »Nur noch ein kleines Stück weiter. Dann werden wir rasten. In Ordnung?«

Sie nickte.

Er schaute sie immer noch an.

»Was?«, fragte sie.

»Das war…«, er zögerte.

»Ja?«

»Sehr … *dumm* von Euch. Gehen wir.«

Sie sah ihm verwirrt nach. Warum bloß hatte sie das Gefühl, dass er etwas ganz anderes hatte sagen wollen?

Sie rief ihm nach: »Roc?«

Er drehte sich um.

»Hätten sie mir etwas tun können?«

»Den Centerflies nach lähmen sie ihre Opfer mit einem Gift und fressen sie an Ort und Stelle.«

»Oh.«

»Nur wenn sie sich bedroht fühlen«, fügte er hinzu.

»Oh. Na, dann ist ja gut.«

Als er außer Hörweite war, raunte ihr Jani ins Ohr: »Vergiss Mister Obercool, okay? Das war super mutig von dir.«

»Du bist ein Schatz.« Sie grinste ihn an. »Aber ehrlich gesagt – ich kann nicht wirklich etwas dafür. Ich habe gar nicht nachgedacht.«

Er drohte ihr mit dem Finger. »Jag mir ja nicht noch mal so einen Schrecken ein.«

Sie legte die Hand salutierend an die Stirn. »Yes Sir!« Und mit einem Zwinkern zitierte sie *Dinner for One*: »I'll do my very best«.

## 26

Nach etwa zwanzig Minuten hatten sie die Stelle erreicht, die die Centerflies Roc für eine Pause empfohlen hatten: In der Mitte einer sanft steigenden Anhöhe entsprang eine Quelle frischen Wassers in einen schmalen Bach, zu beiden Seiten wuchsen vereinzelte geisterblaue Bäume, schmale Röhren mit kugeligen Kronen, direkt hinter der Quelle lag ein länglicher grober Felsbrocken. Das Gebiet war übersichtlich genug, um nahende Gefahren rechtzeitig sehen zu können, der Wald musste ihnen hier nicht weichen, weiches silberfarbenes Gras zog sich über den purpurfarbenen Boden.

Die Zwillingsluni waren inzwischen aufgegangen und zusammen mit dem Einzelmond erhellten sie den Platz mit ihrem speziellen Schein und intensivierten die Farben. Und zeigten, dass dort bereits jemand anders einen Ruheplatz gefunden hatte.

Emily stürzte sich mit einem überraschten Schrei auf die Gestalt, die am Fuße eines der Röhrenstämme saß, die Arme um die angewinkelten Knie geschlungen, vor sich hin summend vor und zurück schaukelnd. »Nia!«

Ihr Kleid war grün, ihre Augen auch, ihre Haare rot. Statt eines Reisigbesens lag eine Flasche neben ihr. Wie zuvor reagierte sie nicht auf Ansprache und die Melodie, die sie summte, kam Emily bekannt vor, aber es war nicht mehr der QOTSA Song. Sie sprach beruhigend auf das Mädchen ein und versuchte herauszufinden, ob sie verletzt war. Es schien alles in Ordnung. Die Flasche am Boden war aus grünem Glas und leer. Sie roch daran.

»Was war drin?«, fragte Jani über ihre Schulter.

Sie schaute sich um, alle umringten sie und betrachteten Nia neugierig. »Ich bin mir nicht sicher, es riecht nach Alkohol. Hat etwas von … Maibowle. Welche Farben seht ihr diesmal bei Haaren und Kleid?« Sie schaute von Jani zu Roc.

»Wie vorher auch – Feuer und Gras«, erwiderte Roc.

»Sehe ich diesmal auch«, schloss sich Jani an. »Weißt du, was sie da summt?«

Emily schüttelte den Kopf.

»Ich aber«, sagte Jani. »Das ist ›The Witch‹ von den *Rattles*.«

»Oh. Die Melodie kommt mir bekannt vor, aber das sagt mir nichts. Von wann ist das?«

»Siebziger.«

»Hm. Anscheinend hat sie es mit Hexen. Aber wie kommt sie hierher?«

»Metaschweben«, bemerkte Roc trocken. »Wie ich Euch bereits erläuterte–«

»Ja, ich weiß schon«, unterbrach ihn Emily. »Aus dem Nichts auftauchen, wieder verschwinden und geistig umnachtet sein. Aber es ist doch seltsam, dass sie ausgerechnet hier ist, wo wir sind.«

Roc zuckte die Achseln. »Zufall.« Er warf einen Blick auf die drei Monde am Nachthimmel. »Wenn Ihr ausruhen und Nahrung zu Euch nehmen wollt, tut es jetzt. Wir können hier nicht lange verweilen.«

Emily folgte seinem Blick. »Wo werden wir den Tag verbringen, wenn Ihr Euch verwandelt habt?«, wollte sie wissen. »Der Dschungel ist nicht gerade ein sicherer Aufenthaltsort.«

»Wir werden uns nicht aufhalten«, sagte er und ließ sie stehen.

*Was mag das nun wieder heißen*, dachte Emily, ließ es aber gut sein. Sie würde später darauf zurückkommen.

Sie alle suchten sich einen Platz und packten ihren Proviant aus. Emily blieb bei Nia und versuchte, sie zum Essen und Trinken zu bewegen. Sie nahm nichts selbst, aber sie ließ sich füttern. Den Whippet, der sich neben sie gelegt hatte (das Pulver des Marmorpilzes hatte zum Glück weder farbliche noch gesundheitliche Probleme hinterlassen) und auch seinen Teil an Futter bekam, streichelte sie währenddessen mechanisch.

Jani verkrümelte sich an den Felsen hinter der Quelle und vergewisserte sich, dass mit seinem blinden Passagier alles in Ordnung war. Vorsichtig hob er die Abdeckung des Rucksacks und flüsterte in die Öffnung: »Federchen? Geht es dir gut?«

Ungeduldig griff er mit einer Hand hinein, bekam den kleinen warmen Pferdekörper zu fassen und hob ihn heraus, wobei er sich so drehte, dass er dem Rest der Gruppe den Rücken zukehrte. Die Kleine gähnte unter strubbeligen Haaren, rieb sich die Augen, streckte die zerknautschten Flügel, fragte schläfrig: »Schon da?« und als er verneinte, rollte sie sich auf seiner Handfläche zusammen, murmelte »schlaf'n« und schloss die Augen. Also legte er sie vorsichtig zurück auf die weichen Blätter, wo sie weiterschlummerte. Sachte verschloss er den Rucksack, stellte ihn zur Seite und zuckte erschrocken, denn jemand stand neben ihm. Tember.

»Hey«, sagte er und lächelte sie unschuldig an.

»Hey«, antwortete sie und lächelte ebenfalls.

»Hunger?«, fragte er, während er die Ledertasche absetzte, Wasserflasche und Proviant herausnahm und sich auf dem Sibergrasboden niederließ. Er hielt ihr eine Handvoll Teigbällchen entgegen und lud sie mit einer Geste ein, Platz zu nehmen.

Tember sagte: »Danke«, griff zu und setzte sich ihm gegenüber.

Sie aßen schweigend.

»Wie lange hast du da schon gestanden?«, fragte er schließlich. Ihm war schon völlig klar, dass sie *lange genug* antworten würde.

Stattdessen fragte sie: »War das richtig so?«

Ihm blieb sein Bissen fast im Hals stecken. Er starrte sie an, schluckte schwer, trank einige Schlucke aus der Flasche. Seine Kehle war immer noch trocken.

»Was meinst du?«, brachte er schließlich heraus, während er fieberhaft mit den Augen nach Emily suchte, die aber mit Nia beschäftigt war und nicht herüber sah.

»Deine Hand zu nehmen.«

Er musterte Tember. Verdammt, ihre Stimme hatte sich diesmal gar nicht verändert. Deswegen hatte er es nicht bemerkt. Ihr Straucheln vor ein paar Stunden, im Wald. Da musste es geschehen sein. »Meine Hand zu nehmen?« Erst wusste er nicht, worauf sie hinaus wollte, dann fiel es ihm wieder ein. »Du meinst, vorhin, als meine Mutter ... zwischen diesen Käfern...?« Ihm fiel auf, dass sie keine Pippi Langstrumpf-Zöpfe mehr auf dem Kopf hatte. Irgendwann musste sie die Haarbänder gelöst haben, die rostroten Strähnen fielen ungebunden über ihre nackten Oberarme.

Sie nickte. »Zwischen den Enix, ja. Du hattest ... Angst ... um deine Mutter, ja?«

Sie sah ganz friedlich und normal aus, wie sie da saß, in die Bällchen biss und kaute, und ihn zwischendurch aus ihren orangefarbenen Augen neugierig anschaute. Ihn schauderte. Warum merkte niemand etwas? »Enix, aha. Heißen sie so?«

Sie nickte wieder. »Ich habe ... *getröstet* ... War das richtig so?«

Der Satz bewirkte, dass sich ihm die Haare im Nacken aufstellten. Er spähte über ihre Schultern. Roc stand mit dem Rücken zu ihm und unterhielt sich mit Fadi und Lir, mehrere Zentauren-Kriegerinnen flatterten um ihre Köpfe, Mero döste an einen Baumstamm gelehnt, Emily machte irgendetwas mit der Wasserflasche und Nias Gesicht. Dann wandte sie den Kopf und lächelte zu ihm herüber.

Er wollte sie herüberwinken, aber Tember legte eine Hand auf seinen Arm, gerade als er ansetzte, ihn zu heben, und fixierte seinen Blick. »Nicht«, sagte sie sanft. Dann deutete sie auf den Rucksack. »Dein Geheimnis.« Zeigte lächelnd auf sich und fügte hinzu: »Mein Geheimnis.«

Er ließ den Arm sinken. Er hatte verstanden. Er würde die Klappe halten.

»War es richtig?«, fragte sie erneut.

»Wo ist Tember?«, fragte er zurück.

Sie blinzelte. Legte den Kopf etwas schief. Zwirbelte eine Haarsträhne zwischen den Fingern. Kaute auf der Unterlippe. »Na, hier?«

Er zog sie am Handgelenk näher und blickte ihr ernst in die Augen. »Geht es ihr gut?«

Der Ausdruck war verständnislos, also wiederholte er die Frage eindringlich.

Schließlich nickte sie.

»Wird es ihr weiter gut gehen?«

Nicken.

»Versprichst du es?«

Nicken.

Er ließ ihr Handgelenk los. »Okay.« Ihm war flau im Magen. Er hatte keine Ahnung, was hier gerade passierte.

»War es richtig?«, wiederholte sie.

Er holte tief Luft. »Was genau willst du wissen? Ob es richtig ist, jemanden zu trösten, der Angst um jemand anderen hat? Dazu seine Hand zu nehmen? Geht es darum?«

Sie nickte eifrig.

»Ja, das hilft durchaus. Es war richtig. Zufrieden?«

Sie strahlte ihn so glücklich an, dass er sich schon wohler fühlte. Trotzdem konnte er seine nächsten Fragen nicht zurück halten. »Warum zum Teufel fragst du so etwas? Wieso weißt du das nicht? Wer bist du?«

Ihre Mimik spiegelte deutlich wie sie nachdachte, sich durchrang und schließlich zu einer Antwort ansetzte, zu der sie aber nicht mehr kam.

Mit offenem Mund starrte sie an ihm vorbei und machte Anstalten, aufzustehen. Hinter ihrem Rücken sah er Emily mit schreckgeweiteten Augen auf die Füße springen, Roc, Lir und Fadi, wie sie sich umdrehten und im nächsten Moment ihre Bogen schussbereit in den Händen hielten, Spooky, der wild zu bellen begann und Nia, die plötzlich ganz wach war und die Arme in seine Richtung ausstreckte, wobei sie irgendetwas sagte, das er nicht verstehen konnte, weil es hinter ihm fürchterlich zu poltern begann.

Er wandte ganz langsam den Kopf.

Der längliche Felsbrocken oberhalb der Quelle bewegte sich. Seitliche Arme streckten sich heraus und erschütterten den Boden, als sie zornig aufschlugen, um den Körper zu stützen und aufzurichten. Das Ding, das kein Felsen war, sondern ein grobschlächtiger grauer Riese, glotzte aus blutunterlaufenen viereckigen Augen und seine Laune war nicht die beste. Sie hatten das steinerne Wesen wohl beim Schlafen gestört.

Jani sprang auf die Füße, stolperte rückwärts gegen Tember, packte sie am Arm und zerrte sie mit sich.

Der Riese wuchs immer noch, Steine und Erdbrocken in allen Größen regneten wie Hagel von seinem Körper, er lärmte und trommelte mit mächtigen Pranken auf seinen Brustkorb, als wäre er ein Affe wie King Kong und nicht ein für seine Verhältnisse schmal gebauter Zweibeiner. Auf den zweiten Blick eher ein Dreibeiner, nein Vier... Fassungslos sahen sie zu, wie mehr und mehr Gliedmaßen und krumme Fortsätze aus dem Riesen wuchsen, bis er mehr einem alten knorrigen Baum ähnelte als der anfänglichen menschenähnlichen Gestalt.

Schließlich hatte der Wucherwuchs ein Ende, das Gebilde stand still und stumm, nur der obere Teil, in dem nun mehrere rote Augen glühten, drehte sich hin und her, bis es die Gruppe fixierte, die eng beieinander stand.

Es gab diesen Moment, in dem sie noch hätten fortlaufen können, aber sie waren wie gelähmt. Und schon war der Moment vorüber.

Im Riesen öffnete sich ein rundes Loch in der Gegend, in der man einen Mund vermutet hätte und begann rhythmisch die immer gleichen Laute von sich zu stoßen: »Ron-Don-Don. Ron-Don-Don. Ron-Don-Don.« Er ging in die Knie, wobei sich die vielen Beine spiralförmig zusammenfalteten wie Drahtfedern, schleuderte sich mit einem gewaltigen Schwung meterweit in die Höhe und donnerte mit rasender Geschwindigkeit auf die Gruppe herunter. Sein Einschlag direkt vor ihnen kam einem Erdbeben gleich – und einer Explosion: Es folgte eine brachiale Druckwelle, die ihnen allen das Bewusstsein nahm.

# 27 / TAG 5

Emily hangelte nach ihrer Bettdecke, es war so schön kuschelig warm gewesen und sie wollte noch ein wenig weiterschlafen, der Wecker hatte noch gar nicht geklingelt. Aber jetzt zog es kalt von unten, wo war denn nur die Decke... Mürrisch öffnete sie die Augen, um nach der Uhrzeit zu schauen und blickte in einen blauen Himmel, in den spitze dünne Stäbe ragten.

Sie lag da und versuchte irgendeinen Sinn in diesem Bild zu finden, aber ihr Hirn arbeitete nicht, es fühlte sich an wie ein leerer Luftballon. Sie setzte sich auf und sofort begann ihr Kopf zu dröhnen. Stöhnend legte sie die Hände an die Schläfen. Dort war es feucht. Sie nahm die Hände herunter und starrte verständnislos auf das Blut an ihren Fingern. Ihr Blick wanderte weiter zu ihren Füßen, dort lag eine leblose Schmetterlingsfrau. Sie schob ihr eine Hand unter und hob sie an, der kleine Kopf fiel nach hinten und baumelte haltlos. Gebrochenes Genick. Die Kleine war tot. Beim Anblick der ledernen Rüstung die sie trug, regte sich etwas in ihrer Erinnerung. Das war ... das war ... das war der Kurier! Schlagartig fiel ihr alles wieder ein.

Sie legte die Zentaurin sanft auf den Boden, stand mühsam auf und sah sich um. Sie befand sich ein Stück unterhalb des Hügels am Rand des Urwalds.

Es war Tag.

Der Riese.

Nichts von ihm zu sehen. Diese Wucht – es musste sie bis hierher geworfen haben.

Jani.

Jani?

Eine Woge entsetzlicher Angst durchflutete sie.

»Jani!«, schrie sie und eilte zum Hügel.

Von weitem erkannte sie schon seine Gestalt. Sie rief wieder und er drehte sich um.

»Ma?!« Er kam ihr entgegen, humpelnd.

Sie schloss ihn in die Arme. »Geht es dir gut?«

Er nickte, starrte auf ihre Stirn. »M, du hast da voll viel Blut!«

»Was ist mit deinem Bein?«

»Knie angeschlagen, bin wohl gegen irgendwas geknallt.«

Sie nahm seinen Arm, da war Blut am Ärmel. »Und das?«

Er schob den Stoff hoch. »Der Ellbogen, nur übel aufgeschürft.«

»Was ist mit diesem Steinriesen, ist er noch irgendwo?«

Jani schüttelte den Kopf. »Keiner hat ihn gesehen, er muss verschwunden sein, als wir alle bewusstlos waren.«

»Was habe ich am Kopf, ist es schlimm?«

Er tastete an ihr herum. »Glaub nicht, sieht wie Kratzer aus, blutet kaum noch.«

»Hast du das Verbandszeug noch im Rucksack?«

Er überlegte. »Ne, das hatte ich im Zimmer gelassen. Aber Taschentücher müssten da sein, und Wasser haben wir. Komm.«

»Was ist mit den anderen?«

Er seufzte. »Ich zeigs dir...«

Der Hügel war kahl und verwüstet, kein Baum und kein Strauch hatten dem Riesen etwas entgegenzusetzen gehabt. Das Wasser der Quelle bahnte sich einen neuen Weg durch Steinbrocken und Schutt und bildete ein dünnes Rinnsal, wo zuvor der kleine Bach geflossen war.

Drei Centerflies legten gerade eine vierte am Ende einer traurigen Reihe aufgebahrter Schmetterlingsfrauen ab.

»Mein Gott! Sind sie alle...?«

Jani nickte. »Sieben haben wir gefunden. Drei haben überlebt. Der Kurier fehlt noch, vielleicht hat sie es ja geschafft.«

»Nein«, sagte Emily traurig und schaute den Weg zurück, den sie gekommen waren. »Wo ich aufgewacht bin. Sie liegt dort.«

»Oh. Ich muss es ihnen sagen.«

Sie gingen hinüber und die drei Zentaurinnen flogen sogleich in die angewiesene Richtung, um ihre Kameradin zu bergen.

Emily schaute ihnen verwundert hinterher. Zwei waren schwarzgolden geflügelte Kriegerinnen, aber die dritte? »Wie kommt sie denn hierher?«, fragte sie. »Ist das nicht die mit dem äh ... Tanznamen?«

»Jap. Die-mit-den-Federn-tanzt«, sagte Jani, druckste herum und wurde ein bisschen rot. »Ich nenne sie *Federchen*. Sie war die ganze Zeit über in meinem Rucksack versteckt.«

Emilys Augen weiteten sich. »Du hast sie geschmuggelt?«

»Mehr oder weniger. Sie wollte unbedingt mitkommen«, verteidigte er sich. Seine Beweggründe waren ihm inzwischen richtiggehend peinlich.

»Ihr ist nichts passiert?«

»Nein, der Rucksack lag direkt am Felsen, ich meine, am Riesen. Er ist wohl drüber gestiegen. Sie hat Glück gehabt.«

Emily schaute suchend umher. »Was ist mit Nia? Und den Amibros? Und wo ist Spooky?«

»Nia und Spooky konnte ich bisher nicht finden. Die Amibros sind da drüben, alle verwandelt inzwischen.« Er zeigte zur Seite des Hügels und Emily schickte sich an, hinzugehen.

»Besser nicht«, hielt Jani sie zurück.

»Was? Wieso?«

»Die Raben greifen an.« Er zeigte ihr Pickwunden an seiner Hand. »Ich habs schon versucht. Der Wolf, Roc, er ist tot oder bewusstlos und einer der Schwarzen auch, ich weiß nicht, welcher es ist. Fadi oder Lir. Sie lassen mich nicht ran und die Centerflies ebenso wenig, sie reden auch nicht mit ihnen.«

»Aber wir müssen ihnen doch helfen.«

Jani zuckte die Achseln. »Wir können es ja nochmal versuchen.«

Vorsichtig näherten sie sich. Der Wolf lag auf der Seite, bewegungslos, sein schwarzes Fell grau von Staub. Neben seinem Kopf saßen die drei Raben und beäugten die sich Nähernden misstrauisch. Der vierte Vogel lag bäuchlings vor ihnen. Sie ließen sie bis auf zwei Meter herankommen, dann begannen die Drohgebärden. Es half auch nicht, dass Emily beruhigend auf sie einzureden begann.

»Wenn wir sie nur ein paar Minuten ablenken könnten«, sagte sie. »Oder verscheuchen. Damit ich wenigstens prüfen könnte, ob die beiden noch leben.«

»Warte mal. Ich habe eine Idee.« Jani ging zurück und kam nach einer kleinen Weile mit den drei Centerflies wieder. Sie hatten einer der toten Kriegerinnen die Rüstung abgenommen und Federchen darin eingekleidet. »Sie helfen uns«, sagte er. »Ich bleibe bei dir. Wir tun so, als gingen wir wieder weg, dann täuschen sie einen Angriff vor und versuchen die Raben wegzulocken.«

»Gut. Probieren wir es.«

Sie gingen in einem Bogen um die Gruppe herum, entfernten sich einige Meter und drehten sich dann um. Die ganze Aufmerksamkeit der Raben war auf die Centerflies gerichtet, die in noch sicherem Abstand vor ihnen in der Luft flatterten.

Auf ein Zeichen von Jani begannen sie ihre Scheinangriffe zu fliegen. Zuerst sah es so aus, als würde ihre Rechnung nicht aufgehen, die Raben verteidigten sich vom Boden aus. Aber schließlich siegte ihr Instinkt doch – sie flogen auf, um die Angreifer zu vertreiben. Die Centerflies flohen, die Vögel verfolgten sie.

»Schnell jetzt«, raunte Jani und sie rannten los.

Emily sank neben dem Wolf nieder und vergrub eine Hand in seinem dichten Fell. Sein Körper war warm. Sie legte ihr Ohr auf seine Seite und hörte das Herz klopfen. Die Brust hob und senkte sich sacht. »Er atmet«, sagte sie.

»Verletzungen?«, fragte Jani.

Sie tastete ihn ab. »Auf die Schnelle nichts zu finden.« Wandte sich dann dem Wolfskopf zu. Dort wurde sie fündig. »Doch, hier. Riesenbeule hinter dem Ohr. Und Schrammen auf der Schnauze.«

Sie schaute zu Jani, der den Raben untersuchte. »Was ist mit ihm?«

Jani hob den Vogel hoch, er war schon steif. Er schüttelte den Kopf.

Emily blickte ihn entsetzt an. »Verdammt.«

»Ich bring ihn rüber zu den anderen«, sagte Jani.

Es stellte sich heraus, dass das Interesse der Raben vor allem ihrem toten Gefährten gegolten hatte. Die Centerflies hatten sie abhängen können und als sie zurückkamen, kreisten sie jämmerlich schreiend über dem Wolf, bis sie den toten Raben am Bach entdeckten. Jani hatte ihn ans Ende der Reihe toter Zentaurinnen gelegt. Dort ließen sich die drei Vögel nieder.

Jani brachte seinen Rucksack zu Emily und mit Hilfe von Wasser und Papiertaschentüchern fertigte sie eine Auflage, die die Schwellung an Rocs Kopf kühlen sollte.

Dann bestand sie darauf, dass sie die Gegend nach Nia und Spooky absuchten, die drei Centerflies halfen ihnen, aber nach einer erfolglosen Stunde gaben sie erschöpft auf und kehrten zurück. Sie setzten sich zu dem Wolf, der immer noch nicht das Bewusstsein zurückerlangt hatte, und versorgten ihre eigenen Wunden.

Bei ihrer Suche hatten sie entdeckt, dass der Wald auf der hinteren Seite des Hügels abrupt endet – der felsige Boden endete einfach, es ging steil in die Tiefe und dort unten erstreckte sich, so weit das Auge reichte, ein sattgrünes Tal unter azurblauem Himmel und strahlendem Sonnenschein. Keine blauen, bizarr geformten Bäume mehr, sondern ein Anblick wie aus einem Flugzeug über dem Amazonas-Regenwald. Und weit entfernt, inmitten der dunkelgrünen Fläche emporragend, ein platinfarbiges Etwas, das vielleicht ein Gebäude war.

Emily und Jani waren sich einig, dass sie genau dorthin gehen wollten.

Natürlich erst wenn die Nacht wieder angebrochen war und die Amibros sich zurückverwandelt hatten. Bis dahin galt es, Kräfte zu sammeln.

Emily fertigte auch für Janis Knie einen kühlenden Verband an und wechselte regelmäßig die Auflage auf dem Kopf des Wolfs. Es kam ihr so vor, als wäre die Schwellung schon etwas abgeklungen. Jani wiederum hatte ihr geholfen, die Schramme an ihrer Stirn zu säubern.

»Hoffentlich geht es Nia gut«, sagte sie. »Wenn ich nur wüsste, ob sie weggelaufen ist oder einfach wieder in diesen Metaschwebezustand gefallen.«

Jani ruhte auf dem Rücken liegend neben ihr und hatte die Augen geschlossen, schlief aber nicht. »Schräge Sache, das mit ihr«, meinte er. »Echt durchgeknallt.«

»Sie hat etwas sehr Seltsames gesagt, als sie den Riesen gesehen hat«, sagte Emily nachdenklich.

»Was denn?«

»Sie hielt ihn wohl für jemand anderen. Sie sagte einen Namen. *Sebastian*.«

»Sebastian? Wie kommt sie denn darauf?«

Emily zuckte die Schultern. »Das würde ich auch gern wissen.«

Jani setzte sich auf. »Weißt du, was mir gerade einfällt? Tember hat etwas über den Riesen gesagt. Kurz vor seinem Megasprung. Sie sagte, er sei *Ron-Don-Don – der Gumbibum-Riese aus Pingavin*.«

»Echt?«

»Sie wusste auch wie die Käfer heißen, die roten. Sie hat sie *Enix* genannt.«

»Vielleicht war sie ja doch schon mal hier?«

»Angeblich war sie noch nicht mal am Strand bei den Centerflies bisher.«

»Hm. Komisch.«

»Ja.« Jani spähte zum Bach hinüber, wo die drei Zentaurinnen begonnen hatten, ihre Toten zu begraben, sie bedeckten sie mit Steinen. Federchen hatte die Rüstung anbehalten. Die Raben ließen sie gewähren, die meiste Zeit über steckten ihre Köpfe im Gefieder. Da sein Geheimnis nun enthüllt war, gab es eigentlich keinen Grund, das andere zu bewahren. »Sie war allerdings wieder nicht sie selbst«, fuhr er fort.

»Was meinst du?«

»Du weißt schon – was ich dir erzählt habe, dass sie sich manchmal aufführt, als wäre sie schizophren und so.«

»Ah. Ja. Bist du sicher?«

Er nickte und erzählte ihr von dem seltsamen Gespräch, das er mit Tember geführt hatte, über das »Hand halten«.

»Das heißt sie hat quasi zugegeben, dass sie *nicht* Tember ist?«, sagte Emily verwundert, als er geendet hatte.

»Ja. Bloß wer ist sie dann? Und wieso *kann* sie überhaupt jemand anders sein?«

»Entweder deine Theorie von der Schizophrenie trifft zu oder…« Emily zuckte die Schultern. »Oder es ist irgendetwas, das mit *hier* zu tun hat. Wir können uns das Meiste doch sowieso nicht erklären.«

»Ich werde jedenfalls versuchen, es herauszufinden«, meinte Jani und schaute zu den schlafenden Raben. »Aber ich glaube im Moment ist sie wieder normal.«

»Weißt du, was noch komisch ist«, sagte Emily.

»Was?«

»Nia hatte grüne Fingernägel.«

»Tatsächlich? Ist mir gar nicht aufgefallen. Na ja, aber war doch alles komisch an ihr, passt doch.«

»Schon, aber…« Sie biss sich auf die Unterlippe. »Nein, das ist zu abgedreht. Das kann nicht sein.«

»Was denn? Komm schon. Hier ist doch alles abgedreht.« Er verzog den Mund zu einem schiefen Grinsen.

Emily holte tief Luft. »Ich habe da mal eine Kurzgeschichte geschrieben. *Modern Times*. Über eine Hexe, die sich in der Walpurgisnacht in die Wohnung von so einem Typen verirrt.«

»Ja, ich erinnere mich. Und was ist damit?«

Emily seufzte. »Jede Menge… Erst mal hat diese Hexe grün lackierte Fingernägel. Dann ändert sie drei Mal in der Story die Haarfarbe. Schwarz, blond und zum Schluss rot. Maibowle gibt es da auch. Und dieser Typ, nun ja, sie schläft mit ihm...,« Sie warf ihrem Sohn einen schnellen Blick zu. Thema anscheinend okay. »Er hatte einen Namen...«

»Sag nicht...«

»Doch. *Sebastian*.«

Sie verschränkte nervös die Finger.

»Hat die Hexe Lieder gesungen, die von Hexen handelten?«, fragte Jani. Emily schüttelte den Kopf. »Nein, das nicht.«

»Wie hieß sie denn?«

Emily rieb sich die Schläfen. »Zirkonia.«

Ihr Sohn starrte sie an.

»Nia konnte ihren Namen gar nicht richtig sagen, als ich sie gefragt habe«, erzählte Emily und verzog das Gesicht. »*Nia* war alles, was ich verstanden habe.«

»Zirko ... *nia*«, wiederholte Jani.

Sie sahen sich an.

»Was hat das zu bedeuten?«, fragte Emily leise. »Es muss doch etwas bedeuten oder?«

Jani schlug sich die Hand an die Stirn. »Mann, ich wollte doch die ganze Zeit schon...«

Er griff sich den Rucksack und wühlte darin herum.

»Was denn?«

Er zog ein gefaltetes Stück Papier heraus, das inzwischen ziemlich zerknittert aussah. »Das wollte ich dir die ganze Zeit über schon zeigen. Ich habe es zuhause gefunden.«

»Zuhause?«

»Weißt du noch, als ich mit Tember zu unserem Haus geritten bin, weil ich meine Gitarre holen wollte?«

»Ja klar, nachher war das Erdbeben und ihr konntet nicht zurück auf die andere Seite. Wodurch das hier eigentlich alles anfing.«

»Äh ja«, brummte er schuldbewusst. »Also jedenfalls habe ich damals Sachen eingepackt, Zeug, das irgendwie nützlich erschien und auch Erinnerungen. Meine Songs, der Ordner mit deinen Geschichten, Fotos und so. Ist alles in dem großen Rucksack, den ich am Fogmon zurücklassen musste. In der Kommode mit den alten Kalendern habe ich dann das hier gefunden.«

Er faltete das Blatt auseinander, strich es glatt und reichte es Emily. Innerhalb von Sekunden war sie kreidebleich. Sie erkannte es wieder. Den Kalender hatte sie vor ewigen Zeiten im Internet bestellt, eine englische Newcomerin hatte die fantasievollen Zeichnungen gefertigt, man konnte ihre Werke damals noch nicht in Deutschland bekommen. Es war ein Achtzehn-Monate-Kalender, er hing immer im Bad, die Bilder waren einfach zu schön, deshalb blieb er auch noch, als er schon längst nicht mehr gültig war. Irgendwann hatte sie ihn doch ausgetauscht, aber in der Kommode aufbewahrt. Das eine oder andere Kalenderblatt hatte sie herausgelöst und eine Zeitlang einzeln an die Wand gehängt.

Das vor ihr liegende Blatt zeigte den Oktober, über den unteren Rand zogen sich mehrere gerahmte Kästchen, darin eine Jahresübersicht und die einzelnen Tage, in Englisch, sehr klein geschrieben alles, wohl um genügend Platz für das Motiv zu lassen.

Darüber die Zeichnung.

»Das gibts doch nicht.« Sie konnte einfach nicht fassen, was sie sah. Ihre Finger, die das Blatt hielten, bebten. »Das ist unmöglich. Das kann doch gar nicht sein?«

»Krass, oder? Ich habs auch nicht glauben wollen«, sagte Jani.

»Und was machen wir jetzt?«

Schulterzucken bei ihrem Sohn. »Können wir denn was machen?«

Neben Emily rührte sich der schwarze Wolf und gab einen stöhnenden Laut von sich.

Schnell faltete sie das Blatt wieder zusammen und reichte es Jani. »Steck es erst mal wieder ein. Ich kann jetzt sowieso keinen klaren Gedanken fassen.«

»Okay.«

Vorsichtshalber entfernten sie sich einige Schritte von dem Schwarzen, der zu sich kam und auch sogleich aufzustehen versuchte. Er taumelte, stolperte, knickte ein, winselte.

Emily konnte einfach nicht zuschauen und stand an seiner Seite, um ihm zu helfen, bevor sie noch richtig darüber nachdenken konnte. Sie sah nur das verletzte Tier und behandelte es wie ein solches.

Jani hielt den Atem an, aber es gab keinerlei Anzeichen von Aggressivität.

Ihn streichelnd und besänftigende Worte murmelnd, brachte Emily den Wolf dazu, sich wieder hinzulegen. Sie ließ sich von Jani Wasser bringen und in ihre hohle Hand schütten. Das Tier leckte es dankbar heraus, war aber schnell erschöpft, legte den Kopf auf die Vorderpfoten und schloss die Augen.

Auch Jani nahm seinen Schlafplatz wieder ein. Federchen kam zu ihm geflogen, grau im Gesicht, traurig und verstört, und verkroch sich in seinem Hemd. Ein gemeinschaftlicher sanfter Schnarchchor zeigte nicht lange danach, dass es beide ins Land der Träume geschafft hatten.

Emily fühlte die Müdigkeit bleiern in jedem einzelnen Knochen, aber sie war zu aufgewühlt, um Ruhe zu finden. Also machte sie sich erneut auf, um den Hügel herum, am Rand des blauen Urwalds, der unter dem blendend blauen Himmel noch unwirklicher wirkte, am Rand der Klippe entlang, mit diesem sensationellen Blick auf den Regenwald, der sie schwindelig machte.

Irgendwann begann sie nach Spooky und Nia zu rufen, eher halbherzig, sie dachte nicht wirklich, dass sie sich in Rufweite befanden. Aber es lenkte sie von ihren wirren Gedanken ab. Auch wenn sie sich um den Whippet sorgte, glaubte sie nicht, dass ihm etwas zugestoßen war, sie hätten ihn sonst sicherlich in der Nähe gefunden. Wenn er nur weggelaufen war, würde er zurechtkommen und auch zurückkehren, dank seiner feinen Nase vermutlich auch in der Lage sein, ihnen zu folgen. Sie schloss aber auch die Möglichkeit nicht aus, dass Nia ihn mitgenommen hatte, auf welche Weise und wohin auch immer.

Als sie gerade beschlossen hatte, zurückzukehren und doch eine Runde zu schlafen, kam ihr Jani entgegen. Er humpelte nur noch wenig. »Ich habe dich gesucht, dachte schon du wärst davon geschwebt, so metamäßig«, sagte er und grinste lässig. Die Erleichterung merkte ihm Emily trotzdem an.

»Was ist los, ist etwas passiert?«

»Roc scheint es wieder gut zu gehen. Er scheucht alle herum, Fischlein sagt er will aufbrechen.«

»Fischlein?? Wer ist das nun wieder?«

»Eine der Kriegerinnen, eigentlich heißt sie Taucht-wie-ein-Fisch.«

»Diese Namen«, Emily schüttelte den Kopf. »Ich muss immer an *Der mit dem Wolf tanzt* denken. Weißt du auch, wie die andere heißt?«

»Klar, Steht-mit-einer-Faust.«

»Nein!«

Er zeigte mit dem Finger auf sie und begann laut zu lachen. »Wie du guckst! Haha!«

Er lachte immer mehr, konnte nicht mehr aufhören. Emily klopfte ihm den Rücken, spürte aber schon, wie sein Ausbruch sie infizierte, das Kichern saß in den Startlöchern.

»Nun sag schon, stimmt das wirklich?«

Jani versuchte etwas zu sagen, japste und wischte sich die Tränen aus den Augen. »Okay«, keuchte er, »geht wieder. Sie heißt Vom-Winde-Verweht.«

»Nein!«

Und die nächste Lachsalve. Jetzt hatte es auch Emily erwischt. Sie prustete los. »Schlaflos-in-Seattle!«

»Nachts-im-Museum!«

»Lautlos-im-Weltraum!«

Sie konnten nicht aufhören zu lachen, so wenig es auch zu dem passte, was sie gerade erst durchgemacht hatten – offensichtlich wollte sich die extreme Anspannung lösen, unter der sie standen – extrem müde, extrem angespannt, extrem emotional. Hatten sie sich einigermaßen beruhigt, mussten sie sich nur anschauen und schon ging es wieder los.

Erst das gereizte Knurrgrollen eines gewissen Wolfs, der hinter ihnen aufgetaucht war, brachte sie zur Vernunft. Auch wenn sich Jani nicht verkneifen konnte, einmal um den Schwarzen herumzuhüpfen und seiner Mutter anschließend »ich bin Der-mit-dem-Wolf-tanzt« ins Ohr zu kichern.

Sie folgten Roc zum Fuße des Hügels, wo sich die Raben und Centerflies versammelt hatten, offensichtlich wieder friedlich vereint. Bis sie angekommen waren, hatten sich ihre Gemüter beruhigt.

»Die andere heißt *Flattert-im-Wind*«, flüsterte Jani noch schnell, bevor sie die Gruppe erreichten.

»Alles klar«, gab Emily augenzwinkernd zurück.

Wind war es dann auch, die Rocs Pläne aus dem Wölfischen übersetzte. Das Platinfarbene im Regenwald war tatsächlich eine Stadt und ihr Ziel, denn es handelte sich um den letzten den Centerflies bekannten Aufenthaltsort von Bobbeye Hicks. Es gab keinen direkten Weg vom Plateau hinunter, es galt die Klippe zu umlaufen und dann einen bestimmten Pfad zu finden, der sie ins Tal und weiter durch den Wald führen würde.

Wenn man den Zentaurinnen glauben durfte, mussten sie in diesem Teil ihrer Reise nicht mehr mit solch unerwarteten Gefahren rechnen, wie sie ihnen im blauen Dschungel begegnet waren. Emily hoffte, dass sie recht behielten. Sie wagte nicht nachzufragen, welcher der Darravs es nicht geschafft hatte, aber Roc teilte es von selbst über die Centerflies mit: Der Tote war Fadi.

Bis auf neun kleine steinerne Hügel (auch Fadi hatte eine letzte Ruhestätte erhalten), ließen sie nichts zurück, alles konnte vielleicht noch benötigt werden, selbst nasse Papiertaschentücher. Roc hatte einen letzten Check seiner leichten Verletzungen ungeduldig über sich ergehen lassen, aber sich deutlich gegen einen Verband gesträubt, auch Jani befand sein Knie für tauglich, also ließ Emily beide gewähren und achtete nur darauf, dass die Wasserflaschen frisch befüllt mitgenommen wurden.

Nachdem Fisch und Wind urplötzlich den Aufstand geprobt hatten, als Federchen zurück in ihr altes Versteck in Janis Rucksack wollte, und darauf beharrten, dass sie von nun an unter ihrer persönlichen Aufsicht stehen müsse, gab es noch eine weitere Überraschung: Misstrauisch geworden, stellte Jani die Kleine zur Rede und diese gestand kleinlaut, dass sie ihm eine nicht unwichtige Kleinigkeit verschwiegen hatte: Sie war die Tochter von Glänzt-wie-Gold, der Königin der Centerflies. Welche, wie die beiden Mitglieder ihrer Garde versicherten, ihrem Sprössling niemals die Zustimmung zu einem solchen Unternehmen gegeben hätte. Emily beschlich eine ungefähre Ahnung, was am Strand vor sich gegangen sein musste, als das Verschwinden von Fräulein Federtanz bemerkt worden war.

Die beiden Zentauren-Kriegerinnen ließen sich unter gutem Zureden von allen Beteiligten letztendlich zu der Erlaubnis bewegen, dass die junge Centerfly auch weiterhin mit Jani reiste, bereiteten ihn aber schon einmal darauf vor, dass er bei ihrer Rückkehr damit zu rechnen habe, zur Rechenschaft gezogen zu werden. Entführung einer Prinzessin war nur eine der Taten, die man ihm vorwerfen würde.

Jani war daraufhin stocksauer und redete kein Wort mehr mit dem Objekt des Anstoßes, das sich folgsam in den Tiefen seines Rucksacks vergrub und in weiser Voraussicht eine Weile nicht auftauchte. Hin und wieder war ein herzzerreißendes Schniefen zu hören, welches Jani standhaft ignorierte. Insgeheim war sein Verständnis für ihre Abenteuerlust aber nur gestiegen – als Königstochter war sie in ihren Freiheiten vermutlich sehr eingeschränkt gewesen.

Es war später Nachmittag, als sie sich auf den Weg machten, und Jani stellte sich vor, was für ein Bild sie abgaben: An der Spitze ein schwarzer Wolf mit rotem Pinselstrich im Fell, flankiert von zwei Schmetterlingen mit – auf den zweiten Blick – Pferdekörpern in goldfarbener Rüstung, dahinter zwei nicht mehr sonderlich frisch aussehende Erdlinge, und über ihren Köpfen fliegend drei Raben. *Guter Stoff für einen schrägen Songtext,* schoss ihm durch den Kopf. Und zum ersten Mal seit er seine Gitarre am Fogmon zurückgelassen hatte, tat er etwas, das er zuhause ständig, aber hier noch nie getan hatte – Noten, Klänge und Melodien in seinem Kopf zu Kompositionen zusammenfügen. Er vermutete, dass dies mit einem gewissen Gewöhnungsprozess einherging, die Anpassung lag in der Natur des Menschen und war sicherlich keine schlechte Eigenschaft. Nichtsdestotrotz bedeutete dies nicht, dass er sich mit seiner Situation abgefunden hatte. Der Drang und die Hoffnung, die Rätsel um ihren Aufenthaltsort zu lösen und seinen Vater wiederzufinden, waren nach wie vor präsent.

Über eine Stunde lang liefen sie über steiniges, aber immer noch purpurfarbenes Erdreich am Rand der Klippe teilweise gefährlich steil abwärts, die blaue geometrische Fauna beständig zur Linken, bis sie den Rand des Regenwalds erreichten und nach dem Pfad zu suchen begannen. Schwüle Hitze und eine drückende Stille umgab sie. Es drangen keinerlei Geräusche an ihre Ohren, weder aus dem blauen Dschungel noch von Seiten des Walds.

Die Sonne stand am Horizont als apfelsinenfarbene Scheibe bereits tief genug, um wie gewohnt ihre ersten vorabendlichen Farbspiele an den Himmel zu werfen. Doch nichts dergleichen geschah – über ihnen spannte sich weithin das gleichmäßige, völlig nuancenlose Babyblau wie den ganzen Tag über schon.

Sie gingen eine grüne Blätterwand entlang, mehrere Meter hoch, blickdicht und sehr an die äußere Hecke eines Irrgartens erinnernd. Nach der centerfly'schen Bezeichnung für das Gebiet gefragt, nannte Wind ihnen einen Begriff, der sich wie ›Rain Forest‹ anhörte, was erstaunlich war, da zur Abwechslung dem Englischen entnommen.

Als sie den Pfad endlich fanden, erschien er ihnen wie das Tor zu einem verwunschenen Garten, denn hier befand sich eine Lücke in der grünen Mauer, zirka einen Meter breit, aber so akkurat, als hätte ein riesiger Gärtner seine Heckenschere benutzt, um von oben bis unten eine Spalte hinein zu treiben. *Oder Edward seine Scherenhände,* dachte Emily, die den anderen den Vortritt gelassen hatte.

Sie warf einen letzten Blick zurück auf den Purpur-Blau-Dschungel, hielt noch einmal erfolglos Ausschau nach einem kleinen schneeweißen Vierbeiner, nahm die Stille und Unbeweglichkeit des Augenblicks in sich auf, atmete tief durch, und trat dann beherzt ein in eine neue Welt.

## 28

Auch die Hecke selbst maß nur etwa ein Meter, ein paar Schritte, und sie lag hinter ihnen.

Im selben Moment wurden sie von der unerwarteten Geräuschkulisse beinahe erschlagen. Hier rauschte es sanft, plätscherte lieblich, tröpfelte rhythmisch aus allen Richtungen, die Luft erfüllt vom Gesang von wie es schien Hunderten von Nachtigallen, und dem betörend süßen Duft nach Rosenblüten.

Sie schauten umher und sahen weder Rosen noch Singvögel, dafür aber endlos viele immergrüne Bäume von vielfältigem Artenreichtum, hohe und niedrige, breitwüchsige und schmale, denen eines gemeinsam war: Aus ihren wie Schirme gewölbten dichten Blätterkronen fiel klares Wasser. Bei dem einen nieselte es, beim nächsten schüttete es wie aus Eimern, bei einem Dritten tröpfelte es nur leicht.

Äste und Stämme entlang liefen Rinnsale, Bäche und Ströme, die sich am Boden jedoch keineswegs zu Seen anstauten, sondern rückstandslos im Wurzelbereich versickerten und zarte Sprühnebelfelder zurückließen. Jeder Baum war sein eigener Feng-Shui Zimmerbrunnen, zwischen ihnen fiel kein Tropfen, nur einfallende letzte Sonnenstrahlen bahnten sich ihren Weg, ohne nass zu werden. Je nach Blickwinkel wölbten sich Regenbogen inmitten des Grüns.

»Bäume, die regnen!«, sagte Emily staunend.

»Regenwald eben«, meinte Jani neben ihr. »Im wahrsten Sinne des Wortes. Wie krass!«

Die Centerflies bekamen es in diesem Klima mit Flugproblemen zu tun. Die Luftfeuchtigkeit war extrem hoch, auch wenn es nicht so heiß war wie außerhalb. Die zarten Schmetterlingsflügel hafteten aneinander und hingen den beiden Zentaurinnen schwer über den Rücken. Da ihnen das dichte Fell des Wolfs zu warm war, suchten sie sich Jani als Träger aus (vielleicht spielte auch der Umstand, dass sie so ihrer Prinzessin näher waren, eine Rolle bei der Auswahl). Den Raben dagegen kam das dichte Fell entgegen, sie konnten sich auf Rocs Rücken niederlassen und festkrallen, ohne dass es ihn sonderlich störte. Auch ihnen war die Temperatur zu unangenehm, um den Weg fliegend fortzusetzen. Jani und Emily klebten die Kleider am Leib.

Der Pfad bestand aus weicher, aber nicht morastiger Erde, wofür Emily dankbar war. Das Laufen in mit Schlammbrocken beschwerten Chucks war nichts, das auf Dauer Spaß gemacht hätte. Roc machte sie und Jani per Übersetzung durch Fischlein auf einen erfreulichen Umstand aufmerksam, den der Weg enthüllte: Da waren Pfotenabdrücke im Boden, die beide als Spookys erkannten, die Spuren führten den Pfad entlang, der Whippet hatte offenbar dieselbe Richtung genommen, die sie jetzt ebenfalls einschlugen.

Emilys Herz machte einen freudigen Sprung und sie drängte die anderen zur Eile.

Ähnlich wie im blauen Dschungel wurde es auch hier trotz Abenddämmerung und schattigem Wald nicht richtig dunkel. Die Lichtquellen mussten sich irgendwo an den Unterseiten der Baumkronen befinden, sie beschienen den Bereich des fallenden Regens und gaben genügend Licht an ihre Umgebung ab, so dass auch der Pfad erhellt wurde.

Als die Nacht einbrach, änderte sich kaum etwas, bis auf die paar Sekunden, in denen sich die Amibros rückverwandelten, untermalt von gewohnt farbenprächtigem Feuerwerk, das Jani und Emily nach wie vor faszinierte. Dann waren Roc, Tember, Mero und Lir in menschlicher Form zurück, noch ein wenig unsicher auf zwei Beinen, streckten und reckten sich kurz und weiter ging es.

Jani bemerkte gleich, dass Pippi Langstrumpf ihre Zöpfe zurück hatte und nutzte die nächstbeste Gelegenheit, ein paar Worte mit ihr zu wechseln. »Hey«, sagte er und lächelte so unschuldig wie beim letzten Mal.

Ihr Gesichtsausdruck blieb ausdruckslos, aber ihr Blick huschte unsicher umher, sie trödelte ein wenig, ließ die anderen vorbei, bis sie beide das Ende der Gruppe bildeten. »Wie schlimm war es?«, fragte sie dann flüsternd.

Er verstand nicht. »Was meinst du?«

Sie zog ihn am Arm weiter und sprach im Laufen. »Ich bin durch diesen seltsamen Baum gegangen und im nächsten Moment war ich auf dem Hügel, als Darrav. Und um mich herum tote Centerflies. Fadi ebenfalls tot.« Ihre Stimme kippte. »Ein ganzer Tag und ich weiß *nichts*. Ich will nur wissen – ist etwas vorgefallen? Habe ich mir etwas … zuschulden kommen lassen? Hatte ich zu tun mit ihrem Tod?«

Er schaute in ihre orangefarbenen Mandelaugen und überlegte, ob sie log und diese Reaktion nur vortäuschte. Aber ihr Blick war so verzweifelt, dass er sein Misstrauen einfach nicht aufrechterhalten konnte. »Nein, nein«, beschwichtigte er sie. »Keine Sorge. Du hast absolut nichts damit zu tun. Ich kann dir erzählen, was passiert ist, wenn du willst.«

Sie wollte und so berichtete er alles ab dem Zeitpunkt ihres Strauchelns im Urwald, ließ aber die Sequenz seiner Unterhaltung mit ihrem zweiten Ich erst einmal aus.

Tember wurde ruhiger, nachdem sich ihre schlimmsten Befürchtungen nicht bewahrheitet hatten, aber sie war sichtlich durcheinander. »Ich verstehe das einfach nicht«, sagte sie. »Solche Ausfälle hatte ich früher niemals. Wenn wir zurückkehren, muss ich bei unseren Medizinern vorstellig werden, irgendetwas stimmt mit mir nicht.«

»Es hat nicht vielleicht mit etwas anderem zu tun?«, hakte Jani vorsichtig nach. Er dachte daran, was Emily gesagt hatte. Mero darüber auszufragen, hatte er nicht über sich gebracht. »Mit deinem Alter meine ich, du weißt schon, körperliche äh…«, er wurde puterrot, »Entwicklung und so…«

»Ach das meinst du«, sagte Tember völlig unbefangen. »Natürlich gibt es Veränderungen, aber sie haben Mero und mir vor der Zuteilung alles erklärt und von Gedächtnisverlust war nie die Rede.«

»Du und Mero?«, fragte Jani, nichts Gutes ahnend. »Was für eine Zuteilung?«

»Kontrollierte Partnerzuteilung vor der Phase der ersten Vereinigung«, ratterte Tember wie aus einem Schulbuch herunter. »Den Mitgliedern des Rats der Drei ist weder eine freie Wahl noch ein fester Lebenspartner gestattet. Durch das Zuweisen eines ausgesuchten Partners werden die Linien der drei Völker gezielt gelenkt. Manchmal, wenn die Population zu hoch ist, darf sogar *nur* der Rat sich vermehren. Im Moment haben wir aber eine niedrige und so ist es auch den anderen erlaubt, Nachwuchs zu haben.« Sie lächelte ihn schief an. »Und ich darf noch warten.«

Jani schluckte. Er hatte einen Kloß im Hals und einen eiskalten Klumpen im Magen. Also war da doch etwas zwischen den beiden, er hatte sich nicht getäuscht.

»Mindestens zwei Jahre«, sagte Tember und fügte leise hinzu: »Worüber ich froh bin.«

Jani schnappte sofort nach diesem Strohhalm. »Froh? Warum?«, fragte er und bemühte sich, unbeteiligt zu klingen.

Jetzt war sie es, die ein wenig verschämt drein blickte. »Nun ja… erstens…«, sie senkte ihre Stimme zu einem Flüstern, »erstens habe ich *es* zwar schon gesehen, aber selbst tun … der Gedanke macht mir Angst.«

O ja, das konnte er gut nachvollziehen. »Und zweitens?«

Sie hob die Schultern in einer hilflosen Geste. »Ich weiß nicht, es ist…« Sie verzog den Mund. Hob den Kopf und prüfte, ob Mero außer Hörweite war. »Er ist freundlich. Ich mag ihn. Und da ich Ratsmitglied bin, werde ich ja künftig noch viele … und andere … Aber für das erste Mal wünsche ich mir jemanden, an den ich mich immer erinnern möchte, jemand Besonderen, für den ich mehr empfinde als bei…« Den Rest verschluckte sie und packte Jani am Arm. »Du sagst ihm nichts, ja?«

»Nein, natürlich nicht«, versicherte er, etwas übereifrig.

Sie ließ ihn wieder los. »Gut.«

Mehr kam nicht von ihr, aber das Wenige hatte gereicht, um den Eisklumpen in seinem Magen aufzutauen. Schweigend gingen sie nebeneinander her. Er sann über das von ihr Gesagte nach. Wenn nur der Rat der Drei – dann musste das doch bedeuten, dass…

»Vem und Roc«, fragte er. »Bei ihnen wurde auch … zugeteilt?«

»Natürlich«, sagte Tember.

»Haben sie viele … Kinder?«

»Vem ja«, erwiderte sie. »Er kennt sie sogar alle, glaub ich.«

»*Sogar?*« Jani war verblüfft. »Ist es nicht selbstverständlich?«

Tember warf ihm einen neugierigen Blick zu. »Das ist anders bei euch, nicht wahr? Hier ist es nicht üblich. Damit es nicht zu Missgunst kommt. Besonders wenn die Zuteilungen weniger werden.«

»Oh, verstehe. Die Zuteilung ist eine Auszeichnung?«

Tember nickte. »In gewisser Weise, ja. Wer in den Rat berufen wird, muss ein gesicherter Nachkomme sein, aber er darf nicht wissen, von wem er abstammt. Es gibt jedoch Wege es herauszufinden, wenn man es wissen möchte, und es dennoch geheim zu halten. Und Vem«, sie lachte, »Vem möchte immer. Er liebt seine Kinder.«

*Das wird M gar nicht gerne hören*, dachte Jani.

»Was ist mit Roc?«, fragte er.

»Roc hat nur Yuna. Zumindest vermute ich es. Dann ist … etwas passiert. Er lehnt alle Zuteilungen ab.«

»Yuna? Du meinst *Wölfchen*?«

Tember nickte. »Genau.«

»Und sie weiß nicht, dass er vielleicht ihr Vater ist?«

»Nein. Aber sie ist ja auch sehr jung, es interessiert sie noch gar nicht.« Ihre Mimik wurde nachdenklich. »Ich glaube, ihn interessiert sie auch nicht. Oder ich täusche mich und sie ist gar nicht von ihm.«

»Was ist denn mit ihm passiert?«

»Ich darf nicht darüber reden«, sagte sie in entschuldigendem Tonfall.

»Und er kann es einfach ablehnen?«

»Nicht *einfach*. Sie haben ihm eine Frist gesetzt. Wenn er sich danach weiterhin weigert, wird er abgelöst.«

»Und wer sind *sie*?«

»Die Ältesten unseres Volkes. Sie stehen dem Rat zur Seite, wenn dieser nicht mehr vollständig zusammenwirkt, sei es weil ein Mitglied unerwartet ausscheidet, oder wie in diesem Fall, ein Mitglied sich nicht an die Regeln hält.«

»Ah.« Er konnte kein Mitgefühl für Roc aufbringen. Er mochte den arroganten Dreierdrei der Amibros einfach nicht.

Zum wiederholten Male wischte er sich mit dem Hemdsärmel Schweiß von der Stirn und schüttelte die Haare im Nacken etwas, damit Luft heran kam. Dieses Mal löste er damit einen spitzen Schrei aus, der deutlich angeekelt klang.

»Merde! Das ist nischt schön!« schimpfte eine empörte Stimme.

Jani verrenkte sich fast den Hals, als er nach hinten schaute, wo Federchen halb aus dem Rucksack geklettert war und sich gerade seine Schweißtropfen aus dem kleinen Gesicht wischte.

»Das muss dir auch nicht gefallen«, sagte er grimmig. »Oder hat dir etwa jemand erlaubt, wieder aufzutauchen … *Prinzessin*?«

Die dunkelgrauen Augen wurden groß und kugelrund. »Isch darf nischt?«, fragte sie mit bebender Stimme.

*Oje, nicht heulen bitte*, dachte Jani und beeilte sich, ein schelmisches Grinsen auf sein Gesicht zu zaubern. »Reingefallen! Hab dich verarscht. Veräppelt. Nur einen Spaß gemacht. Okay?«

Die Kleine guckte unsicher. »Isch darf doch?«

»Du kannst tun und lassen was du willst«, antwortete er. Er klopfte sich auf die linke Schulter. »Na, komm schon.«

Sie strahlte und kletterte hinauf.

Plötzlich sah er sich mit winzigen bloßen Brüsten konfrontiert. »Wo ist deine Rüstung?«, fragte er.

»Da drin.« Sie deutete auf den Rucksack. »Es ist zu 'eiß.«

»Hm. Okay.« Er wandte den Blick ab. Er hatte sie vorher nicht aufgefordert, etwas drüber zu ziehen, er konnte es schlecht jetzt noch tun. Es zwang ihn ja keiner, hinzuschauen. »Hast du etwa gelauscht?«, fragte er, um seine Verlegenheit zu überspielen.

»Pfft«, machte sie. »Das konnte isch gar nicht ver'indern.«

»Auch wieder wahr«, dachte Jani laut. »Du behältst aber alles für dich, klar?«

»Das war doch nischt wischtig. Aber bitteschön. Isch sage nichts, bien sûr.«

»Wie kommt sie denn hierher?«, flüsterte ihm Tember von der anderen Seite ins Ohr.

»Sie ist heimlich mitgekommen«, sagte er und fügte irritiert hinzu: »Aber das weißt du doch. Du hast sie doch schon ge…«

Dann fiel ihm ein, dass das ja nicht sie gewesen war, die sein Geheimnis entdeckt hatte, und er verstummte.

Sie waren kurz stehen geblieben und Mero winkte ihnen, er schien kurz davor herüberzukommen und nachzufragen, was sie aufhielt, also sagte Jani schnell: »Wir müssen weiter« und lief los.

Er hoffte dadurch seinen Kopf aus der Schlinge zu ziehen, aber er hatte die Rechnung ohne Tember gemacht. Sie hakte sich bei ihm unter, lächelte Mero winkend zu und rief fröhlich »Wir kommen!«, dann zischte sie in sein Ohr: »Ich habe sie *wann* schon gesehen?«

»Gar nicht. Ich habe mich getäuscht. Verwechselt.«

»Du verschweigst mir etwas, ist es nicht so? Du hast mir nicht die Wahrheit gesagt, ich hatte doch etwas mit den Toten zu tun.«

Sie formulierte es nicht als Frage, sondern als Feststellung, so als wäre sie sowieso davon überzeugt gewesen. Das konnte er so nicht stehen lassen, und diesen tieftraurigen Tonfall ertrug er nicht. Er seufzte. »Nein, ich habe nicht gelogen. Ich habe dir nur nicht *alles* erzählt.«

»Dann tu es jetzt. Bitte.«

Ihrem Blick konnte er nicht widerstehen. Also begann er zu erzählen, ganz von Anfang, flocht seine Philosophie von der Schizophrenie ein, und verschwieg nach kurzem Zögern auch den Kuss im Tunnel nicht.

Sie nahm es gefasster auf, als er erwartet hatte und wirkte eher verwundert und interessiert als verängstigt. Sie wollte alles ganz genau wissen, hakte nach, ließ sich manche Episoden zwei Mal erzählen. »Wenn das ... es ... *sie* ... mein zweites Ich ist, wieso weiß sie dann mehr als ich?«

»Du meinst die Enix und den Namen des Riesen?«

Sie nickte.

»Vielleicht warst du schon mal hier«, spekulierte Jani. »Und außerdem – wer sagt denn, dass ... *sie* ... glaubwürdig ist. Sie könnte die Namen auch erfunden haben.«

»Das ist wahr«, stimmte Tember zu. »Es ist ein komisches Gefühl zu wissen, dass sie irgendwo in mir steckt.« Sie schaute, als würde sie in sich lauschen. »Ich spüre nichts. Sie ist doch da oder?«

Jani zuckte die Achseln. »Ich kenn mich nicht so aus mit gespaltenen Persönlichkeiten, aber ich glaube, dass es so funktioniert. Sie sind latent vorhanden und kommen durch irgendeinen Auslöser zum Vorschein.«

»Was könnte bei mir der Auslöser sein? Dass ich stolpere?«

»Ich weiß nicht... Ich hatte eher den Eindruck, dass du stolperst, *weil* sie sich zeigt.« Er dachte daran, wie unbeholfen sie nach der ersten Verwandlung gewesen war, die er miterlebt hatte. Als er den Raben *Hühnchen* getauft hatte. Er hatte Tember schon gesagt, dass er glaubte, dass das auch schon nicht sie gewesen war, sie hatte sich ja nicht daran erinnern können. Wenn es stimmte, hatte sich ihr zweites Ich bisher drei Mal gezeigt. »Du hattest diese Erinnerungslücken früher nicht, richtig?«, fragte er sie.

»Nein, ganz sicher nicht«, bestätigte Tember.

»Also ist sie nach dem Beben zum ersten Mal aufgetaucht. In dem Moment, als du dich in den Raben verwandelt hast. Das zweite Mal war dann im Tunnel. Und das dritte Mal im Dschungel. Und mit jedem Mal wird sie besser darin, dich zu imitieren.«

»Du glaubst, das Beben war schuld daran?«

»Gab es denn solche Beben vorher schon einmal?«

»Nicht, dass ich wüsste. Ich habe so etwas jedenfalls noch nicht erlebt.«

»Dann könnte es der Grund sein.«

»Aber was will sie?«

»Keine Ahnung. Lernen? Ihre Frage, ob sie etwas richtig oder falsch macht, ist ja schon zu einem Erkennungszeichen geworden.«

»Frage sie das nächste Mal.«

»Was?«

»Wenn es wieder geschieht, richte ihr von mir aus, dass ich wissen möchte, was sie will. Sofern sie etwas *will*.« Sie runzelte die Stirn. »Oder besser – frage sie, was ich tun muss, um sie wieder loszuwerden.«

Er warf ihr einen verständnisvollen Blick zu. »Okay.«

Federchen machte sich bemerkbar, indem sie ihn am Ohr zupfte.

Er drehte den Kopf. »Was ist los?«

Sie zeigte nach vorne. »Siehst du? Alle stehn da 'erum.«

# 29 / Nacht 5

Sie waren während ihres Gesprächs ein gutes Stück zurückgefallen, Emily eilte auf sie zu.

»Ist etwas passiert?«, fragte Jani.

»Roc hat mich geschickt, ihr sollt euch beeilen. Da ist wieder so eine Hecke, diesmal wohl der Ausgang, und aus irgendeinem Grund will er, dass wir alle gemeinsam den Regenwald verlassen. Scheint mit etwas zu tun zu haben, das uns draußen erwartet.«

Tember ließ Janis Arm los. »Also sind wir da«, sagte sie mit seltsam lebloser Stimme und ging schneller.

»Was hat sie denn?«, fragte Emily.

Jani sah Tember beunruhigt nach. *Etwa schon wieder?* überlegte er. Aber es passte nicht ins Schema. Kein Unwohlsein zuvor. »Keine Ahnung, bis eben war sie noch völlig normal.«

Die Centerflies und Amibros schauten ihnen stumm entgegen, als sie sich näherten.

»Da ist doch was faul«, flüsterte Jani. »Federchen, verzieh dich lieber, los!«

»Muss isch?«

»Ja ja, mach schon. Wenn ich mich irre, kannst du ja wieder raus.«

»D'accord.«

Geschwind kletterte die Kleine in den Rucksack.

Roc stand vor der Hecke und empfing sie mit unbeweglichem Gesicht. Jani schaute zu Tember, aber ihre Augen wichen seinem Blick aus.

»Was ist denn los?«, wollte Emily wissen.

»Kommt her und seht selbst«, sagte Roc und winkte sie beide vor sich, wo sich wieder ein Spalt auftat, der Ausgang. Emily fragte sich, ob wohl der gesamte Regenwald von dieser Hecke umgeben war, eingezäunt wie ein riesiger Park.

Da draußen war es Nacht und auch wieder nicht. Was zum einen daran lag, dass das Dunkel nicht schwarz war, sondern purpurfarben schimmerte, und zum anderen daran, dass nur wenige Meter entfernt eine Brücke begann, die auf beiden Seiten von so vielen Lichtquellen beleuchtet wurde, dass man sie in ihrer gesamten Länge sehen konnte. Das, worüber sie führte, war allerdings von tiefster blickdichter Schwärze und sie konnten von ihrem Standpunkt aus nicht feststellen, um was es sich handelte.

Auf der anderen Seite endete das Leuchten keineswegs, sondern überzog ein gewaltiges steinernes Monument, eine Stufenpyramide, ein Tempel, der direkt der Maya-Kultur entnommen schien. Emily zog sofort Parallelen zu einer ganzen Reihe von Kinofilmen, Indiana Jones und Lara Croft waren nur zwei unter Dutzenden Protagonisten, die ihr dazu einfielen. Drumherum gab es weitere kleinere Gebäude in gleicher Bauweise, darunter auch einige, die schmaler und steiler gebaut waren und turmartig hoch in den Himmel ragten. Sie hatten ihr Ziel erreicht.

Filmreif präsentierten sich auch die Brückenwächter, denn um solche handelte es sich zweifellos bei der Vierergruppe, die den Weg der Überquerung versperrte. Schwarze Turbane auf dem Kopf, verhüllte Gesichter mit Sehschlitzen im Stoff, morgenländisch anmutende sandfarbene Gewänder, Krummsäbel an den Hüften, lederne Peitschen in den Händen. Sie lümmelten am Anfang der Brücke herum, zwei unterhielten sich, die anderen lehnten in lässiger Ruhehaltung beiderseits am Geländer.

Jani und Emily waren zu sehr in den Anblick vertieft, als dass sie bemerkt hätten, was sich hinter ihnen zusammenbraute.

Dann ging alles sehr schnell. Mit geübten Griffen wurden ihre Arme gepackt, nach hinten gezogen und in Windeseile an den Handgelenken gefesselt, Janis und Emilys Dolche wechselten den Besitzer. Sie waren viel zu überrascht, um sich zu wehren.

Jani, der fluchend aufbegehrte, hatte in Nullkommanichts eine scharfe Klinge an der Kehle und erstarrte sofort. Emily schaute wie betäubt zu, ihr Verstand blieb hinter ihren Augen zurück, konnte nicht glauben, was diese sahen. Lir war es, der den Dolch mit der rechten Hand führte, die Linke hatte Jani am Oberarm gepackt.

Jetzt spürte auch Emily einen Griff und als sie den Kopf wandte, blickte sie in Rocs flackernde Augen. Aus den Augenwinkeln sah sie, wie die Schneide seines Dolches Licht widerspiegelte.

»Ganz ruhig bleiben«, sagte er gerade so laut, dass es auch Jani hören konnte. »Glaubt mir, ich bedaure diese Vorgehensweise, aber sie lässt sich nicht vermeiden. Verhaltet Euch ruhig und es wird Euch nichts geschehen. Ihr könnt mir vertrauen.«

Das letzte Wort löste Emily aus ihrer Starre. Ein spöttischer Laut zwischen Lachen und Krächzen rutschte ihr aus der Kehle. »Vergiss es«, zischte sie rau. »Dir und deinen sauberen Komplizen habe ich zum letzten Mal getraut. Ihr habt wohl alle den Verstand verloren. Wenn meinem Sohn auch nur ein Haar gekrümmt wird ... bringe ich dich um ... du ... du...«

Die Spitze seines Dolches an ihrem Kinn brachte sie zum Schweigen. Sie versuchte alles Zittern in ihre Knie umzulenken, die konnten problemlos noch mehr davon vertragen.

»Ihm wird nichts geschehen«, sagte er fest. Wandte sich dann an die anderen. »Los jetzt. Wie abgesprochen.«

Tember und Mero traten vor, sie trugen ihre Bogen mit einem aufgelegten Pfeil schussbereit vor sich. Ihnen folgten die beiden Centerfly-Kriegerinnen mit gezückten Schwertern. Sie warteten zu beiden Seiten außerhalb der Hecke, Roc und Lir folgten, sie stießen Emily und Jani vor sich her.

Wie abgeschnitten ließen sie die Geräuschkulisse des Regenwalds hinter sich und plötzliche Stille legte sich über sie. Die Luft war klar und viel kühler hier, der Boden grasig weich.

Die Brückenwächter waren sofort auf sie aufmerksam geworden und stellten sich in drohender Haltung in Reih und Glied auf.

»Weiter«, sagte Roc leise und schob Emily vorwärts, Lir zur ihrer rechten Seite tat dasselbe mit Jani. Die Bogenschützen und Kriegerinnen blieben etwas zurück, schützten die Flanken.

Die beiden mittleren Brückenwächter lösten sich aus der Reihe und gingen einige Schritte auf sie zu.

»Halt! Stehen bleiben!«, rief der Linke.

»Wer seid ihr, was wollt ihr hier?«, der Andere.

Roc ging unbeeindruckt weiter und blieb erst stehen, als nur noch ein knapper Meter zwischen ihnen war. Die Wächter hatten zwischenzeitlich ihre Waffen gezogen und hielten sie, als würden sie jeden Moment zuschlagen.

Roc zerrte Emily grob einen Schritt nach vorne und setzte ihr den Dolch an die Kehle. »Seht ihr diese beiden?«, herrschte er die Wächter an. »Begebt Euch auf der Stelle zu Eurem Herrn. Sagt ihm, Roc'B Darwo wünscht ihn zu sprechen. Und sagt ihm auch, dass er zwei Gefangene mit sich führt. *Zwei von SEINER Art.*«

Die beiden sahen sich unsicher an.

»Bewegt Euch!«, setzte Roc grimmig nach. »Ich möchte nicht in Eurer Haut stecken, wenn Euer Herr erfährt, dass Ihr gezögert habt, ihm diese Nachricht zu überbringen.«

Die Beiden tuschelten miteinander, dann eilte einer über die Brücke davon.

»Ihr wartet hier«, bedeutete ihnen der Andere und gesellte sich zurück zu seinen Gefährten, die dem Treiben neugierig zugeschaut hatten. Sie stellten sich wieder auf und behielten sie misstrauisch im Auge. Ihre Haltung drückte deutlich aus, dass sie niemanden durchlassen würden, der nicht die Erlaubnis dazu besaß.

Roc und Lir ließen ihre Dolche sinken.

»Setzt Euch«, befahl Roc. »Es wird nicht lange dauern.«

Bevor sie sich wehren konnten, halfen die beiden Amibros nach.

»Drecksack«, schäumte Jani und schüttelte Lirs Hand wütend ab. Emily plumpste neben ihn ins Gras und wäre beinahe umgekippt, er stützte sie mit seiner Schulter.

»Alles okay?«, flüsterte er.

Sie nickte. »Bei dir auch? Du bist nicht verletzt?« Sie schaute seinen Hals von allen Seiten an.

»Hab nichts abbekommen«, beruhigte er sie und fügte in immer noch zornigem Tonfall hinzu: »Noch nicht.«

Er versuchte, Tember Blicke zuzuwerfen, die mindestens tödlich waren, aber sie und Mero standen mit dem Rücken zu ihnen, schienen ihrerseits die Wachleute im Auge zu behalten.

»Kannst du dir irgendeinen Reim auf all das machen?«, fragte ihn Emily. Er tat ihr furchtbar leid, er musste zutiefst enttäuscht von Tember sein.

»Der böse Wolf hat Rotkäppchen gefressen und sich den Magen verdorben? Das letzte Chappi war schlecht? Zu viele Jodperlen im Vogelfutter?«, giftete er. »Ich hab keine Ahnung. Abgefuckte Schwachmaten.«

»Jani!«, schimpfte sie, hätte aber auch fast gelacht. Zumindest fühlte sie sich ein kleines bisschen besser.

»Ach, ist doch wahr«, brummte er. Er blickte hinüber zur hell erleuchteten Pyramide. »Glaubst du, Hicks wohnt da?«

Emily folgte seinem Blick. »Ich hoffe es. Er wäre jedenfalls die angenehmere Alternative zu einem eingeborenen Medizinmann, der viel eher zu so einem Bau passen würde. Das ist doch ein *Tempel*, oder?«

Jani rutschte unruhig auf seinem Hosenboden hin und her. »Du meinst Kannibalen oder so was in der Art?«

»Gott bewahre«, sie schaute sich nach den Amibros um. »Er hat gesagt, es geschieht uns nichts.«

»Und du glaubst ihm noch?«

»An irgendetwas muss ich glauben.«

Jani verzog das Gesicht. »Hoffentlich hast du recht.« Einen Augenblick später wisperte er ihr ins Ohr: »Und wenn wir Federchen losschicken, Hilfe zu holen?«

Erschrocken sah sie sich um, aber alle waren mit irgendetwas beschäftigt. Roc lief unruhig auf und ab, starrte immer wieder die Brücke entlang, Lir hatte sich zu Mero und Tember gesellt, Wind und Fisch saßen auf ihren Schultern. Keiner hatte etwas gehört. »Sie ist eine Centerfly! Sie steckt sicher mit den anderen unter einer Decke.«

Jani schüttelte den Kopf. »Irgendwie glaube ich das nicht. Ich denke, sie hatte keine Ahnung. Sie sollte doch gar nicht hier sein.«

Emilys Augen weiteten sich bei diesen Worten. Ihr wurde gerade etwas klar. »Er hat es geplant. Von Anfang an.«

»Du meinst Roc? Sicher? Wäre Spooky nicht gewesen, wären wir doch zurückgegangen.«

»Der Hund kam ihm wahrscheinlich gerade recht. Als Ausrede. Sonst hätten sie uns wohl von Anfang an gefesselt durch die Wälder geschleift. So war es einfacher.« Sie dachte an das Gespräch mit Roc am Strand. »Angeblich haben ihm die Centerflies gesagt, dass dies der letzte bekannte Aufenthaltsort von Hicks ist, hier wollte er mit der Suche beginnen. Sieht aber eher so aus, als wüsste er sicher, dass Hicks hier ist.«

»Und Vem weiß nichts?«

»Vem hat er abgehängt. Die anderen waren eingeweiht.« Sie warf ihm einen mitleidigen Blick zu. »Oder sind später eingeweiht worden und hatten keine Wahl.«

»Hm«, Jani warf Tembers Rücken einen düsteren Blick zu. »Aber was will er von Hicks? Vorausgesetzt, es geht um Hicks.«

»Schätze, das werden wir noch rausfinden.«

»Isch tu es«, flüsterte es aus dem Rucksack.

Janis Kopf fuhr herum. »Federchen, nein, das war nur eine dumme Idee von mir. Das ist zu gefährlich«, flüsterte er mit Entsetzen in der Stimme.

Aber sie kletterte schon heraus, ein großes Blatt im Schlepptau. »Isch 'ole 'ilfe!« Sie hüpfte auf den Boden und zog das Blatt über sich. »Isch 'ole diesen Vem. 'alet durch!«

Jani versuchte sie zu greifen, aber mit gefesselten Händen hatte er keine Chance. Stattdessen kippte er gegen Emily. »Verdammt, Federchen!«

Sie lugte noch einmal unter dem Blatt hervor und schenkte ihm ein schelmisches Lächeln. »Isch kann auf misch aufpassen!« wisperte sie, zog das Blatt wieder über sich, schlich in den dunklen Tiefen des Grases wie eine Schildkröte davon, und verschwand durch die Hecke im Regenwald.

»Scheiße«, fluchte Jani. »Dickköpfiger ... kleiner ... Gaul.« Mühsam hielt er Tränen zurück. Er war am Ende. Verzweifelt, müde, wütend, enttäuscht, er hatte es satt, sich um alles und jeden sorgen zu müssen und nun auch noch um dieses Pferdedings. »Ich will endlich aufwachen. Scheiß ... Alptraum...« Seine Stimme versagte.

Emily lehnte sich tröstend an seine Seite. »Sie schafft es bestimmt«, sagte sie. »Wenn sie erst mal da drin ist, wird sie den ganzen Weg fliegen.«

»Die können da drin doch nicht fliegen.«

»Na, dann läuft sie eben. Dort war doch nichts Gefährliches.«

»Aber im Dschungel. Sie ist so klein, vielleicht machen ihr die Bäume gar keinen Platz.«

»Dann fliegt sie eben obendrüber. Jani, sie ist zwar ein kleines, aber cleveres Mädchen. Sie schafft das.« Sie spürte das stumme Nicken an ihrer Schulter. Sie konnte ihn nicht einmal in den Arm nehmen und hasste Roc dafür.

## 30

Irgendwann entdeckte Emily am Himmel neben dem einzelnen Mond die Zwillingsluni und wunderte sich, dass sie so unbemerkt hatten aufgehen können. Sie hatte das Gefühl, als stünden sie zu früh viel zu weit oben. Ob sie es wirklich waren, konnte sie auch nicht mit Sicherheit sagen, denn in dieser Konstellation und Farbe hatten sie sich bisher noch nicht gezeigt. Sie bildeten ein Dreieck, Spitze abwärts gerichtet, alle drei Scheiben tiefschwarz und von einer breiten leuchtend violetten Korona umgeben, so dass sie einer totalen Sonnenfinsternis viel mehr ähnelten als drei Monden. Damit erklärte sich allerdings auch der lila Schimmer, der sich hier durch die Nacht zog.

Auch wenn nur etwa eine halbe Stunde vergangen war, seit der Wächter sich aufgemacht hatte, Rocs Nachricht zu überbringen, schmerzten ihre Schultern von der unnatürlichen Haltung ihrer auf dem Rücken gefesselten Arme. In den Händen machte sich Taubheit breit und sie war froh, als Bewegung in die Gruppe kam, etwas tat sich auf der Brücke. Jani und sie wurden auf die Beine gezerrt, alle warteten angespannt.

Es näherten sich weitere verhüllte Gestalten, aber nur eine Person – unverhüllt – verließ die Brücke und kam mit ausgebreiteten Armen auf sie zu. »Mein lieber Roc! Was für eine Überraschung! Wie erfreut es mein Herz, dich wiederzusehen, mein Freund!«

Seine Statur war ein wenig bullig, untersetzt, aber nicht dick. Ein markiges Gesicht mit knolliger, leicht schiefer Nase, intensive lebhafte helle Augen unter buschigen Brauen, glatte blonde Haare, schulterlang, er sah Gerard Depardieu ein bisschen ähnlich, fand Emily. Sein Bart war der Hammer. Ein an den Seiten dünn gezwirbelter Schnauzer und ein Backenbart, ebenfalls kunstvoll gezwirbelt, die langen Spitzen hingen ihm bis auf die Brust. Er trug ein weißes Hemd, braune lederne Hosen, dazu Stiefel und auf der Hüfte einen Ledergurt, in dem überraschenderweise zwei Pistolen steckten, die sehr nach leibhaftigem Cowboy und überhaupt nicht wie Spielzeug aussahen.

Roc wich zurück und presste ein »Bleibt, wo Ihr seid, Bob«, durch die zusammengekniffenen Lippen.

Bobbeye Hicks ging ungerührt noch einige Meter weiter, seine Augen huschten flink über die Gruppe, blieben neugierig an Emily und Jani hängen, richteten sich wieder auf Roc, und währenddessen plapperte er weiter, während seine Arme mit den Handflächen voraus bedauernde Gesten in die Luft schrieben. »Bist du etwa immer noch sauer, mein Lieber? Ach, ich bitte dich, das ist doch längst vergessen. Wir sind doch alte Kumpel. Lass uns Frieden schließen, ja? Wir haben uns alle sehr gewundert, dass du uns nicht schon früher besucht hast. Du weißt doch, dass du jederzeit willkommen bist.«

»Bleibt. Stehen.«, sagte Roc mit eisiger Stimme.

Tember und Mero hoben die Bogen und richteten sie auf Hicks. Der lenkte ein und tat wie geheißen. »Alles was du willst, alter Freund, alles was du willst«, sagte er beschwichtigend, aber sein Blick blieb wachsam.

»Was immer ich will«, wiederholte Roc mit beißender Ironie.

Hicks ignorierte dies und nickte Richtung Emily. »Hübsch, wirklich hübsch. Komm schon Roc, sei ein Gentleman und löse ihre Fesseln. Was muss ich tun, dass du sie befreist? Das schmerzt sicherlich sehr, nicht wahr, Madame? Woher stammen Sie, sagten Sie?«

Emily öffnete den Mund, aber Roc schnitt ihr sofort das Wort ab. »Ihr wisst, was Ihr tun müsst, Bob. Dann gehören sie beide Euch, nur deshalb sind sie hier.«

Hicks schaute verwundert. »Ach, weiß ich das? Ja was denn nur, mein Guter?«

»Lasst Felecia gehen und Ihr könnt sie haben.«

Emily und Jani wechselten einen verwunderten Blick. Wer war *Felecia*?

Hicks verschränkte die Arme und drehte nachdenklich ein Stückchen gezwirbelten Bart in seinen Fingern. »So, so. Du schlägst mir also ein Tauschgeschäft vor?«

Roc sagte nichts.

»Wie genau hast du dir das vorgestellt?«

»Ihr schickt jemanden, der sie holt, sie kommt mit mir und diese beiden bleiben bei Euch.«

»Hm, hm«, murmelte Hicks und rieb sich das dicht bewachsene Kinn. »Gar kein Problem, mein lieber Freund, ehrlich, ich habe nichts dagegen, überhaupt nichts. Da ist nur eine kleine Sache…«

»Was?«, blaffte Roc.

»Tja, weißt du … Feli kann nicht kommen. Die Ärmste muss das Bett hüten, sie ist krank.«

Roc wurde blass. »Krank? Was ist geschehen?«

»Ach sorg dich nicht, es ist schon fast überstanden. Eine böse Erkältung, hohes Fieber, aber es geht ihr wieder besser. Sie ist noch sehr schwach, verstehst du. Ein paar Tage Ruhe noch, dann ist sie ganz die Alte. Du willst doch sicher nicht, dass sie sich jetzt überanstrengt und vielleicht einen Rückfall erleidet, mein Bester?«

»Äh, nein…«, stammelte Roc hilflos.

Hicks strahlte, war mit zwei Schritten bei ihm, umarmte und drückte ihn, klopfte ihm die Schultern. »Na, das wusste ich doch. Bist doch ein kluger Junge. Komm einfach mit und bleib, bis sie wieder ganz genesen ist. Wenn sie dich erst sieht, wird sie sicherlich noch viel schneller gesund. Und wir haben Zeit, ein wenig über alte Zeiten zu plaudern, bis sie zu Kräften gekommen ist und ihr in Ruhe aufbrechen könnt.«

Roc war völlig überrumpelt. »Seid Ihr sicher?«

»Aber natürlich!«, polterte Hicks liebenswürdig. »Ich bitte dich, sind wir Freunde oder was? Das ist doch gar kein Thema! Ihr seid alle nach Alwadar eingeladen! Es gibt gutes Essen, ein heißes Bad, bequeme Betten!« Er schlug Roc kräftig auf die Schulter, so dass der ins Wanken geriet. »Komm schon, mein Guter, erlöse deine Geiseln, die hast du doch gar nicht nötig. Auf, auf, ich hatte schon lange keine Gäste in meinem Palast, vorwärts Marsch, folgt mir!«

Er ging ein paar Schritte Richtung Brücke, drehte sich dann um und schaute erwartungsvoll zu ihnen.

Roc, schon fast überredet, holte sich letzte Zustimmung von seinen Begleitern, die mehr als willig waren, Hicks' Einladung anzunehmen. Schließlich gab er das Signal zum Aufbruch und gesellte sich gemessenen Schritts zu Bobbeye Hicks. Emily hatte allerdings den Eindruck, als ob er am liebsten gerannt wäre.

»Haha!«, rief Hicks ihm entgegen. »Wundervoll!«, legte ihm einen Arm um die Schultern und zog ihn mit sich auf die Brücke, wo er sich nochmals umwandte und ihnen fröhlich winkte, es Roc nachzutun.

Kaum war die Sache entschieden, stürzte Tember auch schon zu Jani und löste seine Fesseln, bei denen es sich um lange Stricke handelte, die Roc in seiner Tasche mit sich geführt hatte, wie sich herausstellte. »Es tut mir so leid«, flüsterte sie ihm ins Ohr.

Er brummte nur und wandte sich sogleich seiner Mutter zu. Mero machte sich an ihren Händen zu schaffen.

»Verschwinde«, sagte Jani unfreundlich und der Amibro machte ihm wortlos Platz. Die Knoten ließen sich leicht lösen und Emily rieb sich anschließend die Handgelenke, streckte vorsichtig die Arme.

»Geht's?«, fragte er besorgt und sie nickte lächelnd. Er wusste selbst, dass es höllisch weh tat, aber sie redeten nicht darüber. Es war ja zum Glück vorbei.

»Ob es im Palast auch Kaffee gibt?«, fragte sie.

Er grinste. »Bestimmt!«

Den beiden Centerflies, die sich nach dem Wohlergehen ihrer Prinzessin erkundigten, flunkerte er vor, dass Ihre Hoheit angewiesen habe, im Rucksack nicht gestört werden zu wollen, da sie erschöpft sei und der Ruhe bedürfe.

# 31

Die Brücke führte über eine tiefe Schlucht, es war zu dunkel da unten, als dass sie den Erdboden hätten sehen können. Sie war aus Holz und Seilen gefertigt, schwankte erheblich, als sie hinüber gingen. Am anderen Ende führten die Seile über eine gewindeartige Konstruktion, die darauf schließen ließ, dass es sich bei der Brücke um eine bewegliche, vermutlich einholbare handelte. Die Beleuchtung rührte ganz unspektakulär von schlichten Kerzen her, Hunderte kleiner Flammen saßen Windlichtern gleich in schützenden Halbkugeln aus dünnem kupferfarbenem Material, eingelassen in das hölzerne Geländer. Gleiches erhellte auch die Mauern des Tempels – hier waren die Halbkugeln wahllos auf Vorsprüngen verteilt oder standen auf schmalen steinernen Podesten. Die große Anzahl sorgte dafür, dass der Eindruck eines mit Strom versorgten Gebäudes entstand. Emily machte sich Gedanken über den Aufwand, der nötig sein musste, um all diese ›Glühbirnen‹ am Leben zu erhalten.

Bei den verhüllten Gestalten schien es sich allesamt um Wächter zu handeln, die ersten vier, denen sie begegnet waren, waren an ihrer ursprünglichen Position zurückgeblieben, von den weiteren vier, die Hicks begleitet hatten, nahmen zwei Aufstellung am Ende der Brücke, die anderen beiden begannen am Rand der Schlucht zu patrouillieren.

Hicks führte sie die steinerne Treppe hinauf, deren scheinbare Endlosigkeit nach ein paar Dutzend Stufen von einem Einschnitt mit Vorplatz unterbrochen wurde, in dem sich der Eingang in das Gebäude befand. Hier erwarteten sie zwei weitere Verhüllte, die erst einmal alle vorhandenen Waffen einsammelten, auch die von Hicks, da im Innern keine getragen werden durften – aus Sicherheitsgründen, wie Hicks erklärte, er wollte keine Unfälle riskieren. Roc fühlte sich sichtlich unwohl dabei, aber Hicks zeigte ihm im Inneren des Tempels sogleich einen kleinen Raum, wo die Waffen untergebracht wurden und versicherte ihm, dass er sich seine dort jederzeit nehmen konnte, sobald er den Tempel zu verlassen gedachte.

Im Inneren des Gebäudes erinnerte dann nichts mehr an das exotische Äußere, Bobbeye Hicks hatte offenbar sein Bestes gegeben, sich wohnlich einzurichten und dies so heimatnah wie nur möglich. Schon der breite Flur war hell und freundlich eingerichtet, Teppiche auf dem Boden, Bilder an der Wand, Sitzerker mit gepolsterten Stühlen und kleinen Tischen, Vorhänge an den Fenstern, man konnte sich vorstellen, dass es hinter den vielen Türen, die es hier unten gab und im nächsten Stockwerk, zu dem eine breite Treppe führte, nicht viel anders aussah.

»Wie haben Sie das nur hinbekommen?«, fragte Emily sprachlos.

Hicks lächelte breit. »Ich hatte sehr viel Zeit«, sagte er und zwinkerte ihr zu. »Mit irgendetwas musste ich sie mir vertreiben.«

»Die Küche ist noch völlig in Aufruhr«, wandte er sich dann an alle. »Wir haben selten Gäste und unsere Köche wollten es sich nicht nehmen lassen, ein besonders vorzügliches und umfangreiches Mahl zu bereiten. Darf ich vorschlagen, dass wir euch zuerst eure Zimmer zeigen, wo ihr euch frisch machen könnt? Zum Essen werden uns dann auch meine Freunde Scottie und Henri Gesellschaft leisten, die sich schon sehr darauf freuen, den guten alten Roc Darwo wiederzusehen.« Er wandte sich direkt an ihn. »Ich glaube, ich weiß, wie *du* die Zeit bis zum Essen verbringen möchtest. Ist es dir recht, wenn ich dich sofort zu Feli bringe? Sicherlich weiß sie schon, wer uns da so überraschend einen Besuch abstattet.«

Sie waren alle mit seinem Vorschlag einverstanden, bis auf die beiden Centerfly-Kriegerinnen, die darauf bestanden, Roc zu begleiten, wogegen Hicks nichts einzuwenden hatte. Dann öffnete sich eine Tür und herein kamen fünf der seltsamsten Wesen, die Emily bis jetzt gesehen hatte.

Knochige, ausgemergelte Zweibeiner, kaum einen Meter groß, mit plüschigem gestreiften Fell wie Zebras, nur nicht schwarzweiß, sondern blaugrau. Am Hinterteil ein buschiger Schwanz, den sie auf dem Boden parkten, wenn sie nichts zu tun hatten, um dann wie auf einem dreibeinigen Hocker gemütlich im Stehen zu sitzen. Auf einem dünnen langen Hals ruhte ein breiter Glatzkopf, aus dem in Stirnhöhe drei gelbe Katzenaugen lustig blinzelten, darunter ein breiter dicklippiger Mund freundlich lächelte, und zwischen beiden eine lange dünne Pinnochio-Nase ragte, an deren Seiten je ein ovaler Hautlappen flappte, der einem menschlichen Ohr nur zu ähnlich sah. Wo es kein Fell gab, wie an ihren Händen, war ihre Haut grünlich und da ihre Finger und Zehen knubbelig aussahen und mit Schwimmhäuten versehen waren, hatte ihr Aussehen etwas von einer Kreuzung aus Frosch und Eichhörnchen.

»Dies sind Alwadarianer«, erklärte Hicks mit so etwas wie Stolz in der Stimme, »vom Stamm der hiesigen Eingeborenen. Sie sind unsere Freunde und helfen uns im Haus. Sie werden euch auf die Zimmer führen.« Er deutete nacheinander auf die Kerlchen und stellt sie vor: »Itsy, Bitsy, Teeny, Weeny und Honolulu.«

Emily lachte laut.

Hicks kicherte wie ein Schulmädchen. »Den Song mochte ich schon immer. Ihre richtigen Namen konnten wir uns einfach nicht merken und aussprechen schon gar nicht.«

Roc wurde ungeduldig und Hicks bemerkte es. »So, dann wollen wir mal. Wir treffen uns in etwa einer Stunde im Speisesaal«, er deutete auf eine Tür zu seiner Rechten. »aber ihr braucht nicht auf die Zeit zu achten, die Alwis holen euch, wenn es so weit ist.«

Zusammen gingen sie die Treppe in das nächste Stockwerk hinauf, dann verschwand Hicks mit Roc und den Centerflies in einem Gang, während die Alwadarianer ihre jeweilig zugeteilten Gäste an der Hand nahmen und sie in verschiedene Richtungen davon führten.

»Weißt du noch wie deiner heißt?«, fragte Jani, der Angst hatte das kleine grüne Patschhändchen in seiner Hand zu zerquetschen und den Druck nur ganz vorsichtig erwiderte.

Emily musste schon wieder lachen. »Sind die lustig«, gluckste sie. »Ich weiß nicht, Itsy?« Sie schaute das kleine Ding fragend an und da schüttelte es doch tatsächlich seinen kleinen Kopf (die Bewegung ähnelte mehr einem gefährlichen Schwanken von links nach rechts) und antwortete mit überraschend weiblicher Stimme: »Bitsy!«

»Und du?«, fragte Jani seinen Begleiter.

»Weeny!« Ebenfalls ganz feminin.

»Das sind ja Mädchen!«, stellte Jani erstaunt fest.

»Oder Jungs mit hoher Stimme?«, überlegte Emily.

»Eunuchen?«

Beide blickten automatisch in dieselbe Richtung. Aber an den Alwadarianern gab es nichts, dass irgendeinen Hinweis auf äußere Organe jedwelcher Art erkennen ließ.

Jani zuckte die Schultern. »Dann halt was Neutrales mit Mädchenstimme.« Er räusperte sich und flüsterte ihr dann schnell ins Ohr: »Streifenhörnchen.«

Sie lachte.

Sie gingen zwei, drei Mal um irgendwelche Ecken, keiner von ihnen hatte auf den Weg geachtet, dann blieben ihre Begleiter vor einer Tür stehen, öffneten sie und traten ein. Drinnen flitzte Weeny zu einer seitlichen Wand, öffnete dort eine weitere Tür und zeigte ihnen, dass es sich hier um zwei miteinander verbundene Zimmer handelte.

Dann verschwanden die beiden winkend und rückwärts gehend aus dem Raum und ließen sie allein. Beide Zimmer waren verschwenderisch möbliert, in jedem gab es ein großes Bett mit dicken Kissen und weichen Decken, Sessel und Schränke, Teppiche und Bilder, je einen Tisch mit etwas Obst und Wasser in einer Karaffe, dazu Gläser. Zahllose kupferne Windlichter, halb so groß wie die auf der Brücke, erhellten die Räume. Jeweils in Erkern waren die Bäder untergebracht, ausgestattet mit Waschbecken, Spiegel, Regal, Toilette und Wanne, die mit heißem, duftendem Wasser gefüllt auf sie warteten.

»Ahhh – ich glaube es nicht!«, jubelte Emily, warf sofort alle Kleidungsstücke von sich und ging erst einmal baden. Den Spiegel ignorierte sie bewusst, sie wollte sich ihren ersten eigenen Anblick nach so langer Zeit noch eine Weile ersparen.

Jani tat es ihr auf seiner Seite nach und sie unterhielten sich quer durch die Räume. »Wie findest du Bobbeye Hicks?«, wollte er wissen.

Sie dachte kurz nach. »Komischer Kauz zwar, scheint aber ein netter Kerl zu sein. Was meinst du?«

»Jo, ganz okay. Die sind wohl alle noch am Leben.«

»Wer?«

»Hicks, Scottie, Henri und diese Feli-irgendwas. Vem hat doch erzählt, dass sie zu viert waren, weißt du noch? Schätze mal, dass die das sind.«

»Stimmt ja! Das hatte ich schon wieder vergessen.«

»Er hat auch gesagt, dass es drei Jahre her ist, und dass sie anfänglich noch in Orbíma lebten. Das heißt, Hicks hatte vielleicht zwei Jahre oder weniger, um das alles hier so einzurichten? Ist das zu schaffen?«

»Wieso nicht? Er hatte sicher Hilfe, von den Streifenhörnchen zum Beispiel.« Sie hörte Jani in seiner Wanne lachen.

»Ist auch wieder wahr – vielleicht haben sie ja unglaubliche handwerkliche Fähigkeiten.«

»Jetzt hat sich Federchen ganz umsonst auf den Weg gemacht«, kam es kurz darauf von ihm. »Vem wird einen schönen Hals haben, wenn er herkommt und wir gar keine Hilfe brauchen.«

»Lässt sich nicht mehr ändern«, sagte Emily. »Er wirds schon verstehen. Wer weiß, vielleicht tröstet ihn ja der Anblick dieses unglaublichen Tempels.« *Und außerdem ist mir jeder Grund recht, Hauptsache er taucht hier auf,* dachte sie.

Kurz darauf plätscherte es auf der anderen Seite und Jani rief: »Wenn du nachher Handtücher suchst, guck mal in diese Box unterm Waschbecken. Ich hau mich jetzt erst noch mal kurz aufs Ohr, weck mich, wenn sie uns abholen kommen, okay?«

»Okay«, gab sie zurück, war aber selbst derart müde, dass sie beschloss, es ihm gleich zu tun. Sie stieg aus der Wanne, fand die Handtücher, wickelte sich in ein großes, kuschelte sich in das große weiche Bett und war binnen weniger Minuten eingeschlafen.

# 32

»Hier gehts rein, mein Freund«, sagte Hicks leise, nachdem er kurz an der Tür gelauscht hatte. Dann öffnete er sie und ließ Roc eintreten. Die Centerflies flogen ihm nach. »Dort drüben. Wahrscheinlich schläft sie. Ich lasse euch dann erst mal allein.«

»Danke«, flüsterte Roc und Hicks zog die Tür behutsam ins Schloss.

Im Zimmer herrschte diffuses Halbdunkel, Rocs Augen mussten sich erst daran gewöhnen. Ein Stück weiter vor ihm zeichneten sich die Umrisse eines Bettes vor dem Fenster ab. Die Vorhänge waren zugezogen. Hier musste unbedingt einmal gelüftet werden.

Langsam ging er auf das Bett zu und beugte sich vor. »Cia? Liebes?«

Der Schlag auf seinen Hinterkopf kam zu unerwartet, als dass er noch einen Gedanken denken konnte. Er verlor sofort das Bewusstsein.

»Hast du die Biester?«

Ein Quietschen hier, ein Quäken da, dann die Antwort: »Ja.«

Die Zimmertür öffnete sich. »Fertig?«, fragte Hicks.

Zustimmendes Grunzen.

»Gut. Bringt sie weg.«

Drei Männer kamen aus dem Raum und verschwanden in den Schatten des Ganges. Einer hielt einen Sack in der Hand, die beiden anderen trugen Roc.

Hicks schaute sich kurz im Zimmer um, rümpfte die Nase ob der abgestandenen Luft und zog dann die Tür hinter sich zu, wobei er ein Liedchen pfiff.

# 33 / TAG 6

Ein Netzwerk aus Schienen verband die verschiedenen Bereiche der unterirdischen uralten Minen miteinander und vereinfachte den Transport von Materialien, Nuggets, Schürfabfällen, Barren und ... Gefangenen.

Die Feinsäuberung der Goldstücke wurde im ›Vogelkäfig‹ von der ›Putzkolonne‹ vorgenommen, wie Hicks sie bezeichnete, der riesige Käfig bestand aus unbiegsamen kleinstmaschigen Drahtgittern, er war Arbeits- und Wohnbereich zugleich für Hunderte von Centerflies, die mit ihren winzigen Händen hervorragend für die Aufgabe geschaffen waren, die sie zu verrichten hatten. Wind und Fischlein wurden hier achtlos hineingeworfen, mit dem Hinweis, dass es ihnen überlassen bliebe, sich nützlich zu machen oder andernfalls als Leckerbissen verfüttert zu werden. An wen, wurde nicht gesagt.

Lir fand sich den Goldwäschern in den Katakomben (die ›Waschküche‹) zugeteilt, der Fluss, der hier strömte, nahm seinen Weg hinaus in die Schlucht, die um Alwadar kreiste und trat auf der gegenüberliegenden Seite wieder in den Felsen ein. Die alwadarianischen Bergarbeiter wurden von Verhüllten beaufsichtigt und hüteten sich, ihre Neugier über den Neuankömmling offen zu zeigen.

Mero verdankte seiner kräftigen Statur, dass er im ›Ofen‹ landete, den Schmiedehallen, wo er rußverschmierten kleinwüchsigen Arbeitern (sie stammten aus der Schwarzöde, wie er erfuhr, einer weitläufigen Vulkangegend nahe Rainbowedge) half, die Drecksarbeit zu machen. Sie schleppten Material zu den riesigen Schmelztiegeln und entsorgten Reste und Abfälle. Außerdem transportierten sie die fertiggestellten Goldbarren in die Lagerhallen.

Tember traf es am Besten – zwar dauerte ihre Reise in einem unbequemen Waggon am längsten und führte noch tiefer als tief, später wieder hinauf unter freien blauen Himmel, aber zum einen bemerkte sie dank einer herbeigeführten Bewusstlosigkeit nichts davon und zum anderen hatte sie nichts weiter zu tun, als bei der Betreuung von Nachwuchs zu helfen. Dies im ›Lager‹, einer einem Ferienlager ähnlichen Anlage, umgeben von einem mehrere Meter hohen Palisadenzaun. Von alldem wusste sie jedoch noch nichts, denn noch schlief sie tief und traumlos in ihrem neuen Zuhause.

Einzig Roc landete im Kerker.

Er lag auf der Seite, als er das Bewusstsein wiedererlangte, auf steinernem, staubigen Boden, sein Hinterkopf schmerzte teuflisch, aber als die Stelle berühren wollte, war dies nicht möglich, seine Hände waren auf dem Rücken gefesselt. Im nächsten Moment wurde er auch schon unsanft in eine sitzende Position gezogen und an die Wand gelehnt. Ein klirrendes Geräusch machte ihn darauf aufmerksam, dass seine Füße angekettet waren.

Bobbeye Hicks, der ihn aufgesetzt hatte, ging an ihm vorbei, griff sich einen hölzernen Schemel, setzte sich ihm gegenüber und lächelte ihn freundlich an. Hinter ihm erblickte Roc eine gezimmerte Kerkertür, daneben warteten zwei Alwadarianer, sie trugen halbkugelförmige Laternen, die dem runden gemauerten Verlies fahles Licht schenkten.

Auf ein Nicken von Hicks hin stellte der eine die Laterne auf den Boden, ging zu Roc, nahm ihm die Fesseln von den Händen und kehrte zurück an seinen Platz.

Roc rieb sich die Handgelenke, um die Durchblutung anzuregen und hantierte an den Fußschellen herum, damit sie zur Abwechslung an einer anderen Stelle drückten. Schließlich hob er den Blick und begegnete dem von Hicks, der immer noch grinste. »Was ist hier los?«, fragte er ruhig.

»Och, da kommst du doch sicher selbst drauf, mein Bester. Nach was sieht es denn aus?«

Roc ließ seine Augen schweifen. Der Raum war nicht groß, von runder Form, die dicken Mauersteine reichten in die Höhe, ohne dass ein Ende zu sehen war, ein Turm. Außer den beiden Ketten, an deren Enden Rocs Füße hingen, und dem Schemel, auf dem Hicks saß, befand sich hier nichts. »Nach ... Betrug?«, erwiderte er.

Hicks lachte herzlich. »Ach, mein Guter. Wie habe ich deinen köstlichen Humor vermisst. Betrug, hm? Schau an, da wären wir ja bei deinem Spezialgebiet, nicht wahr? Da kennst du dich doch bestens aus.«

Roc blieb stumm.

»Lass mich raten – du hattest die beiden Erdlinge so weit, dass sie dir völlig vertrauten, hm? Sie waren von deinem reizenden kleinen Trick sicherlich sehr angetan, meinst du nicht auch?«, Hicks zog einen imaginären Hut und beugte sein Haupt. »Bewundernswert. Du hättest einen verdammt guten Schauspieler abgegeben, mein Lieber, schade dass du auf dem falschen Planeten herumhängst.«

Hicks kicherte in sich hinein und fuhr fort: »Ich war aber auch nicht schlecht, was meinst du? Dieser entzückende Hund hat uns gefunden, weißt du das? Ein wirklich intelligentes Tier. Es war gar nicht schwierig. Ein wenig seinen Spuren folgen, Ronny Donny in Aktion sehen, seinen Auftritt abwarten, und uns dann schlau machen, wer da auf dem Weg ist, uns einen Besuch abzustatten.«

Er beugte sich vor, lehnte seine Ellbogen auf die Knie und stützte sein bärtiges Kinn auf die Handflächen. »Und anschließend alle Vorbereitungen treffen, um meinen lieben alten Freund gebührend zu empfangen natürlich«, sagte er liebevoll.

Roc schnaubte spöttisch. »Felecia weiß gar nicht, dass ich hier bin.«

»Natürlich nicht.«

»Sie ist nicht krank?«

»Nein.«

»Was geschieht mit meinen Gefährten?«

»Welchen?«, fragte Hicks süffisant. »Den Betrogenen oder den Mitverschwörern?«

Roc sagte nichts.

»Beiden, hm? Regt sich da etwa ein schlechtes Gewissen? Nun, lass es mich so ausdrücken: Ich lasse ihren Nutzen testen. Und so lange sie sich nützlich erweisen, brauchst du dich um ihr Wohlergehen nicht zu sorgen.« Er machte eine kurze Pause und fügte dann hinzu: »Gleiches gilt übrigens auch für dich.«

Roc hob eine Augenbraue. »Was wollt Ihr von mir?«

Hicks war mit zwei Schritten bei ihm und schlug ihm ins Gesicht, ging zurück und setzte sich wieder. »Frag nicht so dämlich«, zischte er.

Roc wischte sich die aufgeplatzte Lippe und betrachtete nachdenklich seine blutverschmierten Finger. »Noch immer die Goldader?«, fragte er.

»Noch immer die Goldader?«, äffte ihn Hicks nach, beißende Ironie in der Stimme. »Nein, stell dir vor, die habe ich auch ohne deine Hilfe gefunden. Du sitzt sozusagen darauf.«

Roc konnte seine Überraschung nicht verbergen.

»Ja, da schaust du, was? Hier haben sie es her, deine altehrwürdigen Ahnen, ganz Alwadar ist auf Gold gebaut.«

»Ihr habt die Pläne aus der Bibliothek gestohlen?«

Hicks lachte hämisch. »Das war gar nicht nötig. Ich habe nur mit den richtigen Leuten gesprochen und schon konnte ich in euren geheiligten Hallen ein- und ausgehen.«

»Brar'F Darhor? Ihr habt ihn entführt.«

»Blödsinn. Er hat mich freiwillig begleitet. Genau wie alle anderen.«

»Nicht Felecia.«

»Nein? Bist du dir da sicher?«

Als Roc nicht antwortete, fuhr er fort: »Sie konnten dem, was ich zu bieten habe, nicht widerstehen. So einfach ist das. Aber zurück zum Thema. Da ich die Goldader selbst gefunden habe, dürftest du nun wissen, was ich *noch* von dir will.«

»Ich sagte Euch bereits, dass ich nichts über das Rätsel weiß.«

»Du sagtest auch, du wüsstest nichts über die Goldader«, fuhr ihn Hicks zornig an, fasste sich aber sogleich wieder und lächelte. »Dabei war dir sehr wohl bekannt, dass die Pläne dazu in den alten Büchern zu finden waren. Du warst ein bisschen zu sehr darauf bedacht, dass ich die Bibliothek nicht betrete. Dummerchen. Wie sollte ich da nicht misstrauisch werden? Weißt du, wie man bei uns auf der Erde sagt? ›Wer einmal lügt, dem glaubt man nicht‹. Wie du siehst, mein Freund, ist unser Verhältnis bedauerlicherweise ein klein wenig getrübt.«

Er erhob sich und klopfte sich Staub von seinen Hosen. »Nun, wie auch immer – du musst keinesfalls jetzt und sofort antworten. Du hast alle Zeit der Welt, nachzudenken, mein Guter. Ich bin ein geduldiger Mann. Wie du ja weißt.« Hicks grinste. »Wenn du mich sprechen möchtest, sagst du einfach einem der Alwis Bescheid, die vor der Tür Wache halten. Und dich natürlich mit Essen und Trinken versorgen werden. Wir wollen ja nicht, dass es dir schlecht geht, nicht wahr?«

Roc spuckte einen Blutklumpen auf den Boden.

Hicks kicherte gaggernd. »Ach, einfach köstlich, dieser Humor.«

Auf ein Nicken von ihm öffneten die Alwadarianer die Tür, die in rostigen Scharnieren quietschte, und traten hinaus. Hicks schickte sich an, ihnen zu folgen, wandte sich aber noch einmal um. »Bevor ich es vergesse, zwei Dinge noch. Erstens, mach dir keine Hoffnungen, dass du deine räudige Wolfsform annehmen und dadurch fliehen könntest. Der Name der Gegend hier, *Alwadar*, kommt nämlich nicht von ungefähr. Es ist eine Abwandlung von ›always dark‹, was *ständig dunkel* bedeutet. Oh, nicht meine Idee übrigens – hieß schon vorher so. Und, geht dir ein Licht auf? Es gibt hier weder Sonnenauf- noch Sonnenuntergang und kein Amibro hat sich jemals verwandelt.«

Roc zeigte sich unbeeindruckt. »Und zweitens?«

»Zweitens werde ich mich für alle Tipps, die dir einfallen, natürlich erkenntlich zeigen. Für deine Bemühungen sollst du Informationen erhalten, das eine oder andere würdest du doch sicherlich gerne erfahren, nicht wahr, mein Lieber?«

Roc spuckte noch einmal aus.

»Na, na, wir wollen doch nicht langweilig werden, hm?«, sagte Hicks tadelnd. »Und wenn du nichts über Feli erfahren möchtest, wie wäre es dann, wenn ich dir von *ihrem Kind* erzählte?«

Roc sog hörbar die Luft ein. »Welches Kind?«, fragte er heiser.

»Sag nur, du wusstest nicht, dass sie deine Brut unter dem Herzen trug, damals, als wir fortgingen?«

Bobbeye Hicks ließ den Satz für ein paar Sekunden in der Luft hängen, winkte Roc noch einmal freundschaftlich lächelnd zu und zog die Tür hinter sich laut knarzend ins Schloss.

Draußen wartete er so lange, bis Roc erwartungsgemäß zu brüllen begann, er solle auf der Stelle zurückkommen, dann breitete sich ein fröhliches Lächeln auf seinem Gesicht aus.

Er langte in seine Hosentasche, und gab das hervorgeholte Leckerchen dem weißen Windhund mit dem schwarzen Ohr, der ihn begleitet und den er vor der Kerkertür in der Obhut einer dritten Alwi Wache gelassen hatte.

»So, und jetzt zu deinem Auftritt.« Er tätschelte den Kopf des Tieres. »Dann wollen wir dich mal abliefern. Komm schön. Ja, so ist es gut. Braver Hund.«

# 34

»Spooky?« Schlaftrunken wehrte Emily die schlabbernde Zunge auf ihrem Gesicht ab und starrte erstaunt den Hund an, der glücklich wedelnd neben ihrem Bett stand. »Du bist es wirklich! Wie kommst du denn hierher?«

Sie umarmte den Whippet, kraulte ihn hinter den Ohren, wie er es liebte, und rief: »Jani, was glaubst du wohl, wer wieder da ist?«

Keine Antwort, also stand sie auf, wickelte sich wieder in das Badetuch und ging ins Nebenzimmer. Ihr Sohn lag unter der Bettdecke vergraben und schlief noch fest. Sie rüttelte ihn an der Schulter. »Aufwachen Schlafmütze. Ü-bär-raaschuung!!«

Jani brabbelte unverständliche Worte und drehte sich auf die andere Seite.

Am Fußende des Bettes lagen seine Kleidungsstücke, sauber und ordentlich zusammengefaltet. Emily schaute in ihrem Zimmer nach, hier das Gleiche.

»Sieh mal an, da waren wohl die Heinzelmännchen zugange«, sagte sie zu Spooky, der ihr vorläufig nicht mehr von der Seite weichen wollte, wie es schien.

Oben auf ihrem Stapel lag ein silberfarbener Reif, sie nahm ihn auf und drehte ihn in den Fingern. Er stellte eine Schlange dar, die sich in den eigenen Schwanz biss. Das Material war biegsam, der Reif jedoch zu groß für ihr Handgelenk, sie fragte sich, ob er eine Halskette darstellte, aber um ihn über den Kopf zu ziehen, war er wiederum zu schmal. Sie legte ihn erst einmal beiseite und kleidete sich an. Zuunterst lag eine weitere Überraschung, aus weichem braunen Fell, erst hielt sie den Packen für eine Decke, nach dem Auseinanderfalten entpuppte er sich als Umhang, der mittels Lederband und silberner Schnalle auf der Vorderseite zusammengehalten wurde und so leicht war, dass sie ihn kaum spürte. Trotzdem wärmte er. Bei genauerer Betrachtung stellte sich der Verschluss als winziger Vogelschädel heraus, derart realistisch wirkend, dass Emily nicht sicher war, ob es sich um eine Nachbildung oder eine Versilberung echter Knochen handelte.

War da nicht ein Spiegel im Bad? Bevor ihr wieder einfiel, dass sie ja Bedenken hegte, sich nach nunmehr einer Woche von Angesicht zu Angesicht gegenüberzutreten, stand sie auch schon davor und erkannte sich erst einmal nicht. Ein braun verbranntes Gesicht unter einer wüsten Lockenmähne, aus dem sie zwei bernsteinfarbene Augen wie Goldtaler anstarrten. Quer über ihre Stirn, am Haaransatz, verlief eine verkrustete rote Schramme. Die Lippen waren aufgesprungen, an den Wangen schälte sich die Haut.

»Ach du lieber Himmel«, flüsterte sie entsetzt. Ihr Blick fiel auf das Regal und gewahrte erstmalig die vielen Tiegel, Töpfchen und Fläschchen. Sie öffnete, roch, verschloss, bis sie etwas fand, das nach Zitrone duftete und wie Hautcreme aussah. Ein Test auf ihrem Handrücken befriedigte sie soweit, dass sie sich etwas davon auf die Wangen und die Lippen schmierte. Sie begutachtete beide im Spiegel. Ja, so war es schon besser, das Zeug zog sofort ein und glättete die Haut. Sie verteilte mehr davon im Rest ihres Gesichts und verwendete es auch gleich noch für die Schramme. Dann suchte sie vergeblich nach einem Kamm oder einer Bürste. Versuchte, die widerspenstigen Haare mit den Fingern zu bändigen. Verdammt, und ein Haarband hatte sie auch nicht mehr.

»Emmi? Bist du da?«

»Ja, im Bad!«

Tapsende Schritte, dann stand ein zerzauster Jani vor ihr, ein Handtuch um die Hüfte geschlungen. Als die whippet'sche Begrüßungswucht über ihn kam, hielt er sich am Türrahmen fest. »Hey, seit wann ist er denn wieder da?«

»Ich weiß es nicht, er hat mich geweckt.«

Jani kraulte Spooky hinter den Ohren und gähnte dabei herzhaft. »Boah, ich hab geschlafen wie ein Toter. Und fühl mich noch immer so.«

Sie grinste ihn an. »Du siehst auch so aus.«

»Ha ha.« Er streckte ihr die Zunge raus. »Ich muss pinkeln.«

»Eh, du hast doch selbst ein Klo.«

»Auch wieder wahr.« Er drehte um und tapste zurück.

Emily fragte sich, ob er unterwegs wieder einschlafen würde, aber dann hörte sie gegenteilige Geräusche aus seinem Bad.

»Hat schon irgendwer wegen dem Essen Bescheid gesagt?«, rief er kurze Zeit später und hörte sich schon wesentlich wacher an.

»Mir nicht«, antwortete sie. »Aber sie waren wohl im Zimmer, unsere Sachen sind gewaschen worden.«

»Cool.«

»Vielleicht hatten sie Mitleid mit uns Schlafmützen und wollten uns nicht wecken. Ich würde sagen, du ziehst dich an und dann gehen wir runter und sehen nach.«

»Okay.«

»Ist dein Gesicht eigentlich auch so verbrannt?«

»Hm, weiß nicht.«

»Lass mal sehen.«

Es stellte sich heraus, dass auch Jani eingecremt werden musste. Komisch, dass ihr das nicht vorher aufgefallen war. »Sag mal, hast du da etwa Bartstoppeln?«

Ganz die Mutter, guckte auch der Sohn daraufhin in den Spiegel und begutachtete sich.

»Hm, sieht dämlich aus.«

Emily lachte. »Nein, finde ich gar nicht. Fast schon so was wie ein sexy Dreitagesbart.«

Jani gab ein grunzendes Geräusch von sich. »Vielleicht besitzt Bobbelchen ja einen Rasierapparat.«

Emily lachte und lachte.

So bemerkten sie ihren Besucher erst, als er von innen vernehmlich gegen die Tür klopfte und sich laut räusperte. Spooky lief schwanzwedelnd zu ihm und ließ sich den Kopf tätscheln.

»Entschuldigen Sie«, sagte Hicks lächelnd. »Ich hatte von außen geklopft, aber…«

»Das macht doch nichts«, sagte Emily. »Ich glaube, *wir* müssen uns entschuldigen. Sie alle warten sicherlich schon auf uns?«

»Warten? Alle? … Oh!« Hicks lachte herzlich. »Sie sprechen von dem gestrigen Nachtmahl! Nein, das ist längst vorüber. Da mussten wir leider auf Ihre bezaubernde Gesellschaft verzichten – Sie haben es verschlafen. Jetzt ist bereits der nächste Tag, fortgeschrittener Vormittag, aber durchaus noch geeignet für ein spätes Frühstück.«

»Nein!« Emily hielt sich entgeistert die Hand vor den Mund. »Jani, hast du das–«

»Ja, habs gehört.« Er kam aus dem Bad, fertig angekleidet.

»Das ist mir wirklich sehr unangenehm«, begann Emily, aber Hicks unterbrach sie.

»Nicht der Rede wert«, winkte er ab. »Sie waren erschöpft.«

»So erschöpft, dass die Heinzelmännchen ein- und ausgehen konnten, hm?«, bemerkte Jani und deutete auf den Hund.

»Ja richtig!« griff Emily den Faden auf. »Wo haben Sie ihn bloß gefunden, denn das haben Sie doch?«

»Er hat *uns* gefunden«, stellte Hicks richtig und strich Spooky über den Rücken. »Ein ganz wunderbares Tier. Windhund, nicht wahr?«

»Whippet«, nickte Emily. »Aber wann…?«

»Gestern Nacht, wir saßen alle noch zu Tisch, da brachte ihn einer meiner Leute, und zum Glück konnten Ihre Freunde, Verzeihung, Ihre *Begleiter*, uns sofort darüber aufklären, zu wem dieser hübsche Kerl gehört. Ich habe ihn dann kurzerhand hierher gebracht.«

»Sie können sie ruhig Freunde nennen«, sagte Jani.

Hicks schaute von Jani zu Emily und zurück. »Oh, natürlich, wenn Sie es sagen. Die Umstände wirkten nicht gerade, nun … freundlich.«

»Das lag nur an Roc«, sagte Jani aufgebracht. »Die anderen hatten nicht wirklich etwas damit zu tun.«

Diesmal kein Wechselblick, Hicks' Augen ruhten mit aufmerksamem Interesse auf Jani, seine Finger zwirbelten die Enden seines Bartes, die bis auf seine Brust reichten.

»Verstehe.«

»Der Hund war nicht zufällig in Begleitung eines rothaarigen Mädchens mit … grün lackierten Fingernägeln?«, lenkte Emily vom Thema ab.

Hicks verneinte mit neugierigem Ausdruck in den Augen.

Emily nickte. Sie hatte es sich schon gedacht, aber man durfte ja hoffen. »Vielen Dank auch für das Waschen unserer Kleidung«, sagte sie dann, ohne näher auf ihre Frage einzugehen. »Und Danke für den Umhang und die äh ... Kette?«

Hicks hakte nicht weiter nach, deutete stattdessen eine Verbeugung an. »Sehr gerne, es freut mich, dass er Ihnen gefällt und Sie ihn tragen, er steht Ihnen ganz ausgezeichnet. Und was die Kette angeht ... lassen Sie es mich Ihnen zeigen.« Er nahm die silberne Schlange vom Bett auf. »Sehen Sie hier.«

Unter dem Kopf befand sich ein winziger Knopf, der den Schwanz freigab, sobald man ihn drückte, und einrastete, sobald man ihn wieder los ließ. Auf diese Art ließ sich der Reif beliebig vergrößern oder verkleinern.

»Es ist ein Stirnband«, erklärte Hicks und nickte Emily aufmunternd zu. »Versuchen Sie es.«

Sie trat noch einmal vor den Spiegel, führte den Reif um ihren Kopf und vor ihrer Stirn den Schlangenschwanz in das Schlangenmaul, bis er passte. Zupfte rundherum hier und da Haarsträhnen heraus, so dass der Reif nur auf der Stirn sichtbar und ansonsten verdeckt war. Schaute befriedigt das Ergebnis an. Das war definitiv besser als ein Gummiband.

»Und?«, fragte sie die beiden Männer, als sie aus dem Erker trat.

Jani blickte auf ihre Stirn, dann auf ihre Brust, wo die Vogelschädelschnalle ruhte und zählte an den Fingern ab: »Totenköpfe, blutige Schrammen ... fehlen nur noch die Piercings.«

Hicks wirkte verwirrt, aber Emily grinste breit.

»Ist'n Insider«, erklärte Jani verschmitzt.

Hicks schaute nicht weniger verwirrt. Beließ es aber dabei. »Aha. Nun denn. Wollen wir?«

»Einen Moment noch bitte, Herr Hicks!« Jani rannte zu seinem Rucksack und wühlte darin herum.

»*Bob* bitte!« rief ihm Hicks nach, wandte sich zu Emily und lächelte sie an. »Auch für Sie.«

Sie lächelte zurück. »Emily.«

Jani kam mit einem Foto und hielt es ihm unter die Nase. »Okay Bob, und Sie können Jani zu mir sagen. Haben Sie den Mann hier schon einmal gesehen?«

Hicks betrachtete das Bild eingehend. Strich sich über den Bart. Schüttelte dann aber den Kopf. »Tut mir leid. Dein Vater, nehme ich an?«

Jani schaute betrübt, nickte und brachte das Foto zurück.

# 35

Der ›Speisesaal‹ entpuppte sich als heimeliges mittelgroßes Esszimmer mit Kamin, dominiert von einem rustikalen runden Holztisch, den eifrige Alwadarianer hofierten, die offensichtlich in Kenntnis gesetzt worden waren, dass eine weitere Frühstücksrunde eingelegt werden sollte. Während ein Teil der gestreiften Kerlchen benutztes Geschirr und Essensreste fortschafften, tischten die anderen auf, was das Zeug hielt. In die Wände eingelassene kupferne Windlichter tauchten den fensterlosen Raum in freundliches Licht.

»Wo sind denn alle?«, wollte Jani wissen, den insbesondere Tembers Verbleib interessierte.

Hicks wedelte den Alwadarianern ungeduldig zu, sich zu beeilen. »Nun, es ist Tag, nicht wahr?«, antwortete er lächelnd.

Jani nickte. »Richtig. Sie haben sich also alle verwandelt? Aber wo sind sie?«

Hicks deutete einladend auf drei beieinander stehende gepolsterte Holzstühle, Emily und Jani nahmen Platz. Spooky lief zielgerichtet zu zwei Schalen, die Futter und Wasser enthielten, offensichtlich kannte er sich hier schon aus.

»Die Amibros haben sich aufgemacht, die Gegend zu erkunden – zumindest die Raben. Die Centerflies begleiten sie. Der böse Wolf wiederum möchte nicht gestört werden,« – hier zwinkerte Hicks verschmitzt – »er wird wohl für eine gute Weile nicht vom Bett seines Rotkäppchens weichen.« Er griff eine Kanne vom Tisch und fragte Emily: »Kaffee?«

Es hätte nicht viel gefehlt und sie wäre ihm um den Hals gefallen. »Meine Güte. Dass ich das noch erleben darf. Und ob!« sagte sie mit glänzenden Augen und hielt ihm ihre Tasse hin. »Wo haben Sie den nur her?«

»Er war schon hier«, erwiderte Hicks, während er ihr einschenkte. »Wie vieles andere auch. Milch und Zucker?«

Emily lehnte dankend ab.

»Junger Mann, auch Kaffee?«

Jani schüttelte den Kopf. »Nein danke, nicht für mich. Aber wie meinen Sie das, *er war schon hier*?«

Emily hielt ihre Nase genießerisch über die Tasse und nahm das Aroma auf, dann schlürfte sie geräuschvoll und schloss verzückt die Augen, als das heiße Gebräu durch ihre Kehle floss. Wirklicher echter Kaffee (zumindest dem Geschmack nach), schön schwarz und stark, sie mochte es kaum glauben. Das war der beste Kaffee, den sie je getrunken hatte, zweifellos.

»Greifen Sie bitte zu!« Hicks zeigte auf den Tisch, ließ sich auf den dritten Stuhl sinken und schenkte sich selbst eine Tasse Kaffee ein.

»Alwadar ist unterkellert«, begann er dann, Janis Frage zu beantworten. »Ein riesiges Gewölbe, in dem man sich leicht verlaufen kann. Dort lagern nicht nur etliche Säcke Kaffeebohnen, sondern auch viele andere Vorräte. Diese Gemäuer standen bei unserer Ankunft leer, fast völlig überwuchert von Grünzeug aller Art, wir sind sozusagen darüber gestolpert. Wir legten sie frei und darunter fanden wir einen beinahe bezugsfertigen Wohnort vor. Der größte Teil von allem hier war bereits vorhanden und bedurfte lediglich einer gründlichen Sanierung.«

Wie von Zauberhand erschien vor Hicks eine leere Tasse, die er geflissentlich wieder mit Kaffee auffüllte – Emily nickte ihm dankbar zu und versank aufs Neue in ihrer dunkel gerösteten Bohnenwelt. Janis amüsierten Seitenblick nahm sie nicht wahr.

Jani griff sich eines der warmen, duftenden Brötchen und bestrich es mit Butter und etwas, das nach Heidelbeermarmelade roch. »Die Alwadarianer lebten also gar nicht hier?«, fragte er.

Hicks trank einen Schluck seines Kaffees, sehr vorsichtig darauf bedacht, kein Haar seines Bartes zu wässern, und erwiderte dann: »Nein. Sie sind die Bewohner des umliegenden Dschungels. So wie wir Erdbewohner uns Eingeborene in einem Urwald vorstellen würden – ihre Stämme leben in sozialen Verbänden in handgefertigten Hütten und ernähren sich von der Jagd und dem Sammeln natürlicher Nahrungsmittel. Bis auf diejenigen, die sich mit uns angefreundet haben natürlich. Sie haben sich schnell an das zivilisiertere Leben gewöhnt. Sie sind äußerst intelligent und lernwillig.«

Emily ließ sich ihre dritte Tasse Kaffee einschenken, stellte sie aber auf dem Tisch ab und wandte sich den essbaren Köstlichkeiten zu. Rühreier, gebratener Schinken, Tomatenwürfel, langsam aber sicher fühlte sie sich wie im Schlaraffenland. »Und dies alles finden Sie auch in Ihrem Keller?«, fragte sie.

Hicks lachte. »Nein, nein, das ist alles frisch. Wenn es sich auch nicht um Eier von Hühnern oder Fleisch vom Schwein handelt. Die Tomaten ziehen wir selbst, die Samen lagerten aber tatsächlich ebenfalls bei den Vorräten.«

Da Emily schon den Mund voll hatte, beschloss sie der Herkunft von Eiern und Schinken nicht auf den Grund zu gehen. Es schmeckte traumhaft, das war alles was zählte.

»Wissen Sie denn, wer–«, setzte Jani zur nächsten Frage an, als sich die Tür öffnete und zwei Männer herein ließ – Hicks' Gefährten aus Paris.

Er stellte sie vor und ihre gemeinsame Geschichte gleich dazu. Henri Trayot war das Gegenteil von Hicks – klein, dünn, blass, bartlos, barhäuptig, unscheinbar. Beide hatten sich während der Schulzeit kennengelernt und ihren nachfolgenden Lebensweg gemeinsam verbracht, bis hin zum Studium der Malerei in Paris, wo sie sich eine WG teilten. Dort stieß Scottie Stein zu ihnen, amerikanischer Gaststudent, Typ hochgeschossen und schlaksig, mit rötlich-brauner Igelfrisur, Sommersprossen, fröhlichen Augen. Dass aus dem Studententrio ein vierblättriges Kleeblatt wurde, als sich eine Malerin brasilianischer Abstammung namens Felecia Valenzuela zu ihnen gesellte, erwähnte Hicks nur am Rande.

Der erste Eindruck der beiden Männer täuschte. Der aufgeschlossen wirkende Scottie war still und zurückhaltend, während der kleine Henri aufblühte, sobald sie Platz genommen hatten und sich mit neugierigen Fragen nur schwer zurückhalten konnte.

Schlagartig gaben alle den Smalltalk auf, der Bann war gebrochen. Für die nächsten Stunden ging es nur noch um ein Thema: Erfahrungsaustausch in Sachen Weltenwanderung.

»Wieso sprechen hier eigentlich alle einwandfreies Deutsch?«, warf Jani in die Runde.

Hicks und seine Kumpane wechselten amüsierte Blicke.

»Tun sie nicht«, sagte Hicks lächelnd.

Jani schaute verwirrt. »Nicht?«

»Sprechen du und deine Mutter denn Französisch mit uns?«

Irritiertes Kopfschütteln.

»Und ich spreche kein Deutsch. Trotzdem verstehe ich euch so klar und deutlich, als wäre meine Muttersprache die eure. Henri und Scottie geht es genauso, richtig?«

Bestätigendes Doppelnicken.

»Wir drei sprechen nach wie vor Französisch und ihr wiederum hört...«

»Deutsch«, ergänzte Emily erstaunt.

Hicks lächelte. »Ganz recht. Jeder spricht seine eigene Sprache und es ist davon auszugehen, dass dies auch die anderen tun, Amibros, Centerflies, Alwadarianer und was es sonst noch an sprachbegabten Lebewesen auf dieser Welt gibt. Die Alwis sprechen ein gebrochenes Französisch, jedenfalls für uns – für euch dann gebrochenes Deutsch – aber wir nehmen an, dass es sich für uns nur gebrochen *anhört*, doch in Wirklichkeit ihre angeborene Sprache einfach in dieser Art der Wortzusammensetzung formuliert wird.«

»Aber was hat das zu bedeuten?«, wunderte sich Emily.

»Irgendetwas neutralisiert die Sprachen? Bringt sie auf einen Level?«, mutmaßte Jani.

Hicks zuckte die Achseln. »Wir sind nicht dahinter gekommen, *wie* es geschieht. Es gibt keinerlei technische Hilfsmittel...«

»Kein Babelfisch im Ohr?«, warf Jani ein.

Hicks schaute irritiert, hakte aber nicht nach. »Nein, nichts dergleichen. Es ist einfach wie es ist. Es muss an der hiesigen Welt liegen, eine andere Erklärung haben wir nicht.«

Emily runzelte die Stirn. »Aber die Centerflies – sie haben einen französischen Akzent und verwenden hin und wieder französische Begriffe.« Sie wandte sich an Jani. »Wie nannten sie noch den Wald? *Fuí* irgendetwas?«

»Fuí Foé«, erinnerte sich Jani.

»Der fliehende Wald«, erklärte Hicks sofort. »Eine Kombination aus ›fuir – fliehen‹ und ›forêt – Wald‹, weil der Wald zurückweicht, wenn man ihn durchschreitet.«

»Ah logo, das macht Sinn«, sagte Jani. »Ich kam nicht dahinter. Aber die Centerflies wussten selbst nicht, was es bedeutet.«

»Da habt ihr es«, sagte Hicks. »Wenn Sprache doch im Original auftaucht, ist es bruchstückhaft oder handelt sich um Bezeichnungen, Namen, Liedtexte und all so etwas. Und nicht zwangsläufig weiß der Sprecher von was er redet.«

Emily nickte zustimmend. »Wir sind einer jungen Frau begegnet, Nia. Sie sang englische Lieder, aber gesprochen hat sie Deutsch. *Wenn* sie einmal sprach.«

»Die Rothaarige mit den grünen Fingernägeln, nach der ich Sie schon gefragt hatte«, fügte sie hinzu und wandte sich an Hicks' Begleiter. »Sie ist nicht zufällig *Ihnen* über den Weg gelaufen?«, fragte sie. »Wir dachten nämlich, dass sie und der Hund zusammen verschwunden seien, nach unserer Begegnung mit dem Riesen.«

Trayot ließ sich das Mädchen beschreiben, kannte sie jedoch nicht – in keiner der möglichen Farbvarianten von Haar und Kleidung, die Emily schließlich auch noch erwähnte. Auch Scottie Stein schüttelte den Kopf. Dafür war allen dreien der Riese umso vertrauter – Ronny Donny nannte ihn Hicks schon beinahe liebevoll.

Soweit ihnen bekannt war, erzählte er, gab es von seiner Art keinen zweiten und sie vermuteten, dass dies ein Grund für seine zerstörerische Wut sein könnte. Neunundneunzig Prozent aller Notwendigkeiten, die Hängebrücke einzuziehen (und dort Wachen zu postieren), waren durch seine Bedrohung verursacht, in regelmäßigen Abständen versuchte er, Alwadar zu erreichen. Vereinzelte Versuche, den Riesen zu fangen oder unschädlich zu machen, waren fehlgeschlagen, also beschränkten sie sich darauf, ihm aus dem Weg zu gehen.

Ein gewisser Grad an Intelligenz schien bei dem in der Welt vorherrschenden Sprachenwunder jedoch eine Rolle zu spielen, gab es doch eine Reihe von Kreaturen, bei denen es nicht funktionierte, Emily berichtete von ihrem Käferabenteuer und es fanden sich noch viele andere Beispiele wie die Nutztiere der Amibros und Alwadarianer oder die giftigen Schlangenvögel aus dem fliehenden Wald. Eine Zwischenstufe schienen die Spektraler darzustellen, die nach Janis Erfahrung mit Saelee durchaus in der Lage waren, Sprache zu verstehen, sich jedoch nur eingeschränkt mitteilen konnten.

Scottie Stein, dessen Beteiligung an der Unterhaltung sich bislang nur auf Zuhören, hier und da zustimmendes Nicken und gelegentliches Nachordern von Kaffee beschränkt hatte, rutschte immer unruhiger auf seinem Stuhl herum, bis er schließlich mit der Frage herausplatzte, die ihm auf der Zunge brannte: »Woher stammen Sie?«

»Aus Deutschland, einem kleinen Ort namens Rostal, nicht weit von Frankfurt entfernt«, erklärte Emily. »Wissen Sie, wo Frankfurt liegt?«

»Ich wollte eigentlich das Jahr wissen«, sagte Stein ungeduldig. An seinem Hals bildeten sich rote Flecken.

»2011«, erwiderte Emily mit irritiertem Unterton. »Wieso? Sie etwa nicht?«

»Welcher Monat?«, überging Hicks ihre Frage mit einer eigenen.

»Oktober. Anfang Oktober.«

Henri Trayot lehnte sich interessiert vor. »Erzählen Sie von der politischen Situation – wer ist auf der Welt gerade an der Macht?«

»Ähm…« Emily sammelte ihre Gedanken, Politik auf der Erde, das Thema kam ihr so fern vor, als hätte sie in einem Buch darüber gelesen und es nicht selbst erlebt.

»Also in Deutschland ist Angelika Kermel Bundeskanzlerin und Tristan Wolf Bundespräsident«, sprang Jani in die Bresche. »Zweite Amtsperiode für Kermel, erste für Wolf.«

»Und in Amerika gibts jetzt einen schwarzen Präsidenten«, führte Emily fort. »Broderick Bamoa. Nach Blush hat er sich gegen eine Frau und einen Vietnam-Veteran durchgesetzt. Coralie Hinton und…«

»Jim McCane«, wusste Jani.

»Blush war vorher Präsident in den USA?«, hakte Scottie Stein nach. »Gregory Blush?«

»Gregory W. Blush«, korrigierte Emily, »der Sohn.«

Stein schien überrascht. »Wie lange war er an der Macht? War er gegen Ali Rego angetreten?«

Emily nickte. »Ja, und Rego hatte auch mehr Stimmen, aber da war diese Wahlmännersache und deshalb musste der Oberste Gerichtshof entscheiden und der erklärte Blush zum Präsidenten. Acht Jahre hat er regiert und viel Schaden angerichtet. Amerikanische Wirtschaft, Irak Krise, Ansehen der Amerikaner, alles im Keller.«

Stein blickte nachdenklich, sagte aber nichts mehr.

»Und in Frankreich?«, wollte Hicks wissen.

»Staatspräsident ist Karzosy, der Rest dort–«, Emily dachte nach. »Nein, da kenne ich mich zu wenig aus.«

»*Nikkola* Karzosy?«, fragte Trayot.

»Ich glaube schon«, erwiderte Emily.

»Ja, Nikkola ist richtig«, bestätigte Jani.

»Russland?«, fragte Hicks.

»Puh«, machte Emily. »Tupin war es bis vor kurzem, jetzt ist es Jedwedirgendwas«.

»Jedmedev«, wusste wieder Jani. »Aber im Grunde immer noch Tupin. Er zieht im Hintergrund die Fäden.«

»China? Japan? Afrika? «

Emily machte abwehrende Handbewegungen. »Da muss ich passen. Jani?«

Der grübelte. »Japan hat einen Kaiser und einen Premierminister, aber keine Ahnung wie die heißen. Zu China fallen mir nur die olympischen Sommerspiele 2008 ein und Afrika ist riesig, da gibts jede Menge unterschiedliche Politiker, kenn ich mich nicht aus, sorry. Aber die letzte Fußballweltmeisterschaft fand dort statt, Südafrika. Wozu wollt ihr das alles wissen, war es bei euch denn nicht so?«

»Gleich«, unterbrach Hicks, in leicht schroffem Ton, den er sich sogleich wieder lächelnd verkniff. Betont freundlich fuhr er fort: »Erzählen wir euch gleich. Erst noch ein paar Fragen – wie sieht es aus mit Krieg und Frieden, was macht die Umwelt?«

»Na übel siehts aus, Umweltverschmutzung, Klimawandel, $CO_2$-Verklappung, globale Erwärmung, Schmelzen der Polkappen, Artensterben, Waldsterben, Überfischung, Überbevölkerung, Hungersnot, Krieg zwischen Israelis und Palästinensern, Krieg im Irak, Bürgerkriege, Glaubenskriege – nichts davon bekommen sie in den Griff, die, die was zu sagen haben. Weil die Falschen das Sagen haben.« Jani endete und schaute in das überraschte Gesicht seiner Mutter. Er zuckte die Achseln. »Nehmen wir grad in Ethik durch.«

»Aha«, meinte Emily und grinste. Dann erinnerte sie sich. »In Japan der Kaiser, mir fällt grad wieder ein, wie er heißt. Akikato. Und seine Frau heißt Kichimo, im Frühjahr war doch das Erdbeben und der Super-Gau in Fukushima, da hat man öfter über sie gelesen.«

»Stimmt«, nickte Jani. »Das war auch so ein Ding mit dem Atomkraftwerk.«

Hicks zupfte gedankenverloren seinen Bart. »Sieht demnach nicht gut aus für die Zukunft der Erde.«

Jani nickte. »Das können Sie laut sagen.«

»Es gibt also Kernkraft?«, fragte Trayot.

»Atomkraft?«, erwiderte Emily. »Ja, jede Menge Kraftwerke, über den Ausstieg wird seit Japan vermehrt diskutiert, aber noch vollzieht ihn niemand, auch wenn sie ein paar stillgelegt haben. Umweltfreundliche Alternativen fehlen einfach. Und ein Ausgleich für die Wirtschaft.«

»Aber irgendwas tun müssen sie«, wandte Jani ein. »Zumindest alle, die bei Kyoto mitmachen. Das mit dem FCKW-Verbot für die Ozonloch-Schließung hat ja auch geklappt. Es geht wieder zu.« Er rümpfte die Nase. »Braucht nur noch so vierzig bis fünfzig Jahre.«

»Bei uns wären es nur noch fünf Jahre gewesen«, eröffnete Hicks und lächelte wehmütig. »So hieß es jedenfalls offiziell.« Er hob die Hand, bevor Emily oder Jani erneut nachfragen konnten. »Ja, ich weiß, wir sind jetzt mit Erzählen dran. Und ich sträube mich auch gar nicht. Aber lassen Sie uns erst eine kurze Pause einlegen, zum Austreten, Beine vertreten und um Kaffeenachschub zu bestellen.« Er lächelte Emily zu. »In gefühlten fünfzehn Minuten treffen wir uns wieder hier, einverstanden?«

Hicks wies ihnen den Weg zu den Toiletten, die denen in Orbíma Zitíí so sehr ähnelten, dass es sich nur um die Bauweise der Amibros handeln konnte. Jani beeilte sich, um noch ein paar Minuten zu haben, in denen er sich vor den Palasttoren nach Tember umsehen konnte. Der Whippet folgte ihm auf dem Fuß und verschwand blitzartig im Gebüsch.

Hicks gesellte sich zu Jani, er schien seine Absicht zu ahnen, denn er erklärte ihm, dass die Amibros von ihrem Ausflug noch nicht zurückgekehrt waren. Angesichts der lilafarbenen Düsternis hätte Jani nicht zu sagen vermocht, ob es Nacht oder Tag war. Emily kam gerade rechtzeitig dazu, um Hicks Erläuterung zu hören, dass man sich zur Feststellung der Tageszeit an der Spitze des Dreiecks, den die drei Mondscheiben bildeten, orientieren konnte. Im Gegensatz zur Nacht war es am Tage aufwärts gerichtet war, so wie gerade eben.

»Wenn man eine Weile hier lebt, bemerkt man aber auch den Unterschied zwischen der dunklen nächtlichen Dunkelheit und der etwas helleren am Tage«, fügte er lächelnd hinzu.

Jani schüttelte sich in einem leichten Schauder. »Mich würde das auf Dauer depressiv machen«, stellte er fest.

Hicks schmunzelte wissend. »Alles eine Frage der Gewöhnung und Ablenkung.«

Als sie mit Spooky in den Frühstücksraum zurückkehrten, warteten die anderen schon auf sie. Der Tisch war frisch eingedeckt und hielt nun auch warme Speisen für sie bereit. Jani merkte erstaunt, dass er tatsächlich schon wieder hungrig war. Dem Rest schien es nicht anders zu ergehen – sie alle waren mit einem Imbiss vor der nächsten Erzählrunde mehr als einverstanden.

Für Emily gab es frisch gebrühten Kaffee, für die Männer Rotwein – selbstverständlich auch eine Lagerware des offensichtlich schier unerschöpflichen Kellergewölbes – und Saft und Wasser für alle, die ersteres nicht mochten. Der Hund legte sich vor den Kamin, wo der steinerne Boden von der Hitze aufgewärmt war.

# 36

»Bitte noch einmal, ich habe es nicht richtig verstanden«, Emily stellte ihre Tasse auf den Tisch. Sie hatte sich sicherlich verhört.

Hicks wiederholte, langsam und deutlich: »2026.«

»Aber das kann doch nicht...«

»Offensichtlich doch«, unterbrach er sie. »Henri, Scottie?«

»Es ist wahr«, bestätigte Trayot. Scottie Stein nickte nur.

Emily öffnete erneut den Mund, aber Jani legte ihr die Hand auf den Arm. »M, lass ihn doch erzählen.«

Sie gab sich geschlagen. »Okay, okay.«

Hicks rang sich ein verständnisvolles Lächeln ab, dann setzte er an, brach wieder ab und blickte Scottie Stein auffordernd an. »Fang du an – da wir ja gerade schon beim Thema waren.«

Stein sah nicht begeistert aus, fügte sich aber. »Der Präsident der Vereinigten Staaten von Amerika im Jahre 2026 ist – Ali Rego.«

Stein schilderte, dass es in ›ihrem‹ Jahr 2000 der Demokrat Alec Anton Rego Jr. gewesen war, der mehr Wahlmänner auf sich vereinen konnte als Blush und somit die Präsidentschaft zugesprochen bekam. In 2004 wurde er wiedergewählt und nachdem ihm 2007 der Friedensnobelpreis verliehen worden war, schlug er dem Kongress eine Änderung des Verfassungsrechts vor, die dem Präsidenten eine verlängerte Amtszeit erlauben sollte. Erstaunlicherweise wurde der Vorschlag beinahe einstimmig angenommen und die US-amerikanische Verfassung entsprechend abgeändert. Stein kannte die Einzelheiten nicht, doch in der Folge war Ali Rego – inzwischen fast 78 Jahre alt – auch Anfang des Jahres 2026 noch Präsident von Amerika, das zu diesem Zeitpunkt Nord- und Südamerika vereinigte. Dem vehementen Umweltschützer gelang es in seiner Amtszeit, die drohende Klimakatastrophe abzuwenden. Dafür versagte er in Friedensdingen – Ende 2025 rüsteten sich die Armeen der Erde zum dritten Weltkrieg, Hicks bezeichnete ihn als den ›Krieg der Kontinente‹, Amerika gegen Afrika gegen Eurasien gegen Australien gegen Antarktika.

Emily und Jani lauschten fassungslos und ungläubig zugleich. Nach den Staatsoberhäuptern der nichtamerikanischen Kontinente gefragt, nannte Hicks vier Namen, von denen sie nie zuvor gehört hatten. Sie tasteten sich mit ihren Fragen einige Jahrzehnte zurück und es tauchten immer häufiger auch ihnen bekannte Politiker auf, bis sie zum Zeitpunkt des Millenniums schließlich auf einem gemeinsamen Nenner landeten – die gesamte Historie davor schien in beiden Welten identisch zu sein.

»Ich begreife es einfach nicht«, flüsterte Emily vollends verwirrt. »Was hat das zu bedeuten?«

Jani gingen wie schon in Orbíma futuristische Begriffe wie Parallelwelten und Dimensionstore durch den Kopf, wie es sie in den TV-Serien *Fringe* und *Stargate* gab, aber schlagartig auch der Gedanke, dass die drei Maler sie schlichtweg verarschen, täuschten, belogen. Doch wenn es so war, wozu sollte es gut sein? Er überlegte noch, wie er seine Vermutungen bestmöglich verpacken konnte, ohne jemanden vor den Kopf zu stoßen, als Hicks auf Emilys Frage antwortete.

»Wir haben da so eine Theorie entwickelt«, sagte er. »Aber dazu muss man wissen, dass es noch mehr Vorfälle gab.«

»Von welchen Vorfällen sprechen Sie?«, fragte Emily.

Hicks schwieg einen Moment, als überlegte er, wie viel er preisgeben konnte. »Nun, Begegnungen. Mit Menschen aus verschiedenen Zeitaltern.«

»Sie haben noch andere getroffen? Hier?«

Bobbeye Hicks nickte. »Zwei, um genau zu sein. Aber wappnen Sie sich bitte. Es könnte sein, dass Sie mir nicht glauben.«

»Stellen Sie uns auf die Probe«, verlangte Jani.

»Das Problem bei Nummer Eins ist, dass er eigentlich hätte tot sein müssen. Aber tatsächlich ist er *hier* gestorben. Ich kann Ihnen sogar zeigen, wo wir ihn begraben haben, aber ich kann nicht beweisen, dass er es wirklich war.«

»Nun sagen Sie schon!« Jani zappelte nervös auf seinem Stuhl herum.

Hicks kostete es sichtlich Überwindung, also sprang Scottie Stein für ihn ein. »Elvis«, sagte er schlicht.

»Elvis?«, wiederholte Emily perplex. »*Der* Elvis?«

»Elvis … Presley?«, japste Jani. »Wow.«

»Wo haben Sie ihn getroffen?«, wollte Emily wissen. »Wie war er? Was hat er erzählt?«

»Vor allem war er alt«, ergriff Hicks nach Steins Vorlage nun doch wieder das Wort. »Und krank. Aber bei klarem Verstand. Wir haben ihn am Strand aufgelesen, wo er schon seit Jahren lebte, angeblich allein, die Centerflies hätten sich erst später dort angesiedelt. Hat er jedenfalls erzählt. Er hat uns hierher begleitet und hier ist er auch gestorben. Im vergangenen Jahr.«

»Also war doch etwas an den Gerüchten, dass Elvis noch lebt«, sagte Jani stirnrunzelnd. »Gewissermaßen.«

Hicks zwirbelte nachdenklich seinen Bart. »Nicht unbedingt.«

»Was meinen Sie?«

»Du kennst das Datum seines Todestages?«

Jani dachte kurz nach. »August 1977«, erinnerte er sich dann. »Am Sechzehnten.«

Hicks nickte ihm anerkennend zu. »Sehr gut. Wir wussten nur das Jahr, waren uns bei Monat und Tag unsicher. *Unser* Elvis aber stammte nach seiner eigenen Aussage aus dem Jahr 1980 und als wir ihn nach 1977 fragten – ohne ihm unsere wahren Beweggründe zu nennen wohlgemerkt – erzählte er uns von einer Welttournee, die er in diesem Jahr absolviert hatte. Überdies war er immer noch mit Priscilla verheiratet und hatte außer seiner Tochter Lisa-Marie noch einen Sohn namens Vernon-Love.«

»Verdammt«, fluchte Jani. »Und bestimmt hat er noch neue Hits geschrieben!«

»Vorgesungen hat er uns aber nur die alten«, sagte Hicks mit einem leichtem Lächeln auf den Lippen.

Emily, die eine Weile gar nichts mehr gesagt hatte, meldete sich zu Wort. »Mich interessiert Ihre Theorie.«

Hicks schaute sie fragend an.

»Sie sprachen von einer Theorie, die Sie und Ihre Freunde haben«, sie machte eine ausholende Handbewegung, »zu dem allen hier.«

»Ah ja«, machte Hicks und spielte wieder mit seinen Bartsträhnen, bevor er fortfuhr. »Nun, es war mehr eine vage Vermutung, die sich jetzt durch Ihren Bericht ein wenig erhärtet hat. Sehen Sie, Elvis erzählte uns, dass die Welt Anfang der Achtziger vor dem Kollaps stand. Dem kalten Kollaps. Er redete von einem Wettrüsten zwischen Supermächten, das, nachdem es angefangen, niemals aufgehört hatte, und von einem Raketenangriff Chinas auf Amerika, wenige Stunden bevor die Lichter am Himmel erschienen waren und er das Bewusstsein verloren hatte. Er hatte die Lichter für Raketen gehalten, aber er wusste nicht, wie das Ganze ausgegangen war, denn er fand sich hier, in dieser Welt wieder.«

»Lichter am Himmel«, wiederholte Emily flüsternd und sie und Jani tauschten einen bedeutungsvollen Blick, der Hicks nicht entging.

»Bei Ihnen gab es diese Lichter auch?«, fragte er sofort.

»Und bei Ihnen?«, fragte sie zurück.

Nun war er es, der Blicke tauschte. Mit seinen Gefährten.

»Wir sind uns uneins«, sagte er schließlich. »Lichter, Raketen, Sternschnuppen, Meteoriten, chemische Bomben... Aber ja, *etwas* in dieser Art war es bei uns, nahm uns das Bewusstsein und ließ uns anschließend hier erwachen.«

»Meteorschauer bei uns«, gab Emily bekannt. »In der Nacht zuvor. Jani und ich wollten sie beobachten, aber keiner von uns kann sich erinnern, sie gesehen zu haben. Oder was wir an dem Abend gemacht haben. Wir sind am nächsten Morgen aufgewacht und waren die einzigen Bewohner in unserem Dorf.«

»War da ein Chlor Geruch in der Luft? Feucht und kühl, wie Nebel in einem Hallenschwimmbad?«, erkundigte sich Hicks.

Emily überlegte. »Ich kann mich an keinen solchen Geruch erinnern.«

»Ich auch nicht. Also was ist jetzt mit der Theorie?« Jani wurde ungeduldig und schon rutschte ihm heraus, was er eigentlich nicht hatte sagen wollen. »Sie denken, es handelt sich um eine Parallelwelt?«

Hicks lächelte ein wenig überheblich. »Das klang auch für uns bereits nach einer Lösung, aber Henri hat eine viel bessere Theorie entwickelt.«

»Und die wäre?«

»Der gemeinsame Nenner«, platzte Trayot heraus, als habe er nur auf die Frage gewartet.

»Ein gemeinsamer Nenner?« Jani hatte Mühe, ihm zu folgen. »Was soll der sein? Diese Lichter?«

Trayot schüttelte den Kopf, aber es war Emily, die darauf kam. »Sie meinen die Situation der Erde oder? In allen drei Fällen steht es schlecht um sie. Ist es das?«

Hicks lächelte ihr zu. »Das ist es. Eine Frage der Zeit zwar, aber eine überschaubare Spanne. Das Ende der Welt steht jeweils bevor, unabwendbar und vernichtend.«

»Und die Theorie dazu?«

»Nun ja, die ist noch nicht zu Ende gedacht. Nur diese Gemeinsamkeit, die vielleicht eine Bedeutung hat.«

»Ich weiß nicht«, Jani war nicht überzeugt. »Selbst wenn da etwas dran ist, was soll es denn bedeuten? Dass wir das Ende der Welt nicht überlebt haben? Dass wir tot und hier im Paradies sind? Oder in der Hölle? Drei Fälle sind sowieso viel zu wenig, um eine Theorie zu bestätigen. Gab es denn sonst keine weiteren Begegnungen?«

Hicks seufzte. »Doch, aber die taugen nicht gerade dazu, unsere Idee zu untermauern.«

»Wieso das?«, fragte Jani neugierig. »Wen haben Sie getroffen?«

Hicks rutschte unwillig auf seinem Stuhl hin und her. Warf Scottie Stein aber rechtzeitig einen warnenden Blick zu, bevor dieser ihm wieder zuvor kam. »Noch einen Elvis«, presste er schließlich zwischen den Lippen hervor.

»Wie bitte?« Emily lehnte sich ungläubig nach vorne.

»Wir hatten unseren ein paar Wochen zuvor bestattet, sein Herz war stehen geblieben. Vielleicht das Alter, wahrscheinlicher aber Kummer und Heimweh, er hat gelitten unter der Trennung von seiner Familie.« Hicks Blick huschte über die Anwesenden. »Und eines Morgens stand er dann plötzlich draußen im Hof. Viel jünger, ohne Falten, die Haare noch schwarz, nicht grau. Er sah aus wie Elvis, aber er war definitiv ein anderer als der, den wir begraben hatten. Einer, der nicht davon abzubringen war, dass er sich im Jenseits befand, weil er sich genau erinnerte, am frühen Nachmittag des vorigen Tages gestorben zu sein. Er nannte uns das genaue Datum – 16. August 1977. Von irgendwelchen Lichtern wusste er nichts.«

Stille legte sich über den Raum.

»Wo ist er jetzt?«, fragte Jani schließlich mit rauer Stimme.

Hicks schenkte sich Rotwein nach und nahm einen tiefen Schluck, bevor er antwortete. »Wir wissen es nicht. Er taucht auf, für Stunden oder Tage, und dann ist er plötzlich verschwunden, wie vom Erdboden verschluckt. Wie ein ruheloser Geist.«

»Metaschweber«, sagte Emily.

»Was?«

Sie erklärte es, so wie Roc es ihr erklärt hatte.

»Aber es passt nicht«, wandte Trayot ein. »Wenn es eine Fehlfunktion der Metamorphose ist. Elvis wandelt seine Gestalt nicht, er ist kein Amibro.«

Sie hingen ihren Gedanken nach. Emily insbesondere dem einen, dass auch Nia höchstwahrscheinlich keine Amibro war, sondern das Produkt ihrer eigenen Fantasie. Die lebendig gewordene Protagonistin einer Kurzgeschichte.

»Vielleicht ist er aus irgendeinem Grund irgendwie zu einem geworden?«, spekulierte Jani.

Hicks zuckte die Schultern. »Wir fragen ihn am besten, wenn er das nächste Mal auftaucht. Er war schon lange nicht mehr hier.«

Emily dachte an Nias Verwirrtheit. »Ist er denn bei klarem Verstand?«

»Zumindest kann man ihm Fragen stellen, die er klar beantwortet«, sagte Hicks. »Aber von allein spricht er nicht. Wenn er nicht schweigt, singt er.«

»Seine eigenen Songs?«, fragte Jani.

»Seine eigenen Songs«, bestätigte Hicks. »Henri verfolgt allerdings noch eine andere Philosophie zu unserem Thema.« Er nickte seinem Gefährten auffordernd zu. »Erzähl es ihnen.«

Trayot strich sich über die Glatze, ein leichter Schweißfilm glänzte im Licht des Feuerscheins von Kamin und Kerzen.

»Die Hoffnung stirbt bekanntlich zuletzt«, begann er und schenkte seinen Zuhörern ein trotziges Lächeln, als wollte sich bereits vorab gegen ihre Einwände wappnen. »Deshalb beschäftige ich mit der Möglichkeit, dass es sich bei unserem Aufenthalt hier nur um einen zeitlich begrenzten handelt.« Er legte eine Pause ein, aber es folgte nur gespanntes Schweigen. »Ich glaube, dass wir vorübergehend auf ein Nebengleis gestellt wurden, zwischengeparkt sozusagen. Von wem, fragen Sie sich? Von einer höheren Macht, der höchsten überhaupt, von Gott. Für was, fragen Sie sich? Für eine höhere Aufgabe, die wir noch nicht kennen. Vielleicht die Rettung der Erde, wer weiß? Gott wird sie uns wissen lassen, wenn die Zeit gekommen ist. Warum wir, fragen Sie sich? Wir sind Auserwählte, auch wenn sich mir die Kriterien noch nicht erschließen. Vielleicht hat es mit Künsten zu tun – wir vier sind Maler, Elvis ist Sänger und Songschreiber, wie sieht es mit Ihnen aus?« Er wandte sich an Emily bei dieser Frage.

»Äh.« Überrumpelt zwinkerte sie mit den Augen. »Ich arbeite in der Werbebranche, aber –«

»Sie schreibt«, unterbrach Jani sie. »Geschichten. Und ich mache Musik, schreibe Songs, singe in einer Band und spiele vor allem Gitarre.«

Trayot strahlte. »Na also, das passt doch.«

»Damit wären wir ganze sieben Menschen, um die Erde zu retten«, stellte Jani sarkastisch fest.

»Oh, aber das ist nur der Anfang«, sagte Trayot schnell. »Mehr werden kommen. Sind möglicherweise bereits in dieser Welt und auf dem Weg hierher.«

Jani verzog zweifelnd das Gesicht. »Und manche werden öfter als einmal ausgewählt?«

Trayot ließ sich nicht beirren. »Wie Elvis? Ja, warum nicht? Vielleicht braucht es mehr als einen Versuch, bis die Person sich als geeignet erweist. Gottes Wege sind unergründlich.«

»Was ist mit den Amibros?«, fragte Emily. »Den Centerflies, den Alwadarianern, all den Wesen hier. Welche Rolle spielen sie?«

Trayot nickte eifrig. »Ich habe darüber nachgedacht. Und bin zu dem Schluss gekommen, dass Gott sie uns zur Seite gestellt hat, damit wir von ihnen lernen und sie uns helfen, wenn der Tag gekommen ist.«

»Und ich nehme mal an, Gott hat sie extra für diesen Zweck erfunden? Und den Planeten hier gleich dazu?«, fragte Jani, nicht ohne Hintergedanken.

»Aber ja«, bekräftigte Trayot. »Er hat alles geschaffen.«

»Einfach so, schnick«, Jani schnippte mit den Fingern, »heute habe ich mal Lust auf einen polternden Riesen ohne Gehirn, und schon walzt Ronny Donny durch den Wald?«

Trayot schaute ihn pikiert an. »Nun, wir haben die begründete Vermutung, dass er sich vielleicht auch hier und da an … Vorlagen orientiert hat.«

»Ach ja?« Jani warf seiner Mutter einen schnellen Blick zu. »Welche zum Beispiel?«

Hicks antwortete an Stelle Trayots: »Ich beteiligte mich während meiner Studienzeit einmal an einer Ausschreibung. Es ging um ein Buch mit einer Sammlung hochwertiger Kunstdrucke von Zeichnungen, die im Fantasy-Bereich angesiedelt sein sollten. Einzige Bedingung: es mussten brandneue Bilder sein, angefertigt nur für diesen Wettbewerb. Tage- und nächtelang zeichnete ich mir die Finger wund und die Mühe lohnte sich, der Verlag nahm meine Werke in die Sammlung auf. Ich hatte dazu feenhafte kleine Geschöpfe erfunden, die sich durch eine Besonderheit auszeichneten – sie waren eine Mischung aus Schmetterlingen und Zentauren.«

»Die Centerflies!« sagte Emily entgeistert.

Hicks nickte. »Sie stammen sozusagen aus meiner Feder. Sie können sich vorstellen, was in mir vorging, als ich ihnen zum ersten Mal in Fleisch und Blut begegnete. Ich hatte ja keine Ahnung. Ich dachte, ich bin verrückt geworden, leide an Halluzinationen. Später entwickelte Henri seine Theorie. Nun macht es natürlich wieder Sinn.«

»Wir sind auf etwas Ähnliches gestoßen«, begann Emily, »ein Bild von–«

»Das Abbild einer Hexe aus einer Geschichte«, fiel ihr Jani schnell ins Wort und trat unter dem Tisch unauffällig gegen ihr Bein, »die meine Mutter geschrieben hat.«

Emily warf ihm einen fragenden Blick zu, als Trayot sich auch schon aufmerksam zu ihr beugte.

»Was hat es damit auf sich? Erzählen Sie!«

Sie verstand, was Janis Unterbrechung bedeutete, aber nicht seine Beweggründe. Sie würde ihn später danach fragen, wenn sie allein waren. Lächelnd wandte sie sich an Trayot.

»Eine Kurzgeschichte von mir, sie heißt *Modern Time*s, handelt von einer Hexe, die sich in der Walpurgisnacht in die Wohnung eines jungen Mannes verirrt. Das Mädchen, dem wir hier begegnet sind, von dem ich Ihnen erzählt habe – sie weist große Ähnlichkeit mit meiner Hexe auf. Ihr Aussehen, Dinge die sie bei sich hat und was sie sagt. Sogar ihr Name, *Nia*, klingt sehr nach einer Abkürzung von *Zirkonia*, dem Namen der Hexe.«

Trayot klatschte fröhlich in die Hände. »Fantastisch! Da haben wir es doch! Siehst du Bob, ich hatte recht! Sicherlich werden wir noch weitere Beispiele finden!«

Etliche weitere Spekulationen, Diskussionen und Berichte aus den jeweiligen Erdenleben später brach sich ein erstes herzhaftes Gähnen seinen Lauf und zog eine Masseninfizierung nach sich, die in lautem Gelächter endete.

»Ich interpretiere dies als göttliches Zeichen«, grinste Hicks, »dass es an der Zeit ist, diese Runde für heute aufzuheben. Lassen Sie uns unser interessantes Gespräch morgen weiterführen.«

Niemand hatte etwas dagegen. Sie wünschten einander eine gute Nacht und Trayot und Stein zogen sich zurück. Hicks begleitete Emily und Jani nach draußen, Spooky sollte noch einmal Gelegenheit erhalten, sein Geschäft zu verrichten.

Während Emily mit dem Hund eine Runde um das Gebäude drehte, hielt Jani Ausschau nach dem Mondendreieck. Die Spitze deutete wieder nach unten, also war der Tag vorüber.

»Sollte man nicht jemanden schicken, um nach den Amibros zu sehen«, erkundigte er sich besorgt bei Hicks. »Sie sind immer noch nicht zurück, vielleicht haben sie sich ja verirrt?«

Hicks schlug sich ärgerlich mit der Hand an die Stirn. »Oh, habe ich das vergessen? Das tut mir leid. Wir haben schon Nachricht erhalten. Sie verbringen die Nacht in einem der Eingeborenenlager östlich von hier, um morgen mit ihren Erkundungen direkt fortfahren zu können.«

Jani stutzte. »Sie haben eine Nachricht erhalten? Aber wann denn? Und von wem?«

»Ein Kurier aus dem Lager hat es einem der Alwadarianer ausgerichtet, die uns bedient haben.«

»Kann ich mit ihm sprechen?«

»Mit dem Kurier nicht mehr, aber mit dem Alwi, natürlich. Das gesamte Personal ist schon schlafen gegangen, frag morgen früh einfach in der Küche nach Louie. Blöd von mir, dass ich es dir nicht gleich erzählt habe, entschuldige bitte.«

»Schon gut«, murmelte Jani und starrte nachdenklich in die Flamme eines der Lichter auf den Podesten seitlich des Tores. Dass es Tember offenbar leicht fiel, ihn so lange nicht zu sehen, wurmte ihn. Auch dass sie, Mero und Lir ihn nicht auf diese ominöse Erkundungstour eingeladen hatten. Und dass Mero dabei war, sowieso. Nun verbrachten sie also die Nacht zu dritt. In einem *Eingeborenenlager*. Wahrscheinlich in einem kuscheligen Zelt neben einem prasselnden Lagerfeuer. Ihm war sehr danach, der Säule vor ihm einen kräftigen Tritt zu verpassen, aber er fühlte, dass ihn Hicks von der Seite beobachtete, also riss er sich zusammen.

Als Emily und Spooky zurückkamen, schnappte er seine Mutter gleich am Arm. »Lass uns schlafen gehen, okay?«, sagte er, eine Spur zu munter. »Ich bin todmüde.«

Falls ihr etwas komisch vorkam, so ließ sie es sich nicht anmerken. »Klar, kein Problem«, sagte sie lächelnd.

Sie rang Hicks das Versprechen ab, sie zu wecken, bevor sie wieder den halben Tag verschliefen, dann verabschiedeten sie sich.

Kaum zurück im Palast, erschienen ihre persönlichen Streifenhörnchen Bitsy und Weeny wie aus dem Nichts an ihrer Seite, geleiteten sie auf ihre Zimmer, versorgten sie mit frischem Wasser und vergewisserten sich, dass es ihnen an nichts fehlte, bevor sie fröhlich winkend wieder verschwanden.

Jani verdrückte sich schweigend in sein Bad, Emily zog Umhang und Schuhe aus und ließ sich erschöpft auf ihr Bett fallen.

»Meine Güte, was für ein Tag«, stöhnte sie. »Mir schwirrt der Kopf von all diesem Irrsinn.«

Als aus dem Bad keine Reaktion kam, setzte sie sich auf, schenkte von der Karaffe Wasser in ihr Glas und trank.

»Alles okay bei dir?«, rief sie.

Unbestimmtes Brummen antwortete. Wasser plätscherte. Sie startete einen neuen Versuch. »Du wolltest nicht, dass sie von dem Bild erfahren oder? Warum eigentlich nicht? Ich würde es gerne noch mal sehen, wo hast du es, im Rucksack?«

Vermutlich würde er nicht wollen, dass sie in seinen Sachen wühlte. Die Rechnung ging auf, es dauerte nicht lange und er tauchte auf, warf ihr einen undefinierbaren Blick zu, holte das Blatt aus dem Rucksack und setzte sich zu ihr. Auf seinem Schoß entfaltete er es und strich es glatt. Zusammen betrachteten sie die märchenhafte Fantasy-Zeichnung.

Es war dort ein Mädchen abgebildet, mit aufrecht stehenden roten Zöpfen und großen schwarzen Flügeln auf dem Rücken. Eine Hand berührte einen schwarzen Pferdekopf, der von links in das Bild ragte. Das Tier hatte eine rostrote dichte Mähne, seiner Stirn entsprang ein gewundenes dunkles Horn mit roter Spitze. Zu ihren Füßen lag ein prächtiger schwarzer Wolf, über dessen Hals sich ein roter Streifen wie ein Pinselstrich im Fell verlor. Das Mädchen schaute mit stolzem orangefarbenen Blick in das Auge des Betrachters, ihre Haut war mit Tätowierungen verziert und auch ihre Kleidung – Mieder, gestreifte Strumpfhose unter zipfeligem Rock – entsprach exakt dem Mädchen, das sie kannten – Tember. Das Bild war signiert mit ›Dark Ones by A. Brownley 2002‹.

»Ich möchte nicht, dass sie davon erfährt«, sagte Jani leise. »Noch nicht. Wenn wir es Hicks und seinen Kumpels zeigen, sprechen sie sie vielleicht darauf an. Irgendwie traue ich denen nicht.«

»Verstehe«, sagte Emily. »Also halten wir es vorerst geheim?«

Jani nickte.

»Wo ist sie denn überhaupt?«, erkundigte sich Emily. »Müssten sie und die Jungs nicht längst zurück sein?«

Jani erzählte ihr, was Hicks ihm berichtet hatte.

»Oh.« Sie musterte ihn von der Seite. Das erklärte Einiges. »Hört sich nach einer sinnvollen Entscheidung an«, sagte sie leichthin. »Wer weiß, was dort nachts herumschleicht.«

Jani brummte undefinierbar vor sich hin.

»Die beiden anderen sind Vem und Roc, meinst du nicht auch?«, fragte Emily nach einer Weile, die sie weiter auf die Zeichnung gestarrt hatten.

»Jap.«

»Was soll man nur davon halten?«

Jani zuckte die Schultern. »Dass Trayot mit seiner Theorie recht hat?«

»Du glaubst dieses Zeug?«

»Nö. Du etwa?«

Emily lachte. »Nein, für meinen Geschmack steckt da ein Tick zu viel *Gottes Wille* drin. Es muss eine andere Erklärung geben.«

Jani war nicht überrascht. Emily war Anhängerin der wissenschaftlichen Urknalltheorie, Gott und seinen diversen Pendants schenkte sie nur insofern Beachtung, als sie die Gläubigen um ihren Glauben beneidete, der ihnen ihrer Ansicht nach das Leben um Einiges einfacher machte. Er selbst war da nicht so gefestigt, auch wenn er zur Ansicht seiner Mutter tendierte, ließ er sich ein Hintertürchen offen. Sollte ihm irgendein Allmächtiger eines Tages persönlich die Hand schütteln, würde es ihm nicht schwerfallen, sich schnell zu einer neuen Ansicht zu entschließen.

»Roc hat mich echt überrascht«, sagte Emily und betrachtete nachdenklich die Zeichnung des Wolfs. »Alles, was er getan hat, war nur wegen einer Frau. Kein Wunder, dass er immer so mies drauf war. So eine Liebesgeschichte hätte ich ihm gar nicht zugetraut. Ich würde diese Felecia ja zu gerne einmal kennenlernen. Ich werde Hicks mal ein bisschen ausfragen morgen.«

»M, also echt!« Jani rollte mit den Augen. Manchmal konnte sie ein richtiges Tratschweib sein. Peinlich.

Emily grinste, wurde dann von einem lauten Gähnen überwältigt und schaute ihn entschuldigend an. »Puh, jetzt bin ich es, die todmüde ist. Schlafen wir erst mal, hm?«

Er hatte kaum noch Zeit ihr zuzustimmen, da war sie schon in die Kissen gesunken und atmete gleichmäßig. Er deckte sie mit einem Laken zu, was Spooky als Einladung auffasste, auf das Bett zu springen und sich zu ihren Füßen zusammenzurollen.

Jani strich ihm über den Kopf. »Dann schlaf du auch mal gut.«

Er nahm das Kalenderblatt mit in sein Bett, trank von dem bereitgestellten Wasser, und schaute sich die Zeichnung dann noch einmal genau an. Irgendetwas daran rührte ihn an wie die Idee zu einem Song, die er kurz vor dem Einschlafen gehabt hatte und an die er sich beim Aufwachen nicht mehr erinnern konnte. Er zermarterte sich den Kopf, was es war. Dass er darüber einschlief, merkte er nicht einmal.

Hicks ließ sich von Weeny und Bitsy informieren, sobald die beiden Erdlinge von der Schlafdroge im Wasser außer Gefecht gesetzt waren, und begab sich auf der Stelle fröhlich pfeifend in den Kerker.

## 37

Tember wurde das ungute Gefühl nicht los, dass etwas ganz und gar nicht in Ordnung war. Das Letzte, woran sie sich erinnerte, war ein Bett in dem ihr zugewiesenen Palastzimmer, auf dem sie saß, um ein wenig auszuruhen, und ein Glas Wasser, das ihr der kleine putzige Alwadarianer zuvorkommend gereicht und das sie ausgetrunken hatte.

Im nächsten Moment war sie zu sich gekommen, auf einem anderen Bett, mehr einer Pritsche, unter Dutzenden in einem großen leeren Schlafsaal. Nachdem Gedächtnisverlust in letzter Zeit öfter bei ihr vorgekommen war, beunruhigte sie es nicht allzu sehr, dass sie sich nicht erinnern konnte – wahrscheinlich hatte ihr zweites Ich einmal mehr die Oberhand über sie gewonnen. Trotzdem war etwas anders als sonst, ein flaues Gefühl im Bauch, unangenehmer Druck in den Schläfen – als hätte sie etwas gegessen oder getrunken, das ihr nicht gut bekommen war. Sie musste Jani finden, der ihr wie immer erzählen würde, was in der Zwischenzeit geschehen war.

Vor die Tür getreten, fand sie sich im Grünen wieder, unter königsblauem Himmel – und das unverwandelt, in menschlicher Form. Das frische Aroma der Luft und ihre leichte Dunstigkeit ließen darauf schließen, dass der Tag noch nicht weit voran geschritten war. Sie registrierte mehrere flache Holzbauten ähnlich dem gerade verlassenen und folgte neugierig einem Pfad, der sich durch kurzwüchsiges Gras schlängelte, hier und da von Büschen und vereinzelten Bäumen gesäumt. Sie hörte Lachen und Stimmengewirr und hielt darauf zu, bemerkte dabei, dass die Anlage, auf der sie sich befand, von einem mehrere Meter hohen Palisadenzaun umgeben war, der die Sicht auf Dahinterliegendes versperrte. Sie sah Obst- und Gemüseanbauten, Ställe, Scheunen und Nutztiere, von denen ihr manche vertraut waren, andere völlig fremd.

Sie hielt jetzt auf ein großes zentrales Blockhaus mit kleineren Nebenbauten zu, die Geräuschkulisse wurde lauter, eine Holztreppe führte hinauf auf eine rundum führende Veranda. Links und rechts von ihr standen kleinere Baumgruppen beieinander, unter denen ein paar Tische und Bänke zum Aufenthalt einluden. Das große Gebäude selbst bot üppig wucherndem wilden Wein genügend Fläche, sich auszubreiten, an vielen Stellen hingen Trauben voller reifer Beeren in verschiedenen Farben. Tember stieg die Holztreppe empor, öffnete die Eingangstür und wurde vom Lärm beinahe erschlagen. In der Halle wimmelte es von lachenden, fröhlich plappernden, mit Geschirr klappernden Kindern, die an langen Tischen Speisen zu sich nahmen – vermutlich das Frühstück.

Bevor sie die Szenerie noch genauer in Augenschein nehmen konnte, stolperte ihr etwas Blaues über die Füße und klatschte der Länge nach hin, eine Schale flog davon, zersprang klirrend an einem Stuhlbein und verspritzte milchigen Brei. Unter ihr begann es lauthals zu plärren.

Erschrocken beugte sich Tember über das kleine Etwas und stellte es wieder auf die Füße. »Hast du dir weh getan?«

Es handelte sich um ein der Größe nach noch sehr junges alwadarianisches Kind, das sie aus drei gelben Katzenaugen groß anschaute und über die Erkenntnis, dass da jemand war, den es noch nicht kannte, das Heulen vergaß und nur stumm staunend vor sich hin schniefte. Die Ohrläppchen an den Seiten seiner winzigen blauen Nase zitterten dabei aufgeregt. Das Muster auf seinem Fell war noch nicht ausgeprägt und wirkte eher getupft als gestreift.

»Na komm, wir schauen, wo du eine neue Schale bekommst.« Kurzerhand hob sie das Kerlchen hoch, das sich gar nicht wehrte, sondern zutraulich einen warmen pelzigen Arm um ihren Hals legte, setzte es sich rittlings auf die Hüfte, schaute sich suchend nach Hilfe um und entdeckte dabei eine hochgewachsene Frau mittleren Alters inmitten des Gewimmels, die zielstrebig auf sie zusteuerte. Ein mit Lappen und Handbesen bewaffnetes junges Mädchen folgte ihr auf dem Fuße, warf Tember einen unauffälligen neugierigen Blick zu und machte sich wortlos daran, die Spuren des Unglücks zu beseitigen.

Beide hatten rötliches Haar und Tätowierungen, trugen dazu vertraute Kleidungsstücke, was sie für Tember eindeutig als ihrem eigenen Volk zugehörig deklarierte. Während das Mädchen ihr lockiges Haar offen trug, hatte die Frau es in einem strengen Knoten auf dem Hinterkopf gebändigt. Hellgraue kühle Augen musterten Tember und den Zwerg auf ihrem Arm einen kurzen Moment lang, dann fand sich der Kleine von flinken Fingern geschnappt, auf den Boden gestellt und in Richtung des jungen Mädchens geschubst.

»Geh mit Wasee, sie gibt dir neues Essen«, erhielt er Instruktionen und »Wasee, du erledigst das und kommst wieder her«, erhielt das Mädchen die ihren. Dieses nickte knapp, raffte schmutzige Lappen und Scherben in ihren Rock, hielt ihn mit einer Hand zusammen und zog das Kind mit der anderen hinter sich her.

»Du bist also aufgewacht. Wie heißt du?«, wurde Tember gefragt, bevor sie Gelegenheit hatte, gegen die Entwendung des Kleinen zu protestieren. Sie nannte ihren vollständigen Namen.

»Tember reicht. Ich bin Guu.« Sie wandte sich um und rief mit unangenehm schriller Stimme und französischem Akzent »Attention!« in den Raum, worauf es augenblicklich und wie abgeschnitten still wurde. »Dies ist die Neue. Heißt Tember willkommen.«

»Willkommen Tember!« schallte es dutzendfach zurück und Tember zuckte zusammen. Guu wedelte mit der Hand und die normalen Geräusche setzten wieder ein, als wäre nichts geschehen.

»Was weißt du über diesen Ort?«, fragte Guu.

»Überhaupt nichts«, erwiderte Tember, »ich weiß nicht einmal, wie ich hierhergekommen bin.«

»Das ist auch nicht wichtig«, sagte Guu kurzangebunden. »Du wurdest uns als Hilfe zugeteilt und du siehst ja, dass wir Unterstützung gebrauchen können. Begleite mich.«

Sie ging nur bis vor die Tür, vermutlich weil es dort ruhiger war. »Du befindest dich auf Nevedar. Im Gegensatz zu Alwadar wird es hier niemals dunkel, Metamorphosen finden genauso wenig statt wie dort. Solltest du nicht freiwillig hier sein, so versuche gar nicht erst über die Einfriedung zu flüchten«, sie deutete mit einer Kopfbewegung zum Palisadenzaun. »Sie dient nicht der Abwehr, sondern dem Schutz. Dahinter geht es in die Tiefe, denn wir befinden uns auf einer Felsnadel. Du schläfst im Schlafsaal, den du ja schon kennst, dort befinden sich auch Waschgelegenheiten. Drei Mal am Tag treffen wir uns in diesem Gebäude hier, um zu essen. Erfolgt der Ruf ein Mal, gibt es Frühstück, zwei Mal bedeutet Mittag- und drei Mal Abendessen. Mit vier Mal wird die Nacht und damit die Schlafenszeit angesagt, fünf Mal ruft zum Aufstehen am Morgen. Wasee ist deine Einarbeiterin, bei Fragen wende dich an sie. Du bist in erster Linie für das Gelege eingeteilt. Sie wird es dir erklären. Zu den Essenszeiten hilfst du hier aus. Sollte ich dich noch anderweitig benötigen, werde ich es dich wissen lassen. Noch Fragen?«

Wie auf ein Stichwort erschien das junge Mädchen in der Tür und stellte sich neben Guu.

»Wie lange werde ich hier sein?«, fragte Tember.

»Das weiß ich nicht«, antwortete Guu.

»Wo sind meine Gefährten?«

»Das weiß ich nicht.«

»Kann ich mit Bobbeye Hicks sprechen?«

»Nein.«

Tember gab auf und Guu registrierte es sofort.

»Gut, dann wäre das geklärt.« Sie schickte sich an, wieder in das Haus zurückzukehren, hielt noch einmal inne und fügte hinzu: »Eins noch. Überlege gut, was du tust. Tust du etwas Falsches, wirst du nicht bestraft.« Sie machte eine Pause, dann fuhr sie fort: »Sondern eines der Kinder.« Sie nickte Wasee zu, trat durch die Tür und war verschwunden.

Tember schaute das Mädchen verärgert an und fragte: »Beantwortest du auch keine Fragen?«

Wasee senkte den Blick, ging an ihr vorbei und sagte mit angenehm warmer Stimme: »Folge mir.«

Tember rührte sich nicht von der Stelle. »Sag mir wenigstens den Namen des Kleinen!« rief sie ihr nach.

Das Mädchen blieb kurz stehen. »Sie haben keine Namen hier. Sie haben Nummern. Er ist Hundertelf. Komm jetzt.«

Also folgte sie. Das Wippen der roten Schillerlocken vor ihr hatte eine beruhigende Wirkung und ihre Wut verrauchte schnell. Sie wurde nur selten zornig und niemals für lange. Obwohl sie es sich manchmal wünschte, denn Zorn konnte hilfreich sein, wenn man sich gegen männliche Ranggleiche durchsetzen musste.

*Hundertelf* also. Ihr brannten endlos viele Fragen auf der Zunge, aber sie musste sich wohl gedulden.

Wasee ging mit so kräftigen Schritten voraus, dass sie Mühe hatte, nicht zurückzufallen. Sie liefen vorbei an den Ställen und Gärten, die sie bereits gesehen hatte, vorbei am Schlafgebäude, an Spielplätzen und Reihen von Bretterverschlägen, die sie noch nicht kannte, bis fast an das äußere Ende der Anlage, wo sich eine große Scheune an den seitlichen Palisadenzaun schmiegte, die bis über seine Spitzen ragte. Im ebenso hohen Scheunentor war eine kleine Tür, Wasee öffnete sie und schlüpfte hindurch. Tember tat es ihr nach.

Schwüle Hitze und ein unangenehmer Geruch, gleichzeitig scharf und süßlich, hüllten sie augenblicklich ein und im ersten Moment konnte sie sich nicht orientieren, weil sich ihre Augen erst an das rötlich diffuse Licht gewöhnen mussten.

Wasee fasste ihre Hand und führte sie einige Meter auf die linke Seite, blieb stehen und legte Tembers Finger an ein Geländer. Stufen führten abwärts und sie stiegen vorsichtig hinab. Je tiefer sie gelangten, desto heller wurde es und Tember erkannte eine riesige flache Grube, in der es rot glimmte. Beim letzten Schritt versank sie in etwas sehr warmem Zähflüssigem und trat schnell auf die unterste Stufe zurück. Wasee war dort stehen geblieben, hantierte herum und hielt plötzlich eine Fackel in der Hand, die sie über die Grube schwenkte, so dass ersichtlich wurde, was sich dort befand.

Die Fläche war mit einer dunklen Masse bedeckt, durchzogen von rot schimmernden Adern, gemütlich vor sich hin blubbernd und Blasen werfend. In diesem dickflüssigen Brei lagen halb vergraben Unmengen von schwärzlichen eiförmigen Gebilden in verschiedenen Größen. Über die kleinsten, gerade mal handtellergroß, war ein schützendes Gitter gestülpt, so dass man nicht versehentlich auf sie trat.

Tember sah Wasee fragend an.

»Das Gelege«, sagte diese daraufhin.

»Das ist das Gelege?«, wiederholte Tember ungläubig. »Du meinst diese Dinger da, das sind ... Eier?«

Das Mädchen nickte.

»Aber bei den Altehrwürdigen, von was für einem Tier stammen sie denn?«

Wasee schien nicht zu hören, sie starrte angestrengt lauschend in die Masse, dann drückte sie plötzlich Tember die Fackel in die Hand und öffnete eine große Truhe, die seitlich der Treppe im Halbdunkel stand. Tember hatte sie nicht bemerkt. Jetzt sah sie auch die Fackelhalter, die dort im Boden steckten. Wasee nahm eine zusammengefaltete, grob gewebte Decke heraus, bedeutete Tember, ihr zu folgen, und stieg ohne Zögern in die Grube. Eilig stampfte sie vorwärts, dabei zielsicher die Eier umschiffend, die ihr im Weg lagen.

Tember brauchte eine halbe Ewigkeit, um zu ihr aufzuschließen, sie versank bei jedem Schritt bis über die Knöchel in dem warmen Schlamm, fiel über Eier, denen dies nichts auszumachen schien, verbrannte sich an den roten Streifen, die glutheiß waren, was daran liegen mochte, dass es sich um heiße Glut handelte, brachte es aber fertig, die Fackel bei ihren Stürzen nicht zu löschen.

Wasee hatte die Decke ausgebreitet und wartete, bis die von Kopf bis Fuß verdreckte Tember sie erreicht hatte. Dann deutete sie auf das Ei, das vor ihr lag. Es reichte ihr bis zum Knie und seine schwarze Schale wies feine Risse auf, durch die bläuliches Licht schimmerte. Gerade als Tember darauf starrte, platzte mit einem kleinen schmatzenden Geräusch eine weitere winzige Spalte auf.

»Morgen früh, noch vor dem ersten Ruf, ist es so weit«, sagte Wasee. »Präge dir ein, wie es aussieht und wie es sich anhört. Wenn so etwas passiert, machst du dies.« Sie breitete die Decke über das Ei und hüllte es vollständig darin ein. »Wenn es geschlüpft ist, wird es die Schale fressen und eine Zeit lang schlafen. Du musst nur am Seil ziehen, hier«, sie zeigte ihr den Strick der in den Rand der Decke eingelassen war, »dann liegt es in dem Sack und du kannst es nach oben bringen.« Sie bemerkte Tembers zweifelnden Blick und ein winziges Lächeln kräuselte ihre Lippen. »Häng ihn dir über den Rücken, sie sind leicht wie Federn in den ersten Stunden. Schwer werden sie erst später.«

Tember konnte es sich kaum vorstellen, was man ihr wohl ansah.

»Keine Sorge, ich werde dich die ersten Male begleiten, bis du es allein kannst.«

Tember fiel ein Stein vom Herzen. »Und wo bringe ich es hin?«

»Ich zeige es dir.«

Wasee strich noch einmal über das eingemummelte Ei, behielt die Fackel in der Hand und führte Tember wieder nach oben und auf die entgegengesetzte Seite der Scheune, wo eine Holzwand eingezogen war und sie erneut durch eine Tür treten mussten.

Dahinter lernte Tember eine Kinderstube der ganz anderen Art kennen.

# 38 / Nacht 6

Bevor er das Verlies betrat, vergewisserte sich Bobbeye Hicks bei den wachhabenden Alwadarianern, dass im Innern keine Gefahr drohen konnte. Die Beiden bestätigten dies, sie waren angewiesen, in regelmäßigen Abständen die Fesseln des Gefangenen zu überprüfen und hatten ihre Aufgabe gewissenhaft erledigt. Hicks hatte es zwar erwartet, aber *Vorsicht war die Mutter der Porzellankiste*, sein ehemaliger Freund würde die erstbeste Gelegenheit zur Flucht – sofern sie sich bot – ohne Zögern nutzen, da machte er sich nichts vor.

Die Wachen öffneten die Tür und begleiteten ihn hinein, um den Raum mit ihren Laternen zu erhellen. Der Schemel stand an der Seite, aber Hicks beachtete ihn nicht.

Roc saß auf dem Boden, an die Wand gelehnt, die Arme auf den angezogenen Knien, um die Schultern eine fleckige dünne Decke. Zu seinen angeketteten Füßen standen ein Becher mit brackigem Wasser und ein flacher Blechteller mit gammeligen Essensresten, beides sah nicht danach aus als wäre es angerührt worden. Er hob das Gesicht, es war schmutzig mit dunklen getrockneten Blutflecken, und blinzelte mit fahrigem Blick in das plötzliche Licht.

Hicks trat ein paar Schritte näher, verschränkte die Hände auf dem Rücken und musterte ihn.

»Einen schönen guten Abend wünsche ich dir, mein Freund«, sagte er liebenswürdig. »Wie ich sehe, wirst du bestens versorgt.«

Rocs Augen waren schlagartig wach und funkelten Hicks wild an, er versuchte auf die Füße zu kommen, aber sie knickten weg, und er sank wieder zu Boden. »Sagt mir … Kind…«, krächzte er.

Hicks beugte sich vor und klopfte ihm auf die Schulter. »Na, na, immer mit der Ruhe.« Er drehte sich zu den Wachen um. »Räumt hier ab und bringt frisches Wasser.«

Wenig später schaute er angewidert zu, wie Roc gierig trank und dabei die Hälfte daneben schüttete. »So, geht es dir nun besser?«, fragte er und fuhr ungeduldig fort: »Du hast Fragen und ich will Antworten. Da sollten wir doch handelseinig werden. Was kannst du mir bieten?«

Roc rieb sich mit einem Zipfel der Decke Wasser vom Gesicht und lehnte sich ermattet an die Wand zurück. »Ich habe mich nie sonderlich für diesen Fetzen Papier interessiert«, begann er schließlich. »Aber es gibt etwas dazu, das nur innerhalb des Rats der Drei weitergegeben wird und somit weiß ich davon.«

Hicks zog den Schemel heran, hockte sich und beugte sich gespannt vor. »Was ist es?«

Roc starrte ihn stumm an.

Hicks seufzte. »Also gut. Eine Frage. Aber mach schnell.«

»Dieses Kind ... Cia hat es hier zur Welt gebracht?«

»Ja.«

Roc setzte zur nächsten Frage an, aber Hicks hob die Hand. »*Eine* sagte ich. Jetzt du wieder.«

»Es ist wahr, dass das Rätsel seit Urzeiten existiert, aber nicht korrekt, dass es von den Altehrwürdigen zu uns gebracht wurde. Ist es ein Junge oder ein Mädchen?«

»Ein Mädchen. Wer hat das Rätsel gebracht?«

»Ein junger Mann, fast noch ein Kind, hatte es bei sich. Er war ein Gestrandeter und es heißt, er sei verwirrt gewesen und beim Schwimmen im Ozean ertrunken. Sicher, dass ich der Vater bin?«

Hicks nickte. »Ja.« Dann zog er einen verknitterten Zettel aus der Tasche, faltete ihn auseinander, strich ihn glatt und fragte: »Der Name des Gestrandeten, ist es dieser hier – Rolf?«

Roc blickte auf das Papier, das ihm Hicks vor die Augen hielt. »Das Rätsel?«

»Allerdings. Abgeschrieben. Abgemalt. Jedes gottverdammte Zeichen. Also, war es dieser Rolf? Bestand sein Name aus diesen Buchstaben?«

Roc schüttelte den Kopf. »Seinen Namen kenne ich nicht. Ist es gesund? Mein Kind, meine ich.«

»Ich werde dir gleich mehr darüber erzählen. Sag mir erst, ob das alles war, was du mir zu bieten hast.«

Roc rieb in einer nervösen Geste die Handflächen aneinander. »Wie ich schon sagte, das Rätsel war mir nicht wichtig. Aber ich weiß, dass sich Vem'E Darhor sehr dafür interessiert und Nachforschungen angestellt hat. Und dass er immer die Hoffnung hegte, eines Tages neue Gestrandete einzuweihen, um sie bei der Lösung um Hilfe zu bitten. Vem und diese Frau, Emiliane, sie haben Zeit miteinander verbracht. Wenn ich an Eurer Stelle wäre, und keine Möglichkeit hätte, mit Vem zu sprechen, würde ich mich an sie halten.«

Hicks blickte ihn eine Weile nachdenklich an. Dann erhob er sich und schob den Schemel zur Seite. »Ich werde darüber nachdenken, ob ich dir deine Geschichte abnehme.« Lächelnd drohte er ihm mit dem Finger. »Ich kenne dich ... du bist ein gerissenes Aas, ein schlauer Bursche.«

»Es ist die Wahrheit.«

Hicks grinste. »Ja, ja, das sagen sie alle. Wir werden sehen. Erst einmal werde ich deinem Vorschlag folgen und mich an die Lady wenden. Dann sehen wir weiter.«

Er wandte sich zu Tür.

»Wartet!« rief Roc.

Hicks hielt inne. »Richtig, du hast ja noch eine Antwort gut.«

Sein Lächeln verzog sich grausam grinsend, als er mit einer Stimme fortfuhr, die sich mit jedem Wort verhärtete: »Dieses Kind, dieser *Bastard*, den du *meiner Frau* untergeschoben hast, war *nicht* gesund, nein. Das Ding war eine Missgeburt, eine über und über behaarte hässliche kleine Bestie, die tot geboren wurde, Gott sei es gedankt. Ach, nun schau doch nicht so entsetzt – was hast du erwartet? Du hast die Naturgesetze der Amibros gebrochen, als du sie genommen hast, als du *meiner* Frau diese Schande angetan hast. Du hast es nicht anders verdient.«

Die letzten Worte spuckte er fast schon hinaus, mit vor Wut bebender Stimme. Dann stürmte er aus dem Verlies.

## 39

»Ist es richtig so?«, fragte die Stimme nahe seinem Ohr und zog seinen Verstand aus schläfrigen komatösen Tiefen einer vagen Oberfläche entgegen. Die Frage vibrierte mit leichtem Nachhall in seinem Kopf, ein wenig wie ein Echo, so als wäre sie wiederholt gestellt worden.

Bilder wechselten hinter seinen Augenlidern wie Ausschnitte aus Kinofilmen, manche farbig, manche Schwarzweiß, er sah Tember in Zeitlupe über eine Wiese rennen, die roten Zöpfe wippten lustig auf ihrem Kopf, sie drehte sich zu ihm um und lachte, verlor die Farben und wandelte sich in seinen Vater, erst sepiabraun, dann silbergrau, der ihm zuwinkte, da waren Häuser zu seinen Seiten, und Paps verschwand lächelnd in einer Gasse, ließ dabei etwas fallen, das wie eine Feder zu Boden segelte. Jani rief ihm nach, wollte hinterher rennen, kam aber kaum vom Fleck, bis er mit einem Male an der Stelle stand, sich niederbeugte und das fallengelassene Blatt aufhob, das in seiner Hand zu einem kleinen ledergebundenen Büchlein wurde, ein Terminkalender in der Art, wie sie seine Mutter verwendete. Er schlug ihn auf und der Wind fuhr hinein und blätterte wahllos die Seiten um, aus denen ihm die Daten ihn neongelber Textmarkerfarbe entgegensprangen, MONTAG, DIENSTAG, MITTWOCH, DONNERSTAG, JANUAR, APRIL, NOVEMBER, KALENDERWOCHE, OSTERN, PFINGSTEN, WEIHNACHTEN, die Seiten flogen aus dem Buch, schwebten in den Himmel, wobei sie sich in schwarze Raben verwandelten, er starrte ihnen nach und als er den Blick wieder senkte, schlich ein schwarzer Panther geschmeidig auf ihn zu, geduckt, knurrend, setzte zum Sprung an und verwandelte sich in eine Kugel, einen Brocken, einen Stern, auf dem er stand, die Arme ausgebreitet, um die Balance zu halten, den er ritt wie ein Skateboard, hoch hinaus ins Weltall, eine silberne Schweifspur hinterlassend, die als Schnee zur Erde fiel und die grüne Wiese in ein weißes Feld verwandelte, auf dem Tember in Zeitlupe rannte, die roten Zöpfe wippten lustig auf ihrem Kopf, sie drehte sich zu ihm um, lachend und er lachte zurück und war sein eigener Vater.

Eine Hand drückte die seine, ein warmer Körper schmiegte sich an seine Seite, da lag ein Kopf auf seiner Schulter, Haare kitzelten ihn am Kinn und dann wieder die Stimme an seinem Ohr, er spürte ihren Atem. Es fühlte sich sehr vertraut an.

»Ist es richtig so?«

»Tem?«

Er versuchte die Augen zu öffnen, aber es ging ums Verrecken nicht, überhaupt konnte er sich nicht bewegen, er wollte den Druck ihrer Hand zurückgeben, schickte bewusst und konzentriert den Befehl in seine Finger, aber sie gehorchten nicht.

Er träumte. Er hatte zuvor schon Träume erlebt, in denen er wusste, dass er träumte, aber er hatte sich noch nie fragen müssen, ob ein Teil davon vielleicht doch real war.

»Ist es richtig so?«

Gut, dann das übliche Spiel. Einen Versuch war es wert. »Was meinst du?«, stellte er die passende Frage.

»So zu ... liegen. Beieinander zu liegen.«

Sie sprach mit ihm. Also war sie ein Teil seines Traumes. Oder? »Ja, ist ... okay. Fühlt sich ... gut an.« Er sagte es widerwillig. Warum träumte er diesen Traum? Wunschdenken? Klärung? »Geht es Tember gut?«, fragte er.

»Ich weiß es nicht.«

Er erinnerte sich, dass er diese Frage auch beim letzten Mal gestellt hatte, das war ... wo war es noch gewesen? Es war auf jeden Fall lange her. Gestern? Vorgestern? Dann fiel es ihm wieder ein. Noch im blauen Wald, bevor der Riese aufgetaucht war. Als sie zugegeben hatte, was sie war. Mehr oder weniger. Und er das Geheimnis bewahren sollte.

Ein heißer Schauer durchfuhr ihn. Moment. Was hatte sie gesagt? »Du ... was? Du weißt es nicht? Wieso weißt du es nicht?«

Er spürte wie ihre Finger die seinen umklammerten, es tat schon beinahe weh. »Ich bin nicht ... sie ist nicht ... sie ist nicht hier.«

»Aber ... wieso?« Jetzt wurde ihm außer heiß auch noch kalt. Abwechselnd. Verdammt, er musste einfach... Mit aller Macht stemmte er sich gegen das irreale Gefühl, verdrängte die Traumbilder, versuchte klar zu denken, stellte sich das Zimmer vor, in allen Einzelheiten, das Bett, auf dem er lag, paukte es sich in den Kopf, presste die Augen zusammen und öffnete sie gleich darauf.

Er schaute zur Seite und sprang mit einem Aufschrei aus dem Bett. Es war seine Mutter, die dort lag.

»Verdammt, M, was soll das?« Blut schoss ihm ins Gesicht, wütend fuhr er sie an: »Warum tust du das? Ich dachte ... du ... ach Scheiße!« Er stürzte an das Waschbecken im Erker, ließ kaltes Wasser laufen, schöpfte es mit beiden Händen in sein Gesicht, fluchte dabei in einer Tour vor sich hin.

Bis ihm bewusst wurde, dass von Emily gar keine Reaktion erfolgte. Das einzige Geräusch, das zu hören war, kam von Spooky. Der Whippet winselte.

Jani nahm ein Handtuch und trat zurück ins Zimmer, während er sich das Gesicht abtrocknete. Emily saß auf dem Bettrand, Füße auf dem Boden, die Hand nach dem Hund ausgestreckt. Der stand außer Reichweite mit eingezogenem Schwanz und jaunerte, bewegte sich aber nicht.

Jani rief ihn und Spooky stürmte zu ihm, sichtlich erleichtert und schwanzwedelnd. Während er ihn hinter den Ohren kraulte, beobachtete er seine Mutter. Sie hatte die Hand zurückgezogen und sah ein wenig verloren aus. Äußerlich war sie Emily, Kleidung, Haare, Gesicht, alles stimmte, und doch stimmte nichts. Nuancen in ihrer Mimik und ihrer Haltung, die er gar nicht näher hätte beschreiben können. Die Erkenntnis traf ihn blitzartig, nur die Logik fehlte. Waren diese Bewusstseinsspaltungen so etwas wie eine ansteckende Krankheit?

Er ging hin. »Du bist nicht meine Mutter«, sagte er und setzte sich neben sie.

Sie schaute ihn stumm an.

»Ist meine Mutter ... ist Emily noch da?«, fragte er.

Sie nickte.

»Geht es ihr gut?«

Sie nickte wieder. »Sie schläft«, fügte sie lächelnd hinzu.

»Warum passiert es auch bei ihr?«, wollte er wissen. »Hat sie sich bei Tember angesteckt?«

Die falsche Emily runzelte die Stirn unter dem silbernen Schlangenreif. »Ich verstehe nicht.«

»Es gibt hier noch jemanden mit einem zweiten Ich«, erklärte er. »Ein rothaariges Mädchen. Eine Amibro. Sie hat auch jemanden in sich, so wie du in meiner Mutter bist. Vielleicht ist sie ja krank und jetzt hat meine Mutter ebenfalls diese Krankheit? Vielleicht bekomme ich sie auch noch?«

»Zweites Ich...«, wiederholte Emily langsam und sinnend.

»Na ja, vielleicht nicht ganz«, korrigierte sich Jani. »Mehr so zwei Persönlichkeiten in einer Person. Schon unterschiedlich in ihrer Art und Weise, aber eben doppelt vorhanden. Gespaltenes Bewusstsein, mal hat das eine Oberhand, mal...«

»Kein zweites Ich«, unterbrach ihn Emily.

»Kein– ?«

»Nein. Jeder ist das eigene Ich. Ich bin nur ein Besucher.«

»Wie bitte?« Jani verstand gar nichts.

»Ich...«, sie suchte nach einem Wort, »ich krieche hinein und verteile mich. Dann bin ich da. Für eine Weile.«

Jani blinzelte unkontrolliert. »Du ... du meinst – bist du etwa *dieselbe*, die auch in Tember war?«

Sie nickte.

Jani rückte von ihr ab und schaute sie fassungslos an. »Du übernimmst sie? Du gehst einfach in ihre Körper und machst was du willst? Aber du kannst doch nicht...« Der Begriff ›Körperfresser‹ blitzte in seinem Kopf auf. Er stammte aus irgendeinem Science Fiction Film, an dessen Titel er sich gerade nicht erinnern konnte. Einem gruseligen Science Fiction Film. Er rutschte wieder rüber, fasste grob ihre Oberarme und schüttelte sie.

»Geh SOFORT AUS MEINER MUTTER RAUS«, schrie er sie an.

Ihre Augen weiteten sich erschrocken. »Aber...«

»RAUS DA!«

»Es tut mir leid«, flüsterte sie. »Ich wollte nur –« Sie schloss die Augen und kippte ohne Vorwarnung rückwärts auf das Bett.

Jani starrte sie an, die Arme noch in die Luft erhoben, wo sie ihm aus den Händen gerutscht war. Er atmete schwer, sein Herz hämmerte in der Brust. Er schluckte. »Äh. Hallo?«

Sie rührte sich nicht.

»Verdammt.« Ihm brach der kalte Schweiß aus. Er nahm ihr Handgelenk, aber er konnte den Puls nicht finden. Als er es los ließ, fiel ihr Arm kraftlos auf das Bett. Gehetzt sah er sich um, sprang auf, lief ins Bad und tränkte das Handtuch mit kaltem Wasser, wrang es aus. Rannte zurück zum Bett, kniete sich neben ihren Kopf und drückte ihr den nassen Stoff auf Stirn, Wangen und Hals.

»Komm wieder zu dir, bitte«, flüsterte er heiser. Er schlug auf ihre Wangen, nicht zu fest, kühlte die Handgelenke, rüttelte an ihren Armen, bettelte und flehte, versuchte festzustellen, ob sie noch atmete, und konnte sich an nichts erinnern, was er im Erste-Hilfe-Kurs gelernt hatte. Totaler Blackout.

Gerade als er in Panik beschloss, Hilfe zu holen, bewegte sie sich.

»Jani?«, murmelte sie schläfrig. »Was ist denn los? Mir ist kalt.«

»Emmi?? M! Warte, gleich ist gut!« Er hob ihre Beine aufs Bett und sie rollte sich sogleich zitternd zusammen. Mit allem was er an Laken finden konnte, deckte er sie zu, holte noch ihren Fellumhang und rieb kräftig ihre Schultern, um sie aufzuwärmen. »Besser so?«

»Mhmh«, brummte sie und begann im nächsten Moment leise zu schnarchen.

Er musste lachen, was aber irgendwie als Schluchzer heraus kam und gleichzeitig traten ihm Tränen in die Augen. Mit einem Satz sprang Spooky aufs Bett und kuschelte sich an Emily. Jani schenkte sich aus der Karaffe auf dem Nachttisch ein Glas Wasser ein und trank es in einem Zug aus. Dann betrachtete er beide eine Weile und spürte, wie die Erschöpfung bleiern in seine Glieder kroch. Auf der anderen Seite war noch ein wenig Platz, also ging er um das Bett herum, legte sich dorthin, rückte nahe an Emily heran und legte einen Arm um sie. Den Hund, der nun zwischen ihnen eingeengt war, schien es nicht zu stören.

Müde schloss er die Augen, aber ein Gedanke ließ ihn nicht los. »Wenn du mich hören kannst«, flüsterte er einem imaginären Gesprächspartner zu, »es tut mir auch leid. Ich wollte nicht so grob sein. Ich habe mir nur Sorgen gemacht. Bitte komm wieder. Wenn du kannst.« Er gähnte laut. »Aber such dir einen anderen Körper aus, okay?«

# 40 / TAG 7

Bobbeye Hicks hielt sein Versprechen und schickte Bitsy zum Wecken seiner beiden Gäste, verbunden mit der Bitte, ihn im Frühstücksraum zu treffen. Dieser Bitte konnte jedoch nur Emily folgen, da sie auch mit Hilfe der Alwadarianerin nicht in der Lage war, ihren Sohn wach zu bekommen. Besorgt beugte sie sich über ihn, fühlte seine Stirn, doch er atmete tief und gleichmäßig, nichts deutete auf eine eventuelle Erkrankung hin.

Sie ließ ihn schließlich widerwillig zurück, war sie doch überaus neugierig auf die Erklärung, warum sie in *seinem* Bett aufgewacht war. Sie vermutete, dass die Antwort etwas mit seiner unglaublichen Schläfrigkeit zu tun haben würde, während Bitsy nur einen Blick auf den Wasserstand in der Karaffe werfen musste, um genau zu wissen, was der Grund für den Tiefschlaf des Jungen war. Natürlich war sie nicht befugt, auch nur ein Sterbenswörtchen darüber zu verlieren.

Nach einem kurzen Abstecher nach draußen für Spookys Bedürfnisse gesellte sich Emily zu Hicks, um in gemütlicher Plauderzweisamkeit ein wunderbares Frühstück und literweise fantastischen Kaffee zu genießen.

»Noch ein paar solcher Mahlzeiten und ich passe nicht mehr durch die Tür«, seufzte Emily. »Ein Fitnessstudio versteckt sich nicht zufällig auch in Ihrem Wunderkeller, oder?«

Hicks lachte. »Nein, leider nicht.« Er klopfte sich auf den Bauch. »Ein wenig Bewegung könnte ich auch vertragen. Was halten Sie von einem Ausflug?«

»Ein Ausflug? Wohin?«

»An einen Ort mit Tageslicht und blauem Himmel. Lassen Sie sich überraschen.«

Emily zögerte. »Kann ich meinem Sohn eine Nachricht hinterlassen?«

Hicks strahlte sie an. »Aber natürlich. Wir können Ihren zauberhaften Hund ohnehin nicht mitnehmen, bringen Sie ihn doch zurück aufs Zimmer, dann können Sie die Nachricht schreiben und ich lasse Ihnen noch ein paar geeignetere Kleidungsstücke bringen. Lassen Sie sich Zeit, wenn Sie fertig sind, treffen wir uns wieder hier.«

Emily gab sich einen Ruck, ein wenig Luftveränderung würde ihr wirklich gut tun. »Also gut«, sagte sie und lächelte Hicks an, »dann bis gleich.«

Sie benutzte Janis Moleskine-Notizbuch für die Nachricht und dirigierte Spooky zu ihm aufs Bett, mit Worten, die ihm klar machten, dass er hier bleiben würde. Weeny (oder war es Bitsy?) brachte ihr Kleidungsstücke, die sie entgeistert entgegen nahm, aber vertrauensvoll anlegte – Hicks würde schon einen Grund haben für dick gefütterte Fellstiefel, einen traumhaften knöchellangen Pelzmantel mit Kapuze und dazu passenden Handschuhen.

Sie eilte aus dem Zimmer, bevor sie der Hitzetod ereilen konnte und traf Hicks in vergleichbarer Montur auf dem Gang, er wartete bereits auf sie.

Er legte einen Finger an die Lippen und sagte: »Keine Fragen – Sie werden gleich sehen. Wir gehen ganz nach oben.«

Also fragte sie nicht und folgte dem Maler durch schier endlose Gänge, die aufwärts führten. Das letzte Stück galt es über eine steinerne Wendeltreppe zu ersteigen, dann traten sie hinaus auf das windgeschüttelte Dach des Tempels. Hier befand sich eine ebene Plattform, mit Markierungen versehen und von Laternen beleuchtet, so dass sie an eine Landebahn für Flugzeuge erinnerte.

Ein paar Schritte entfernt stand eine Gruppe Verhüllter und Alwadarianer beieinander. Hicks bedeute Emily, kurz zu warten, und ging zu ihnen.

Die Pelzkleidung schirmte die heftigen Böen hervorragend ab, aber von blauem Himmel keine Spur. Der zeigte sich dunkelpurpurn mit hellrosa Streifen durchsetzt. Auf der Suche nach den Monden entdeckte Emily plötzlich einen weißen Fleck, der sich schnell näherte. Es dauerte nicht lange und sie erkannte die unheilvollen Umrisse. Erschrocken sah sie nach Hicks, aber er und die Gruppe waren ins Gespräch vertieft und schenkten dem Luftraum keine Beachtung.

Das Weiße war bedrohlich näher gekommen und hielt eindeutig auf die Plattform zu. Emily schrie nach Hicks, doch der Wind verschluckte jeden Ton. Erleichtert gewahrte sie, dass die Gruppe nun aufblickte und den Weißen entdeckt hatte. Sie machte sich bereit, mit ihnen die Treppe hinunterzuflüchten, doch die Männer traten nur gemächlich zur Seite, Hicks schaute sogar herüber zu ihr und winkte lächelnd.

Ungläubig sah sie zu, wie die riesige Fledermaus elegant auf der Piste landete und nach ein paar ausbalancierenden sachten Hüpfern die großen Schwingen an die Seiten faltete, die stämmigen kurzen Beine einknickte und sich auf den Bauch niederließ.

Ein kleiner in Pelzuniform gehüllter Alwadarianer stieg aus dem Sattel und rutschte an der Seite des Tieres auf den Boden hinunter. Dann lief er direkt zu Hicks.

Der winkte Emily zu sich, aber sie presste sich zitternd an die rückwärtige Mauer und war damit beschäftigt, die Bilder des Snopirs, den Roc in Wolfsform in ihrem Beisein getötet hatte, aus ihrem Kopf zu verbannen. Damals hatte sie bei seinem Anblick in Dimensionen von ›riesig‹ gedacht, im Vergleich zu dem soeben gelandeten Tier war das erste ein Zwerg gewesen. Sie ahnte bereits, welche Art Ausflug Hicks für sie vorgesehen hatte und ihr Puls beschleunigte sich, weil sie sicher war, dass der Große wissen würde, dass sie einen seiner Art ermordet hatte. Zumindest war sie beteiligt gewesen, auf gewisse Art.

Mit einem Mal stand Hicks bei ihr und nahm sie bei den Schultern. »Was ist mit Ihnen?«, fragte er. »Haben Sie keine Angst. Er ist zahm und sehr brav. Ein ganz Sanfter.«

Sie flüsterte etwas, das Hicks nicht verstand und musste es wiederholen. Sie stellte sich auf die Zehenspitzen und flüsterte es ihm ins Ohr.

»Oh, ich verstehe«, sagte Hicks. »Machen Sie sich keine Sorgen. Das hört sich ganz nach einem wilden Artgenossen an. *Salvador* hier stammt aber aus unserer eigenen Zucht. Zu seinen wilden Verwandten hat er keine Beziehung, im Gegenteil, er fürchtet sie sogar. So gesehen haben Sie und Roc sogar etwas Gutes für ihn getan.«

»Er fürchtet sich vor ihnen?« Emily war nicht ganz überzeugt.

Hicks nickte. »Stellen sie sich Salvador als weißen Schwan vor, mit einem kleinen blutenden Kratzer am Fuß, schwimmend in einem See voller Piranhas. In etwa so ist das Verhältnis unserer Snowpyres zu den wilden.«

»Snowpyres? Ich dachte ihre Bezeichnung wäre Snopire?«

»Na ja, die Amibros sprechen es nicht ganz korrekt aus«, erklärte Hicks und grinste. »Es handelt sich um Vampirfledermäuse, die aus einer Welt stammen, in der Eis und Schnee vorherrschen. Schnee-Vampire, Snow-Vampyres, Snowpyres.«

»Vampire…«

»Tierblut«, beruhigte Hicks sie sofort. »Und das nur hin und wieder, als Leckerbissen. Ihre Hauptnahrung ist pflanzlicher Art. Jedenfalls haben wir unsere daran gewöhnt. Die wilde Urform ist schon eher der fleischfressenden Sorte zuzuordnen.«

Die Gruppe machte sich an Salvador zu schaffen, Emily begriff, dass man ihm zusätzliches Geschirr anlegte. Für weitere Passagiere. Sie atmete tief durch. Nein, sie würde jetzt nicht danach fragen, ob es *sicher* war, nicht noch eine Blöße. Sie ärgerte sich bereits über ihre zur Schau gestellte Ängstlichkeit. *Einen auf Luca Toro Kriegerin machen und dann so einen Jammerlappen abgeben.* Jani hätte es bestimmt amüsiert. Hicks würde sie kaum mitnehmen, wenn es *nicht* sicher wäre.

»Bereit?«, fragte Hicks, als hätte er ihre Gedanken gelesen.

»Aber natürlich«, erwiderte sie ganz cool.

# 41

Als Jani irgendwann aufwachte, fand er das Bett verlassen vor und Spooky zu seinen Füßen liegend. Ihn plagte schrecklicher Durst. Da beide Wasserkaraffen verschwunden waren, wankte er ins Bad und trank vom Wasser dort, anschließend wusch er sich und schlüpfte in die Kleidung vom Vortag. Ihm brummte der Schädel, nicht in der Art die nach Aspirin verlangte, sondern in ein-ganzes-Rock-am-Ring-Wochenende-ohne-Hörschutz-nahe-den-Lautsprechern-verbracht-Weise. Kurz darauf bekam er so wahnsinnigen Hunger, dass ihm beinahe schlecht wurde, also warf er sich den Rucksack über, steckte die vorher noch entdeckte Notiz seiner Mutter ein und eilte er in den Frühstücksraum, den Whippet an seiner Seite.

Der Raum war leer, der Tisch jedoch gedeckt, perfekt. Er fragte sich, ob hier immer frische Speisen bereit standen für eventuell Hungrige, es schien jedenfalls so. Sobald er sich gesetzt hatte, tauchte ein Alwi auf und fragte nach seinen Wünschen, spontan stellte er ihn auf die Probe und bestellte amerikanisches Frühstück mit Bacon, Pancakes, Ahornsirup und Orangensaft. Er bekam es. *Nicht.*

Die Ohren an der Nase des blaugestreiften Alwis wackelten heftig, als er angestrengt versuchte, Janis Erklärungen zu verstehen, um etwas Vergleichbares aus der Küche holen zu können. Am Ende wurden ihm immerhin Pfannkuchen und gebratener Schinken kredenzt, dazu ein süßer Saft, der ein Orangensaft hätte sein können, wenn er nicht so schreiend limettengrün gewesen wäre. Er verputzte alles mit Heißhunger, es schmeckte köstlich.

Er bat darum, mit Louie sprechen zu dürfen, dem Alwadarianer, der die Nachricht des Kuriers entgegengenommen hatte, erfuhr jedoch, dass dieser seinen freien Tag hatte, den er auswärts verbrachte. Das hatte Hicks wohl vergessen.

Während er aß, dachte er über die vergangene Nacht nach. Inzwischen war er sich nicht mehr sicher, ob es real oder doch nur ein Hirngespinst gewesen war. Wenn dieses Etwas existierte, dass sich angeblich sowohl in Tember als auch in Emmi als zweites Ich aufgeführt hatte, was war es dann? Wo kam es her? Ein Metaschweber wie Nia und dieser zweite Elvis vielleicht, der sich statt in der Welt in Personen materialisierte? Er musste unbedingt Roc fragen, ob so etwas möglich war. Wenn der mal wieder von seiner rosaroten Liebeswolke stieg und sie mit seiner Anwesenheit beehrte. Emmis Notiz enthielt auch keinerlei Hinweise, dass sie sich an ungewöhnliche Vorgänge erinnerte, sie besagte lediglich, dass Hicks sie zu einem Ausflug eingeladen hatte, von dem sie nicht wusste, wohin er führen oder wann er enden würde. Er solle nicht auf sie warten.

*Na toll*, dachte Jani. *Und was soll ich tun während ich* nicht *warte?*

Gerne wäre er bei Tember und den anderen gewesen, die Gegend zu erkunden, war sicher interessant. Obwohl er da so ein unbestimmtes Gefühl hatte, dass ihm völlig egal war, was sie unternahmen. Er wäre gerne in ihrer Nähe, mit oder ohne weitere Gesellschaft. Und schon kam wieder Zorn in ihm auf, weil sie ihn zurückgelassen hatten. Aber das brachte ihn auch nicht weiter. Wenn sie wieder zurück waren, würde er dafür sorgen, dass dies nicht noch einmal vorkam.

Er könnte Henri Trayot und Scotty Stein suchen und das Gespräch von gestern fortführen. Aber ohne Emmi und Hicks wollte er das nicht wirklich. Verdammt, war das nicht der Plan gewesen für heute? Das Gespräch fortzuführen? Andererseits war es auch wieder okay, er konnte eine Pause gebrauchen von all dem hochgeistigen Geschwafel.

Pappsatt starrte er auf das viele Essen, das hier noch auf Abnehmer wartete. Er vermisste Musik. Zuhause hätte er jetzt mal eben den iPod angeworfen und *Tomahawk* mit *Mike Patton* in voller Lautstärke gehört. Ihm fehlte seine Band, das Proben, die Auftritte. Hätte er bloß die Gitarre nicht am Fogmon zurückgelassen.

Der überladene Tisch brachte ihn auf eine Idee. Wenn dieser geheimnisvolle Keller so viele irdische Köstlichkeiten bewahrte, ob er dann nicht auch irgendwo Gebrauchsgegenstände versteckte? Wie Musikinstrumente zum Beispiel. Durfte er den Keller betreten? Abgesehen davon, dass er keine Ahnung hatte, wo dieser sich befand. Es sprach ja nichts dagegen, sich einmal unauffällig nach dem Eingang umzuschauen. Wenn er jemandem über den Weg lief, konnte er ihn immer noch fragen, ob es erlaubt war. Und wenn er erst drin war, konnte er immer noch sagen, er habe jemanden gesucht, um ihn zu fragen. Irgendwie würde er sich schon herausreden können.

Von aufgeregtem vorfreudigen Adrenalin beflügelt, sprang er schnell auf und rief ein »bis später« Richtung Küche, als er mit Spooky im Schlepptau hinauseilte. Bloß niemandem begegnen. Sonst hätte er ja fragen müssen.

»So«, flüsterte er Spooky zu, als sie im Flur standen. »Dann schauen wir mal, wo es in den Keller geht. Du hast nicht zufällig eine Idee, hm?«

Der Weg nach draußen war klar, der zum Zimmer auch, suchend um sich blickend, ging er den Gang geradeaus weiter. Da waren so viele Türen, jede konnte zum Keller führen, aber er konnte doch nicht überall hinein schauen, was wenn sich dort jemand aufhielt?

Dann spürte er einen Zug am Bein und blickte auf den Whippet, der sein Hosenbein mit den Zähnen gepackt hatte und daran zog. Als er Janis Aufmerksamkeit hatte, ließ er den Stoff los, trabte ein paar Schritte vorwärts, drehte sich um und gab ein gedämpftes, aber unmissverständliches »Wuff« von sich.

Jani fühlte sich in eine gewisse Situation am Strand zurückversetzt, als er nicht glauben mochte, dass bunte Schmetterlinge mit ihm sprachen und beschloss sich gar nicht erst zu wundern. »Seit wann machst du einen auf

*Lassie*?«, fragte er dennoch, lief dem Hund dann ein paar Schritte hinterher und tatsächlich – der eilte weiter und schaute sich ab und zu um, ob er auch wirklich folgte.

So wenig er es sich auch erklären konnte, aber Spooky führte ihn direkt zum Keller. Der Gang selbst endete in einer dunklen Nische mit schmiedeeisern verzinkter Holztür, die sich an einem Eisenring aufziehen ließ. Dahinter wartete eine breitstufige steinerne Treppe, die viele, viele Meter in die Tiefe und in ein verwinkeltes Gewölbe führte, das gleichzeitig muffig und nach Äpfeln roch.

Jani lachte ungläubig und tätschelte die Flanken des Whippets. »Echt abgefahren! Du warst wohl schon vorher hier? Also dann, sehen wir es uns an!«

Bobbeye Hicks hatte nicht übertrieben. Der Keller *war* ein Irrgarten, ein endloses verwirrendes Geflecht aus steinernen Stollen und gewölbten kühlen Lagerräumen verschiedener Größen. Jani war anfangs noch bemüht, sich die verschlungenen Wege einzuprägen, vergaß es dann aber einfach über der Aufregung und Faszination, die jeder noch nicht betretene Winkel auf ihn ausübte – was mochte sich hier verbergen, welche Überraschung wartete dort auf ihn?

Im näheren Umkreis des Eingangs lagerten vor allem Nahrungsmittel, ordentlich sortiert in hölzerne Regale und Kisten, die gut erreichbar waren. Je weiter er sich entfernte desto öfter fanden sich auch Gegenstände aller Art, Werkzeuge und Handwerksmaterialien in alten Truhen, achtlos aufeinander gestapelte Möbel, verblichene Gemälde in schäbigen Rahmen, Schränke voll mottenzerfressener Kleidungsstücke, Berge von Müll, Schrott, Ausgedientem, mit dem man etliche Antiquitätenhändler glücklich machen könnte oder monatelang den örtlichen Entrümpelungsdienst ausgelastet hätte.

Es hatte den Anschein, als wären Generationen um Generationen von Bewohnern in diesem Gebäude aufgetaucht und wieder verschwunden und hätten bei jedem Einzug den alten Krempel der Vorgänger auf leer stehende Kellerplätze verteilt.

Während es im Bereich der Nahrungsmittel noch peinlich sauber aussah – vermutlich gab es alwadarianische Putzkolonnen, die hierauf ein Auge hatten – wurde es, je weiter sie vordrangen, umso schmutziger, dicke Staubschichten und dichte Spinnweben bedeckten Mauern, Wände, Boden und Gegenstände.

Jani gab schließlich auf. Diese Leute mochten begeisterte Sammler alter Kunstwerke gewesen sein, einen Hang zu Museumsstücken gehabt und sich mit den Lebensgewohnheiten der verschiedensten Kulturen auseinandergesetzt haben, mit Musik hatten sie jedenfalls nichts am Hut. Er war müde und durstig, der Staub lag nicht nur auf seiner Kleidung, er schien durch alle

Poren zu dringen, sein Hals war trockener als eine Wüste, er wusste nicht, wie viel Zeit vergangen war und ob Emmi ihn vielleicht schon suchte, von ihrem Ausflug zurückgekehrt.

Er wollte aus diesem Keller raus, es fühlte sich so ähnlich auslaugend an wie ein stundenlanger Besuch in einem Kaufhaus, auch wenn er es hier viel länger ausgehalten hatte. Wenn er seine Mutter zu einem Bummel durch Frankfurts Einkaufsmalls begleitet hatte, hatte er sich über kurz oder lang nach draußen abgesetzt, auf einer Bank Platz genommen, den Straßenmusikanten zugehört und die vorbeihastenden Menschen beobachtet, während er auf Emmi wartete.

Nun galt es den Ausgang wiederzufinden und das gestaltete sich schwieriger als erwartet. Zuerst war es scheinbar einfach – er lief in die Richtung, in der Staub und Spinnweben abnahmen und es immer sauberer aussah. Doch viele Kreuzungen erforderten viele Entscheidungen und ein Gang sah aus wie der andere. Nach einer Weile bildete er sich ein, dass es wärmer wurde und hatte auch das Gefühl, Räume zu durchqueren, in denen er noch gar nicht gewesen war. Er wischte es als Hirngespinst beiseite und erst als Spooky, der treu an seiner Seite trabte, zu hecheln begann, wurde die ansteigende Temperatur zur Gewissheit.

Jani blieb stehen und sank an der Mauer des Ganges, den sie gerade entlangliefen, zu Boden. Er schaute direkt auf den gewölbten Eingangsbogen eines weiteren Raumes, meinte Holzkisten erkennen zu können, war aber nicht wirklich interessiert herauszufinden, was sich darin befand. Er hatte genug.

»Einen Moment ausruhen«, sagte er zu Spooky, der sich daraufhin auf den Bauch niederließ und den Kopf seitlich der ausgestreckten Vorderläufe auf den Boden legte. Jani lehnte sich mit dem Rücken an die Wand und schloss die Augen.

Zwei Dinge wurden ihm Sekunden später bewusst – die Mauer strahlte wohlige Wärme ab und es drangen Vibrationen durch den Stein, die ihm zuvor überhaupt nicht aufgefallen waren, obwohl ihm jetzt klar wurde, dass sie die ganze Zeit da gewesen waren. Ein gleichmäßiges dumpfes Grollen, ähnlich einem entfernten Gewitter, das sich hin und wieder verschluckte und in kurzer Stille verklang, um dann wieder an Kraft zu gewinnen. Er sollte nachsehen, um was es sich dabei handelte, doch der bedächtige Rhythmus hatte etwas Einlullendes an sich, dem er erst einmal nachgab. Es hätte nicht viel gefehlt und er wäre eingeschlafen.

Doch dann untermischte sich ein neuer Ton, ein die Harmonie störendes unmelodisches Rumpeln, das sich so holprig näherte, dass er es durch den Felsen spüren konnte. Es wurde immer lauter, bis es schließlich in einem plötzlichen metallischen Kreischen abrupt verstummte. Jani, auf einen Schlag wieder hellwach, rückte eilig von der Wand ab und verharrte lauschend, der Lärm war so nah gewesen, als befände er sich direkt hinter der Mauer, an der er gelehnt hatte.

Dann hörte er jemanden reden und atmete im nächsten Moment erleichtert auf – er kannte diese Stimmen und sie bedeuteten, dass das Herumirren ein Ende hatte. Henri Trayot und Scottie Stein würden mit Sicherheit den Weg nach draußen wissen. Eilig setzte er an, auf die Füße zu kommen, um sich den beiden bemerkbar zu machen, doch er wurde abgehalten.

Spooky stand mit einem Satz neben ihm und legte ihm, der noch saß, die Pfote auf den Arm.

Jani blickte verdutzt in die geweiteten schwarzen Pupillen des Hundes. »He Kleiner, was ist denn?«

Die Schnauze des Whippets öffnete sich leicht, die Lefzen verzogen sich nach hinten, wie sie es immer taten, wenn er zu hecheln begann. Lustigerweise wirkte das so, als würde der Hund lächeln, eine für die Rasse typische Mimik.

Nur dass diesmal keine Zunge herauskam, sondern erst ein Räuspern und dann eine Stimme, unbeholfen, ungeübt. »Nicht zu ihnen«, kam es undeutlich flüsternd aus dem Hund. »Besser verstecken.«

## 42

Emily dankte ihren Genen dafür, dass sie schwindelfrei war und nicht an Höhenangst litt. Denn andernfalls hätte sie – wegen vermutlich geschlossener Augen – auf dieses fantastische Erlebnis verzichten müssen. Zwar war der Aufstieg unangenehm gewesen, denn ganz nach Fledermausart hatte sich Salvador mit heftig flatternden Schwingen in die Höhe gearbeitet und seine Reiter dabei aufs Heftigste durchgerüttelt, aber sobald er seine Flughöhe erreicht hatte, glitt er sanft dahin. Sein Körper strahlte Wärme aus, auch etwas, mit dem Emily nicht gerechnet hatte. Das und ihre windschützende Pelzbekleidung sorgten dafür, dass ihr nicht kalt wurde (das Adrenalin in ihrem Blut hatte natürlich auch Anteil daran).

Der kleine alwadarianische Pilot saß weit vorne in seinem Sattel, fast schon auf dem Hals des Snowpyres, so konnte er ihm Anweisungen in die großen Ohren rufen, wie ihr Hicks erklärte. Die Tiere wurden vornehmlich durch Rufe gelenkt, das Zaumzeug wurde nicht verwendet, solange sie gehorsam reagierten.

Emily und Hicks waren in einem Doppelgeschirr für Fluggäste untergebracht, es war im oberen Rückenbereich hinter den Schulterknochen befestigt, und ihre Füße ruhten, von Gurten gesichert, locker auf den kräftigen ledernen Flügelansätzen, wo sie den Snowpyre nicht in der Bewegung störten. Der Franzose saß hinter ihr, nahe genug, dass sie ihn hören konnte, wenn er ihr die Landschaft erläuterte, die sie überflogen. Zwischen ihnen waren große Satteltaschen angebracht, Hicks hatte etwas von Proviant und nützlichen Gegenständen gesagt.

Die ersten Minuten machte ihr noch der Flugwind zu schaffen, ihre Augen tränten und sie sah nur undeutlich worauf Hicks deutete, aber dann registrierte sie schnell, dass der blauviolette Dunst einer sonnigen Atmosphäre unter leuchtend blauem Himmel gewichen war. Sie flogen auf offenes Meer hinaus und Emily sah sich erstaunt nach den schroffen, viele Meter hohen Klippen um, die sie dabei hinter sich ließen – sie hatte nicht gewusst, dass der Dschungelkontinent derart hoch über dem Meeresspiegel lag.

»Das Gelände steigt vom Strand her an«, rief Hicks in ihr Ohr, einmal mehr ihre Gedanken ahnend. »So gemächlich, dass man es auf dem Weg nach Alwadar kaum bemerkt.«

Emily fand es seltsam. Sie erinnerte sich, dass sie nach dem Verlassen des purpurblauen Urwalds sogar *abgestiegen* waren in das Tal, in dem der Regenwald mitsamt dem Palast lag. Vielleicht handelte es sich um eine Sinnestäuschung. Mit Logik kam sie hier jedenfalls nicht weiter.

Salvador sank weit nach unten, bis aus der spiegelglatten blauen Fläche erkennbares Wasser wurde, das sich in sanften Wellen wog und in dem sich die Sonne glitzernd brach.

»Wohin fliegen wir?«, fragte sie über die Schulter.

»Zur Eisinsel«, erwiderte Hicks und der riesige Fledermauskörper unter ihnen erschauerte. Hicks klopfte den weißen Rücken in beruhigender Geste. »Keine Sorge mein Bester, du darfst Sicherheitsabstand halten.«

Bevor Emily nachfragen konnte, wovor sich der Snowpyre fürchten mochte, kam die Insel ins Blickfeld, ein schneeweißer Patzer im sonst endlosen Blau. Salvador schraubte sich höher je näher sie kamen und beschleunigte dabei so sehr, dass der weiße Fleck schnell unter ihnen zurückblieb. Überrascht nahm Emily wahr, dass er eine präzise fünfeckige Form hatte.

Hicks tippte ihr auf die Schulter und reichte ihr den ersten ›nützlichen Gegenstand‹ aus den Satteltaschen – ein Fernglas. Er selbst hob ebenfalls eines vor die Augen und Emily folgte seinem Beispiel.

Salvador hielt seine Position über der Mitte des Eilands, einem Turmfalken gleich mit den Flügeln schlagend, ließ sich aber zeitlupenartig fallen, wenn auch widerstrebend. Der kleine Pilot hielt die beiden Ohren der Fledermaus umschlungen und schien unentwegt, vermutlich ermutigend, hinein zu flüstern.

Die Gläser des Fernglases waren stark, trotzdem dauerte es eine Weile, bis Emily in dem blendenden Weiß Einzelheiten ausmachen konnte. Hier und da entfalteten sich bläuliche Flecken, bis ihr klar wurde, dass es Berge waren, die Schatten warfen, Eisberge, die sich zu einem regelrechten Eisgebirge zusammenfanden, je klarer der Blick auf sie wurde. Das Gebirge türmte sich von der Mitte der Insel bis über die nördliche Hälfte, der Südwesten war eine hügellose Ebene, unter Schnee begraben, während der Südosten von eisblauen Schlangenlinien und fleckigen Flächen durchbrochen war, Bäche und Seen.

Der Snowpyre mied das Gebirge und schwenkte in den Süden ab, ob vom Piloten veranlasst oder eigenmächtig vermochte Emily nicht zu sagen, aber sie fragte auch nicht danach, denn nun waren sie so nahe, dass sie Bewegungen auf der Ebene wahrnahm. Angestrengt starrte sie durch das Fernglas, es schien sich um größere hellfarbige Tiere zu handeln, sie rechnete mit Eisbären und stieß ein überraschtes Keuchen aus, als sie die Konturen erkannte.

Schnell drehte sie sich zu Hicks um. »Aber das sind doch…«

Hicks grinste. »Genau. Dinosaurier. Nur in der Farbe ein wenig ungewöhnlich.«

»*Jurassic Park* Filme gesehen?«, fügte er hinzu und sie nickte atemlos und hatte schon wieder das Fernglas vor den Augen. »Dann brauche ich ja nichts weiter zu erklären«, meinte Hicks.

Sie erkannte Raptoren an ihrer Körperform, die im Rudel über den Schnee flitzten und irgendetwas Kleines jagten, das dann aber kopfüber in einem Eisloch verschwand, worauf sich das Rudel ruhig um die Stelle versammelte, offenbar warteten die Tiere auf das Wiederauftauchen ihrer Beute. Ein Stück weiter trabten zwei Riesen, die den Tyrannosaurus Rex' mehr als ähnlich sahen und schlugen durch ihre bloße Anwesenheit eine Herde hühnergroßer Minidinos in die Flucht, die panisch auseinanderstoben, obwohl die Großen sie scheinbar gar nicht beachteten. Das Ungewöhnliche, das Hicks erwähnt hatte, die Farbe der Tiere, war vollständig an ihre Umgebung angepasst. Sehr helle Töne in einem Weiß-Grau-Blau-Bereich bis hin zu reinen Albinos. Emily hielt vergeblich Ausschau nach den großen sanften Riesen mit den langen Hälsen, den Pflanzenfressern.

Sie fragte Hicks danach, der den Kopf schüttelte.

»Nur Fleischfresser, soweit wir herausfinden konnten.«

»Und ihre Nahrung?«, wollte Emily wissen.

Hicks zuckte die Achseln. »Gegenseitig, die Großen die Kleinen. Plus was der Ozean hergibt, Fische, Robbenartige, sonstige Meerestiere. Wir haben eine Raptorenart entdeckt, die schwimmen kann. Sie tauchen bis zum Meeresgrund, um zu jagen.«

»Faszinierend«, sagte Emily und unterdrückte ein Kichern. Das war doch Janis Mr-Spock-Spruch. Sie bedauerte, dass er nicht dabei war. Hoffentlich nahm Hicks ihn auch noch einmal auf einen solchen Ausflug mit.

Neugierig hob sie das Fernglas Richtung Eisgebirge, so umfassend Salvador auch die südliche Ebene überflogen hatte, er hielt sich vom Norden fern und war immer so ausgerichtet, dass er diese Gegend im Auge behalten konnte. Ebenso wie sein Pilot, der, wie sie jetzt feststellte, ebenfalls ein Fernglas benutzte, das in nördliche Richtung wies. Sie selbst sah außer eisblauen Bergen gar nichts, doch offenbar lauerte dort irgendeine Gefahr.

Schließlich hielt sie es vor Neugierde nicht mehr aus und drehte sich zu Hicks um, der ihrer Frage zuvor kam, einen amüsierten Ausdruck im Gesicht.

»Ich habe es Ihnen schon erzählt, Teuerste. Mehr oder weniger. Kombinieren Sie Ihr Wissen.«

Emily runzelte die Stirn, sein bevormundender Ton passte ihr überhaupt nicht. Aber sie war zu neugierig, um jetzt ärgerlich zu sein, also überlegte sie angestrengt, was Hicks ihr schon erzählt hatte, das ihr hierbei helfen konnte. Sie richtete das Fernglas erneut nach unten und kam sich plötzlich vor wie in einem Film, den jemand angehalten hatte. Keines der Tiere dort unten rührte sich mehr. Eine endlose Sekunde starrte sie verwundert auf die versteinerte Szenerie, dann brach ein Tumult los.

Im selben Augenblick quietschte Salvador ängstlich, bäumte sich auf wie ein bockendes Pferd und schleuderte ihr mit dieser unerwarteten Bewegung das Fernglas aus der Hand. Sie hatte gerade noch mitbekommen, dass die Tiere auf der Ebene aus ihrer Starre erwacht und panisch losgestürmt waren, jetzt blickte sie entsetzt dem Fernglas nach, dass wie ein Stein zur Erde fiel und konnte auch ohne diese Sehhilfe erkennen, dass dort unten eine wilde Flucht im Gange war.

»Festhalten!« zischte ihr Hicks ins Ohr und schon schoss Salvador pfeilschnell in eine Neunzig-Grad-Kurve, die sie halb aus ihrem Sitz hob, und raste davon, weg von der Insel.

Emily klammerte sich an die Gurte, bekam kaum Luft, drehte aber trotzdem schwerfällig den Kopf, und dann sah sie es. Einem wütenden Bienenschwarm gleich quoll eine Wolke dunkler Punkte aus dem Eisgebirge, formte ein Gebilde, das an einen Tornado erinnerte, und suchte die südliche Hälfte der Insel heim.

Sie waren schon zu weit entfernt, als dass sie hätte erkennen können, um was es sich handelte, aber kreischende Laute drangen wie wütendes Summen auch noch aus dieser Entfernung an Emilys Ohr.

Schnell war die gesamte Erscheinung inklusive Insel aus ihrem Blickfeld entschwunden und Salvador wurde endlich wieder langsamer, bis er sanft und völlig unaufgeregt über den Ozean glitt.

»Puh«, Emily konnte vor tränenden Augen kaum sehen und Hicks reichte ihr zuvorkommend ein Stofftaschentuch, mit dem sie sich das Gesicht trocknete.

»Und?«, fragte er. »Dahinter gekommen?«

Emily schüttelte den Kopf. »Prähistorische ... äh ... Wespen?«, versuchte sie es.

Hicks lachte herzlich. »In einem Punkt schon mal richtig – sie können fliegen. Also gut, ich helfe Ihnen. Zwei Tipps: Erstens, das ist eine Welt voll Eis und Schnee. Zweitens: Unser Snowpyre fürchtete sich sehr. Das sollte reichen.«

Emily schaute ihn groß an, dann begriff sie. »*Piranhas*«, murmelte sie. »Die wilden Vampirfledermäuse.«

Hicks klatschte in die Hände und klopfte ihr anerkennend auf die Schulter. Emily wurde rot. Da hätte sie auch wirklich von alleine drauf kommen können. Dann fuhr es ihr eiskalt über den Rücken. Ob dieser Schwarm wohl wusste, dass sie am Tod eines der ihren beteiligt gewesen war?

»War das nicht gefährlich?«, fragte sie.

»Nur ein wenig«, beschwichtigte Hicks. »Wenn man sich mit ihren Gewohnheiten auskennt, sind sie ganz gut einzuschätzen. Sie leben in riesigen Eishöhlen unterhalb des Gebirges auf der Nordseite, dort ziehen sie ihren Nachwuchs auf. Tagsüber schlafen sie, sind aber auch im Tiefschlaf wachsam. Sie bemerken durchaus wenn sich das Gleichgewicht der Insel verschiebt, zum Beispiel indem ein Snowpyre ›zu Besuch kommt‹. Aber es braucht seine Zeit, bis diese Erkenntnis von ihrem Echolot empfangen und ausgewertet wird. Ergibt die Auswertung allerdings die Anwesenheit einer potentiellen Gefahr, zum Beispiel für ihre Brut, dann werden sie alle in einem Moment und in voller Kampfbereitschaft geweckt, sie stürzen sich wie eins sofort auf den Feind. Sofern dieser noch vorhanden ist natürlich.«

Emily verstand, deshalb hatten Salvador und sein Pilot den Norden nicht aus den Augen gelassen. Ihr wurde noch im Nachhinein übel bei dem Gedanken, wie es sein musste, wenn dieser zornige Schwarm seinen unerwünschten Besucher erwischte. »Und wenn wir nun nicht rechtzeitig…?«

Hicks winkte ab. »Das Frühwarnsystem der Snowpyres als auch das der Dinosaurier funktioniert gut und außerdem so instinktiv, dass eine Flucht immer möglich ist. Natürlich können die Dinos nicht wie wir von der Insel verschwinden, aber sie gehören ja auch zum dortigen biologischen Gleichgewicht.«

»Die Piranhas fressen sie«, wurde Emily klar.

»Ganz recht. Leider reicht das Futterangebot nicht immer aus, so dass die Wilden hin und wieder auch auf Wanderschaft gehen und die anderen Kontinente heimsuchen.«

»Deshalb gab es welche um Orbíma?«

Hicks nickte. »Vermutlich.«

Emily schauderte, als sie sich an etwas erinnerte. »Sie haben dort ein Gemetzel angerichtet – noch bevor Jani und ich eingetroffen sind, damals. Sie haben sich Alte und Kinder geholt. Es gab viele Tote. Wir haben ein kleines Mädchen retten können. Danach gab es Sicherheitsvorkehrungen, keiner bleibt mehr ungesichert in der Stadt zurück, den ganzen Tag über verstecken sich die Schwächeren nun im Berg.«

»Schrecklich«, sagte Hicks mitfühlend, klang aber auch irgendwie nicht sonderlich überrascht. Vielleicht war so etwas ja auch schon zu der Zeit passiert, als er noch in Orbíma lebte?

Emily schaute gedankenverloren geradeaus und bemerkte, dass sie erneut auf etwas zuflogen, das wie ein Landstrich aussah. Sie wollte nach dem Fernglas greifen und erschrak. »Es tut mir sehr leid, dass ich es fallen gelassen habe«, sagte sie zerknirscht.

»Ach, nicht der Rede wert, meine Liebe. Im Keller gibt es noch jede Menge davon«, wehrte Hicks ab und reicht ihr seins. »Nehmen Sie dieses.«

»Was ist das dort?«, fragte Emily. »Noch eine Insel?«

Hicks schüttelte den Kopf. »Nur der nördlichste Ausläufer des ersten Kontinents, leider unmöglich zu betreten.«

»Erster Kontinent? Orbíma befindet sich hier irgendwo, oder?«

»Im mittleren Westen, ja.«

»Der zweite Kontinent ist der Dschungel?«

»Richtig.«

»Der dritte…?«

»Gibt es nicht. Zwei Kontinente, dazwischen die Eisinsel im Norden und irgendetwas unter Wasser im Süden.«

»Unter Wasser??«

»Ja«, erwiderte Hicks und lachte. »Den Gerüchten nach eine geheimnisvolle Unterwasserstadt, wir nennen sie scherzhaft *Atlantis*.«

»Aber Sie waren noch nicht dort?«

Hicks verneinte und Emily hakte nicht nach, denn sie erreichten nun die Landspitze und Salvador glitt sanft über eine bizarre Gegend. Es wunderte Emily nicht, dass hier ein Betreten undenkbar war, der gesamte Landstrich bestand aus wild durcheinander wuchernden Kristallen, die ihre meterlangen spitzen Stacheln wie Igel abwehrend in die Höhe reckten. Sie wirkten gläsern wie Bergkristall und doch funkelten sie in der Sonne in allen Regenbogenfarben, was daran lag, dass sie sich ständig bewegten. Einzelne Spitzen stachen aus den Formationen wie Dolche, seitwärts, aufwärts, zogen sich wieder zurück, worauf sofort an anderen Stellen messerscharfe Riesendorne ausbrachen. Es war ein beeindruckendes Schauspiel.

Der Snowpyre flog in gleichmäßig sicherem Abstand über die glitzernde Welt, offensichtlich kannte er die Reichweite der bedrohlichen Auswüchse genau. Er hielt sich in Sichtweite der Küste und bewegte sich langsam in südlicher Richtung.

Emily versuchte den Boden am Fuße der Kristallgewächse zu erspähen, aber auch mithilfe des Fernglases sah sie nur eine milchig trübe, unregelmäßige Fläche, wie Wattebäusche unter Nebelschwaden. »Lebt dort etwas?«, fragte sie über die Schulter.

»Wir wissen es nicht«, antwortete Hicks mit bedauernder Miene. »Es gibt Berichte von einem ringförmigen rötlichen Glimmen, das hin und wieder in der Tiefe beobachtet wurde, aber da es keinen Weg dorthin gibt, gibt es auch keine neuen Erkenntnisse.«

»Zumindest, soweit ich informiert bin«, fügte er hinzu. »Ob Vem und seine Leute inzwischen mehr herausgefunden haben, ist mir natürlich nicht bekannt.« Ohne ihr Zeit zu lassen, etwas dazu zu sagen, deutete er nach vorne und meinte: »So, und jetzt werden wir rasten.«

Vor ihnen verengte sich der kristallene Bereich zu einem spitzen abrupten Ende, hinter dem es grünte. Richtung Landesinnere schien ein Gewitter zu toben, dort hing eine dunkelgraue Wand, die von Blitzen zerrissen wurde, ohne dass Donner zu hören war.

Das Grüne gehörte zu dem Wald, den Emily bereits einmal besucht hatte, auf Vems schwarzem Einhornrücken. Salvador machte keine Anstalten zu landen, er glitt elegant über das dichte dunkelgrüne Blätterdach, der Wald war hier an der Küste nur noch ein paar hundert Meter breit, sein Ziel war die sich anschließende Blumenwiese, dorthin brachte er seine Passagiere. Das Gelände erhob sich ein Stück weit über den Ozean, felsige Klippen seitlich des Walds verflachten sich zu einer sanft ansteigenden, jedoch mit unwegsamen Felsbrocken übersäten Anhöhe zwischen Wasser und Wiese.

Wenig später saßen Hicks und Emily oberhalb der Felsen in weichem Gras, hatten ihre Pelzmäntel abgelegt und genossen einen Imbiss aus feinen kalten Köstlichkeiten, die Hicks aus den Satteltaschen hervorgezaubert hatte, während der alwadarianische Pilot keinen Bissen anrührte, bevor er sich nicht ausgiebig um die Bedürfnisse des Snowpyres gekümmert hatte. Auch danach aß er seinen eigenen Proviant neben dem Kopf des Tieres sitzend und mit ihm flüsternd.

Emily beobachtete die Beiden amüsiert und gerührt zugleich. Sie fürchtete sich nicht mehr vor der Fledermaus, aber wirklich geheuer war ihr der Riese nicht, der Angriff seines wilden Verwandten stand ihr noch zu deutlich vor Augen. Unbewusst rieb sie die Stelle, an der sie sich die Rippen geprellt hatte, auch wenn dort kaum noch etwas schmerzte.

»Alles in Ordnung?«, fragte Hicks und sie nickte.

»Werden wir Orbíma einen Besuch abstatten?«, wollte sie wissen.

Hicks Gesicht wechselte kurz die Farbe, doch dann sagte er nur: »Nein, das geht leider nicht. Zu weit entfernt«. Er lächelte sie an. »Wir wollen Salvador doch nicht überstrapazieren.«

»Natürlich nicht«, nickte Emily, obwohl es ihr komisch vorkam. Sie befanden sich hier an der Westküste und sie konnte das Fogmon Gebirge nicht sehen, also mussten sich Wiese und Wald noch viel weiter über das Land ziehen als sie gedacht hätte. Aber dass der Snowpyre geschont werden musste, hielt sie für einen Vorwand, er wirkte weder müde noch vom Gewicht seiner drei Reiter überfordert. Vielleicht hatte es ja außer der Fehde mit Roc noch andere Unstimmigkeiten gegeben, die Hicks davon abhielten, sich in der Stadt blicken zu lassen.

Schade, sie hätte gerne Vem wiedergesehen, zum einen um die guten Neuigkeiten der friedlichen Begegnung der beiden Streithähne zu überbringen, zum anderen um herauszufinden, ob sie einen bleibenden Eindruck bei ihm hinterlassen hatte, ob er sie vielleicht sogar vermisste. Sie war ihm ja noch eine Erklärung schuldig – seit ihrer heimlichen Flucht vom Waldsee waren sie einander nicht mehr begegnet. Wie lange war das jetzt her? Drei Tage? Vier? Von der kleinen Centerfly hatten sie auch nichts mehr gehört, obwohl sie inzwischen sicherlich zumindest die Küste erreicht hatte und dort ihre Mutter, die Königin, gesprochen haben musste. Vielleicht war es gar nicht zu einem Treffen mit Vem gekommen. Oder dieser war nicht daran interessiert, ihnen zu helfen.

Hicks unterbrach ihre Gedanken, indem er ihr eine alte verbeulte Isolierkanne aus Blech reichte. »Den Deckel einfach als Tasse benutzen«, sagte er.

»Doch nicht etwa…?« Emily machte große Augen und Hicks schmunzelte.

»Leider funktionieren sie nicht so gut wie die modernen zuhause, daher nur lauwarm.«

»Egal! Der ist so gut, der schmeckt auch kalt.« Während sie genießerisch von dem Kaffee trank, fiel ihr Blick erneut auf die dunkle Wand, die sich hinter dem Wald erhob und in der die Blitze tobten. Sie deutete hinüber. »Regnet es dort etwa?«

Hicks schüttelte den Kopf. »Aber nein. Regen habe ich hier noch niemals gesehen. Da drüben ist es sehr ungemütlich, die Amibros bezeichnen die Region mit einem unaussprechlichen Begriff, der so viel wie *Feuerblitzsturmwelt* bedeutet. Zusammen mit dem Kristallpart nimmt sie den ganzen Norden ein und ist ähnlich unbegehbar. Wenn man nicht vom Blitz getroffen wird, erwischt einen garantiert ein Tornado oder ein Feuerball.«

»Verrückt«, kommentierte Emily. »Für was sollen diese Gegenden gut sein, wenn dort nichts leben und gedeihen kann.«

»Nun ja, vielleicht gibt es ja etwas. Nur kennen wir es nicht.«

»Hm. Und Sie haben wirklich noch nie Regen erlebt?«

»Nein.«

»Wie kann dann dies hier alles gedeihen?« Emily deutete auf Wiese und Wald.

Hicks zuckte die Schultern. »Wir sind noch nicht dahinter gekommen. Es gibt ja nicht nur keinen Regen, es bilden sich auch keinerlei Wolken, trotz der Sonne, trotz des Wassers in den Flüssen und im Meer.«

»Und mittendrin eine Insel aus Eis und Schnee«, sinnierte Emily.

»Ganz recht.«

Emily versenkte eine Hand in das weiche sattgrüne Gras. »Das fühlt sich nicht so an als ob es kein Wasser bekäme.«

»Es sieht auch nicht so aus. Genauso wenig wie der Rest«, Hicks deutete auf die zahlreichen bunten Blumen, dann blickten sie gleichzeitig zum nahen Wald, die kräftigen Baumkronen strotzten vor tiefgrüner Gesundheit.

»Ich nehme an, es gibt hier keinen Herbst?«

»Ganz recht«, sagte Hicks wieder. »Auch keinen Frühling und keinen Winter. Außer er war schon vorher da, wie auf der Insel.«

Emily legte die Stirn in Falten. »Rätsel über Rätsel.«

Eine Weile schwiegen sie, dann ergriff Hicks wieder das Wort. »Apropos Rätsel«, sagte er, stand auf, zog einen Zettel aus der Hosentasche und reichte ihn ihr. »Als Sie in Orbíma weilten, hat Ihnen Vem da zufällig etwas hierüber erzählt?«

Emily stellte den Kaffee zur Seite, faltete das zerknitterte Papier auseinander und blickte auf wirre Zeichen.

*I)\3,5[:-:47 7_ \<-Z531*
*I)32,5[:-:4T7 7_ , \ ^^,5\1832533*
*#ten43632,I)35,Pfau321023<-Z3<-Z,5[:-:47 7_ 35*
*FULL13374u!!!111!!*
*gn8*
*ROLF*
*<-Z30.*

Sie drehte und wendete den Zettel und blickte dann verständnislos zu Hicks, der nervös auf den Fersen wippte und mit seinen gezwirbelten Barthaaren spielte. »Was soll das sein?«

»Also hat er nicht mit Ihnen darüber gesprochen?«

»Über diesen Zettel? Nein.«

Hicks schnappte ihr das Papier wütend aus der Hand. »Nein, nicht über DIESEN ZETTEL. Über DAS RÄTSEL.«

Sie duckte sich unwillkürlich, überrascht und erschrocken von seinem plötzlichen Ausbruch. Salvador stieß ein leises Fauchen aus und der Pilot starrte herüber zu ihnen. Hicks riss sich sichtlich zusammen und rang sich ein entschuldigendes Lächeln Richtung Emily ab.

Er winkte dem Piloten zu. »Alles in Ordnung.«

Er setzte sich wieder. »Sie nennen es *Das Uralte Geheimnis*. Es wird in der Bibliothek aufbewahrt, eingeschlossen in einem versiegelten Behälter mit gläsernem Deckel. Ich habe es nur auf dieses Blatt Papier abgezeichnet. Ich bin davon überzeugt…« Er sprang wieder auf die Füße und tigerte auf und ab. »Ich glaube, dass es etwas beinhaltet. Eine Nachricht. Eine Antwort. Eine Lösung. Den Weg der Heimkehr. Ich muss es lösen.«

»Heimkehr zur Erde?«, fragte Emily vorsichtig nach.

Mit einem Satz stand er an ihrer Seite. »Ja. Ja! Hat er doch etwas gesagt?«

Sie zuckte zusammen. »Nein«, sagte sie, noch vorsichtiger. »Ich wollte nur sicherstellen, dass ich Sie richtig verstehe.«

Hicks starrte sie einen Moment lang an, dann setzte er sich wieder und stierte auf den Zettel. Er seufzte.

»Kann ich noch mal sehen?«, fragte Emily zaghaft und wappnete sich gegen einen neuerlichen Wutausbruch.

Er zuckte die Schultern, dann gab er ihr das Papier. Sie beugte sich aufmerksam darüber.

»Es macht nicht wirklich Sinn«, sagte sie, »aber das hier sagt mir etwas.«

Sofort lehnte er sich zu ihr. »Was?«

»Diese Abkürzung hier, ich kenne sie aus dem Internet. Man verwendet sie, wenn man sich am Computer mit anderen unterhält. Beziehungsweise sich von ihnen verabschiedet. *gn8* bedeutet *gute Nacht* oder *good night* – sprechen Sie Englisch?«

Hicks nickte nachdenklich. »Ein wenig. Aber Computer… damit kenne ich mich gar nicht aus.«

»Das macht auch keinen Sinn. Hier gibt es doch keine Computer. Oder doch? Wie sind die Amibros an dieses Rätsel gekommen?«

»Der Überlieferung nach hatte es ein Gestrandeter bei sich. Der jedoch bald durch ein Unglück verstarb.«

»Und diese Zeichen nicht mehr erklären konnte.«

»So ist es.«

»Wie lange ist das her?«

Hicks machte eine hilflose Geste. »Ewigkeiten. Keiner weiß es. Würde man den Behälter öffnen, zerfiele das Papier wohl zu Staub.«

»Das Original ist auch auf Papier geschrieben?«

»Soweit man es erkennen kann. Diese Scheibe ist ziemlich trüb, wahrscheinlich kein richtiges Glas.«

»Ich muss es mir einmal anschauen, wenn wir wieder in der Stadt sind.«

Darauf sagte Hicks nichts.

Emily bemerkte es gar nicht, weil sie etwas entdeckt hatte. »*For you* kommt auch darin vor«, sie zeigte es Hicks. »Hier, dieses Wort endet mit *4u*, das ist auch eine Abkürzung unter Chattern. Und am Anfang steht FULL. Aber dazwischen sehe ich nur Ziffern.«

»Chatter?«

»Chatten, so nennt man es, wenn sich Personen im Internet unterhalten, indem sie Nachrichten auf der Tastatur tippen. Sie *chatten*, also sind sie *Chatter*.«

Hicks runzelte die Stirn.

»Ich glaube die Übersetzung ist *schnattern*«, fügte Emily hinzu. Dann kam ihr eine Idee. »Sie sollten Jani das Papier zeigen. Er chattet sehr viel und die jungen Leute haben diese Abkürzungen viel mehr drauf als ich. Vielleicht kann er mit diesen Zeichen etwas anfangen.«

Sofort kam wieder Leben in den Franzosen. Seine Augen leuchteten. »Meinen Sie wirklich? Das ist eine fantastische Idee meine Liebe, lassen Sie uns gleich aufbrechen! Beeilen wir uns!«

Wenig später waren alle Picknick Utensilien verstaut, die wärmenden Kleidungsstücke erneut angelegt und Salvador bereit zum Aufbruch. Der kleine Alwadarianer kletterte auf der Fledermaus herum und vergewisserte sich, dass alle Gurte am Tier und seinen Passagieren richtig saßen, dann hüpfte er auf seinen Platz und ließ den Snowpyre direkt zum Meer hin starten. Hicks wollte nicht denselben Weg zurück nehmen, sondern quer über den Ozean abkürzen, der Dschungelkontinent läge direkt westlich ihrer Position, erklärte er Emily.

Seine plötzliche Eile machte ihr klar, dass seine Einladung nur einen Grund gehabt hatte. Sie nahm es nicht persönlich, Hicks war ihr ziemlich egal. Sie bedauerte nur, dass der Ausflug schon beendet war.

Kaum hatten sie die Küste hinter sich gelassen und die spiegelglatte Oberfläche des Meeres unter sich, erhob sich hinter ihnen ein unheilvolles Summen und ließ sie in ihren Sätteln herumfahren.

Sie mussten sich im Schatten der Klippen nahe dem Wald verborgen haben, jetzt lösten sie sich eine nach der anderen aus der Felswand, schmutzig-weiß-graue Körper, und versammelten sich nervös flatternd in einer Formation, die nichts Gutes verhieß. Es war nicht der gesamte Schwarm, aber es waren genug, um eine Bedrohung darzustellen.

Salvador ließ ein ängstliches Schnauben hören und Hicks fluchte. »Verdammte Biester, sie müssen uns heimlich gefolgt sein.«

Emily starrte entsetzt auf die wilden Fledermäuse. »Können wir nicht nach Orbíma fliehen?«

»Keine Chance, sie werden uns nicht mehr an Land lassen. Für uns gibt es nur einen Fluchtweg.« Er schaute gehetzt zu den Fledermäusen und schrie dann »Vorwärts!« in Richtung des Piloten, der ihn schon erwartungsvoll angeschaut hatte und im nächsten Moment flach auf dem Hals des Snowpyres lag.

»Festhalten«, brüllte Hicks und schon flog Salvador wie ein Pfeil davon, verfolgt vom wütenden Kreischen der versammelten Wilden, die ihnen nur einen Sekundenbruchteil später nachsetzten.

Emily klammerte sich mit aller Kraft an die Gurte und dankte dem blaugestreiften Piloten insgeheim dafür, dass er das Geschirr vor ihrem Start so ausgiebig überprüft hatte. Sie war kaum in der Lage zu atmen, die Geschwindigkeit, mit der Salvador durch die Luft schnitt, war in nichts zu vergleichen mit ihrem gemächlichen Spazierflug, sie konnte nur staunen über die Kraft, die in ihm steckte und hoffen, dass seine Reserven ausreichten, sie auf die andere Seite des Ozeans zu tragen. Es erschien ihr unmöglich, dass sie einholbar wären, aber ein kurzer Blick über ihre Schulter nahm ihr augenblicklich alle Zuversicht. Die Wilden näherten sich langsam, aber stetig. Sie sah, dass Hicks an den Verschlüssen der Satteltaschen zu nesteln begann und fragte sich, was er vorhatte. Die Bande mit den Resten ihres Picknicks bewerfen?

Der Snowpyre legte noch an Geschwindigkeit zu und sie musste sich tief über seinen Rücken ducken, damit die Fliehkraft sie nicht aus dem Sattel hob.

Als sie das nächste Mal einen Blick nach hinten warf, schrie sie vor Schreck laut auf. Die Spitze der Kampfformation hatte sie erreicht und die vordere Fledermaus schnappte nach Salvadors Schwingen. Emily sah spitze lange Zähne blitzen und blutunterlaufene Knopfaugen rot leuchten. Dann hob es sie kurz aus dem Sitz, als sich Salvador fallen ließ und den Bissen auswich. Schmerzhaft knallte sie zurück in das Leder und konzentrierte sich nur noch aufs Festhalten. Aus den Augenwinkeln sah sie jetzt Fledermäuse auf allen Seiten, sie waren eingekreist. Salvador schlug Haken in rasender Geschwindigkeit, begleitet von enttäuschten Kreischlauten und hohlem Schnappklacken, wenn die Zähne seiner Verfolger im Leeren aufeinander schlugen.

Emily schaute besorgt nach Hicks, als dieser sich gerade in seinem Sattel aufrichtete und die nächst fliegende graue Fledermaus mit etwas bewarf, das an ihrem Kopf in königsblaue Splitter und glibberige Masse zerplatzte. Einem Ei. Sofort griff er in die Satteltasche, holte ein weiteres Ei heraus, diesmal in grün marmorierter Schale, und hielt es drohend in die Höhe. Es war so groß, dass er die zweite Hand zu Hilfe nehmen musste, um es nicht zu verlieren. Hicks schwankte, ihn hielten nur noch seine Fußschlaufen und die eng an den Sattel gepressten Beine. Emily spürte wie der Snowpyre unter ihr in gleichmäßiges Gleiten überging.

»Ich habe noch mehr davon!« brüllte der Franzose den Tieren entgegen, die blonden Haupt- und Barthaare wehten ihm wild ums Gesicht, und die zuvor beworfene Fledermaus gab einen schrillen glockenhaften Ton von sich, worauf sich alle anderen sofort auf die Höhe ihres Anführers zurückzogen. Sie gaben die Verfolgung jedoch nicht auf, blieben Salvador auf den Fersen und versuchten hier und da seitliche Ausfälle, die sie sofort abbrachen, wenn Hicks drohende Bewegungen mit dem grünen Ei ausführte. Einige setzen sich unter den Snowpyre und in Emily kam der Verdacht auf, dass sie vorhatten, das Ei aufzufangen, wenn Hicks es fallen ließ. Er würde sich nicht mehr lange halten können, sie sah seine Knie zittern.

Erleichtert registrierte sie das Land, das vor ihnen in Sicht kam. »Wir haben es gleich geschafft!« rief sie dem Franzosen zu. »Halten Sie durch!«

Hicks nickte grimmig und schaute sich dummerweise um. Er kam prompt ins Straucheln, rutschte ab und mit einem Fuß aus der Halterung. Um sich halten zu können, warf er das Ei von sich. Mit einem triumphierenden Schrei stürzte sich einer ihrer Verfolger in die Flugbahn und barg das zerbrechliche Gebilde mit einer überraschend anmutigen Bewegung in seiner Schwinge, ohne dass es Schaden nahm. Eine zweite Fledermaus eilte herbei, griff sich das Ei und drehte auf der Stelle ab. Der Rest formierte sich blitzartig in eindeutiger Absicht.

Salvador beschleunigte ein weiteres Mal, der Landstrich raste ihnen entgegen, Emily versuchte verzweifelt, Hicks zu erreichen, der seitlich in den Gurten hing, erwischte endlich seinen Arm und half ihm zurück in den Sattel, wo er sofort in der zweiten Satteltasche wühlte und ein weiteres, diesmal etwas kleineres, tiefschwarzes Ei hervorzog, das er gerade so in einer Hand halten konnte. Schwer atmend hielt er es sich einfach über den Kopf und die Verfolger kreischten in derart entfesselter Wut, dass Emily befürchtete, sie würden den Verlust des dritten Eis nun in Kauf nehmen.

Salvador erreichte den hohen Klippenrand des Dschungelkontinents und tauchte in wilder Flucht zwischen gigantische Nadelfelsen, um seine Verfolger abzuschütteln, er war hier im Vorteil, er kannte den Weg. Wenig später erkannte Emily die Flugroute, die sie beim Aufbruch genommen hatten. Waren sie zuvor am nördlichen Ende auf das Meer hinausgeflogen, so kamen sie nun im rechten Winkel östlich versetzt wieder herein. Alwadar musste ganz in der Nähe sein.

Und dann kamen sie.

Große Snowpyre wie Salvador, beritten und in der Überzahl, eilten ihnen zu Hilfe. Anders als Salvador waren sie in schützende Lederrüstungen gehüllt und ihre Reiter mit Armbrüsten bewaffnet. Sie erhoben sich von den Plateaus der Nadelfelsen, wo sich ihre Wachposten befanden, Hicks hatte dafür gesorgt, dass keine wilde Fledermaus von der Eisinsel jemals nahe genug an Alwadar herankam, um zu einer Gefahr zu werden. Er lachte lauthals, als er beobachtete, wie die Fledermäuse zurückblieben, denn auch sie hatten die Wehrmacht erblickt.

Der Tempel kam bereits in Sicht und Hicks richtete sich hämisch grinsend im Sattel auf, winkte den Fledermäusen mit der freien Hand johlend zu, bis er sicher war, ihre volle Aufmerksamkeit zu haben. Dann hob er seinen anderen Arm weit hinauf, kicherte fröhlich und verhielt einen Moment, in dem alles Lebendige im Umkreis den Atem anzuhalten schien. Dann öffnete er die Hand. Das schwarze Ei fiel in die Tiefe, unerreichbar für die wilden Fledermäuse. Schrilles, beinahe schon entsetzt anmutendes Kreischen drang von der Ferne zu ihnen.

## 43

Hund und Junge schlüpften in den gegenüberliegenden Raum, wo sie sich hinter einem Stapel Holzkisten verbargen. Jani verlor kein Wort an den Whippet, zum einen, um Trayot und Stein nicht auf sich aufmerksam zu machen, auch wenn er noch keinerlei Ahnung hatte, warum er das nicht sollte, zum anderen, weil er nur zu genau wusste, was hundeseitig vorgefallen war. Schließlich hatte er selbst darum gebeten, dass *sie sich beim nächsten Mal einen anderen Körper aussuchte.* Mulmigkeit und Zorn rumorten in seinem Magen um die Wette, aber Vorwürfe hatte sie nicht verdient, er selbst war schuld. Er hoffte nur, dass Spooky keinen Schaden nahm.

»Alles klar bei dir gewesen?«, hörte er Trayot fragen, sehr nahe. Wenn er jetzt um die Ecke schaute, würde er den Franzosen sehen können.

»Keine Probleme«, antwortete Scottie Stein. »Sie sind alle noch da, wo wir sie abgeliefert haben. Haben sich anscheinend schnell mit der neuen Situation abgefunden.«

Trayot ließ ein Kichern hören. »Ja, unfassbar. Hoffe, du musstest nicht zu lange warten?«

Jani verharrte starr. Jetzt bloß kein Geräusch machen. Die beiden befanden sich direkt vor der Kammer.

»Nein, war nur ein paar Minuten vor dir hier.«

»Gut. Dann kümmern wir uns jetzt um den Jungen?«

»Hm, könnte was zu essen vertragen.«

»Ja, ich auch, aber wir sollten es erst mal hinter uns bringen, er muss weg sein, bevor sie zurück sind.«

»Hast recht«, stimmte Stein zu. »Wie regeln wir das eigentlich mit dem Hund?«

»Schätze, hier wäre eine endgültige Lösung die einfachste.«

Die Stimmen entfernten sich, Jani hörte noch Steins bedauernde Antwort.

»Ist schade um das schöne Tier.«

Ihre Schritte verloren sich, dann war es still.

Jani wartete noch einen Moment, um sicherzugehen, dass sie wirklich weg waren. Dann wandte er sich an den Whippet. »Woher zum Teufel hast du das gewusst?«, zischte er im Flüsterton.

»Was gewusst?«, nuschelte die Hundeschnauze.

»Dass sie dir, äh, Spooky, etwas antun wollen?«

»Das wusste ich nicht.«

»Nein?«

»Nein.«

»Was wusstest du dann? Warum wolltest du, dass wir uns verstecken?«

»Sie sollen dich wegbringen und einsperren.«

»Wer sagt das?«

»Der Mann mit dem Fell im Gesicht«.

Jani musste wider Willen grinsen. »Bobbeye Hicks. Wann hat er das gesagt?«

Spooky kratzte sich ausgiebig mit dem Hinterfuß am Hals.

»Sie waren in der letzten Nacht im Zimmer, du hast geschlafen. Deine Emmi auch. Sie standen vor dem Bett und da hat er es gesagt.« Der Whippet imitierte Hicks Stimme, nuschelig, aber sonst beinahe perfekt: *»Ich sorge dafür, dass dieses Schätzchen aus dem Weg ist und ihr schnappt euch den Jungen unter einem Vorwand und bringt ihn weg. Sperrt ihn aber zu keinem der anderen. Ich will ihn mir später alleine vornehmen.«*

Jani starrte den Hund an. Seine Gedanken rasten. Er zweifelte nicht an der Wahrheit der Worte. Was ging hier vor? *Sperrt ihn zu keinem der anderen.* Welchen anderen? Ein furchtbarer Gedanke kam ihm. Der erklären würde, warum sie weder Roc noch seine Freundin seit ihrer Ankunft gesehen hatten. Und auch den überlangen Ausflug der Gruppe um Tember in einem ganz anderen Licht erscheinen ließ. Er hatte nur absolut keinen Plan, was der Grund für jegliches Wegsperren sein sollte. Warum wollte Hicks ihn sich vornehmen? Der Franzose war seit ihrer Ankunft freundlich zu ihnen gewesen. Hatte er irgendetwas Falsches gesagt oder getan? Es wollte ihm nichts dazu einfallen. Seine Handflächen begannen nervös zu schwitzen, er rieb sie an seiner Hose ab.

Wie auch immer – was sie mit Spooky vorhatten, war unmissverständlich gewesen. Also musste er hier ansetzen. Den Hund in Sicherheit bringen. Und sich schnappen lassen, lag auch nicht in seiner Absicht, vorher wollte er herausfinden, um was zum Teufel es hier überhaupt ging. Emmi schien vorerst nicht in Gefahr zu sein, sie sollte wohl nur nicht mitbekommen, was sie mit ihm vorhatten. Sie würde auch wollen, dass er untertauchte, da war er sicher.

Entschlossen erhob er sich und winkte Spooky, ihm zu folgen. »Wir machen die Fliege«, verkündete er. Und ignorierte den verwirrten Ausdruck in den dunklen Hundeaugen. Keine Zeit für Erklärungen.

Die Luft war rein vor ihrer Kammer, er bog nach rechts in den Gang ab, suchte die Stelle, von der sich Trayot und Stein genähert hatten, sie musste irgendwo hinter der Wand liegen, an der er gelehnt und die polternden Geräusche vernommen hatte. Er brauchte nicht lange suchen, es gab einen Durchbruch in der Mauer, sie gingen hindurch und standen vor zwei chromfarbenen Wägelchen, geparkt auf nebeneinander liegenden Gleisen. Ihre Form ähnelte den Gondeln eines Riesenrads. Jani ging auf bröckeliger Erde um sie herum und sah, dass die Schienen auf unterschiedlichen Wegen im Berg verschwanden. Rechts führten sie in einen dunklen Stollen, links ging es abwärts ins Bodenlose, das jedoch vom flackernden Widerschein eines orangeroten Leuchtens erhellt wurde, Feuer? Er lauschte konzentriert und ja – das rhythmische Grollen war immer noch da. Es kam von da unten, pulsierend stieß es Wärme nach oben.

Mehr war hier nicht. Die beiden Gleise, Felsen überall, hinter ihnen der Weg zurück in den Irrgarten des Kellers. Jani traute sich zu, auf lange Sicht hinauszufinden, aber das würde ihn direkt in die Arme von Trayot und Stein führen. Ob es einen weiteren Ausgang gab, wusste er nicht. Und er hatte nicht die Zeit, es herauszufinden. Somit blieb nur die Flucht in den Berg.

Der Abgrund war ihm nicht geheuer, also wandte er sich dem rechten Wagen zu, öffnete ein seitliches Klapptürchen und stieg hinein. Wie bei Riesenradgondeln gab es zwei gegenüberliegende Sitzbretter mit Gurten zum Anschnallen und Haltegriffe. Er setzte sich in Fahrtrichtung und bevor er noch nach dem Hund rufen konnte, sprang Spooky mit einem eleganten Satz über den Rand direkt in die Gondel.

Jani schnallte sich an und suchte das Innere nach irgendetwas ab, das dieses Gefährt startete. Ein Hebel vielleicht, oder ein Startknopf? Er entdeckte es, als er die Tür wieder schloss. Unter dem inneren Griff befand sich eine Tafel, ähnlich einem Display, abgebildet waren je ein schwarzes und ein weißes flaches Dreieck und ein blauer Kreis. Er seufzte. Jegliche Form in freigebendem Grün oder sperrendem Rot wäre ihm lieber gewesen. Das weiße Dreieck pulsierte, bei der Tafel schien es sich um einen Touchscreen zu handeln, technisch viel zu weit entwickelt für die sonstige Umgebung hier.

»Was solls«, murmelte er und berührte das Bild da, wo es pulsierte.

Der Wagen schoss so augenblicklich davon, dass es Jani heftig zurückwarf. Ohne den Gurt wäre er aus dem Wagen geschleudert worden. Spooky wurde unter die Sitzbank katapultiert und quietschte schmerzvoll. Zumindest konnte er da unten nicht rausfallen, Jani schob die Beine zusammen, um eine Barriere zu schaffen, ansonsten war er damit beschäftigt, sich an der Bank festzuklammern.

Der Wagen raste geradewegs auf den dunklen Stollen zu und ließ sich von der Dunkelheit verschlucken. Jani hielt automatisch den Atem an, Gänsehaut im Nacken und starr vor Furcht, in irgendein Hindernis zu donnern, riss er die Augen weit auf, ohne etwas zu sehen.

Dann ein Lichtpunkt vor ihm, der sich blitzschnell vergrößerte, keuchend entwich die angehaltene Luft aus seinen Lungen und schon sausten sie aus dem Tunnel hinaus in grelles Licht, das ihn diesmal die Augen sofort zusammenkneifen ließ.

Es ging aufwärts, abwärts, der Wind peitschte ihm die Haare um die Ohren, blauer Himmelsfetzen oben, sandfarbene Felsen seitlich, Flash, und sie tauchten in den nächsten Stollen, augenblickliche schwarze Blindheit über sie bringend. Es blieb keine Zeit, diese Tatsache zu akzeptieren, weil sie im nächsten Augenblick auch schon wieder in die Helligkeit vorstießen, diesmal war die Strecke kurvig. Der Wagen legte sich nach links und nach rechts, Jani schoss die Frage durch den Kopf, wie sich das Ding auf den

Gleisen halten konnte, der Hund rutschte abwechselnd in die eine und die andere Ecke, brachte es aber fertig, unter der Sitzbank zu bleiben.

Die Landschaft hatte sich verändert, statt Steinwänden zu beiden Seiten sprossen schmale endlos in den Himmel ragende Nadelfelsen aus dem Boden und endlich, als er sich gerade mit dem Gedanken vertraut machte, dass er sich nicht viel länger würde festhalten können, verlangsamte sich die irrsinnige Fahrt in ein erträgliches Maß von gleichmäßig schneller Geschwindigkeit.

Er verzog das Gesicht, als er seine Finger vorsichtig von der Bank unter ihm löste, sie fühlten sich an, als wären sie im Begriff gewesen, mit dem Holz zu verschmelzen. Gerade in dem Moment, als er Beine und Arme ausstreckte, um die verkrampften Muskeln zu entspannen, fiel etwas vom Himmel, das er reflexartig auffing und so vor Schaden bewahrte. Anschließend betrachtete er verwundert den handflächengroßen eiförmigen Gegenstand.

Sah es nur aus wie ein Ei oder war es tatsächlich eines? Die dunkle Schale wirkte auf den ersten Blick glatt, fühlte sich aber uneben an. Die untere Hälfte war von drei enganliegenden Blättern oder Schuppen umschlossen, die im Gegensatz zur matten Oberfläche perlmuttartig schimmerten, je nachdem, wie man das Ei ins Licht drehte, in der Farbe mehr mitternachtsblau als schwarz. Sie waren ganz zart goldfarben umrandet, wie von einem Juwelier grazil mit Blattgold eingefasst. Als er die Spitze genauer ins Auge fasste, entdeckte er dort vereinzelte Sprenkel in derselben Farbe.

Ein rückwärtiger Blick zeigte einen Wald spitzer Nadelfelsen ohne jeglichen Hinweis auf die Herkunft dieses Objekts. Vielleicht war es einfach von einem der Felsen gefallen? Aus einem Nest? Der zugehörige Vogel musste mindestens Straußengröße haben.

Eine plötzliche Steigung ließ ihn wieder auf die Umgebung achten, vor ihnen erhob sich ein Berg und ihr Wagen erklomm den Gipfel in eiligen Terpentinen, wurde immer langsamer, quälte sich die letzten Meter hinauf auf eine kleine Plattform und stoppte vor einem Prellbock, der als Stoßfänger das Ende des Gleises sicherte.

Jani verließ auf wackeligen Beinen, aber augenblicklich das Gefährt, aus Angst, es würde jeden Moment die Heimreise antreten. Der Whippet folgte ihm unverzüglich, er hatte die ganze Fahrt über nichts mehr gesagt.

»Alles okay bei dir?«, fragte Jani, erhielt aber nur ein erschöpftes Schwanzwedeln zur Antwort. Da erst erkannte er, dass der gewisse fremde Ausdruck aus Spookys Augen verschwunden war. Der Hund war wieder ein Hund. Das Wesen musste ihn während der Fahrt freigegeben haben. Er war sich nicht klar darüber, ob es ihn nun freute oder nicht. Er wischte das seltsame Gefühl beiseite. Sie würde schon wieder auftauchen, wie bisher auch. Jetzt hieß es erst einmal herausfinden, wo sie sich befanden. Und ob sie sich hier vor Hicks verbergen konnten.

Er sah sich um. Die Plattform befand sich in einer Felsnische, der Berg erhob sich noch ein ganzes Stück höher und schnell entdeckte er einen Pfad, der sich hinaufschlängelte. Es war der einzige Weg, also folgte er ihm, das Ei trug er immer noch in den Händen, es war hinderlich, aber es widerstrebte ihm, es zurückzulassen.

Gefühlte fünf Minuten später war er oben angekommen und stand vor einem hohen Palisadenzaun, direkt vor ihm befand sich ein Durchlass, der den Blick auf ein flaches, von Bäumen umgebenes Holzgebäude freigab. Vorsichtig trat er näher, sah weitere Gebäude, Grünanlagen, grasende Tiere, ein paar spielende Kinder, und registrierte perplex, dass es sich hier um eine Ortschaft handelte. Ein Dorf in luftiger Höhe auf der Spitze des Berges, die sich unverhofft als breitflächiges, von einem ellenlangen Zaun umfriedetes und noch dazu bewohntes Plateau herausstellte.

Als er zwei Personen aus dem nahen Holzgebäude heraustreten sah, war es zu spät, sich zu verstecken oder zu fliehen. Er hätte nicht gewusst, wohin er sich wenden sollte. Sie sahen ihn sofort, blieben kurz stehen, steckten die Köpfe zusammen und dann eilte die eine auf ihn zu, während die andere langsam folgte.

Es waren zwei Mädchen und Jani blinzelte überrascht, als er die vordere erkannte. Spooky rannte bereits fröhlich auf sie zu und sie lachte, als er schwanzwedelnd an ihr hochsprang.

Als Jani sie erreicht hatte, empfing ihn Tember mit einem warmen Lächeln, verwirrt, aber so sichtlich erfreut, dass er nicht anders konnte, als breit zu grinsen. Was immer er ihr hatte vorwerfen wollen, er konnte sich nicht mehr erinnern, um was es dabei gegangen war. Alles was er wusste, war, dass er noch nie so wunderschöne Augen gesehen hatte wie dieses orangefarbene Paar, in das er nun blickte.

»Was machst du denn hier?«, fragten sie beide gleichzeitig.

Noch bevor einer von ihnen dem anderen antworten konnte, war Tembers Begleiterin, eine etwas kleinere Amibro mit roten Locken, zu ihnen getreten und deutete mit einem spitzen Schrei auf das Ei in Janis Händen. »Woher hat er das?!«

## 44

Was immer sie auch erwartet haben mochte, wenn sie darüber nachgedacht hätte – ein Wort des Dankes für die Rettung seines Lebens, eine helfende Hand, um vom Rücken der Fledermaus zu steigen – Bobbeye Hicks war derartig schnell über die Plattform im Inneren des Gebäudes verschwunden, dass Emily sich das Nachdenken sparte. Verblüfft starrte sie ihm hinterher.

Dann wurde es auch bereits geschäftig um sie herum – die Alwadarianer, die Salvador in das zusätzliche Geschirr gepackt hatten, begannen ihn wieder davon zu befreien. Zwei der kleinen Männer halfen ihr unaufgefordert, die Gurte zu lösen und kurze Zeit später stand sie am Boden, wenn auch mit heftig zitternden Knien. Sie lehnte sich an den warmen Körper der Fledermaus, stand aber offensichtlich im Weg und ging, sich mit einer Hand abstützend, ein paar Schritte am Hals des Tieres entlang, als dieser sich plötzlich bog und sie sich direkt mit Salvadors neugierig blickenden Knopfaugen und einer schnüffelnden Fledermausnase konfrontiert sah.

Sie erstarrte auf der Stelle, während ihre Hand, mit der sie sich an seinen Hals stützte, diesen wie von selbst zu tätscheln begann.

»Guter Junge, brave Fledermaus«, hörte sie sich flüstern.

Sie dachte an die gruseligen rotbraunen, wimpernlosen Augen der getöteten Fledermaus vor Orbíma, im Gegensatz zu ihr waren Salvadors von einer himmelblauen Farbe, umgeben von langen schwarzen Wimpern, freundlich sahen sie aus, wie die ihres ausgewachsenen Katers. Heilige Birmas hatten auch blaue Augen. Dann schleckte ihr eine riesige warme Zunge übers Gesicht und neben ihr kicherte es glucksend.

»Haben gerne«, stellte der alwadarianische Pilot fest und sein blaues Koboldgesicht grinste sie breit an.

Alles in ihr wollte sich furchtbar ekeln, aber stattdessen brach sie in hysterisches Lachen aus, was die Standfestigkeit ihrer wackeligen Beine nicht gerade verbesserte. Haltsuchend schlang sie die Arme um den Hals der Fledermaus und Salvador hielt still, bis der Anfall vorüber war. Ihr kleines Abenteuer hatte sie doch mehr mitgenommen als gedacht.

»Na, da haben sich wohl zwei angefreundet?«, ertönte Hicks' Stimme neben ihr.

Emily löste sich vom Hals des Tieres, wischte sich die Lachtränen aus den Augen und kraulte Salvador zwischen den großen Micky-Maus-Ohren. Ihre Angst war vollständig verschwunden.

Lächelnd nickte sie Hicks zu. Sie war verwundert, dass er wieder zurückgekommen war. »Er ist ein toller Kerl.«

Hicks nahm sie am Arm. »Kommen Sie meine Liebe, Sie wollen doch sicher Ihrem Sohn von Ihren Erlebnissen erzählen, ich bringe Sie zu ihm.«

Sie winkte dem Piloten und seinem prächtigen Tier zum Abschied, ihr war durchaus klar, dass die beiden den maßgeblichen Anteil an ihrer wohlbehaltenen Heimkehr hatten. Gerne hätte sie sich richtig bedankt, aber Hicks schien es immer noch eilig zu haben.

Kaum waren sie von der Plattform ins Innere des Tempels gelangt, begann sie zu schwitzen, aber sie würde ihre Pelzkleidung ja gleich ablegen können. Doch Hicks führte sie an ihrem Zimmer vorbei und zerrte sie beinahe schon durch Gänge, die ihr gänzlich unbekannt waren. »Wohin gehen wir denn?«, japste sie, »Und warum müssen wir so hetzen?«

»Oh, Verzeihung«, Hicks blieb stehen. »Wollen Sie Ihren Mantel ablegen? Warten Sie, ich helfe Ihnen. Ich wollte Ihnen den jungen Mann eigentlich zur Begrüßung bringen, aber er war nicht aufzufinden. Die Küchenmannschaft berichtete mir, dass er sich den Südflügel anschauen wollte, zusammen mit Monsieur Darwo. Na ja, und wenn wir sie einholen wollen, bevor sie sich andere Sehenswürdigkeiten anschauen, müssen wir uns beeilen.«

»Er ist mit Roc unterwegs?« Emily legte den Mantel über ihren Arm und beeilte sich, Hicks zu folgen. »Also geht es seiner Freundin besser? Dieser – wie hieß sie noch gleich, Fel…?«

»Felecia.«

Als ihr etliche Gänge weiter erst einfiel, dass er ihre eigentliche Frage gar nicht beantwortet hatte und sie gerade nachhaken wollte, blieb der Franzose abrupt stehen.

»Warten Sie hier einen Augenblick«, sagte er und verschwand um die nächste Ecke.

Emily war dankbar für die Verschnaufpause und sah sich um. Bemüht, mit Hicks Schritt zu halten, hatte sie der Umgebung bisher kaum Beachtung geschenkt, ihr war nur vage bewusst, dass sie immerwährend grobes Mauerwerk um sich und außer Fackeln an den Wänden schon lange kein Licht mehr gesehen hatte. Geschweige denn irgendwelche Lebewesen. Wenn dies der Südflügel war, dann fragte sie sich, was es hier Besonderes zu besichtigen gab. Hicks hatte ihre wilde Hatz an einer Weggabelung gestoppt, auf beiden Seiten des Ganges gab es Abzweigungen, er war um die linke verschwunden. Als sie um die Ecke schaute, sah sie ihn im Gespräch mit zwei Alwadarianern, die vor einer hölzernen Tür standen. Gerade als sie sich zu ihnen gesellen wollte, kehrte Hicks zurück.

»Dort geht es hinauf in den Südturm«, erklärte er ihr und wies auf die Tür. »Vor ungefähr zehn Minuten sind sie rauf, Ihr Sohn und Roc, sagen die beiden da. Wollen sich wohl die prächtige Aussicht ansehen. Sie sollten sich das nicht entgehen lassen. Die beiden lassen sie rein. Steigen sie einfach die Treppe hinauf, sie können sie nicht verfehlen, gibt nur den einen Weg nach oben und zurück.«

»Kommen Sie denn nicht mit, um mit Jani zu sprechen?«, fragte Emily verwundert.

»Nein, meine Liebe, die Suche nach unseren Ausflüglern hat mich schon genug Zeit gekostet. Ich habe noch eine Menge zu erledigen. Das Gespräch mit Ihrem Sohn verschieben wir vorerst.«

Aufmunternd tätschelte er ihre Schulter. »Nur zu, wir sehen uns später zum Essen. Ihre Begleiter kennen den Weg ja nun.«

Emily fühlte sich nicht ganz wohl, doch der Gedanke, Jani gleich zu sehen, vertrieb das ungute Gefühl. Sie reichte Hicks ihren Mantel. »Könnten Sie ihn bitte mitnehmen, er wird mir langsam etwas schwer.«

Aber Hicks wehrte ab. »Behalten Sie ihn lieber, es ist recht kühl … dort oben.«

Emily zog die Hand zurück. »Nun gut. Dann bis später.«

»Bis später!« Hicks lächelte liebenswürdig und ließ sie stehen.

Einen Moment sah sie ihm nach, wie er schnellen Schrittes verschwand, dann drehte auch sie sich um und ging hinüber zum Turmeingang, wo die beiden Alwadarianer ihr unbeweglich entgegenblickten. Sie fand es schon ein bisschen komisch, wie sie da standen, jeder mit einer Laterne in der Hand, direkt vor der Tür postiert wie Wachhabende. Wahrscheinlich ein Service des Hauses, für die Gäste, die den Südturm besichtigen wollten. »Guten Tag, äh, Bon jour«, grüßte sie freundlich, als sie vor ihnen stand.

Erst jetzt traten sie beiseite und der Kleinere (oder war es eine *sie?*) drehte einen Schlüssel, der bereits in der Tür steckte (wieso war sie verschlossen??) und mühte sich dann, sie aufzudrücken. Es war eine alte Tür, verwittertes Holz, rostige Scharniere, sie gab dem Druck nur ungern nach, missmutig knarzend und quietschend. Als die Öffnung weit genug war, winkte der Kleine ihr, hineinzugehen. Sie trat ein, aber es war so dunkel, dass sie sich umwandte, um die Laterne entgegenzunehmen, die sie nun sicherlich gereicht bekommen würde. Im selben Moment wurde sie von vier Händen gestoßen, stolperte rückwärts, ruderte mit den Armen, um nicht zu fallen, fluchte wie ein Rohrspatz, wollte sich beschweren und konnte doch nur noch ungläubig zusehen, wie die Tür ins Schloss gezogen wurde und hören, wie sich anschließend der Schlüssel darin drehte.

## 45

Hicks eilte im Sturmschritt durch die Gänge. Die Frau war aus dem Weg. Dennoch war er wütend. Musste er immer alles selbst machen? Da verschaffte er Trayot und Stein so viel Zeit und trotzdem vermasselten sie es. Begründet in seinem tiefen Hass traute er Roc nicht einen Millimeter weit und hatte deshalb Vorsorge treffen wollen, jeden seiner Gäste separat ins Verhör nehmen zu können, falls die Frau nicht über die Informationen verfügte, die er so dringend haben wollte. Und wie recht er damit gehabt hatte. Zornig schlug er im Laufen mit der Faust gegen das Gemäuer. Nun war seinen unfähigen Kumpanen ausgerechnet der Junge durch die Lappen gegangen, bei dem er sich aktuell die größten Chancen auf Erfolg ausrechnete. Doch andererseits – wohin sollte der schon fliehen? Alwadar verlassen konnte er nicht, also würden sie ihn früher oder später erwischen.

Er blieb stehen und atmete tief durch. Er hatte alle Zeit der Welt und war der Lösung näher als je zuvor. Das Gold war schon gefunden und den Weg zurück würde er ohne Frage auch herausfinden. Paris würde ihm zu Füßen liegen, o ja! Er lachte und eilte weiter. Bis er den Jungen aufspürte, würde er eben die anderen befragen. Vielleicht mit dem Mädchen anfangen – schließlich war sie Mitglied des Rats. Je länger er darüber nachdachte, desto sinnvoller erschien ihm diese Variante. Wer weiß, vielleicht brauchte er den Jungen letztendlich gar nicht...

# 46

Emily stürzte vorwärts und hämmerte mit den Fäusten an das Holz. »Was soll denn das, verdammt noch mal, seid ihr von allen guten Geistern verlassen? Ich brauche eine Lampe, herrgott, wie soll ich denn die Treppe finden, hier ist es ja stockfinster?!«

Irgendwann war klar, dass sie keine Reaktion erhalten würde. Sie lehnte sich an die Tür und schloss die Augen, um die Dunkelheit als natürlich empfinden zu können und dadurch Panik zu vermeiden. Während sie sich die schmerzenden Finger rieb, überschlugen sich ihre Gedanken in verzweifelter Mühe, die Situation zu begreifen. Sie war sich fast sicher, dass sie nicht nach einer Treppe zu suchen brauchte, Hicks hatte sie belogen. Und so sehr sich auch sträubte, es sich einzugestehen, es sah sehr danach aus, als hätte er sie *eingesperrt*. Aber wieso denn bloß?

Sie ließ den Tag Revue passieren, das Frühstück, den Ausflug, die wilde Flucht, die Rückkehr. Es fiel ihr nichts ein, was sie getan oder gesagt hatte, das seinen Unmut hervorgerufen haben könnte. Gut, diese Sache mit seinem komischen Zettel – er hatte sich wohl mehr von ihr erhofft, aber sie *hatte* ja etwas beitragen können. Und er war auch sehr erfreut gewesen, als sie ihm Hoffnung machen konnte, dass Jani vielleicht helfen könnte, sie waren umgehend zur Rückkehr aufgebrochen.

Ein schwaches Stöhnen unterbrach ihre Gedanken.

Alarmiert riss Emily die Augen auf, das Dunkel erschien ihr weniger schwarz, aber nicht minder undurchdringlich.

*Wo ist dieses Geräusch hergekommen? Von draußen?*

Erneutes Stöhnen.

*O nein, nicht von draußen. Das ist hier drin.*

»Wer ist da?«, flüsterte sie und ging einen Schritt blind in den Raum. Sie fürchtete sich weiterzugehen, die Orientierung zu verlieren, über etwas zu fallen oder gar *in* etwas, es konnten Löcher im Boden sein, nicht abgedeckte Gruben, voll mit Ungeziefer, Spinnen vielleicht oder gar Schlangen.

*Herrjeh Mädel, du hast wirklich zu viele Horrorfilme gesehen.*

Und wenn es nun Jani war?

Sie tastete sich zurück an die Tür und klopfte noch einmal energisch. »Nun habt euch nicht so«, rief sie, »hier ist jemand krank oder verletzt oder schlimmer! Ich brauche etwas Licht, dann kann ich mich um ihn kümmern.«

Nichts.

»Oder wollt ihr Ärger mit Hicks?«, fügte sie hinzu, einer Eingebung folgend.

Und dann tat sich wirklich etwas. Im oberen Bereich der Tür wurde eine Klappe geöffnet, eine Art Durchreiche vielleicht, ein Guckloch. *Wie in einer Gefängniszelle,* dachte sie. *Einem mittelalterlichen Verlies. Einem Kerker.*

Sie wartete, aber weiter geschah nichts. Doch die Klappe blieb geöffnet. Es fiel nur wenig Licht herein, vermutlich von den Laternen der Alwis, aber es reichte aus, dass sie ein wenig mehr sehen konnte, nachdem sich ihre Augen an das bisschen Helligkeit gewöhnt hatten.

Es war kein großer Raum, von runder Form, vielleicht doch wirklich ein Turm, aber dann ohne Treppe. Wenn sie nach oben schaute, sah sie keine Decke, die Höhe verlor sich in schwarzer Endlosigkeit. Der Boden schien frei von den Alpträumen, die sie sich ausgemalt hatte, und am Fuße der gegenüberliegenden Wand regte sich etwas. Jemand?

Das Etwas stöhnte wieder und jetzt dachte Emily nicht mehr nach. In wenigen Schritten war sie dort und sank auf die Knie. »Jani? Bist du's?«

Die Gestalt lag zusammengekrümmt mit dem Gesicht zur Wand, Emily legte ihr die Hände auf, fühlte Stoff und darunter einen kalten Körper, der fürchterlich zitterte. Sich über ihn beugend, tastete sie nach seinem Kopf und versuchte, das Gesicht zu sich zu drehen. Sie spürte einen kratzigen Bart unter ihren Fingern und dann die Narbe, die sich in seine Wange kerbte – dies war nicht Jani, es war Roc.

*Gottseidank*, huschte ihr durch den Kopf. Aber gleich drauf fragte sie sich auch schon, wieso der Amibro hier war. »Roc – könnt Ihr ... kannst du mich hören? Ich bin es, Emily!«

Sie strich weiter über sein Gesicht, es fühlte sich klebrig an, und seine Stirn glühte, aber sie konnte nichts erkennen. »Roc, hörst du mich? Du musst dich umdrehen. Dreh dich um, komm schon.« Sie packte ihn an der Schulter und versuchte ihr Bestes, unter sein Stöhnen mischte sich nun Wimmern, aber er gab dem Druck nach, und sie konnte ihn auf den Rücken drehen, wobei es zu seinen Füßen verdächtig klirrte. Als sie sich dorthin getastet hatte, fühlte sie die eisernen Spangen an seinen Gelenken und die Ketten daran.

Dann krümmte sich sein Körper und sie begriff, dass er sich wieder zusammenkauern wollte, stieg schnell über ihn und lenkte seine Bewegungen so, dass er sich dieses Mal zur anderen Seite einrollte. Jetzt konnte sie seine Gesichtszüge vage erkennen, dunkle Flecken überzogen sie, die nichts Gutes verhießen, seine Augen waren geschlossen, die Lippen schienen sich zu bewegen, aber es kam nur gelegentliches Stöhnen, der Rest war Zittern und Zähneklappern.

»Was haben sie nur mit dir gemacht?«, flüsterte Emily und dann sprang sie zornig auf und eilte erneut an die Tür.

»Es geht ihm sehr schlecht!« wetterte sie durch die schmale Öffnung. »So behandelt ihr also eure Gäste? Was hat er euch getan? Er braucht einen Arzt, verdammt noch mal!« Sie schlug an die Tür. »Oder wollt ihr, dass er stirbt? Will Hicks, dass er stirbt?« Noch ein Schlag. »Wenn ich ihm helfen soll, dann brauche ich ... Sachen. Bringt mir Decken! Und Wasser! Und–«

»Sie muss still sein!« unterbrach sie eine helle, aber kräftige Stimme von draußen.

Emily hielt ein. »Was?«

»Still. Oder alles schlimmer. Ich werden helfen. Aber still!«

Emily hob die Hände. »Okay, okay.«

»Sie warten. Und still.«

Emily verbiss sich weitere Kommentare und lauschte. Trippelnde Schritte entfernten sich. Dummerweise nahmen sie das Licht mit.

Emily fluchte leise. Roc stöhnte wieder.

Der Mantel. Wo war er eigentlich? Sie hatte ihn fallen gelassen, als sie in den Raum gestoßen worden war. Er musste ganz in der Nähe der Tür sein. Emily ließ sich auf die Knie nieder und begann, den Boden abzutasten. Da! Sie griff den weichen Pelz, tastete rückwärts, bis sie die Wand wieder spürte und kroch dann an ihr entlang, bis ihr Roc im Wege lag. Sie hüllte ihn in den Pelzmantel, was durch seine embryonale Stellung recht gut gelang, ließ sich dann neben ihm nieder und brachte es irgendwie fertig, seinen Oberkörper auf ihrem Schoß und in ihren Armen zu bergen, in der Hoffnung, ihn etwas zu wärmen. Er schlotterte erbärmlich.

Es war kalt hier unten. Ihres Mantels beraubt, trug sie selbst nur ihr tolles, spärliches und jetzt sehr unnützes Toro-Outfit auf dem Leib. Nur ihre Füße waren warm, steckten noch in den gefütterten Fellstiefeln. Wo sie die passenden Handschuhe gelassen hatte, wusste sie nicht mehr. Früher oder später würde sie mit Roc um die Wette schlottern. Blieb nur zu hoffen, dass der Alwi wirklich Decken brachte. Oder Jani sie fand. Wo er nur war? Ob Hicks ihn auch hierher bringen würde? In was waren sie da nur hineingeraten.

Bildete sie es sich ein, oder zitterte Roc nicht mehr so stark? Sie zog den Mantel enger um seine Schultern. Nein, sie konnte den Typ nicht ausstehen. Aber sie war so erleichtert gewesen, dass er hier lag und nicht Jani, dass sie ein elend schlechtes Gewissen deswegen hatte. Nur deshalb kümmerte sie sich. Und in der Hoffnung, dass, falls Jani Ähnliches zugestoßen sein sollte, auch er jemanden bei sich hatte, der ihn versorgte.

# 47

»Das ist Wasee«, stellte Tember das Mädchen vor, das redlich bemüht war, Spookys wilden Annäherungsversuchen aus dem Weg zu gehen.

Jani pfiff den Hund an seine Seite und und begrüßte sie höflich lächelnd mit: »Hallo, ich bin Jani«, dann nahm er Tember am Arm und fragte: »Kann ich dich kurz allein sprechen?«

Tember nickte, warf Wasee einen entschuldigenden Blick zu und ging mit ihm einige Schritte zur Seite, bis sie außer Hörweite waren.

Jani sprach trotzdem im Flüsterton. »Kann man ihr vertrauen?«, fragte er. »Ich brauche schnellstmöglich ein Versteck, ich erzähle dir später, warum. Aber es darf niemand wissen, dass ich hier bin.«

Tember zog die Stirn kraus und dachte nach. »Ich weiß es nicht«, seufzte sie dann. »Ich kenne sie noch nicht gut genug. Aber ich habe eine Idee, komm.«

Wasee schaute sie kaum an, als sie zurückkehrten, nach einem misstrauischen Blick auf den Hund, der sich aber gar nicht mehr um sie kümmerte, hingen ihre Augen sofort wieder wie gebannt an dem schwarzen Ei in Janis Händen.

»Wasee, hör mir zu«, sagte Tember mit ernster Stimme. »Mein Freund ist mit einer Aufgabe größter Wichtigkeit betraut worden.« Sie deutete auf das Ei. »Dies betreffend.« Nun hatte sie Wasees ganze Aufmerksamkeit. »Dazu muss er im Verborgenen agieren, niemand darf wissen, dass er hier ist.«

Wasee nickte eifrig.

»Es ist ihm gestattet, einem ausgewählten Kreis von Eingeweihten über seine Aufgabe zu berichten. Wer zu den Eingeweihten gehören will, muss zuvor beweisen, dass er vertrauenswürdig ist und das Geheimnis bewahren kann.«

Wasee nickte noch eifriger.

»Wenn du ihm hilfst und auch sonst davon überzeugen kannst, dass du seines Vertrauens würdig bist, wird er dich einweihen. Und du wirst erfahren, woher er ES hat. Bist du interessiert?«

»Oh, aber ja!« rief Wasee, schlug sich dann schuldbewusst auf den Mund und fuhr leise fort: »Er braucht ein sicheres Versteck. Und ich kenne eines, von dem niemand sonst weiß.« Sie warf Jani ein unsicheres Lächeln zu. »Wäre das in Eurem Sinne?«

Jani, noch ganz beeindruckt von Tembers Finte, bemühte sich um ein Verhalten, wie es einem immens wichtigen Geheimnisträger zukommen mochte – er beschränkte sich auf ein wohlwollend zustimmendes Nicken.

In einem weiten Umweg, belebten Stätten ausweichend und immer auf Deckung achtend, führte Wasee sie zu Tembers Überraschung zu ihrer beider Arbeitsstätte – der riesigen Scheune. Spooky, schon auf dem Weg nur schwer zu bändigen, da er die ganze Unternehmung für ein tolles Spiel hielt und Jani ihn beständig vom Herumtollen und Davonflitzen abhalten musste, begann im Inneren des Gebäudes nervös zu winseln und versuchte mit eingezwängtem Schwanz zurück nach draußen zu gelangen. Jani erwischte ihn gerade noch mit einem beherzten Griff ins Nackenfell.

Tember flüsterte Wasee etwas zu, woraufhin diese im Nebenraum verschwand und mit ein paar Schnüren wiederkehrte. Mit ein paar geschickten Handgriffen knüpfte Tember ein Halsband mit Leine und knotete es locker um Spookys Hals.

»Gehen wir durch das Gelege?«, fragte Tember und als Wasee nickte, sagte sie zu Jani: »Trage ihn, es wird ihm dort nicht gefallen.«

Jani konnte sich keinen Reim darauf machen, aber wenn sie es sagte, musste es wohl sein. »Dann musst du das aber solange nehmen«, er reichte ihr das Ei, wobei ihm Wasees neidischer Seitenblick nicht entging, und lud sich den zappelnden Hund auf die Arme.

Sie betraten den Raum zur Linken, Wasee ging voraus und brachte Fackeln für sich und Tember, beide Mädchen geleiteten Jani die Treppe in die Grube hinunter und weiter auf dem beschwerlichen Weg durch den blubbernden Brei. In dem sich zu seinem Erstaunen Unmengen von Eiern befanden, die meisten davon wesentlich größer als das eine, das ihm in den Schoß gefallen war.

Im letzten Drittel der Grube schließlich, wo es keine Eier mehr gab und die breiige Masse so dunkel war, dass man die Umgebung nur spärlich erkennen konnte, verankerte Wasee ihre Fackel in einer kaum sichtbaren Halterung an der Wand und machte sich dann am Boden darunter zu schaffen. Schließlich förderte sie einen langen Stab zutage, an dessen Ende sich ein gebogener Haken befand, griff ihn fest mit beiden Händen, hob ihn weit nach oben und hangelte an der Decke herum, bis er einrastete. Als sie dann daran zog, öffnete sich eine bis dahin unsichtbare Klappe, die eine zusammengefaltete hölzerne Treppe enthielt. Wasee zog sie zu ihnen herunter.

*Wie zuhause auf dem Dachboden,* dachte Jani.

Die Amibro legte den Stab zurück an seinen Platz, nahm die Fackel aus der Haltung und stieg voran, um ihnen von oben zu leuchten. Jani, dem die Arme vom Gewicht des Hundes schon schmerzten, hatte Mühe, ihn die Treppe hinaufzubugsieren. Tember bildete den Abschluss, sorgsam auf das Ei in ihrer Hand achtend, das sie oben angekommen sofort wieder in Janis Obhut zurückgab. Nachdem alle versammelt waren, betätigte Wasee ein paar Hebel an der Treppe, woraufhin sich diese zurückfaltete und die Klappe sich auch von innen verschließen ließ.

*Das nun nicht wie zuhause,* musste Jani in Gedanken feststellen. *Perfektes Versteck. Sofern...* »Niemand außer dir weiß etwas hiervon?«, fragte er Wasee.

»Ich wusste es jedenfalls nicht!« warf Tember ein, sie klang verstimmt.

Wasee lächelte ein undefinierbares Lächeln und bestätigte seine Frage, während sie mit ihrer Fackel auf einen Tisch zuging und ein Tuch von einem sanduhrförmigen Gegenstand nahm, der sofort rot zu glimmen begann und den Raum erhellte. Eine Regenbogensteinlampe wie in Orbíma. Dann kramte sie ein dickes, weiches Tuch aus einer Truhe, reichte es ihm und erklärte, es sei für das Ei. Er wickelte es vorsichtig hinein.

Die Fackeln wurden gelöscht und sie setzten sich an den Tisch. Eine Schale mit Obst stand dort, außerdem eine Karaffe mit Wasser und mehrere Zinnbecher, sie bedienten sich durstig. Jani fragte nach einem Behältnis für den Hund und Wasee leerte das Obst auf den Tisch, füllte die Schale mit Wasser und stellte sie Spooky vor die Nase. Jani schenkte ihr ein dankbares Lächeln.

»Ein Freund hat mir diesen Raum gezeigt«, begann sie zu erzählen. »Mein Vorgänger. Nur die Gelegehüter wissen von ihm und geben ihr Wissen an ihre Nachfolger weiter. Niemand sonst darf etwas davon wissen, auch nicht die Gelegehelfer. Nun ja, « sie warf Tember einen Blick zu, »in Ausnahmefällen ist es gestattet.«

»Für was ist dieser Raum denn gut?«, fragte Jani. Er hatte sich umgeschaut und konnte nichts Besonderes daran finden. Er war spärlich eingerichtet, ein paar gezimmerte Möbel, Tisch, Stühle, die Truhe, ein großer Schrank, ein Bett.

»Nun, zum einen ermöglicht er es, Guu aus dem Weg zu gehen, wenn sie wieder einmal unausstehlich ist«, grinste Wasee. »Und zum anderen … ich werde es euch zeigen.«

Sie stand auf, ging zum Schrank und öffnete seine Türen. Er war gänzlich leer. Bis auf zwei weitere Türen in seiner Rückwand. Wasee öffnete auch diese und sofort strömte helles Licht herein. Tember und Jani sprangen auf, um sich die Überraschung aus der Nähe anzuschauen.

»Vorsicht!« warnte Wasee.

Der Ausgang führte auf einen grasbewachsenen Felsvorsprung, gerade breit genug, um sich zu zweit oder dritt dort aufzuhalten, davon abgehend ein schmaler Gebirgsgrat, auf dem andeutungsweise ein Pfad zu erkennen war, der sich dort entlang wand und in der Ferne verlor. Als sie die Köpfe hinausstreckten, wurde Wasees Warnung verständlich – heftige Sturmböen pfiffen ihnen um die Ohren, die jemanden leicht von den Füßen fegen konnten, der unbekümmert hinaus trat.

»Der Pfad verbindet mehrere Nadelfelsen«, erläuterte Wasee, »und es heißt, er führe hinunter bis ans Meer, aber ich habe mich noch nie so weit hinaus gewagt. Wenn man sich unten befindet, inmitten von Nevedar, sieht man noch nicht einmal diese Felsen, weil das Gebäude sie verbirgt. Und die, die von den Felsen wissen, wissen nichts von dem Pfad. Mein Vorgänger erzählte mir von einer Begebenheit, bei der ein Gelegehüter ein wertvolles Pirei auf diesem Weg in Sicherheit brachte, als Nevedar angegriffen wurde.«

»Angegriffen?«, fragte Jani. »Von wem?«

»Das hat er nicht gesagt. Nun kommt wieder herein.«

Wasee verschloss die Schranktüren hinter ihnen.

»Können wir mit deinem Vorgänger sprechen?«, wollte Jani wissen. »Vielleicht ist sein Wissen ja wichtig für, ähm, meine Aufgabe.«

»Er ist tot.«

»Oh. Entschuldige bitte.«

Wasee lächelte. »Das konntet Ihr doch nicht wissen.«

Jani fiel etwas ein. »Du sagtest ›ein wertvolles Pirei‹ – was meinst du damit?«

Wasee zog erstaunt die Augenbrauen hoch. »Eines der Pireie, die du unten gesehen hast.«

»Snopir Eier«, fügte Tember erläuternd hinzu.

»Ach das sind sie!?«

»Man hat Euch nicht viel über sie erzählt, scheint mir«, bemerkte Wasee langsam.

Jani spürte das Misstrauen und fasste sich schnell. »Aber natürlich hat man das. Ich muss dich jedoch – wie du sicher verstehen wirst – gelegentlich auf die Probe stellen.«

Wasees Augen weiteten sich. »Oh. Ich verstehe. Verzeiht mir!«

Jani winkte beruhigend ab. »Alles in Ordnung. Du hast es gut gemacht.«

Das Mädchen stieß erleichtert den Atem aus. »Nun, was immer Ihr wissen wollt, fragt gerne Tember solange ich weg bin. Ich werde euch eine Weile allein lassen, es könnte auffallen, wenn wir beide uns so lange nicht blicken lassen. Tember, vergiss aber das Abendessen nicht, ich hätte keine angebrachte Entschuldigung, wenn du nicht erscheinst.«

»Ich werde da sein«, versprach diese.

»Vielen Dank für alles«, sagte Jani und lächelte gönnerhaft. »Du hast mich bereits sehr beeindruckt.«

Wasee schenkte ihm ein glückliches Lächeln, warf einen letzten Blick auf das eingewickelte Kleinod auf dem Tisch, nahm sich eine der Fackeln und verschwand über die Treppe in die Grube. Nachdem sie den Zugang von unten wieder geschlossen hatte, fielen die beiden Zurückgebliebenen auch schon mit sprudelnden Fragen übereinander her.

Lachend hielten sie inne und Jani gewährte Tember den Vortritt. »Nach dir«, grinste er. »Aber erst muss ich dir eine Frage stellen.«

Tember schaute ihn erwartungsvoll an.

»Es ist taghell und weder du noch Wasee, die ja wohl auch eine Amibro ist, sind verwandelt. Warum nicht?«

Tember zuckte die Schultern. »Genau weiß ich es auch nicht, Guu sagte, es würde hier nie dunkel und ich glaube, weil es dadurch keine Wechsel von Sunne und Luni gibt, verwandeln wir uns nicht.«

»Ah okay, verstehe. Dann kannst du jetzt loslegen – fang doch am besten mit eurem Ausflug an…«

»Welchem Ausflug?«

»Na der, zu dem ihr mich nicht mitgenommen habt, Mero, Lir, die Centerflies und du.« Jani gab sich Mühe, unbeschwert zu klingen. Nachdem sie ja nicht *weggesperrt* worden war, wie es Trayot und Stein im Keller genannt hatten, musste er das Thema dringend anschneiden. »Der Ausflug inklusive Übernachtung im Eingeborenenlager.«

»Was redest du da? Wir waren nicht … wer hat dir das gesagt?«

Jani starrte sie an, voll böser Vorahnung. »Hicks war das…«, sagte er langsam.

Tember schüttelte heftig den Kopf. »Nichts davon ist wahr!«

Jani nickte. »Das wird mir auch gerade klar.« Und in seinem Inneren klärte sich einiges mehr. Sie hatten ihn gar nicht zurückgelassen. Tember hatte gar keine Nacht mit Mero verbracht. Er konnte nicht anders, als selig vor sich hin zu grinsen.

»Warum lächelst du?«, wollte Tember wissen.

Jani machte schnell wieder ein ernstes Gesicht. »Ach, nicht so wichtig. Erzähl mir, was wirklich passiert ist.«

Und Tember erzählte. Vom Einschlafen in Alwadar und Aufwachen in Nevedar. Von den vielen Kindern, die hier lebten. Dass Guu, die Leiterin der Einrichtung, gewusst hatte, dass sie kommen würde. »Ich sei ihr als Hilfe zugeteilt worden, das waren ihre Worte.«

»Und sie hat nicht gesagt, wer dich ihr zugeteilt hat?«

»Nein, aber ich vermute, dass es Hicks war. Denn ich wollte wissen, ob ich ihn sprechen könnte, und Guu fragte nicht, wer das sei, sie verneinte nur meine Frage.«

»Der Mistkerl steckt ganz sicher dahinter«, sagte Jani grimmig. Auf eine gewisse Weise hatte er sie doch *weggesperrt*. »Was ist mit Mero und Lir, sind sie auch hier?«

Tember schüttelte den Kopf. »Ich habe sie nicht gesehen. Niemanden von uns.«

»Okay, darum kümmern wir uns später. Und jetzt möchte ich gerne wissen, was du in diesem Hühnerstall treibst.«

»Hühnerstall?«

»Na, bei so vielen Eiern«, grinste Jani.

Tember lachte und verdrehte die Augen. »Keine Hühner. Snopire«, korrigierte sie, »massenweise! In der Grube bleiben sie, bis sie schlüpfen, danach kommen sie in den Verschlag gegenüber, wo sie aufgezogen werden. Wasee und ich kümmern uns um sie. Füttern, Säubern, Spielen, das Beißen abgewöhnen und vieles andere.«

»Sie beißen? Auweia.«

»Das ist nicht so schlimm, sie sind ja noch klein. Aber wenn sie erst ausgewachsen sind, würde das gefährlich werden. Sagt Wasee. Ich habe hier noch keine Großen gesehen.«

»Das bedeutet, sie werden gezüchtet? Zu welchem Zweck?«

»Wasee sagt, manche bekommen Reiter, wenn sie sich dazu eignen, später. Andere werden weggebracht, aber sie weiß nicht, wohin. Aber sie werden nicht gezüchtet, zumindest nicht hier. Wir bekommen die Eier gebracht.«

»Seltsam«, fand Jani. »Wer bringt sie denn?«

Tember zuckte die Schultern. »Das weiß ich nicht, es geschieht wohl nachts, nur der Gelegehüter darf sie entgegennehmen. Bis jetzt gab es noch keine Lieferung, aber ich bin ja auch erst gestern Morgen angekommen.«

»Erst gestern?« Jani rieb sich die Stirn. »Mann, es kommt mir wie eine Ewigkeit vor. Was ist hier sonst los, wer lebt hier?«

Tember überlegte. »Etwa zwanzig Amibros, alles Frauen, und mindestens fünf Mal so viele Kinder, um die sie sich kümmern.«

»Über hundert Kinder?«, fragte Jani erstaunt. »Alle von eurem Volk?«

»Aber nein. Es gibt vor allem Alwadarianer und Amibros, aber auch Kinder aus der Schwarzöde.«

»Aber warum sind sie hier? Haben sie ihre Eltern verloren, ist dies hier so eine Art Waisenhaus?«

»Ich konnte es noch nicht herausfinden, keine der Frauen spricht darüber, weil Guu es verboten hat.«

»Aber du könntest doch die Kinder fragen?«

Tember schaute skeptisch. »Das wage ich mich nicht, denn sie könnten dafür bestraft werden. Jetzt aber genug davon, du bist dran. Bald wird zum Abendessen gerufen, dann muss ich weg.«

»Okay«, nickte Jani und begann mit dem Zeitpunkt des Frühstücks, bei dem Tember schon nicht mehr anwesend gewesen war, weil angeblich mit Mero und Lir zum Erkundungsausflug aufgebrochen. Das verstörende Erlebnis mit seiner besessenen Mutter ließ er erst einmal aus, aber spätestens bei seinem Bericht von der Erforschung des Kellers musste er doch auf diesen Metageist oder was immer es war, zurückkommen.

Tember staunte nicht schlecht über die Geschichte vom sprechenden Hund. Als er gerade am Start seiner Fahrt mit dem Waggon angekommen war, ertönte ein lauter, durchdringender Ton, der etwas von einer Mischung aus Tarzanschrei und Opernarie hatte. Janis sensibles Gehör reagierte empfindsam, er hielt sich die Ohren zu.

»Wir reden später weiter«, sagte Tember und machte sich hektisch an der Treppenklappe zu schaffen. »Ich muss zum Essen.«

# 48 / Nacht 7

Emily wurde wach, als sich die Verliestür schwerfällig ächzend öffnete. Sie blinzelte in den hellen Lichtschein, der auf sie zuhielt, brauchte einen Moment, um sich zu erinnern, wo sie war, sie musste eingenickt sein. Zu gerne wäre sie in diesen Schlaf zurückgekehrt, vom unbequemen Sitzen tat ihr alles weh und sie war unglaublich müde. Sie wollte aufstehen, doch eine flüsternde Stimme hielt sie ab.

»Bleiben sitzen!«

Emily fügte sich, während Roc, der immer noch auf ihren Beinen lag, sich kurz unruhig bewegte. Im Schein der Laterne, die der Alwi trug, beobachtete sie, wie er geschäftig einen Schemel (den sie noch gar nicht bemerkt hatte) von einer Seite des Raumes herbeiholte und die Lampe darunter platzierte, wodurch das Licht gedämpft wurde.

Dann eilte er zurück zum Eingang und holte etwas Großes, das dort lag, und sich als ein gewaltiger Packen wollener Decken herausstellte, ein weiterer Gang brachte einen Lederbeutel sowie einen tönernen Krug. Der Krug kam vor den Schemel, dazu zwei zinnene Becher, die er aus dem Beutel kramte. Brot, Obst und Käse hob er nur kurz in Sichtweite, um Emily darauf aufmerksam zu machen, dann folgte noch ein kleines Gefäß mit Schraubverschluss.

Es sah aus wie eine Miniatur-Thermoskanne und wollte nicht recht zu den restlichen Utensilien passen. Das drückte er ihr mit wichtiger Miene in die Hand, deutete auf Roc und wisperte: »Geben Tropfen, wenig, werden helfen.«

Emily griff ihn an seinem dürren Ärmchen. »Was heißt wenig? Wie viele Tropfen genau?«

Der Kleine nahm ihr das Fläschchen aus der Hand, öffnete es und träufelte Roc vorsichtig drei Tropfen auf die Lippen. Drehte den Verschluss wieder zu und gab es Emily mit bedeutsamem Nicken zurück.

»Gut, also drei«, sagte sie. »Und wann soll ich sie ihm jeweils geben?«

Die drei gelben Katzenaugen blickten sie ratlos an.

Emily wollte gerne vermeiden, Roc versehentlich zu vergiften. Kurzerhand nahm sie das Gefäß und schickte sich an, dieselbe Prozedur noch einmal durchzuführen. Dabei schaute sie den Gestreiften fragend an.

Er schüttelte sofort heftig den Kopf. »Viel schlecht.«

»Wann?«, fragte Emily und gab die Pantomimin. Sie deutete Schlafhaltung an, das Aufgehen der Sonne, Essen, Trinken, immer verbunden mit dem angedeuteten Öffnen der Flasche, bis sich das Gesicht des Kleinen schließlich erhellte.

»Du wollen wissen, wie oft? Zwei Mal bevor Tag endet.«

Emily glaubte ihren Ohren nicht zu trauen. »Aber das habe ich doch gemeint!«

»Aber du nicht gesagt haben.«

Bevor sie protestieren konnte, schaute sich der Alwadarianer alarmiert um. Dann nestelte er flink eine kleinere Decke aus dem Packen und reichte sie ihr. »Legen über Licht. Müssen still sein. Zweiwache kommen zurück. Dürfen nicht wissen, dass ich helfen.«

Er machte Anstalten sich zu entfernen, und Emily fragte schnell: »Wie ist dein Name?«

»Bobicks nennen Di - Lai - La.«

*Delilah. Herrjeh, der Alwi ist ein Mädchen. Und* Bobicks *kann nur Bobbeye Hicks sein.* »Danke für deine Hilfe.«

Die Kleine schaute sie einen Moment lang ernst an und deutete dann auf Roc. »Mann traurig, Kind tot. Sagen Mann, Frau auch tot. Frau sagen, Mann gut.«

Dann flitzte sie nach draußen und zerrte die Tür wieder ins Schloss.

Emily barg das Fläschchen zurück in den Lederbeutel, zog alle Dinge in Reichweite, und warf die kleine Decke über den Schemel und die Laterne. Sofort war es wieder stockdunkel, aber nach ein paar Sekunden drang ein bläulicher Schimmer durch die Decke hindurch, gerade genug, um Emily den Bereich um sich und den Amibro einigermaßen erkennen zu lassen.

Sie konnte nur hoffen, dass man den Lichtschein durch das Loch in der Tür nicht sehen konnte, bemerkte dann aber, dass die Öffnung inzwischen verschlossen war. Sie hörte Stimmen und lauschte mit angespanntem Atem. Doch niemand machte sich an der Tür zu schaffen, deshalb nahm sie an, dass es sich nur um den zweiten Wächter handelte.

Sie wartete eine lange Weile, dann schob sie Roc sanft von ihren Beinen und machte sich daran, aus den Decken ein Lager herzurichten. Als sie fertig war, tat sie ihr Bestes, ihn auf die weiche Unterlage zu ziehen. Es funktionierte mehr schlecht als recht, ihr brach der Schweiß aus allen Poren, aber schließlich hatte sie ihn da, wo sie wollte, hüllte ihn in die restlichen Decken und breitete den Pelzmantel noch darüber.

Drei Decken behielt sie zurück, eine schob sie zusammengefaltet unter seinen Kopf. Roc hatte alles über sich ergehen lassen, er wirkte deutlich ruhiger als zu Anfang, vielleicht taten Delilahs Tropfen schon ihre Wirkung.

Sie nahm ein Stück Brot aus dem Lederbeutel, biss ein paar Mal hinein, goss vorsichtig Wasser aus dem Krug in einen Becher und leerte ihn in einem Zug. Sie versuchte, auch Roc etwas einzuflößen, aber da wehrte er sich dann doch, indem er unwillig brummte, den Kopf abwandte und sich auf die Seite drehte. Sie hielt den Atem an, ob er nun aufwachen würde, aber er rührte sich nicht mehr. Einen halbherzigen Versuch, ihm die dunklen Flecken vom Gesicht zu wischen, ließ sie schnell sein, weil er wieder unruhig wurde.

Sie verstaute alles hinter dem Schemel in der Nähe der Wand und legte eine zweite Decke über beides, damit es noch dunkler wurde und niemand, der vielleicht durch die Öffnung in der Tür schaute, einen Verdacht schöpfen konnte.

Dann streckte sie sich vorsichtig hinter Rocs abgewandtem Rücken aus, zog die dritte Decke über sich und versuchte zu schlafen. Was natürlich nicht gelang, denn kaum schloss sie die Augen, kreisten ihre Gedanken um all die ungelösten Fragen.

Wie erging es Jani zurzeit, WO war er? Was machte Vem, wo war ER? Warum waren sie und Roc in diesem Verlies eingesperrt? Was hatten Delilahs letzte Worte zu bedeuten? Überhaupt dieser Name! Hicks' Werk natürlich. Ein weiteres Lieblingslied von ihm? *Delilah* von Tom Jones? Vermutlich.

Schläfrig zog sie die Decke enger um sich.

*Kind tot. Frau tot.* Was steckte dahinter? Es hörte sich gar nicht gut an. Delilah hatte bewusst auf Roc gedeutet, während sie sprach, bedeutete dies, dass er etwas darüber wusste oder hatte es mit ihm persönlich zu tun? Emily hoffte, dass er sich bald ganz erholen würde, damit sie ihn danach fragen konnte.

Kurz darauf war sie sehr überrascht, unverhofft Vems ebenmäßiges Elfengesicht näher kommen zu sehen.

»Wo kommst du denn her?« hörte sie sich über alle Maßen erfreut fragen. »Wie bist du hereingekommen? Ich bin so froh, dich zu sehen!«

Vem erwiderte nichts, aber er lächelte und legte einen Finger an seine Lippen.

Ach, wie hatte sie diesen wunderbaren Anblick vermisst. Er trug dieselbe Kleidung wie bei ihrer ersten Begegnung, die farblich so perfekt zu seinen Haaren, der Tätowierung und seinen Augen passte. Erst als letztere so nah waren, dass sie zuvor nie bemerkte silberne Sprenkel darin erkennen konnte, ging ihr auf, dass er im Begriff war, sie zu küssen. Im nächsten Augenblick spürte sie auch schon seine warmen Lippen auf den ihren und konnte ihr Glück kaum fassen. Ihr Zögern dauerte nur einen Sekundenbruchteil, dann schlang sie die Arme um seinen Hals, schloss die Augen und erwiderte seinen Kuss entschieden positiv. Als die Wolldecke sich in Luft auflöste und wie von Zauberhand auch ihre Kleider, änderte dies nichts an ihrer Zustimmung, ganz im Gegenteil. Dies hatte sie gewollt, seit sie ihn zum ersten Mal gesehen hatte. Seine Hände wanderten besitzergreifend über ihren Körper und sie drängte sich ihnen entgegen, vergrub die ihren tief in seinen Haaren, ließ sich widerstandslos auf die Reise zu den Sternen mitnehmen, und stellte das Denken vorübergehend völlig ein.

Wenige Lichtjahre später sank er erschöpft in ihre Arme, drückte sich innig an sie und murmelte: »Cia, meine Cia. Ich liebe dich so sehr.«

Emily öffnete ungläubig die Augen. Und sah – nichts. Denn natürlich herrschte in der Zelle nach wie vor diffuse blauschwarze Dunkelheit. Warum war ihr nicht aufgefallen, dass etwas nicht stimmen konnte, als sie Vem so deutlich hatte sehen können?

*Nur ein Traum,* dachte sie bitter. *Ein wunderschöner, idiotischer Traum.*

Allerdings – wenn es ein Traum war, warum spürte sie Vem dann immer noch auf sich? Und nicht nur *auf* sich... Die Wahrheit traf sie wie eine Ohrfeige. Geistesgegenwärtig unterdrückte sie den entsetzten Schrei, der sich den Weg durch ihre Kehle bahnte, musste an sich halten, um nicht um sich zu schlagen. Dann befreite sie sich rücksichtslos von dem auf ihr liegenden Körper, schob ihn angewidert von sich, bis er auf die Seite rutschte, sprang auf die Füße, lief in irgendeine Richtung, bis ein anderes Stück Wand ihr schmerzhaft Einhalt gebot, kauerte dort nieder, schlang die Arme um ihre Knie und weinte lautlose zornige Tränen.

# 49

Die Centerfly hatte die Hängebrücke im Blick, als sie in beträchtlichem Abstand den Graben überflog, damit die Wächter nicht auf sie aufmerksam wurden. Über die Hecke tauchte sie in den feuchten Regenwald ein und hatte die Gruppe erreicht, bevor ihre Flügel von der Feuchtigkeit zu schwer wurden.

Vem, der schon gehört hatte, dass sie im Anflug war, streckte seine Rechte flach aus, Handfläche nach oben und Federchen landete gleich darauf grazil.

Er blickte sie erwartungsvoll an. »So berichte, was hast du herausgefunden?«

Ein Dutzend Amibros und doppelt so viele Centerfly-Kriegerinnen kamen nahe heran, um zu hören, was die Prinzessin zu erzählen hatte.

»Isch 'abe den Tempel abgesucht, isch war überall. Sie sind nicht dort, Tember, Miro, Lir.«

»Und Roc? Emiliane?«

Federchen nickte. »Die 'abe isch gefunden. Es gibt zwei Türme, isch bin 'ineingeflogen, bis ganz nach unten. In dem einen sind sie, aber gefangen. Es sind Wächter vor der Tür.«

»Hast du mit ihnen gesprochen, wissen sie, dass wir hier sind?«

Federchen schüttelte stumm den Kopf.

»Warum nicht, bei den Altehrwürdigen, sind sie etwa tot?«

»Nein, das nicht. Isch konnte nicht, sie 'aben…« Das kleine Feengesicht verfärbte sich dunkelrot.

»Sie haben was?«

Federchen druckste herum.

Vem verdrehte ungeduldig die Augen. »Hoheit, wärt Ihr so gut?«

Aus den Reihen der Centerflies löste sich die goldene Königin, flog zu ihrer Tochter und beugte sich zu ihr, damit sie ihr ins Ohr flüsterte.

Danach richtete sie ihre Augen ruhig auf Vem. »Sie haben sich vereinigt.«

Vem brauchte einen Moment, um zu verstehen. Er verzog keine Miene, aber wer ihn kannte, wusste was es bedeutete, dass die Schlagader an seinem Hals heftig zu pulsieren begann. Er war nicht amüsiert. »Was sonst noch?«, fragte er grob. »Was ist mit Bobbeye Hicks und seinen Gefährten?«

Federchen, jetzt wieder gelöst, nickte aufgeregt. »Isch konnte sie belauschen. 'icks 'at gesagt *jetzt nehmen wir uns die anderen vor, zuerst das Mädchen.*«

»Wen meint er? Tember? Felecia? War Hicks' Frau bei ihm?«

Federchen schüttelte den Kopf.

Vem dachte nach. Dann richtete er das Wort an alle. »Wir können nicht handeln, bevor wir nicht herausgefunden haben, wo die anderen sind. Wir könnten sie sonst gefährden.« Er wandte sich an Golda. »Hoheit, ich bitte Euch, mit den Euren auszuschwärmen und erst zurückzukehren, wenn Ihr den Verbleib von Tember'P, Mero'B und Lir'P Darrav ermitteln konntet. Wenn Ihr sie findet und so es die Lage erlaubt, setzt sie in Kenntnis, dass wir hier sind, um sie zu holen.«

Die kleine Königin senkte bestätigend ihr Haupt und auf eine Handbewegung von ihr erhoben sich die Centerflies wie eins und flogen davon.

»Du nicht«, hielt Vem Federchen zurück.

Die Kleine schaute ihn fragend an.

»Du kehrst zurück in den Turm und sprichst mit Emily und Roc, *egal* womit sie gerade beschäftigt sind. Ich muss wissen, was geschehen ist. Zudem kannst du ihnen Hoffnung machen, dass wir sie befreien werden. Wage nicht, dich erneut abhalten zu lassen.«

Federchen nickte beschämt und schwang sich in die Luft.

Vem wischte sich seufzend den Schweiß von der Stirn und winkte seinen Leuten, wegzutreten. »Für uns heißt es weiter warten, wir können nichts tun, bevor wir nicht mehr wissen. Ruht euch aus.«

Er selbst begann, ruhelos auf und ab zu wandern. Er konnte nicht recht glauben, was die Centerfly gesehen zu haben glaubte. War nicht die Abneigung gerade zwischen Roc und Emiliane besonders groß? Und laut dem Bericht der Prinzessin hatte Roc sie und ihren Sohn hintergangen, um sie gegen Hicks' Frau einzutauschen. Irgendetwas musste schiefgegangen sein, dass sie sich nun gemeinsam in Gefangenschaft befanden. Und doch – Diemit-den-Federn-tanzt war noch sehr jung und unerfahren. Vielleicht hatte sie falsche Schlüsse gezogen.

Er dachte an Tember, die wie eine Tochter für ihn war, und sorgte sich einmal mehr, dass sie zu spät kommen könnten. Er selbst hatte sich schon am Strand der Centerflies befunden, als Goldas Tochter mit den schlimmen Neuigkeiten aufgetaucht war, aber er hatte nur zwei Begleiter bei sich, in der Annahme, zu dritt würden sie Roc aufhalten können. Doch mit nur drei Mann konnten sie nicht gegen Hicks und sein Gefolge antreten, selbst mit Unterstützung der Centerflies war dies ein aussichtsloses Unterfangen, das hatte auch die Königin eingesehen.

So hatte es viel Zeit gekostet, nach Orbíma zurückzukehren, dort einen Trupp kampfbereiter Amibros zusammenzustellen und diesen auf die Dschungelseite zu bringen. Ja, er hatte geahnt, dass Roc versuchen würde, sich Felecia zurückzuholen, und befürchtet, dass er die Gelegenheit, es Bobbye Hicks heimzuzahlen, nutzen würde. Doch er war überzeugt gewesen, dass er ihn davon abhalten könnte, wenn er nur die rechten Worte fand. Er war ein Narr.

# 50

»Was für ein Mysterium verbirgst du, du komisches Ei, hm?«

Jani inspizierte das kleine goldgeränderte schwarze Ding, das auf dem Tuch gebettet vor ihm auf dem Tisch lag und keine Antwort gab, von allen Seiten. »Du bist so viel kleiner als deine Kollegen unten in der Grube. Ich glaube, du bist gar kein Snopir. Was willst du mal werden, wenn du groß bist? Ein Vogel vielleicht? Entschuldige, ein *ganz besonderer* Vogel natürlich, dem Aufstand nach zu urteilen, den das Mädel um dich macht. Oder eine Schlange? Dazu bist du ja fast schon wieder zu groß. Also eine fette Schlange, eine *ganz besondere* fette Schlange.«

Kopfschüttelnd rückte er das Tuch zurecht, so dass das Ei es auch schön warm hatte und tätschelte zum Abschluss ganz leicht die Spitze, die noch herausragte. »Schön schlafen, damit du groß und stark wirst!« Erstaunt bemerkte er ein orangenes Flimmern unter seinen Fingern, nahm sie schnell weg, sah nichts, legte sie wieder auf – nichts. Er zuckte mit den Schultern. Das hatte er sich wohl nur eingebildet.

Seufzend lehnte er sich im Stuhl zurück und sah auf Spooky hinab, der zu seinen Füßen ausgestreckt auf der Seite lag. Er hatte den Moment gefürchtet, in dem der Hund ›raus‹ musste, er hatte wirklich keinen Bock, Spooky dauernd die Treppe hinauf- und hinunterzuschleppen, aber das Problem hatten sie bereits gelöst – als es so weit war, hatte er ihn einfach durch den Schrank auf den Felsvorsprung gelotst und an der Leine festgehalten. Spooky war von den stürmischen Böen nicht begeistert, fügte sich aber aus drängenderen Gründen in sein Schicksal.

»Ja, das hast du fein gemacht«, grinste er ihn an und *flapp*, *flapp* schlug der Schwanz auf den Boden. »Eigentlich hätte ich im Moment gar nichts dagegen, wenn du wieder sprechen könntest, ich langweile mich zu Tode. Ich Idiot, warum habe ich nur die Akustik nicht mitgenommen?«

Er begann, einen Rhythmus mit den Fingern auf die Tischplatte zu trommeln und summte dazu seinen jüngsten Song.

Ob sie wohl noch in der Felsnische lag, seine Gitarre? In der Zwischenzeit hatten die Amibros sicherlich einen neuen Zugang auf die andere Seite schaffen können, allein schon, um Saelee zurückzuholen. Vielleicht hatten sie sein Gigbag und den Rucksack gefunden und mitgenommen. Wie lange war es her, dass er und Tember durch den Tunnel gelaufen waren? Er hatte sein Zeitgefühl völlig verloren.

Janis umherwandernder Blick blieb an dem Bett im hinteren Bereich des Raumes hängen, er fühlte es förmlich rufen. Also folgte er der Aufforderung und untersuchte es genauer. Es war ein einfaches Gestell mit einer weichen Matratze aus gefülltem Stoff, zwei kleinere Versionen bildeten Kopfkissen, darüber lag eine Decke mit Patchwork-Muster.

*Nur einen kurzen Moment hinlegen,* dachte Jani, schlüpfte aus seinen Schuhen und streckte sich auf der Decke aus. Ah, das tat gut...

Als Tember zurückkehrte, musste sie ihn wecken, so fest war er eingeschlafen.

»Hätte ich dich lieber schlafen lassen sollen?«, fragte sie entschuldigend, als er mit Mühe zu sich kam.

Jani wehrte ab, gähnte herzhaft und schleppte sich zurück an den Tisch. »Nein, nein, ist schon okay. Ich weiß auch nicht wie das passiert ist, ich hab mich nur mal kurz ausruhen wollen. Ich schlafe später weiter. Das heißt – kann ich hier überhaupt schlafen? Was ist mit Wasee?«

»Sie übernachtet im Schlafsaal, so wie ich«, erwiderte Tember, während sie für Jani mitgebrachtes Essen auf dem Tisch auspackte, über das sich dieser heißhungrig hermachte. Für den Hund hatte sie Reste gesammelt, nach Janis zustimmendem Nicken breitete sie sie auf einem Tuch am Boden aus und Spooky suchte sich heraus, was ihm zusagte. »Ich soll dir ausrichten, dass du hier alles benutzen darfst. Sie versorgt die Snopire heute Abend alleine, sonst hätte ich nicht wieder herkommen können.«

»Oh, dasis aber nett vonir«, nuschelte Jani mit vollem Mund.

»Bevor du weiter erzählst, muss ich dich etwas fragen«, sagte Tember zögernd und setzte sich ihm gegenüber.

»Hm?«

»Weißt du noch als wir in dem Weinenden Wald waren, kurz bevor wir Alwadar erreichten?«

»Was für'n Wald?« Dann ging ihm ein Licht auf und er schmunzelte. Sie meinte den Regenwald. »Ja, natürlich.«

»Dort hast du mir das mit der Schisofanie erklärt.«

»Schiso-was? Ach so, Schizophrenie?«

»Ja, das meine ich. Dass ich zwei bin. Ich und noch ein Ich, das manchmal zum Vorschein kommt. Aber nun erzähltest du, dass dieses andere in deinem Hund war – wie geht das? Kann ein zweites Ich in einen anderen Körper gehen?«

Janis Hand, die gerade einen Bissen zum Mund führte, blieb in der Luft hängen. *Verdammt, ich hatte es völlig vergessen.* Er holte tief Luft und griff Tembers Handgelenk. Sein zerknirschter Gesichtsausdruck sprach Bände. »Es tut mir leid«, sagte er. »Ich bin ein Idiot. Das hätte ich dir natürlich sofort sagen müssen. Du bist völlig normal. Du hast *keine* gespaltene Persönlichkeit. Sie ... dieses Ding ... es geht in andere hinein. Sie war auch in meiner Mutter.«

Und dann erzählte er ihr doch von der Nacht, in der er neben Emmi aufgewacht war, im anfänglichen irrigen Glauben, sie sei Tember. Inklusive all der Fakten, an die er sich erinnern konnte, die ihm das Wesen über sich berichtet hatte. »Ich glaube ich habe es einfach verdrängt, weil es so schrecklich war«, Jani schauderte in Erinnerung. »Sei nicht sauer.«

Aber Tember war viel zu erleichtert, um böse zu sein. Gespannt hörte sie Jani zu, der jetzt den Rest seiner Erlebnisse erzählte, von der Fahrt mit dem Waggon und der wundersamen Begegnung mit dem Ei, das vom Himmel fiel, bis zum Ende, das ihn wieder zu ihr geführt hatte.

»Hast du eigentlich irgendeine Ahnung, was das für ein Ei ist?«, wollte Jani wissen.

Tember schüttelte den Kopf. »Ich weiß nur, dass Wasee es auch nicht weiß. Beim Abendessen versuchte sie mich auszufragen, ob DU mir etwas darüber gesagt hast. Und als ich verneinte, hat sie von einer Geschichte gesprochen, die von den alten Gelegehütern erzählt wird. Dass vor langer, langer Zeit einmal einer von ihrer Art ein solches Ei besaß, und er so ein großes Geheimnis um das machte, was dann schlüpfte, dass sie ihm alles Mögliche andichteten. Der Schlüpfling musste besondere Kräfte gehabt haben, aber keiner hat ihn jemals gesehen.«

»Und was ist aus dem Hüter geworden?«

»Wasee sagt, er verschwand von einem auf den anderen Tag, und mit ihm das Tier. Seit dieser Zeit hat niemand ein solches Ei gesehen.«

»Cool. Und danke, jetzt weiß ich wenigstens ein bisschen etwas, falls Wasee wieder neugierig ist.«

Tember ließ sich den Inhalt des belauschten Gesprächs zwischen Trayot und Stein noch einmal genau erzählen. Sie war entsetzt, dass sich daraus schließen ließ, dass Jani gefangen und eingesperrt werden sollte, dass der Rest ihrer Gruppe bereits irgendwo festgehalten wurde und dass man Spooky loswerden wollte.

Für eine Weile erörterten sie mögliche Gründe für dieses Vorhaben, diskutierten den Wahrheitsgehalt des Gehörten, die Vertrauenswürdigkeit des Wesens, das zu diesem Zeitpunkt den Hund übernommen hatte, aber sie kamen zu keinem befriedigenden Ergebnis. Sie wussten nur, dass sie unbedingt herausfinden mussten, was aus den anderen geworden war.

Es wurde Zeit für Tember, sich im Schlafsaal einzufinden und so ungern Jani sie auch gehen ließ, er sah ein, dass es zu gefährlich wäre, wenn sie auffällig würde. Sie verabredeten sich für den nächsten Tag, um dann Pläne zu schmieden, was sie weiter tun würden.

Jani half Tember mit der Treppe und sie verabschiedete sich mit »Möge Licht in deinen Träumen sein«, bevor sie hinunterstieg.

Jani bedeckte das rote Steingefäß, so dass es dunkel wurde im Zimmer und kroch zurück ins Bett, diesmal *unter* die Decke. Kissen und Matratze waren wunderbar weich, er versank beinahe darin. Die Schläfrigkeit stellte sich augenblicklich wieder ein.

# 51

Irgendwann versiegten die Tränen und Emily zitterte weniger vor Wut als vor Kälte. Widerstrebend tastete sie sich zurück, nahm die zweite Decke von der Lampe und konnte dann erkennen, dass Roc schlafend auf der Seite lag, beinahe nackt und dummerweise mit ihr zugewandtem Gesicht. Erbost ballte sie die Hände zu Fäusten, am liebsten hätte sie auf ihn eingeschlagen.

*Ruhig,* mahnte sie sich, *ganz ruhig. Umbringen kannst du ihn später noch.*

Sie suchte ihre Kleider zusammen und schlüpfte hinein, so leise und schnell es ihr möglich war. Dann legte sie sich den Pelzmantel um die Schultern, griff ihre Decke und setzte sich am äußersten Rand des Lagers an der Wand nieder. Sie wagte nicht, sich hinzulegen, und behielt Roc misstrauisch im Auge. An Schlaf war sowieso nicht zu denken.

Immer noch konnte sie nicht fassen, was geschehen war. Auch wenn sie bereits begann, logische Schlüsse zu ziehen. *Cia* hatte er sie genannt. Er musste Felecia damit gemeint haben. Was bedeutete, dass er sie, Emily, für seine Geliebte gehalten hatte. Was im Dunklen, im Fieberwahn und mit irgendwelchen abenteuerlichen alwadarianischen Drogen im Blut höchstwahrscheinlich keine abwegige Angelegenheit war.

Die Chancen, dass er sich an den peinlichen Vorfall nicht erinnern würde, standen gar nicht schlecht. Allerdings war die Tatsache, dass er sich beim Aufwachen nackt vorfinden würde, dabei nicht gerade hilfreich. Wie sollte sie ihm dann glaubhaft schildern, dass sie ihm lediglich als fürsorgliche Krankenschwester zur Seite gestanden hatte? Bei dem Gedanken, ihn wieder anfassen zu müssen, wurde ihr übel, aber ihr war auch klar, dass sie sich schon entschieden hatte. Auf gar keinen Fall wollte sie, dass außer ihr noch jemand von dieser Sache wusste. Aber wie sollte sie einen erwachsenen Mann anziehen, ohne dass er davon aufwachte?

Ihr Blick fiel auf den Beutel. Natürlich. Noch mehr Drogen. Sie ging zum Schemel und verschob die kleine Decke auf der Lampe, so dass sie mehr Licht hatte.

Als sie mit dem geöffneten Fläschchen vor Roc kniete, versuchte sie kurz nachzurechnen, wie lange die erste Dosis her war. Delilah hatte gut reden – zwei Mal am Tag. Wie sollte sie in diesem dunklen Loch wissen, wann es Tag war und wann Nacht? Kurzentschlossen träufelte sie ihm sogar vier Tropfen auf den Mundwinkel, nur für den Fall, dass etwas daneben lief. Er reagierte im Schlaf, leckte sich über die Lippen, schluckte und schlief weiter.

Emily wartete ein paar Minuten, während sie das – nun erst recht – verabscheute Gesicht betrachtete. Die Narbe war nur noch ein Stück weit zu sehen, dann verschwand sie in seinem struppigen Bart. *Dass ich den nicht gespürt habe, der muss doch gekratzt haben wie blöde.* Wieder spürte sie Zorn in sich aufsteigen. *Und wenn das jetzt eine Überdosis Tropfen war, solls mir auch egal sein,* dachte sie grimmig. *Irgendwas wird mir schon einfallen, um dein bedauerliches Dahinscheiden zu erklären.* Dann machte sie sich ans Werk. So kompliziert, wie sie befürchtet hatte, war es dann doch nicht. Eine Hose, die ihm auf den Knöcheln hing (*weil er sie nicht über die Fußfesseln ziehen konnte*, dachte sie zynisch), und ein Hemd, beides zum Glück nicht hauteng. Außerdem beträchtlich verschmutzt und zerfleddert, wie sie feststellen musste.

Etwas überrascht stellte sie fest, dass Roc doch auch die für die Amibros typischen Tätowierungen hatte, sie verteilten sich bei ihm nur derart über Brust, Hüfte und Oberschenkel, dass sie durch seine Kleidung immer verdeckt blieben. Und sie hatte gedacht, sein Körperschmuck würde sich auf die hässliche Narbe beschränken. Dass dieser Anblick keineswegs ein unansehnlicher war, verdrängte sie empört.

Es gab keine Knöpfe oder Reißverschlüsse, Hose wie auch Hemd wurden mit ledernen Bändern verschnürt, Emily ließ sie einfach offen, die konnten sich auch im Schlaf gelöst haben. Da Unterwäsche für Amibros offensichtlich ein Fremdwort war, wollte sie sich mit der Gegend um seine Hüften nicht länger abgeben, als unbedingt nötig. Schuhe suchte sie vergebens und konnte sich auch nicht erinnern, ob er welche getragen hatte.

Roc reagierte überhaupt nicht, er hatte alles mit der Beweglichkeit eines nassen Sandsacks über sich ergehen lassen; Emily schob Gewissensbisse ob einer durch zu viele Tropfen verursachten Bewusstlosigkeit energisch beiseite. Zum Abschuss hüllte sie ihn wieder in die Decken, behielt den Pelzmantel jedoch starrköpfig für sich. Inzwischen fühlte sie sich müde und wagte es auch, sich zum Schlafen hinzulegen. So schnell würde der Kerl nicht zu sich kommen.

## 52

Zur gleichen Zeit fischte ein aufmerksamer Wächter, der um das Tempelgebäude patrouillierte, und gerade im Schatten des Gemäuers eine kleine Ruhepause eingelegt hatte, mit beherztem Handgriff ein ungewöhnlich großes unbekanntes Insekt aus der Luft, das er – als es ihn wüst zu beschimpfen begann – eiligst zu seinem Vorgesetzten trug. Dieser wiederum hielt es für angebracht, Bobbeye Hicks umgehend Meldung zu erstatten.

Da dieser laut Auskunft seiner alwadarianischen Bediensteten aber zu einer Reise nach Nevedar aufgebrochen war, stopfte man das um sich tretende, offensichtlich gefährliche Ungeziefer kurzerhand in einen Käfig, der sonst zum Einfangen niederer Nagetiere diente – die Überreste des Letztgefangenen rotteten noch in einer Ecke vor sich hin. Der Käfig kam in eine Abstellkammer nahe der Küche, der Koch erhielt die Aufgabe, ein Auge darauf zu haben, dass das Tier nicht entfloh.

Als sich die Tür der Kammer schloss, verzog sich Federchen in die am wenigsten verdreckte Ecke ihres Gefängnisses, schlug die Hände vor das kleine Gesicht und weinte bitterlich.

## 53

Glänzt-wie-Gold, Königin der Centerflies, spürte durchaus, dass mit ihrer Tochter etwas nicht in Ordnung war, die Blutbande zwischen Familienmitgliedern waren sehr eng. Im Moment konnte sie jedoch nichts für sie tun, in welchen Schwierigkeiten die Prinzessin auch steckte, sie musste selbst eine Lösung finden. Dies war ihrer Entwicklung nur förderlich, das Kind hatte viel zu früh seinen Willen durchgesetzt, an Kriegsgeschehen teilzunehmen. Zweifellos fehlte es Feder nicht an Mut und kämpfen konnte sie auch, besser als die meisten anderen ihres Alters, aber es reichte nicht aus, um die geistige Reife auszugleichen, an der es ihr noch mangelte.

Die Königin war vor allem daran interessiert, ihre beiden Soldatinnen Wind und Fisch wiederzufinden. Das Heer war natürlich instruiert, die Augen ebenfalls nach den Amibros und den Menschen offen zu halten.

Das Glück war auf ihrer Seite. Just in dem Moment als sie in einem großen Bogen außerhalb der Sichtweite der Wachen an das Tempelgebäude herangeflogen waren, sahen sie den Maler vor dem Eingang stehen und Befehle an Alwadarianer erteilen, die geschäftig um ihn und seine beiden Freunde bemüht waren. Die drei befanden sich im Aufbruch.

Kurzentschlossen machte sich die Königin mit ihren Kriegerinnen an die Verfolgung. Sie flogen in großen Abständen, so hoch wie möglich und jede Deckung ausnutzend. Zwei mit Rucksäcken bepackte Alwadarianer begleiteten die Menschen und vereinzelten Centerflies gelang es, sich unbemerkt an die Säcke zu hängen oder gar hineinzukriechen, immer auf der Hut und bereit, notfalls sofort zu fliehen.

Ihr Weg führte durch einen langen Gang, dann nach unten in ein Kellergewölbe und auf verschlungenen Pfaden bis zu einer mannshohen Öffnung in der Mauer, aus der rötlichgelber Lichtschein flackerte.

Die Fünf traten hindurch, die Centerflies blieben außen vor und die Königin lugte von der Seite vorsichtig hinein. Dort standen zwei Wagen, in die je ein Alwadarianer einstieg und nach kurzer Besprechung dann die Männer, der Maler in den rechten, die anderen beiden in den linken. Kurz darauf setzten sich die Fahrzeuge in Bewegung, das linke abwärts in einen Schacht, aus dem das Licht flackerte, der andere rollte bergauf davon. Geschwind befahl Glänzt-wie-Gold ihrer Truppe, sich aufzuteilen und ihnen zu folgen. Sie selbst führte die Gruppe, die sich dem Wagen nachstürzte, der in die Tiefe verschwunden war, dem hellen Lichtschein entgegen.

Nicht dem Maler zu folgen, war eine instinktive Entscheidung, von der die Königin nicht hätte sagen können, was sie verursacht hatte, aber sie pflegte ihren Eingebungen generell zu folgen.

## 54 / TAG 8

Jani schlief unruhig, träumte erneut wirres Zeug (wobei Dracheneier eine nicht unwesentliche Rolle spielten) und wachte auf, weil sich irgendetwas am Fußende des Bettes tat. Er vermutete, dass der Hund hinaufgesprungen war und öffnete die Augen, um ihn zu verscheuchen, stattdessen sah er ein rotgelocktes Mädchen am Bettrand sitzen. Wasee. Spooky hockte vor ihr und ließ sich hinter den Ohren kraulen. Im Zimmer war es hell, sie musste den Regenbogenstein aktiviert haben.

Verdutzt richtete er sich auf und rieb sich müde die Augen. »Äh ... Hallo. Was ist los? Schon Morgen?«

»Nein. Noch nicht.«

»Aha. Und warum bist du dann hier?« *O Mann, lass mich doch einfach weiterschlafen...*

»Ich möchte mit dir reden.«

»Reden? Du, wenn es wegen des Eis ist, ehrlich gesagt, ich weiß auch nicht so genau, es ist einfach vom Himmel—«

»Nein, nicht das Ei«, unterbrach ihn Wasee.

»Nicht?«

Irgendetwas musste geschehen sein, sie hatte ihn noch nicht einmal angesehen, starrte nur geradeaus. Er bekam es mit der Angst zu tun, schwang die Beine herum, so dass er neben ihr auf der Kante zu sitzen kam, griff ihren Oberarm. »Ist etwas mit Tem, geht es ihr nicht gut?«

Jetzt erfolgte eine Reaktion, sie schaute erst auf seine Hand an ihrem Arm und ihm dann ins Gesicht. Es war ihm vorher noch gar nicht aufgefallen, dass ihre Augen violett waren. *Auch hübsch,* ging ihm durch den Kopf. *Aber nicht so schön wie orangene...*

»Tember geht es gut. Sie schläft noch«, sagte Wasee langsam, in einer seltsamen Art und Weise, als würde sie ihre Worte mit Bedacht wählen.

In Jani schlug eine Saite an.

Die violetten Augen starrten in seine, ohne zu blinzeln. »War das richtig so?«

Abrupt sprang er auf die Füße und Spooky zog es vor, sich in eine andere Ecke des Zimmers zu verkrümeln. »DU bist es!« Er hasste es, wenn es so unerwartet geschah. Dafür bekam er diesmal aber weder eine Gänsehaut noch reagierte sein Magen empfindlich. *Ich scheine mich daran zu gewöhnen.*

»Also hast du ein neues Opfer gefunden, hm?« frotzelte er in sarkastischem Ton, während er zum Tisch hinüber ging und sich einen Becher Wasser einschenkte.

Die Hand, die den Becher zum Mund führte, blieb in der Luft hängen, als er etwas am Tisch lehnen sah, das sein Gehirn kurzzeitig zu begreifen verweigerte. »Aber ... aber wie...«, stotterte er, stellte den Becher zurück und griff sich die Gitarre. Untersuchte sie von oben bis unten. Dies war nicht *irgendeine* Gitarre – es war *seine*. Die, die er am Fogmon zurückgelassen hatte. Und das Gigbag war auch da.

»Woher wusstest du? Das warst doch du? Wie hast du da das nur – ach ist mir eigentlich auch egal. Wahnsinn! Danke!« sprudelte es aus ihm heraus, dann saß er auch schon auf einem Stuhl, begann zu spielen, unterbrach, stimmte die Gitarre, spielte weiter. Als er nach einer Weile in die Gegenwart zurückkehrte und aufschaute, sah er Wasee vergnügt lächeln.

»War das richtig so?«, fragte sie.

»Aber so was von!« sagte er und grinste. »Perfekt!«

»Sing *Lost Dreams*«, sagte sie und fügte nach kurzer Überlegung hinzu: »Bitte?«

Jani schaute sie überrascht an. Sie kannte seinen Song? »Okay, gerne«, nickte er, räusperte sich und begann. »I was sailing … For a thousand years…«

Während des Singens beobachtete er sie. Sie saß dort kerzengerade auf dem Bettrand, die Hände zwischen die Knie geklemmt, den Kopf schräg gelegt, lauschend. Ähnlich Tember trug sie ein enganliegendes Oberteil mit Rüschenärmeln, Rock und Strumpfhose, aber die Farben waren andere, grüne und gelbe Töne wechselten sich ab.

Wie sie da so saß, hatte sie etwas von einem Papagei auf der Stange. Vom Papagei über den Vogel zum Huhn war es nicht weit – plötzlich schwante Jani, woher sie sein Lied kannte. Damals – auf der anderen Seite des Fogmon – als Tember sich zum ersten Mal in seiner Anwesenheit verwandelte hatte und als Vogel so seltsam benahm, da war dieses ›Hühnchen‹, wie er sie getauft hatte, doch vollkommen durchgedreht, nachdem er zum Zeitvertreib sein Lied zum Besten gegeben hatte.

Er hatte schon früher vermutet, dass Tember zu diesem Zeitpunkt von dem Wesen übernommen war und dass es den Song kannte, sprach nur dafür. Und es kannte ihn gut – Wasees Lippen bewegten sich exakt zum Text.

Als er geendet hatte, fragte er schmunzelnd: »Soll ich noch mal – möchtest du mitsingen?«

»Ich weiß nicht, wie man singt«, erklärte sie ernsthaft.

»Einfach mal trauen«, grinste er, »meist ist es halb so schlimm wie man befürchtet.«

»Sie muss bald zurück«, sagte sie.

»Sie? Du meinst Wasee? Zurück wohin?«

»In den Schlafsaal.«

»Oh, natürlich. Du wolltest ja reden.« Sie bedachte also das Wohlergehen ihres ›Opfers‹. Pluspunkt. Er legte die Gitarre beiseite. »Also reden wir. Worum gehts?«

»Ich möchte lernen. Besser verstehen.«

»Und was genau möchtest du besser verstehen?«

Die Antwort kam wie aus der Pistole geschossen. »Das, was ihr Liebe nennt, und Hass, und Freude und Furcht. All dieses.«

Jani runzelte die Stirn. »Wen meinst du mir *ihr*?«

»Die Amibros, die Menschen, die Centerflies, die Alwis ... alle hier und...«, Sie zögerte und fügte dann leise hinzu: »*Dich*.«

»Hm...«, machte er. »Also – nur damit ich dich nicht falsch verstehe – das, was du genannt hast, sind alles *Gefühle*. Und du willst sie *lernen*, weil du aus irgendeinem Grund noch keine Erfahrung damit hast? Weil du zum Beispiel noch sehr jung bist?«

»*Gefühle*?«

Jani nickte. »Man kann auch *Emotionen* sagen.«

»*Gefühle*...«, sie ließ das Wort auf den Lippen zergehen. »Wir kennen keine *Gefühle*, darum möchte ich darüber lernen.«

»*Keine Gefühle* kennen?« Jani lachte ungläubig auf. »Geht das überhaupt? Und wen meinst du jetzt schon wieder mit *wir*?«

»Meinesgleichen.«

»Deinesgleichen? Die Metaschweber? Und außerdem stimmt das nicht, du kennst sehr wohl Gefühle!« Er lehnte die Gitarre an den Tisch und ging zu ihr, um sich neben sie auf die Bettkante zu setzen.

»Überleg doch mal – du hast mich mal geküsst, das, na ja, hat schon mal mit Liebe zu tun. Na ja, eher mit verliebt sein, also, vielleicht. Mindestens mal mit *Zuneigung*. Vielleicht auch nicht, äh...« Er geriet ins Stammeln und fuhr schnell mit weniger verfänglichen Beispielen fort. »Als meine Mutter in Gefahr war, unter diesen Käfern, da hast du meine Hand genommen, weil du mir beistehen wolltest, mich trösten. Du hattest verstanden, dass ich Angst um sie hatte. Das hat mit Freundschaft zu tun und mit Mitleid. Als du mich im Keller gewarnt hast, vor Trayot und Stein, das könnte gewesen sein, weil du dir Sorgen um mich gemacht hast. Und nun hast du mir die Gitarre gebracht, weil du wusstest, dass ich sie vermisse, also auch ein Fall von Freundschaft – Moment, woher wusstest du das eigentlich?«

Sie deutete zum Tisch. »Ich war in dem ... was du *Ei* nennst.«

»Du warst ... wie lange? Etwa als ich hier Selbstgespräche geführt habe? Als Tem hier war?« Der Tonfall seiner Stimme steigerte sich in Empörung. Sie nickte jedes Mal. »Also weißt du!« grollte er. »Das hat *auch* mit Gefühlen zu tun. Dinge, die man nicht macht, weil sie die Gefühle anderer verletzen können. Zum Beispiel lauschen!«

Sie beobachtete ihn interessiert. »Wie nennt man das?«

»WAS?«

»Was du jetzt gefühlest.«

»*Fühlst* heißt das. Man nennt es Ärger. Zorn. Wut. Sauer sein. Böse. Stinkig.«

»So viele Worte!« sagte sie erstaunt.

Jani musste lachen. »Also gut. Es sei dir verziehen. Du *lernst* ja noch. Deswegen auch immer diese Frage – *ist das richtig so?*, nicht wahr?«

Sie nickte. »Ich schaue zu, ich höre zu, ich mache selbst und dann lerne ich. Es ist sehr schwierig.«

»Na wem sagst du das. Das ist für uns auch nicht leicht. Aber was mir nicht in den Kopf will… Warte – ich brauchs mal etwas bequemer.«

Jani kletterte aufs Bett, schlug die Decke zurück, stopfte die Kissen aufrecht ans Kopfende und lehnte sich dagegen. »Willst du auch?«

Wasee zögerte keine Sekunde und setzte sich neben ihn. Er zog die Decke über sie beide. »Okay. Also, was ich sagen wollte: Wie kann es sein, dass du gar keine Emotionen kennst? Ich meine, hast du keine Familie? Man lernt doch so etwas schon als Kleinkind, ganz automatisch. Was seid ihr für Leute? Und apropos – kannst du dich nicht mal zeigen, so wie du bist? Wenn du nicht in irgendeinem Körper steckst?«

»Das geht nicht.«

»Nein? Wieso nicht?«

»Ich bin nicht … ganz. Es gibt einen Ort, wo ich ungefähr zeigen könnte … aber der ist nicht hier.«

Jani seufzte. »Okay, was auch immer. Hast du wenigstens einen Namen?«

»Einen Namen?«

»Ja, einen eigenen Namen. So wie *Wasee* oder *Tember* oder *Kijanu*?«

»Ja, so etwas Ähnliches. Aber ich kann es nicht sagen, nicht mit diesem…«, sie deutete auf ihren Mund.

»Du meinst, ich würde deinen Namen nicht verstehen können? Wegen der Sprache?«

»Nein, es geht gar nicht zu sprechen. Vielleicht kannst du ihn sehen.«

»Sehen??«

»Schließe die Augen.«

»Ich soll deinen Namen sehen und dazu muss ich die Augen schließen? Voll logisch.« Er tat es trotzdem und spürte, wie sie seinen Kopf in die Hände nahm und ihre Stirn an die seine legte.

Einen Moment geschah gar nichts, aber dann nahm er tatsächlich etwas wahr und versuchte, sich darauf zu konzentrieren. Ein Haufen von Etwas, das blauweiß schimmerte und schillerte, gleichzeitig weiß und durchsichtig, kantig und flüssig war. Das war's.

Er spürte, dass sie sich zurückzog und öffnete die Augen.

Sie schaute ihn erwartungsvoll an. »Was hast du gesehen?«

»Gute Frage.« Jani schloss erneut die Augen und versuchte sich das Gebilde noch einmal vorzustellen. Das, was ihm am ehesten dazu einfiel, war Würfelzucker. Er musste laut lachen. »Sorry, ich glaub ja nicht, dass das sein kann, aber was ich gesehen habe, erinnert mich an *Zuckerstücke*.«

»Was sind Zuckerstücke?«

Er erklärte es ihr und meinte dann: »Es ging aber nicht um Zucker in dieser Vision, oder?«

Sie blickte ihn mit hilflosem Ausdruck an. »Nein. Aber besser kann ich es nicht zeigen.«

»Ach mach dir nichts draus, ich gebe dir jetzt einfach einen Namen – ich nenne dich *Sugar*. Das bedeutet auch ›Zucker‹, nur in einer anderen Sprache. Ist das in Ordnung für dich?«

Ein Lächeln breitete sich auf ihrem Gesicht aus. »Ja, ist es. Ich mag, wie es sich anhört.«

»Siehst du – das ist auch ein Gefühl. Wenn dich etwas lächeln lässt. Und wenn du etwas magst.«

Sie lehnte ihren Kopf an seine Schulter und verknotete ihre Finger mit den seinen. »Das mag ich auch.«

Jani ließ sie machen. Es fühlte sich weder falsch noch unangenehm an. Er wünschte sich noch nicht einmal, dass Tember an ihrer Stelle wäre. Aber wenn sie *auch* da wäre, das wäre ihm schon sehr recht. Auf seiner anderen Seite war ja noch Platz. *Junge, Junge, was hat das nun wieder zu bedeuten?*

»DU magst – wie nennt man es?« Sie deutete Richtung Tisch.

»Gitarre«, erklärte er.

»Gitarre«, wiederholte sie. »Und du magst Singen. Und Tember. Und deine Mutter. Mich magst du nicht.«

»Was?« Er war ehrlich erstaunt. »Wie kommst du darauf?«

»Ich bin schrecklich. Du hast es gesagt.«

»Hab ich? Wann?«

»Du hast Tember erzählt, was war.«

»Hm. Als ich ihr erzählte, wie du in meiner Mutter warst?«

Zustimmendes Nicken.

»Ich fand es wirklich schrecklich. Weil sie nicht mehr sie selbst war. Du hast sie benutzt, sie war wie eine Puppe. DAS war schrecklich anzusehen. Es hat mir Angst gemacht. Das heißt aber nicht, dass ich dich persönlich schrecklich finde. Oder dich nicht mag.«

»Du magst mich?«

»Aber ja.« *Puh.*

Ihre Finger drückten seine, eher unabsichtlich. »Ich verstehe den Unterschied.«

Er lächelte sie an. »Das ist gut.«

Nach einem Moment gemeinsamen Schweigens hakte er nach. »War das alles? Oder sind da noch andere Dinge, die du nicht verstehst?«

»Viele. Wenn Schlechtes geschieht. Warum es geschieht.«

»Zum Beispiel?«

»Der Steinmann im Dschungel, warum zerstört er alles? Bobbeye Hicks, warum wird er immer böser? Die Menschen, warum richten sie die Erde zugrunde?«

»Bitte?« Jani fuhr herum und rückte von ihr ab. »Was weißt du über die Erde??«

Sie sah ihn erschrocken an, fasste sich aber gleich. »Ihr habt darüber gesprochen, am Anfang, in Alwadar. Welches Jahr es bei euch ist und welches bei Hicks. Was auf beiden Seiten passiert ist in der Zeit.«

»Oh. Ja, stimmt. Du warst dabei?« Er winkte ab. »Nein, sag mir lieber nicht, in *wem* du warst, als du mal wieder gelauscht hast. Ich will es gar nicht wissen. Na ja, der Steinmann – er soll ja der einzige sein, der dort lebt, vielleicht fühlt er sich einsam? Und Hicks – ich vermute es hat etwas damit zu tun, dass er zurück will in seine Welt und weil es ihm nicht gelingt, wird er immer wütender. Warum die Menschen die Erde zugrunde richten, ist … kompliziert. Da gibt es viele Gründe, die kann ich gar nicht alle aufzählen. Und die meisten haben mit Gefühlen zu tun.«

»Irgendwann musst du sie mir erklären. Wenn man weiß, warum, muss man doch etwas dagegen tun können. Sonst lassen sie euch für alle Zeit von vorne anfangen.«

»Hä?«

Sugar-Wasee ignorierte den intelligenten Einwand und erhob sich vom Bett. »Ich muss los.«

»Warte!« Jani griff sie am Arm. »Kommst du wieder? Vielleicht so, dass du bleiben kannst? Also äh – in irgendjemand oder irgendetwas, das du nicht zurückbringen musst?«

»Du würdest es mögen, wenn ich bleiben könnte?«

Er nickte nur.

Sie lächelte. »Ich werde es versuchen.«

Auf der Treppe, als gerade noch ihr Kopf zu sehen war, drehte sie sich noch einmal zu ihm. »Kijanu?«

»Ja?« Zur Abwechslung mal seinen vollständigen Namen zu hören, war irgendwie komisch.

»Das Ei – es ist kein Snopir.«

»Ach? Und was ist es?«

»Das wirst du herausfinden. Pass gut darauf auf, dies ist nicht seine Welt.« Sie verschwand und kurz darauf schloss sich die Bodenluke.

Als sie weg war, brach die Erschöpfung über Jani herein wie eine Flutwelle – so wenig Schlaf, so viele Informationen, so viele unbeantwortete Fragen, so viel zu klären – ihm wirbelte der Kopf. Er zog die Decke über sich und vergrub das Gesicht in den Kissen. Wie sollte er da noch zum Schlafen kommen? Er war so müde. Und jeden Moment würde dieses schreckliche Getöse losgehen und zum Frühstück rufen. Spooky sprang aufs Bett und rollte sich zu seinen Füßen zusammen, aber das merkte er schon gar nicht mehr.

## 55

Vem stellte ihr nach, schon wieder und voll der entsetzlichen Erinnerungen an das zuvor Geschehene floh sie vor ihm, während er immer angestrengter versuchte, sie einzuholen. Der Unterschied war – er war es wirklich, aber die Emily, die vor ihm weglief, schien dies nicht zu wissen. Im Gegensatz zu der Emily, die die Szenerie beobachtete. Sie versuchte, die Fliehende mit reiner Willenskraft zum Anhalten zu bewegen, doch sie konnte sie nicht erreichen. Warum nur? *Du bist ich, du musst es doch hören, spüren. Bitte bleib stehen, er ist kein Fake, seine Absichten sind wahr. Warte auf ihn, warte doch!* Weder die Fliehende noch ihr Verfolger wurden langsamer und doch verringerte sich der Abstand zwischen ihnen. Vem streckte seine Hand nach ihr aus, Emily blickte sich gehetzt nach ihm um, ein Ausdruck tiefsten Abscheu prägte ihr Gesicht.

Die zuschauende Emily verstand die Gründe für die Gefühlswelt ihres zweiten Ichs, und wünschte so sehr, ihr begreiflich machen zu können, dass dieser Traum im Gegensatz zu dem vorangegangenen Alptraum nun zwar nicht real, aber dafür ein wahrhaft träumenswerter war. *Sommernachtstraum* kam ihr genau in dem Moment in den Sinn, als Vem plötzlich so nahe war, dass er Emily an der Schulter packen konnte. Obwohl sie nur zuschaute, spürte sie deutlich seine Hand und blieb endlich stehen. Irgendwie hatte sie sich wieder mit ihrem anderen Ich vereint. Die Hand auf ihrer Schulter rüttelte an ihr, in froher Erwartung drehte sie sich um...

...öffnete schlaftrunken die Lider und blickte in das Gesicht, das sie zur Zeit am allerwenigsten sehen wollte – Roc, über sie gebeugt, starrte sie mit gerunzelter Stirn aus müden dunklen Augen an und ließ ihre Schulter los, jetzt, da sie wach war.

Einen Atemzug lang sagte keiner etwas, dann sprachen sie beide gleichzeitig.

»Wo ist Vem?« – »Wo ist Felecia?«

Während Roc noch sichtlich irritiert über ihre Frage nach Worten suchte, war Emily mit einem Schlag hellwach. Sie hatte nur geträumt, natürlich, und Roc war offensichtlich endlich wieder bei Sinnen, litt aber noch unter den Nachwirkungen seines Fieberdeliriums. Die Drogen hatten ihn nicht umgebracht. *Schade.*

»Schon gut. Ich habe bloß schlecht geträumt. Vem ist gar nicht hier.« Sie schob ihn mit einer Hand beiseite und richtete sich auf. »Felecia übrigens auch nicht«, fügte sie beiläufig hinzu, während sie sich umschaute. »Du warst krank und hast halluziniert.«

Die Laterne stand ungeschützt auf dem Boden, der Lederbeutel war geöffnet, Essensreste und ein umgefallener Becher deuteten darauf hin, dass Roc bereits gefrühstückt hatte.

»Halu… zi… n…?« murmelte er fragend neben ihr.

Sie ignorierte ihn, stand mit einem prüfenden Seitenblick auf die weiterhin geschlossene Türklappe eilig auf und beeilte sich, die kleine Decke wieder über die Lampe zu drapieren, so dass das Licht gedämpft wurde. Der Stoff fühlte sich feucht an, außerdem sah er benutzt aus. Mit einem kurzen Seitenblick musterte sie Rocs Gesicht. Ja, es war nicht mehr fleckig von getrocknetem Blut, er musste sich gewaschen haben. Dann wühlte sie im Beutel nach Essbarem, wurde fündig, goss sich Wasser aus dem Krug in einen Becher, wollte damit zurück an ihren Platz, zögerte aber und setzte sich schließlich auf den Schemel. Ihr war nicht nach Rocs Nähe. An einem Stück Brot knabbernd blickte sie schließlich auf und sah seinen zornigen Blick auf sich ruhen.

»Wenn Ihr die Güte hättet, zu erklären, was Eure Äußerungen bedeuten?« knurrte er, als er ihre Aufmerksamkeit hatte. Seine Lippen waren ein schmaler Strich. »Ihr könnt auch gleich hinzufügen, aus welchem Grund Ihr die Dunkelheit dem Licht vorzieht – nicht dass dieser Ort ein sehenswerter wäre, jedoch schätzte ich es durchaus, etwas sehen zu können.«

Sie hob zu einer Erwiderung an, aber er ließ sie nicht zu Wort kommen: »Und wenn es nicht zu viel verlangt ist, bereichert Eure Erläuterungen doch bitte um meine Aufklärung ob Eurer hiesigen Anwesenheit. Ich schätze Eure unverhoffte Gesellschaft wirklich außerordentlich, aber–« Er verstummte schlagartig, als eine Handvoll trockener Brotkrumen mitten in seinem Gesicht landeten.

»Jetzt hör schon auf!« Emily war aufgesprungen und zischte ihn wütend an, wobei sie sich die Handfläche mit den übriggebliebenen Krümeln an ihrer Hose abrieb und das Bedürfnis niederkämpfte, ihn lauthals anzuschreien. »Spar dir dein dämliches überkandideltes Gelaber! Das ist ja nicht zum Aushalten. Ihr! Euer! Eure hochwohllöbliche Höflichkeitsfloskelei geht mir gewaltig auf den Keks, klar? Red normal mit mir oder lass es bleiben!«

Roc wischte sich über das Gesicht, raufte sich kurz die Haare, holte tief Atem und sagte dann mit bemüht gefasster Stimme: »Kann ich etwas Wasser haben, bitte?«

Emily füllte wortlos den zweiten Becher, reichte ihn hinüber und setzte sich wieder. Trank einen Schluck aus ihrem eigenen und behielt ihn zwischen den Händen, als sie zu sprechen begann.

Sie erzählte von dem Ausflug, zu dem sie von Hicks überredet worden war, von seinem Trick, mit dem er sie in den Kerker gelotst hatte, und wie sie ihn, Roc, in schwerkrankem, fiebrigen Zustand vorgefunden hatte. Von Delilahs Hilfe und der Notwendigkeit, diese möglichst geheim zu halten. Von seiner Behandlung mit alwadarianischer Medizin, die offensichtlich erfolgreich gewirkt hatte. Sie erklärte ihm auch den Begriff ›Halluzination‹. All das berichtete sie leidenschaftslos und beschränkte sich auf das Nötigste. Alles Zweifelhafte ließ sie aus, insbesondere natürlich den pikanten Zwischenfall, an dem er beteiligt gewesen war.

Roc schwieg zu ihren Ausführungen, nippte hier und da an seinem Wasser und auch als sie geendet hatte, sagte er nichts.

Die Stille hielt Emily nicht lange aus, also fragte sie ihrerseits. »Und was ist Euch widerfahr– « Sie biss sich auf die Unterlippe. *Nichts da, IHRE Regeln ab jetzt.* »Wie ist es dir ergangen? Ich meine – wir haben dich nicht mehr gesehen seit unserer Ankunft in Alwadar, als Hicks uns allen unsere Zimmer zugewiesen hat. Dich hat er zu deiner Freundin gebracht. Wie lange ist das jetzt her, zwei oder drei Tage? Wie geht es Felecia, sie war doch krank, richtig?«

Roc seufzte. »Ich habe sie nicht gesehen.«

»Wie meinst du das?« Emily beugte sich überrascht vor. »Gar nicht? Auch nicht ganz zu Anfang? Hicks hat dich und die beiden Centerflies doch dorthin gebracht?«

Roc schüttelte den Kopf. »Sie war nicht dort. Ich wurde niedergeschlagen. Als ich wieder aufwachte, war ich hier. Keine Ahnung, was aus den Centerflies geworden ist.«

»Eine Falle«, wisperte Emily.

»Ich habe Felecia gestern Nacht zum ersten Mal gesehen«, fügte er mit bitterem Unterton hinzu. »Und wenn ich Euch, dir, glauben kann, was ich wohl muss, habe ich sie mir nur eingebildet. Dabei hätte ich schwören können … es fühlte sich so echt an…«

Er brach ab, starrte die Innenflächen seiner Hände an, als wolle er die Zukunft aus ihnen lesen, hob dann den Kopf und betrachtete Emily mit einem nachdenklichen Blick, unter dem ihr ganz anders wurde. Sie hatte das Gefühl, dunkelrot anzulaufen und beugte sich schnell nach dem Lederbeutel, nahm ihn auf den Schoß und kramte wahllos darin herum. *Reiß dich zusammen, verdammt. Sag etwas. Er darf nicht auf dumme Gedanken kommen. Sich nicht erinnern.*

Schließlich förderte sie ein Stück Käse zutage, tat so, als wäre es genau das, wonach sie schon ihr Leben lang gesucht hätte und biss genüsslich ein Stück ab.

»Mach dir nichts draus«, nuschelte sie beiläufig, während sie kaute, »so ist das halt mit diesem Fieber, da kann einem das Gehirn böse Streiche spielen. Aber erzähl doch weiter bitte. Was geschah danach? Als du hier warst? Wie bist du so krank geworden?«

Roc zuckte die Schultern und ließ ein schiefes Grinsen sehen. »Entweder es lag an dem Schlag auf den Kopf oder an Bob. Er besuchte mich zwei Mal, um mich auszufragen. Wenn ihm meine Antworten nicht gefielen, hat er das auf seine Art deutlich gemacht. Vermutlich hat sich eine Wunde entzündet und das Fieber hervorgerufen.«

»Du meinst, er hat dich geschlagen?«

Ein weiteres Achselzucken.

»Was wollte er denn von dir wissen?«

»Das was er schon immer wissen wollte. Es gibt da ein altes Schriftstück in der Bibliothek. Bob glaubt, es enthielte den Schlüssel zur Rückkehr in seine Welt. Aber er wird nicht schlau daraus.«

»Weil es ein Rätsel ist«, ergänzte Emily.

Roc hob schnell den Kopf. »Das ist richtig. Woher wisst Ihr – weißt du?«

»Er hat es mir gezeigt, beziehungsweise einen Zettel mit einer Abschrift davon, während unseres Ausfluges, als wir eine Pause machten. Er wollte wissen, ob Vem mir etwas darüber gesagt hat.«

»Ah«, Roc nickte wissend. »Dann ist er also meinem Rat gefolgt.«

»Welchem Rat denn?«

»Ich kenne die Lösung auch nicht, vermute aber, dass Vem etwas darüber weiß. Und da Ihr – du – Zeit mit Vem verbracht, riet ich ihm, mit Euch – dir – zu sprechen.«

»Also war der Ausflug nur ein Vorwand, ich hatte es schon vermutet. Und als ich ihm nichts nutzte, hat er mich gleich in den Kerker geworfen. Vielen Dank auch.« Emily warf ihm einen entrüsteten Blick zu. »Nur gut, dass du ihm nicht auch noch Jani ans Herz gelegt hast.«

Unmerklich veränderte sich Rocs Gesichtsausdruck.

»Hast du doch nicht?«

Er sagte nichts.

Emily sprang auf. »Verdammt, hast du wohl!«

Roc hob abwehrend die Hände. »Nicht mit Essen werfen! Und nein, habe ich nicht. Aber es erscheint mir nicht abwegig, dass Bob auf die Idee kommt.«

In plötzlicher Erkenntnis sank Emily zurück auf den Schemel. »Verdammt, verdammt, verdammt«, flüsterte sie.

»Was?« Die Ketten an seinen Füßen klirrten, als Roc näher zu rücken versuchte.

»Ich habe ihn ja selbst auf die Idee gebracht«, stöhnte sie. »Da waren Zeichen auf diesem Zettel, wie man sie im Internet verwendet. Jani kennt sich mit so etwas aus. Ich habe Hicks vorgeschlagen, ihn danach zu fragen. Deshalb hatte er es auch so eilig, mich loszuwerden. Wahrscheinlich hat er ihn schon in seinen Klauen.«

Rocs Blick war beinahe mitleidig. Er sagte nichts. Brauchte er auch nicht.

Emily sprang wieder auf die Füße. »Wir müssen hier raus. Ich muss Jani finden. Bevor Hicks ihm etwas antut, weil ihm seine Antworten nicht passen. So wie bei dir.« Ihr ging schlagartig auf, dass dieses Szenario schon stattgefunden haben könnte. »Wenn er Jani auch nur ein Haar gekrümmt hat, bringe ich ihn um«, sagte sie mit erstickter Stimme und ballte die Fäuste.

Roc lächelte schief. »Ich würde Euch – dir – sogar helfen. Ich fürchte jedoch, ich kann nicht viel tun.« Er wies mit einer Handbewegung auf seine angeketteten Füße.

Emily wuselte im Verlies herum, strich über die Wände, klopfte an die Steine, rüttelte versuchsweise vorsichtig an der Kerkertür. Zum ersten Mal, seit sie vor zwei Jahren mit dem Rauchen aufgehört hatte, verlangte es sie unbändig nach einer Zigarette. »Es muss einen Weg geben! Vielleicht würde uns ja Delilah helfen. Sie muss Felecia gekannt haben, sie hat von ihr gesprochen.«

Am liebsten hätte sie sich auf der Stelle die Zunge abgebissen. Verdammt, DAS hatte sie doch verschweigen wollen. Aber es war zu spät. Roc war schon auf den Füßen, auch wenn er sich sogleich an der Wand abstützen musste. Doch noch nicht hundertprozentig fit.

»Was hat sie über Felecia gesagt?«, fragte er mit schneidender Stimme. Offensichtlich hatte auch er bemerkt, dass sie diese Kleinigkeit in ihrer Erzählung nicht erwähnen wollte.

Emily zögerte und versuchte sich an den genauen Wortlaut zu erinnern. Beim Anblick von Rocs grimmigem Gesichtsausdruck fühlte sie plötzlich Ärger in sich aufsteigen. Was bildete sich der Typ eigentlich ein? Nach der letzten Nacht war sie ihm zu gar nichts verpflichtet, schon gar nicht zu dem Mitleid, das sie in sich aufsteigen spürte.

»Sie hat sich nicht besonders verständlich ausgedrückt«, fing sie an. »Sie sprach von einem Mann, der traurig ist. Von einem Kind, das tot ist. Von einer Frau, die auch tot ist. Und von einer Frau, die über einen Mann gesagt hat, dass er ein guter Mann sei.« Sie zuckte mit den Schultern. »Von welchen Frauen und Männern hier die Rede ist, keine Ahnung. Ich habe nur vermutet, dass sie zumindest bei der letzten von Felecia sprach. Ich kann mich auch getäuscht haben.«

Aus Rocs Richtung ertönt ein undefinierbarer verzweifelter Laut und Emily konnte nur noch tatenlos zusehen, wie er an der Wand zu Boden sank.

»Ach verdammt«, fluchte sie und war mit ein paar Schritten an seiner Seite, wo sie hilflos seine Schulter tätschelte. »Nun komm schon, ich sagte doch, ich habe mich vielleicht geirrt.«

»Ihr hättet mich besser sterben lassen sollen«, kam leise von Roc.

»So ein Blödsinn!« schimpfte Emily. »Nun reiß dich mal zusammen. Noch ist gar nichts geklärt, das Zusammenbrechen kannst du dir bis dahin aufheben. Wir werden Delilah finden und dann redest du mit ihr. Wahrscheinlich hat sie von ganz jemand anderem gesprochen. Von Alwadarianern zum Beispiel! Immerhin spricht sie auch von einem Kind. Und ein Kind war bei euch doch gar nicht im Spiel, richtig?«

Sie nahm seinen Becher, füllte ihn mit Wasser und reichte ihn dem Amibro. »Hier, trink erst mal. Ruh dich aus, du bist ja noch total schlapp auf den Beinen. Ich versuch mal, ob ich Delilah erreichen kann.« Sie lief zur Tür und begann vorsichtig zu klopfen. »Hallo? Ist jemand da? Hallo?«

»Da war ein Kind«, sagte Roc tonlos. »Bob hat es mir gesagt. Ich wusste nichts davon.«

»Ach«, schnaubte Emily. »Und was bringt dich dazu, diesem Mistkerl auch nur irgendetwas von dem zu glauben, was er so von sich zu geben beliebt?«

»Es klang wahr«, erwiderte Roc zögernd. »Er war wütend deswegen.«

»Und das macht ihn glaubhafter? Wo ist dieses Kind jetzt?«

»Es lebte nicht. Es wurde tot geboren. Sagt Bob.«

»Das macht die Sache ein wenig zu einfach, findest du nicht? Das soll er dir erst mal beweisen. Oder besser – finde Felecia und frage sie!«

Emily wandte sich wieder der Tür zu und trat enttäuscht dagegen. »Verdammt, nun rührt euch doch mal!« schrie sie, nun lauthals. Sie zerrte aufgebracht am Türgriff. »Wir müssen reden!« Als sie die Bewegung unter ihrer Hand spürte, mochte sie es erst nicht glauben. »Das gibts doch gar nicht!«

»Was ist?«, fragte Roc.

Emily stemmte einen Fuß seitlich an die Wand und zog mit aller Kraft. Mit widerwilligem Ächzen und Knarzen gab die Tür nach und ließ sich schwerfällig aufziehen.

Emily starrte ungläubig auf den nun offenen Ausgang und drehte sich zu Roc, der wieder aufgestanden war und ihr Tun verfolgt hatte. »Sie war gar nicht verschlossen!«

Er schaute ebenso ungläubig wie sie sich fühlte, doch dann huschte ein ratloser Schatten über sein Gesicht. Er streckte ein Bein vor, so dass die Kette an der Fußschelle rasselte. »Was man von diesen leider nicht behaupten kann«, sagte er hoffnungslos.

## 56

Die Centerflies hielten mühelos die halsbrecherische Geschwindigkeit des Wagens, der über die Gleise in die Tiefe raste, begleitet von flackerndem Lichtschein, der sich an den Wänden brach und immer stärker werdender Hitze, die ihnen entgegenschlug. Als das Gefährt schließlich von mehreren leichten Anstiegen und diversen langen Geraden ausgebremst und beträchtlich langsamer wurde, näherten sie sich auch schon der Quelle.

Gemächlich rollte der Wagen durch eine riesige Höhle voller gewaltiger Feueröfen und geschäftiger Arbeiter. Es stank nach Ruß und geschmolzenem Metall, die Luft war schwer von Gasen und unerträglich warm. Glänzt-wie-Gold bedeutete ihrem Gefolge an Höhe zu gewinnen, da sie nun von wesentlich mehr Augen entdeckt werden konnten, die sie nicht alle unter Kontrolle haben konnten.

Als der Wagen anhielt und nach kurzem Gespräch mit eifrig bemühten Aufsehern ein junger Mann herbeigeholt wurde und einstieg, erkannte Golda den Amibro namens Mero.

Etliche Höhlen und Hallen weiter erreichten sie die Katakomben und dass es sich hier um Lir handelte, der am Fluss von seiner Arbeit unter den Goldwäschern abgezogen wurde, war für die Königin dann keine Überraschung mehr.

Sie bemühte sich, ihre Erwartungen zu dämpfen, aber die Hoffnung, in Kürze auch ihre vermisste Kriegerinnen wiederzusehen, wuchs unaufhörlich. Vermutlich befand sich auch das Mädchen Tember irgendwo hier unten, die letzte der Gruppe, über deren Aufenthaltsort sie nichts wussten. Sie beäugte den weit unter ihr rollenden Wagen, in dem die beiden jungen Männer getrennt auf beiden Seiten platziert worden waren, anscheinend sollte vermieden werden, dass sie miteinander sprachen. Mehr als eine Person konnte der kleine Waggon nicht mehr aufnehmen, aber zwei Centerflies würden noch problemlos untergebracht werden können, notfalls unter den Sitzbänken.

Das nächste Ziel lag weiter entfernt, in nicht enden wollenden Kurven tuckerte der Wagen quälend langsam durch die Katakomben; seines anfänglichen Schubs beraubt, wartete der eigentliche Antrieb nun mit so wenig Kraft auf, dass einer der Männer – es war der ohne Haupthaar – schließlich sichtlich entnervt das Gefährt verließ und zu Fuß voraus eilte. Golda folgte ihm, während ihre Kriegerinnen weiter den Waggon begleiteten.

Sie war erleichtert, ihre Flügel endlich wieder strecken zu können, beinahe auf der Stelle fliegen zu müssen, hatte sie sehr ermüdet.

In keinster Weise war sie vorbereitet auf den Anblick, der sich ihr wenig später bot, als die Katakomben endeten und einer weiteren gewaltigen Höhle Platz machten.

Nur zu gut kannte sie die Bauweise der Nesterstadt, die in luftiger Höhe gut ein Drittel der Höhlenkuppel einnahm – hier lebten Wesen ihrer eigenen Art und sie sah unfassbar viele von ihnen, ohne sich erklären zu können, woher sie kamen und warum sie hier waren.

Erschüttert kauerte sie auf einer Felsnase und versuchte sich einen Reim auf das zu machen, was sie sah. Sie hielt Ausschau nach dem Barhäuptigen und entdeckte ihn just in dem Moment, als alwadarianische Arbeiter ihn durch eine Tür zu den Centerflies geleiteten. Erst da realisierte sie die Drahtgitter, die für sie aufgrund ihrer Feinmaschigkeit und ihres auf das Innere fokussierten Blicks unsichtbar geblieben waren. Jetzt erst begriff sie, dass sie einen riesigen Käfig vor sich hatte, der fast die gesamte Höhle einnahm. Dies war ein Gefangenenlager, in dem ihre Schwestern eingesperrt waren.

Für einen Moment klammerte sie sich an die Felswand, überwältigt von einer Welle des Entsetzens. Sie beruhigte sich jedoch schnell, sie war die Königin, sie durfte sich solcherart Schwächen nicht leisten. Im schattigen Schutz der Felswand arbeitete sie sich näher heran und verschaffte sich Klarheit.

Ja, es hatte eine Kompanie Freiwilliger gegeben, die Bobbeye Hicks ins Innere des Dschungels begleitet hatten vor langer Zeit, sie waren als Führer und Geleitschutz gedacht gewesen und nicht alle waren zurückgekehrt, beeindruckt von den Versprechungen und Visionen, mit denen Hicks sie geködert hatte. Doch es hatte sich nicht um derart viele gehandelt und ihres Wissens gab es keinen anderen Centerfly Clan als den ihren. Somit konnte dies nur eins bedeuten.

Unten gab es einen Aufruhr, sie sah den Barhäuptigen aus der Tür treten, einen kleinen Käfig in den Händen, offensichtlich versuchte eine Gruppe Centerflies ihn daran zu hindern, wurde aber von den Aufsehern mit breiten Klatschen zurückgescheucht. Golda brauchte nicht nachschauen, ihr war auch so klar, wer die beiden Centerflies waren, die der Barhäuptige mit sich nahm. Zumindest lebten sie also.

Der Mann ging ein Stück des Wegs zurück, dann setzte er sich auf den Boden, wohl um die Ankunft des Waggons zu erwarten.

Die Königin wusste nun, dass ihre Schwestern in diesem Gefängnis sowohl lebten als auch arbeiteten. Sie sah Berge von Metallen, auf der einen Seite lagerte schmutziges Rohmaterial, auf der gegenüberliegenden waren saubere, glänzende Stücke in sortierten Größen gestapelt. Dazwischen hatten die Centerflies ihren Platz, die das letztere aus ersterem erschufen, in dem sie wuschen, schrubbten, bürsteten und polierten.

Golda sah sie an einem schmalen Wasserlauf arbeiten, entweder ein natürlicher oder künstlich geschaffener Nebenlauf des unterirdischen Flusses, der direkt aus einer halbrunden Öffnung in der Felswand zu entspringen schien und aus dem Käfig nicht hinausführte, sondern in einen Teich mündete. Seitlich des Wasserwegs in der Felswand verschwindende Gleise gaben

Aufschluss über die Art des An- und Abtransports der Materialien. Für Golda eine eindeutige Fluchtmöglichkeit aus dem Käfig – warum sie nicht genutzt wurde, musste Gründe haben, die sie herauszufinden gedachte.

Darauf bedacht, in Deckung zu bleiben, flog sie die Nestbauten nahe der Höhlenkuppel an und landete auf dem Käfigdach an einer Stelle, von der sie hoffte, dass sie von unten nicht einsehbar war. Sie musste aufpassen, sich mit ihren Hufen nicht in den Maschen zu verfangen. Wie erwartet gab es Centerflies, die hier schliefen und sich ausruhten, um in vermutlich regelmäßigen Rhythmen gegen erschöpfte Kolleginnen ausgetauscht zu werden.

Sie suchte sich ein Nest nahe des Gitters, in dem zwei ihr unbekannte Centerflies schliefen und weckte sie mit einer speziellen sachten Melodie, die sie noch im Schlaf darauf vorbereiten würde, dass eine höhere Autorität mit ihnen zu sprechen wünschte.

## 57

Diesmal war es nicht nur ein Terminkalender, es waren Kalender aller Art, Tischkalender, Wandkalender, Taschenkalender, Visitenkartenkalender, Hosentaschenkalender, kleine, große, rechteckige, quadratische, sogar runde, weiße Seiten, schwarze Seiten, bunte Seiten, deutsche Sprache, englische Sprache, französische Sprache, ein ganzes Meer voll von ihnen und er schwamm mittendrin, versuchte nicht unterzugehen. Manche kippten seitlich um, so dass nur ein Dreieck hervorragte, einer Haifischflosse gleich, alle kippten sie nun um, große Dreiecke, kleine, weiße, schwarze, bunte und sie alle drehten sich in seine Richtung, schickten sich an, ihn anzugreifen, er ruderte verzweifelt mit den Armen, wo sollte er nur hin, er würde ertrinken, sie würden ihn fressen, ihre Buchstaben waren blitzende Doppelreihen messerscharfer Zähne, er drehte sich um seine eigene Achse, wohin nur, sie waren überall, wohin? Sie überfluteten ihn, er ging unter, schnappte nach Luft, er bekam keine Luft, er würde ersticken, er–

–wachte hustend und würgend auf und fand sich vollständig eingewickelt in die Bettdecke, strampelte und zerrte sich den Stoff von Gesicht und Körper, bis er endlich befreit keuchend und japsend über der Kante des Bettes hing und darauf wartete, dass sein hämmerndes Herz sich wieder beruhigte.

Gleich darauf schlabberte eine feuchte Zunge fröhlich über sein Gesicht und unter angewidertem Grunzen schob er den Hund von sich und setzte sich auf. Spooky hopste auf der Stelle, mit aufgestellten Ohren und erwartungsvollem Gesichtsausdruck.

Jani stöhnte. »Reg dich wieder ab, Kleiner, das ist kein Spiel. Aus! Ruhig! Oder musst du wohin??«

Der Hund legte sich vorne nieder, während sein Hinterteil mit wild wedelndem Schwanz in die Luft ragte, und hüpfte in dieser Stellung weiter.

»Arrrggh, du brauchst dringend mal Auslauf zum Toben. Geht hier aber jetzt nicht, sorry. Aber 'ne Runde Pipi machen ist drin, also komm.«

Spooky vollführte wilde Sprünge, bis er sich die Leine anlegen ließ, und erst als er begriff, dass es nur wieder auf den sturmgebeutelten Felsvorsprung ging, beruhigte er sich. Jani ging mit hinaus, der wilde Wind und die frische Luft taten ihm gut. Während er wartete, versuchte er sich an Einzelheiten seines Traumes zu erinnern.

Das war nun das zweite Mal, dass Kalender eine Rolle gespielt hatten. War das Kalenderblatt mit den Zeichnungen der Amibros der Grund dafür? Oft genug betrachtet und darüber gegrübelt hatte er ja. Doch warum sah er dann nie diese Bilder? Die Kalender aus den beiden Träumen hatten nur die übliche Beschriftung enthalten, aber keinerlei Abbildungen.

In Gedanken versunken führte er den Hund wieder hinein, ließ die Schranktür geöffnet, um Licht und Luft in das Zimmer zu lassen, füllte frisches Wasser in den Napf, klaubte einige Essenreste vom Tisch dazu, setzte sich und aß selbst ein paar. Tember würde vermutlich in Kürze mit Frühstück erscheinen.

Sein Blick fiel auf das Ei, irgendetwas war mit ihm. Er öffnete das herum drapierte Tuch und hatte den Eindruck, das Schwarz und die Goldränderung seien wesentlich blasser als am Tag zuvor. Als er das Ei vorsichtig berührte, fühlte es sich kühl an, seltsam leblos.

»Nicht gut«, murmelte er, schlug es wieder in das Tuch und schob das Päckchen kurzerhand unter sein Hemd, wo es in Bauchhöhe über dem Hosenbund zu liegen kam.

Ebenso spontan griff er sich dann den kleinen Rucksack, zog das Kalenderblatt heraus, breitete es auf dem Tisch aus und studierte die Zeichnungen aufs Neue, während er gleichzeitig eine Hand von außen um das Ei wölbte, um ihm zusätzliche Wärme zu spenden.

Er starrte den Wolf, das Einhorn und die geflügelte Tember an, bis er befürchtete, seine Blicke könnten Löcher in die Bilder brennen.

*Irgendetwas entging ihm hier, aber was?*

Er fühlte sich wie bei einem Déjà vu. Dieses Gefühl, etwas zu übersehen, das hatte er nicht zum ersten Mal.

*Keine Bilder im Traum, keine Bilder...*

Er drehte und wendete das Blatt, hob es ans Licht des Regenbogensteins, befühlte es, legte es wieder ab.

*Keine Bilder.*

*Was war sonst noch zu sehen?*

Die Signatur unter der Zeichnung: »*Dark Ones by A. Brownley 2002*«.

*Was noch?*

Text. Schrift. *Die übliche Beschriftung.*

Er zog das Blatt näher zu sich heran und senkte den Kopf über den unteren Abschnitt, die Buchstaben waren verdammt klein.

Da war die noch relativ gut lesbare Überschrift »October«, darunter die einzelnen Tage, schon schwieriger zu entziffern und ganz unten eine winzige Jahresübersicht, bestehend nur aus Monatsnamen und Tagesdaten.

»Blödsinn«, sagte er laut. Spooky spitzte die Ohren.

*Alles Blödsinn.* Er träumte von Kalendern einzig aus dem Grund, weil dieses eine Kalenderblatt aufgrund seines Motivs so schwerwiegende Irritationen ausgelöst hatte, bei ihm und bei Emmi. Vielleicht hatte es diese A. Brownley auch nach Palla verschlagen, mit dem Unterschied, dass sie einen Weg zurückgefunden und – wieder auf der Erde – ihre Eindrücke in Bildern festgehalten hatte. Er konnte sich beim besten Willen nicht an die anderen Motive erinnern, die es in diesem Kalender gegeben haben musste, aber Emmi würde es noch wissen. Eventuell war es auch einen Versuch wert,

Tember das Blatt zu zeigen und sie nach einer Erklärung zu fragen. Vielleicht hatte sie die Malerin ja gekannt, falls diese wirklich hier gewesen war.

Sein Blick blieb an dem Monatsnamen hängen. *October.* Warum eigentlich waren die Zeichnungen der drei Gestaltwandler ausgerechnet auf dem Oktoberblatt. Emmi und er waren doch auch im Oktober hierher geraten. Zufall? Aber der Kalender datierte von 2002. Jetzt war 2011. Wenn die Malerin vor Oktober 2002 hier gewesen war, im September oder früher, waren inzwischen 9 Jahre vergangen. So denn die irdische und die Zeitrechnung von Palla dieselben waren, wäre Tember erst um die 8 Jahre alt gewesen. Die Malerin hatte aber eine Version von ihr gemalt, die erst viele Jahre später Wirklichkeit werden würde.

»Meeting a Tember in September«, sang er vor sich hin und musste lachen. Über Tember ein Lied zu schreiben, würde ihr vielleicht gefallen. Obwohl – es war ja Sugar, die ein Faible für seine Songs hatte, zumindest für einen bestimmten. Besser, er sparte sich das für die Zeit nach seiner Rückkehr auf. Die Malerin zeichnete ihre Version der hiesigen Welt, er würde einen passenden Song komponieren, wenn er wieder zuhause war.

Und dann traf ihn ein verrückter Gedanke wie ein Blitz.

Adrenalin pulsierte durch seine Adern, als er sich den Rucksack nochmals schnappte und hektisch nach Notizheft und Bleistift wühlte, wobei er gerade noch rechtzeitig daran dachte, dass da ein Ei in seinem Schoß lag, das er besser nicht erdrückte.

Er schlug das Moleskine an einer leeren Seite auf und begann hektisch zu schreiben.

*Tember.*

Ihr vollständiger Name ... Vem hatte sie vorgestellt.

*Tember – irgendein Buchstabe – Darrav.*

Die Nachnamen der Amibros, er kannte nur drei.

*Darrav. Darhor. Darwo.*

Der Buchstabe in der Mitte. Jani glaubte, sich bei Tember an ein *P* zu erinnern.

Sie hatte ihm ihren vollständigen Namen gesagt, damals, als sie sich im Tunnel befanden, der hinüber zum Strand der Centerflies führte. Wie war der noch gewesen?

*Phi? Psi? Psy?*

Der Bleistift pflügte Linien in das zarte Papier, als er fieberhaft schrieb. Die kleine Papierseite füllte sich mehr und mehr, bis endlich–

»Treffer!« rief er plötzlich laut und schaute sogleich erschrocken zur Bodenklappe. *Nicht jetzt bitte,* dachte er. *Lass dir ruhig noch Zeit mit dem Frühstück.*

Hatte er die Lösung des Rätsels gefunden?

Spooky war auf die Pfoten gesprungen und wedelte erwartungsvoll.

Jani musste grinsen. »Ne, schon gut. Kannst dich wieder hinlegen, noch kommt niemand. Zum Glück.«

Sein Blick fiel auf die Spitze des Stifts in seinen Händen. »Verdammte Naht. Voll schlau, 'nen Bleistift mitnehmen, aber keinen Spitzer.«

Als er ›Roc‹ auf das Papier schrieb, bemühte er sich, nicht zu fest aufzudrücken. Noch war seine Theorie nur eine Idee, er musste weitere Namen prüfen, wenn er eine Bestätigung haben wollte. Vem, Mero, Lir. Der verstorbene Fadi. Yuna, das Wölfchen. Rays, ihr Kindermädchen. Und hier im Dorf, Wasee und diese Guu, von der sie erzählt hatte. Er war sicher, zumindest die vollständigen Namen der ersteren schon einmal gehört zu haben, aber er konnte sich beim besten Willen nicht erinnern.

»Verdammt!« Er ließ den Stift fallen und stand auf, legte seine Linke schützend um das Ei, raufte sich mit der rechten das Haar und stapfte um den Tisch. Spooky fands lustig und spielte Schatten.

Er versuchte es anders. Zum Beispiel die Buchstaben des Namens ›Wasee‹ – wohin könnten sie passen? Gab es überhaupt eine Möglichkeit, in der ein ›W‹ vorkam? Ihm fiel keine ein. Er seufzte. Vielleicht eine andere Sprache? Er spielte die englischen Begriffe durch. Französische? Zu wenige Sprachkenntnisse. Dann doch lieber ein Name aus Orbíma, der von Vem. Die Buchstaben passten zumindest in einem Fall. Blieb ›Nober‹ übrig. *Berno? Orben?* Da klingelte nichts bei ihm. Es half alles nichts, er brauchte Tembers Hilfe.

Unter seiner linken Hand wurde es urplötzlich glühend heiß, er konnte sich gerade noch vornüber beugen, sein Hemd aus der Hose ziehen und das Ei auf den Boden rollen lassen, bevor er sich den Bauch verbrannt hätte.

Spooky wich mit eingezogenem Schwanz zurück und wechselte zwischen Fiepen und Knurren, während kleine Rauchschwaden von dem Tuch aufstiegen, das Jani jetzt mit Fingerspitzen zu entfernen versuchte, bevor es noch in Flammen aufging. Er bekam eine Ecke zu fassen und zog vorsichtig daran, bis er das Ei ausgewickelt hatte.

Die Form hatte sich deutlich verändert, er kniete sich daneben, um es besser in Augenschein nehmen zu können. Es sah jetzt aus wie eine aufgesprungene Knospe – erinnerte ihn unangenehm an die Alien-Eier aus dem gleichnamigen Film – mit drei seitlich abstehenden schwarzen Blütenblättern, die immer noch ein Ei in ihrem Inneren hielten, ein ovales schwarz verkrustetes Ding, unter dem es rot glühte, irgendetwas, das wie dünne Fäden wirkte, war darum gewickelt.

Jani schob sich noch näher heran – es handelte sich um zarte goldene Ranken mit winzigen goldenen Blättern!? Er war nun nahe genug, um zu spüren wie die Hitze schnell abnahm, und mit ihr verschwand die rötliche Farbe aus dem Ei. Zurück blieb die dunkle Schale, unter der es schwach, aber regelmäßig pulsierte, nun bronzefarben.

Er berührte es vorsichtig mit den Fingerspitzen und ja – es war nur noch lauwarm, so dass er es mitsamt seiner Blütenblatthülle in die Hand nehmen und wieder in das Tuch wickeln konnte. Doch kaum hatte er damit begonnen, glühte das Ei auf und erhitzte sich wieder, also entfernte er den Stoff schnell. Versuchte es nochmals – derselbe Effekt.

»Interessant«, sagte er. »Du willst das nicht, hm?«

Er stand auf und sah sich suchend um. Wohin damit, ohne dass es dem Ei zu warm wurde. Der Tisch war zu gefährlich, es könnte herunterfallen, wenn es in Bewegung geriet, weil sich ja vielleicht noch mehr Teile irgendwie veränderten. Schließlich trug er das Gebilde zum Bett, formte aus der Decke einen Wall, der im Innern geräumig Platz bot und setzte es dort ab. Ein Blick zu Spooky sagte ihm, dass er nicht befürchten musste, dass er es für einen Leckerbissen halten würde, dem Hund war das Ding eindeutig nicht geheuer.

Er vergewisserte sich noch einmal, dass das Ei abgekühlt war und wollte gerade zu seinen verrückten Einfällen zurückkehren, als es unter der Falltür zu scheppern begann und kurz darauf die Klappe schwungvoll aufgestoßen wurde.

Tembers Gesicht tauchte auf, mit rot verweinten Augen, sie war völlig außer sich. »Hicks ist hier«, schluchzte sie verzweifelt. »Ich weiß nicht, was ich tun soll. Er wird Hundertelf töten!«

# 58

*Heul doch*, dachte Emily ärgerlich, aber heraus kam etwas anderes.

»Sei nicht so ... so ein ... Mädchen!« schimpfte sie. »Falls es dir nicht aufgefallen ist, unsere Situation hat sich um 180 Grad gedreht, diese Tür ist O-F-F-E-N. Ruh dich aus, iss' etwas, schlaf meinetwegen, was auch immer, ich werde natürlich Hilfe holen.«

Sie wartete seine Reaktion nicht ab, sondern trat in den Türrahmen, schaute vorsichtig um die Ecke und inspizierte den Flur. Die Wachen (oder Delilah, von der Emily vermutete, dass sie hinter alldem steckte) hatten eine Fackel zurückgelassen, sie steckte in einer Halterung an der Wand. Als Emily sie herauszog, fiel etwas klimpernd zu Boden.

Es war ein kleiner Schlüssel, ein sehr kleiner. Welches Schloss er aufschließen konnte, war sofort klar.

Die Versuchung war groß. Sie brauchte keinen geschwächten Klotz am Bein, schon gar nicht einen, den sie sowieso nicht ausstehen konnte. Unabhängig davon, dass er sie mit seiner Anwesenheit ständig an diesen unsäglich peinlichen Vorfall erinnerte. Jani hatte Priorität, sie musste ihn schnellstens finden. Sie würde auch keine Hilfe holen, sollte der Kerl doch in diesem Loch verrotten.

So rasten die Gedanken in ihrem Kopf, während sie auf den winzigen Schlüssel in ihrer Hand starrte. Schließlich seufzte sie tief, drehte sich um und trug die Fackel zu Roc. »Da, halte mal.« Dann schloss sie seine Fußfesseln auf.

Sie tranken den Rest des Wassers, nahmen den Beutel an sich, dann brachen sie auf. Roc war so geschwächt, dass Emily ihn stützen musste. Sie kamen wie erwartet nur langsam voran und sie verfluchte sich bereits für ihre Nachgiebigkeit. Unter Rocs Gewicht und dem Pelzmantel, den sie trug, begann sie jetzt schon zu schwitzen, die heiße Fackel in ihrer Hand trug nicht eben zur Verbesserung der Situation bei. *Na, wenigstens nicht mehr frieren.*

Immer wieder blieb sie an Kreuzungen stehen, im Grunde hatte sie keine Ahnung, wohin sie sich wenden musste. Als Hicks sie hergebracht hatte, hatte sie keinen Moment lang auf den Weg geachtet.

Sie sprachen nicht, aber Roc atmete zunehmend schwerer, und gerade als sie überlegte, eine unerwünschte, aber notwendige Pause einzulegen, sah sie einen Lichtschein auf sich zukommen.

Gehetzt schaute sie sich um, doch die letzte Kreuzung lag zu weit weg und sie kamen zu langsam voran, als dass sie hätten flüchten können. Und die einzige Waffe, die sie hatten, war die brennende Fackel in ihrer Hand.

Sie löste sich von Roc und schob ihn an die Wand, wo er sich erschöpft anlehnte. »Was auch geschieht«, flüsterte sie ihm grimmig zu. »Ich lasse mich auf keinen Fall noch einmal einsperren.« Entschlossen packte sie die Fackel mit beiden Händen und wartete.

Das, was kam, war klein und zeichnete sich im Licht des Feuers schließlich als Alwadarianer ab. Doch welcher?

»Tun leid«, piepste ein vertrautes Stimmchen schließlich vor ihr. »Wollen kommen früher, aber Probleme. Haben Schlüssel gefunden, gut.«

»Delilah, gottseidank.« Vor Erleichterung wurden Emily die Knie weich. »Kannst du uns führen? Ich finde hier nicht raus. Ich muss unbedingt zu meinem Sohn. Weißt du, wo er ist?«

Die Kleine bewegte ihren schwankenden Kopf von links nach rechts.

»Ich nicht wissen. Ich können helfen finden. Aber ich nur helfen, wenn du helfen.«

»Was?« Emily lachte ungläubig. »Willst du uns etwa erpressen?«

Die Alwi schaute verwirrt. »Ich nicht verstehen.«

»Ach egal, wir haben keine Zeit für so was. Wobei sollen wir helfen?«

»Helfen finden Kinder und befreien.«

Emilys Gesicht war ein einziges Fragezeichen. »Welche Kinder? Wieso befreien?«

»Bobicks haben Kinder. Viele Kinder. Solange Bobicks Kinder haben, alle machen was Bobicks sagen.«

»Wie bitte???« Emily schüttelte ungläubig den Kopf. »Warte, lass mich das wiederholen – Bobbeye Hicks hält eure Kinder gefangen? Ist das etwa der Grund, warum ihr für ihn arbeitet?«

Die Kleine nickte. »Aber nicht nur Alwi Kinder. Alle Kinder.«

»Wie meinst du das?«

»Sie meint, dass jeder, der für Hicks arbeitet, keine andere Wahl hat«, mischte sich Roc ein. »Er benutzt ihre Kinder als Druckmittel.«

Emily starrte ihn entsetzt an. »Das wusstest du?«

Roc schüttelte den Kopf. »Nein, das habe ich nicht gewusst. Aber das ist es, was sie sagt. Und es macht Sinn. Es passt zu Bob. Ich glaube es sofort.«

»Das ist doch nicht zu fassen!«

»Du werden helfen?«

»Und ob wir helfen!« Emily schob Roc ihren Arm unter und zog ihn vorwärts. »Diesem Mistkerl werden wir es zeigen. Ich weiß zwar noch nicht wie, aber mir wird schon was einfallen. Los jetzt, Delilah – geh du voran.«

Sie schaute zu Roc und sah ihn grinsen. »Was ist so lustig?«, fragte sie aufgebracht.

Er schüttelte nur den Kopf und machte eine abwehrende Geste.

»Pass auf, worüber du dich lustig machst«, schimpfte sie. »Sonst lasse ich dich fallen!«

Delilah drehte sich um und legte ganz menschlich einen Froschfinger an die Lippen. »Müssen still sein jetzt.«

Roc streckte eine Hand aus und hielt sie an der Schulter. »Kannst du mir von Felecia und meiner Tochter erzählen? Später?«

Die Kleine schaute ihn mit ihrem dreiäugigen Blick einen Moment lang prüfend an. Dann nickte sie. »Ich werden erzählen. Wenn sicher.«

An der nächsten Kreuzung stießen sie auf eine Gruppe Alwadarianer, die dort offensichtlich auf Delilah gewartet hatten. Sie unterhielten sich kurz in seltsam anmutenden Schnalz- und Pfeiflauten, die zum Teil auch von den Nasenflügeln erzeugt wurden, worauf sich ihnen fünf der sieben Gestreiften anschlossen, während zwei in verschiedenen Gängen verschwanden.

Und dann waren sie auch schon angekommen – Delilah blieb vor einer Tür stehen, öffnete sie und Emily erkannte ihr eigenes Zimmer. Jetzt war sie endlich wieder in der Lage, sich zu orientieren. Sie schaute kurz nach, aber weder Jani noch Spooky noch eine Nachricht waren da. Dafür war ihre Notiz verschwunden und ebenso Janis Rucksack. Sie überlegte kurz, die Fellstiefel gegen ihre Chucks zu tauschen, entschied sich aber dagegen, so warm die Stiefel auch waren, sie würde unwegsames Gelände mit ihnen besser bewältigen. Und noch wusste sie nicht, wohin es sie bei der Suche nach Jani noch verschlagen würde. Aber sie ließ den Pelzmantel zurück und legte stattdessen wieder den Umhang an.

Sehnsüchtig schaute sie zu dem kleinen Raum auf der anderen Seite, doch ein Bad musste warten, egal wie schweißverklebt sie sich fühlte. »Was tun wir als Nächstes?«, fragte sie Delilah.

»Gehen Küche, holen andere Tropfen, helfen ihm«, antwortete diese und deutete bedeutungsvoll auf Roc, der mit glasigem Blick im Türrahmen lehnte und offensichtlich nicht mehr lange durchhalten würde.

Sie schlichen ins untere Stockwerk, ohne jemandem zu begegnen und erreichten die Küche unbehelligt. Ein Teil der Alwis blieb vor der Tür, um sie gegebenenfalls zu warnen.

Der Tisch im vorderen Raum war mit frischem Geschirr und Bestecken eingedeckt, etwas Brot und Kaffee standen bereit. Emily schob Roc auf einen Stuhl, stellte ihm einen Becher Kaffee vor die Nase, nahm sich selbst einen und folgte damit Delilah in die Küche, wo klar wurde, dass sowohl Koch als auch Küchenpersonal nicht nur eingeweiht, sondern auch Mitstreiter waren. Delilah machte sich sogleich am Herd zu schaffen und bekam von allen Seiten Utensilien gereicht, die sie für die Zubereitung der Medizin benötigte.

Jedes Mal wenn ein Alwi in der Abstellkammer verschwand, ertönte von dort das wüste Schimpfen einer zarten Stimme, die Emily irgendwie bekannt vorkam. Auch wenn sie nicht ein einziges Wort verstehen konnte. Schließlich hielt sie es nicht mehr aus und ging kurzerhand hinein.

Das Kreischen kam aus einem rechteckigen Käfig, der einer riesigen Mausefalle nicht unähnlich sah, Emily näherte sich vorsichtig und glaubte dann ihren Augen nicht zu trauen. »Federchen???« Sofort öffnete sie den Käfig und hob die verschmutzte Centerfly Prinzessin heraus, die sich unter erleichterten Tränen stammelnd bedankte und auf Emilys Nachhaken schniefend erzählte, wie sie in diese missliche Lage geraten war.

Emily trug sie eilig in die Küche und setzte sich zu Roc, der von Delilah gerade das frische Gebräu eingeflößt bekam. »Vem ist hier«, berichtete sie ihm aufgeregt. Sie bat Federchen, noch einmal zu erzählen, was sie ihr gesagt hatte.

»Kann isch erst etwas Wasser 'aben bitte?«, fragte der Zwerg, und während sie sich zu säubern begann, tat sie, um was man sie gebeten hatte.

»Wir sollten versuchen, ihn herüber zu holen«, meinte Roc, nachdem sie geendet hatte. Sein Blick war merklich klarer, das Mittel tat bereits seine Wirkung.

»Unbedingt!« stimmte Emily eifrig zu, gar nicht eigennützig. »Wir können seine Hilfe gut gebrauchen, wenn wir gegen Hicks vorgehen wollen. Wie stellen wir das an?«

»Wo ist Hicks jetzt?«, fragte Roc die Alwadarianer.

»Und weiß jemand, wo mein Sohn ist?« fügte Emily hinzu.

Wie sich herausstellte, waren Hicks und seine Partner gar nicht mehr im Tempel. Sie waren zu irgendwelchen unterirdischen Werkhallen aufgebrochen, in denen laut Roc vermutlich Gold abgebaut wurde, er berichtete, dass Hicks ihm von Goldvorkommen unter der Stadt erzählt hatte. Niemand wusste etwas über Janis Aufenthaltsort, der Koch war der letzte, der ihn und Spooky gesehen hatte, am Tag zuvor beim Frühstück.

Außer vielen Alwadarianern, deren Unterstützung sich Delilah sicher war, gab es noch rund ein Dutzend der verhüllten Wächter und auch Amibros, die in Alwadar für Hicks Dienste leisteten. Noch war nicht bekannt, auf welche Seite sie sich stellen würden, und das Risiko, sie einfach zu fragen, wollte niemand eingehen.

»Wir werden nicht mit leeren Händen gegen Hicks vorgehen können«, bemerkte Roc. »Wie sieht es mit Waffen aus? Befinden sich unsere noch in der Kammer?«

Laut den Alwis waren diese Waffen jedoch alle weggeschafft worden, und zwar von Hicks, Trayot und Stein selbst, so dass niemand wusste, wo sie inzwischen aufbewahrt wurden. Sie würden die Zimmer und den Keller absuchen müssen. Die Alwadarianer verfügten über Waffen nur in ihrem Stammesdorf, da ihnen das Tragen von solchen im und um den Tempel verboten war.

»Hält sich außer den Genannten sonst noch jemand hier auf?«, fragte Roc abschließend und blickte dabei Delilah an.

Diese schüttelte den Kopf. »Nicht mehr.«

Emily schluckte. Sollte es doch wahr sein? Sie schaute zu Roc, der reglos mit versteinerter Miene da saß. Sie empfand mit einem Male heftiges Mitleid und setzte schon an, ihn zu trösten, als er aufsprang.

Alle Zeichen von Erschöpfung waren von ihm gewichen. »Genug der Worte. Die hier tun es auch. Lasst uns Vem holen und Hicks finden.«

Sprachs, griff sich zwei größere Messer vom Tisch und verschwand durch die Tür.

Emily und die Alwis schauten einander entsetzt an. »Verdammter Narr«, fluchte sie. »Dann eben das Besteck. Nehmt euch welches und kommt mit!«

Bewaffnet mit ungemein gefährlich wirkenden Messern und Gabeln eilten sie in den Flur und nach draußen vor den Tempel. Unterhalb der Treppe stand Roc mit erhobenen Händen, die ebenso wie sein Hals von Peitschenschnüren umschlungen waren. Er war von mehreren verhüllten Wächter eingekreist, die ihre Krummsäbel gezogen hatten und im Begriff waren, sie zu benutzen.

»Halt, halt! Wartet!« schrie Emily aus einem Impuls heraus, ließ ihre Messer fallen und zeigte ihre leeren Handflächen, während sie auf die Verhüllten zurannte. Sekunden später schluckte sie Staub, als ein gezielter Peitschenwurf sie direkt vor Rocs Füße warf.

Hustend versuchte sie sich aufzurappeln und spürte im nächsten Moment eine kalte Klinge in ihrem Nacken. Neben ihr tauchten die Stiefel eines Verhüllten auf.

»Rührt Euch besser nicht«, raunte Roc ihr zu und am liebsten hätte sie ihn auf der Stelle erwürgt. Was war nur in sie gefahren, dass sie plötzlich befürchtet hatte, die Verhüllten würden ihn umbringen? Verzweifelt ließ sie ihren Kopf auf den Boden sinken. Das war's dann wohl. Zurück in den Kerker. Oder Schlimmeres.

# 59

Jani nahm Tembers Hand und half ihr herauf.

»Beruhige dich erst einmal, setz dich«, er schob sie auf einen Stuhl, »und erzähle von vorn. Hicks will *hundertelf* von *was* töten?« Er zog einen weiteren Stuhl heran und setzte sich vor sie, wischte ihr mit dem Ärmel seines Hemds sanft die Tränen vom Gesicht.

»Nein, nein, Hundertelf ist der Name eines Kindes«, sagte Tember mit schwacher Stimme und hatte Mühe, stillzuhalten. »Wir müssen uns beeilen, was sollen wir nur tun?«

»Ja, aber, warum sollte er ein Kind töten wollen? Hicks ist doch kein Mörder!« Jani konnte es einfach nicht glauben. »Wieso ist er denn überhaupt hier und seit wann?«

»Er ist im Saal aufgetaucht, als alle beim Frühstück waren. Ich weiß nicht, wie er hergekommen ist, jedenfalls ist er nicht geflogen, Wasee sagt, da war kein Snopir. Vielleicht auf dem gleichen Weg wie du?«

Jani nickte nachdenklich. »Mit der Bahn, das könnte sein.« *Ob Hicks ihm gefolgt war?* »Was geschah dann?«

»Er stand am Eingang und sprach mit Guu und sie ließ mich holen.«

»Dich??«

Tember nickte. »Ich hatte Hundertelf auf dem Schoß und nahm ihn auf den Arm, als ich zu ihr ging. Ich wusste ja nicht, was sie von mir wollte. Sonst hätte ich ihn dagelassen.«

Sie begann wieder zu schluchzen und es kostete Jani einige Anstrengung, sie zum Weitererzählen zu bewegen.

Guu führte sie in ein kleineres Nebengebäude und ließ sie allein. Hicks zeigte Tember ein Blatt Papier mit seltsamen Zeichen und verlangte, dass sie ihm die Bedeutung erklärte.

»Aber das konnte ich nicht«, sagte Tember mit bebender Stimme. »Ich habe die Zeichen wohl erkannt. Er muss sie in der Bibliothek abgeschrieben haben, dort wird es aufbewahrt, *Das Uralte Geheimnis*.«

»Das was?«

»Es ist ein sehr altes Schriftstück, ein Rätsel, der Legende nach brachte es ein Gestrandeter aus einer anderen Welt mit, der jedoch verstarb, bevor er es erklären konnte.«

»Aber was soll es enthalten? Warum ist Hicks so scharf darauf, es zu lösen?«

»Wir Amibros denken, dass es unsere Existenz erklärt, unsere Herkunft. Ich weiß nicht, warum Hicks sich dafür interessiert.«

»Und was geschah weiter?«

»Erst wurde er furchtbar wütend und brüllte so laut, dass Hundertelf zu weinen begann. Dann wurde er wieder freundlich und ich war darüber so erleichtert, dass er mich mit seiner Frage überraschen konnte.«

»Mit welcher Frage?«

»Ob ich wüsste wo du bist.«

»Oh. Du hast es ihm gesagt?«

Tember schüttelte heftig den Kopf. »Nein, natürlich nicht. Aber ich habe erst mal ja gesagt. Und mich dann geweigert, zu sagen wo. Er hat angefangen, mich zu schlagen–«

»WAS?«

»–aber das hat mir nichts ausgemacht. Dann hat er mir den Kleinen aus den Armen gerissen. Und seine Pistole gezogen. Und mich weggeschickt, dich zu holen, oder–«

Sie begann wieder zu schluchzen. »Ich habe gesagt, du wärst nicht hier, ich könnte dich nicht holen. Er hat es nicht geglaubt. Er sagte, er gibt mir eine Stunde Zeit. Danach tötet er erst Hundertelf und dann die anderen Kinder.«

»So ein Schwachsinn!« Jani sprang auf und begann hin und her zu laufen. »Das macht er nicht. Das glaube ich einfach nicht. Was will er denn überhaupt von mir?«

»Ich glaube, er denkt, dass du das Rätsel lösen kannst.«

»Ich? Warum zum Teufel sollte ich ein Rätsel lösen können, das ihr Amibros seit... wie lange? – nicht lösen konntet??«

»Seit Urzeiten.« Tember saß da wie ein Häufchen Elend. »Ich weiß nicht, warum er das glaubt. Ich weiß ja noch nicht einmal, ob es wirklich das ist, was er von dir will. Ich weiß nur, dass wir Hundertelf retten müssen.«

»Na, da haben wir ja nicht viele Möglichkeiten, oder?« Jani wanderte weiter auf und ab und dachte fieberhaft nach. Selbst wenn er sich jetzt Hicks stellte, er würde dieses Rätsel ja nicht lösen können. Und wenn Hicks für dieses Geheimnis töten wollte – was er immer noch nicht glauben konnte, es klang SO abwegig, SO unwirklich, er fühlte sich wie im falschen Film – dann würde er das doch auch bei ihm in Betracht ziehen. Oder? Seine Handflächen wurden feucht und ein ganz mieses Gefühl regte sich in ihm. Er bekam Angst. Er war überhaupt nicht der Typ für ernsthafte Konflikte. Er hatte sich noch nie in seinem Leben geprügelt, so etwas hatte sich immer vermeiden lassen. Durch vorausschauendes Handeln (Abhauen) oder Schlichtung (Labern). Er kam gar nicht erst in ausweglose Situationen, in denen er ernsthaft gefährdet war. Und dann war da plötzlich Emmi in seinem Kopf. Und er wünschte sich nichts sehnlicher, als dass sie da wäre.

*Scheiße, M, wo bist du? Was soll ich tun? Ich brauche dich.* Als er sich bewusst wurde, dass da etwas in ihm aufstieg, versuchte er sich zusammenzureißen. *Nein, du wirst jetzt nicht anfangen zu flennen, nur weil deine* Mama *nicht da ist. Du bist gleich volljährig. Du bist kein Kind mehr.* Er atmete tief durch. *Denk nach, denk nach.*

Er blieb neben Tembers Stuhl stehen. »Gibt es hier Leute, die uns helfen können? Wir könnten etwas Unterstützung brauchen, glaube ich.«

Die Hilflosigkeit in ihrem Blick war nicht gerade ermutigend. »Wasee steht unten und passt auf, falls jemand kommt. Sie würde helfen, glaube ich. Guu und die anderen Frauen ... ich weiß es nicht. Ich weiß es wirklich nicht.«

»Was ist mit den Snopire unten im Gehege? Kann man die reiten? Und mit ihnen wegfliegen?«

Tember schüttelte den Kopf. »Nein, sie sind noch viel zu jung und nicht ausgebildet.« Sie deutete auf den Hund. »Kann er kämpfen?«

»Wer, Spooky?« Jani lachte humorlos. »Er könnte Hicks vielleicht totschlecken, wenn er sich anstrengt.«

Zu Spooky fiel ihm der Felsvorsprung ein. Er deutete auf den Schrank. »Was ist mit diesem Pfad, von dem Wasee erzählt hat? Sagte sie nicht, dass er zum Meer führt?«

Tember schaute zweifelnd drein. »Sie sagte, sie habe sich noch nie so weit hinaus gewagt. Und was würde es nützen? Wir wären weg und Hicks würde Hundertelf...«

Sie beendete den Satz nicht und Jani brauchte nicht nachhaken. Immerhin ein möglicher Fluchtweg, der noch für etwas gut sein könnte. Er setzte sich wieder auf den Stuhl, griff das Moleskine und den Stift und hielt beides Tember hin.

»Kannst du dich an irgendetwas von diesem Rätsel erinnern? Schreib es auf, vielleicht kann ich ja etwas damit anfangen.«

Tember nahm beides und legte angestrengt die Stirn in Falten. Beugte sich vor und schrieb etwas. Strich es hektisch wieder durch. Schrieb noch einmal. Legte dann den Stift beiseite und sackte in sich zusammen. »Ich kann es nicht, es sind so viele Zeichen, ich weiß die Reihenfolge nicht.«

Jani zog das Notizheft zu sich und sah sich an, was sie geschrieben hatte.

**!!11!!**
**# / ^^ <- Z:**

»Hm«, murmelte er. »Sieht jetzt gar nicht mal so unbekannt aus. Wie Zeichen halt. Und Buchstaben, Zahlen. Das gesamte Rätsel besteht aus so Zeug?«

Tember nickte.

»Na toll.« Jani seufzte. »Wie viel Zeit haben wir noch?«

»Ich weiß nicht. Wie lange bin ich schon hier?«

»Zu lange.«

Jani fasste einen Entschluss. Vorher benötigte er aber noch etwas anderes. Er nahm den Bleistift in die Hand. »Sagst du mir bitte noch mal die vollständigen Namen von Vem und Roc? Und vielleicht Mero und Lir, falls du sie weißt? Oder von jemand anderem?«

Tember schaute verwirrt. »Für was brauchst du sie?«

»Bin noch nicht sicher. Sag sie mir einfach.«

Tember kannte zwar Lirs nicht, dafür aber etliche andere. Jani schrieb sich ein paar auf, klappte dann das Moleskine zusammen, klemmte den Bleistift in das Gummiband und steckte beides ein. »Okay, das reicht. Lass uns gehen.«

Tember erhob sich überrascht. »Du willst zu Hicks gehen?«

»Ja«, erwiderte Jani.

»Aber du kannst das Rätsel doch nicht lösen.«

»Ich weiß.«

»Und was hast du vor?«

Er schenkte ihr ein schiefes Lächeln. »Zeit gewinnen«.

## 60

Und dann brach der Tumult los.

Emily spürte den kalten Stahl in ihrem Nacken nicht mehr und wagte es, sich vorsichtig nach dem Verhüllten umzuschauen.

Der schlug wild um sich und versuchte der Schar Angreifer Herr zu werden, die wie eine Horde zorniger Hornissen seinen Kopf umschwirrten und mit winzigen, aber scharfen Schwertern sein Gesicht traktierten.

Er war nicht der einzige in Not.

Um sie herum befanden sich die Verhüllten im Kampf – mit Centerflies, Alwadarianern, Amibros – und mit Vem an Rocs Seite. Erleichterung und Freude durchströmten Emily wie ein warmer Glücksregen. Sie sprang auf die Füße und zog sich aus dem Auge des Sturms zurück, fand unterwegs ihre Messer, griff sich auch eine herumliegende Peitsche und lief auf die Treppe, wo sich Delilah mit einigen Alwis im Hintergrund hielt.

Emily beobachtete den Kampf und war fest entschlossen, zu helfen, falls sie sah, dass es irgendwo erforderlich wurde. Die Verhüllten waren exzellente Kämpfer und ihr Geschick im Umgang mit ihren Säbeln und Peitschen machte sie sprachlos.

Doch wer kann schon gut kämpfen, wenn er nichts sieht? Und dafür sorgten die Centerflies in unaufhaltbarer Weise. Das Schauspiel dauerte nicht lange, dann waren Hicks' Wachleute überwältigt.

Emily half dabei, sie zu entwaffnen und ihre Hände zu fesseln, wobei sie eine überraschende Entdeckung machte – die Verhüllten trugen keine Kleidung, die man ihnen abnehmen konnte. Sie waren mit ihr verwachsen, ihre Gewänder und Turbane waren ihre Haut. Es war ihr schon beinahe unheimlich. *Was ist das nun wieder für eine seltsame Rasse?*

Wie sich herausstellte, waren unter den Amibros nicht nur Vems Begleiter, sondern auch diejenigen, die sich noch in Alwadar aufgehalten hatten – auch *ihre* Kinder befanden sich in Hicks' Gewalt und so war es keine Frage, auf welcher Seite sie standen. Mit vereinten Kräften brachten sie die Verhüllten in einem der näher gelegenen Türme unter, hier gab es ebenfalls Verliese. Man versorgte sie mit Nahrung und Wasser und lockerte bei einem von ihnen die Riemen an seinen Handgelenken, so dass er die anderen mit der Zeit würde losbinden können. Die verschlossene Verliestür war eine ebenso gute Fessel. Gleichwohl bezogen zwei Amibros vorerst davor Stellung, zur Sicherheit.

Ein Zusammentreffen glücklicher Zufälle war schuld an diesem glimpflichen Ausgang von Rocs überstürzter Handlung – Vem hatte nicht länger warten wollen und beschlossen, es mit den Brückenwächtern aufzunehmen, doch diese waren bereits ihren Kollegen zu Hilfe geeilt, die gerade Roc festsetzten. Also fand der Einerdrei die Hängebrücke zu seiner Überraschung verlassen vor und zögerte nicht, die Gelegenheit sofort zu nutzen.

Auf der anderen Seite angekommen, bot sich ihnen der Anblick von Roc und Emily in misslicher Lage, und Vem machte aus Ablenkungszwecken sofort auf sich aufmerksam. Dies allein hätte nicht unbedingt für einen glücklichen Ausgang gereicht, wenn nicht außerdem noch von der anderen Seite Glänzt-wie-Gold mit ihrem Gefolge aufgetaucht und unverzüglich zur Tat geschritten wäre, nachdem sie die Situation mit einem Blick erfasst hatte.

Da sie nun zu viele Personen für die Küche waren, wurde, was an Stühlen und Tischen vorhanden war, kurzerhand nach draußen vor die Tempeltreppe getragen, und das alwadarianische Küchenpersonal sorgte für umfassende Stärkung nach allen Regeln der Kunst.

Emily saß mit einer Tasse Kaffee und vor überstandener Aufregung noch immer weichen Knien auf den oberen Stufen der Tempeltreppe und beobachtete das Treiben. Sie musste sich erst wieder an das blauviolette, dunstige Licht gewöhnen, aber immerhin war es wesentlich heller als in ihrem Kerkergefängnis. Der Konstellation der drei Monde nach musste es Tag sein, nahe der Mittagszeit.

Roc befand sich bereits am Tisch und lauschte mit leicht gesenktem Kopf Vem, der seinen Stuhl nahe an den seinen gerückt hatte und wild gestikulierend auf ihn einredete.

Emily konnte nicht verstehen, was er sagte, aber so aufgeregt hatte sie Vem noch nie gesehen. Mit ihr hatte er noch kaum ein Wort gewechselt, ein höfliches Erkundigen nach ihrem Wohlergehen, dann hatte er sich Roc geschnappt und auf den Stuhl am Tisch verfrachtet, wo kurz darauf erst einmal Delilah die kleineren Wunden versorgte, die sich beide im Kampf zugezogen hatten. Emily war davon überzeugt, dass Vem seinem Ratskollegen eine Standpauke hielt, die sich gewaschen hatte, um anschließend so schnell wie möglich bei ihr zu sein.

Die beiden Männer waren wie Tag und Nacht, Sonne und Mond, Weiß und Schwarz – auf der einen Seite Vem mit seiner elfengleichen Erscheinung, überirdisch schön (so wirkte er im Moment zumindest auf Emily), auf der anderen Seite der düstere Roc, zerfleddert, schmutzig, mürrisch. Einen Moment lang schloss sie die Augen und versetzte sich zurück in den Kerker, ließ das unvergessliche Erlebnis, mit Vem zu schlafen, noch einmal Revue passieren. Die Tatsache, dass sie sich dabei einen nicht unwichtigen Faktor – nämlich Vem – nur eingebildet hatte, verdrängte sie erfolgreich.

Ein gewisses seliges Lächeln auf den Lippen, öffnete sie die Augen gerade rechtzeitig, um zu sehen, wie Vem in einer schnellen Bewegung Rocs Gesicht in beide Hände nahm und ihn auf den Mund küsste. Dann wandte er sich sofort ab, sprang auf und begab sich ans Ende des Tisches, wo Golda mit ihren Kriegerinnen residierte. Roc hatte alles regungslos über sich ergehen lassen, hob aber jetzt den Arm und wischte sich mit dem Ärmel seines Hemds über den Mund.

Emily starrte wie betäubt hinüber, registrierte all dies, verstand nichts, und redete sich ein, dass es nichts zu bedeuten hatte. Niemand schien etwas bemerkt zu haben außer ihr und Roc natürlich, der jetzt den Kopf hob und ihr direkt in die Augen sah. Peinlich berührt wandte sie den Blick ab, sah Vem sich umdrehen und sie zu sich zu winken, rang sich ein unverfängliches Lächeln ab und begab sich zu ihm.

Er rückte ihr einen Stuhl zurecht und strahlte sie in seiner unvergleichlichen Art herzlich an. »Meine liebe Emiliane, bitte setzt Euch doch zu uns. Ihr müsst Euch stärken, denn wie ich von unserem Dreierdrei höre, haben wir noch einiges vor uns.«

Unfähig, auch nur ein Wort herauszubringen, lächelte sie erneut, setzte sich, nahm sich ein Stück Brot und knabberte lustlos daran herum.

Alle versammelten sie sich nun am Tisch und wer keinen Platz fand, schob sich einen Stuhl in die zweite Reihe, und ließ sich das Essen von seinem Vordermann reichen.

Emily zählte rund zwanzig Amibros, etwa ebenso viele Centerflies und wahrscheinlich doppelt so viele Alwadarianer, wenn nicht mehr. Da sie selten still saßen und sich zum Verwechseln ähnelten, gab sie das Zählen der Gestreiften irgendwann auf. Eine stattliche Truppe, die eigentlich in der Lage sein sollte, es mit Hicks und seinen Leuten aufzunehmen.

Die Königin der Centerflies hatte das Wort und berichtete soeben von ihren Erlebnissen unter Tage. Von ihren im Käfig eingesperrten Schwestern hatte sie erfahren, dass diese alle von den Centerflies abstammten, die Hicks damals überredet hatte, bei ihm zu bleiben und nicht an den Strand zu ihrem Clan zurückzukehren.

Unter fadenscheinigen Vorwänden an den Wasserlauf in der Höhle gelockt, hatten sie auf Hicks' Anweisung ihre Nesterstadt aufgebaut, in der Annahme, sich ein vorübergehendes Zuhause zu schaffen, und waren dann eines Morgens in einem überdimensionalen Käfig aufgewacht – wie sie später herausfanden, hatten sie zuvor mehrere Tage in Bewusstlosigkeit verbracht, hervorgerufen durch ein wirksames alwadarianisches Betäubungsmittel, das ihrem Trinkwasser beigemischt worden war. Danach wurden sie zu künstlicher Vermehrung gezwungen. Hicks wusste von ihrer Fähigkeit, das Geschlecht zu wechseln und unterband ihre aufkeimende Rebellion, indem er eine von ihnen kurzerhand vor ihren Augen tötete. Anschließend taten sie alles, was er sagte. Golda hatte sie mit dem Versprechen zurückgelassen, dass sie befreit werden würden.

Der Waggon mit Mero, Lir und Stein hatte Trayot aufgesammelt, der die Centerflies Fisch und Wind im Käfig bei sich trug, und war auf den Gleisen weitergefahren. Golda und ihre Kriegerinnen waren ihm gefolgt, bis die Gleise auf eine andere Schienenspur trafen und der Waggon dorthin wechselte.

An dieser Gabelung wartete bereits die Gruppe Centerflies, die zuvor dem Wagen gefolgt war, in dem Hicks saß. Sie hatten ihn unbemerkt bis zu seinem Ziel verfolgt und waren dann umgekehrt, um ihrer Königin Bericht zu erstatten. Bei seinem Ziel hatte es sich um eine Ansammlung von Gebäuden auf einem Felsplateau gehandelt, umgeben von einem hohen Palisadenzaun, und es war davon auszugehen, dass auch Trayot und Stein nun dorthin unterwegs waren. Auf Vems Frage bestätigte Golda, dass sie während der gesamten Zeit nichts von Tember gesehen oder gehört hatten.

Unter den anwesenden Alwadarianern befanden sich viele Snopir Piloten, die das Felsplateau gut kannten, weil sie Hicks oft dorthin transportiert hatten. Sie hatten zwar keine Kinder gesehen, weil sie nie bleiben durften, aber sie vermuteten schon lange, dass dies der Ort war, an dem Hicks die Kinder festhielt. Er nannte sich Nevedar.

»Damit hätten wir also unser Ziel«, sprach Vem laut aus, was alle dachten. »Bleibt die Frage, wie wir dorthin gelangen. Und was wir unternehmen, wenn wir dort sind. Vorschläge?«

Während sie ihre Strategie besprachen, fiel es Emily schwer, sich zu konzentrieren. Immer wieder wanderten ihre Gedanken ab. *Griechen. Türken auch. Russen! Der Bruderkuss von Honecker und Breschnew. Vielleicht hat sich ja etwas Ähnliches bei den Amibros etabliert.*

Etwas landete leichthufig auf ihrer Schulter und flüsterte in ihr Ohr. »Wo ist Kischanu?«

Sie drehte Federchen ihr Gesicht zu. »Ich weiß es nicht, aber ich hoffe, er ist dort, wo wir auch hingehen. Du hast ihn nicht gesehen, als du hier unterwegs warst, nicht wahr?«

Die kleine Prinzessin schüttelte bekümmert den Kopf. »Isch vermisse ihn.«

»Ach du Süße«, Emily musste lachen. »Ich vermisse ihn auch. Und er dich sicherlich ebenfalls.«

Die winzigen dunkelgrauen Augen wurden groß. »Wirklisch? Das glaubst du?«

»Das glaube ich nicht nur«, sagte Emily in vollem Brustton der Überzeugung. »Das weiß ich ganz sicher.«

Der kleine Mund verwandelte sich in ein offenstehendes O, dann färbte sich das Gesichtchen rosarot und Federchen flog erst einmal wieder von dannen, ohne sich in ihrer offensichtlichen Verwirrung noch zu verabschieden.

Emily grinste in sich hinein. Da hatte es offenbar jemanden schwer erwischt.

Als sie den Kopf hob, trafen ihre Augen auf Rocs Blick. Schon wieder. Dieses Mal war er es, der zuerst wegschaute. *Du nervst,* dachte sie und guckte woanders hin. *Wenn du was von mir willst, dann sag es. Und wasch dich mal.* Apropos waschen. Sie beobachtete die Runde am Tisch, die immer noch angeregt am Diskutieren war und beschloss, dass wenn nicht jetzt, sie so bald nie wieder Gelegenheit dazu haben würde.

Sie schob den Stuhl zurück, stand auf, nuschelte ein »bin gleich wieder da« in die Runde, die aber eh nicht auf sie achtete und verdrückte sich auf ihr Zimmer, um ein schnelles Bad zu nehmen.

# 61

Sie ließen Spooky zurück und Jani rang der unten wartenden Wasee das Versprechen ab, dem Hund Wasser und Futter zu bringen, und sich seiner und des geheimnisvollen Eis anzunehmen, im Falle er nicht zurückkehren würde. Wasee fasste dies als Vertrauensbeweis auf und schwor hoch und heilig, alles zu tun, was er wünschte und in ihrer Macht stünde. Sie sollte die Scheune erst später verlassen und sich möglichst von Hicks fernhalten, Jani wollte das Risiko nicht eingehen, dass der Maler das Mädchen in die Finger bekam, vielleicht brauchten sie noch ihre Hilfe.

»Mein lieber Jani! Wie schön dich zu sehen! Ich darf doch Du sagen? Ach wir waren ja schon beim Du, haha!« Hicks schloss ihn herzlich in die Arme und Jani kam sich vor wie der lang verlorene Sohn. Überdeutlich spürte er die Pistole an seinem Bein, die in Hicks' Ledergürtel steckte. Außerdem stank der Typ gewaltig nach Schweiß, widerlich.

Der Franzose hatte sie vor dem Blockhaus erwartet, er hielt eine Weintraube in der Hand und steckte sich die Beeren in den Mund. Guu an seiner Seite trug mit versteinerter Miene ein kleines blassgestreiftes Alwi-Kind auf dem Arm. Tember stürzte grußlos an ihm vorbei und nahm den Kleinen an sich, der schon die Arme nach ihr ausstreckte und strahlte.

Hicks erhob keine Einwände, er ignorierte Tembers Vorgehen völlig und hatte nur Augen für Jani. Er wies hinüber auf ein kleines Nebengebäude. »Wollen wir dann?«

Jani lächelte ihn freundlich an. »Ich habe heute noch nichts gegessen«, sagte er. »Es ist doch sicher noch Zeit für eine Mahlzeit? Mit leerem Magen kann man mit mir echt nichts anfangen.«

Hicks unterdrückte eine säuerliche Miene und nickte schnell. »Aber sicher doch, mein Bester. Gehen wir hinein.«

»Lieber hier draußen«, erwiderte Jani und deutete auf die Tische und Bänke, die seitlich des Eingangs unter Bäumen zum Verweilen einluden. »Sie wissen schon, frische Luft und so – Sie haben doch nichts dagegen?«

»Nein, nein, ganz im Gegenteil, das scheint mir ein ausgezeichneter Platz. Wir bleiben dann gleich dort und ich werde dir zeigen, um was ich dich bitten möchte.« Hicks klopfte ihm auf die Schulter. »Das geht dann sogar während du isst!«

*Na toll. Der Einfall hat ja schon mal super funktioniert.* Jani biss sich auf die Unterlippe, während Hicks Guu Anweisungen erteilte, Essen für Jani zu bringen. Federnden Schrittes begab er sich dann unter die Bäume. Jani folgte zähneknirschend.

Hicks nahm auf einer Bank in Blickrichtung zum Blockhaus Platz und klopfte auffordernd auf die leere Stelle neben sich. »Komm, setz dich zu mir!«

Er nestelte ein bereits beträchtlich zerknittertes Stück Papier aus seinem Hemd, faltete es übervorsichtig auseinander und strich es auf dem Tisch mit zärtlich anmutendem Streicheln glatt. »Hier, sieh, darum geht es.«

Jani setzte sich neben ihn und betrachtete das Blatt.

I)\3,5[:-:47 7_ \<-Z531
I)32,5[:-:4T7 7_ ,\ ^^,5\1832533
#ten43632,I)35,Pfau321023<-Z3<-Z,5[:-:47 7_ 35
FULL13374u!!!111!!
gn8
ROLF
<-Z30.

Er starrte auf die Zeichen, nahm sie aber gar nicht wirklich wahr, sondern spielte im Kopf fieberhaft Möglichkeiten durch, die alle in irgendeiner Weise mit Flucht oder der Überwältigung Hicks' zu tun hatten.

»Und?«, fragte Hicks ungeduldig. »Kannst du etwas damit anfangen?«

»Hm«, machte Jani und beugte sich tiefer über das Blatt. Blickte wieder auf und sah Guu mit einer Begleitung näherkommen. Schnell schob er das Blatt zu Hicks hinüber, lehnte sich zurück und ließ die beiden Amibro Frauen auf dem Tisch abstellen, was sie brachten – einen Teller mit Essen, Besteck, einen Krug Wasser und zwei Becher.

Hicks schaute in den Krug und wedelte dann ungehalten mit der Hand. »Was sollen wir denn damit. Bringt uns Wein!«

Guu nickte. »Selbstverständlich. Sofort.«

Während die Frauen eilig zurück liefen, begann Jani zu essen und zwang sich, dies ruhig und gemächlich zu tun.

Neben dem Teller rückte das ominöse Papier wieder in sein Blickfeld, Hicks schob es gerade herüber, mit der linken Hand, während die Finger seiner rechten Trommelwirbel auf der Tischplatte spielten.

Was wiederum Jani in Sekundenschnelle in den Wahnsinn trieb. *Null Rhythmus im Blut.* »Was ist das eigentlich?«, fragte er schnell zwischen zwei Bissen und tatsächlich, der Trommelwirbel hörte auf.

»Das weißt du gar nicht?« Hicks hörte sich ehrlich erstaunt an. »Ich hätte gedacht, dass deine kleine Freundin dir alles darüber–«

»Nein, hat sie nicht«, unterbrach ihn Jani. »Sie war nur furchtbar verängstigt.« Er wandte Hicks den Kopf zu. »Sie haben ihr doch nicht gedroht?«

»Ich? Aber nicht doch.« Die Unschuld in Person.

»Und auch keine Gewalt angetan.«

»Selbstverständlich nicht. Was denkst du von mir? Hat sie das erzählt? Sicherlich handelt es sich um ein Missverständnis.«

»Sicherlich. Denn dann würde ich Ihnen ja nicht helfen. Wenn Sie einem meiner Freunde etwas antun würden. Nicht wahr?«

Ihre Blicke fixierten einander für einen Moment und Jani war froh, dass seine Beine unter dem Tisch verschwanden und das Zittern in seinen Waden nicht zu sehen war. Hicks Augen waren nicht nur von eisblauer Farbe, sie blickten auch eiskalt.

Doch plötzlich lächelte er sein gewohntes breites Lächeln und schlug Jani auf die Schulter, so dass dieser sich fast verschluckte. »Aber ja, aber ja, mein Guter. Wir verstehen uns. Also. Dieses Blatt Papier—« er wedelte damit vor Janis Nase herum, »dieses Blatt Papier ist der Schlüssel zu unserer Rückkehr nach Hause.«

»Ach ja?« Jani stellte sich dumm. »Wie das?«

»Einer wie wir, ein Gestrandeter, wie sie uns nennen, hat es hier gelassen, damit alle, die nach ihm kommen, wieder zurück finden.«

»Er hat *dieses* Blatt Papier hier gelassen?«

»Nein, nein, dies ist nicht das Original. Ich habe es nur abgezeichnet. Das Original liegt in der Bibliothek von Orbíma, eingeschlossen in einen Glasbehälter. Verstehst du, *luftdicht* eingeschlossen! Sie haben Angst, dass es zerfallen könnte, so alt ist es schon.«

»Was ist mit diesem Gestrandeten passiert, wer war er?«

»Das weiß niemand. Sie sagen er sei ertrunken, aber ich weiß, er ist zurückgekehrt, ganz einfach zur Erde zurückgekehrt.«

»Aber warum sollten die Amibros eine Anleitung hüten, die erklärt wie sie zur Erde zurückkehren können? Sie stammen doch gar nicht von der Erde.«

Hicks lachte. »Oh, die Amibros haben ja auch gar nicht verstanden, um was es sich handelt. Diese Idioten glauben, das Rätsel beinhalte die Erklärung ihrer Existenz, du weißt schon, so etwas wie eine Bibel.«

»Wieso glauben sie das?«

Hicks zuckte mit den Schultern. »Keine Ahnung. Das Original ist uralt, Generationen um Generationen haben es weiter gereicht und die Geschichte um seine Herkunft jedes Mal anders erzählt, ausgeschmückt, spannender gemacht und geheimnisvoller, na wie so etwas eben passiert, bis das Rätsel zu einem Mythos wurde, und der hat alles überdauert.«

Beide bemerkten erst jetzt, dass Guus vorherige Begleiterin, eine Amibro mit perlmuttweißer Haut und langen weißen Haaren, an ihrem Tisch stand.

»Was willst du«, herrschte Hicks sie an.

Sie hob einen Krug in ihren Händen.

»Ah, der Wein«, er machte eine unwirsche Geste. »Gib schon her.«

Die Amibro stellte den Krug vor ihm ab. »Ist das richtig so?«

Jani hob ruckartig den Kopf und starrte sie an. Weißhaarige Amibros hatte er bisher noch gar nicht gesehen. In ihrem Gesicht war auch keine der üblichen Tätowierungen zu erkennen.

»Ja, ja«, sagte Hicks. »Nun verschwinde schon.«

Die Amibro senkte gehorsam den Kopf und wandte sich zum Gehen. In der Bewegung streifte ihr Blick Janis und hielt seine Augen einen Sekundenbruchteil lang fest. Die Farbe der ihren war völlig undefinierbar, hatten etwas von schimmernden Kristallen.

»Einen Moment noch!« hielt Jani sie auf. »Wie ist dein Name?«

Sie drehte sich zu ihm. »Schugaa.«

Er verkniff sich ein Grinsen. »Vielen Dank für den Wein, Schugaa«.

Sie nickte ihm zu. »Gern geschehen.«

Jani blickte ihr nach, während Hicks neben ihm entnervt stöhnte.

»Bist du immer so höflich?«

Jani zuckte die Schultern. »Ein wenig Freundlichkeit hat noch niemandem geschadet.« Er fragte sich, wie lange sie schon dort gestanden hatte.

»Wie auch immer«, Hicks goss sich den Becher voll Wein und leerte ihn in einem Zug. »Genug geredet. Kannst du nun etwas damit anfangen oder nicht?«

Er schob ihm wieder den Zettel zu.

Jani starrte erneut darauf, ohne etwas wahrzunehmen. Er wusste auch so, dass er nichts damit anfangen konnte. Was machte Sugar hier? Hatte sie nicht in einer Gestalt wiederkommen wollen, in der sie bleiben konnte? Wenn sie jetzt eine der Kinderbetreuerinnen übernehmen musste, hatte es wohl nicht geklappt.

Und dann sagte Hicks etwas, das ihn endlich dazu brachte, sich *wirklich* mit dem Rätsel zu beschäftigen.

## 62

So verlockend und wohltuend das heiße Wasser auch war, Emily gönnte sich keine unnütze Minute. Paste auf die Zähne reiben, abwaschen, Körper einseifen, abwaschen, Haare schamponieren, auswaschen, und dann sofort raus, abtrocknen, Haare handtuchtrocken rubbeln. Nicht über Vem nachgrübeln, nicht an Jani denken. Lederhose, Gürtel, Pelzstiefel, Tanktop, Bluse, Haarreif, Umhang. *Tatsache, dass alle Kleidungsstücke* dringend *ebenfalls gewaschen werden müssten, ignorieren!*

Spiegelblick: Haut schon besser, Lippen nicht mehr aufgerissen, Schramme kaum noch zu sehen.

Kurzerhand nahm sie die Peitsche vom Bett und klemmte sie sich in den Gürtel. Die Sorte Waffe gefiel ihr, sie musste nur noch jemanden finden, der ihr beibrachte, wie man damit umging.

Auf dem Weg zurück bewegte sie irgendetwas dazu, den leer geräumten Frühstücksraum zu betreten. Die Tür zur Küche war geschlossen, aber sie hörte Rocs Stimme. Sie konnte nicht anders, sie blieb stehen und lauschte.

Er war dabei zu erzählen, was Hicks ihm über Felecia und sein Kind gesagt hatte. Aber wem? Vem vielleicht? Totgeburt, Missgeburt, es hörte sich schrecklich an. Dann eine sanfte, weibliche Stimme, die ihm antwortete, das war Delilah, nicht Vem.

Emily konnte sie kaum verstehen, also trat sie näher und prompt knarzte der Boden unter unüberhörbar laut. Drinnen wurde es still. Sie wollte sich auf Zehenspitzen davonmachen, aber schon wurde die Tür aufgerissen und Roc starrte sie an. Jetzt wäre sie sehr gerne ein Metaschweber gewesen – *\*puff\* und weg* – stattdessen lief sie rot an und begann zu stammeln.

»Es tut mir leid. Wirklich, ich wollte nicht … bin schon weg.« Sie kam einen Schritt weit, dann–

»Nein«, intervenierte Roc. »Kommt … komm herein.«

Emily blickte fragend.

»Ich…«, fing er an, brach ab.

»Okay«, sagte sie schnell. Zu ihrer eigenen Überraschung.

Er nickte, ließ sie hinein und schloss die Tür hinter ihr.

Delilah saß auf einem kleinen Küchenschemel und blickte Emily erstaunt an, stellte jedoch keine Fragen.

»Bitte beginnt noch einmal«, bat Roc.

Und Delilah erzählte. Von der jungen, schönen Frau, die mit Hicks und seinen Freunden in diesem Tempel lebte und die todunglücklich war. Der sie, Delilah, als persönliche Hilfe zugeteilt wurde und mit der sie sich anfreundete. Deren Leib sich immer mehr rundete.

Irgendwann vertraute Felecia der Alwadarianerin an, dass sie das Kind nicht von ihrem Ehemann erwartete, sondern von dem Mann, den sie liebte.

Und der kommen würde, sie zu holen, wovon sie überzeugt war. Sie hätten bereits in Orbíma zusammengelebt und ihr Ehemann habe sie damals freigegeben, der Beziehung zugestimmt. In Wirklichkeit jedoch die Abreise geplant und sie dann betäubt und entführt.

Delilah schaute fragend zu Roc, der bestätigend nickte.

»Was ist mit dem Kind passiert?«, fragte er mit schwacher Stimme.

»Kind kommen vor seiner Zeit«, berichtete die Alwi.

Es war eine Frühgeburt und Hicks, dem es nur recht war, half seiner Frau noch in ihr Bett, ließ sie dann aber allein und verschwieg ihren Zustand den Alwadarianern, die ihr vielleicht hätten helfen können.

»Dabei ist sie gestorben«, sagte Roc tonlos.

»Nein«, widersprach Delilah. »Frau nicht sterben, aber Kind.«

»Habt ihr es gesehen? Hicks sagte—«

»Bobicks nicht Wahrheit sagen«.

Laut Delilah war das kleine Mädchen ein ganz normales, hübsches Baby gewesen. Keine Missgeburt, kein Wolfskind. Sie hatte es später auf Felecias Wunsch begraben und als diese wieder auf den Beinen war, besuchte sie das Grab ihrer Kleinen jeden Tag.

Roc mühte sich sichtlich, die Fassung zu wahren. »Und wo ist Felecia jetzt?«

»Sie gestorben«, sagte Delilah sanft.

»Aber Ihr sagtet doch gerade, sie sei nicht…«

»Nicht bei Geburt. Bei Flucht.«

Einigermaßen wieder hergestellt, hatte Felecia zu fliehen versucht. Nicht zum ersten Mal, aber zum letzten. Sie hatten sie mit gebrochenem Genick in der Schlucht gefunden und konnten nur vermuten, dass sie, da sie wegen der Wächter nicht über die Brücke konnte, hinabsteigen wollte, um vielleicht dem Wasserlauf zu folgen, in der Hoffnung, dass er sie aus Alwadar hinausführen würde.

Delilah legte Roc ihre kleine Froschhand auf den Arm. »Sie bei ihrem Kind liegen, können zeigen. Mutter und Kind vereint, alles gut.«

Die Alwadarianer hatten Felecias Leichnam geborgen und Hicks in einer Anwandlung von Reue zugestimmt, dass man sie bei ihrem Baby begrub. Delilah pflegte das Grab.

»Warum du nicht kommen?«, fragte sie Roc leise. »Sie so lange warten.«

Roc lachte bitter. »Warum ich nicht gekommen bin, sie zu holen? Weil er mich niederschlug in der Nacht, als er Felecia entführte.« Er deutete auf die Narbe in seinem Gesicht. »Weil ich danach fast gestorben wäre und erst Wochen später wieder bei Bewusstsein war. Weil ich nicht wusste, wohin er sie gebracht hatte und an den falschen Orten suchte. Ich habe sie gesucht, ununterbrochen.«

Emily runzelte die Stirn und mischte sich ein. »Vem hat keine Entführung erwähnt, wenn ich mich richtig erinnere. Als wir noch nicht lange bei euch waren, da habt ihr uns von der Strandung der Maler erzählt. Und auch, dass Hicks mit ihnen allen in die Dschungelwelt aufgebrochen war. Kein Wort von Entführung, Gewalt, und ihr wusstet auch, wo er sich befand.«

Roc verzog keine Miene. »Das ist richtig. Es ist die offizielle Version der Geschichte. Nur ein kleiner Kreis weiß, was wirklich geschehen ist. Und zu dem Zeitpunkt hatte ich tatsächlich gerade erst herausgefunden, dass sich Hicks auf dem anderen Kontinent aufhalten musste.«

»Wie hast du das herausgefunden?«

»Ich hatte jeden Winkel unseres Kontinents durchsucht, es blieben nur noch der Dschungel oder die Eisinsel. Da ich über diese beiden Orte wenig wusste, vergrub ich mich tagelang in der Bibliothek von Orbíma. Irgendwann fand ich in einem Buch über Dschungelbewohner zufällig eine handschriftliche Notiz von Hicks, die er dort vergessen haben musste. Somit wusste ich, wo ich hin musste. Dann seid Ihr... bist du mit deinem Sohn aufgetaucht.«

»Und wir kamen gerade recht, um dir ein Druckmittel gegen Hicks zu liefern.«

Roc nickte. »Da hatte ich die Idee zum ersten Mal.«

»Und gegenüber Vem hast du es als wissenschaftliche Expedition dargestellt. Und als nette Geste uns gegenüber, die wir gerne mit jemandem sprechen wollten, der ebenfalls von der Erde stammt.«

»Vem wusste, was ich von Hicks wollte.«

»Ach. Dann war ihm ja wohl auch klar, dass wir in Gefahr geraten konnten, wenn du deine persönliche Fehde mit Hicks austragen würdest?«

»Nein, Vem hatte für eure Sicherheit gesorgt. Es war eine vielfach größere Gruppe geplant und man hätte euch geschützt oder gar zurückgebracht, wenn so etwas geschehen wäre.«

»Oh, richtig, ich erinnere mich. Du hast mich ja ausgetrickst. ›Schon mal rüber auf die andere Seite, damit ich Jani schnell wieder treffe! Warum nicht Hicks suchen, wenn wir doch eh schon auf der Dschungelseite sind?‹ Zu diesem Zeitpunkt hattest du schon längst geplant, mich und Jani als Köder zu verwenden, ist es nicht so?«

Roc zuckte mit den Achseln. »Es wäre wahrscheinlich alles wie geplant verlaufen, wenn du dich am See nicht übereilt davon gemacht hättest, um deinen Sohn auf eigene Faust zu suchen.«

»Wie bitte?« Emily stand der Mund offen vor Empörung. »Das ist jetzt ja wohl die Krönung. Jetzt bin *ich* noch an allem schuld?«

In diesem Moment flog die Tür auf und einer von Vems Amibros schaute herein. »Ah, hier seid Ihr«, sagte er, an Roc gewandt. »Der Einerdrei wünscht Eure Anwesenheit. Und die der beiden Damen auch.«

»Was ist denn los?«, fragte Emily.

»Wir brechen auf.«

»Aber wie? Mit was?«

»Zu Fuß.«

# 63

»Deine Mutter meinte, du könntest helfen, weil du dich mit Schnattern auskennst.«

Jani schaute Hicks entgeistert an. »Meine Mutter? Schnattern? Nattern? Schlangen? Hä?«

»Keine Nattern. *Schnattern.* Ins Englische übersetzt, wie war es noch, *chatten*?«

»Oh.« Jani, neugierig geworden, zog den Zettel zu sich heran. »Was hat sie sonst noch gesagt? Und wieso weiß sie überhaupt hiervon?«

»Sie hat mich auf einem Ausflug begleitet und ich habe ihr das Rätsel gezeigt. Sie erkannte Zeichen aus dem Computer und konnte ein paar übersetzen. Sie meinte, du kennst dich besser damit aus.«

»Was genau hat sie erkannt?«

»Warte, ich hab es mir notiert.« Hicks kramte einen weiteren Zettel heraus und zeigte ihn Jani.

**FULL**
**4u – for you**
**gn8 – gute Nacht / good night**

»Hm, verstehe.« Jani beugte sich wieder über den Zettel und betrachtete die Zeichen konzentriert. *War das etwa…? Konnte es möglich sein?* »Haben Sie einen Stift?«, fragte er Hicks und der reichte ihm einen Kugelschreiber. Jani schaute verblüfft darauf. »So etwas gibt es hier?«

Hicks nickte. »Da waren welche im Keller. Hast du etwa die Lösung?«

»Weiß noch nicht«, murmelte Jani. *Glaube aber schon. M, du bist meine Heldin.* »Muss was ausprobieren.« Er drehte den Notizzettel um und begann zu schreiben.

Hicks versuchte, ihm über die Schulter zu schauen. »Und dieser Rolf, der unterschrieben hat«, sagte er eifrig, »das muss der Gestrandete gewesen sein. Derjenige, der all dies aufgeschrieben hat.«

Jani hörte auf zu schreiben.

»Und? UND?«

»Es ist *LEET*«, sagte Jani, schob Hicks erst das Blatt mit dem Rätsel hin und legte dann den Notizzettel dazu. »Nicht nur, aber größtenteils.«

»Es ist was?«

»LEET. 'Ne Art Geheimcode für Chatter.«

Hicks beugte sich über das Geschriebene.

Jani kommentierte: »Ich habe die letzten vier Zeilen übersetzt:

**FULL13374u!!!111!! = Full LEET for you!!!!**

gn8 = gute Nacht
ROLF = rofl (Lachen)
<-Z30. = Neo

*Full LEET for you – Alles in LEET für dich*, damit spricht er den Leser an. Die Ausrufezeichen sind nur Blödsinn, die Einsen bedeuten ebenfalls Ausrufezeichen. *gn8* – wie meine Mutter schon richtig sagte, gute Nacht. Er verabschiedet sich. *ROLF* ist kein Name, es ist nur ein schnell getipptes ROFL, was wiederum *rolling over the floor laughing* bedeutet und ausdrücken soll, dass man über irgendetwas sehr lachen muss. Und ganz unten, das ist sein Name, *Neo*. Wahrscheinlich ein Bezug zum Film *Matrix*. Wenn Sie den kennen?«

»Ja. Nein. Ich weiß nicht. Egal.« Hicks raufte sich vor Aufregung seine Haare und den Bart gleichzeitig. Er schlug Jani (schon wieder) auf die Schulter. »Du hast es! Du hast es wahrhaftig rausgefunden. Halleluja! Wie machst du das?«

»Berufsgeheimnis«, sagte Jani grinsend.

Hicks füllte seinen Becher erneut mit Wein und leerte auch diesen in einem Zug. Wischte sich mit dem Ärmel über den Mund, strahlte Jani an und schob ihm das Rätsel wieder zu. »Dann mal los! Ran an den Speck. Übersetze den Rest!« Er zappelte auf der Bank herum und rieb sich die Hände.

Jani rührte sich nicht.

»Junge, was ist los? Brauchst du etwas? Mehr zu essen? Etwas anderes zu trinken? Hier, nimm auch Wein!«

Jani schüttelte den Kopf und legte die Hand über den Becher, bevor Hicks einschenken konnte. Dann nahm er all seinen Mut zusammen. »Ich habe ein paar Bedingungen«, sagte er. »Wenn Sie die nicht erfüllen, werde ich den Rest nicht übersetzen.«

Hicks schaute ihn einen Moment lang erstaunt an, dann schlug er sich auf die Schenkel und lachte schallend. »Er stellt Bedingungen. Der Kleine stellt Bedingungen. Ist das nicht köstlich?« Ehe es sich Jani versah, hatte ihn der Franzose mit beiden Händen am Hals gepackt und drückte ihm die Kehle zu. »Ich gebe dir *Bedingungen*, du kleiner Wicht. Du wirst auf der Stelle dieses verdammte Rätsel lösen, oder du bist tot. TOT, hörst du?«

Jani krächzte.

Hicks ließ seinen Hals los. »Was ist? Willst du etwas sagen?«

»Tote können nichts mehr übersetzen«, japste Jani und hustete.

Hicks starrte ihn an und lachte schon wieder. »Frecher Bengel. Hast recht. Na, ist ja egal, dann töte ich eben deine kleine Freundin. Und den Mini-Alwi. Und die anderen Kinder. Nach und nach. Sind ja genügend da. Irgendwann wirst du schon spuren.«

»Vergessen Sie's.« Janis Hals war immer noch rau, er nahm sich Wasser und trank einen Schluck. »Zum einen interessieren die mich einen Scheiß, meiner Ansicht nach sind die eh nicht echt. Alles Metaschweber, Einbildung, was auch immer. Meine Freundin ist noch auf der Erde und die ist echt, das versichere ich Ihnen. Zum anderen wollen Sie sich gar nicht wirklich die Finger schmutzig machen. Was, wenn ihr Kumpel recht hat mit seiner göttlichen Theorie? Wollen Sie vor den Herrn treten und sagen, sorry, hab mal eben ein paar Dutzend Kinder um die Ecke gebracht, weil ich ein Rätsel lösen wollte? Machen Sie sich nicht lächerlich, Bob. So kompliziert ist das, was ich von Ihnen will, nun auch wieder nicht.«

Hicks' eisblaue Augen glitzerten gefährlich. »So, so. Reden schwingen kannst du auch, hm? Jetzt sag schon, was willst du?«

Jani atmete tief durch. »Erstens: Sie lassen die Leute hier in Ruhe, Schluss mit Drohungen und Gewalttätigkeiten. Auch wenn ich sie nicht für echt halte, können *Sie* ja zur Abwechslung auch mal nett sein. Zweitens: Sie werden meinem Hund kein Haar krümmen, falls er hier auftaucht. Was übrigens sehr gut möglich ist. Drittens: Meine Mutter. Schaffen Sie Emily her und ich löse Ihr Rätsel. Und wenn da wirklich drin steht, was Sie erwarten, dann nehmen Sie uns natürlich mit zurück.«

»Natürlich«, nickte Hicks. Lachte, dachte nach, zwirbelte seinen Bart, lachte wieder. Und wurde schlagartig ernst. »Woher weiß ich, dass ich dir trauen kann? Ich habe keine Ahnung von diesem Computerzeug, von dem du da erzählst. Du kannst mich leicht übers Ohr hauen.«

*Das wissen Sie nicht. Ihr Risiko. Tja, Pech gehabt. C' est la vie!* Jani schwirrten all diese schönen Entgegnungen durch den Kopf, die irgendwelchen Filmen entstammten, in der Realität aber wohl kaum Wirkung zeigen würden. Er beugte sich über das Rätsel, schaute die ungelösten Zeilen an und nahm den Kugelschreiber zur Hand. »Ich erkläre Ihnen ein paar Buchstaben, so dass Sie selbst etwas lösen können. Würde das helfen?«

Hicks rückte näher.

»LEET hat damit zu tun, dass man Zeichen verwendet, die Buchstaben ähnlich sehen. Ursprünglich ging es mal darum, dass E-Mail-Schriftverkehr zwischen Hackern – das sind Computerfreaks, die sich gerne mal in Rechner einklinken, bei denen das nicht erlaubt ist, Regierung, Polizei oder so – also, dass deren Mails nicht automatisch ausgewertet werden können, falls sie abgefangen werden. Computerprogramme können Computerschrift lesen, verstehen Sie? Aber das menschliche Hirn kann assoziieren und das können Computer nicht so gut. Zum Beispiel der Buchstabe C, er sieht aus wie eine geöffnete Klammer, also hat man diese anstelle des Buchstabens genommen, so:

**C = [**

Manche Buchstaben wurden aus Zeichen zusammengesetzt, wie das H:
**H = :-:**
oder das Z:
**Z = 7_**

andere Buchstaben werden durch Zahlen dargestellt, einfach weil sie ihnen ähnlich sehen:

A = 4
S = 5
T = 7

und jetzt schauen Sie hier im Rätsel, sehen Sie diesen Text? Den gibt's gleich drei Mal!« Er schrieb die Buchstaben-Kombination, die an drei Stellen identisch war, auf Hicks' Notizzettel:

**5[:-:47 7_**

und schob sie ihm zusammen mit dem Kugelschreiber hin. »Versuchen Sie es zu lösen. Nur zu.«

Hicks kaute wie ein Erstklässler am Ende des Stifts und brütete mit gerunzelter Stirn über seinem Rätsel. Die ersten beiden Buchstaben suchte er noch mühsam zusammen, dann aber ging es schnell und er grinste breit. »O ja, das ist ein Wort, das ich liebe.«

»Und reicht Ihnen das, um mir zu trauen?«

In Hicks Augen schlich sich ein verschlagener Ausdruck. »Das war nicht schwer. Und das Prinzip ist auch verständlich. Ich denke, ich könnte das Rätsel jetzt auch allein lösen.«

Jani hob ganz cool die Schultern. »Wenn Sie meinen, dass es schneller geht als meiner Mutter herzuschaffen, bitte. Ich dachte, Sie hätten es eilig. Aber rechnen Sie nicht mit meiner Hilfe.«

Er stand auf und schickte sich an, zu gehen.

Hicks lachte. »Immer langsam mit den jungen Pferden, Bürschchen. Es wird natürlich *nicht* schneller gehen.«

Jani drehte sich um und hielt ihm die Hand hin. »Also haben wir einen Deal?«

Hicks lachte wieder und schlug ein. »Deal.«

Er deutete auf Janis noch fast vollen Teller. »Und jetzt setz dich und iss auf, sonst gibt's schlechtes Wetter.« Er erhob sich, nicht ohne sein geliebtes Rätselblatt sorgsam zusammengefaltet wieder einzustecken, und verzog sich in das Nebengebäude.

Jani hatte keine Ahnung, wie er es nun anstellen würde, Emmi herzuholen. Wahrscheinlich war da drin ein Telefon. Oder eine Buschtrommel. Es war ihm auch egal. Wenn er noch eine Sekunde länger aufrecht stünde, würde er umkippen. Er sank auf die Bank und es hätte nicht viel gefehlt und er hätte sich übergeben. Sein Hals tat immer noch scheiß weh und ihm war speiübel. *Der Heldenjob ist nichts für mich. Das ist mal klar.*

Er trank noch etwas Wasser und aß ein wenig von dem, das nach gekochtem Gemüse aussah und sich leicht schlucken ließ.

*Neo.* Was war das nun wieder für ein Zufall, dass der Leetspeaker so hieß wie die Hauptperson aus *Matrix*, die wiederum von *seinem* Namensvorbild gespielt wurde, dem Schauspieler *Keanu Reeves*. War es ein Zufall oder hatte es etwas zu bedeuten? Ebenso irritierend war das Wort, das er Hicks hatte übersetzen lassen. Warum kam es so häufig vor? Was hatte es in einem Text verloren, der dem Franzosen nach einen ganz anderen Inhalt besitzen sollte? Ganz abgesehen von der völlig irrwitzigen Gegebenheit, dass die Amibros ein Stück Papier mit Text in *Leetspeak* seit Urzeiten (!!) in ihrem Besitz hatten und es gleich einer Bibel hüteten und verehrten. Welcher Zeitraum auch immer damit gemeint war, LEET war ein Teil der heutigen Netzkultur und lange nicht *so* alt.

*Apropos Amibros.* Da gab es ja noch ein zweites Rätsel, das er lösen wollte.

Jani zog das Moleskine aus der Hosentasche und klappte es an der Stelle auf, an der er die von Tember genannten Namen eingetragen hatte. Hicks hatte netterweise den Kugelschreiber liegen lassen, so brauchte er seinen Bleistift nicht weiter abnutzen. Er begann zu tüfteln.

## 64

Auf dem Platz vor der Tempeltreppe herrschte emsiges Treiben, ein Großteil der Leute war damit beschäftigt, alles wieder hineinzutragen, was nach draußen geschafft worden war.

An einer anderen Stelle verteilten Alwadarianer Waffen: Säbel und Peitschen, die man den Verhüllten abgenommen hatte, dazu kleinere Stich- und Hiebwaffen, die Emily noch nie gesehen hatte und von denen sie annahm, dass sie zwischenzeitlich aus dem Dorf der Alwis hergeschafft worden waren. Sie trat an den Stapel auf dem Boden und wühlte ein wenig darin herum, fand aber nichts, was ihr zusagte, die meisten waren eher für die kleinen alwadarianischen Froschhände geeignet und ein Säbel war ihr dann doch zu übertrieben.

In ihrem Blickfeld tauchte eine lederne Scheide auf, in der ein Dolch steckte.

»Sie haben ein paar unserer Waffen in Trayots Zimmer gefunden«, sagte Roc. »Der Rest ist unauffindbar. Wir teilen uns, was da ist.«

»Danke«, sagte sie kurzangebunden, nahm den Dolch entgegen und fragte: »Wo ist Vem?«

Roc deutete mit einer Kopfbewegung zur Hängebrücke und Emily ließ ihn einfach stehen. Sie hatte keine Lust, mit ihm zu reden. Während sie zur Brücke lief, nestelte sie den ledernen Halter an ihren Gürtel, so dass der Dolch an ihrer rechten Seite hing und die Peitsche an der linken. Und versuchte dabei das schlechte Gewissen zu verdrängen, das sich ihrer bemächtigen wollte. Sie ärgerte sich über das, was Roc in der Küche gesagt hatte, aber dann wiederum konnte sie auch den Ausdruck in seinem Gesicht nicht vergessen, als Delilah erzählte, dass Felecia tödlich verunglückt war. Warum hatte er gewollt, dass sie Delilahs Worte ebenfalls hörte? Brauchte er sie als Zeugin?

Aber hatte er nicht auch zugegeben, dass er sie als Köder für Hicks benutzt hatte? Er hatte nicht nur sie, sondern auch Jani in Gefahr gebracht, verdammt! Nein, sie musste kein schlechtes Gewissen haben, absolut nicht.

Vem redete mit Golda, die auf dem Brückengeländer neben einer Lampe saß, außerdem beteiligte sich ein kleiner Alwadarianer am Gespräch, den Emily bisher noch nicht gesehen hatte. Andererseits konnte sie die Gestreiften aber eh nicht auseinanderhalten. Erst als sie schon fast neben ihnen stand, kam ihr der Gedanke, dass sie vielleicht unerwünscht war in dieser Runde. Doch Vem trat augenblicklich zur Seite, stellte sie als ›Emiliane von der Erde‹ vor und machte sie mit dem Stammesoberhaupt der Alwadarianer bekannt, den sie Baako nannten, da niemand seinen richtigen Namen aussprechen konnte. Er hatte die Abholung der alwadarianischen Waffen begleitet und darauf bestanden, am Kampf gegen Hicks teilzunehmen.

Emily wurde nun in den Plan eingeweiht und begriff irgendwann, dass es sich hier um ein Gespräch zwischen den anführenden Vertretern der verschiedenen Gruppen handelte und sie offenbar gleichberechtigt dazu gehörte. *Die Botschafterin der Erdlinge.* Schade, dass Jani nicht hier war, er hätte seinen Spaß gehabt.

Die Möglichkeit, den Weg durch die Höhlen und Katakomben zu nehmen, war verworfen worden, auch wenn sie dort weitere Verbündete hätten sammeln können – zwei Waggons waren einfach zu wenig und sie würden auch viel zu langsam vorankommen. Ganz abgesehen davon, dass sie nicht wussten, ob die Wagen überhaupt zur Verfügung standen, die Centerflies hatten sie nach Nevedar fahren sehen, aber nicht zurückkehren.

Die schnellere, sicherere und auch flexiblere Alternative, die ihnen zusätzlich jederzeit eine Rückzugsmöglichkeit bot, war die des Fliegens – und zwar auf dem Rücken der Snopire. Zwar mussten sie dazu zuvor erst einmal zu Fuß in das Gebiet gelangen, in dem sie gehalten wurden, aber laut den Snopir-Piloten würden sie durch den anschließenden Flug diese Zeit wieder aufholen und die zusätzlichen Vorteile waren zu nützlich, als dass sie darauf verzichten wollten.

»Möchtet Ihr noch etwas dazu sagen, meine Liebe?«, wollte Vem wissen.

*Meine Liebe.* Sie ließ sich die Bezeichnung gedanklich auf der Zunge zergehen, aber sie wollte nicht wirklich süß schmecken. Sein Tonfall war viel zu höflich.

»Was ist mit den wachhabenden Piloten auf den Nadelfelsen?«, fragte sie.

»Sie wissen davon?«, fragte Baako und überraschte Emily damit, dass er keinen typischen Alwi-Dialekt sprach.

Sie nickte. »Ich durfte sie sogar in Aktion sehen. Mehr oder weniger haben sie mich und Hicks gerettet, als uns eine Horde wilder Snowpyre nach Hause gejagt hat.«

So neugierig sie sicherlich waren, niemand fragte sie, warum sie mit Hicks zusammen gewesen war, stattdessen erläuterte Baako, dass derzeit nur vier der Felsen mit Wachleuten besetzt waren und man sie auch dort belassen wollte, um unnötige Verzögerungen zu vermeiden.

»Findet unser Plan somit Eure Zustimmung?«, fragte Vem.

»Na klar«, nickte sie und bemühte sich, ihrer Rolle gerecht zu klingen. »Da wir nicht beamen können und auch keine Hubschrauber zur Verfügung haben, ist das sicherlich die beste Lösung.«

Vem schaute ein bisschen irritiert, lächelte aber, ohne nachzufragen. »Dann, denke ich, sind wir so weit. Brechen wir also auf!«

Sie stoben auseinander, um ihre Leute einzusammeln und Emily blieb etwas verloren an der Brücke zurück. Sie hatte niemanden zum Einsammeln.

*Beamen und Hubschrauber? Hätte dir noch was Blöderes einfallen können? Das liegt nur daran, dass Vem anders ist als sonst,* dachte sie. Irgendwie hatte sich die

Chemie zwischen ihnen verändert, aber sie hätte nicht sagen können, ob es an ihm oder ihr lag. Oder an ihrer plötzlichen Stellung als Führungspersönlichkeit. Sie war sich gar nicht sicher, ob sie die haben wollte. *Klar, weil er dich dann nicht mehr verhätschelt und umsorgt, wie es in Orbíma der Fall gewesen ist.* Sie war wohl kein Gast mehr in dieser Welt, sie gehörte jetzt dazu.

Der ganze Trupp kam nun auf sie zu und sie machte Platz, ließ sie erst einmal vorbei. Vem und Baako bildeten die Spitze, zusammen mit den Snopir-Piloten, die den Weg am besten kannten. Viele trugen Fackeln oder kupferfarbene Kugeln mit eingelassenen Kerzen, Emily fühlte sich angesichts der an ihr vorbei ziehenden Prozession wie bei einem Laternenumzug zum St. Martinstag.

Golda und ihre Kriegerinnen bildeten einen fliegenden Schwarm über ihnen, der eventuelle auf dem Weg liegende Gefahren frühzeitig erkennen würde, und da Federchen nicht mehr aufgetaucht war, befand sie sich wohl auch dort oben, unter den Fittichen ihrer Mutter. Emily hatte sich zu Delilah gesellen wollen, sie aber nicht entdecken können, und schloss sich deshalb erst fast am Ende an, wo sie schweigend mitlief, da sie niemanden kannte.

Nachdem sie die Hängebrücke überquert hatten, wandten sie sich in Richtung des heckenumzäunten Regenwalds, liefen aber an dem Emily noch wohlbekannten Eingang vorbei und betraten einen schmalen Pfad, der noch für eine Weile seitlich der Schlucht verlief, die Alwadar umgab, um schließlich in die dunkle Dschungelwelt einzutauchen, die sich dahinter auftat.

Der Pfad war so schmal, dass höchstens zwei Personen nebeneinander gehen konnten, was Emily an ihre Schulzeit erinnerte, an Zeltlager, Nachtwanderungen, und an Lehrer, die ihre Schüler in Zweierreihen aufstellten. Sie konnte kaum den Pfad erkennen, denn wenn es auch nicht stockdunkel war, sondern blauviolett, so warfen die Bäume doch Schatten, die das Sehen erschwerten.

Dann war plötzlich Roc neben ihr mit einer Fackel in der Hand und beleuchtete den Weg, Emily hätte nicht sagen können, wo er hergekommen war – hatte er auf sie gewartet oder sich schon die ganze Zeit hinter ihr befunden? Sie fragte sich, ob es sich dabei um eine Geste der Entschuldigung handelte. Mit Licht ließ es sich nun gut laufen und daher war sie dankbar für seine Anwesenheit, aber ebenso auch dafür, dass er einfach die Klappe hielt. Sie fürchtete nämlich, dass sie im Falle eines Gesprächs wieder dort anfangen würden, wo sie in der Küche aufgehört hatten – und das würde voraussichtlich dazu führen, dass sie ihm den Kopf abriss.

## 65

Hicks tauchte erst einmal nicht mehr auf, dafür ein Alwadarianer, der eilig an Jani vorbeirannte, ohne ihn eines Blickes zu würdigen. Wenig später öffnete sich die Tür des großen Blockhauses und ein Horde lärmender Kleinkinder schwärmte mit ihren amibroischen Betreuerinnen hinaus, von denen sich Tember und Sugar lösten und zu ihm kamen.

Tember setzte sich neben ihn und plapperte aufgeregt. »Hicks ist wirklich so wie du in einem Wagen hergekommen, zusammen mit einem Alwi, und den hat er nun alleine zurückgeschickt, um jemanden zu holen, bis dahin will er nicht gestört werden – was ist passiert, hast du das Geheimnis lösen können?«

Jani erzählte ihr haarklein, was vorgefallen war, erwähnte aber seine Zweifel bezüglich des Rätselinhalts nicht. Tember war begeistert, für sie stand außer Frage, dass nun alles gut werden würde.

Dann fiel ihr auch wieder ihre Begleiterin ein, die ruhig auf der anderen Seite des Tisches Platz genommen hatte, und die sie zwischenzeitlich völlig vergessen hatte. »Oh, verzeih, dies ist Schugaa, sie ist erst seit heute bei uns.«

Jani schaute zu Sugar und fragte: »Sie weiß nicht, wer du bist?«

Sugar lächelte. »Ich denke nicht.«

Tember schaute zwischen beiden hin und her. »Ihr kennt euch?«

»Ist es in Ordnung, wenn sie es weiß?«, fragte Jani und Sugar nickte zustimmend.

Er legte Tember beruhigend einen Arm um die Schultern und erklärte es ihr. Ihr Gesicht wechselte daraufhin erst einmal die Farbe, aber dann hatte sie sich auch schon gefasst, langte über den Tisch und legte kurz ihre Hand auf Sugars.

»Ich freue mich sehr, dich kennenzulernen«, sagte sie lächelnd.

»Wen hast du da übernommen?«, wollte Jani wissen. »Sie sieht gar nicht aus wie eine Amibro.«

Abgesehen von der Farbe der Haare und der Augen war auch die Kleidung untypisch, Sugar trug ein fließendes langärmeliges Kleid, ebenfalls in Weiß, so dass ihre gesamte Erscheinung etwas Gespenstisches hatte.

»Es ist niemand«, erwiderte Sugar. »Ich habe sie gemacht.«

Jani war verwirrt. »Wie meinst du das, du hast sie *gemacht*?«

»Du sagtest, du würdest mögen, wenn ich bleiben kann.«

*Stimmt,* dachte Jani. Er hatte sie gefragt, ob sie in irgendetwas wiederkommen könnte, das sie nicht zurückbringen musste.

Er nickte. »Schon, aber…«

»Das geht nur, wenn ich etwas neu mache. Und nicht etwas nehme, das schon ist.«

Jani verstand nur Bahnhof. »Also nicht jemanden *übernehmen*, meinst du, richtig? Aber *wie*…«

»Es war schwer. Ich hatte es vorher noch nicht … nicht so. Es ist gut geworden. Es sieht fast wie echt aus.« Sie strahlte ihn an. »Magst du es?«

Jani verstand noch weniger als Bahnhof. »Ja, du siehst … es sieht … hübsch aus. Aber ich verstehe immer noch nicht, wie du das meinst.«

»Ich auch nicht«, stimmte Tember an seiner Seite zu.

Beide blickten sie Sugar erwartungsvoll an, doch diese drehte gerade den Kopf zur Seite und legte ihn leicht schief, als würde sie auf etwas lauschen.

»Sagt es ihr nicht, sie würde nicht verstehen.«

»Sagt *was wem* nicht?«, fragte Jani, den es langsam nervte, dass er nichts mehr kapierte.

»Ihr«, erwiderte Sugar und deutete auf Wasee, die auf sie zu eilte.

»Etwas ist passiert«, stellte Tember fest, sprang auf und lief ihr entgegen.

Jani griff Sugar kurz am Arm. »Wir sprechen später darüber!«, raunte er ihr zu, und folgte dann Tember, das Sugar-Gespenst dicht hinter sich.

»Du musst kommen«, keuchte Wasee atemlos, als sie einander erreicht hatten, und zog Jani am Arm mit sich.

Sie liefen zur Scheune und soweit Jani aus Wasees wirren Bruchstücken schlau wurde, war irgendetwas mit dem Hund passiert, das mit dem Ei zu tun hatte. Während sie zur Scheune liefen, brachten sie Wasee auf den neuesten Stand der Dinge, was Hicks und das Rätsel anging. Sie flunkerten ihr vor, dass die neue Kollegin Schugaa eine enge Freundin von Tember war, und Jani nutzte seinen Geheimnisträger-Status schamlos aus, um Wasee zu überreden, sie mit in das Versteck zu nehmen.

Sobald sie im geheimen Zimmer angekommen waren, lief Jani sofort zum Bett, wo er das Ei zurückgelassen hatte. Spooky saß davor und schaute ihnen mit gespitzten Ohren entgegen, auf den ersten Blick war nichts Ungewöhnliches festzustellen.

Das Ei allerdings war aufgesprungen und leer, die blütenblätterähnlichen Gebilde, ebenso wie die goldfarbenen Ranken, waren in sich zusammengefallen und bildeten mit den Stücken der Eierschale einen Haufen leblosen, graubraunen Abfalls, der an totes Herbstlaub erinnerte.

Jani drehte sich zu Wasee. »Was war drin? Hast du es schlüpfen gesehen? Wo ist es hin?«

Wasee zeigte auf Spooky. »Da waren auf einmal Geräusche, ich wollte gerade gehen, ich war schon auf der Treppe. Er ist sofort hingelaufen und auf das Lager gesprungen, ich konnte gar nichts erkennen. Irgendetwas ist dann passiert und er hat Töne von sich gegeben, ganz ängstlich und es sah so aus, als bekäme er keine Luft mehr. Ich wusste nicht, was ich tun sollte, deshalb habe ich dich geholt.«

»Hm.« Jani ging vor dem Hund in die Hocke und streichelte seinen Kopf. »Er sieht ganz normal aus. Alles okay, Junge? Was hast du mit dem Ding gemacht? Du hast es ja wohl hoffentlich nicht gefressen?« Spooky reckte die Schnauze nach vorne, schlabberte ihm einmal quer übers Gesicht und weil dabei seine Hand von dem Kopf des Hundes nach hinten auf dessen Hals rutschte, spürte er plötzlich den Wulst. »Da ist etwas!«

Er ertastete etwas, das so sehr genau die Struktur und Farbe des Fells besaß, dass es nicht zu bemerken war, wenn man es nicht direkt berührte. Als Jani jedoch nahe heranrückte, um es genauer zu untersuchen, erschienen an einer Stelle zwei goldene Punkte und blickten ihn an – das Ding hatte die Augen geöffnet.

»Gibts ja nicht! Ob es beißt?« *Wenn, kann es nicht schlimm sein. Es ist so klein.* Und näherte sich mit den Fingern der Stelle, wo sich vielleicht der Kopf befand, so es denn einen hatte.

»Sei vorsichtig!« mahnte Tember. Die drei Mädchen standen hinter ihm und beobachteten gespannt sein Tun.

»He, kennst du mich noch? Zumindest meine Stimme solltest du schon mal gehört haben. Also ein Hundehalsband ist aus dir geworden, das ist ja ganz schön schräg. Komm, zeig dich mal, wir wollen dich bewundern. Beweg dich ein bisschen.« Sachte strich er über die Stelle oberhalb der Augen, die ein wenig blinzelten.

Dann ging alles blitzschnell: Zuerst wechselte das Ding die Farbe, braungoldene Muster erschienen und auf Spookys weißem Fell wurde das schlangengleiche Gebilde deutlich sichtbar, das sich um seinen Hals gewunden hatte. Im nächsten Moment löste es sich mit einem schnalzenden Laut, wirbelte herum und schlang sich *zawappzawapp* um Janis Handgelenk.

Der sprang mit einem Schreckenslaut auf die Füße und hielt den Arm von sich gestreckt, aber da nichts weiter passierte, zog er ihn schnell wieder heran und betrachtete zusammen mit den Mädchen seinen neuen Armreif.

Spooky, sichtlich erleichtert, war wieder auf allen Vieren und sprang schwanzwedelnd an allen hoch, als wollte er sein Begrüßungsritual nachholen, jetzt wo er von seiner ungewohnten Last befreit war.

So, wie sich das Ding um Janis Arm gelegt hatte, wirkte es zwar schlangenähnlich, aber es sah doch wiederum völlig anders aus als eine solche. Das winzige Köpfchen war rundlich und pelzig mit kleinen Ohren, was noch auf einen Snopir hätte deuten können, aber dann folgte ein Rücken aus aneinandergereihten bronzenen Plättchen, die wie Metall schimmerten und das Tier gepanzert erscheinen ließen, vor allem auch, weil der eigentliche Körper darunter zu liegen schien und die bräunliche Bauchseite ungeschützt weich und warm auf Janis Arm lag. Das Ende verjüngte sich nicht wie bei einer Schlange in einen spitzen Schwanz, sondern wurde zu einer ovalen Verdickung, von dünnhäutigem Aussehen und fast transparent, darunter befand sich eine grüngelbe Masse, die fluoriszierend leuchtete. Gänzlich unschlangenartig waren vor allem die langen zarten Libellenflügel, die seitlich des Körpers lagen und bei jedem Atemzug des Tieres vibrierten.

Jani erinnerte sich, dass Sugar bereits angedeutet hatte, dass es sich bei dem Schlüpfling nicht um einen Snopir handeln würde. Anscheinend wusste zumindest sie, was für eine Art Tier es war, aber er wollte sie nicht fragen, solange Wasee bei ihnen war – zum einen weil sie offenbar nicht wollte, dass diese etwas von ihrer wahren Identität wusste und zum anderen musste er weiterhin darauf bedacht sein, so zu tun, als kenne er sich mit diesen Eiern *total* aus.

»Alles wie es sein sollte«, sagte er locker und stülpte den Ärmel seines Hemdes über das Ding, in der Hoffnung, dass es das auch mit sich lassen machen würde. Tätschelte Spooky den Kopf und meinte zu Wasee: »Er hat sich nur erschreckt, hatte halt Pech, dass er als erster am Ei war, als es los ging. Wärst du in der Nähe gewesen, hätte es wahrscheinlich dich angesprungen. Das machen die immer so, wenn sie schlüpfen.«

Wasee hörte ihm ehrfürchtig zu, und als er sich noch für ihre Fürsorge bedankte und unterstellte, dass sie ja nun sicherlich hungrig sei, weil sie ja noch gar keine Zeit hatte, zu Mittag zu essen, sah sie sich kurzerhand zum Gehen genötigt, ohne es wirklich wahrzuhaben.

»Wir kommen dann auch gleich«, rief Jani ihr noch nach, als er schon dabei war, die Falltür hinter ihr zu schließen.

Kaum war sie weg, wandte er sich sofort an Sugar. »Also, dann lass mal hören – was ist das für ein Tier? Du weißt das doch, richtig?« Er linste unter seinen Hemdärmel, wo es unverändert lag, nur dass es die kleinen Augen geschlossen hatte und offensichtlich schlief. *Es ist ja auch noch ein Baby,* dachte Jani. Er spürte es kaum und konnte auch seine Hand ganz normal bewegen.

»Es ist ein *Karmjit*, von *Karm*«, sagte Sugar.

»Aha«, machte Jani. Wo war nun wieder Karm? »Karm ist nicht zufällig eine Gegend unter Wasser?«, fragte er. »Ungefähr da, wo der Tunnel vorbeiführt, zwischen dem Fogmon und dem Centerfly Strand?« Ihm war plötzlich die unheimliche Begegnung wieder eingefallen, die er und Tember im Tunnel gehabt hatten.

Sugar schien genau zu wissen, wovon er redete und schüttelte den Kopf. »Nein, du meinst *Natlantilus*, dort leben die *Nemor*. Karm ist woanders.«

Jani stand der Mund offen. Er wechselte einen fragenden Blick mit Tember, die jedoch nur ratlos die Schultern hob.

»Du scheinst dich ja wirklich gut auszukennen«, rutschte ihm aggressiver heraus, als er es beabsichtigt hatte. Ihn wurmte, dass sie ihm von allem nichts erzählte hatte, wenn sie es doch wusste. Es ließ ihn dumm dastehen, was ihm vor Tember peinlich war. »Wie kommt das? Hast du die auch alle *gemacht?*«

»Ich verstehe nicht«, sagte sie und klang ein wenig hilflos, was ihn reizte.

»Ach, auf einmal verstehst du nicht. Aber davor hast du meine Frage sofort verstanden«, sagte er schneidend. »Na, dieses Ding hier«, er hob den Arm mit dem Schlangenwesen, »hast du das *gemacht?* Und die *Nemos* auch?«

»Nemor«, verbesserte sie ihn.

»Meinetwegen«, schnappte er. Ihr defensiver Ton stachelte ihn zu etwas an, was er nicht mehr stoppen konnte. Er packte sie grob am Arm: »Nun rede schon«.

»Du darfst nicht fragen«, sagte sie leise.

»Ach, und wieso darf ich das nicht?«

Sie wand sich unter seinem Griff und er wusste, dass er ihr weh tat. »Weil ich dann lügen muss.«

»Tatsächlich?« Sein Ton war beißend und er starrte sie an, bis sie den Blick senkte und einfach nur so da hing, in seinem Griff, stumm.

Dann war es Tember, die ihm beschwichtigend ihre Hand auf den Arm legte. Wütend schüttelte er sie ab, ließ aber Sugar dabei los. Marschierte zum Tisch, setzte sich und goss sich etwas Wasser in einen Becher.

Hörte, wie Sugar »Ich brauche etwas frische Luft« sagte und die Schranktür nach draußen auf den Felsvorsprung öffnete. Er sah nicht hin. Tember setzte sich zu ihm an den Tisch. Er blickte sie nicht an, trank sein Wasser. Beruhigte sich langsam wieder und spürte, wie die Scham in ihm hoch kroch wie eine Spinne auf klebrigen Füßen. O Mann. Was zum Teufel hatte ihn nun wieder geritten?

»Mist«, murmelte er, stand auf und ging nach draußen.

»Sugar, es tut mir…« fing er an, aber sie war nicht da. Spooky war draußen und hob gerade sein Bein an seinem üblichen Felsen, aber sonst war da niemand. Er eilte wieder hinein.

»Wo ist sie hin?«, fragte er Tember.

Sie schaute überrascht. »Ich weiß nicht. Ist sie weg?«

Er ging nochmals hinaus, wagte sich sogar ein Stück auf den Pfad, den man lange sehen konnte, bevor er sich irgendwo in der Tiefe verlor, aber sie konnte unmöglich schon so weit gekommen sein. Er rief den Hund, kehrte zurück, und schloss die Tür.

»Lass uns nach unten gehen«, sagte er knapp. »Ich ersticke hier in diesem verdammten Loch.«

## 66

*SCHMERZ – wie – SO – fühle – JA – wenig Zeit – JA – weiter – JA – geh*

# 67

Natürlich war sie selbst es, die es nicht schaffte, die Klappe zu halten. Die Neugierde nagte einfach zu sehr an ihr. »Kann ich dich etwas Persönliches fragen?« platzte Emily schließlich heraus.

Roc wandte den Kopf und sie sah seinen fragenden Blick im Schein der Fackel.

»Hm, es geht aber um Felecia…«, *Vielleicht doch keine so gute Idee,* dachte sie. *Nachdem er gerade erst erfahren hat…* »Wenn du lieber nicht über sie…«

»Was willst du wissen?«, fragte er ruhig und blickte wieder geradeaus.

»Wie ist das passiert mit euch, damals? Ich meine, sie war doch mit Hicks verheiratet, als sie hier ankam, richtig?«

Er nickte. »Ja.«

»Aber sie war nicht glücklich mit ihm?« hakte Emily nach.

Er brauchte eine Weile für die nächste Antwort. »Ich glaube, sie war es«, sagte er schließlich zögerlich. »Zu Anfang.«

»Und später nicht mehr? Was ist geschehen?«

Wieder eine Weile Stille. Emily wusste, dass sie Geduld haben musste, aber es fiel ihr schwer. Dann blieb Roc stehen, nahm sie zur Seite und ließ die hinter ihnen Laufenden vorbei, bis sie beide das Schlusslicht bildeten. Sie gingen weiter und er erzählte jetzt.

Nachdem die Franzosen von den Amibros aufgenommen worden waren, freundeten Hicks und er sich an, verbrachten viel Zeit miteinander, oft zu dritt mit Felecia oder auch zu fünft, wenn Trayot und Stein sich hinzu gesellten. Fasziniert von »den Fremden aus einer anderen Welt« weihte Roc sie in immer mehr Geheimnisse der Amibros ein, und Hicks sprang mehr darauf an als Felecia lieb war.

Der Franzose war ein ehrgeiziger Mensch, der es in seiner Welt und seinem Beruf als Maler jedoch noch nicht weit gebracht hatte, und dass es ihn in diese Welt verschlagen hatte, machte ihn wütend. Er fühlte sich um seine Chancen gebracht, redete sich ein, er habe auf der Erde kurz vor dem Durchbruch gestanden, Ruhm und Reichtum wären greifbar nahe gewesen. Was aber laut Felecia nicht der Wahrheit entsprach. Als er dahinter kam, dass es irgendwo Gold geben sollte auf Palla und dann noch von dem Geheimnis in der Bibliothek erfuhr, vergrub er sich immer mehr in Forschungen und entfremdete sich von seiner Frau.

Felecia, plötzlich auf sich gestellt, verbrachte zunehmend Zeit mit Roc. Sehr lange war ihnen nicht klar, dass sie sich ineinander verliebt hatten, Felecia wollte es nicht wahrhaben und für Roc waren solche Gefühle völlig neu. Ebenso wie das, was sie eines Nachts mit ihm anstellte, als er in menschlicher Gestalt war. Er hörte daraufhin auf, sich mit anderen Darwos fortzupflanzen, wie es eigentlich natürlich war für die Amibros und auch zur Aufgabe eines Ratsmitglieds gehörte.

Wie Emily es verstand, hörte es sich nach gezielten Verbindungen an, in denen Liebe oder Monogamie keine Rolle spielten. Sie erinnerte sich an die Szenen am See, die sie beobachtet hatte, und auf Nachfragen erläuterte Roc, dass diese freien Verbindungen (immer nur unter denselben Arten und nur in *natürlicher* Form) nur dann erlaubt waren, wenn es nicht genügend Nachwuchs gab. Bei einer hohen Population durfte sich nur der Rat verbinden, und dann auch nur mit ausgesuchten Zugewiesenen. Wobei Tember diese Leistung aus Altersgründen noch nicht erbringen musste, ihr erster Partner jedoch schon feststünde – Mero. Er selbst habe erst ein Mal eine Zuteilung erfüllen müssen, dann sei Felecia *passiert*. Vem hingegen habe bereits viel für den Bestand getan. Was Emily nicht wirklich gern hörte.

»Und deine Beziehung zu Felecia wurde akzeptiert?«, fragte sie.

Roc lachte trocken. »Aber nein. Vielleicht wäre sie mit der Zeit akzeptiert worden, wenn ich mich nicht geweigert hätte, meine Aufgabe zu erfüllen. Aber das konnte ich nicht mehr, nachdem … nachdem mir Cia gezeigt hatte, wie *es* sein kann.«

Wie schon damals am Strand, als es ihn nicht kümmerte, dass sie nackt war, hatte er offensichtlich auch wenig Hemmungen, über intime Themen zu sprechen.

»Sie haben mir eine Frist gesetzt, die Ältesten. Verwehre ich danach weiterhin meine Pflichten als Mitglied des Rats, werde ich ausgetauscht.«

Sie verkniff sich die Bemerkung, dass er nun im Grunde weitermachen konnte, wo er vor der Begegnung mit Felecia gewesen war. Das war ihr dann doch zu taktlos. »Was war mit Hicks, damals?«, fragte sie stattdessen. »Sagte Delilah nicht, er hätte es toleriert?«

»Wir haben sehr lange gewartet, es ihm zu sagen. Wie wir auch sehr lange gewartet haben, es uns selbst einzugestehen. Er reagierte fast uninteressiert, er war mit seinen Forschungen beschäftigt. Es schien ihm nichts auszumachen, er wünschte uns Glück. Ich bin immer noch nicht sicher, ob diese Reaktion nicht sogar echt war, zu Anfang. Wie auch immer, er hat uns beide getäuscht.«

»Du wusstest aber nicht, dass sie ein Kind erwartete?«

»Nein. Vielleicht wusste sie es zu dem Zeitpunkt, als Bob sie mitnahm, selbst noch nicht. Oder sie wollte es mir nicht sagen. Das werde ich nun nie mehr erfahren.«

»Sie hätte es dir sicherlich gesagt. Frauen warten gerne, bis sie ganz sicher sein können, dass es kein Fehlalarm ist.«

»Hm.«

Für eine Weile gingen sie schweigend nebeneinander her. Emily wunderte sich ein wenig, dass Roc derart mitteilsam war. Mit so vielen Details hatte sie gar nicht gerechnet, als sie ihre Frage gestellt hatte. Vielleicht fiel es ihm so leichter, die neuesten Nachrichten zu verarbeiten?

Sie räusperte sich. »Ich wollte auch noch sagen – es tut mir sehr leid um deinen Verlust. Und meine Sprüche, als wir noch im Turmverlies waren, die tun mir auch leid. Ich hätte mich nicht so weit aus dem Fenster lehnen dürfen. Ich habe dir unnötig Hoffnung gemacht.«

»Aus dem Fenster lehnen?«, fragte er irritiert.

»Ist so eine Redensart bei uns. Etwas sagen oder beinahe schon versprechen, von dem man gar nicht weiß, ob man es halten kann.«

»Hm.«

»Danke, dass du mir so viel erzählt hast. Du warst sehr offen.«

Er warf ihr einen Seitenblick zu. »Es war ein Teil *meiner* Entschuldigung. Du sollst verstehen, warum ich getan habe, was ich getan habe. Es tut mir leid, dass ich dich und deinen Sohn in Gefahr gebracht habe.«

»Oh«, machte Emily, ehrlich überrascht. Er fühlte sich also schuldig. Deshalb die umfassende Erzählung. »Entschuldigung angenommen.«

»Ich danke dir.«

*Aber mach's bloß nicht noch mal.* Dachte sie, sagte es aber nicht. Gerne hätte sie ihn noch ein wenig über Vem ausgefragt, da gab es die eine Sache, die ihr immer noch im Kopf spukte. Aber sie fühlte, dass dafür jetzt nicht der rechte Moment war. Vem befand sich wohl noch immer an der Spitze des Trupps. Wo war der überhaupt?

Sie griff Roc abrupt am Arm und blieb stehen. »Wo sind die anderen?«, fragte sie.

Er hob die Fackel und schaute sich um. Sowohl hinter als auch vor ihnen gab es nur den Pfad und die Silhouetten der Bäume in blauvioletter Dunkelheit. Sie waren offenbar so in ihr Gespräch vertieft gewesen, dass sie nicht bemerkt hatten, wie weit sie zurückgefallen waren.

Roc zuckte die Schultern. »Sie müssen vor uns sein, wir werden sie schon einholen.«

»Beeilen wir uns ein wenig«, sagte Emily beunruhigt.

Sie schlugen eine schnellere Gangart an, soweit es der Lichtkreis, den die Fackel warf, zuließ. Um sie herum war es unnatürlich still. Alles was Emily hörte, war ihrer beider Schritte auf dem Pfad.

## 68

»Ich würde Hicks gerne aus dem Weg gehen, bis meine Mutter hier ist«, sagte Jani außer Atem zu Tember, nachdem er Spooky bis vor die Scheune getragen hatte. »Und allen anderen im Grunde auch«, seufzte er und dachte an Sugar. Sein schlechtes Gewissen machte ihm zu schaffen. Also verdrängte er die Gedanken an sie. »Gibts hier irgendeine Ecke, wo man seine Ruhe hat?«

Tember nickte. »Komm.«

Die Scheune befand sich bereits fast am Ende des Plateaus, Tember lief ihm voraus, bis es nicht mehr weiter ging – und dort gab es einen kleinen flachen Hügel, sozusagen ein Plateau auf dem Plateau. Unten hielt ein Gatter die Kinder ab, dahinter führten ein paar Stufen hinauf. Zu Janis Überraschung gab es hier keine Palisaden, aber er fand auch schnell heraus, warum – sie waren nicht nötig, es ging derart steil an allen Seiten hinab, dass man sich kaum an die Ränder wagen konnte, selbst der Hund schien es sofort verstanden zu haben, er blieb den Abgründen geflissentlich fern.

Der Boden war mit dichtem, weichem Gras bewachsen und sie setzten sich dort einfach hin. Jani checkte kurz den Zustand seines neuen Armschmucks und registrierte fasziniert, dass der Karmjit kaum noch zu sehen war, einem Chamäleon gleich hatte er sich nicht nur der Farbe seiner Haut angepasst, sondern imitierte sogar Adern, Poren und kleine Härchen.

»Schau dir das an«, sagte Jani und hielt Tember seinen Arm hin. Die brauchte einen Moment, um zu verstehen, was er meinte, denn sie sah das Tier auf den ersten Blick gar nicht. Dann lachte sie ungläubig.

»Wie an Spookys Hals«, bemerkte sie. »Wie macht es das bloß?«

Jani zuckte die Schultern. »Wüsste ich auch gerne.« Er zog den Ärmel seines Hemdes wieder über den Kleinen und sah sich dann erstmals richtig um.

»Es hat was von einem Landplatz hier«, meinte er und Tember nickte zustimmend.

»Es ist einer – für die Snopire. Wir mussten gestern Nacht noch einmal raus, weil eine Lieferung Eier kam. Wasee hat mich mitgenommen.«

»Noch bevor Hicks hier eintraf?«

»Ja, ich denke schon. Ich habe ihn erst beim Frühstück gesehen.«

War nicht Sugar gegen Morgen bei ihm gewesen, in Wasees Körper? Wahrscheinlich nach der Lieferung. »Und weißt du jetzt, wer sie bringt, die Eier?«

Sie schüttelte den Kopf. »Wer immer sie gebracht hat, war schon wieder weg. Hier stand einfach ein Korb und darin waren fünf Eier. Wasee wollte mir auch nicht zu viel verraten, nehme ich an. Aber sie hat *ja* gesagt, als ich sie fragte, ob die Lieferanten auf Snopiren herkommen. Oh, und etwas war noch seltsam, aber das wollte sie mir nicht erklären. Oder konnte es vielleicht auch nicht. Die Eier waren in Schnee gebettet.«

»In Schnee? Wo gibt es hier denn Schnee??«

»Soweit wir wissen, nur auf der Eisinsel.«

»Warte mal … Eisinsel … Als ich ganz zu Anfang in Orbíma die weißen Fledermäuse gesehen habe, hat Vem mir erklärt, dass es sich um Snopire handelt, die von der Eisinsel stammen. Aber er wollte mir nicht glauben, dass sie Reiter trugen.«

Tember erinnerte sich. Und brachte die Ereignisse in Verbindung. »Wenn du recht hattest damals und es waren *doch* Reiter auf den Snopiren, dann kamen sie vielleicht gar nicht von der Eisinsel, sondern–«

»Sondern von hier«, ergänzte Jani. »Oder zumindest könnte es sich um hier aufgezogene und trainierte Snopire gehandelt haben. Dann haben keine wilden Exemplare eure Stadt überflogen, sondern zahme, berittene. Und aus welchem Grund sie auch da waren, es lag wohl nicht an Nahrungsmangel, wie Vem vermutet hatte.«

»Aber bei den Angriffen«, wandte Tember ein, »als auch Yuna verletzt wurde, da waren die Snopire ohne Reiter.«

»Bist du dir sicher?«

Sie blickte nachdenklich. »Nein, bin ich nicht. Wenn ein Reiter sehr klein wäre…«

»Und Kleidung in der Farbe des Snopir tragen würde«, spann Jani den Faden weiter, »wäre er kaum erkennbar, vor allem wenn man gar nicht auf einen Reiter achtet, weil man mit keinem rechnet. Die Kinder hier reiten wohl kaum Snopire, oder?«

»Nein«, meinte Tember. »Aber so klein wie Kinder sind auch…«

»…die Alwis! Das wäre eine Möglichkeit.« Jani kaute auf der Unterlippe. »Dann muss Hicks dahinter stecken, die Alwis arbeiten doch für niemanden außer ihm?«

»Aber welchen Grund hätte er? Es sind Amibros ums Leben gekommen bei den Angriffen.«

»Ooch, da fallen mir gleich mehrere ein. Vielleicht hatte er es auf deinen Kollegen abgesehen, diesen Roc Dingsda Einerlei, der hat ihm doch die Frau ausgespannt oder? Dann das Rätsel, das Original ist doch immer noch in der Bibliothek, vielleicht wollte er es stehlen? Und generell ist der Mann so durchgeknallt, dass ich ihm alles zutraue. Wahrscheinlich ist die ganze Snopirezucht auch seine Idee gewesen. Ich kann ihn ja mal fragen, ich habe ja noch eine Verabredung mit ihm.« Jani seufzte. »Ich hoffe, Emmi ist bald hier.«

Tember berührte tröstend seine Hand. »Es geht ihr sicherlich gut.«

Ohne zu überlegen, nahm er ihre Hand in die seine und drückte sie dankbar. »Aber ich hätte darauf bestehen sollen, dass er *alle* herbringt. Auch deine Leute. Roc, Lir und Mero. Du machst dir doch sicherlich Sorgen um sie? Besonders … äh … um Mero?« Er schaute sie nicht an, als er das fragte, aber es war ihm wohl bewusst, dass sie ihre Hand in der seinen belassen hatte und auch keine Anstalten machte, sie wegzunehmen.

»Natürlich bin ich besorgt«, sagte Tember. »Und ich hoffe sehr, dass wir bald herausfinden, wo sie sind. Aber…«

Jetzt blickte er doch zu ihr.

Sie lächelte ihn verschmitzt an. »Aber ich mache mir um alle *gleichermaßen* Sorgen.«

*Wie peinlich! Ist es so offensichtlich?* Er wurde rot und wollte den Kopf wegdrehen, aber da legte Tember ihre andere Hand an seine Wange und hinderte ihn daran.

»Ich wollte dich schon lange um etwas bitten«, sagte sie und auf einmal war ihr Gesicht dem seinen sehr nahe.

»Um was?« Er brachte kaum einen Ton heraus.

»Der Kuss im Tunnel. Ich kann mich gar nicht daran erinnern«, sagte sie leise. »Aber ich würde gerne. Kannst du … würdest du noch mal…«

*Sie kann sich nicht erinnern, weil sie es gar nicht war, die mich geküsst hat,* dachte Jani. Aber das war ihm so was von egal. Er nahm ihr Gesicht in beide Hände, vertiefte sich in ihre orangenen Augen und sah zu, wie sie sich schlossen, als er ihre Lippen mit seinen berührte.

## 69

Endlich erreichten sie die Lichtung, auf der die Snopire untergebracht waren. Es war ein weitläufiges, gerodetes Gelände, eine riesige Koppel mit großen Verschlägen, eingefriedet von Urwald. Sie nannten es ›die Stallungen‹. Die Snopire, die sich hier aufhielten, vierzehn an der Zahl und je nach Alter von unterschiedlicher Größe, wurden durch lederne Riemen, die für sie kaum spürbar um die Flügel geschlungen waren, am Fliegen gehindert und damit an einer eventuellen Flucht. Sie bewegten sich zu Fuß fort, schienen aber daran gewöhnt.

Die Piloten machten sich sogleich daran, ihnen Geschirr anzulegen, während Vem sich mit einem von ihnen über den Transport beriet. Die großen Tiere konnten bis zu fünf Personen tragen, die kleineren bis zu drei. Bei alwadarianischer Last konnten diese Zahlen verdoppelt werden und die Centerflies, so sie gerne getragen werden wollten anstatt selbst zu fliegen, zählten als Gewicht gar nicht. Als sie ihre Berechnungen bis zu dem Ergebnis durchgeführt hatten, dass es möglich sein sollte, alle mit einem einzigen Flug nach Nevedar zu bringen, schickte Vem den Piloten zu seinem Tier und legte mit Golda den Belegungsplan fest.

Die Snopire erhielten Nummern gemäß der Reihenfolge, in der sie zurzeit gesattelt wurden, und sobald eine Gruppe zusammengestellt war, wurde eine Centerfly Kriegerin zu den dazugehörigen Personen geschickt, um sie in der Nähe des Snopirs zu versammeln.

Sie besprachen gerade die Belegung des vierten Tieres, als Die-mit-den-Federn-tanzt aufgeregt mit der Nachricht zu ihnen kam, dass sie Roc und Emily nicht finden konnte. Vem konnte es nicht glauben und überzeugte sich selbst.

Gar nicht mehr der besonnene, ruhige, elfenhafte Mann, bestimmte er hektisch und herrisch drei seiner Amibros, die die beiden suchen sollten, während er mit den Vorbereitungen fortfuhr. In seinem angespannten Gesicht mahlten die Muskeln unter aschfahler Haut.

Vem war stinksauer.

## 70

Das Problem war die Stelle, an der sich der Weg gabelte. Sie gerieten sich fast wieder in die Haare, aber Roc, dankbar für den Waffenstillstand, der endlich einmal zwischen ihnen herrschte, gab frühzeitig nach und so gingen sie nach links, wie Emily es wollte. Dummerweise kamen sie kurz darauf an eine Kreuzung, wo sich drei Möglichkeiten boten. Sie schlossen einen Kompromiss und liefen geradeaus weiter.

Wenigstens wurde es auf dieser Strecke etwas heller, was hilfreich war, denn die Fackel würde nicht mehr lange durchhalten. Auch weitete sich der Pfad und der Dschungel lichtete sich, man fühlte sich nicht mehr so beengt. Im Gegensatz zum Regenwald war die Fauna hier nicht tropisch, sondern ähnelte dem immergrünen Nebelwald auf der kanarischen Insel Gomera, wo Emily einmal einen Urlaub verbracht hatte. Zwischen den Bäumen flatterten violett schimmernde Schmetterlinge.

Als die ersten Sonnenstrahlen durch die Baumkronen auf den Pfad fielen, blickten sie beide begeistert zum Himmel, das dunkel Purpurne begann gerade, sich in hellem Blau zu verlieren.

Doch plötzlich begann Roc neben ihr zu fluchen und riss sie am Arm herum. »Schnell«, rief er. »Zurück!«

Doch es war schon zu spät. Sie geriet durch die heftige Bewegung ins Stolpern und während sie sich noch zu fangen suchte, ging Roc bereits in so feurigen Flammen auf, dass sie geblendet die Augen schloss. Als sie sie wieder öffnete, saß vor ihr ein schwarzer Wolf auf seinem Hinterteil, mit einem derart resignierten Ausdruck im Gesicht, dass sie schallend lachen musste.

Immer noch prustend setzte sie sich einfach vor ihn auf den Pfad. Eine Pause war ihr durchaus willkommen. »Und was nun?«

Der Wolf brummte missmutig und legte den Kopf auf die Pfoten.

»Dass du das vergessen konntest, ich fasse es nicht«, sagte Emily. Sie selbst hatte auch keine Sekunde daran gedacht, aber es war ja auch nie die Rede davon gewesen, dass sie Alwadars Immernachtsbereich verlassen und in einen Sonnenaufgang geraten könnten. Sonst hätten sich Roc, Vem und die anderen Amibros sicherlich darauf vorbereitet.

»Wenn keiner der Alwis etwas davon gesagt hat, dass wir auf unserem Weg von der Nacht in den Tag kommen, dann wissen sie entweder nichts von eurer Gestaltwandlersache, oder aber es sollte gar nicht hell werden – was bedeuten würde, dass wir gewaltig vom Weg abgekommen sind.« Sie seufzte. »Ich tippe mal auf letzteres. Ob sie schon bemerkt haben, dass wir fehlen?«

Der Wolf hatte die Augen geschlossen und gab gar nichts von sich.

»Hey, was soll das werden?«, fragte Emily entrüstet. »Du kannst doch jetzt hier nicht schlafen! Wir müssen zurück und sie suchen!«

Aus der Wolfskehle kam ablehnendes Grollen.

»Nein? Ach verdammt, wie sollen wir denn miteinander reden. Wenn wenigstens Federchen hier wäre, die könnte übersetzen, was du da von dir gibst. Kannst du nicht wenigstens den Kopf schütteln oder nicken? Dann kann ich dir entsprechende Fragen stellen und wir kommen vielleicht weiter.«

Der Schwarze gab einen fast menschlichen Seufzer von sich und richtete sich wieder auf, so dass er auf den Hinterläufen saß. Er blickte sie mit seinen gelben Wolfsaugen erwartungsvoll an.

»Ähhh…«, Emily überlegte, was sie wie fragen sollte. »Erst mal – verstehst du alles, was ich sage?«

Der Wolfskopf brachte ein eindeutiges Nicken zustande.

»Na, das ist doch schon mal was. Okay, du liegst hier rum, als hätten wir alle Zeit der Welt und machst keine Anstalten, aufzubrechen. Du willst nicht zurückgehen, ist das richtig?«

Nicken.

»Hm … nun den Grund dafür rausfinden. Es gibt einen anderen Weg und du willst dich nur ausruhen, dann gehen wir den?«

Der Kopf schwankte hin und her.

Emily zeigte mit dem Finger auf ihn und brach in Lachen aus. »Jetzt siehst du total aus wie die Alwis, wenn sie den Kopf schütteln.«

Roc brummte pikiert.

»Okay, okay, entschuldige. Ich lach ja schon gar nicht mehr. Das war also ein Nein. Kein anderer Weg, kein Ausruhen. Puh. Wir bleiben hier und warten, dass die anderen uns finden?«

Diesmal nickte er erst und schüttelte dann den Kopf.

»Maaaaannnn. Was soll das nun wieder heißen? Wir bleiben hier und warten, aber– »

Da nickte er schon wild.

»Ah, verstehe. Wir bleiben hier und warten. Aber nicht darauf, dass man uns findet?«

Nicken.

»Wir warten auf etwas anderes?«

Nicken.

»Ja aber auf was denn bloß?«

Roc hob den Kopf weit in den Nacken und ließ ein perfektes Wolfsheulen hören. Den Kopf behielt er anschließend in dieser Stellung. Emily folgte automatisch seinem Blick und starrte ebenfalls nach oben.

»Himmel«, murmelte sie. »Blauer Himmel. Schöner blauer Himmel?«

Roc knurrte. Heulte nochmals.

»Heulen … Himmel anheulen. Mond anheulen! Du willst warten, um den Mond anzuheulen – ahhh!« Sie schlug sich mit der Hand an die Stirn. »Warten, bis es wieder Nacht wird. Damit du dich zurückverwandelst!«

Der Wolf senkte den Kopf, reckte sich blitzartig vor und leckte ihr quer übers Gesicht.

»Ugghh«, Emily wich zurück. »Das ist ja noch schlimmer als bei Spooky. Sollte das ein Lob sein? Vielen Dank, aber das nächste Mal reicht es, wenn du einfach Pfötchen gibst.« Mit dem Ärmel ihrer Tunika wischte sie sich das Gesicht trocken. »Bäh. Also gut, fassen wir noch mal zusammen. Wir warten hier, bis es Nacht wird. Du verwandelst dich und dann gehen wir zurück?«

Nicken.

Emily malte mit den Fingern Kreise in den weichen Waldboden und dachte nach. »Aber warum kannst du nicht einfach in deiner Wolfsgestalt zurück? Das stört doch niemanden. Wenn jemand sich fürchtet, erkläre ich es. Hm, warte. Dann wären wir ja wieder in Alwadar und du könntest dich gar nicht mehr verwandeln. Was vielleicht nicht so praktisch wäre für das, was wir vorhaben. Außerdem wollen wir ja auf Snopiren fliegen und da könnte die Wolfsgestalt auch hinderlich sein. Liege ich da richtig?«

Sie blickte auf und musste schon wieder lachen.

Der Wolf saß mit treudoofem Blick hechelnd da, was ihn aussehen ließ, als würde er grinsen. Und er hielt ihr seine Pfote hin.

# 71

Sie hörten gar nicht mehr auf, sich zu küssen, und Jani fühlte immer mehr Hemmungen von sich abfallen. Ganz weit entfernt in seinem Innern fragte eine warnende Stimme, wo das hinführen sollte, und die Antwort darauf wurde ihm immer klarer. Doch dann hörten sie plötzlich Wasee rufen und ließen widerwillig voneinander ab, um sich hektisch wieder einigermaßen in Ordnung zu bringen. Zwischendrin blickten sie sich aus erhitzten Gesichtern atemlos an, Jani grinste breit, Tember verfiel in hysterisches Kichern.

Wasee war zum Glück zu aufgeregt, überhaupt irgendetwas zu bemerken. »Ein Wagen ist angekommen, mit … mit Leuten wie wir«, sie deutete auf Tember, »und Leuten wie dir«, diesmal war Jani dran, »und mit sprechenden kleinen Tieren … wie Spektraler mit Flügeln…«

»Centerflies!?«, ergänzte Jani. »Seit wann sind sie da? Wo sind sie jetzt? Kommt, kommt, beeilt euch!« *Endlich. Emmi ist da.*

Aus dem Schlafgebäude, das nahe der Stelle lag, wo der Pfad von den Gleisen heraufführte, quollen Scharen kleiner Kinder, die ihren Nachmittagsschlaf hinter sich gebracht hatten. Sie wurden von ihren Betreuerinnen sortiert und in Gruppen verschiedenen Beschäftigungen zugeführt. Wasee hatte dabei geholfen und so die Ankunft des Waggons beobachten können. Während sie sich losrief, um Jani und Tember zu suchen, war Hicks benachrichtigt worden, und als sie jetzt die Stelle erreichten, war er bereits vor Ort, in ein Gespräch mit Henri Trayot und Scottie Stein vertieft.

Mero und Lir standen etwas abseits, einen Alwi an ihrer Seite, der einen Käfig in Händen hielt. Tember eilte sofort zu ihnen und Jani folgte, um sie zu begrüßen. Die Jungs sahen übel aus, verdreckt und müde. Von Emmi war nichts zu sehen und als Jani die beiden Amibros fragte, stellte sich heraus, dass sie gar nicht bei ihnen gewesen war. Seine Enttäuschung war groß.

In dem Käfig, den der Alwi trug, saßen die beiden Centerflies Fisch und Wind. Er hatte sie zum letzten Mal in Alwadar gesehen, in Begleitung von Roc.

Jani setzte gerade an, die vier nach ihren Erlebnissen zu fragen, kam aber nicht mehr dazu, weil Hicks plötzlich neben ihn trat. »Warum ist meine Mutter nicht dabei?«, fragte er ihn sofort.

»Weil sie hiermit gar nichts zu tun hat«, erwiderte Hicks unwirsch, er schien übelst schlecht gelaunt. Dann ignorierte er Jani und gab dem Alwadarianer Anweisungen, wo er Mero, Lir und den Käfig hinzubringen habe.

»Aber—«, wollte Jani protestieren, doch Hicks packte ihn hart am Oberarm und zischte nur: »Schnauze halten.«

Jani war so überrascht von dem harschen Ton, dass er sich fügte. Er schaute wortlos zu, wie sich Trayot und Stein der Gruppe anschlossen, die von dem Alwi Richtung Blockhaus geführt wurde.

Dann fing er sich wieder und schüttelte Hicks' Hand ab. »Was soll das?«, sagte er wütend. »Warum dürfen wir nicht mit ihnen reden?«

»Dürft ihr«, sagte Hicks mit grimmigem Lächeln. »Aber erst wenn deine Mutter hier ist und du deine Aufgabe erledigt hast.«

»Aber–«

Hicks packte ihn erneut. »Geh mir nicht auf den Wecker, Bürschchen, sonst überlege ich es mir noch anders. Willst du das?«

Jani schüttelte den Kopf.

Hicks klopfte ihm auf die Schulter und lächelte ihn freundlich an. Es war erschreckend, wie perfekt er sich darauf verstand, seine Stimmung zu wechseln oder es zumindest vorzugaukeln. »Guter Junge. Wir sehen uns dann später. Ich hoffe in deinem Interesse, dass es nicht mehr lange dauert.«

Er marschierte von dannen und Jani rieb sich den schmerzenden Arm. »Arschloch«, fauchte er dem Franzosen hinterher und warf schnell einen Blick unter seinen Hemdsärmel. Zum Glück hatte Hicks ihn am Oberarm gegriffen. Der Karmjit schaute ihn aus seinen winzigen Goldaugen aufmerksam an, schien aber ansonsten unbeeindruckt.

Auf ihrer Höhe lag in der Mitte der Anlage ein Spielplatz, Wasee hütete dort eine Schar quirliger Kinder und blickte immer wieder zu ihnen herüber. Ein paar Holzbänke standen um den Platz verteilt.

»Lass uns dahin«, sagte Jani. »Ich würde die Stelle hier gerne im Auge behalten.«

Als sie sich auf eine Bank gesetzt hatten, kam Wasee sogleich zu ihnen und ließ sich erklären, wer die Ankömmlinge waren.

»Sie sahen sehr erschöpft aus«, bemerkte sie, »wo sind sie hergekommen?«

»Keine Ahnung«, erwiderte Jani. »Sie sind zum gleichen Zeitpunkt aus dem Tempel in Alwadar verschwunden wie Tem, aber nicht mit ihr hier angekommen. Fragen konnten wir sie auch nicht, Meister Hicks hat es zu verhindern gewusst.« Den Namen des Franzosen spuckte er regelrecht aus. »Ich frage mich, warum die Centerflies bei ihnen waren, die hatte doch Roc bei sich? Wenn wir nur mit ihnen reden könnten… Können wir herausfinden, wo sie hingebracht wurden?« Er richtete die Frage an Wasee.

Die überlegte. »Ich könnte es vielleicht herausbekommen. Wenn ihr so lange auf die Kinder aufpassen würdet?«

Jani nickte. »Klar, machen wir. Versuch es.«

Wasee nahm zwei Kinder an die Hand, schärfte den anderen ein, auf Jani und Tember zu hören und sich brav zu verhalten, und schlenderte in Richtung Blockhaus davon, wobei sie mit den Kindern scherzte und lachte, um keinen verdächtigen Eindruck zu erwecken.

Kaum war sie außer Sichtweise, nahm Jani Tembers Hand und sie lächelten einander an. Für eine Weile saßen sie so da, zufrieden mit sich und der Welt, und schauten den Kindern beim Spielen zu. Irgendwann löste sich ein drolliges Kerlchen und kam zu ihnen gestiefelt.

»Warum haltet ihr euch fest?«, fragte der Kleine mit piepsigem Stimmchen. Er war weder Amibro noch Alwi, seine speckigen Beinchen waren im Körperverhältnis zu kurz, die Hände zu groß und die Nase zu krumm.

»Weil wir uns gern haben«, antwortete Jani ernsthaft, worauf der Kleine sich umsah und auf ein rothaariges Amibro Mädchen deutete. »Zhtukh hat Ary gern!«

Dann flitzte er los und versuchte, ihre Hand zu greifen, worauf die Kleine kreischend und lachend flüchtete, bis sich beide von einer Vogelmutter ablenken ließen, die am Spielplatz mit ihren Küken vorbeigewatschelt kam.

Das Tier ähnelte einer Ente, besaß aber zwei Schwanenhälse, die um einander geschlungen zu einem einzigen Kopf führten, der wiederum nach Storch aussah. Außerdem war sie von Kopf bis Fuß mit hellblauen Punkten übersät, während ihre Küken entweder schneeweiß oder babyblau waren.

Jani betrachtete sie einigermaßen irritiert und warf einen schnellen Blick zu Spooky, um ihn nötigenfalls zurückzuhalten, falls der den Whippets eigene Jagdtrieb durchbrechen sollte. Aber der Hund lag gelangweilt auf der Seite und hatte die Augen geschlossen.

Also beobachtete Jani erneut den kleinen Jungen. »Wo stammt er her?«, fragte er Tember neugierig. »Das ist doch kein Alwi?«

»Nein«, erwiderte sie, »er ist ein Hutzlifutz. Sein Volk ist in der Schwarzöde zuhause.«

»WIE heißen die? Das ist nicht dein Ernst oder?« Jani brach in Lachen aus.

Tember verstand nichts. »Warum? Ist das ein ungewöhnlicher Name?«

»Allerdings«, lachte er immer noch. »Hutzlifutz! O Mann. Wenn Emmi das hört.« Er wischte sich Tränen aus den Augen. »Ary«, wiederholte er dann den Namen des kleinen Mädchens. »*Sie* ist aber schon eine Amibro, richtig?«

»Ja«, bestätigte Tember.

»Du kennst nicht zufällig ihren vollständigen Namen?«

»Sie heißt Neunundvierzig.«

»Nicht die Nummer, ich meine den echten Namen.«

»Nein, aber ich kann sie fragen. Soll ich?«

»Wenn sie ihn schon weiß? Sie kommt mir ein bisschen zu klein dafür vor?«

»Sie weiß ihn, das können sie schon sehr früh«, sagte Tember und ging zu der Kleinen.

»Ary'N Darwo«, brachte sie dann mit.

»Und das N steht für…?« Er zog sein Moleskine aus der Hosentasche, notierte den Namen und schrieb noch weiter.

Tember lugte ihm über die Schulter. »Was willst du nur mit all diesen Namen? Du hast mich doch kürzlich erst gefragt.«

Jani klappte das Notizbuch zu. »Ich habe da so eine Theorie…«

»Du willst mir nicht davon erzählen?«, fragte sie, mit Blick auf das zugeklappte Büchlein in seiner Hand.

»Schon«, widersprach er. »Aber ich wäre mir gerne sicherer. Vielleicht ist es ja auch ein totales Hirngespinst und ich mache mich voll lächerlich vor dir.«

»Das heißt, du hast Angst, dass ich über dich lache?«

»Jap.«

»Aber das ist doch nicht schlimm. Ich lache gerne mit dir.«

»Äh ja, aber *mit* mir lachen ist etwas anderes als *über mich* lachen, wenn ich einen bescheuerten Fehler mache.«

»Das macht mir nichts aus. Ich mache gerne Fehler, denn dann lerne ich etwas. Wenn ich darüber lachen kann, ist es noch besser. Dann war es ein guter Fehler.«

»Ein guter Fehler, so, so«, Jani schmunzelte und drückte spontan einen Kuss auf ihre Hand, die er immer noch hielt. *Ist sie nicht süß...* »Dann werde ich mich mal anstrengen, nur gute Fehler zu machen.«

»Erzählst du es mir jetzt?«

»Ähm ... vielleicht!« Er grinste frech und schon musste sie lachen. »Ich muss dich erst noch etwas fragen. Dieses Buch, aus dem ihr die Namen für die Kinder nehmt, beschreib es mir doch bitte noch mal – wie sehen die Seiten aus und die Schrift darauf?«

»Das weiß ich nicht, ich darf es ja nicht berühren und habe es nur von außen gesehen.«

»Ach Mist, stimmt ja. Okay, dann von außen, wie groß ist es, welche Farbe hat es?«

»Es ist nicht sehr groß«, was Tember mit den Händen angab, entsprach in etwa einem DIN A5 Umfang, »aber sehr dick. Der Einband ist schwarz, glänzend. Die Schrift ist golden und die Verzierungen blaugrün und rotgolden.«

»Warte«, unterbrach Jani sie. »Was steht auf dem Einband?«

»*Len Goria*. Aber dies sind nur Bruchstücke, der Rest ist nicht mehr lesbar.«

»Hm, das sagt mir nichts. Sonst noch irgendetwas Ungewöhnliches, das dir vielleicht aufgefallen ist?«

Tember nickte. »Ja, die Art, wie man es öffnet. Die ist nicht wie bei anderen Büchern, die man seitlich aufblättert. Dies hier wird von unten nach oben aufgeklappt.«

»Und es stehen nur Namen in dem Buch?«

Tember druckste ein wenig herum. »Vem hat mir und Roc erzählt, dass dort auch Zahlen sind, aber wir wissen nicht, was sie bedeuten.«

»Und was macht ihr mit diesen Zahlen? Werden sie dem Namen irgendwie beigefügt?«

»Nein, wir beachten sie einfach nicht. Du darfst nicht darüber sprechen! Vem hätte uns das gar nicht sagen dürfen.«

»Okay«, nickte Jani. »Keine Sorge, ich behalte es für mich.«

»Hilft es dir weiter?«

Jani seufzte. »Nein, ich glaube nicht. Aber ich zeig dir mal, was ich bisher habe.«

Er öffnete das Moleskine und wollte gerade anfangen, als Tember ihre Hand darauf legte.

»Wasee kommt.«

Also klappte er es wieder zu und steckte es zurück in seine Tasche.

Wasee hatte herausfinden können, dass Mero, Lir und die Centerflies in einem weiteren Nebengebäude des Blockhauses untergebracht waren, aber davor lag das, in dem sich Hicks aufhielt, so dass er es ständig im Blick hatte. Außerdem trieben sich Verhüllte dort herum, die wohl aufpassen sollten.

»Was befindet sich hinter dem Gebäude?«, wollte Jani wissen.

Wasee überlegte. »Büsche, Bäume. Dann der Zaun.«

»Könnte man die nicht als Deckung nutzen und sich anschleichen? Und dann durchs Fenster mit ihnen sprechen?«

»Die Bäume stehen nicht sehr dicht. Und ich glaube, es gibt an der Rückseite gar keine Fenster.«

»Mist aber auch«, ärgerte sich Jani. »Jetzt bräuchten wir Federchen.«

Während Tember Wasee erklärte, wer Federchen war, grübelte Jani über ihr Schicksal. Er hatte sie nicht wieder gesehen, seit sie sich aufgemacht hatte, um Vem zu Hilfe zu holen.

Wie es ihr seitdem wohl ergangen war? Wann war das noch gewesen? Es schien ihm Wochen her zu sein, dürfte sich aber nur um ein paar Tage handeln. Wo blieb nur Emmi? Langsam machte ihn diese Warterei wahnsinnig.

»Was glaubt ihr eigentlich, was ihr hier tut?«, ertönte eine strenge Stimme hinter ihnen, die sie alle drei erschrocken herumfahren ließ.

Guu stand dort mit missbilligendem Gesichtsausdruck, die Hände in die Hüften gestemmt, neben sich eine schüchtern dreinschauende Amibro. »Seit wann bist du Betreuerin der Spielstunde?« herrschte sie Wasee an, »und wer hat dir erlaubt, den ganzen Tag zu faulenzen?« bekam auch Tember ihr Teil ab. »Auf der Stelle kümmert ihr euch um das Gelege, ich habe die Brut schon schreien hören vor Hunger!« Sie klatschte in die Hände. »Los, los, sputet euch.«

Wasee und Tember erhoben keinen Widerspruch und stoben davon. Guu wandte sich an ihre Begleiterin. »Du übernimmst die Gruppe. Halte sie von diesem Fremden fern und wage es nicht, mit ihm zu sprechen. Nein, warte – wir machen das anders. Bring die Kinder weg von hier, auf den anderen Spielplatz.«

Ohne Jani auch nur eines Blickes zu würdigen, ging sie hocherhobenen Kopfes von dannen, während die Amibro die Kinder um sich scharte und wegführte.

Jani schaute ihnen verdutzt nach. Lediglich der Hund war noch bei ihm, ansonsten war er mit einem Schlag völlig allein. »Mannomann«, murmelte er, »die spinnen, die Amibros.« Dann streckte er sich auf der Bank aus, legte den Karmjit-freien Arm hinter seinen Kopf und schloss die Augen. »Spooky, weck mich, wenn irgendwas passiert.«

## 72

Die Besetzung der Snopire war geklärt, die Gruppen standen um ihr jeweiliges Reittier, aufbruchbereit. Vem lief am Rande des Geländes auf und ab und diskutierte heftig mit Baako und Golda. Die ausgesandten Amibros waren ohne Ergebnis zurückgekehrt – keine Spur von Roc und Emiliane.

»Wenn wir noch lange warten, wird der Kampfeswille der Männer weichen«, sagte Baako gerade. Und fügte mit einem Seitenblick auf die Königin der Centerflies hinzu: »Ebenso bei den Frauen.«

»Er hat recht«, stimmte ihm Golda zu. »Vem, Ihr müsst eine Entscheidung treffen. Entweder wir machen uns auf den Weg oder–«

Vem hob die Hand. »Schon gut. Wir können nicht umkehren. Die Gelegenheit wird sich kein zweites Mal bieten. Nicht in dieser Konstellation von Anzahl und Wille. Ich bitte Euch jedoch je um einen Gefallen: Baako – gestattet mir einen Piloten und sein Tier. Hoheit – Euch bitte ich um zwei Eurer Kriegerinnen. Ich möchte weiter nach den Gesuchten Ausschau halten lassen, aber auch jemanden hier positionieren, falls sie herfinden. Die Kriegerinnen sollen einander die Nachricht überbringen, welche zuerst eintrifft. Wenn sie Erfolg haben, soll der Pilot sie alle nach Nevedar bringen. Die Besetzung des Snopirs verteilen wir auf die übrigen.«

Golda nickte. »Ich bin einverstanden.«

»So sei es«, stimmte auch Baako zu.

Der Einfachheit halber wollte er einen Piloten mit kleinerem Snopir für die Suche abziehen, doch als er den Grund für die Änderung mitteilte, meldete sich ein anderer Pilot und schlug vor, dass er und sein Tier diese Aufgabe übernehmen sollten. Denn wie sich herausstellte, hatte der Snopir die Menschenfrau schon einmal transportiert und auch gemocht, so dass man seinen ausgeprägten Geruchssinn zusätzlich für die Suche nutzen konnte.

Das Oberhaupt der Alwadarianer befürwortete den Vorschlag, auch wenn dies bedeutete, dass mehr Passagiere als geplant verteilt werden mussten, denn Salvador war eines der größten Exemplare unter den Snopiren.

Die Königin der Centerflies wählte aus ähnlichen Gründen ihre Tochter als diejenige, die sich mit dem Piloten auf die Suche machen sollte, und stellte eine weitere namens Schnell-wie-ein-Pfeil für die Aufgabe ab, mit einem von Vems Amibros am Standort zu bleiben.

Salvador und sein Pilot, mit Federchen auf der Schulter, machten sich sofort auf den Weg. Auf dem Platz herrschte nun hektische Betriebsamkeit, als die Gruppen aufsaßen, während die Piloten versuchten, ihnen sowohl beim Sichern der Gurte zu helfen als auch die Snopire zu beruhigen, die von der elektrisierten Stimmung angesteckt wurden.

Vem lief hierhin und dorthin, half, wo er konnte, verteilte letzte Instruktionen und bestieg schließlich als letzter den Rücken des Snopirs, der auch Baako und Golda trug.

Dann gab er das Zeichen zum Aufbruch und ein Schwarm von dreizehn schwer beladenen weißen Fledermäusen erhob sich mit angestrengtem Flappen mächtiger Schwingen in die Luft.

# 73

War er doch tatsächlich eingenickt! Aber er konnte sich keinen besseren Grund und keine schönere Art aufzuwachen vorstellen als diese: Tems weicher Mund auf dem seinen. Sein Körper reagierte sofort. Er hielt die Augen geschlossen, als er den sinnlichen Kuss erwiderte und seinen Arm um sie legte. *Wie schön, dass sie schon zurück ist.* Ihr weiches Haar lag kühl und glatt unter seiner Hand, und dann wurde ihm bewusst, dass sich auch ihre Lippen ungewöhnlich kühl anfühlten. Er schlug die Augen auf und blickte in zwei Diamanten, in denen Regenbogenfarben glitzerten.

Brüsk schob er Sugar von sich und richtete sich auf. »Du!«

»War das—«, begann sie, aber er unterbrach sie gleich.

»Ja, ja, war echt toll. Alles richtig gemacht.« Er setzte sich verlegen auf der Bank zurecht, so dass sein Hemd eine verräterische Wölbung verdeckte und zerbrach sich den Kopf, mit welchen Tricks man so etwas wieder in den Normalzustand versetzen konnte. Dabei spähte er umher, um sicherzugehen, dass niemand, vor allem nicht Tem, beobachtet hatte, was hier gerade geschehen war.

Er blickte vorsichtig zu Sugar, die mit gesenktem Kopf neben ihm saß, die Hände zwischen die Knie gesteckt. Auf keinen Fall wollte er wieder das Arschloch raushängen lassen, das er bei ihrem letzten Zusammensein gewesen war.

»Was ist los?«, fragte er und bemühte sich, besonders freundlich zu klingen.

»Du fühlst *Ärger. Zorn. Wut. Sauer sein. Böse. Stinkig*? Für mich?«

»Was?« Dann lachte er laut. »Das hast du dir alles gemerkt? Respekt.«

Sie schaute ihn mit einem Ausdruck an, der zugleich ängstlich als auch hilflos wirkte, und kam ihm so unfassbar schön vor, dass ihm der Atem stockte. Binnen Sekunden konzentrierte sich sein Universum auf ein Paar silberner Lippen und nur mit extremster Willenskraft konnte er den Blick abwenden. Etwas in ihm war kurz davor, sie in seine Arme zu reißen und Dinge mit ihr zu tun, von denen er noch nicht einmal gehört hatte.

»Herrgott nochmal«, fluchte er und stand ruckartig auf. Kam sich dann dämlich vor und ging zu Spooky, der die überraschenden Streicheleinheiten mit freudigem Schwanzwedeln begrüßte. Da sich mit diesem Abstand zu Sugar auch sein Gemütszustand etwas beruhigte, setzte er sich auf die nächstgelegene Bank und sprach von dort aus mit ihr. »Nein, ich bin nicht sauer auf dich. Ich weiß auch nicht, was mit mir los war, beim letzten Mal. Es tut mir leid.«

»Warum hat dein Herz so schnell geschlagen?«

Hieß das jetzt, dass seine Entschuldigung angenommen war? Oder nicht? Jani brauchte einen Moment, um zu verstehen. »Oh. Das. Tja, das kommt vom ... ähm ... Küssen, würde ich mal sagen. So 'ne Art Nebenwirkung.« *Zu Risiken und Nebenwirkungen lesen Sie die Packungsbeilage und fragen Sie Ihren Arzt oder Apotheker.* Sieh an, sein Reklame geschädigtes Gedächtnis funktionierte noch.

»Ist es ein Zeichen für Liebe?«, fragte Sugar.

*Wenn es das ist, mutiere ich wohl gerade zum Scheich mit Harem*, dachte Jani. »Ja und Nein«, erwiderte er. »Es kann eines sein. Oder eines für Verliebtheit. Und manchmal hat es weder mit dem einen noch dem anderen zu tun.«

Sugar schien darüber nachzudenken. »Was ist der Unterschied zwischen Liebe und Verliebtheit?«

Jani zuckte die Schultern. »Du kannst Fragen stellen! Das ist nicht so leicht zu beantworten. Es gibt verschiedene Arten von Liebe. Seine Familie liebt man meistens, das ist mehr so angeboren (hier warf er einmal mehr einen Blick hinüber zu der Stelle, wo Emmi hoffentlich bald auftauchte). Man kann aber auch ein Haustier lieben. Und seine Freunde liebt man auch irgendwie. So zwischen Mann und Frau ist es etwas ganz anderes.« Er druckste herum, versuchte, geeignete Worte zu finden. »Da beginnt es damit, dass sich beide ineinander verlieben, na ja, bestenfalls. Manchmal auch nur einer in den anderen. Das ist dann weniger schön, weil die Liebe nicht erwidert wird und nur weh tut. Aber gehen wir mal von ›bestenfalls‹ aus. Da ist die Verliebtheit dann so etwas wie das erste Stadium, aus dem später Liebe werden kann, wenn die beiden lange zusammenbleiben. Und da ist auch viel Herzklopfen mit im Spiel, besonders am Anfang der Beziehung. Manchmal reicht es schon aus, den anderen zu sehen, oder auch nur seine Stimme zu hören.« Er kratzte sich am Kinn. »Also ich bin jetzt nicht *der* Fachmann auf diesem Gebiet, aber so in etwa läufts. Verstehst du das einigermaßen?« *Ich bin alles andere als ein Fachmann*, dachte er. *Meinen ersten Kuss gabs hier auf Palla.*

»Wenn es *kein* Zeichen ist, wie weiß man es dann?«

Jani konnte ihr kaum folgen. »Bist du jetzt wieder beim Herzschlag? Also, *wenn* man es ist, dann gehört Herzklopfen definitiv dazu. Was noch?« Er überlegte. »Da gabs mal ein Mädchen, die erste, in die ich verliebt war. Sie war älter als ich und sie spielte Schlagzeug in einer Band, *Electric Ants* hießen die. Im Stil war sie ein bisschen wie Meg von den *White Stripes*, kennst du nicht, schon klar, ist jetzt auch nicht so wichtig. Jedenfalls habe ich ein Konzert von denen gesehen und von da an konnte ich nur noch an sie denken. Ich hatte keinen Appetit mehr und wenn ich allein war und an sie dachte, wollte ich gleichzeitig sterben und sie heiraten. Für mich war sie das schönste Mädchen auf der Welt.«

Er starrte in die Ferne. »Na ja, M hat natürlich mitbekommen, was mit mir los war, und nicht nur rausbekommen, in wen ich verliebt war, sondern auch, dass das Mädel andersrum war. Sie hat es mir gesteckt. War gut gemeint, so im Sinne ›Ende mit Schrecken ist besser als Schrecken ohne Ende‹. Ich hab sie gehasst. Also Emmi. Nicht lange, aber erst mal schon.«

»Andersrum?«, kam von Sugar.

»Na, lesbisch halt. Wenn eine Frau nur auf Frauen steht.« Er sah ihren überraschten Blick und fügte hinzu: »Kommt auch bei Männern vor, dann nennt man es bloß anders.«

Sugar schaute nachdenklich. »Dann liebt man nicht nur ein Mal in seinem Leben?«, fragte sie schließlich.

»Nicht unbedingt«, nickte Jani. »Obwohl das auch vorkommen soll.«

»Aber wenn man liebt, dann immer nur eine Person zur selben Zeit?«

Jani warf ihr einen misstrauischen Blick zu. Tat sie jetzt unschuldig und wollte ihn aufs Glatteis führen? »Manchmal ja, manchmal nein«, erwiderte er ausweichend. »Bei uns auf der Erde gibt es Paare, die sind bis an ihr Lebensende zusammen, andere trennen sich häufig, und dann gibt es auch Kulturen, da hat ein Mann gleich von vorneherein mehrere Frauen.« *Was eigentlich eine vernünftige Idee ist, wenn man bedenkt, was man so über Scheidungskosten hört.*

Sugar nickte, beinahe so, als wäre ihr das nicht neu.

»Oder schau dir die Amibros an«, fuhr Jani fort. »Die haben dieses komische System der Zuteilung, Tember hat mir das erzählt. Da geht es dann gar nicht um Liebe, sondern nur um den Erhalt der Art.«

»Und doch lieben sie«, wandte Sugar ein.

»Ach ja? Wer denn? Und wen? Woher willst du das wissen, eben wusstest du noch nicht einmal, was Liebe überhaupt ist?«

»Aber du hast es mir doch erklärt«, sagte sie verwundert. »Und jetzt verstehe ich die Auswertungen viel besser.«

»Von welchen Auswertungen redest du da?«

Ihr Blick hatte plötzlich etwas Trauriges, aber sie antwortete nicht.

»Ach, komm schon«, schimpfte Jani. »Wirf mir nicht wieder diese altklugen, besserwisserischen Sprüche vor die Füße, ohne sie zu erklären. Das hat mich schon beim letzten Mal genervt.«

»Das war der Grund?«, fragte sie sichtlich erstaunt. »Weil ich etwas weiß und du nicht?«

»Äh, ja, irgendwie wohl schon«, sagte Jani, ernüchtert von ihrer Sachlichkeit.

»Aber warum? Ist das etwas Schlimmes?«

»Mann, du kannst einem echt Löcher in den Bauch fragen!« Jetzt schämte er sich schon fast. »Also wenn man sich was drauf einbildet, dann schon. Wie die Leute, die es nötig haben, zu sagen, sie seien ›Besserwisser im wahrsten Sinne des Wortes‹. Aber zu denen gehörst du wohl eher nicht. Also vergiss es einfach. Du musst mir nichts erklären oder beantworten, was du nicht willst.«

»Ich möchte schon«, sagte sie leise, »aber es wäre nicht gut für dich.«

Er wollte gerne damit herausplatzen, dass er sehr gut selbst wisse, was für ihn gut wäre und was nicht, aber er ließ es bleiben. »Okay«, sagte er stattdessen nur.

Sie nickte und senkte den Blick, schaute auf ihre Hände, nachdenklich. Jani betrachtete sie in ihrem weißen Outfit, das für ihn mit einem Mal nicht mehr gespenstisch wirkte, sondern engelsgleich. Und fragte sich ernsthaft, ob er in sie verliebt war.

Sie hob den Kopf und lächelte ihn an, traurig und bezaubernd zugleich. *Ich bin verliebt.*

»Es wird nicht mehr lange dauern«, sagte sie. *Ich liebe diese Stimme.*

Sie deutete über seine Schulter. »Tember kommt.«

Er drehte sich um, sah dem rothaarigen Mädchen entgegen und fühlte sein Herz schneller schlagen. *Ich bin verliebt.*

Ist nicht tragisch, versicherte er sich selbst. *Ein 2-Personen-Harem. Mal was Neues.*

Als er sich nach Sugar umsah, war sie verschwunden.

Dafür bemerkte er einen Tumult an der Stelle, die er im Auge zu behalten versucht hatte. Es war wieder ein Wagen angekommen.

Tember war jetzt bei ihm und folgte seinem Blick. »Was ist los?«, fragte sie.

»Ich glaube, es ist endlich so weit«, sagte er aufgeregt und nahm sie bei der Hand. »Komm!«

»Nein, warte«, sie hielt ihn zurück. »Ich will Guu nicht wieder in die Arme laufen. Geh du nur, ich bleibe in der Nähe.«

»Also gut.« Er wandte sich zum Gehen, drehte sich jedoch noch einmal um und küsste sie schnell auf den Mund. *Warme Lippen. Besser als kühle?* Ihre orangenen Augen strahlten golden, als sie ihn anlächelte und vorwärts schubste.

»Nun geh schon.«

»Yes Ma'am!« grinste er und pfiff nach Spooky. *Was Emmi wohl dazu sagen wird?* Er hatte ihr so viel zu erzählen. Anderseits war ihm manches auch peinlich ... vielleicht doch lieber nicht?

Abgesehen von neugierigen Kindern und ihren nicht minder neugierigen Begleiterinnen sah Jani mehrere verhüllte Männer, die ihm bekannt vorkamen (waren das nicht die Wächter von Alwadar?), Trayot, Stein und einige Alwis. Hicks sah er zunächst nicht, aber da kam er auch schon angestürmt und brüllte mit allen herum.

Jani hielt sich abseits und konnte kaum glauben, wen er aufs Neue *nicht* sah. Emmi schien wieder nicht unter den Ankömmlingen zu sein. Er verstand die Welt nicht mehr. Zwar konnte er Alwis fast nicht auseinanderhalten, aber er meinte doch den zu erkennen, den Hicks geschickt hatte, um sie zu holen. Und wenn er die verhüllten Wächter mitbrachte, musste er in Alwadar gewesen sein. Was bedeutete, dass es sich diesmal in jedem Fall um die richtige Ankunft handelte, nur die Passagiere waren die falschen.

Er musste den Grund herausfinden, also nahm er seinen Mut zusammen und näherte sich dem tobenden Franzosen. Kaum dass dieser ihn sah, ging er auch schon mit Wortgewalt auf ihn los. Jani brauchte sich nicht die Mühe zu machen, eine Frage zu stellen.

»Deine feine Frau Mutter hat sich fein aus dem Staub gemacht«, keifte Hicks. »Na, was sagst du dazu?« Worauf er nicht wirklich eine Antwort erwartete, sondern mit seiner Litanei fortfuhr. »Und nicht nur hat sie sich mit ihren Hexenkünsten aus dem Kerker befreit, nein, sie hat auch gleich noch das Dreckstück von Wolf mitgenommen, und ALLE meine Leute verhext, ihr zu helfen.«

»Bei was zu helfen?«, wagte Jani zu fragen. *Hexe? Wolf?? Kerker???*

»Wie zum Teufel soll ich das wissen?« brüllte Hicks außer sich vor Zorn. »Es ist ja keiner mehr da! Nur diese Lumpenheinis hat mein Bote gefunden und da kommt auch schon die zweite Ladung!«

Tatsächlich betraten soeben vier weitere Verhüllte die Szenerie. Jani ging schnell die paar Schritte zum heraufführenden Pfad und spähte hinunter zur Endstation der Gleise, wo er drei Waggons einträchtig hintereinander stehen sah.

Also gab es mehr als nur die zwei, die er im Keller vorgefunden hatte.

Hicks tauchte neben ihm auf und herrschte ihn zornig an: »Denk nicht mal dran! Du wirst hier nicht weggehen, bevor du nicht das Rätsel gelöst hast! Los jetzt!«

»Wir haben einen Deal«, erinnerte ihn Jani, äußerlich ganz ruhig. »Meine Mutter ist immer noch nicht hier.«

»DAS IST MIR SCHEISSEGAL«, brüllte Hicks mit überschnappender Stimme, so dass Jani die Ohren klingelten, und packte ihn grob am Arm. »ICH SCHEISS AUF UNSEREN D … AHHHHH!!«

Er ließ Janis Arm abrupt los, hielt sich die Hand und schrie vor Schmerz.

Jani sah gerade noch, wie der Karmjit ins Gras fiel *(sprang?)* und blitzschnell und schlangengleich unter dem Palisadenzaun verschwand. Er wollte ihm nachsetzen, aber Hicks streckte ihm anklagend seine Hand entgegen. »Das wirst du mir büßen!«

Jani hob abwehrend die Hände. »Ich hab nichts gemacht!«

Auf dem Handrücken des Franzosen war ein ovaler Fleck von der Größe eines Eurostücks zu sehen, der bis auf seine leuchtend neongrüne Farbe gar nicht mal so schlimm aussah. Hicks jedoch schien höllische Schmerzen zu leiden.

Er ließ sich von Trayot und Stein wegführen, um sich behandeln zu lassen, rief aber noch über die Schulter: »Bringt ihn!«, woraufhin sich Jani von Verhüllten umzingelt sah und Spooky deren Vorgehen mit warnendem Knurren begleitete.

»Aus!«, befahl Jani. »Lass gut sein, Junge. Alles okay.«

Die Verhüllten erschienen auf den ersten Blick zwar unbewaffnet, aber er war sicher, dass sie ihre Säbel unter ihren Gewändern versteckt hielten, und wollte Spooky ungern einen Kopf kürzer sehen.

»Sitz, Spooky. Bleib!«, beschwichtigte er den Hund weiter, während er schon vorwärts gestoßen wurde, und warf Tember, die von der Ferne dem Geschehen entsetzt zugeschaut hatte, einen bittenden Blick zu. *Nimm Spooky zu dir,* besagte der und sie verstand und nickte. Er hätte sie gerne noch gebeten, auch nach dem Karmjit zu sehen, aber er wusste nicht, wie. Wahrscheinlich war der Kleine eh schon über alle Berge und erfreute sich seiner Freiheit. Nach dem Vorfall mit Hicks hatte er keinen Zweifel daran, dass der Karmjit zurechtkommen würde.

# 74

Sie brachten Jani zum Blockhaus, in den großen Saal, in dem die Kinder ihre Mahlzeiten einnahmen, und drückten ihn auf irgendeinen Stuhl. Die langen schmalen Tische waren bereits für das Abendessen eingedeckt und der Saal strahlte vor Sauberkeit. Im hinteren Bereich befanden sich Schwingtüren, hinter denen Jani Küche, Waschräume, Toiletten und ähnliches vermutete.

Hicks trat nach einer geraumen Weile durch eine von ihnen herein, um die malträtierte Hand einen frischen Verband. Er scheuchte die Verhüllten nach draußen und nahm Jani gegenüber Platz.

»Tut es noch weh?«, fragte er vorsichtig, Hicks' Stimmung testend.

»Und ob«, knurrte der, wirkte jedoch merklich gelassener. »Würde mich wirklich interessieren, wie du das gemacht hast.«

»Mit meinem grünen Textmarker«, erwiderte Jani ernsthaft. Und ergänzte auf den Blick hin, den ihm Hicks zuwarf: »Ein ganz spezieller Textmarker. Er schreibt in Lichtgeschwindigkeit!«

»Fertig?«, fragte Hicks.

»O nein, das war noch nicht alles! Ich habe außerdem noch einen Zauberspruch benutzt, damit es auch richtig weh tut. Immerhin bin ich der Sohn einer Hexe!«

Hicks schaute ihn eine Weile so an, als wäre er eine dieser Schnaken, die man ohne Nachdenken auch an einer weißen Wand zu rotem Brei zerklatscht, und Jani überlegte schon, wie schnell er wohl unter dem Tisch hindurch hechten konnte, im Falle sich Hicks wieder auf ihn stürzen würde, um ihn zu würgen.

»In Ordnung«, sagte Hicks dann unerwartet, und das erstaunlich ruhig. »Du warst es also nicht. Vielleicht eine unbekannte Stechmückenart. Oder eine unsichtbare fliegende Klapperschlange. Ich werde danach suchen lassen. Du, mein Lieber, wirst jetzt arbeiten.«

Er hob die Hand, bevor Jani protestieren konnte. »Ich habe meinen Teil der Abmachung erfüllt. Du kannst nicht abstreiten, dass ich guten Willens war. Ich HABE jemanden geschickt, deine Mutter zu holen, und zwar von *dem* Ort, an dem ich sie zurückgelassen habe«.

»In einem Kerker!«, warf Jani entrüstet ein.

»Was im Moment nicht von Belang ist«, verkündete Hicks. »Es liegt in keinster Weise in meiner Verantwortung, dass sie sich an diesem Ort nicht mehr aufhielt. Mein Bote hat sogar – obwohl er keineswegs dazu verpflichtet war – ganz Alwadar abgesucht, soweit es in seiner Macht stand, ohne sie zu finden. Ohne überhaupt jemanden zu finden. Außer diesem Lumpenpack.«

Er zwirbelte seinen Bart und lächelte ein sanftes Lächeln. »Ich möchte nun nicht mehr warten. Ich WERDE nun nicht mehr warten. Ich BITTE dich hiermit, nun das Rätsel zu lösen. Und ich bitte dich weiterhin, mir behilflich zu sein, auch den ersten und zweiten Teil deiner Forderungen zu erfüllen. Also, was sagst du?«

Jani überlegte fieberhaft. Die Auflösung des Rätsels war das Einzige, das er Hicks zu bieten hatte. Sein einziges As im Ärmel. Für nichts sonst war er ihm von Nutzen. Hicks dagegen hatte, wenn er wollte, Tember und ihre Amibro Freunde, Sugar, Spooky, die Centerflies, über hundert Kleinkinder und sogar eine komische getupfte Ente mit drolligen blauweißen Küken. Zwar hatte er den Uninteressierten gespielt, aber Hicks brauchte es ja nur darauf ankommen zu lassen, um herauszufinden, wie ernst ihm damit war. Hicks würde bekommen, was er wollte. Alles, was er tun konnte, war zu versuchen, die Sache ein klein wenig in die Länge zu ziehen, auch wenn er nicht wusste, für was das noch gut sein sollte.

»Okay«, sagte er schließlich. »Ich sehe ein, dass Sie Ihren Teil der Abmachung, der meine Mutter betrifft, eingehalten haben. Dass sie nicht mehr da war, ist nicht Ihre Schuld. Darf ich Sie trotzdem noch um zwei Dinge bitten?«

Hicks sah nicht amüsiert aus, wollte aber wohl auch keine Zeit mehr mit Diskutieren vergeuden. »Sprich.«

»Ich bin sehr besorgt um meine Mutter. Würden Sie – *während* ich das Rätsel löse, natürlich – eine der Centerflies losschicken, um weiter nach ihr zu suchen? Es würde viel schneller gehen und sie hätten ja noch die zweite als Pfand.«

Hicks ließ sich die Bitte durch den Kopf gehen und nickte dann. »Meinetwegen. Was noch?«

»Könnten wir das ganze Brimborium nach draußen verlegen? Ich fühle mich hier viel zu beengt, um logisch denken zu können.«

Der Franzose machte große Augen und sah sich intensiv in der riesigen, weitläufigen Halle um.

Dann, seit langem das erste Mal wieder, lachte er laut und herzlich. »Ich sehe, was du meinst. Also dann, raus mit dir.«

Jani konnte beobachten, wie Hicks eine der Centerflies bringen ließ, mit ihr sprach und sie dann fliegen ließ, aber er wusste weder, ob es sich um Wind oder Fisch handelte, noch bot sich eine Gelegenheit, selbst mit ihr zu sprechen. Sie steuerte gar nicht erst die Anlegestelle mit den Waggons an, sondern warf sich an Ort und Stelle über den Palisadenzaun.

Er schaute noch auf die Stelle, an der sie verschwunden war, und schickte ihr Gebete um Erfolg mit auf den Weg, als er am Himmel eine dunkle Bewegung wahrnahm. Zu seiner Überraschung kreiste dort weit oben ein Vogel, ein Bussard vielleicht oder ein Falke? Jedenfalls war es der erste Greifvogelartige überhaupt, den er in dieser Welt sah.

Er war bereits wieder an den Platz unter den Bäumen gebracht worden, an dem sie schon zur Mittagszeit gesessen hatten, mit dem Unterschied, dass jetzt neben jedem Baum zwei verhüllte Wächter standen, unbeweglich und stumm wie Statuen.

Die Amibro Frauen hielten sich in Sichtweite auf, auch wenn die Kinder davon abgehalten wurden, sich dem Blockhaus zu nähern. Er fragte sich, ob es nicht bald Zeit fürs Abendessen wurde, der ewigblaue Himmel ließ sich leider keinerlei Hinweise entlocken, wie weit der Tag vorangeschritten war. Aber die Tarzanglocken würden es schon rechtzeitig mitteilen.

Jani konnte auch Tember sehen, die sich zwischenzeitlich mit Spooky an der Leine auf der gegenüberliegenden Seite niedergelassen hatte, an einem ähnlichen Rastplatz. Er hob die Hand zum Gruß und sie winkte zurück und lächelte aufmunternd.

Guu kam höchstpersönlich, um Krüge mit Wein und Wasser sowie Becher auf den Tisch zu stellen.

»Viel Glück«, schnappte sie in ihrer unpersönlichen resoluten Art, bevor sie wieder von dannen rauschte. Jani schaute ihr verblüfft nach. Sie hatte ihm Glück gewünscht? Ob hier jeder wusste, was zu tun er im Begriff war?

Schließlich kam auch Hicks, reichte ihm das zerknitterte Kleinod und machte Anstalten, ihm gegenüber Platz zu nehmen.

»Kommen Sie rüber«, hielt Jani ihn ab und klopfte einladend auf das Holz an seiner linken Seite. »Setzen Sie sich zu mir.«

»Wieso das?«, fragte Hicks erstaunt.

»Sie können mir helfen«, sagte Jani. »Und außerdem möchte ich, dass Sie sehen, was ich tue und so der Auflösung folgen können.«

»Ah. Damit ich nachher nicht behaupten kann…«

»Genau.«

Hicks lachte, setzte sich auf den angewiesenen Platz und nahm sich erst einmal einen Becher Wein, um ihn umgehend abzukippen. Füllte ihn dann erneut, stellte ihn aber zur Seite. Zog ein Taschentuch aus der Hosentasche und wischte sich über das Gesicht, das von Schweiß glänzte. »Und los gehts«, sagte er.

Jani entfaltete das Papier und fand sich plötzlich mitten in Überlegungen, ob er, wenn er zu scheitern drohte, erst den fifty-fifty Joker nehmen oder das Publikum befragen sollte, und wen zum Teufel er bei der dritten Alternative anrufen könnte. Vor allem, *wie?*

*Krieg dich wieder ein. Das sind nur die Nerven. Ruhig bleiben. In der Ruhe liegt die Kraft.* Das hatte sein Vater immer gesagt, wenn er bei den Mathe Hausaufgaben mal wieder zu hektisch nach der Lösung jagte. *Mann, Paps, nicht jetzt. Geh raus aus meinem Kopf.* Er schluckte schwer. Was war nur los mit ihm.

»Ganz ruhig, Junge«, sagte da doch ausgerechnet Hicks und das machte ihn auf Anhieb gleich wieder so sauer, dass er sich fangen konnte.

Er packte das Moleskine aus, legte den Kugelschreiber dazu, blätterte zu der Stelle, an der er den Zettel mit Emmis Notizen eingelegt hatte und entfaltete auch diesen, um darauf weiter zu schreiben.

»Also, was haben wir bis jetzt? Die letzten vier Zeilen, die uns verraten haben, dass ein gewisser Neo der Verfasser dieses Rätsels ist, und anscheinend sehr stolz darauf, LEET zu können. Dass es sich bei ihm um einen Witzbold handelt, der sich nach Vollendung seines Werkes schlafen gelegt hat. Bleiben noch weitere drei Zeilen, über die wir auch schon etwas wissen – sie alle haben etwas gemeinsam, nämlich das Wort–«

»*Schatz*«, ergänzte Hicks mit glänzenden Augen.

»Genau«, bestätigte Jani. »Dann versuchen wir doch mal, mit der ersten Zeile weiter zu kommen. Und noch etwas, ein Komma in LEET ist dazu da, einzelne Wörter zu trennen. So kann man sehen, aus wie vielen Wörtern ein Satz besteht. Unsere Zeile besteht aus zweien, hm, nicht gerade viel.«

Er schrieb die beiden Teile untereinander:

I)\3,
5[:-:47 7_ \<-Z531

Dann löste er auf, was sie schon wussten:

I)\3,
**SCHATZ** \<-Z531

**1337 = LEET**
**<-Z30 = NEO**

Er riss eine Seite aus dem Moleskine und legte sie neben den Zettel. »Hier fertigen wir eine alphabetische Liste an:

A = 4
B =
C = [
D =
E = 3
F =
G =
H = :-:
I =
J =
K =
L = 1
M =
N = <-Z
O = 0
P =
Q =

R =
S = 5
T = 7
U =
V =
W =
X =
Y =
Z = 7_

Jetzt fügen wir in unsere Zeile ein, was wir bereits haben:«

**I)\E,**
**SCHATZ \NSEL**

»Oh«, machte Hicks. »Der schräge Strich scheint ein ›i‹ zu sein?«
»Glaub ich auch«, sagte Jani und ergänzte es:

**I)IE,**
**SCHATZINSEL**

Was das erste Zeichen bedeutete, war dann nicht mehr falsch zu interpretieren. Jani vervollständigte die Zeile:

**DIE SCHATZINSEL**

»Wow.« Hicks klang beeindruckt. Wieder wischte er sich das Gesicht ab, aus irgendeinem Grund schwitzte er ungewöhnlich stark.
»Seltsam«, sagte Jani und dachte an den gleichnamigen Roman. »Der Sinn wird sich wohl erst mit den anderen Zeilen klären. Machen wir weiter. Die zweite Zeile lautet, wenn man die Worte aufgrund der Kommas trennt:

**I)32,**
**5[:-:4T7 7_ ,**
**\^^,**
**5\1832533**

Erst mal das Alphabet ergänzen:

A = 4
C = [
D = I)
E = 3
H = :-:

I = \
L = 1
N = <-Z
O = 0
S = 5
T = 7
Z = 7_

Wir ersetzen wieder, was wir schon wissen:«

**DE2,**
**SCHATZ,**
**I^^,**
**SIL8E2SEE**

»Die ›2‹ ein ›R‹?«, meinte Hicks.
Jani nickte und ersetzte:

**DER,**
**SCHATZ,**
**I^^,**
**SIL8ERSEE**

Beide starrten auf die Worte.
Hicks sprach als erster: »Ich lese da *Der Schatz im Silbersee*«.
»Ich sehe auch nichts, was sonst Sinn machen würde«, meinte Jani und dachte an einen weiteren Roman. »Nehmen wir's:«

### DER SCHATZ IM SILBERSEE

»Also für mich heißt das, dass es um eine Insel in einem See geht, auf der es einen Schatz gibt«, resümierte Hicks. »Der aus Silbermünzen besteht?«

Jani zog die Stirn kraus. Ob Hicks die Bücher gar nicht kannte? Er beschloss, sie vorerst nicht zu erwähnen. »Ich weiß nicht«, meinte er stattdessen, »könnte auch ein See sein, der silbern glänzt. Vielleicht sind es auch zwei Schätze? Einer auf der Insel und einer im See?«

»Dritte Zeile?«, fragte Hicks, leerte seinen Becher Wein und goss sich sofort nach.

Jani wiederholte die Prozedur, bis sie angekommen waren bei:

**#tenAE6ER,**
**DES,**
**PfauERLORENEN,**

**SCHATZES**

Hicks zwirbelte seinen Bart und grunzte nachdenklich.

»Ich würde ja ›verloren‹ beim vorletzten Wort lesen wollen«, meinte Jani, »aber ich hab echt keinen Plan, warum vorne ›Pfau‹ steht. Weil es wie ›V‹ klingt? Dem Witzbold wäre es zuzutrauen.«

Hicks wiegte sich unentschlossen. »Könnte aber noch zusätzlich ein Hinweis sein, dass ein Vogel eine Rolle spielt. Notiere es besser.«

»Okay«, sagte Jani und schrieb:

**VERLORENEN, (Pfau=Hinweis?)**

»Dann hätten wir noch:«

**#tenAE6ER**

»*Jäger*. Ziemlich klar«, murmelte er. »Aber Nummernzeichen und ›ten‹. *Zehn*. Wieso ergibt das ein J?«

Darauf sprang Hicks an: »Was ist ein *Nummernzeichen*?«

»Ein Zeichen auf der Tastatur, wird als Abkürzung für ›Nummer‹ oder ›Number‹ benutzt.«

»Also könnte der Anfang auch ›Nummer 10‹ bedeuten?«

»Ja, durchaus. Gute Idee! Aber Nummer 10 von was?«

Hicks zuckte die Achseln. »Vom Alphabet?«

Zusammen zählten sie ab und fanden ›J‹ an zehnter Stelle. Jani setzte es ein, und noch ein ›G‹ für die ›6‹.

»Jäger«, bestätigte Hicks.

Jani vervollständigte die Zeile:

**JÄGER DES VERLORENEN SCHATZES**

»Damit hätten wir alle Zeilen«, sagte er leise, dachte an *Indiana Jones*, und schrieb das Gesamtwerk auf:

**DIE SCHATZINSEL**
**DER SCHATZ IM SILBERSEE**
**JÄGER DES VERLORENEN SCHATZES**
**FULL LEET FOR YOU!!**
**GOOD NIGHT**
**ROFL**
**NEO**

»Fantastisch!«, lachte Hicks und schlug Jani erneut anerkennend auf die Schulter. »Was für ein genialer Kopf dieser Neo doch ist! Erst verschlüsselt er das Rätsel, und wenn man es gelöst hat, ist es wieder ein Rätsel. Ein Rätsel im Rätsel! Prächtig!«

Während Hicks sich in den wildesten Spekulationen über die tiefere Bedeutung des (nun zumindest entschlüsselten) Rätsels erging, brach Jani der kalte Schweiß aus.

Je länger er auf das Papier schaute, desto mehr war er davon überzeugt, es einfach nur mit ein paar Zeilen völligen Blödsinns zu tun zu haben. Verzapft von einem Nerd, das sich vor irgendwelchen Kumpels mit seinen LEET-Kenntnissen brüsten wollte.

# 75

»Nicht schlapp machen, Junge«, sagte Hicks enthusiastisch, als er Janis jähe Inaktivität bemerkte. »Wir sind so nahe dran!«

*Ich muss es ihm sagen,* dachte Jani. Aber er fürchtete sich vor der Reaktion. *Was, wenn er wieder ausrastet? Und er wird ausrasten.*

»Was ist denn los? Warum so trübsinnig?«

Jani schaute Hicks ins grinsende, schweißglänzende Gesicht und dachte sich zu dem geröteten Hautton noch ein paar Farben dazu. Grün, Weiß, Lila. *Why so serious?* Heath Ledger war genial als Joker. Wirklich schade, dass er nicht mehr lebte. Obwohl – wenn Elvis sich hier rumtrieb, konnte dann nicht auch Heath–?

Hicks rüttelte ihn am Arm und riss ihn aus seinen Gedanken. »Hallo? Jemand da?«

Jani seufzte tief. »Bob, ich muss Ihnen etwas sagen.«

Hicks runzelte die Stirn, sichtlich alarmiert. »Raus damit.«

»*Die Schatzinsel.* Wenn Sie daraus kein zu lösenden Rätsel machen würden, was würde Ihnen dazu einfallen?«

»Äh, ich verstehe nicht. Was—«

»Sagt Ihnen Robert Louis Stevenson etwas? Gab es den auf Ihrer Erde?«

Hicks nickte. »Das war ein Schriftsteller, Engländer, glaub ich. Sein bekanntester Roman ist – oh. *Die Schatzinsel.*«

Jani sah ihn erwartungsvoll an, aber es erfolgte keine Reaktion. »Er war Schotte«, fuhr er fort. »Bei uns jedenfalls. Okay, der nächste Satz. *Der Schatz im Silbersee.* Was fällt Ihnen dazu ein? Wenn sie *nicht* an ein Rätsel denken.«

»Schon verstanden«, sagte Hicks. »Wieder ein Buch, hat nichts mit Piraten zu tun, ist ein Western, diesmal von einer Schriftstellerin, May Karl.«

»Echt jetzt? Bei uns war es ein Mann namens Karl May.«

»Ach ja? Äußerst interessant. Wir sollten die Inhalte des Buches vergleichen.«

»Ja, ja«, unterbrach ihn Jani. »Später vielleicht. Was ist mit – *Jäger des verlorenen Schatzes*?«

Hicks zwirbelte seinen Bart. »Ein Buch?«, fragte er.

»Nein«.

»Hm.«

»Indiana Jones?«, versuchte Jani ihm auf die Sprünge zu helfen. »*Indy*?«

Hicks schüttelte den Kopf. »Tut mir leid, sagt mir nichts.«

»Ist der Titel von einem Kinofilm, ein Abenteuerfilm. Harrison Ford spielt die Hauptperson.«

»Ah, *Han Solo*!«

»Ja! Genau! Den spielt er auch. Han Solo und Indiana Jones, das sind so seine berühmtesten Rollen.«

»Bei uns waren es Han Solo und James Bond.«

»Nein?! Für James Bond war bei uns vor allem Sean Connery bekannt. Und Roger Moore. Zum Schluss dann Daniel Craig.«

»Moore und Craig sagen mir nichts«, meinte Hicks. »Aber Connery schon. Leadsänger von ›The Windows‹, wenn dir das was sagt? Früh gestorben, Drogengeschichten und so.«

»The Windows? Die hatten nicht zufällig einen Hit namens *Light my Fire*? Oder *Riders on the Storm*?«

»*Riders on the Wave*«, berichtigte Hicks. »*Light my Fire*, ja. Nun aber genug dieser Schwafelei. Was soll das Ganze? Worauf willst du hinaus?«

»Dass hier nur Quatsch steht«, wagte sich Jani beherzt vor. »Dieser Neo ist ein *Nerd*, ein Computerfreak. Er wollte ein bisschen angeben. Hat sich ein paar Titel gegriffen und in LEET übersetzt. Das ist schon alles. Da steckt gar nichts dahinter. Die Amibros haben bloß eine große Sache daraus gemacht, weil sie nichts damit anfangen konnten.«

Hicks starrte ihn einen Moment lang an, dann lachte er ungläubig. »Oh, nein. Nein, nein, nein. Niemals. Das glaube ich nicht.«

»Was ist mit dem ›Weg zurück zur Erde‹?«, fragte Jani. »War es nicht das, was Sie eigentlich in dem Rätsel zu finden hofften? Wo soll sich der jetzt verbergen?«

»Na, in dem Schatz natürlich!« Hicks war völlig überzeugt. »Das Wort ist eine Metapher. Er konnte doch das Kind nicht beim Namen nennen, dies ist ein Rätsel!«

Vor Aufregung hielt es ihn nicht mehr an seinem Platz. »Und außerdem«, sagte er, während er entlang der Bank auf und ab ging, seinen Becher Wein in der einen Hand, das Taschentuch zum Schweißwischen in der anderen, »die Amibros haben schon gewusst, was sie tun. Sie sind ein Volk mit Historie, einer uralten Historie! Sie haben eine weitreichende Vergangenheit, und verfügen über großes, überliefertes Wissen. Dieses Rätsel haben bereits ihre Urahnen aufbewahrt, weil sie um seine immense Bedeutung wussten. Auch wenn sie es bisher noch nicht lösen konnten, aber das tut ja nichts zur Sache.«

»Und wie kommt es dann, dass dieses Rätsel LEET beinhaltet?«, fragte Jani ironisch. »Das ist etwas Modernes, Neuzeitliches. Von welcher Zeitspanne reden Sie? Und seit wann gibt es Computer? Überlegen Sie doch mal!«

Hicks wischte sich das Gesicht und wiederholte »Ich glaube dir kein Wort, ich glaube dir kein Wort« wie ein Mantra.

Jani fasste einen Entschluss. *Hoffentlich nicht der Fehler meines Lebens.* Von irgendwoher vermeinte er eine warnende Stimme zu hören, aber da er sie nicht identifizieren konnte (sie gehört der Autorin), ignorierte er sie. »Bob, hören Sie zu. Ich glaube, ich habe noch ein anderes Rätsel gelöst. Darf ich es Ihnen zeigen und Ihre Meinung dazu wissen? Vielleicht hilft es uns weiter.«

Hicks' Interesse schien geweckt, er blieb stehen. »Was für ein anderes Rätsel?«

»Kommen Sie her und setzen Sie sich wieder. Und ich müsste ... kann ich Tember schicken, etwas von mir zu holen? Es ist wichtig.«

»Tember!«, brüllte Hicks quer über den Platz und Jani zuckte zusammen. »Komm hier rüber, beweg dich!«

Tember ängstigte sich sichtlich, gehorchte aber sofort. In ihrer Eile behielt sie Spooky an der Leine und Hicks schien sich bei seinem Anblick an etwas zu erinnern.

»Hey«, begrüßte Jani sie und versuchte, gelassen und beruhigend zu klingen. »Es ist alles in Ordnung. Ich möchte dich nur um etwas bitten – holst du bitte meinen Rucksack, den kleinen?« Er sagte nicht von wo, Tem müsste es eigentlich wissen.

Sie nickte und wollte wieder gehen, aber Hicks, der sich noch nicht wieder gesetzt hatte, war mit ein paar Schritten bei ihr und nahm Spookys Leine. »Er bleibt hier.«

Tember warf Jani einen hilflosen Blick zu und lief davon. Jani stöhnte innerlich.

Hicks setzte sich und tätschelte Spookys Kopf, der sich freute, beide wiederzusehen. »Guter Hund! Hast du Durst?« Er füllte einen Becher mit Wasser und hielt ihn dem Whippet hin. Spooky schlabberte dankbar. »Na, wusste ich es doch. So, und nun sei schön brav und stör uns nicht.«

»Leg dich hin«, befahl Jani und Spooky verschwand unter dem Tisch. An Hicks gewandt, fragte er: »Also werden Sie zuhören?«

»Sieht so aus. Aber ich hoffe für dich, dass deine Story es wert ist.« Und mit einem Seitenblick zu Spooky fügte er hinzu: »Und für ihn hoffe ich es auch.«

Jani stellten sich die Haare im Nacken auf, aber nun gab es kein Zurück mehr. »Während Sie noch in Orbíma waren, haben Sie da etwas zur Namensgebung der Amibros erfahren?«

»Nun...«, Hicks dachte nach. »Ja, Roc hat mir davon erzählt. Irgendetwas mit einem alten Buch, das nur der Ratsoberste öffnen darf?«

»Richtig«, nickte Jani. »Angeblich stehen dort nichts als Namen und bei jeder Geburt suchen sie einen für das Kind aus. Wieder handelt es sich um ein *uraltes* Buch aus den Zeiten ihrer *Urahnen*, um das viel geheimnisvolles Trara gemacht wird. Sie sehen den Zusammenhang?«

Hicks zuckte die Achseln. »Die Bibliothek in Orbíma ist voll mit uralten Büchern, ich wüsste nicht, wo die Besonderheit liegen soll. Sag nicht, dass das schon alles war.«

»Nein, nein. Natürlich nicht.« Jani begann in seinem Moleskine zu blättern. »Die Zusammensetzung der Namen ist Ihnen auch bekannt?«

»Was weiß ich. Sag du es mir.« Hicks wurde ungeduldig.

»Okay. Erst mal die Nachnamen – es gibt nur drei. Darrav für die, die sich in Raben wandeln, Darwo für die Wölfe und Darhor für die Einhörner. Vermutlich ist der Bezug im Namen Absicht – *rav* für Raven, *wo* für Wolf, *hor* für Ein-Horn oder Horse. Zu der Vorsilbe *dar* ist mir noch nichts eingefallen.«

»Dark«, sagte Hicks.

Jani warf ihm einen Seitenblick zu. »Warum glauben Sie das?«

»Steckt auch in Alwa-dar, und da weiß ich sicher, dass es ›Always Dark‹ bedeuten soll. So wie Nevedar für ›Never Dark‹ steht.«

Jani nickte. »Klingt logisch.« *Auch wenn mir nicht klar ist, in welchem Zusammenhang ›dark‹ mit den Amibros stehen soll,* dachte er. *Erst mal egal. Weiter.*

»Gut, aber nun zu dem eigentlich Interessanten.«

»Ach, schon?«, fragte Hicks spöttisch.

»Nehmen wir als erstes Beispiel Tem. Ihr vollständiger Name lautet Tember P. Darrav. Bei allen Amibros setzt sich der Name in dieser Art zusammen – Vorname, mittlerer Buchstabe, Nachname passend zur Gestaltwandlung.«

»Wenn man vom Teufel spricht«, bemerkte Hicks und Jani sah Tember mit seinem Rucksack auf sich zukommen.

Sie reichte ihn über den Tisch und er legte ihn zur Seite. »Danke dir«, sagte er und lächelte sie an.

Sie nickte nervös und wollte wieder gehen.

Wieder schlug Hicks zu. »Setzt Euch doch zu uns, Teuerste«, lud er sie in einem Ton ein, der keinen Widerspruch duldete. Tember nahm Platz, wo sie stand, und blickte keinen von ihnen an.

*O nein.* Jani fühlte sich elend.

Hicks schenkte ihr ein liebenswürdiges Lächeln. »Immerhin geht es ja gerade um Eure Art«, sagte er und zu Jani gewandt: »Da wollen wir sie doch nicht ausschließen, nicht wahr?«

Es tut mir leid, Tem, leistete Jani innerlich Abbitte. *Ich hätte es dir gerne erspart.* »Auf keinen Fall!«, sagte er in begeistertem Ton.

Hicks grinste sich eins. »Erstes Beispiel: Tember«, half er ihm gönnerhaft auf die Sprünge.

Tember hob überrascht den Kopf.

Jani zitterten die Finger, als er das Moleskine wieder zur Hand nahm. »Das P. in ihrem Namen steht für *Pse*.« Er schaute sie an und fragte: »Nicht wahr?«

Sie nickte. »Das ist richtig.«

»Nun ist es so…«, er musste sich räuspern. Der Kloß in seinem Hals saß fest. Ein weiteres Räuspern und er löste sich. »Es ist so, dass man ›Tember‹ und ›Pse‹ zu einem sinnvollen Wort verbinden kann. Dazu muss man die Buchstaben vertauschen.«

»Ein Anagramm?«, fragte Hicks. »Welches Wort?«

»September«, erwiderte Jani.

»Ist ja unfassbar«, meinte Hicks und fing an zu lachen. »Eine Offenbarung!«

Tember blickte verständnislos. »Was bedeutet das Wort?«, wollte sie wissen.

»Es ist der Name eines Monats«, erklärte Jani.

»Monat?«

»Unsere Zeitrechnung. Kalender. Erinnerst du dich? Als wir in unserem Haus waren, bevor die Oase sich wieder bildete. Ich habe es dir erklärt.«

Ein Zeichen der Erkenntnis flackerte in ihren Augen. »Ja, jetzt weiß ich wieder. Und mein Name bedeutet September?«

»Zufall!«, wetterte Hicks, der inzwischen nicht mehr lachte. »Was soll dieser Schwachsinn?«

»Moment«, warf Jani ein. »Ich bin noch nicht fertig. Tem hat mir jede Menge Namen von Amibros gegeben, bei denen sie die Bedeutung des mittleren Buchstabens kannte, und alle, ohne Ausnahme sind Anagramme … warten Sie, ich lese vor:

Vem E. Darhor, das E steht für ›Eborn‹, man kann ›November‹ daraus machen.

Roc B. Darwo, das B bedeutet ›Bote‹, es ergibt ›October‹ – Englisch in diesem Fall.

Mero B. Darrav, mit ›Benv‹ für das B ergibt es noch einen weiteren ›November‹.

Bei anderen sind es keine Monate, sondern Tage:

Das Kindermädchen, das die kleine Yuna betreut, sie heißt Rays T. Darwo. Das T steht für ›Thud‹, es ergibt ›Thursday‹.

Und hier muss man wieder um die Ecke denken:

Fadi, der verstorben ist, er hieß Fadi E. = Ery. Diesmal in Deutsch formuliert, mit ›Er‹ und ›y‹ sind die Buchstaben R und Y gemeint und das Ganze wird zu ›Friday‹.

Bei der kleinen Yuna E. = Esde = SD erhält man ›Sunday‹.

Beim Stallburschen Aydo E. = Enem = NM wird es ein ›Monday‹.

Und so weiter.«

Jani blickte auf, sowohl Tember als auch Hicks hatten wortlos zugehört.

Hicks schnappte sich das Moleskine. »Lass mal sehen.«

Jani sah den hilflosen Blick in Tembers Augen, konnte aber nichts sagen, was ihr helfen würde. Es würde ja sogar noch schlimmer werden. Sein Blick strich an ihr vorbei und registrierte, dass sich die Plätze auf der anderen Seite gefüllt hatten. Amibro Frauen und Kinder saßen jetzt dort, er konnte Wasee und Guu sehen und nahm an, dass in Kürze der Ruf zum Abendessen erschallen würde.

Hicks legte ihm das Notizbuch wieder hin. »Versuche es mit Brar F. Darhor«, sagte er. »F wie Feuy.«

Jani ließ sich den Namen buchstabieren. »Wer ist das?«, fragte er.

»Ein Wissenschaftler aus Orbíma«, erwiderte Hicks knapp. »Sie wird ihn kennen.« Seine Kopfbewegung deutete auf Tember.

Sie nickte zustimmend.

Jani stellte ein, zwei Minuten lang Buchstaben um, dann schob er das Moleskine zu Hicks. »February«, sagte er nur.

Genau in diesem Moment kreischte das Signal zum Abendessen los, und während Jani und Hicks sich die Ohren zuhielten, kam Bewegung in die Menge auf der anderen Seite. Die Betreuerinnen sammelten die Kinder um sich, wagten aber offenbar nicht, zum Blockhaus zu gehen. Guu löste sich aus der Menge und lief energisch zu ihnen herüber. Wasee schien sie nicht allein lassen zu wollen und folgte ihr, blieb aber in ihrem Schatten.

Die Leiterin wartete geduldig, bis der 3-fach-Ruf endete und Hicks die Hände von den Ohren nahm.

»Ist es erlaubt, das Abendessen einzunehmen, Sir?«, fragte sie ihn, furchtlos, aber höflich.

Sir? *Sieh an,* dachte Jani. *Hicks hat sich seine Sklaven gut erzogen.*

Hicks nickte. »Lasst sie hineingehen. Ihr beide kommt aber erst noch einmal zu mir.«

Sie schauten zu, wie die krakeelenden Kinder einer Herde schnatternder Gänse gleich in das Gebäude getrieben wurden, bis der Krach von den sich schließenden Türen des Blockhauses gedämpft wurde. Guu und Wasee kamen zurück und blieben abwartend vor dem Tisch stehen.

»Sagt ihm Eure vollständigen Namen«, Hicks deutete auf Jani. »Du, schreib sie auf.«

»Guu Stag Darhor.«

»Wasee Nydd Darwo.«

Danach entließ er die beiden, die sich verständnislos anschauten, aber nicht nachzufragen wagten. Sie gingen zum Blockhaus und Hicks machte eine auffordernde Bewegung. »Löse sie auf«, sagte er.

Momente später hielt ihm Jani das Notizbuch hin.

»August. Wednesday«, las Hicks vor.

»Was ergab die Kleine vom Spielplatz?«, fragte Tember.

Jani ließ sich das Moleskine zurückgeben und blätterte. »Ary Naju Darwo. *January*«, antwortete er. »Ist auch ein Monat.«

»Ich brauch einen Drink«, sagte Hicks und trank zwei Gläser Wein hintereinander. Wischte sich mit der Hand die Reste aus dem Bart und diese dann an seiner Hose ab. Fuhr sich mit dem Taschentuch über sein Gesicht, dessen rote Hautfarbe noch stärker geworden schien.

»Also gut«, sagte er. »Ich bin überzeugt. Das Rätsel um die Namensgebung hast du gelöst. Aber jetzt erkläre mir bitte, was ich mit diesem Wissen anfangen soll?«

»Tem«, sagte Jani. »Ich sollte es ja nicht weitererzählen. Aber würdest du bitte noch einmal das Buch beschreiben, aus dem ihr die Namen nehmt? Es ist wichtig, dass wir es ihm erzählen. Bitte?«

Ihr war deutlich unwohl dabei, aber sie tat es.

»Aha«, bemerkte Hicks. »Ein schwarzes Buch. Und was sagt mir das?«

Jani holte tief Luft. *Auf zum Endspurt.* »Ich glaube, es ist kein Buch im üblichen Sinne.«

»Ach. Was denn?«

»Ein Kalender. Ein stupider, etwas herausgeputzter, stinknormaler Kalender. Die Art, die man an die Wand hängt und täglich umklappt. Oder abreißt. Wahrscheinlich mehrsprachig. Vor allem ist es kein überliefertes Heiligtum der Altehrwürdigen Ahnen, sondern genauso eine Art Strandgut wie der Fetzen Papier, um den Sie sich solche Gedanken machen. Irgendwer hat ihn irgendwann gefunden und aus Unwissenheit eine große Sache daraus gemacht. So wie man in den alten Zeiten Götter erfunden hat, weil man sich die Naturgewalten nicht erklären konnte.«

Tember vor ihm war kreidebleich geworden. Jani streckte seine Hand nach ihr aus. »Es tut mir leid, ich wollte es dir ja sagen, aber—«

»Lass das«, unterbrach ihn Hicks barsch. »Sie wird es schon verkraften. Soll ich aus deiner Ausführung schließen, dass ich einem faulen Zauber aufgesessen bin, den wir der Hirnlosigkeit der Vorfahren der Amibros zu verdanken haben?«

Jani schluckte schwer. »Ich glaube noch nicht einmal, dass sie Vorfahren hatten.«

»Wie jetzt?«

»Ich halte die Amibros für eine Art Illusion, die noch nicht sehr lange bestehen kann. Was immer sie für ihre langjährige Vergangenheit halten, ist ihnen vermutlich mehr oder weniger äh ... eingepflanzt worden. Sozusagen ein künstliches Gedächtnis. Und die Gegenstände, denen sie eine ›uralte‹ Historie andichten, sind wohl vielfach jüngeren Datums. Ehrlich gesagt fürchte ich, dass dies nicht die einzige Illusion ist. Alles hier ist nicht real ... einschließlich uns...«

Hicks rotes Gesicht überzog sich mit weißen Flecken. »Hast du IRGENDEINEN Anhaltspunkt für deine—«

»Ja«, sagte Jani schnell. »Moment«. Er kramte in seinem Rucksack, zog das gefaltete Kalenderblatt heraus und reichte es Hicks. »Sehen Sie selbst.«

Während Hicks entfaltete, kommentierte Jani: »Das Blatt stammt aus einem Kalender, den meine Mutter aufbewahrt hat, auf der *Erde!* Einem Kalender von *2002!* Die völlige Übereinstimmung kann einfach kein Zufall sein.«

Tember war an Hicks Seite geeilt und sah ihm über die Schulter. Selbst Jani, der das Bild schon kannte, neigte sich vor. Wortlos betrachteten sie die Zeichnung, signiert mit *Dark Ones by A. Brownley 2002.*

Und Jani nahm zum ersten Mal die Signatur bewusst wahr. Hicks hatte richtig gelegen. Das ›Dar‹ in den Nachnamen bedeutete mit großer Wahrscheinlichkeit wirklich ›Dark‹. Dann wanderte sein Blick zum Namen der Künstlerin. *A. Brownley. Wie wohl ihr Vorname lautet?*

»Amalia«, beantwortete Hicks die Frage. »Auch Amy genannt. Ich kenne ihre Werke.«

Jani hatte gar nicht bemerkt, dass er laut gesprochen hatte. »Amy Brownley«, sagte er.

»Amy Bro—«, sagte Hicks.

»Amibro«, sagte Tember und klappte zusammen.

Während Jani schon an ihrer Seite kniete und Spooky ihr das Gesicht ableckte, stammelte Hicks etwas von »Nachdenken«, nahm den Krug Wein an sich und verschwand schwankend irgendwohin. Die Verhüllten verließen ihre Plätze an den Bäumen und folgten ihm.

# 76

Die dreizehn schneeweißen, von unterhalb des Felsens über die Landestelle aufsteigenden Snopire boten einen majestätischen Anblick, den nur leider niemand sah.

Da sie aufgrund des beengten Platzes nicht alle gleichzeitig landen konnten, glitten je nach Größe immer zwei bis vier auf den Boden, die Reiter stiegen ab und die Piloten führten die Tiere an den Rand, wo sie mit angelegten Flügeln zwischengeparkt wurden. Währenddessen schwebten die restlichen gigantischen Fledermäuse lautlos in der Luft. Als sie alle am Boden waren, legten ihnen die Piloten die flugverhindernden Lederschnüre an und ließen sie laufen. Zwei Piloten blieben bei ihnen, um sie daran zu hindern, den Landeplatz zu verlassen, und dafür zu sorgen, dass sie jederzeit schnell abflugbereit gemacht werden konnten.

Erste Centerflies, die bereits die Gegend ausgekundschaftet hatten, kamen zurück und berichteten, dass sich offenbar sämtliche Bewohner in und um ein großes Blockhaus befanden, in dem alle Kinder zurzeit das Abendessen einnahmen. Auch Hicks war gesehen worden, als er ein kleineres Nebengebäude betreten hatte.

Zwar war bereits alles besprochen, aber Vem ließ es sich nicht nehmen, sie alle noch einmal zu briefen. Achtzehn Amibros, um die vierzig Alwadarianer und etwa zwanzig Centerflies fieberten darauf, die Kinder zu befreien. Der Plan sah vor, Bobbeye Hicks und wer immer sich auf seine Seite stellen würde, gefangen zu nehmen. Ein Blutvergießen war nicht vorgesehen, aber wenn es sich nicht vermeiden ließ, würden sie auch ihre Waffen benutzen.

Es galt ebenfalls auch noch die unterirdischen Werkhallen aufzusuchen, um die dortigen Centerflies und Arbeiter zu befreien. Nach Goldas Beschreibung waren dort vor allem Amibros und Schwarzödenbewohner beschäftigt, so dass sie davon ausgingen, dass es keinen Widerstand geben würde.

Die Kinder sollten am folgenden Morgen zusammen mit ihren Eltern in ihre jeweilige Heimat geflogen werden, was voraussichtlich einige Zeit in Anspruch nehmen würde. Vem hatte allen außerdem angeboten, in Orbíma ein neues Zuhause zu finden, wenn sie es wollten.

Aber erst einmal musste Hicks ausgeschaltet werden.

Vem teilte sie in drei Gruppen ein, von denen sich zwei von den Seiten her möglichst ungesehen bis in die Nähe des Blockhauses vorarbeiten sollten. Er selbst würde die mittlere Gruppe führen und auch den Zugriff vornehmen. Je nachdem wie dieser verlief, konnten die Flanken als unerwartete, überraschende Hilfe agieren. Eine Centerfly blieb bei den beiden Piloten am Landeplatz zurück, die umgehend Vem zu informieren hatte, falls Salvador entgegen aller Befürchtungen doch noch mit Roc und Emiliane eintreffen sollte.

Golda und eine weitere Handvoll Centerfly Kriegerinnen wurden vorausgeschickt, um festzustellen, wo genau sich Hicks, Trayot und Stein aufhielten. Gleichzeitig sollten sie nach Mero, Lir, Wind und Fisch Ausschau halten, die vermutlich hierher gebracht worden waren.

# 77

Nur wenige Minuten später waren Guu und Wasee zur Stelle, um Tember zu versorgen, Jani vermutete, dass man sie die ganze Zeit über beobachtet hatte – das Blockhaus verfügte über genügend Fenster, hinter denen jemand sicherheitshalber positioniert worden sein konnte, um das Geschehen um ihn und Hicks im Auge zu behalten.

Tember kam schnell wieder zu sich, stand aber noch immer unter Schock. Guu flößte ihr Wasser ein, während Wasee ihr mit einem feuchten Tuch die Stirn kühlte. Tember klammerte sich an Janis Arm und schaute ihn flehend an. »Es ist doch nicht wahr?«, fragte sie verzweifelt.

»Ich weiß es nicht«, antwortete er wahrheitsgemäß.

Tember rüttelte seinen Arm. »Das hier, das spürst du doch? Wie kann das dann nicht echt sein?«

Jani hob hilflos die Schultern. »Wenn wir alle nicht real sind, dann sind solche Dinge auch nur Sinnestäuschungen.«

Guu schaute sie mit gerunzelter Stirn abwechselnd an. »Was geht hier vor?«, fragte sie.

Jani seufzte und winkte ab. Er fühlte sich ausgelaugt und war sich überhaupt nicht mehr sicher, ob er selbst glaubte, was er von sich gegeben hatte. Was hatte er sich da nur zusammengereimt? »Nur Hirngespinste«, sagte er. »Nicht der Rede wert, wirklich.« Er wandte sich ab und schaute nach Spooky.

Dass ihr die Abfuhr nicht passte, war Guu deutlich anzumerken. Aber sie ließ es dabei bewenden und griff Tember unter die Arme. »Auf mit dir«, sagte sie bestimmt. »Du kommst jetzt erst einmal mit uns hinein und wirst etwas essen. Keine Widerrede!«

Tember schien Jani nicht loslassen zu wollen, aber er lächelte ihr aufmunternd zu.

»Sie hat recht. Geh nur, wir sehen uns später. Alles wird gut.«

Wasee hakte sie unter, Guu stütze sie von der anderen Seite und Tember fügte sich in ihr Schicksal. Sie waren erst ein paar Schritte weit gekommen, als der Schuss fiel.

Die drei Frauen blieben stehen und schauten sich verwundert um. Auch Jani hätte nicht sagen können, wo das Geräusch hergekommen war, zu überraschend war es gewesen, vielleicht gar kein Schuss? Trotzdem beunruhigt, befestigte er Spookys Leine an der Bank, und richtete sich auf, um sich umzusehen. In diesem Moment nahm er eine Bewegung war – von links näherte sich eine große Gruppe, was er überhaupt nicht zuordnen konnte – alle Kinder und Betreuerinnen waren doch im Blockhaus, um das Abendessen einzunehmen?

Während er ihnen noch verwundert entgegenblickte, ertönte von anderer Seite lautes irres Lachen. Dort torkelte Hicks aus dem Nebengebäude und schwenkte seine Pistole. Die Eingangstür des Blockhauses öffnete sich just in diesem Moment, und eine Amibro war zu sehen, die offensichtlich die Kinder hinauszulassen wollte, doch beim Anblick von Hicks versuchte sie, die Schar wieder zurückzudrängen, was aber nicht recht gelingen wollte. Daraufhin begann sie, die Kinder anzuschreien, so dass die, die bereits auf der Treppe waren, erschrocken stehen blieben.

Hicks wirbelte herum, wäre beinahe gefallen, lachte sich darüber kaputt und brabbelte unverständliches Zeug. Die Kinder starrten ihn fasziniert an, am Eingang gab es Gedränge, als noch mehr Betreuerinnen sie wieder hereinzuholen versuchten.

Da griff der Franzose in seinen Hosenbund und zog eine zweite Pistole hervor. Wie ein in die Jahre gekommener Revolverheld stand er nun breitbeinig da und begann spielerisch mit den Waffen herumzufuchteln und sie immer wieder auch auf die Kinder zu richten. »Illusionen!«, rief er dabei kichernd. »Alles Illusionen!«

Jani stand wie erstarrt, nur dass ihn jetzt eine eiskalte Hand im Nacken zu packen schien. Seine Gedanken rasten und gleichzeitig war sein Kopf völlig leer. Er fühlte sich wie festgenagelt, hatte keine Ahnung, was er tun sollte, tun könnte. Irgendetwas in ihm hoffte, dass diese kleine Show ganz schnell wieder vorbei sein würde. Hicks hatte definitiv zu viel getrunken, aber er verhielt sich, als wäre da noch etwas anderes. Als hätte er seinen Verstand verloren.

Von seitlich des Gebäudes näherten sich Trayot und Stein mit ausgestreckten Händen, zögerlich, sie redeten beschwichtigend auf Hicks ein.

»Lasst mich bloß alle in Ruhe«, lallte der die beiden böse an und als sie nicht stehenblieben, schoss er in die Luft.

Die beiden traten sofort den Rückzug an, Guu gab einen schrillen Schrei von sich, aus der offenen Blockhaustür kreischten die Betreuerinnen erschrocken durcheinander, ein paar der Kinder liefen davon.

»Bobbeye Hicks«, erschallte da ein lauter, klarer Ruf. »Ich möchte mit Euch reden.«

Alle Köpfe drehten sich in Richtung der Stimme und zu Janis Überraschung stand dort Vem an der Spitze eines Trupps von mehreren Amibros und Alwadarianern, die bewaffnet waren. Was ging hier vor?

Über Tembers Gesicht huschte ein freudiges Leuchten, als sie Vem erkannte, aber als sie Anstalten machte, sich von Guu und Wasee zu lösen, um zu ihm zu laufen, hob der Einerdrei kaum merklich die Handfläche. *Bleib, wo du bist.*

Hicks wankte in lässig breitbeinigem Schwankschritt und baumelnden Pistolen herbei und grinste über sein rotfleckiges Gesicht. Aus verschiedenen Richtungen tauchten seine verhüllten Wächter wieder auf und sammelten sich hinter ihm. Er war nur noch wenige Meter von Tember, Guu und

Wasee entfernt, als er stehen blieb, schien sie aber gar nicht wahrzunehmen. Die drei wagten nicht, sich zu rühren.

»Ja, sieh mal an, wer uns da mit seiner Anwesenheit beehrt!«, freute sich der Franzose in hämischem Tonfall und schaffte es sogar, deutlich zu sprechen. »Monsieur Einerdrei höchstpersönlich. Was verschafft uns die Ehre Eures *absolut* unerwünschten Besuches, wenn ich fragen darf?«

Vem ließ sich nicht provozieren, seine Stimme blieb höflich und zuvorkommend. »Wir sind hier, um Euch einen Handel vorzuschlagen.«

»Ach tatsächlich«, lachte Hicks. »Und um was soll es bei diesem Handel gehen?«

Vem zeigte mit einer umfassenden Bewegung auf alle Anwesenden. »Seht Ihr diese Leute? Sie waren Euch, seitdem Ihr Euch in dieser Gegend niedergelassen habt, treu ergeben und sind es noch immer. Es ist nicht mehr nötig, ihre Kinder als Pfand festzuhalten. Ich bitte Euch, sie gehen zu lassen. Ihre Eltern werden Euch auch weiterhin gute Dienste leisten.«

Hicks starrte ihn ungläubig an und brach dann in lautes Lachen aus. »So ein Schwachsinn«, prustete er. »Aber lasst hören, gutherziger Weiser des Rats, der Ihr wenig versteht von diesen Dingen – was gedenkt Ihr mir zu bieten als Gegenleistung?«

In der gespannten Stille, die nun herrschte, beobachtete Jani, wie sich die Eingangstür des Blockhauses leise schloss, niemand war dort mehr zu sehen, offensichtlich war es gelungen, alle Kinder zurück in die Sicherheit des Gebäudes zu holen. Erneut ließ ihn eine in den Augenwinkeln bemerkte Bewegung aufwärts schauen und da war er immer noch (oder schon wieder?) am Himmel, der Greifvogel, und zog seine Kreise.

»Wir geben Euch – mehr Gold und außerdem noch Diamanten, es gibt weitere Orte mit solchen Schätzen, von denen Ihr bisher noch nicht wisst. Und außerdem«, Vem legte eine rhetorische Pause ein, »außerdem bieten wir Euch die Lösung des Rätsels, nach der Ihr doch schon so lange sucht.«

Jani stöhnte innerlich. *Er blufft. Ausgerechnet* damit.

Er war nahe genug, um ein gefährliches Glitzern in Hicks Augen zu sehen, als dieser jetzt eine seiner Pistolen hob und intensiv von allen Seiten betrachtete, dann wieder absenkte und dasselbe mit der anderen tat.

Dann endlich wandte er sich wieder Vem zu. »Ein sehr verlockendes Angebot, durchaus«, sagte er freundlich. »Also kennt Ihr die Lösung des Rätsels doch und habt sie mir nur vorenthalten?«

»Oh, nicht absichtlich, dessen seid versichert. Unsere Wissenschaftler haben sie erst vor kurzem herausgefunden, da wart Ihr leider schon nicht mehr unter uns.«

»Verstehe«, sagte Hicks *sehr* verständnisvoll. »Dann bin ich nun sehr gespannt.«

»Natürlich habe ich sie nicht hier, wir werden sie Euch in Orbíma übergeben.«

»Natürlich«, lächelte Hicks milde. »Aber ich darf davon ausgehen, dass Ihr sie gesehen habt und persönlich dafür bürgt, dass sie existiert?«

Vem nickte. »So ist es.«

Hicks fingerte an seinem Bart herum, was gefährlich aussah, da er dadurch mit der Pistole vor seinem Gesicht herumfuchtelte. »Ihr werdet sicherlich verstehen, dass ich Euch nicht einfach so glauben kann«, sagte er dann, aufs Neue sehr freundlich. »Aber ich sage Euch etwas – gebt mir eine Kostprobe, nennt mir irgendeine Kleinigkeit, ein winziges Stück der Übersetzung und ich werde darüber nachdenken.«

In Janis Magen manifestierte sich ein Klumpen. Ein großer, schwerer, sehr kalter Brocken aus Eis. Er wagte nicht, Hicks anzusehen.

Über Vems Gesicht huschte ein hilfloser Ausdruck, aber nur kurz, dann hatte er sich wieder im Griff. »Nun, das will ich gerne tun. Doch sagt mir, was wird Euch dies helfen, wenn Ihr es doch nicht überprüfen könnt?«

Diesmal lachte Hicks nicht, er kicherte abgründig, und dieses Kichern erschien Jani gruseliger als die Duschszene in *Psycho*, die bis dato das Gruseligste war, das er sich vorstellen konnte.

Immer noch kichernd deutete Hicks auf Jani. »*Er* kann es überprüfen.«

Vem blickte verwirrt zwischen Hicks und Jani hin und her. »Wie meint Ihr das?«

»Das erkläre ich Euch später. Los jetzt, gebt etwas von Euch.«

Vem schluckte, ähte, räusperte sich und sagte dann, wobei er einen zitierenden Ton anschlug: »*Braut einen Trank mit folgenden Zutaten*«.

Hicks starrte ihn einmal mehr an, schlug sich eine Hand mit Pistole vor den Mund, und fing darunter zu glucksen an, bis er wieder in lautes Lachen ausbrach. »Das ist ein Teil der Lösung?«

Vem nickte. »So ist es.«

»Und diesen Zaubertrank muss man dann sicherlich trinken und wacht zuhause auf der Erde auf? Keine schlechte Idee, das muss ich Euch lassen.« Er drehte sich grinsend zu Jani. »Und mein Lieber, was sagst du zu dieser Eröffnung unseres werten Monsieur Einerdrei?«

Jani erwiderte seinen Blick und blieb stumm. Als Hicks sich wieder zu Vem drehte, schaute auch Jani zu diesem und rief schnell und laut: »Er kennt die Wahrheit. Wir haben das Rätsel heute gelöst.«

Hicks fuhr wütend herum, geriet wieder ins Schwanken, fing sich aber. Jani rechnete schon damit, gleich in einen Pistolenlauf zu schauen. Hinter sich hörte er Spooky knurren. Aber Hicks warf ihm nur einen vernichtenden Blick zu und legte dann wieder sein Grinsen auf.

»Ist er nicht ein Spielverderber sondergleichen, unser lieber Jani?«, fragte er dann, an Vem gewandt.

Der war leichenblass und suchte nach Worten.

»Ach Vem«, seufzte Hicks. »Ihr seid ein wirklich schlechter Lügner. Ich will Euch sagen, was die Lösung des Rätsels ist: Bullshit. Nichts als *Bullshit*. Ein wertloser Schnipsel Papier mit jeder Menge *Bullshit*. Wir kommen hier nicht weg, weil hier gar nichts ist. Jaha, da staunt Ihr, nicht wahr? Auch das hat unser kluges Bürschchen herausgefunden – es gibt Euch gar nicht. Euch nicht und uns nicht und die hier auch nicht.«

Er hob die Arme, schwenkte sie in einer alles umfassenden Rundumbewegung, die ihn erneut wanken ließ, und deutete am Ende mit seinen Pistolen auf die drei Frauen, die wie erstarrt immer noch auf derselben Stelle standen. Während er mal auf die eine, mal auf die andere zielte, fing er an, abzuzählen. »*Ene mene miste* – Illusionen nennt er das, der ach so kluge Junge – *es rappelt in der Kiste* – mit eingepflanzten Erinnerungen, ist das nicht lustig? Wie in so einem Kinofilm über Aliens, haha – *ene mene mu* – und Eure Namen stammen aus einem Kalender, Ihr seid ja so blöd, Ihr Amibros – *und aus bist du.*«

Die Pistolen deuteten auf Guu, als er schoss.

Sie brach blutend zusammen, und während Tember und Wasee entsetzt aufschreiend an ihrer Seite auf die Knie fielen, ohne wirklich zu begreifen, was gerade geschehen war, begann Hicks wieder zu lachen. »Alles ist gut, sie ist nicht tot, weil sie gar nicht lebendig war. Alles nur eine Illusion.«

Jani wollte den beiden Mädchen zurufen, dass sie weglaufen sollten, sich in Sicherheit bringen, aber er war starr vor Schock, unfähig sich zu bewegen.

Die Tür des Blockhauses öffnete sich und eine Betreuerin schrie: »Bei den Altehrwürdigen Ahnen!«

Hicks drehte sich herum und gab mehrere Salven auf die Tür ab, sie wurde sofort wieder zugeschlagen und es war nicht klar, ob jemand verletzt worden war. Die Verhüllten, die hinter ihm gestanden hatten, brachten sich mit weiten Sätzen aus der Schusslinie.

»Genug jetzt«, schrie Vem und stürmte los, gefolgt von seinen Leuten.

Von den Seiten strömten weitere Amibros und Alwadarianer heran, Vems Flankentruppen nahmen sein Brüllen als Angriffssignal. Die Verhüllten zogen ihre Säbel und traten ihnen entgegen.

Hicks drehte sich einmal wankend im Kreis, wobei er seine Arme weit ausbreitete, lachte sein irres Lachen und begann dann, wahllos auf seine Angreifer zu schießen.

Janis Erstarrung löste sich aus unerklärlichen Gründen, er warf sich vorwärts, krallte sich Tember und Wasee und zerrte sie rückwärts in den Schutz der Bäume. Dort kauerten sie nieder.

Tember presste sich an ihn und schluchzte, die Luft war mit Kampfgeräuschen, Säbelklingen, Schreien und Schüssen zum Bersten gefüllt.

Urplötzlich fiel ein riesiger Schatten über den Platz, Jani blickte nach oben und da war kein Himmel mehr, aber er konnte auch nicht ausmachen, *was* dort war. Es kam herunter wie eine schwarzgrau glänzende Sturmfront und im nächsten Moment schnurrte es zurück, war verschwunden und der Himmel wieder da, und rundherum – Totenstille. Für einen Moment nur, dann hörte er das Stöhnen und Schreien der Verwundeten.

Aber es fielen keine Schüsse mehr.

Jani suchte die Menge sofort nach Hicks ab, erwartete, dass sie ihn entwaffnet hatten oder umgebracht oder dass er geflohen war. Nichts von alldem traf zu. Außer Gefecht gesetzt hatte ihn etwas ganz anderes und das entbehrte jeder Vernunft.

Hicks war gefangen. In einem auf den ersten Blick unsichtbaren Gefängnis. Man sah ihn herumspringen und mit den Fäusten an etwas schlagen, das vielleicht aus Glas bestand; sein weit offener Mund zeigte deutlich, dass er laut brüllte, doch es war absolut nichts zu hören.

# 78

Jani bestaunte die Szene ebenso ungläubig wie jeder um ihn herum. Das Ding, das über den Franzosen gestülpt war, erinnerte ihn an etwas, das ihm nicht einfallen wollte. Warum es überhaupt da war, blieb ein Rätsel.

Die Kämpfenden hatten ihre Waffen sinken lassen und gingen unmerklich auf Abstand zueinander. Niemand konnte fassen, dass der Kampf vorüber war, kaum dass er angefangen hatte. Wie ein Spuk. Doch die Starre, die alle befallen hatte, löste sich schnell.

Die Eingangstür des Blockhauses öffnete sich und heraus strömten Betreuerinnen, als wüssten sie, dass keine Gefahr mehr drohte. Die Amibro Frauen, unter denen Jani auch Sugar sah, eilten den Verletzten zu Hilfe.

Trayot und Stein wurden gebracht, aber sie sahen gar nicht so aus, als hätten sie noch vorgehabt, sich zur Wehr zu setzen. Zusammen mit den Verhüllten, die sich widerspruchslos ergeben hatten, fesselte man sie und platzierte sie unter Bewachung in Sichtweite unter die Bäume, um sich später um sie zu kümmern. Sie ließen alles mit sich geschehen und starrten nur wie vom Donner gerührt auf den eingeschlossenen Franzosen.

Alle anderen begannen nun, den Gefangenen zu ignorieren, blendeten ihn vorübergehend aus ihrer Wahrnehmung aus, er stellte keine Gefahr mehr da und es gab so viel anderes zu tun. Man würde sich später mit ihm und der seltsamen Art seiner unverhofften Ausschaltung befassen.

Tember, Wasee und Jani vergewisserten sich gegenseitig, dass keiner von ihnen verletzt war, alles Blut an den beiden Mädchen war nicht ihr eigenes, sondern Guus, die Hicks' Schüsse nicht überlebt hatte, vermutlich war sie sofort tot gewesen.

Wasee übernahm die Position der Leiterin, gemeinsam mit Tember und Jani ließ sie sich von den beiden Anführern in Vems Gruppe, Baako und Golda, über die Aktion informieren, die sie hergeführt hatte. Danach besprachen sie das weitere Vorgehen und machten sich mit den anderen Betreuerinnen daran, Ordnung in das Chaos zu bringen.

Mero, Lir und die Centerfly wurden aus ihrem Gefängnis befreit. Bei letzterer handelte es sich um *Wind*, also hatte Hicks *Fisch* auf die Suche nach Emmi geschickt. Die erschöpften Kinder führte man ihren Eltern zu, die sie überglücklich in die Arme schlossen, und brachte sie zum großen Schlafgebäude, wo sie gemeinsam die Nacht verbringen sollten.

Die vier Toten – Guu, ein Alwadarianer und zwei Amibros aus Vems Gruppe – wurden auf dem Rasen in der Mitte des Platzes direkt vor Hicks' Augen aufgebahrt.

Wesentlich mehr waren verletzt, einer davon schwer – Vem selbst. Mero, Lir und Jani halfen dabei, sie alle ins Blockhaus zu bringen, wo Lager hergerichtet wurden und man sie versorgen konnte. Spooky, von der Leine gelassen, wich entgegen seiner sonstigen Gewohnheit nicht von Janis Seite, die Witterung von Blut und Tod schien ihn einzuschüchtern.

Als es für ihn nichts mehr zu tun gab, suchte Jani nach Tember und fand sie bei Vem. Sie kniete an der Seite des verletzten Einerdrei, Sugar war bei ihr und hatte einen Arm um sie gelegt, auf der anderen Seite versorgte eine Alwadarianerin Vems Wunden.

Jani ging zu ihnen. Wenn ihm einer sagen konnte, wo Emmi war, dann vielleicht Vem. »Wie geht es ihm?«, fragte er.

Tember schluchzte und gab keine Antwort, Sugar schüttelte nur den Kopf und die Alwi warf ihm einen Blick zu und sagte: »Kein Bewusstsein. Viel Blut verloren. Nicht gut.«

Jani seufzte. Er wusste, es war nicht der passende Zeitpunkt, die Frage zu stellen, aber er konnte nicht anders: »Er hat nicht zufällig noch etwas gesagt? Zum Beispiel über den Verbleib meiner Mutter?«

Wie erwartet schüttelten die Mädchen nur die Köpfe, aber die kleine Alwi fragte zurück: »Wie ist dein Name? Und wer ist deine Mutter?«

»Ich bin Kijanu. Jani. Meine Mutter heißt Emily. Kennst du sie etwa?«

Die Alwi legte letzte Hand an Vems Verbände an, dann stand sie auf, nahm Jani am Arm und sagte: »Ich Delilah. Kennen Emily. Kommen mit, ich erzählen.«

Sie setzten sich ein Stück abseits an einen der Tische und Jani erfuhr von Delilah in ihrer umständlichen Erzählweise die Kurzversion der Vorgänge, die sich in Alwadar zugetragen hatten. Von der Befreiungsaktion im Kerker über die Entscheidung zum Angriff auf Hicks, bis hin zum Aufbruch nach Nevedar mit den Snopiren, bei dem Emily und Roc fehlten, weil sie unterwegs verloren gegangen waren.

Er ließ sich von der Tatsache beruhigen, dass seine Mutter zumindest nicht alleine war und nach wie vor nach beiden gesucht wurde. Wenn alles gut ging, würden sie über kurz oder lang ebenfalls in Nevedar auftauchen. Dabei erfuhr er auch, dass sich Federchen nicht unter den Centerflies befand, die Vem begleitet hatten, weil sie zu dem Suchtrupp gehörte, der die beiden finden sollte.

Zum Verbleib der anderen Centerflies befragt, wusste Delilah zu berichten, dass sie sich kurz nach Hicks' wundersamer Ausschaltung in Begleitung einiger Amibros und Alwadarianer mit den Waggons in die unterirdischen Werkhallen aufgemacht hatten, um die dortigen Arbeiter nach Nevedar zu holen.

Jani beobachtete, wie sich Mero, Lir und Wasee an Vems Lager einfanden und intensiv auf Tember einsprachen, bis sie schließlich aufstand und mit Wasee durch die hinteren Schwingtüren verschwand. Er dankte Delilah für ihre Informationen und beide gingen zurück zu Vem.

»Was ist mit Tember?«, fragte er in die Runde. »Was ist passiert? Geht es ihr gut?«

Überraschenderweise war es Sugar, die ihm antwortete. »Sie macht sich – wie nennt man es – frisch?« Sie wies auf den immer noch bewusstlosen Vem. »Sie wird an seiner Stelle sprechen.«

Jani blickte zu Mero. »Aber sie ist völlig fertig. Warum kann das nicht einer von euch übernehmen?«

»Tember P. Darrav ist Zweierdrei«, erwiderte dieser störrisch. »Sie muss jetzt an ihr Volk denken.«

*Soll heißen, wenn sie bei mir ist, denkt sie nicht an ihr Volk, oder was?* Jani wusste, es war übertrieben, Meros Aussage in dieser Art zu interpretieren, aber er bildete sich ein, genau das zwischen den Zeilen zu hören. Er fühlte Zorn in sich aufsteigen, sagte aber nichts.

Wasee und Tember kehrten zurück und Jani sah Tem auf den ersten Blick an, dass sie ihrer Rolle gerecht werden würde. Noch waren ihre Augen gerötet, aber sie vergoss nun keine Tränen mehr, zusammen mit Wasee sorgte sie dafür, dass alle, die sich noch nicht im Blockhaus befanden und nicht anderweitig beschäftigt waren, herbeigeholt wurden.

Irgendetwas an ihrer veränderten Art, sich zu verhalten, hielt ihn ab, zu ihr zu gehen. Und sie kam auch nicht zu ihm. Zwischendurch fing er einmal einen Blick von ihr auf, aber der verstärkte dieses Gefühl noch. Und bewirkte aus irgendeinem Grund, dass er schuldbewusst die Augen senkte. Aber war er denn nicht auch schuld? An ALLEM, was geschehen war? Die Theorie von der Illusionswelt war *seine*, *er* hatte sie Hicks unterbreitet, woraufhin dieser durchgedreht war. Die Toten, die Verwundeten, Guu, Vem, *er* hatte dies alles verursacht. Seine Kehle schnürte sich zu, er bekam plötzlich keine Luft mehr, musste raus der Enge, weg von den Blicken, starrten ihn nicht alle vorwurfsvoll an? Er stürzte nach draußen, begleitet von Spooky.

Tief atmete er die frische Luft ein, die frei war von diesem unerträglichen metallischen Blutgeruch, der sich in der Halle ausgebreitet hatte. Langsam ging er die Treppe hinunter und auf das Behältnis zu, in dem Hicks steckte. Hier draußen war niemand. Er sah Trayot, Stein und die Verhüllten nicht, auch die aufgebahrten Toten waren verschwunden, untergebracht an anderen Orten, wartend auf weitere Maßnahmen, die erst noch besprochen werden mussten.

Jetzt fiel ihm auch ein, woran ihn Hicks' Gefängnis erinnerte: Es sah aus wie ein umgestülptes Reagenzglas aus dem Chemieunterricht, in der Höhe mindestens doppelt so lang wie Hicks, was drei bis vier Meter ergeben musste.

Hicks lag seitlich auf dem Boden, die Knie angezogen, die Augen halb geschlossen, am ganzen Körper zuckend. Jani betrachtete ihn teilnahmslos und sann darüber nach, ob der Franzose am Ersticken war oder nur schlief und träumte. Er streckte eine Hand aus und berührte das Glas, von dem er nicht wusste, ob es überhaupt welches war, aber es sah so aus und fühlte sich glatt und kühl an. Am unteren Ende schien es nicht einfach auf dem Boden aufzuliegen, sondern ein Stück darin zu verschwinden, als wäre es hinein gerammt worden, man sah es an den Grashalmen, die sich mit in die Tiefe bogen.

Jani fragte sich, ob Hicks ihn hören könnte, oder ob nach innen genauso wenig drang wie nach außen. Er bemerkte, dass der Hund zwar jeden Zentimeter des Bodens beschnupperte, sich aber merklich von dem Glasbehälter fern hielt.

Ein schrilles »Kiää« von oberhalb lenkte ihn ab und da war wieder der Greifvogel am Himmel. Jani ging ein paar Schritte auf den Platz hinaus und hob die Hand an die Augen. Das Tier wirkte größer als die Male zuvor, vermutlich weil es diesmal tiefer flog. Dass es sich um einen anderen Vogel handeln könnte, kam ihm nicht in den Sinn.

Da berührte ihn etwas am Arm und er hätte beinahe aufgeschrien. Sugar stand neben ihm, er hatte sie nicht kommen hören.

»Mein Güte«, keuchte er. »Du hast mich erschreckt.«

Sie sagte nichts, aber ihre kleine Hand rutschte in seine und drückte sie ein bisschen. Das Gefühl war so tröstend, dass ihm Tränen in die Augen schossen. Er starrte angestrengt geradeaus und bemühte sich, sie zurückzudrängen. Ihm fiel auf, dass Sugar ihre übliche Frage gar nicht stellte.

»Es ist alles meine Schuld«, sagte er leise. »Die Toten, die Verletzten.«

»Das warst nicht du«, widersprach sie.

»Aber hätte ich Hicks nicht gesagt, was ich gesagt habe, hätte er nicht…«

»Hicks ist krank.«

»Krank?«

»In seinem Kopf.«

Ein durchdringendes »Kiää« schrillte von weit über ihnen und beide schauten zu dem kreisenden Vogel auf.

»Ruf ihn«, sagte Sugar, »er sucht dich.«

»Hä?« Er schaute sie perplex an.

»Versuche, seinen Ruf nachzuahmen.«

»Ähhh, ich weiß ja nicht.« Es war ihm peinlich.

»Kiäää!«, rief Sugar laut. »Jetzt du.«

Jani blickte sich schnell um, aber da war nur Hicks in seinem Behälter und rührte sich nicht weiter. »Kiee«, machte er versuchsweise.

Sugar lachte. »Lauter. Kiäääää!«

»Na gut. Kiääääääää! Gut so?«

»Noch einmal, viel lauter.«

»KIIIÄÄÄÄÄÄÄÄ!«

Sugar nickte. »Sehr gut. Sieh doch!«

Der Vogel war nun direkt über ihnen und wurde rasant größer, als er mit eingeklapptem Flügelpaar pfeilschnell herunterstieß. Letztendlich war er aber mit ungefähr einem halben Meter nicht viel größer als ein Wanderfalke.

Spooky fand ihre seltsamen Laute anscheinend sehr interessant, er kam neugierig angelaufen und beobachtete mit gespitzten Ohren ihr Treiben.

»Strecke deinen Arm aus«, sagte Sugar und Jani tat wie geheißen, winkelte aber den Ellbogen ein wenig ab, so wie er es schon in vielen Falknereien gesehen hatte, zu deren Vorführungen ihn Emmi oft geschleift hatte, sie stand auf Greifvögel.

Er war ein wenig bange, ob sich die Krallen in seine Haut schlagen würden, weil er keinen dieser speziellen Handschuhe trug, aber das Tier landete ganz sanft, und als er es jetzt näher in Augenschein nehmen konnte, dämmerte ihm langsam, um wen es sich dabei handelte.

Das Federkleid des Vogels bestand aus Metall, zarte bronzefarbene Plättchen schichteten sich über Kopf, Rücken und Schwanz und vermischten sich in den Flügeln mit leicht schimmernden, transparenten Federn. Der Bauch war kupferfarben und pelzig und verjüngte sich unter den Schwanzfedern in einen zusätzlichen Schwanz, geformt war wie der einer Katze. Auch das Köpfchen war braun und pelzig, seitlich der Bronzekappe standen kleine Ohren ab und goldene Knopfaugen blickten ihn an, neugierig und schelmisch, so kam es ihm vor. Der gebogene Schnabel war nun die Stelle, in der sich die fluoreszierende Masse befand.

»Das ist aus dem Karmjit geworden?«, fragte Jani entgeistert.

Sugar streckte eine Hand aus und strich dem Tier mit einem Finger sanft über den Bauch. »Bis jetzt«, berichtete sie. »Er ist noch jung.«

»Das heißt, er wird noch wachsen? Wird er zu einem Adler oder so?«

»Größer«, sagte sie und lächelte verschmitzt.

Jani folgte ihrem Beispiel und traute sich nun auch, den Vogel zu berühren. »Wieso hast du gesagt, dass er mich gesucht hat? Ist er auf mich geprägt? Bin ich so eine Art Muttertier für ihn?«

Sugar nickte: »Genau das.«

»Aber Spooky war es doch, den er als erstes gesehen hat nach dem Schlüpfen?« Jani schaute zu dem Whippet, der neben ihm saß und den Vogel aufmerksam im Auge behielt, jedoch nicht den Anschein erweckte, als hielte er ihn für Jagdbeute.

Sie nickte wieder. »Spooky gehört zu seiner Familie, deshalb hat er sich zuerst an ihn gehängt. Aber du bist derjenige, dessen Stimme er kennt, seit er sich in dem Ei entwickelt hat.«

»Das vom Himmel gefallen ist«, erinnerte sich Jani. »Ich wüsste immer noch zu gerne, wie das passieren konnte.«

»Das kann *er* dir wahrscheinlich erklären«, sagte Sugar und deutete auf den Franzosen in seinem Glasbehälter.

»Wirklich?« Jani schaute zweifelnd. »Ich frage mich, ob er da drin gerade am Ersticken ist.«

»Nein, er kann ganz normal atmen«, sagte Sugar. »Es ist das Gift des Karmjits, das in ihm wirkt.«

»Oh. Der Biss. Der war giftig? Wie schlimm ist es? Wird es ihn töten?«

Sugar nickte. »Es dauert lange. Er wird zwischendurch noch ein paar Mal aufwachen und vielleicht auch gesund wirken. Aber es lässt sich nicht aufhalten. Es macht ihn krank im Kopf.«

»Also das meintest du. Und du glaubst, das ist der Grund, warum er durchgedreht ist?«

»Ja. Das Gift macht stärker, was in ihm böse ist und verdreht die Gedanken.«

»Und dazu hat er noch getrunken, was wahrscheinlich alles noch verschlimmert hat«, sagte Jani nachdenklich und fühlte einen Funken Hoffnung aufkeimen. Er würde dankbar jeden Strohhalm ergreifen, der ihn von seiner Schuld befreien konnte. »Ich habe nicht nur dieses Rätsel der Amibros gelöst, hinter dem er so sehr her war, ich habe auch noch meine eigenen Schlüsse gezogen.«

»Ich weiß«, sagte Sugar.

»Inzwischen bin ich mir gar nicht mehr sicher, dass ich das wirklich glaube. Ich meine, das viele Blut…«, er lachte ein freudloses Lachen, »…es kam mir nicht so vor, als wäre es *kein* echtes gewesen. Aber ohne das Gift … du meinst wirklich, Hicks wäre dann anders mit allem umgegangen?«

»Was meinst du selbst? Was war deine Erwartung?«

»Ich hatte keine, ich habe ja einfach drauflosgeredet. Aber wenn ich jetzt darüber nachdenke – eigentlich hätte er darüber lachen müssen. Hicks glaubt doch nur, was er will. Warum sollte er auf mich hören.«

Sugar nickte. »Dann wäre es ohne das Gift sicher so gekommen.«

Es erleichterte Jani nicht vollständig, aber doch genug, um sich besser zu fühlen. Nein, Hicks hätte nicht einfach aufgegeben, das passte absolut nicht zu ihm. »Könnte man ihn denn retten?«, fragte er. »Ich meine, nicht, dass ich es wollen würde im Moment, nur so interessehalber.«

»Der Karmjit könnte es«, erwiderte sie. »Aber du müsstest es ihm befehlen.«

»Aha.« Jani war einmal mehr sehr erstaunt. »Na ja, selbst wenn, wir kämen ja gar nicht ran an Hicks. Ich wüsste zu gern, wer dieses Ding über ihn gestülpt hat.«

Für einen Augenblick wurde es so still, als habe ganz Palla den Atem angehalten. Zumindest Jani empfand es so, wenn er auch nicht verstand, warum.

Dann sagte Sugar leise, aber klar und deutlich: »Das war ich.«

Jani glaubte, sich verhört zu haben. »Das ist jetzt ein Witz, oder?«

Sie schaute ihn auf ihre gewisse Art stumm an.

»Aber Sugar«, er erinnerte sich an den riesenhaften Schatten, an die Verdunkelung des gesamten Himmels, »das kann nicht sein. Wie soll das denn … wie willst du das…« Er schüttelte heftig den Kopf. »Das kann ich nicht glauben … du willst mich auf den Arm nehmen … wieso sagst du so etwas?«

»Es ist die Wahrheit«, sagte sie ruhig und lächelte ihn an, und da war sie wieder, die Traurigkeit in ihren silbernen Augen. »Ich habe mich entschieden. Ich werde es erklären. Bald.« Sie legte eine Hand auf seinen Arm. »Bitte fühle nicht wieder sauer ... für mich. Du wirst alles erfahren.«

Jani nickte. »Okay, schon gut. Ich bin nicht sauer. Aber du machst es ja echt spannend.« Er lächelte sie an und spürte, wie ihre Anspannung Erleichterung wich.

Er konnte sich keinerlei Reim auf das machen, was sie gesagt hatte. Aber vielleicht war sie ja eine Magierin. Das würde vieles erklären. Und bei all dem, was es hier gab, war die Existenz von Zauberei im Grunde gar nicht so abwegig. Das Gefühl, auf der richtigen Spur zu sein, stimmte ihn zum ersten Mal an diesem Tag etwas fröhlich.

Er kraulte den Karmjit unterhalb des Kopfes, was dieser mit geschlossenen Augen sichtlich genoss. »Und was mache ich nun mit ihm?«, fragte er. »Unter dem Hemd verstecken wird wohl nicht mehr funktionieren. Braucht er nicht auch Futter oder so?«

»Er versorgt sich selbst«, erklärte Sugar, »er frisst nicht so wie andere, seine Nahrung ist das Leuchtende in seinem Schnabel.«

»Okay. Soll ich ihn dann einfach wieder fliegen lassen?«

»Wenn er das will? Aber er kann sich auch klein machen. Da muss irgendwo etwas sein an ihm. Ein Schalter. Oder ein Knopf.«

»Was?«, Jani lachte ungläubig und musterte den Vogel von Kopf bis Fuß. Als wüsste der genau, was Jani wollte (und vielleicht wusste er es ja auch), hob er ein Füßchen und streckte ihm die Kralle entgegen. Und tatsächlich, an der Unterseite befand sich eine runde weiße Erhebung.

»Und da soll ich jetzt drauf drücken??«

»Versuche es«, sagte Sugar. »Erschrick nicht«, fügte sie hinzu.

Jani zuckte die Schultern und presste seinen Zeigefinger auf den Fleck. Statt dem schnalzenden Geräusch, mit dem sich der Karmjit bei ihrer ersten Begegnung um sein Handgelenk geschlungen hatte, ertönte diesmal metallisches Surren und Schnappen und innerhalb von Sekunden wurde aus dem Vogel eine handtellergroße bronzefarbene Metallkugel, aus der zwei Vogelfüße ragten, die sich auf Janis Arm hielten. Als er die Kugel in die Hand nahm, verschwanden die Füßchen *tschuptschup* im Innern, ohne irgendwelche Spuren zu hinterlassen.

Mit offenem Mund drehte und wendete er die Kugel, betrachtete sie von allen Seiten. Sie fühlte sich völlig glatt an, aber er sah zarte goldgeränderte Andeutungen von Schuppenmustern. »Ist das etwa eine Art Pokémon??«, fragte Jani, völlig überwältigt. »Oder ein Transformer??«

Er erwartete bereits Sugars verwirrte Frage, aber sie sagte in einem völlig normalen Tonfall, so als wisse sie genau, von was er sprach: »Nein, weder noch. Ein Karmjit ist ein Karmjit.«

Kurz darauf kam Golda von ihrer Mission zurück. In ihrem Schlepptau befanden sich all die Centerflies, die sie aus dem Käfig in den Katakomben befreit hatte sowie ein Dutzend Hutzlifutze, Alwis und Amibros, die mit den ersten drei Waggons angekommen waren.

Die Wagen wurden nun immer wieder in die Tiefe geschickt, um nach und nach alle Arbeiter und Aufseher heraufzuholen. Erwartungsgemäß hatten sich auch letztere ihrer Sache angeschlossen, sobald sie erfuhren, dass Hicks ausgeschaltet war.

Die Sammelstelle für alle war der große Saal im Blockhaus, hier wurden die Neuankömmlinge willkommen geheißen und versorgt. Wer von ihnen Kinder in Nevedar hatte und es gar nicht mehr aushielt, wurde von den Betreuerinnen zum Schlafsaal geführt, manche blieben gleich dort, manche wollten nur einen Blick auf den lange entbehrten Nachwuchs werfen und die Kleinen schlafen lassen.

Tember, Wasee, Golda und Baako bildeten ein Team und versuchten, den Überblick im Trubel zu behalten. Mero, Lir, Jani, Sugar, Delilah und ein Hutzlifutz namens Lhorakh als Abordnung der Schwarzödenbewohner gesellten sich als Hilfstrupp dazu. Vems ursprünglicher Plan sollte unverändert beibehalten werden, darüber waren sich alle einig.

Jani hatte die bronzefarbene Kugel in seinem Rucksack untergebracht und diesen unter einen Stuhl platziert, vor dem Spooky lag und ihn bewachte, gleich neben Vems Lager. Der Einerdrei der Amibros war nach wie vor nicht aus seiner Bewusstlosigkeit erwacht und wurde trotz Delilahs Bemühungen immer schwächer. Sie rechneten fast nicht mehr damit, dass er noch einmal zu sich kam, aber sie wollten die Hoffnung noch nicht aufgeben. Eine von Goldas Centerflies achtete auf ihn und würde Bescheid geben, wenn sich sein Zustand änderte.

In ersten Maßnahmen beschlossen sie, ihre vier Toten am folgenden Morgen mit den Transporten in die jeweilige Heimat zu überführen, wo sie nach dortigen Gepflogenheiten beigesetzt werden sollten. Trayot, Stein und die Verhüllten blieben vorerst in dem Gebäude eingesperrt, in dem zuvor Mero und Lir gefangen gehalten worden waren. Die Entscheidung über ihr Schicksal stand noch aus. Sie wurden von zwei Amibros aus Vems Gefolgschaft bewacht.

Unter Bewachung stand auch Hicks, sicherheitshalber. Sie befürchteten, dass der Behälter genauso schnell wieder verschwinden könnte wie er aufgetaucht war. Da Sugar zu dieser Diskussion nichts Aufklärendes beitrug, entschied sich auch Jani, nichts zu sagen. Sie würde schon selbst wissen, wann sie ihr Geheimnis lüften wollte.

Nachdem dies geklärt war, wandten sie sich den Transporten zu. Am einfachsten war die Rückkehr der Katakomben-Centerflies in ihre Heimat zu organisieren, sie brauchten keine Hilfsmittel für die Reise, nur Führer. Sie alle waren so versessen darauf, nach Hause zurückzukehren, dass Golda ihrem sofortigen Aufbruch zustimmte. Ruhephasen, so sie notwendig werden würden, nachdem sich die erste Aufregung gelegt hatte, würden auch unterwegs eingelegt werden können. Sie gab ihnen einen Teil ihrer Kriegerinnen zur Begleitung mit, darunter Fisch, der sie die Befehlsgewalt übertrug. Zu ihrer Aufgabe gehörte auch, die Wiederansiedlung am Strand zu organisieren und dafür zu sorgen, dass alte ebenso wie neue Schwestern in die bestehende Gemeinschaft aufgenommen wurden.

Golda behielt rund ein Dutzend ihrer ursprünglichen Truppe bei sich, sie würden erst nachkommen, wenn ganz sicher war, dass die Hilfe der Centerflies an diesem Ort nicht mehr benötigt wurde.

Für alle anderen musste die Rückkehr in ihre verschiedenen Heimatorte per Snopire stattfinden, unter der Berücksichtigung von Vems Wunsch, jedem, der dies wollte, eine neue Heimat in Orbíma Zitíí anzubieten. Dies bedeutete, dass mit jedem einzelnen gesprochen werden musste, auch um herauszufinden, ob es sich um Familien handelte und wenn ja, wie viele Personen zu transportieren waren.

Diese Nacht würden alle noch in Nevedar verbringen und am nächsten Morgen sollten die Transporte beginnen.

Einigen der Verwundeten ging es inzwischen gut genug, um sie ebenfalls zu ihren Familien oder Kindern gehen zu lassen, und als sich der Saal schließlich geleert hatte und langsam Ruhe einkehrte, schätzte Jani, dass es mindestens Mitternacht sein musste, auch wenn draußen natürlich noch die ›Sunne‹ vom blauen Himmel schien.

Bevor sie selbst etwas essen oder an Schlaf denken konnten, mussten sie klären, was mit Trayot, Stein und den Verhüllten geschehen sollte. Sugar machte den Vorschlag, mit ihnen zu sprechen, um herauszufinden, auf welcher Seite sie inzwischen standen. Da sie sich nicht einig werden konnten, wer das Gespräch führen sollte, gingen sie einfach alle zehn. Die Angelegenheit löste sich fast wie von selbst.

Schon als sie das Nebengebäude betraten, wurden sie von Trayot und Stein mit flehenden Bezeugungen überschüttet, dass sie nichts, aber auch gar nichts mit dem zu tun haben wollten, das Hicks getan hatte. Sie hätten nur Befehle ausgeführt und niemals gutgeheißen, in welcher Art und Weise er sein Ziel um Reichtum und Heimkehr zur Erde zu erreichen versuchte. Sie hatten das Leben im Tempel völlig über und wünschten sich nichts sehnlicher, als wieder in Orbíma leben zu dürfen.

Da sie anscheinend niemandem ein Leid zugefügt hatten, beschlossen die Zehn, ihnen diese Bitte zu gewähren, unter der Auflage, dass sie sich bis dahin in ihrer Nähe aufhielten, und der Warnung, dass jegliches Vergehen mit einer Verbannung nach Alwadar geahndet würde. Jani, der nicht vergessen hatte, was sie einmal mit Spooky vorgehabt hatten, nahm sich vor, ein wachsames Auge auf sie zu haben.

Wie sich herausstellte, waren die Verhüllten doch in der Lage, zu sprechen, zumindest tat es einer von ihnen. Er erklärte, dass sie aus Gründen, die er nicht näher erläutern wollte, nur Hicks verpflichtet gewesen waren und sie sich mit seiner Ausschaltung von dieser Pflicht entbunden fühlten. Sie baten um eine Mitfluggelegenheit nach Orbíma, um sich von dort zu Fuß zu ihrem Stamm aufzumachen, der, wie er erläuterte, weit im Süden der Roten Wüste, nahe des Ozeans sein Dorf hatte. Sie wollten die letzte Nacht gerne einfach in diesem Gebäude verbringen.

Die Zehn gaben auch dieser Bitte ihre Zustimmung.

# 79

Die Centerfly, die an Vems Lager Wache hielt – ihr Name war Bunter-Huf (tatsächlich kringelte sich eine ihrer farbigen Vorderbeinätowierungen bis dorthin) – berichtete zur Überraschung aller, dass Vem für einen kurzen Moment die Augen geöffnet hatte, als sie weg waren.

Sie eilten zu ihm, Delilah überprüfte seinen Zustand und meinte festzustellen, dass er nicht mehr bewusstlos war, sondern nur tief schlief.

»Geht es ihm etwa besser?«, fragte Tember voller Hoffnung.

Die Alwi wiegte ihren großen Kopf. »Ich nicht sicher. Manchmal gehen besser, kurz bevor...«

Tember brach in Tränen aus, drehte sich um und sank gegen die Brust desjenigen, der hinter ihr stand – Jani. Völlig überrascht legte er die Arme um sie und drückte sie fest an sich.

»Gib die Hoffnung noch nicht auf«, flüsterte er in ihr Haar. »Vielleicht schafft er es. Er ist ein Kämpfer.« Trotz der Tragik der Situation empfand er ein wahnsinniges Glücksgefühl darüber, dass er sie in den Armen hielt, begann sich aber sofort zu fragen, ob es nicht ein Zufall gewesen war und keinen Unterschied gemacht hätte, wenn nicht er, sondern Mero oder Lir hinter ihr gestanden hätten.

»Wir sollten uns jetzt stärken und dann versuchen, noch etwas Schlaf zu finden. Der morgige Tag wird anstrengend werden«, sagte Wasee.

Tember löste sich von Jani, sagte nichts, blickte ihn nicht an und folgte Wasee in die Küche. Er schaute ihr noch nach, als eine kleine Hand in seine schlüpfte, sie fest drückte, und wieder daraus verschwand. Dann ging auch Sugar an ihm vorbei. Er musste schmunzeln.

Die für die Verwundeten hergerichteten Lager waren – bis auf das eine mit Vem – erfreulicherweise nicht mehr belegt und die Amibro Frauen, die die letzten Verletzten betreut hatten, verabschiedeten sich, um sich in ihre Unterkünfte zu begeben. Golda sah noch einmal nach Bobbeye Hicks, aber der – inzwischen aufgewacht – saß nur an die Glaswand gelehnt da und stierte stumpf vor sich hin. Die Königin schickte ihre Kriegerinnen ebenfalls schlafen und blieb als einzige Centerfly zurück.

Die Gruppe der Zehn, mit Trayot und Stein jetzt zwölf, würde im Saal übernachten, sie versammelten sich jetzt an einem der langen Tische, um Wasees Rat zu folgen und noch etwas zu essen. Keiner von ihnen konnte aufhören, über das Vorgefallene zu sprechen. Trayot und Stein wagten kaum, sich am Gespräch zu beteiligen, aber immerhin waren sie dabei und selbst Jani versuchte, sie freundlich mit einzubeziehen.

So zog sich das Essen länger hin als geplant, doch als sich abzeichnete, dass sie nun langsam aber sicher schlafen gehen würden, stand plötzlich Sugar von ihrem Stuhl auf, klatschte in die Hände, bis sie die Aufmerksamkeit aller hatte und sagte dann mit kaum hörbarer Stimme: »Bevor ihr euch zur Ruhe begebt, möchte ich euch noch etwas sagen.«

Sugar was bisher nicht sonderlich in Erscheinung getreten, für die meisten gehörte sie zum Kreis der Amibro Frauen, die die Kinder betreut hatten, auch wenn sie durch ihr ungewöhnliches Aussehen etwas aus dem Rahmen fiel.

Als sie alle Augen mit verwundertem Ausdruck auf sich gerichtet sah, lächelte sie sanft und fuhr mit festerer Stimme fort: »Erst wollte ich es nicht. Aber nun habe ich mich anders entschieden. Es steht ein Ereignis bevor, von dem ihr erfahren sollt. Dazu ist es nötig, dass ich euch zuvor etwas erkläre.«

Jani betrachtete sie mit einem unerwarteten Anfall von Wehmut. Sie war so schön in ihrer engelhaften Zartheit, dem schimmernden weißen Haar, der fast durchscheinenden Haut und den diamantenen Augen. Er war sich nicht sicher, ob er hören wollte, was sie zu sagen hatte.

Er musste an ihr so oft gefragtes »Ist-das-richtig-so?« denken, in so vielen verschiedenen Körpern, und wie er es gehasst hatte, wenn es geschah. An ihren Wissensdurst und die vielen Fragen, mit denen sie ihn gelöchert hatte. An die kleine Hand, die er schon so oft in der seinen gehalten hatte, weil sie einfach auf einmal, still und leise, dort gewesen war. Wie sie dort stand, drückte ihre ganze Haltung nicht nur Traurigkeit aus, sondern noch etwas anderes. Abschied. Und es beunruhigte ihn sehr.

»Ich weiß, dass ihr das, was ich zu sagen habe, erst einmal nicht glauben werdet. Ich bitte euch schon jetzt, gleichwohl darauf zu vertrauen, dass es die Wahrheit ist, und mich bis zum Ende anzuhören. Ich verspreche, dass ich es beweisen kann und auch tun werde.« Sie stützte sich kurz mit einer Hand auf der Tischplatte ab, so als fühle sie sich nicht wohl.

Jani durchfuhr es eiskalt. War sie womöglich krank und er hatte es nicht bemerkt?

Sugar richtete sich wieder auf und schaute in die neugierigen Gesichter. Sie lächelte erneut. »Ihr fragt euch vielleicht, warum ich diesen Augenblick gewählt habe, um zu sprechen. Warum nicht zu der Zeit, als alle anderen noch hier waren. Es gibt einen einfachen Grund. Ich möchte sie schonen. Sie fühlen Glück und ich möchte ihnen dieses Gefühl für den Rest ihres Lebens nicht mehr nehmen, jetzt, wo ich weiß, wie es sich anfühlt. Erneut bitte ich euch schon jetzt, für euch zu bewahren, was ich zu sagen habe. Warum schone ich nicht auch *euch*? Ich schone euch nicht, weil ihr keiner Schonung bedürft. Ihr habt euch mit dem, was ich zu sagen habe, bereits auseinandergesetzt, in der einen oder anderen Art. Euch will ich ein Geschenk machen. Ich schenke euch die Antwort auf eure Fragen.«

Janis Bedürfnis, jetzt und auf der Stelle aufzuspringen und zu rennen, fort von hier, so weit es nur ging, war so übermächtig, dass seine Fingernägel Kerben in das Holz des Stuhls gruben, auf dem er saß und an dem er sich festhielt. Er hörte Spooky fiepen und konnte nur mit größter Anstrengung seinen Blick von Sugar in seine Richtung wenden. Vem hatte sich dort auf seinem Lager auf einen Ellbogen aufgestützt und starrte mit weit aufgerissenen Augen zu ihnen herüber.

Als Jani sich wieder umwandte, fand er Sugars Blick auf sich gerichtet.

»Es gibt so vieles, das ich erfahren durfte, als erste der unsrigen«, sagte sie und Jani hatte das Gefühl, als spräche sie nur zu ihm. »Und wir werden nun so vieles mehr verstehen. Deshalb möchte ich, bevor ich fortfahre, euren Kreis vervollständigen. Denn es sind noch nicht alle hier, die es sein sollten. Bitte wartet auf mich, ich bin nur kurz fort.«

Anstatt aber nun den Raum zu verlassen, setzte sich Sugar wieder, legte beide Hände auf den Tisch, schloss die Augen und erstarrte zu einer regungslosen Puppe ohne Lebenszeichen.

## 80

Das Warten auf den Einbruch der Nacht war so langweilig, dass Emily sich irgendwann an die Seite des Wolfs lehnte (was aufgrund des warmen dichten Fells ein richtig gemütlicher Platz war), die Beine ausstreckte, die Hände hinter dem Kopf verschränkte, und von zuhause zu erzählen begann.

Bis auf gelegentliches Raunzen unterbrach sie der Schwarze nicht und so kam ihr das Reden eher wie eines ihrer Selbstgespräche vor, die sie oft geführt hatte, wenn sie allein zuhause gewesen war und nur der Hund und die Katzen ihr zuhörten. Bei einem Roc in menschlicher Gestalt wäre sie vermutlich nicht so mitteilsam gewesen.

Sie erzählte von ihrem Leben, das ihr im Vergleich mit den letzten Tagen in seiner Banalheit schon fast surreal vorkam. Behütete, unspektakuläre Kindheit als einzige Tochter eines Architektenehepaares, mit viel Vertrauen, Freiheit und Toleranz aufgezogen, so dass sie sich auch leisten konnte, mit sechzehn unverhofft schwanger zu sein, ohne gleich vor die Tür gesetzt zu werden. Zwar fielen ihre Eltern angesichts dieser Situation vorübergehend in eine ungewohnte altmodische Angststarre und drängten sie zu heiraten, aber der Anfall ging zum Glück vorüber, wobei die Eröffnung der Tatsache, dass der Vater ihres Kindes homosexuell war, einen nicht unwesentlichen Teil dazu beigetragen hatte.

Vorerst noch zuhause lebend konnte sie mit Unterstützung der entzückten Großeltern und auch des Kindsvaters die Schule mit Abitur beenden und ein Fernstudium in Grafikdesign durchziehen. Ein Praktikum in einer örtlichen Werbeagentur war so erfolgreich, dass sie dort angestellt wurde, mit ihrem Kleinen in eine eigene Wohnung umziehen konnte, und im vergangenen Sommer ihr zehnjähriges Mitarbeiterjubiläum gefeiert hatte.

Ursprünglich ganztags beschäftigt, hatte sie auf Halbtagsarbeit verkürzt, als Jani auf das Gymnasium wechselte, um mehr Zeit für ihn und eventuelle schulische Schwierigkeiten zu haben. Ihr Sohn jedoch brauchte ihre Hilfe gar nicht, außer für diverse Bring- und Abholdienste (und vielleicht den Rückhalt, dass er an Noten heimbringen durfte, was immer er wollte, ohne Ärger zu bekommen), und sie nutzte die unverhoffte Freizeit, indem sie Haustiere anschaffte und sich verstärkt ihrem seit der Geburt von Jani vernachlässigtem Hobby widmete, dem Schreiben von Geschichten. Das Kind entdeckte zur gleichen Zeit seine Liebe zur Musik (hieran waren wohl die Vatergene schuld), nahm Gitarren- und Klavierunterricht und noch bevor ein Jahr herum war, gründete er seine erste Band, wenn auch ohne Namen, komponierte die Lieder dafür und gab gleich auch noch den Leadsänger.

Als es dann mit den Auftritten losging (unter dem Bandnamen ›Nameless‹, weil sie immer noch keinen Namen gefunden hatten, der Jani gefiel) – da war er ungefähr fünfzehn – war sie, wann immer möglich, mit ihren

Freunden dabei, darunter auch Janis Vater, der seit einigen Jahren in einer glücklichen Beziehung mit einem netten Kerl namens Lars lebte, der wie er Berufsmusiker im selben Orchester war.

Am Ende gab sie sogar ihre Männergeschichten zum Besten, die sich aber schnell auf einen Nenner summierten – sie waren nicht von Dauer. Im Alter von elf Jahren hatte sie sich auf einer Jugendfreizeit zum ersten Mal verliebt und dann für die nächsten Jahre nicht mehr damit aufgehört – was unglücklich endete, wurde durch eine nächste Verliebtheit kuriert. Nach und nach wurden die Beziehungen länger und die Pausen zwischen ihnen auch, doch keiner ihrer Lebensabschnittpartner hatte ihr Herz für immer gewinnen können.

Sie war immer offen geblieben für neue Liebschaften, aber die Erfahrungen hatten Spuren hinterlassen. Insbesondere auch bezüglich ihrer Fähigkeit, Kompromisse einzugehen oder gar mit einem Mann zusammenzuleben. Gelegentliche Versuche in dieser Richtung endeten nach kurzer Zeit mit dem Abservieren des neuen Hausgenossen, bis sie schließlich einsah, dass Zusammenleben nur mit einem männlichen Wesen funktionierte – ihrem Sohn. Sie hatte sich den Spruch zugelegt, dass sie ›das mit dem Heiraten und Zusammenleben‹ auf ihr nächstes Leben verschieben würde. Das Single-Dasein machte ihr immer weniger Probleme. Nach der letzten gescheiterten Beziehung hatte sie es regelrecht genossen, und die lag nun schon einige Jahre hinter ihr.

»Wer weiß«, überlegte sie laut, »vielleicht ist ja das hier mein *nächstes Leben* und es klappt endlich mit der großen Liebe.« Dass sie dabei Vem im Auge hatte, verschwieg sie dann aber doch.

Ihr einseitig geführtes Gespräch und der kuschelige Platz ließen sie schließlich immer schläfriger werden, bis sie mitten in einem Satz einschlief.

Sie schlief so tief, dass sie nicht einmal aufwachte, als sich Roc zurückverwandelte. Und nun saß er hier an einen Baum gelehnt, hielt sie in den Armen, dachte über das nach, was sie erzählt hatte, und brachte es nicht über sich, sie zu wecken. Er fragte sich, was aus ihm geworden wäre, wenn es sie nicht gäbe.

Die ganze Zeit über, als er nicht wusste, wo Felecia war, und sich seine Gedanken um nichts anderes drehten, als sie zu finden, hatte er immer auch die Möglichkeit berücksichtigt, dass sie nicht mehr am Leben war. Und es war keine Frage gewesen, dass er nicht leben wollte, wenn sich dies bewahrheiten würde. Er hatte nie mit jemandem darüber gesprochen, aber er war sich sicher, dass Vem es geahnt hatte.

Und als dann der Moment da war und Delilah ihm Cias Tod mitteilte, da wurde ihm in der Tiefe seines Schmerzes bewusst, dass er leben wollte und dass sich der Grund dafür mit im Raum befand. Er hatte keine Erklärung dafür, sie war so gänzlich anders als Felecia, seine zarte, sanfte Cia mit den goldenen Haaren. Er konnte sich nicht erinnern, jemals mit ihr gestritten zu haben, während es mit Emily schon beinahe an der Tagesordnung war.

Er betrachtete ihr Gesicht und fuhr mit einem Finger zärtlich die blasse Linie der Narbe nach, die sich über ihre Stirn zog.

Vem hatte ihm in Alwadar fürchterliche Vorwürfe gemacht wegen dem, was die Centerfly Prinzessin im Verlies beobachtet hatte. In einer ersten Reaktion wollte er es abstreiten, weil er sich an Cia erinnerte und nicht an Emily, aber dann wurde ihm zu seinem eigenen Erstaunen bewusst, dass es ihn nicht wirklich überraschte. Und da war ihm klar geworden, dass er es tief in seinem Innern schon gewusst hatte.

Er hatte Vem davon überzeugen können, dass er sich nicht daran erinnerte und dass es, da auch Emily es mit keinem Wort erwähnt habe, wohl etwas gewesen war, dass sich aufgrund seines schweren Fiebers ereignet haben mochte und von keinerlei Bedeutung gewesen sei. Nachdem dies geklärt und von Vem akzeptiert worden war, hatte dieser versprochen, es gegenüber Emily nicht zu erwähnen, sie waren sich darüber einig, Janis Mutter nicht in Verlegenheit bringen zu wollen. Roc hatte Vem gebeten, auch Golda und ihre Tochter davon in Kenntnis zu setzen und um ihr Schweigen zu bitten.

Was immer er für diese Frau empfand – und es versetzte ihn immer noch in Erstaunen, welche Gefühle sie in ihm auslöste, sogar wenn er sie wie jetzt nur im Schlaf betrachtete – er war sich sehr wohl bewusst, dass sie diese Empfindungen nicht erwiderte. Er vermutete schon länger, dass sie Vem liebte. Und nach dem, was sie ihm heute erzählt hatte, wünschte er sich für sie, dass sich ihre Vorstellung für ihr nächstes Leben, wie sie es genannt hatte, erfüllte.

Wenn er es verhindern konnte, würde sie nichts von dem erfahren, was in ihm vorging, und er kannte sich gut genug, um zu wissen, dass keine Gefahr bestand, dass er sich ihr offenbarte. Er war geübt darin, seine Gefühle zu verbergen. Vem war natürlich ein Problem, weil er jemanden anderen liebte. Aber wenn Emily geschafft hatte, dass er, Roc, ohne Felecia leben konnte und wollte, dann konnte sie es auch schaffen, Vem für sich zu gewinnen.

Noch ein Unterschied – Cias Augen waren hellblau gewesen wie der Taghimmel über Orbíma, Emilys dagegen hatten die Farbe der untergehenden Sunne (die in ihrer Welt *Sonne* genannt wurde), von hellgolden in immer dunklere goldbraune Schattierungen und zurück wechselnd.

Dann begriff er, warum ihm dies gerade jetzt auffiel – Emily hatte die Augen geöffnet und blickte ihn an. Und er wusste nicht, wie lange schon. Die Fackel, die er neben sie beide in den Boden gesteckt hatte, verursachte das Farbflackern in ihren Augen.

Er räusperte sich, lehnte sich zurück und gab sie frei, murmelte etwas von »kühl und wärmen« und Emily sprang auf, schnappte sich die Fackel und begann zu schimpfen. Das hatte er richtig vermisst. Er lachte.

Emily funkelte ihn böse an. »Da gibt es gar nichts zu lachen«, wetterte sie und fuchtelte mit der Fackel vor seinem Gesicht herum. »Warum hast du mich nicht geweckt? Seit wann bist du verwandelt? Herrjeh, wir müssen doch zurück! Vem wird uns in der Luft zerreißen!«

Wie aufs Stichwort sauste in diesem Moment etwas von oben herab und flatterte ihnen aufgeregt um die Ohren. »Endlisch, endlisch! Wir 'aben gedacht, wir finden euch niemals wieder! Zum Glück 'abe isch die Fackel gesehen, wartet 'ier, isch bin gleich zurück.«

»Äh, Federchen?« Emily guckte ihr verdutzt hinterher.

Kurz darauf kehrte die Centerfly zurück und führte sie vom Pfad fort, einige Meter mitten in den Wald hinein, wo sich eine kleine Lichtung auftat, gerade groß genug, um Salvador die Landung zu ermöglichen. Dort erfuhren sie dann von der Suchaktion und dass die anderen ohne sie nach Nevedar aufgebrochen waren, was schon Stunden her sein musste.

Federchen erzählte, dass Salvador schon mehrfach über diese eine Stelle geflogen war, wo sie sich auch wirklich befunden hatten, aber der Pfad war so schmal und die Bäume so dicht, dass man sie nicht entdeckt hatte. Erst jetzt, in der Dunkelheit, hatte das Licht der Fackel sie zu ihnen geführt.

Der Pilot half ihnen beim Aufsteigen auf den ungesattelten Snopir und wies Emily an, sich gut festzuhalten, worauf Roc, der hinter ihr aufsaß, ungefragt seine Arme um sie schlang. Bevor sie nach Nevedar fliegen konnten, mussten sie zurück zu den Stallungen, wo der Amibro und die zweite Centerfly auf Nachricht warteten. Federchen hätte vorausfliegen können, wollte sie aber nicht schon gleich wieder verlassen und nahm daher wieder ihren Platz auf der Schulter des Piloten ein.

Salvador stieg auf und hatte gerade die Baumwipfel hinter sich gelassen, als sich etwas gewaltiges Dunkles vom Himmel her auf sie zu bewegte und wie ein überdimensionierter Löffel unter sie schob, den Snopir samt seinen Reitern anhob und im nächsten Moment im hellen Tageslicht auf einer Wiese absetzte, die sie noch nie zuvor gesehen hatten.

# 81 / Nacht 8

Jani wollte gerade aufstehen und nach Sugar sehen, als wieder Leben in die Puppe kam. Im selben Moment flog die Eingangstür auf und die beiden Amibros, die den Glasbehälter bewacht hatten, stürzten herein und schleiften Hicks mit sich, der apathisch zwischen ihnen hing. Sie redeten aufgeregt durcheinander, dass es auf einmal stockdunkel geworden sei, und der Franzose anschließend ohne sein Gefängnis auf dem Boden gelegen habe. Und sie nicht wüssten, was sie nun tun sollten mit ihm.

»Seid ganz ruhig«, sagte Sugar und richtete sich auf. »Es besteht keine Gefahr. Bringt ihn zu einem leeren Lager und legt ihn nieder. Dann dürft ihr euch zur Ruhe begeben.«

Obwohl sie nicht laut gesprochen hatte, hatte sie sofort die Aufmerksamkeit der Männer, die auch gar nicht in Zweifel zu ziehen schienen, dass sie zu befolgen hatten, was sie sagte.

Jani beobachtete erstaunt, wie sie Hicks gehorsam zu einem der Lager brachten und anschließend widerspruchslos das Gebäude verließen. Aus irgendeinem Grund sprang Spooky auf und nutzte die Gelegenheit, um durch die geöffnete Tür nach draußen zu sausen. Offensichtlich musste er dringend ein Geschäft erledigen?

»Kijanu«, hörte er Sugar sagen und drehte sich zu ihr. Sie lächelte ihm zu. »Deine Mutter ist gerade angekommen – möchtest du sie nicht herein bitten?«

»Was?« Er sprang so schnell auf, dass er dabei den Stuhl umwarf, auf dem er gesessen hatte. Wollte sie ihn auf den Arm nehmen? Woher würde sie so etwas wissen? *Egal.* Außerdem ahnte er jetzt, was den Hund nach draußen getrieben hatte.

Er hechtete aus dem Gebäude und glaubte seinen Augen nicht zu trauen.

Da thronte ein riesiger weißer Snopir vor seiner Nase und der Dreierdrei der Amibros war gerade dabei, Emily beim Absteigen zu helfen, während Spooky zu seinen Füßen einen wilden Tanz aufführte.

»Tem!«, brüllte Jani über die Schulter zum Blockhaus zurück. »Roc ist auch da!«

Und dann hing Emmi auch schon an seinem Hals und er musste sich eingestehen, dass das verdammt gut tat.

Federchen war die nächste, die sich vor Freude kaum mehr einkriegte, aber es blieb ihnen nicht viel Zeit für Umarmungen und Erklärungen, Jani hörte Sugar in seinem Kopf, wie sie ihn bat, wieder hereinzukommen. Aber er war offensichtlich nicht der einzige, der sie hörte, alle, die draußen waren, drehten die Köpfe Richtung Blockhaus, und Emily hatte die Augen weit aufgerissen und fragte: »Wer ist das?«

»Erinnerst du dich an Tembers gespaltene Persönlichkeit, ihr zweites Ich?«, fragte Jani, während sie durch die Tür traten.

Emily nickte. »Ja«.

Er deutete auf die weiße Gestalt am Tisch. »Nun, das ist sie. Sie ist was Eigenes, ein Metaschweber wahrscheinlich.«

»Ah.« Emily musterte Sugar neugierig.

Jani sah sich nach Tember um und entdeckte sie zusammen mit Roc bei Vem. Emily folgte seinem Blick und als sie begriff, wer da lag, schnappte sie Jani am Ärmel und zerrte ihn mit sich. Fassungslos sank sie auf die Knie und nahm vorsichtig Vems freie Hand (Roc hielt die andere). Vem war immer noch bei Bewusstsein, brachte vor Schwäche aber kaum ein Lächeln zustande.

»Mein Gott, was ist denn nur passiert?«

Jani setzte zu einer Erklärung an, aber Sugar kam mit ihrer Gedankensprache dazwischen: »Lasst mich das machen.«

Er beobachtete, wie sie wieder die Hände auf die Platte legte und die Augen schloss. Er war nicht sicher, ob die Sugarfigur erneut zu einer Puppe mutierte, aber dann dachte er auch nicht mehr darüber nach, weil sein Kopf von einem rasenden Bilder- und Wortfetzengewitter erfüllt wurde, als hätte jemand bei einem Videofilm den schnellsten Vorlauf gewählt.

Er sah seinen gesamten Rätselnachmittag mit Hicks noch einmal vorbeifliegen, inklusive jeden Wortwechsels bis hin zu dem schrecklichen Ende, er sah Vem und Golda, wie sie Emily und Roc aus den Händen der Verhüllten befreiten, dann den Aufbruch der dreizehn Snopire, Golda in den Katakomben, Emily und den schwarzen Wolf im Dschungel, Sugars Ansprache im Blockhaus und vieles mehr, und schließlich begriff er, dass sie alle auf einen gemeinsamen Kenntnisstand gebracht wurden, ohne sich gegenseitig langwierig erzählen zu müssen, was jeder von ihnen erlebt hatte. Wenn Sugar *das* zustande bringen konnte, dann musste sie einfach eine Magierin sein.

»Du meine Güte«, ächzte Emily und schnappte nach Luft. »Wie geht denn so etwas?«

»Ich glaube, sie kann zaubern«, flüsterte Jani.

Sie blickte ihn groß an. »Ernsthaft?«

Offensichtlich musste man bei guter Gesundheit sein, um diese Überreizung der Hirnzellen zu vertragen – sowohl Vem als auch Hicks waren danach nicht mehr bei Bewusstsein und die Hälfte der Anwesenden klagte über Kopfschmerzen. Nur die Alwis zeigten keine Nachwirkungen, vielleicht lag es an ihren übergroßen Köpfen.

Delilah verschwand kurz in der Küche, um einen ihrer ominösen Heiltränke zu brauen, der tatsächlich gegen die Schmerzen half. Sie flößte auch Vem und Hicks davon ein, und beide kamen kurz darauf wieder zu sich, wobei sich der Franzose immer noch in seinem apathischen Zustand befand und niemand sagen konnte, was er von dem, was um ihn herum vorging, überhaupt mitbekam.

»Das ist ja eine tolle Methode«, wisperte Emily in Janis Ohr. »Aber das ging mir viel zu schnell. Du musst mir unbedingt alles noch ganz genau erzählen.«

Jani grinste und war im Begriff zu antworten, aber da hob Sugar zu reden an.

»Vergebt mir mein Vorgehen«, sagte sie, diesmal nicht in ihren Köpfen, sondern mit Worten. »Ich wende es sonst nicht an, aber die Zeit drängt. Nun, da alle hier sind, die es sein sollen, und jeder weiß, was vorgefallen ist, bitte ich euch, mich anzuhören. Ich werde Pallaisch sprechen, so dass jeder von euch mich in seiner eigenen Sprache hören und verstehen kann.«

Es wurde ganz still in dem großen Saal, als sie fortfuhr. »Als Erstes möchte ich euch sagen, dass Kijanu mit vielen der Vermutungen, die er gegenüber Hicks geäußert hat, nicht falsch liegt. Aber – weder diese Welt noch ihre Bewohner sind *Illusionen*. Palla ist einfach nur eine *künstliche* Welt. Und ich habe sie geschaffen.«

## 82

Sie konnte ihnen nicht sagen, *wo* der Ort war, an dem sie lebte. Auf diese Frage antwortete sie stets »Wir sind der Ort«. Auch die Erklärung des ›Wir‹ erwies sich als vorerst unlösbares Problem. Sie schilderte es als etwas, das eins war und gleichzeitig individuell. Etwas, das den Ort bildete, an dem sie waren, aber auch die, die sich dort aufhielten.

Dort wo sie waren, waren sie aber nicht allein, und es hörte sich so an, als drehe sich der gesamte Lebensinhalt ihrer Art um nichts anderes als die Erforschung dessen, was dort außer ihnen noch existierte.

Dieses andere war derart vielfältig, dass sie sich in zahlreiche Forschungsgruppen aufteilten, um sich den unterschiedlichsten Zielen widmen zu können. Die Lebenszeit einer solchen aktiven Forschungsgruppe war begrenzt — sie sammelte Wissen für eine genau definierte Zeitspanne, dann erschöpfte sich ihre Kraft und sie wurde wieder vom Ganzen aufgenommen, wo sie ihr Wissen an alle abgab.

Kurz vor dieser Wiedervereinigung entwickelte sich eine nachfolgende Generation aus dem passiven Ganzen, existierte für eine Weile parallel zur aktiven, begleitete sie bis zu deren Abgang und führte dann die Forschungsarbeit fort. Hierbei war es so, dass sie das gesamte bis dato gesammelte Wissen in sich trug, während der Begleitphase aktuelle Erfahrungen und Ergebnisse absorbierte und anschließend in der eigenen Arbeit weiterentwickelte, so dass am Ende der Forschungsperiode dem Ganzen neue Erkenntnisse hinzugefügt werden konnten.

So umfangreich das Wissen auch war, mit dem eine nachfolgende Generation in ihre Schaffensphase aufbrach, es war rein theoretisch, und so musste der Nachfolger mit der Herstellung und dem Gebrauch des wissenschaftlichen Handwerkszeugs erst vertraut gemacht werden. Um den Schaden praktischer Übungen gering zu halten, wurde eine Art Spielwelt, vergleichbar einem irdischen ›Baukasten‹ zur Verfügung gestellt, der die realen Forschungsobjekte imitierte und durch künstliche Bestandteile spielerisches Lernen ermöglichte.

»Moment, Moment!« hakte Jani ein. Irgendwie fühlte er sich verpflichtet, hin und wieder zum besseren Verständnis beitragende Fragen zu stellen, seit Sugar ihre Aufklärung mit einem Hinweis auf seine Theorie eröffnet hatte. Er fragte sich, ob die anderen das ähnlich sahen, außer ihm hatte bisher noch niemand das Wort ergriffen.

Er saß auf dem Stuhl, unter dem sich sein Rucksack mit der Karmjit Kugel befand, Emily zu seinen Füßen mit Spookys Kopf auf ihren Beinen hatte es übernommen, ein Auge auf Vem zu haben, der neben ihr auf seinem Lager Sugars Worten lauschte. Die anderen waren inzwischen an den Tisch zu Sugar zurückgekehrt.

»Also, ich konnte dir ja so einigermaßen folgen«, sagte er, »theoretisch zumindest, aber ich hab noch nicht kapiert, was genau ihr da eigentlich erforscht. Sind das Tiere? Pflanzen? Wie sehen sie aus?«

Sugar überlegte und fing dann an, mit Hilfe ihrer Hände Bilder in die Luft zu malen. »Es sind immer mehrere, kleine, und sie hängen zusammen und sind dann ... so groß etwa. Manche sind aber auch größer, etwa so, weil es viele sind, und–«, sie hielt inne, schien darüber nachzudenken, wie sie es besser erklären könnte, sah sich im Saal um, und plötzlich leuchteten ihre Augen. »Wartet, ich weiß wie...«

Sie stand auf und ging hinüber zu einem der Fenster, durch die kaum Licht hereinfiel, weil sie von den Weinranken fast vollständig überwuchert waren. Sie öffnete es, griff in die Ranken und pflückte eine der größeren Trauben, die mit vielen prallen Früchten schwer behängt war. Diese nahm sie mit zurück an ihren Platz und hob sie dann mit triumphierendem Gesichtsausdruck hoch, so dass alle sie sehen konnten. »Genau so sehen sie aus!«

»Weintrauben???«, Jani hätte sich konsternierter nicht anhören können. »Ihr erforscht *Weintrauben*?«

»Aber nein«, lächelte Sugar. »Dies ist nur ein Beispiel für die Art des Verbundes, in dem die Objekte sich befinden. Genau so wie an dieser Traube treten sie auch in unserer Welt auf, mal hängen mehr von ihnen an einem Strang, mal weniger, und es gibt unendlich viele von ihnen, wir haben sie noch gar nicht alle erforschen können, immer wieder finden wir welche, die uns neu sind.«

»*So, wie an dieser Traube*«, wiederholte Jani gedankenvoll. »*An der Traube?* Willst du damit sagen, ihr erforscht die *Beeren*? Also im übertragenen Sinne?«

»Aber ja«, nickte Sugar. »Sie sind die Objekte.«

»Ich raff's nicht«, meinte Jani. »Was ist denn Besonderes an ihnen?«

Sugar legte die Traube vorsichtig auf den Tisch, pflückte eine Beere und hielt sie zwischen Daumen und Zeigefinger. »Es sind eigene Welten«, sagte sie dann andächtig. »Es ist Leben auf ihnen.« Sie hob den Kopf und blickte Jani an. »Du würdest sie Planeten nennen.«

*Nur nicht nachdenken,* dachte Jani, *nur nicht nachdenken...* »Würde ich das?«, brabbelte er. »Na, ich weiß ja nicht. Was soll da leben? Einzeller? Bazillen? Wahrscheinlich erzählst du mir jetzt gleich noch, dass auch das Größenverhältnis identisch ist? Und ihr mit, was weiß ich, Mikroskopen und ... Nanotechnologie auf diesen kleinen Kugeln herumstochert?«

Bevor Sugar antworten konnte, bekam Henri Trayot einen Hustenanfall, Stein klopfte ihm den Rücken, Delilah schob ihm einen Becher Wasser hin.

Der Franzose war kreidebleich und seine Glatze glänzte schweißnass. Jani fragte sich, was mit ihm los war. Etwa auch vom Karmjit gebissen?

Als Trayot wieder sprechen konnte, krächzte er: »Mir ist schlecht. Ich weiß nicht, ob ich noch mehr von diesem Mist ertragen kann.«
Alle schauten ihn fragend an.
»Merkt ihr denn nicht, wo das hinführt?«, regte sich Trayot auf.
*Ansatzweise,* dachte Jani. *Aber noch ist nichts bewiesen.*
»Ich möchte hören, was sie zu sagen hat«, meldete sich nun Scottie Stein zu Wort und blickte Trayot warnend an. »Bis zum Ende, selbst wenn es ein bitteres sein sollte. Diskutieren können wir danach immer noch.«
Von den anderen kamen zustimmende Bemerkungen.
Trayot hob die Hände. »Schon gut. Ich habe nichts gesagt. Vergesst es einfach.« Er verschränkte die Arme und lehnte sich in seinen Stuhl zurück.
Sugar lächelte ihm zu. »Wie ich zu Anfang schon sagte, ich werde alles beweisen, wenn ihr dies wünscht.«
»Darauf kannst du wetten«, murmelte Trayot.
Sugar reagierte darauf nicht, sie wandte sich wieder Jani zu. »Um deine Frage zu beantworten – es leben vielfältige Spezies in diesen Welten, auch die von dir genannten Kleinstlebewesen, aber keinesfalls nur. Wir sind unendlich vielen Arten begegnet. Und ja, wir bedienen uns hochfeinster Technik, um unsere Forschungen durchzuführen. Die Kunstwelten, die wir in den Laboren verwenden, sind aber von größerem Maß als die Originale, so dass die Arbeit an ihnen etwas leichter fällt.«

Zu Anfang war eine ›Beere‹ nach der anderen untersucht worden, schilderte sie, immer auf der Suche nach einer Antwort auf die Frage, warum die ›Trauben‹ – so wie sie waren – und ihre eigene Spezies – so wie sie waren – zu gleicher Zeit existierten.
Überzeugt davon, dass es einen Grund geben musste, gingen sie irgendwann dazu über, Kunstwelten ähnlich der Originalbeeren zu schaffen, um präzisere Forschungen durchführen zu können. Dazu entnahmen die Forscher den Originalen die Lebewesen und übertrugen sie auf die künstlichen Welten. Man versuchte sie dort am Leben zu halten, ließ sie sich relativ unbeeinflusst fortentwickeln oder untersuchte – in anderen Projekten – die Auswirkungen verschiedenster Einflüsse.
Als diese Versuche nicht die gewünschten Antworten brachten, begannen die ›Kreuzungen‹ – nun scheuten sich die Forschungsgruppen nicht mehr, die Welten und Wesen in ihren Projekten experimentell zu kombinieren. In eigens dafür geschaffenen Laboratorien widmeten sich verschiedene Einheiten unterschiedlichen Aufgaben. Als Beispiele nannte Sugar die Weiterentwicklung einzelner Arten oder die reine Beobachtung bereits vorhandener. Die Zusammenführung aller, die des Fliegens mächtig waren oder derjenigen, die unter Wasser lebten, die Analyse der Lebensbedingungen bestimmter Wesen, die Untersuchung von Bestandteilen einzelner Welten und vieles mehr.

»Das ist alles sehr interessant«, beschloss nun auch Baako, etwas zu sagen. »Aber was ist mit uns? Du sagtest, du hättest uns geschaffen?«

»Baukasten«, brummte Trayot und Jani begann, sich über ihn zu ärgern. Irgendwie schien er mehr zu wissen als sie alle. Oder er kapierte schneller.

Sugar warf Trayot einen Blick zu, nickte beipflichtend und begann, Baakos Frage zu beantworten.

Wie Sugar erläuterte, war ein ›Baukasten‹ eine Spielwelt für Anfänger, mit im Vergleich zu den *echten* Kunstwelten sehr einfacher Ausstattung.

Bei Übergabe an den Generationen-Nachfolger beinhaltete diese Grundausstattung verschiedene Sektionen, Imitate realer Welten.

Dazu kamen künstliche Bewohner, wovon einige ebenfalls schon in der Grundausstattung vorhanden waren (jeweils passend zu den künstlichen Landstrichen), und eine weitere, begrenzte Anzahl an Lebewesen, die vom Nachfolger selbst erschaffen werden konnten. Als Vorlage diente ihm alles, was er haben wollte, von existierenden lebenden Exemplaren bis hin zu nach eigenen oder fremden Vorstellungen erfundenen. Es wurde ihm völlig freie Hand gelassen, um jeden Einfluss auf die Entwicklung dieser nächsten Forschergeneration zu vermeiden. Das einzige, das nicht erlaubt war, waren nicht-künstliche Bewohner.

»Palla ist *mein Baukasten*«, sagte Sugar mit Blick zu Baako. »Du und alle Alwadarianer, ihr seid Imitationen von Lebewesen eines der ›Beeren‹-Objekte. In Wirklichkeit lebt ihr nicht in einer solchen Umgebung, wie es Alwadar ist. Die echte Welt eurer Vorbilder ist in Palla nicht nachgebildet.«

»Wie sie sein?«, hauchte Delilah.

»Blau«, sagte Sugar sanft. »Kalt. Eine sich ständig bewegende Oberfläche. Deshalb besitzt ihr Stützschwänze. Eine stets dunkle, nebelige Atmosphäre. Deshalb habt ihr diese Köpfe und Augen entwickelt, sonst könntet ihr nicht sehen.«

Baako hielt ihr seine Froschhände fragend entgegen.

»Sie erlauben euch das Klettern und Halten an glatten Ebenen«, beantwortete Sugar die ungestellte Frage. »Denn auch die Abgründe und Berge bewegen sich.«

Als Nächstes rutschte der Zwerg Lhorakh unruhig auf seinem Platz herum. »Die Hutzlifutze?«, fragte er.

Sugar lächelte gutmütig. »Schwarzöde, Grundausstattung«, sagte sie.

Jani bekam langsam eine Vorstellung davon, was Trayot gemeint haben mochte, als er fragte, ob sie nicht wüssten, wohin dies alles führte. Aber sein Gehirn weigerte sich, diesem Gedankengang zu folgen. Es konnte einfach nicht sein. Emily zu seinen Füßen hatte die Beine an den Körper gezogen und umklammerte ihre Knie, als wolle sie sich schützen. Mit gerunzelter Stirn kaute sie auf ihrer Unterlippe und starrte Richtung Sugar. Vem auf seinem Lager hatte die Augen geschlossen, Jani fragte sich, ob er wieder eingeschlafen war. Er legte seiner Mutter eine Hand auf die Schulter und fragte leise: »Alles okay?«

Sie grinste schief. »Geht so. Bisschen gruselig das Alles. Und bei dir?«, flüsterte sie.

Er zuckte die Schultern. »Soll ich als nächster?«, fragte er, unsicher, ob er wirklich meinte, was er da sagte.

Aber bevor sie antworten konnte, kam ihm schon jemand zuvor.

»Was ist mit den Amibros?«,

und

»Was ist mit den Centerflies?«,

fragten Roc und Golda wie aus einem Munde, was zu allgemeinem Gelächter führte, woraufhin sich die angespannte Stimmung ein wenig löste. Vem öffnete die Augen und versuchte, sich aufzurichten. Jani und Emily halfen ihm, indem sie ihn stützten und einige Decken hinter seinen Rücken stopften.

»Danke«, sagte er mit schwacher Stimme. Sie konnten ihn kaum verstehen.

Emily schaute hilfesuchend zu Delilah, die verstehend nickte und in der Küche verschwand. Tember, die es beobachtet hatte, stand auf und kam herüber, um nach Vem zu sehen. Roc schien unentschlossen, blieb dann aber doch an seinem Platz und drehte sich erwartungsvoll zu Sugar, die wartete, bis Delilah mit einem Becher in der Hand zurückgekehrt war und Vem die darin befindliche Flüssigkeit eingeflößt hatte. Er besaß nicht die Kraft, den Becher selbst zu führen.

Dann wandte sie sich an Jani. »Hast du das Bild noch? Bringst du es mir bitte?«

Jani nickte nur und holte das zusammengefaltete Blatt Papier aus seinem Rucksack. Er begegnete Emilys ungläubigem Blick, als er sich aufrichtete und sah Tember entsetzt eine Hand vor den Mund heben, alle anderen wirkten eher irritiert, und während er zu Sugar hinüberging, wurde ihm bewusst, dass ja auch keiner sonst das Blatt bisher gesehen hatte. Bis auf Hicks natürlich, aber der war inzwischen jenseits von Gut und Böse.

Sugar nahm das Papier entgegen, entfaltete es und gab es Roc. »Dies ist die Vorlage, die ich eingab. Euer Volk ist daraus entstanden.«

Während der Dreierdrei auf die Zeichnung starrte, wandte sich Sugar an Golda. »Auch ihr Centerflies beruht auf einem Kunstwerk.« Sie deutete zu dem Lager, auf dem Hicks regungslos lag. »Ich habe seine Gemälde verwendet.«

»Aber das ist unmöglich!«, rief Emily und sprang auf die Füße. »Der Kalender ... und seine Bilder ... sie stammen von der *Erde*, von *unserer* Welt! *Menschen* haben sie gemalt, gezeichnet!«

»Das ist richtig«, nickte Sugar und in ihre Augen trat ein begeistertes Leuchten. »Ihr seid so faszinierend. Besonders eure Künste! So voller Fantasie! All diese Gemälde, die wunderbare Musik, die Gedichte, die Bücher voller Geschichten. Ich habe so viel wie möglich verwendet, ich hätte gerne noch mehr, aber ich durfte nicht.«

»Da seht ihr es«, tönte es giftig von Trayot. »habe ich es nicht gesagt? Ihr glaubt diesen Blödsinn doch nicht etwa? Gleich wird sie uns noch erzählen, wie sie uns Menschen auch künstlich hergestellt hat, nach irgend so einer Vorlage. Na, Mädchen, sag doch mal – wer hat uns gemalt?«

Jani ging die Galle über. »Reißen Sie sich mal zusammen, Mann, oder wollen Sie jetzt in Hicks' Fußstapfen treten? Sie hören sich schon genauso an wie er!«

»Ihr könnt gerne zurück in das andere Gebäude gehen«, mischte sich Tember ein. »Wenn Ihr Euch weiter so ungebührlich benehmt, werde ich unsere Zusage, euch in Orbíma aufzunehmen, überdenken müssen.«

»Nicht zu fassen«, lachte Trayot. »Hört euch diese frechen Rotzlöffel an!«

»Jetzt lass es gut sein«, redete Stein ihm zu.

»Beleidigen Sie meinen Sohn gefälligst nicht!«, schimpfte Emily.

»Genauso wenig wie Tember«, erboste sich Roc.

»Ihr könnt auch gerne mir mit vorlieb nehmen«, drohte Baako.

»Mit mir ebenfalls«, reihte sich Lhorakh ein.

Als Golda ihr winziges Schwert zog, griff Sugar ein. »Bitte«, sagte sie, »beruhigt euch doch. Es ist mir immer noch schwer verständlich, wie dieses Böse in den Lebewesen entsteht, aber ich habe vor, es in meiner Forschungsphase herauszufinden. Im Augenblick aber würde ich gerne fortfahren. Ich sagte bereits, es würde euch allen schwer fallen, zu glauben, was ich zu sagen habe, und ich kann nur weiterhin darum bitten, mich bis zum Ende anzuhören.«

»Pfft«, machte Trayot und lehnte sich mit schmollendem Gesichtsausdruck in seinem Stuhl zurück.

Sugar fasste ihn ins Auge, als sie weitersprach. »Ihr Menschen seid nicht künstlich. Ganz im Gegenteil. Und deshalb dürftet ihr gar nicht hier sein.« Jetzt schaute sie Jani an, und da war sie wieder, diese Traurigkeit.

»Warum sind wir es trotzdem?«, fragte er leise.

»Ich habe die Regeln gebrochen«, erwiderte Sugar.

## 83

Die Forschungsgenerationen, zu deren jüngsten Nachfolgern Sugar gehörte, initiierten zu irgendeinem weit zurückliegenden Zeitpunkt das Projekt AHR-CHENO-Â-RD. Dazu wurde die kugelförmige, in einer Art Vakuum schwebende Kunstwelt RD entwickelt, zusammengesetzt aus Substanzen verschiedener ›Beeren‹-Welten, mit Bestandteilen in allen Aggregatzuständen. Die zum Betrieb notwendige Technologie wurde in den Außenbereichen installiert, darunter ein Beobachtungssystem, unauffällig untergebracht in Hüllen, die schichtweise um das kugelförmige Gebilde angeordnet wurden und eine Art Kamerasystem enthielten, welches jede ausgesuchte Stelle der Welt ansteuern und auf Bildschirme übertragen konnte. Weiteres Equipment diente der Zuführung von Wärme oder Kälte oder ermöglichte verdeckte Eingriffe in das Experiment.

Sobald die Vorbereitungen abgeschlossen waren, erfolgte in einem ersten Schritt die Florierung mit Pflanzenarten, wiederum verschiedener echter Welten entnommen. Nachdem diese sich erfolgreich etabliert hatten, konnte man zum zweiten Schritt übergehen – der Faunierung. RD wurde mit lebenden Kreaturen besiedelt, die man ihren realen Ursprüngen paarweise entnahm, über die Kunstwelt hinweg aussetzte und dann sich selbst überließ. Darunter waren auch diverse zweibeinige Arten wie die schwarzhäutigen Geschöpfe von der Beerenwelt MN-SC-HN, deren Paare die Bezeichnung AD-M (männlich) und éWAH (weiblich) erhielten. Es gab sie dutzendweise, da immer mehrere Exemplare einer Gattung ausgesetzt wurden.

Zu Anfang des Projekts ereigneten sich noch häufig Fehler und Missgeschicke, so musste in einem Versuch das Experiment abgebrochen werden, da sich eine Spezies als besonders aggressiv herausstellte, indem sie sich als Nahrung die anderen Lebewesen aussuchte und infolgedessen eine Besiedelungsepoche fast vollständig vernichtete.

Wenn so etwas passierte, behalfen sich die Wissenschaftler eines effektiven Mittels: Die Kunstwelt wurde für einige Wochen eingefroren, dann ließ man sie auftauen, säuberte sie von allem Unbrauchbaren (wie sterbliche Überreste) so gut es ging und startete Projekt AHR-CHENO-Â-RD aufs Neue. Natürlich wurden hierbei vergangene Erfahrungen berücksichtigt, indem beispielsweise die Spezies, die sich diesmal als zu aggressiv herausgestellt hatte, bei der nächsten Besiedelung nicht mehr verwendet wurde. Weitere Maßnahmen konnten sein, dass man der Kunstwelt neue Substanzen hinzufügte oder die Zusammensetzung der Atmosphäre geringfügig variierte. Auch eine veränderte Verteilung der anzusiedelnden Arten konnte erfolgen, wenn die neu hinzugewonnenen Kenntnisse bezüglich bevorzugter Lebensumstände dies sinnvoll erscheinen ließen.

In einem der jüngeren Neubeginne hatte die Forschungsgruppe bislang zusammenhängende Landstriche in mehrere Teile getrennt sowie Teile ganz entnommen, so dass die Bewohner einander nicht mehr so einfach erreichen konnten wie zuvor. Die Welt war nun zu mehr als zwei Dritteln von Wasser bedeckt, welches ebenfalls mit Lebewesen versetzt wurde.

Die Auswirkungen waren spannend zu beobachten, manche Wesen entwickelten sich fortschrittlich, manche rückläufig, so entstanden aus vereinzelten Exemplaren der MN-SC-HN behaarte, kleinwüchsige Rassen, die man AF-N taufte. Bei anderen, in Abhängigkeit des Ortes ihrer Ansiedlung, veränderte sich über Generationen die Farbe ihrer Haut, so entstanden rote, gelbe und weiße Nachfahren aus den schwarzhäutigen Urahnen.

Die Wissenschaftler des Projekts AHR-CHENO-Â-RD konzentrierten sich ganz besonders auf die Erforschung zweier der angesiedelten Gattungen. Zum einen war dies die zweibeinige Spezies, die ursprünglich der Welt MN-SC-HN entnommen worden war und deren Hirntätigkeit sich von allen Geschöpfen am interessantesten fortentwickelte (umgangssprachlich erhielten sie die Bezeichnung RD-Linge), zum anderen handelte es sich um die meist extrem kleinwüchsigen Wesen, die in der Kategorie IN-SEKTION zusammengefasst wurden und sich durch außergewöhnliches Überlebens- und Anpassungspotential hervortaten.

Im weiteren Verlauf des Experiments gab es einen Zeitpunkt, an dem das aktive Forschungsteam der Evolution ihren Lauf ließ und nur noch selten eingriff, zum Beispiel wenn Medikamente eingeführt werden mussten, um eine Ausrottung durch Krankheitserreger, die sich immer wieder breit machten, zu verhindern. Solche Eingriffe wurden äußerst sensibel vorgenommen, meist durch das Einschleusen der eigenen Art per Körper-Übernahme oder künstlicher Erstellung eines passenden MN-SC-HN, der eine scheinbar neue Entdeckung machte (und dafür nicht selten eine Auszeichnung erhielt). Es boten sich vielfältige Möglichkeiten der Einflussnahme, ganze Firmen wurden errichtet, die man dann so schnell wie möglich in die Hände echter RD-Bewohner ›vererbte‹.

Schon früh hatten die Wissenschaftler sich solcher Methoden bedient, um die explosionsartige Ausbreitung der Arten in geregelte Bahnen zu lenken. Dies, indem sie eigene Forscher (denen sie zuvor ausgefallene Namen gegeben hatten wie beispielsweise G:O:T, ALI*Ar, Mo~H-EMD und BûT H) mit ›Gebrauchsanleitungen‹ zum Zusammenleben in die Kunstwelt einschleusten, die von den dortigen Lebewesen unter Bezeichnungen wie ›10 Gebote‹ oder ›4 Edle Wahrheiten‹ an ihre Nachkommen weitergegeben wurden.

Den ausgeprägten Hirnaktivitäten der MN-SC-HN, die eine kreative Fähigkeit namens Fantasie entwickelt hatten, war es zu verdanken, dass diese frühen Maßnahmen in der Kombination mit scheinbar übernatürlichen Ereignissen zu verschiedenen Weltanschauungen und Sinngebungssystemen verarbeitet wurden, die nicht immer dem entsprachen, was sich die

Forschungsgruppen erhofft hatten, aber aufgrund ihrer unerschöpflichen Vielfältigkeit dennoch experimentell wertvolle Erkenntnisse lieferten.

Unglücklicherweise führten die kreativen Fähigkeiten auch zu Entwicklungen, die das Experiment insofern gefährdeten, als sie in der Lage waren, die Kunstwelt selbst und auch die hochkomplizierte Technologie, die die Welt umgab, zu beeinträchtigen – bis hin zur eventuellen Zerstörung. Kriege, Atomkraft, Umweltverschmutzung, Klimakatastrophen waren nur einige der Begriffe, die die MN-SC-HN dafür verwendeten. Also griffen die Forschungsgruppen zwar wenig ein, aber wenn, dann radikal – wenn es sehr brenzlig wurde, brachen sie das Experiment ab und starteten es neu.

Um dabei nicht immer bei Punkt Null anfangen zu müssen, gingen sie dazu über, ihre Vorgehensweise des Einfrierens abzuwandeln – vor dem vernichtenden Abbruch wurde eine Vielzahl an Lebewesen ›konserviert‹ – sie wurden dem RD-Projekt entnommen und mittels einer Gefriermethode, die sie nicht tötete, ›archiviert‹. Wenn dann AHR-CHENO-Â-RD neu aufgesetzt wurde, konnten sie auf diese bereits weiterentwickelten Wesen, sogenannte FR-ZN, für die Neubesiedelung zurückgreifen. Dabei wurde nicht zwangsläufig das gesamte Archiv verwendet, je nachdem, für welchen Zeitpunkt der Reaktivierung man sich entschied, kamen unterschiedliche Wiederverwendungen zum Einsatz. Manchmal wurden auch Kopien erstellt, anstatt die Originale zu verwenden, wodurch es sein konnte, dass von einem Individuum mehrere Exemplare unterschiedlichen Entwicklungsstadiums im ›Archiv‹ existierten.

Sugar konnte all diese Informationen – wie sie behauptete – aus dem Wissenspool der Gesamtheit ihrer Art und speziell dem ihrer eigenen Gruppe abrufen, auch wenn sie selbst erst über wenig praktische Erfahrung verfügte und dieses Wissen nur wertfrei weitergeben konnte.

Konnten ihre Zuhörer schon bis jetzt ihren Ausführungen kaum folgen, ohne den Verstand zu verlieren, drohte die folgende Erklärung des Zeitverhaltens nun ihren Horizont zu sprengen – nicht nur dauerte die aktive Schaffensphase einer Forschergeneration mehrere tausend Jahre nach irdischer Zeitrechnung, sondern die Zeit in den realen sowie den künstlichen ›Beeren‹-Welten verging auch noch tausendfach schneller. Darüber hinaus ermöglichte es die Technologie, mit der die Wissenschaftler arbeiteten, aber auch durchaus, den Zeitverlauf in Kunstwelten nach ihrem Gutdünken zu beeinflussen – sie konnten die Zeit schneller oder langsamer, wenn gewünscht auch gleichzeitig mit der ihren vergehen lassen, oder sie sogar vorübergehend anhalten. Dies funktionierte auch umgekehrt, indem sie ihre eigene Zeit dem Forschungsobjekt anpassten.

Sugar hatte von Milliarden Jahren, die das RD Projekt bereits umfasste, die letzten fünfzigtausend an Entwicklung miterlebt und insbesondere das letzte Jahrhundert (ab 1900 nach irdischer Zeitrechnung) hatte es ihr besonders angetan. Irgendwo dort entwendete sie zum ersten Mal heimlich einen

›Frozen‹ aus dem Archiv und integrierte ihn in den eigenen ›Baukasten‹, wo ansonsten bisher nur künstliche Wesen lebten.

## RÜCKBLICK

Während sie teils beobachtend, teils spielerisch lernt, droht das aktuelle RD Projekt wieder einmal zu scheitern, vereinzelt auftretende schwere Reaktorunfälle werden von der Forschergruppe so vorberechnet, dass eine Zerstörung der äußeren Himmelssphären und damit eines Großteils ihrer Technologie mit einer über neunzigprozentigen Wahrscheinlichkeit zu erwarten ist. Ein umgehender Abbruch wird diskutiert. Sugar möchte eine Vernichtung im Allgemeinen und von zwei Erdlingen im Speziellen vermeiden und mischt sich ein – in ihrem Alter ein ungewöhnliches und bisher einzigartiges Vorgehen, das von der Gruppe nicht verstanden wird.

Das Gesuch wird abgelehnt und ein Wissenschaftler mit der Durchführung der Löschung beauftragt. Bis diese abgeschlossen ist, ziehen sich die restlichen Forscher in eine Ruhephase zurück. Sugar entschließt sich zur Rettung wenigstens ihrer speziellen Favoriten und kann den Löscher überreden, ihr zu helfen. Da er wie immer eine vorher festgelegte Auswahl an Lebewesen sowieso einfrieren und für die Neubesiedlung beiseite legen muss, fügt er die von Sugar gewünschten dem Prozedere hinzu, überträgt diese aber in ihren ›Baukasten‹ anstatt ins Archiv.

## 84 / Tag 9 – Morgen, kurz nach Mitternacht

»Und diese Wesen waren…«, begann Jani.

»Du und deine Mutter. Und der Hund.«, vollendete Sugar den Satz.

»Warum ausgerechnet wir?«

Sugar zuckte die Schultern. »Das war – wie nennt ihr es – Zufall. Ich entdeckte die Geschichten deiner Mutter. Und dann deine Musik. Und dann konnte ich nicht mehr aufhören, euch zu beobachten.«

»Und Hicks und seine Leute?«

»Entstammen einer früheren Phase des Projekts, die aber länger andauerte, bevor sie abgebrochen werden musste.«

»Also hast du so etwas schon früher gemacht? Hattest du damals auch schon Hilfe?«

Sugar schüttelte den Kopf. »Nein.«

»Warum brauchtest du dann diesmal welche?«

»Diesmal wollte ich nicht nur einzelne Wesen retten, sondern alle.«

»Aber das ist nicht gelungen.«

»Vielleicht doch.«

»Wie das?«

Sie legte eine kurze stille Pause ein, so als ob sie sich irgendwo vergewisserte, dass ihr niemand zuhörte. Dann sagte sie: »Der Löscher – er hat noch etwas anderes getan. Was bisher noch nie getan wurde. Er hat das Projekt und *sämtliches* Leben gefrostet und an einer geheimen Stelle im Archiv versteckt. Die Welt, die für den Neustart gesäubert wurde, ist eine Kopie der echten. Und diejenigen Lebewesen, die er archivieren sollte, hat er als Kopien an der dafür vorgesehenen Stelle im Archiv hinterlegt. Wenn die Gruppe das Projekt nun neu startet, wird sie auf diese Kopien zurückgreifen und glauben, es seien die echten Frozen.«

»Das heißt, keines der Wesen, die gleichzeitig mit mir und meiner Mutter auf der Erde existiert haben, ist wirklich tot?«

Sugar schüttelte den Kopf. »Nein, sie befinden sich nur in einem sehr tiefen Schlaf.«

»Und man könnte sie theoretisch wiedererwecken … äh … auftauen.«

»Das ist richtig.«

»Befindet sich mein Vater unter ihnen?«

»Natürlich.«

»Warum reden nur wir beide?«

»Ich habe die Zeit angehalten.«

Jani schaute sich um und registrierte erst jetzt, dass die anderen in der jeweiligen Bewegung, die sie gerade ausgeführt hatten, erstarrt waren. Sie sahen alle aus wie Schaufensterpuppen. Und einer wie ein Schaufensterhund. »Ich kann mich noch bewegen.«

»Ja«, sagte sie.

»Können sie uns hören?«

»Ja«, sagte sie. »Wenn ich es will.«

»Warum tust du das?«

»Ich muss nun anfangen zu tun, was ich versprochen habe. Beweisen. Und so ist es einfacher.«

*Wenn ich einen wie Trayot unter den Zuhörern hätte, würde ich ihn wohl auch stummschalten, wenn ich könnte,* dachte Jani und musste grinsen. Sugar verließ ihren Platz und kam zu ihm.

Und dann sagte sie etwas völlig Überraschendes.

»Ich glaube, ich liebe dich.«

Jani schluckte überrumpelt, lief rot an und wusste nicht, was er sagen sollte. Hoffte aber, dass die anderen nun gerade nicht zuhören konnten.

»Du musst nichts sagen«, sie lächelte. »Ich will auf etwas anderes hinaus. Unsere Art – wir kannten bisher nicht das, was du Gefühle nennst. Was wir tun, das tun wir schon immer, ohne dass wir wissen wann es begann. Unsere Forschungen über uns selbst ergaben keinen Ursprung und auch nichts außerhalb dessen, wo wir sind. Unser Tun erfordert keine Gefühle. Wir entwickeln uns fort, ohne uns deshalb vermehren zu müssen. Wir sind immer gleich viel. Wir kennen keinen Tod. Wir kennen keine Schmerzen.«

»Aber ihr forscht. Ihr seid neugierig. Ihr hungert sozusagen nach Wissen.« Er grinste. »Apropos – ernährt ihr euch eigentlich von irgendetwas?«

Sugar lachte und schüttelte den Kopf.

»Nein, wir brauchen keine Nahrung.«

»Vielleicht ist die Forschung eure Nahrung? Habt ihr schon einmal versucht, *nicht* zu forschen?«

»Nein. Ich kann nichts Derartiges in den Erinnerungen finden. Das ist ein interessanter Ansatz. Aber worauf ich hinaus will – Gefühle spielten noch nie eine Rolle. In unserem Leben nicht, in den Forschungen nicht. Ich finde kein Bedauern über den Verlust von Wesen, wenn ein Projekt abgebrochen wurde. Kein Mitleid mit denen, deren Leben vorzeitig beendet wurde. Kein Begreifen, was der Tod für eine Bedeutung hat. Oder die Liebe.«

»Wie kann es dann sein, dass du glaubst, mich zu lieben?«

»Das ist es, was ich sagen will. Es geht eine Veränderung vor.«

»Die sich bei dir erstmalig zeigt?«

Sugar nickte. »Es machte mir zu schaffen, dass das Projekt abgebrochen werden sollte, weil es den Tod und Verlust der Wesen auf RD bedeutete. Und insbesondere konnte ich es nicht ertragen, dass *du* sterben solltest. Ich habe dich so lange beobachtet. Vor mir hat noch niemand versucht, einen Abbruch zu verhindern. Dass meine Gruppe mich nicht verstanden, aber der Löscher mir geholfen hat, bedeutet, dass die Veränderung latent in meiner Vorgängergeneration beginnt. Es ist nicht gesagt, dass ich der einzige Teil bin, bei dem es passiert, es könnte alle Generationen auf meinem Stand betreffen, auch in anderen Gruppen. Dies werden wir erst wissen, wenn unsere aktive Phase vorüber ist und wir in das Ganze zurückkehren.«

»Du hast dich auf jeden Fall sehr für Gefühle interessiert. Du hast Dinge ausprobiert und mich immer gefragt, ob du alles richtig machst. Ist es denn üblich, dass ihr euch unter die Bewohner eines *Baukastens* mischt?«

»Nein, nicht in diesem Maße. Wir müssen die Einflussnahme üben, aber noch niemals hat sich einer von uns zu erkennen gegeben. Das lag daran, dass ich mich verliebt habe.«

Jani hatte inzwischen zwar das Gefühl, weniger ein Objekt der Liebe, als das Zentrum einer sehr interessanten wissenschaftlichen Erkenntnis zu sein, aber im Augenblick verspürte er nicht das Verlangen, Sugar den Unterschied zu erklären. Er war noch zu betäubt von allem Gehörten und sich auch darüber im Klaren, dass er die Konsequenzen daraus noch vehement aus seinem Bewusstsein verbannte.

Lieber erst etwas anderes tun. »Du hast gesagt, du willst Beweise liefern?«, sagte er zu ihr. »Was genau hast du vor?«

Er spürte, wie ihre kleine Hand in seine rutschte. Das war so vertraut. Machte *sie* wieder vertraut. So kannte er sie. Dieses weiße Mädchen, das auf einmal reden konnte, als hätte es viel Zeit mit Rhetorikkursen verbracht, war ihm völlig fremd.

»Du musst mir helfen«, sagte sie leise. »Was wäre denn ein guter Beweis?«

Jani drückte ihre Hand. »Gute Frage. Ich denke, ich müsste sehen können, um zu glauben. Aber ich kann nicht für die anderen sprechen, du musst sie selbst fragen.« Er schaute besorgt zu Emily. »Lass sie sich doch wieder bewegen, sie fühlen sich so bestimmt nicht besonders wohl.«

»Aber ich will ihn nicht«, sagte Sugar und deutete auf Trayot.

»Warum nicht?«, wollte Jani wissen.

Sie legte den Kopf schief. »Weil mit ihm das Böse kommt, so wie mit Hicks?«, fragte sie unsicher.

»Das muss aber nicht sein«, meinte er. »Es ist die Art, wie er sich ausdrückt. Er ist einfach unhöflich. Aber das liegt wahrscheinlich nur daran, dass er Angst hat.«

»Er hat Angst?«, fragte Sugar in einem Ton, als hätte sie alles, nur das nicht von Trayot erwartet. »Aber wovor denn?«

»Na, dass alles wahr ist, was du sagst. Das würde ja seine ganze Weltanschauung über den Haufen werfen.« *Und nicht nur seine,* dachte er. »Nichts, an was er geglaubt hat, würde noch zutreffen. Bei den Menschen ist es oft so, dass sie an etwas glauben müssen, das ihrem Leben Sinn gibt. Und natürlich möchten sie diesen Glauben nicht verlieren.« Er schaute rundum die anderen Schaufensterpuppen an. »Ist ja vielleicht nicht nur bei uns Menschen so.«

»Aber sie reagieren nicht so wie er.«

Jani zuckte die Achseln. »Wir sind halt alle unterschiedlich. Manch einer hat vielleicht keine Angst oder zeigt sie nur nicht. Du kannst ja einfach wieder dein Stummdingens mit ihm machen, wenn er dir blöd kommt.«

»Da ist noch etwas.«

»Was denn?«

Sugar zeigte hinüber zu Vem. »Er wird nicht mehr lange leben. Noch weniger, wenn ich die Zeit wieder laufen lasse für ihn.«

»Oh.« Jani warf einen schnellen Blick zu Emily, aber natürlich konnte er keine Reaktion in ihrem regungslosen Gesicht erkennen. »Ich dachte, es ging ihm inzwischen besser?«

»Das liegt daran, dass sein Lager dem Karmjit nahe ist. Er hat diese Wirkung. Aber es ist nicht von Dauer.«

»Hm. Dann solltest du Vem erst fragen, ob er es so möchte.«

»Warum?«

»Weil er das selbst entscheiden sollte. Es wäre fairer. Schließlich ist es sein Leben, über das du da bestimmst.«

»Was bedeutet fair?«

»Ähm ... na ja ... sich nicht einfach über jemanden hinwegzusetzen, als wäre er gar nicht da. Sich anständig ihm gegenüber zu verhalten. Ihm die gleichen Chancen zu geben, die man selbst hat. Habt ihr jemals eines der Wesen, mit denen ihr experimentiert, gefragt, ob es das überhaupt möchte?«

Sie dachte kurz nach. Schüttelte dann den Kopf. »Nein. Aber sie wissen doch gar nicht, dass wir etwas mit ihnen machen.«

»Und wer oder was gibt euch das Recht, *etwas* mit ihnen zu machen?«

»Das Recht?« Sugar schaute verwirrt, weil sie darauf offensichtlich keine Antwort in ihren Erinnerungen fand. »Wir sind, und sie sind, und das an einem gemeinsamen Ort, und wir wollen herausfinden, warum das so ist. Sie haben dazu nicht die Möglichkeit, aber wir. Also tun wir es.«

»Und das gibt euch also das Recht. Das Recht des Größeren und Stärkeren und Mächtigeren?«

»Ja«, sagte sie und er sah ihr an, dass sie nichts Schlechtes dabei finden konnte.

»Aber genau das ist nicht fair. Und es hat sogar etwas von dem Bösen, dass du nicht magst. Ihr benutzt die Wesen für eure Zwecke ohne ihre Zustimmung.«

Sie blickte ihn nachdenklich an.

»Verstehst du, was ich sagen will?«, hakte er nach.

Sie lächelte ein kleines hilfloses Lächeln. »Ich möchte es verstehen. Ich versuche es.«

Er drückte ihre Hand. »Das ist schon mal ein guter Anfang«, sagte er liebevoll.

»Ich frage ihn jetzt«, sagte sie und schloss für einen Moment die Augen.

Dann plötzlich bewegte sich Emily, warf ihm nur einen kurzen undefinierbaren Blick zu und eilte an Vems Seite.

Sie nahm seine Hand und beugte sich über ihn. Er richtete sich mühsam auf und flüsterte in ihr Ohr.

»Was ist jetzt?«, fragte Jani Sugar mit gedämpfter Stimme.

»Er wollte wissen, wie lange er noch Zeit hat«, erwiderte sie. »Und er sagte, dass er sein Schicksal annehmen möchte. Und dann wollte er mit deiner Mutter sprechen. Was bedeutet *Schicksal annehmen*?«

»Na ja, Schicksal ist so eine Art Vorbestimmung, auf die man keinen Einfluss hat. Und sie annehmen heißt, dass er akzeptiert, was mit ihm geschieht. Auch wenn es bedeutet, dass er sterben muss.«

# 85

Sugar ging organisiert vor. Vem wollte nicht nur mit Emily sprechen, sondern auch mit Tember und Roc. Offenbar blieben ihm nur noch wenige Stunden. Also ließ sie die Zeit für sie nacheinander wieder laufen und fragte sie im Anschluss an ihre Gespräche mit Vem, welche Art von Beweis sie sich wünschten. Nacheinander erweckte sie alle und ganz zum Schluss dann auch Trayot. Bei Hicks machte es keinen Unterschied, er dämmerte so oder so vor sich hin.

Trayot hatte seine Lektion gelernt, zwar machte er noch eine kleine spöttische Bemerkung des Dankes an Jani, weil er so ›nett für ihn gesprochen‹ habe, aber ansonsten verhielt er sich besonnen, zumindest für den Augenblick.

Sie alle sprachen sich für den Beweis aus, den auch Jani wollte – sie wollten *sehen*. Sugar erklärte, dass sie die künstliche Beleuchtung ausschalten und die Hülle um die Welt transparent erscheinen lassen konnte. Aber es gäbe dabei ein Problem.

»Also wenn ich das jetzt richtig verstehe«, sagte Scottie Stein, »dann ist das Größenverhältnis von dir zu uns tatsächlich so wie eine Traubenbeere zu deiner Hand?«

»Ein wenig größer«, korrigierte Sugar, »nur die echten Welten sind so klein. Die Kunstwelten sind etwa so.« Sie zeigte die Größe mit den Händen an.

»Also wie eine Apfelsine ungefähr«, schätzte Emily.

»Wobei das nur die Größe der Welt wäre«, sagte Roc. »Wir *auf* dieser Welt sind um ein Vielfaches kleiner.«

»Und wir erst…«, bemerkte Golda, die einen Arm um Federchen gelegt hatte.

»Wir werden deshalb keine Einzelheiten ausmachen können«, wandte sich Jani an Sugar. »Das meinst du?«

Sie nickte.

»Ich würde es trotzdem gerne sehen«, sagte Trayot höflich.

»Ich auch«, meldete sich Baako zu Wort.

Die anderen fielen zustimmend ein.

»Gut, dann will ich es tun«, sagte Sugar. »Geht nach draußen. Es wird sehr hell werden. Schaut nicht sofort hinein, eure Augen müssen sich erst daran gewöhnen. Ich werde versuchen, es etwas zu dämpfen. Es wird einen Moment dauern und ich muss den Körper verlassen.«

Jani erwartete, dass sie sich wieder an den Tisch setzen würde dazu, aber das tat sie nicht. Das weißhaarige Mädchen neben ihm blieb einfach stehen und wurde starr.

»Wie macht sie das nur?«, fragte Lir.

»Schätze, das gehört zu den vielen Fragen, die sie uns noch beantworten muss«, sagte Trayot trocken.

Sie gingen nach draußen, blieben aber vorerst noch nahe des Blockhauses. Roc und Mero halfen Vem auf die Treppe, er hatte darauf bestanden, dabei zu sein. Jani holte seinen Rucksack und legte ihn sicherheitshalber in Vems Nähe, damit der Karmjit weiterhin seine Wirkung tun konnte. Dann ging er zu Emily, die an der Verandabrüstung lehnte und Spooky beobachtete, der froh schien, sich die Beine vertreten zu können.

Er legte einen Arm um ihre Schultern. »Angst?«, fragte er.

»Geht schon«, sagte sie schwach und legte ihrerseits einen Arm um seine Taille. »Und du? Ich fands toll, was du zu ihr gesagt hast!«

»Echt, war das gut? Ich hab gar nicht richtig drüber nachgedacht.«

»Glaubst du ihr?«, fragte sie.

»Darüber habe ich auch noch nicht nachgedacht«, sagte er und verzog kläglich die Mundwinkel. »Was das alles bedeuten würde, wenn es stimmt. Da schnappt man doch über.«

»Noch besteht die Hoffnung, dass wir einfach irgendwann aufwachen und feststellen, dass alles nur ein Traum war.«

»Hach ja«, seufzte Jani. »Das wäre schön.«

»Ich glaube ihr«, sagte es leise von seiner anderen Seite. Tember war unbemerkt zu ihnen getreten. Ihre orangenen Augen schauten verängstigt. Im nächsten Augenblick hatte er seinen freien Arm auch um ihre Schultern gelegt. Sie ließ es geschehen und schmiegte sich an ihn.

»Warum das?«, fragte er sanft.

»Das Kalenderbild. Es macht so sehr Sinn.«

Dem ließ sich nicht widersprechen.

Im nächsten Moment wurde es stockfinster, als hätte jemand das Licht ausgeknipst.

»Es geht los«, wisperte Emily und Jani zog beide Frauen näher an sich heran. Spooky huschte ihnen winselnd vor die Füße.

Genauso schlagartig wurde es gleißend hell und alle schlossen geblendet die Augen. Dann schwächte sich die Helligkeit ab und sie wagten, sie wieder zu öffnen. Der Himmel erschien wie unter Milchglas, verschwommen, nebelhaft. Dahinter gab es farblich scharf abgegrenzte Flächen – weiß und grau – über die immer wieder Farbblitze zuckten, wie falsch geformte kristallglitzernde Regenbogen.

»Geht – So – Helligkeit?«, fragte eine Stimme, die von überall zu kommen schien, aber eindeutig zu Sugar gehörte.

Jani schaute sich zu den anderen um, die alle nickten.

»Ja«, rief er laut. Aus irgendeinem Grund zum Himmel hinauf. »Was sehen wir da?«

»Labor«, antwortete die Stimme. »Mich.«

»Bist du nah oder fern?«, rief Jani.

»Etwas – Fern.«

»Geh mal weiter weg.«

Es wurde dunkler, weil die weißen Flächen sich verringerten und die grauen sich vermehrten.

»Jetzt komm mal ganz nahe heran.«

Der Himmel explodierte in funkelnden Regenbogenfarben.

»Du meine Güte«, entfuhr es Emily.

Jani hatte eine Idee. »Du hast doch Hicks in so einem Glas festgesetzt«, rief er. »Kannst du uns das noch mal zeigen?«

»Glas?«, fragte ihn Emily.

Er nickte. »Es sah aus, als wäre er in einem riesigen Reagenzglas gefangen.«

Und da kam es auch schon wieder vom Himmel, das schwarzgrau glänzende Ding. Alles verdunkelte sich bei dem Eingriff, Jani kam immer noch nicht dahinter, was es war, nahm aber an, dass es sich um ein Werkzeug handelte. Nachdem es sich zurückgezogen hatte, lag auf der Wiese vor dem Blockhaus der Glasbehälter. Diesmal hatte sie ihn nicht über etwas gestülpt, sondern einfach auf den Boden gelegt. Überraschte Ausrufe machten sich breit. Ein paar liefen hin, um es sich genauer anzusehen.

»Mit was hast du uns hergebracht?«, ließ sich Roc hören.

»Oh«, machte Emily, als ihr bei seiner Frage etwas klar wurde.

»Was?«, fragte Jani.

»Der Blitztransport hierher. Das war natürlich auch sie.«

»Zeigen – Fern – Besser – Sehen«, erläuterte die Stimme.

Dann schob sich der nächste schwarzgrau glänzende Gegenstand in ihr Blickfeld. Irgendwo am Ende von Nevedar wurden die Umrisse eines schmalen Löffels mit dünnem, gebogenem Griff sichtbar, wahrscheinlich ängstigte er die Piloten, die sich mit ihren Snopire noch auf dem Landeplateau aufhielten, zu Tode. Deutlich war die Einbuchtung zu sehen, durch die der Löffel hereingedrückt wurde. Als Sugar ihn wieder zurückzog, glättete sich auch der Himmel.

»Wahnsinn«, sagte Scottie Stein. »Bei diesem Größenunterschied muss sie das alles unter einem Mikroskop machen.«

»Ich frage mich, wo sie solche Instrumente herhaben kann«, kam murmelnd von Trayot.

»Machen   Selbst«, kam von oben.

*Aha,* dachte Jani, *man muss gar nicht laut rufen.*

»Aber aus was denn?«, rief Trayot, der das noch nicht begriffen hatte.

»Aus – Selbst«.

»Aus sich selbst?«, wiederholte Trayot murmelnd. »Was soll das heißen. Aus was bestehen sie denn?«

»Aus – Alles.«

»Wie praktisch.« Sarkastisch. Er war natürlich nicht überzeugt.

»Enden – Jetzt?«

»Warte«, sagte Jani und schaute zu den anderen: »Irgendjemand eine Idee, was sie uns noch zeigen soll?«

Alle zuckten die Schultern oder schüttelten die Köpfe.

»Macht nicht viel Sinn so«, seufzte Stein. »Wir sehen zu wenig. Vielleicht kann sie noch ein paar Lichter an- und ausschalten?«

»Lieber nicht«, sagte Emily besorgt. »Die Amibros – sie könnten sich verwandeln.«

»Keine – Gefahr«, beruhigte die Stimme.

Dann veränderte sich der Himmel, zuerst verschwand das Helle, dann das Milchige, stattdessen wurde er zu einer schwarzen Leinwand, an der nacheinander verschiedene – angebliche – Himmelskörper auftauchten, gleichzeitig: die Sonne, der Mond, die Zwillingsmonde. Aber dann kamen noch mehr Objekte dazu, deutlich zu sehen und vertraut für die, die sie von ihrem Heimatplaneten kannten – der irdische Mond mit seinen typischen Mondkratern, der Saturn mit seinen Ringen, der orangerote Mars, die strahlend helle Venus, daneben der Andromedanebel, zwischendrin ein paar Sterne, und auch ein Komet war zu sehen.

Dann gingen sie nacheinander wieder ›aus‹, bis sich nur noch der normale saphirblaue Himmel über Nevedar ausbreitete.

Jani fühlte sich wie nach einem Kinobesuch – leicht betäubt und noch nicht wirklich wieder in der Wirklichkeit.

Sugar erschien steifbeinig in der Tür des Blockhauses und schaute in die Runde. »War das richtig so?«, fragte sie.

## 86

Sie waren sich einig, dass sie vorübergehend lieber draußen an der frischen Luft bleiben wollten, also richteten sie für Vem auf der Veranda ein Lager her, mit Janis Rucksack und dem Karmjit darin an seiner Seite. Fast jeder von ihnen hatte inzwischen einmal einen Blick auf die geheimnisvolle metallene Kugel geworfen und Jani mit Fragen danach gelöchert, von denen er die meisten nicht beantworten konnte. Wasee kannte die Wahrheit inzwischen auch, aber wenn sie über sein Schauspiel verstimmt war, so zeigte sie es nicht.

Roc saß mit dem Rücken an die Blockhauswand gelehnt, Vems Kopf war auf seinen Schoß gebettet. Tember, Mero und Lir hielten sich nun ständig in seiner Nähe auf, nur Emily hielt sich fern, was Jani verwunderte. Ihm fiel ein, dass Vem mit ihr gesprochen hatte, gleich nachdem Sugar die Zeit hatte weiterlaufen lassen. Um was es dabei wohl gegangen war?

Sie tummelten sich alle mehr oder weniger um die Treppe, dort saß Sugar und beantwortete Fragen.

Wenn die Himmelskörper um Palla in Wirklichkeit nur Lampen sind oder Wärmequellen oder sonstige technische Hilfsmittel, was sind sie dann auf der Erde?
*Dasselbe.*

Warum sind die Amibros Gestaltwandler? Das geht doch gar nicht aus dem Bild hervor.
*Sugars Idee. Freie Interpretation. Inspiriert von aktueller irdischer Trivialliteratur.*

Was war mit all den Untersuchungen des irdischen Universums durch hochrangige Astronomen, Physiker etc.?
*Diese Personen waren eingeschleuste Wesen wie Sugar. Oder übernommene Menschen. Bilder auf Computermonitoren waren fingiert.*

Warum gibt es keine männlichen Centerflies?
*Bedauerlicherweise hatte Hicks nur weibliche gemalt.*

Voyager und Co auf dem Mars?
*Die kleinen Fahrzeuge waren nicht schwierig nachzubauen. Und die Videoübertragungen manipulierbar.*

Hatte ihre Spezies auch die Bibel geschrieben?
*Nein, die Geschichten darin hatten sich die Menschen ausgedacht aufgrund vieler Ereignisse, die sie sich nicht hatten erklären können. Für die Ereignisse war natürlich Sugars Spezies verantwortlich.*

Die Sternenbilder, die Mondkreiszeichen?
*Sie mussten nur darauf achten, über die vielen Jahre die Anordnung der Lampen nicht zu verändern.*

Wie erfolgte die Konservierung, das Einfrieren, bemerkte man es?
*Nein, sie schickten als Asteroiden oder Meteoriten getarnte Kapseln vor, die Betäubungsmittel ausströmten. Erst anschließend wurde gefrostet.*

Die Mondlandung von Apollo 11?
*Ein Fake der Amerikaner. Da mussten sie gar nicht eingreifen...*
*(Nein, das sei nur ein Scherz, den sie sich nicht verkneifen konnte. Tatsächlich wurde das, was sie für den Mond hielten, einfach nur vor der Landung präpariert.)*

Die Metaschweber wie Nia?
*Fehlgeschlagene Ideenübertragung. Sugar übte ja noch.*

Stammen Meteoritenlöcher wirklich von Meteoriten?
*Nein, Meteoriten oder Asteroiden sind immer nur Transportmittel (oder Fakes, weil die Menschen sie inzwischen in regelmäßigen Abständen erwarten). Zum Beispiel für das Betäubungsmittel oder für Versuchsmaterial wie Bakterien, Viren. Sie lösen sich auf, bevor sie einschlagen. Angebliche Löcher von Meteoriten wiederum sind Abdrücke manueller Eingriffe. Sugars Art hatte irgendwann aufgehört, sie zu beseitigen, da die Fantasie der Menschen nie um eine Erklärung verlegen war.*

Hatten Körper-Übernahmen und Erdbeben (wie das am Fogmon, wodurch Tember und Jani nicht nach Orbíma zurückkehren konnten) irgendetwas miteinander zu tun?
*Nicht immer, aber oftmals. Entweder der Übernommene stolperte oder aber seine Umgebung.*

Woher stammten die Snopire?
*Eisinsel. Grundausstattung.*

Warum gab es an begnadeten Künstlern nur Elvis auf Palla?
*Michael Jackson ist auch hier. Sie waren ihm nur noch nicht begegnet, weil er zusammen mit Kurt Cobain, Amy Whinehouse und anderen abgeschieden am anderen Ende des Dschungels lebte. Sie hatten da so eine Art Künstlerdorf gegründet.*

Und warum war Elvis bereits drei Mal erschienen?
*Sugar hatte einen Narren an ihm gefressen, also holte sie ihn wiederholt, aus verschiedenen Phasen.*

Warum waren bei den Lebendübertragungen ganze Dörfer und Parks transferiert worden?
*Die Erfahrung hatte gezeigt, dass die Transferierten die Übertragung besser verkrafteten, wenn ein Teil ihrer Umgebung erhalten blieb. Es verminderte ihren Schockzustand.*

Gab es eine Erklärung für die Stangen am Fogmon, die früher nicht vorhanden gewesen waren?

*Sugar hatte sie angebracht, in der Hoffnung, dass dann weniger von denen ums Leben kamen, die versuchten, zum Dschungelkontinent den Weg über den Wall im Ozean zu nehmen.*

Schließlich rang sich Jani durch, nach dem Rätsel zu fragen, dem Hicks so lange verfallen gewesen war. Sugar erzählte daraufhin von dem Jungen, der ihr erster Versuch einer Lebendübertragung gewesen war. Er entstammte einer Phase des RD Projekts, die abgebrochen werden musste, weil Computer und Internet verheerenden Einfluss auf die Intelligenz der Menschen zu nehmen begannen, was die Forschergruppe unterbinden musste.

Sie hatte den Jungen direkt von seinem Rechner weggeholt, wo er das Blatt Papier gerade ausgedruckt hatte, ohne ihn vorher zu betäuben, und als er auf Palla landete, war sein Geist derart verwirrt, dass er so lange in eine Richtung lief, bis er über die Klippen ins Meer stürzte und tatsächlich ertrank. Etwa zur gleichen Zeit waren die ersten Amibros auf Erkundungstour unterwegs, beobachteten den Vorfall und fanden das Papier, das sie dann, weil sie nicht daraus schlau wurden, für einen übersinnlichen Hinweis hielten und fortan für ihre Nachkommen aufbewahrten.

Sugar hatte daraufhin nie mehr eine Lebendübertragung ohne vorherige Betäubung gewagt. Aus dieser Erfahrung stammte auch die Vorgehensweise, Lebensraumkopien mit zu transferieren, um durch eine gewohnte Umgebung das Akklimatisieren zu erleichtern.

*Na, immerhin ist Neo damit gewissermaßen in die Geschichte eingegangen,* dachte Jani. Es hätte den kleinen Angeber sicherlich gefreut. Vorzugsweise hatte er gar nicht mitbekommen, was mit ihm geschehen war und sich in seiner Computerwelt gewähnt. Er wünschte es ihm.

Es folgten immer wieder Fragen nach dem Aussehen von Sugars Spezies und des Ortes, an dem sie lebten, die sie aber nicht eindeutig beantworten konnte.

»Aber ich könnte euch ein Abbild zeigen«, rückte sie irgendwann heraus. »Es ist immer in der Grundausstattung des Baukastens enthalten. Das von Palla befindet sich an der nördlichsten Spitze des Kontinents, auf dem auch Orbima liegt. Auf der Höhe der Eisinsel.«

»Oh«, bemerkte Emily. »Ich glaube, ich habe den Ort schon gesehen. Ich bin mit Hicks darüber geflogen auf unserem Ausflug.«

»Tatsächlich?« Jani beugte sich neugierig vor. »Wie sah er aus?«

»Auf jeden Fall gefährlich. Jede Menge spitzer Kristalle, die sich auf und nieder bewegten, als wären sie zustoßende Dolche. Hicks erzählte, dass noch niemand dort war, weil die Gegend unbegehbar ist.«

Sugar nickte. »Es ist so gestaltet, damit niemand den Ort betritt. Optische Täuschung hauptsächlich, eigentlich bewegen sich die meisten gar nicht.«

»Für was ist es dann gut?«, fragte Jani.

»Es ist ein vereinfachter Zugang. Wir üben dort den Eintritt in die Kunstwelt, die Übernahme und die Erstellung von eigenen Abbildern. Von innen sieht es genauso aus wie ein Teil unserer Welt. Es ist eine Miniaturausgabe.«

Trayot fuchtelte erregt mit den Händen. »Das möchte ich sehen! Kann ich da hin?«

»Nein«, sagte Sugar bedauernd. »Besuche waren dort nie vorgesehen und entsprechend ist der Zugang gesichert. Doch wie sich herausgestellt hat, gibt es eine Spezies, die in der Lage ist, hinein zu gelangen. Das war so nicht geplant und ich habe es selbst auch nur durch Zufall herausgefunden.«

»Welche denn?«, fragte Trayot gepeinigt.

»Karmjits«, erwiderte sie.

»Die komische Metallkugel?«, lachte Trayot. »Was soll uns das bringen?«

Sugar blickte zu Jani. »Ab einem gewissen Stadium ist er in der Lage, einen Reiter zu tragen. Aber keinen beliebigen. Er wird nur den akzeptieren, auf den er geprägt ist.«

»Ach«, schnaufte Trayot. »Schon wieder der Junge? Was für ein Zufall…«

»Er ist mir ja auch wirklich zufällig in die Hände gefallen«, erwiderte Jani schnippisch. »Ich habs mir nicht ausgesucht.«

»Vielleicht war es ja *Schicksal*«, bemerkte Sugar.

*Sie hat die Bedeutung anscheinend verstanden*, dachte Jani.

»Und was haben *wir* davon, wenn *er* sich alles ansehen kann?«, ließ Trayot nicht nach.

»Ich kann tun, was ich schon einmal getan habe«, erklärte Sugar. »Euch anschließend seine Erinnerung übermitteln.«

»Kannst du das nicht gleich tun? Zeig uns doch *deine* Erinnerungen, dann hätten wir es hinter uns.«

»Das geht nicht. Ich kann es nur mit euren tun.«

»Na dann«, fügte sich Trayot brummend.

»Ist der Karmjit denn schon in diesem Stadium?«, wollte Jani wissen. »Als Raubvogel wäre er wohl etwas zu klein, um mich zu tragen.«

»Möglicherweise«, sagte Sugar. »Wir werden sehen.«

»Aber wir können ihn im Moment doch sowieso nicht benutzen«, wandte Jani ein. »Vem braucht ihn.«

Sugar schüttelte nur stumm den Kopf.

Jani schaute sie verständnislos an. »Was?«

Die anderen verstanden früher. Alle Köpfe wandten sich zu Vems Lager, wo sie Rocs Blick begegneten.

»Er braucht ihn nun nicht mehr«, sagte er tonlos.

# 87

Die Amibros brachten ihren verstorbenen Ratsobersten in einem der hinteren Räume des Blockhauses unter, wo es einigermaßen kühl war, und richteten ihn so her, dass sie ihn in ein paar Stunden nach Orbíma mitnehmen konnten, wenn die Transporte begannen.

Es war sein Wunsch gewesen, nach der Sitte der Amibros bestattet zu werden, zuhause, so hatte er es Tember gesagt. Sie war nun Einerdrei der Amibros, Roc rückte auf die zweite Stelle nach, die dritte Position blieb unbesetzt, bis der Altehrwürdige Rat einen Nachfolger oder eine Nachfolgerin bestimmt haben würde.

Jani, der nach seiner Mutter suchte, fand sie draußen. Spooky, der neben ihr gelegen hatte, sprang auf und rannte ihm schwanzwedelnd entgegen. Sie saß ausgerechnet an dem Tisch, an dem er mit Hicks das Rätsel gelöst hatte. Sie wirkte traurig, aber er sah keine Tränen. Er setzte sich zu ihr auf die Bank und Spooky stand einen Moment daneben und ließ sich zwischen den Ohren kraulen, bis er auf eine Runde Schnuppertour trabte.

»Wir bekommen eine neue Heimat in Orbíma, weißt du«, sagte sie. »Wenn wir wollen. Vem hat es so verfügt. Tember weiß es auch und wird dafür sorgen, dass es umgesetzt wird.«

»Also darüber wollte er mit dir sprechen?«

Sie nickte. Das kurze Zögern davor musste er sich eingebildet haben.

»Was hältst du davon?«, fragte sie. »Natürlich nur für den Fall, dass alles wahr ist, was deine kleine Freundin uns so erzählt, und wir hier festsitzen.«

»Wär schon okay«, nickte er. »Ich meine, die Alternativen sind nicht wirklich prickelnd – Nevedar, Alwadar, puh. Die Stadt ist schon cool. Und tagsüber hätten wir sie immer ganz für uns.«

Sie lächelten beide.

»Du steckst es ganz gut weg, oder?«, fragte Jani vorsichtig.

»Das mit Vem, meinst du?«

»Jap. Ich dachte eigentlich, du ... ähm ... wärst verknallt in ihn, oder so.«

Sie nickte niedergeschlagen. »Das dachte ich auch. Aber mit der Zeit wurde es ... anders. Wie sehr, ist mir erst jetzt klar geworden. Aber auch wenn ich es am Ende nicht mehr war, tut es mir sehr leid um ihn. Er hatte so etwas an sich ... er war wie ein Elf ... Ein bisschen wie Legolas.«

»Wieso wurde es anders?«

Sie hob die Schultern. »Ich bin nicht sicher. Vielleicht habe ich gespürt, dass er ... Weißt du, er war ein ... Seelenverwandter deines Vaters.«

»Er war was? Was meinst du? Doch nicht etwa...«

Emily lächelte. »Genau das. Irgendwie habe ich es schon geahnt, bevor er es mir gesagt hat.«

»Das hat er dir selbst gesagt? Wow. Und wer war sein…? Nein lass, ich weiß schon. Das ist ja ein Ding. Hätte ich hier gar nicht erwartet irgendwie, weiß auch nicht warum.«

»Ist wohl kein Privileg von Erdlingen.«

»Aber Roc hatte doch diese Feli, also ist er wohl gar nicht…«

»Nein, ist er nicht.«

»Aber er wusste es?«

»Denke schon, ja.«

»Puh. Der arme Vem.«

Emily deutete mit einer Kopfbewegung zum Blockhaus. »Da kommt deine Zaubererin. Vielleicht ist sie ja auch eine Hexe?«

Sugar hielt die metallene Kugel in den Händen und hielt sie Jani hin. »Wenn du bereit bist, können wir es versuchen.«

»Wird das gefährlich für Jani?«, fragte Emily mit misstrauischem Blick auf den Gegenstand.

»Vor langer Zeit hat schon einmal jemand auf dem Rücken eines Karmjit den Ort betreten. Es ist beiden nichts geschehen.«

»Wer war das damals?«, fragte Jani.

»Ein Amibro, der in Nevedar lebte. Ein Gelegehüter.«

Jani nahm die Kugel entgegen und nickte. »Wasee hat von einem erzählt. Dem einzigen, von dem sie wusste, dass er auch so ein Ei besessen hatte. Er ist irgendwann spurlos verschwunden. Und das Tier auch. Das hatte nicht zufällig etwas mit dem Betreten eures Ortes zu tun?«

Sugar schüttelte den Kopf und sagte zu Emily: »Ihr solltet alle etwas schlafen solange wir fort sind. Ich wecke euch, sobald Janis Erinnerungen zur Verfügung stehen.« Dann wandte sie sich an Jani: »Versuche es jetzt. Du musst ihn dazu bringen, herauszukommen.«

»Ach ja? Und wie?« Jani drehte die Kugel in den Händen. »Muss ich wieder irgendwo drücken? Ich sehe keinen Knopf oder so.«

»Das weiß ich leider nicht.«

»Kannst du ihm nicht einen Leckerbissen anbieten?«, schlug Emily vor.

»Der frisst nix«, seufzte Jani. »Vielleicht hilft gut zureden…« Er streichelte die samtige bronzefarbene Oberfläche, fuhr mit dem Finger die goldenen Schuppenränder nach, die man nur sehen, aber nicht spüren konnte. Klopfte mit den Fingerknöcheln dagegen. »Na, komm schon, Kleiner. Pennst du da drin?«

»Wirf ihn«, empfahl Sugar.

»Werfen? Wohin denn?«

»Hoch.«

»Hm.« Jani warf die Kugel wie einen Ball mehrmals in die Höhe, um sie jedes Mal wieder aufzufangen. Spooky sprang ihm aufgeregt um die Füße, er schien sich zu erinnern, dass er ziemlich gut apportieren konnte.

»Wirf ihn über den Zaun«, sagte Sugar.

»WAS? Aber da geht es tierisch in die Tiefe, er wird zerschellen.«

»Das wird er zu verhindern wissen. Er kann fliegen. Auch in der neuen Form.«

»Hm, ich weiß ja nicht.« Jani beäugte misstrauisch den hohen Palisadenzaun, der sich hinter dem Blockhaus erhob. Da wo die Centerfly Fisch losgeflogen war, um sich auf die Suche nach Emily zu machen.

»Wir sollten uns beeilen«, drängte Sugar.

»Okay, okay. Wartet hier.« Jani trabte hinüber zum Zaun, ihm war gar nicht wohl in seiner Haut. Er lief ihn linkerhand entlang, wenn er es richtig in Erinnerung hatte, war der Abgrund auf dieser Seite tiefer, so dass der Karmjit länger fallen konnte, bevor er auf die Felsen aufschlug, durch die sich die Gleise zogen.

Er hob die Kugel an seinen Mund und flüsterte: »Einfach aufmachen und Flügel ausbreiten, hörst du? Du kannst das, ich weiß es. Lass mich nicht im Stich.« Dann holte er aus und schleuderte die Kugel mit kräftigem Schwung nach oben über den Zaun. Spooky an seiner Seite winselte enttäuscht. Dass er da nicht hinterher konnte, war sogar ihm klar.

Jani wartete einen Moment und lauschte, aber er hörte gar nichts. Also ging er zurück zu Sugar und Emily. »Und jetzt einfach warten?«, fragte er.

Sugar nickte. »Habe Geduld, es kann eine Weile dauern.«

Die Zuversicht in ihrer Stimme machte ihm Mut. »Wo stammt er eigentlich her?«, fragte er, während er den Himmel nach Anzeichen eines Vogels absuchte. Obwohl er ja gar nicht wusste, als was der Karmjit zurückkehren würde, wenn er es überhaupt tat. »Oder ist er auch einer Fantasie entsprungen?«

»Nein, er ist eine Imitation aus einer echten Welt. Die Eier sind in der Grundausstattung enthalten, sie tauchen aber nur ganz selten und unvorhergesehen auf, immer in einem Nest der wilden Snopire auf der Eisinsel und auch immer nur, wenn gerade kein Karmjit existiert. Es kann immer nur einen geben.«

Jani lachte. »Das erinnert mich an etwas. Ich glaube, ich weiß jetzt einen Namen für ihn.«

»Und er muss ein Bezugswesen finden, auf dass er sich prägen kann«, fuhr Sugar fort, »sonst stirbt er in den ersten – nach Erdlingzeit – vierundzwanzig Stunden seines Lebens. Eine weitere Schwierigkeit ist, dass die Snopire ihn nach einer Weile als etwas Fremdes erkennen und aus dem Nest werfen, kurz bevor er schlüpfen würde. Der jetzige ist erst der zweite, der es so weit geschafft hat.«

»Aber du weißt, in was er sich verwandelt?«

Sugar nickte. »Ich habe seine echte Welt in den Erinnerungen meiner Gruppe gesehen. Die Entwicklung der ersten drei Stadien ist immer gleich, ebenso die Endform, auch wenn diese nur für seine originalen Verwandten erreichbar ist. Aber die Stadien dazwischen können sehr unterschiedlich aussehen.«

»Wirst du uns zu dem Ort *löffeln*, oder wie kommen wir hin?«

»Was bedeutet löffeln?«

»Das Werkzeug, das du uns von deiner Welt aus gezeigt hast, es sieht aus wie ein Löffel. Und wenn du damit etwas transportierst, könnte man das ›löffeln‹ nennen.«

»Ich verstehe. Nein, nicht auf diese Art. Wir fliegen. Ich komme mit dir.«

Sie deutete zum Himmel. »Und da kommt *er*!«

Jani brauchte einen Moment, um zu begreifen, was die Silhouette darstellte, die da auf sie zuhielt. Emily neben ihm keuchte erstaunt.

Das Tier kam schnell näher und stieß einen schrillen Ton aus, bevor es etwas zu wuchtig landete, torkelte, auf den Bauch plumpste, sich wieder aufrichtete, erst mal schüttelte und dann vorsichtig näher trat, als sei ihm seine neue Gestalt selbst noch nicht ganz geheuer. Nahe Jani blieb es stehen, machte einen langen Hals, senkte den Kopf und rieb seinen Schnabel an dessen Schulter.

»Wahnsinn«, staunte Jani. Er hob die Hand und kraulte die samtige Stirn zwischen den pelzigen Ohren. »Lass dich mal ansehen«, sagte er dann und begann, um den Karmjit herumzugehen.

»Er ist ein … ein …«, stammelte Emily. »Ein Greif.«

»Griffin«, sagte Jani gleichzeitig.

»Gryphon«, kam von Sugar.

Sie lachten.

»Jedenfalls riesig!« sagte Jani.

Der Kopf des Karmjit war immer noch der eines Greifvogels, von tiefem Mokkabraun, mit goldenen, schwarz bewimperten Augen, der Schnabel kupferfarben schimmernd, aber nicht mehr transparent. Wenn sich die fluoreszierende Flüssigkeit noch darin befand, dann sah man sie jetzt nicht mehr. Beginnend oberhalb des Kopfes über Hals und Brust zog sich ein dichtes goldenes Federkleid, der sich anschließende Teil des Körpers jedoch war nun der eines kräftigen Löwen. Das schwarze Fell brach an den Flanken in scheckige schwarze, bronzene, braune und goldene Flecken aus und setzte sich in diesem Muster bis über den Löwenschwanz fort, der in einem schwarzen Puschel endete. Hinten stand er auf schwarzen Tatzen, vorne auf goldenen Greifenklauen. Und natürlich verfügte er über Flügel, bronzegolden schimmernd, in den Spitzen schwarz, lagen sie an seinen Seiten. Aufrecht stehend befand sich sein Rücken auf der Höhe von Janis Schultern.

»Du sagtest, du wüsstest einen Namen für ihn?«, erinnerte ihn Emily.

»O ja«, grinste Jani und klopfte den Hals des Karmjit. »Ich nenne dich *Highlander – Es kann nur einen geben!*«

Der Greif bog den Kopf zu ihm und blickte ihn mit seinen goldenen Augen ernsthaft an. »He – Dankeschön«, sagte er. »Dieser Name gefällt mir. Aber ist er nicht ein bisschen lang?«

## 88

Auf ihrem Flug Richtung Eisinsel beteuerte Sugar, die vor Jani saß, noch immer, dass sie nicht gewusst habe, dass die Karmjits in diesem frühen Stadium bereits zu sprechen fähig waren. Dies war in ihren Forschergruppen-Erinnerungen nicht festgehalten und sie selbst hatte nur einen Karmjit vor Highlander getroffen und der hatte es ganz sicher nicht getan.

Landy, wie sie sich mit ihm auf eine Namensabkürzung geeinigt hatten, lauschte sichtlich amüsiert ihrer Verteidigung.

»Weißt du, ob mein Vorgänger ein weiblicher Karmjit war?«, fragte er schließlich Sugar, was diese bestätigte. »Dann ist es klar«, fuhr er fort. »die Weibchen sprechen in diesem Stadium noch nicht. Sie beginnen damit erst in einer späteren Entwicklungsphase.«

»Na gut«, lachte Jani in Sugars Ohr. »Du bist hiermit für unschuldig erklärt.«

Sie saßen auf dem bloßen Rücken des Greifs, die Hände in den dichten Nackenfedern vergraben. Weich waren diese erst in den tieferen Schichten, die obersten waren eher unangenehm zu greifen, sie fühlten sich an wie dünnes Metall, bei dem man befürchten musste, sich daran zu schneiden. Jani musste um Sugar herumgreifen, so dass sie dicht an ihn geschmiegt saß. Bis auf ihre weißen Haare, die ihm ständig ins Gesicht wehten, war dies ein angenehmes Gefühl.

Wie beinahe jedes Mal, wenn er mit einem der Mädchen zusammen war, musste er automatisch an die andere denken – er hatte noch seinen Rucksack geholt, und sich bei dieser Gelegenheit von Tember verabschieden wollen. Er fand sie zusammen mit den anderen Amibros in dem Raum, in dem sie Vem aufgebahrt hatten, Jani nahm an, dass sie alle dort eine Art Totenwache hielten. Als er hineinschaute, stand Mero hinter Tember und hatte seine Hände auf ihren Schultern liegen. Daraufhin hatte Jani auf eine Verabschiedung verzichtet. Er war unbemerkt wieder abgezogen. Und die Frage nagte an ihm, ob die zweijährige Wartezeit auf den zugewiesenen Partner aufgrund der veränderten Situation nun vielleicht hinfällig geworden war.

Landy sackte in ein Luftloch und Sugar stieß einen kleinen spitzen Schrei aus, was Jani aus dem Grübeln riss.

Er umfasste sie fester und flüsterte beruhigend in ihr Ohr. »Ich hab dich, keine Sorge.«

Die mächtigen Schwingen des Greifs bogen sich aufwärts und boten Schutz gegen den Flugwind. Jani war skeptisch gewesen, ob ihm übel werden würde, aber Emily hatte ihn vorbereitet, dass er vermutlich ihre Schwindelfreiheit geerbt hatte, und so war es auch. Außerdem flog der Karmjit ruhig und sicher (wenn er nicht gerade mal in ein Luftloch plumpste), so dass sie sich schnell an die Situation gewöhnt hatten. Jetzt, wo seine Schwingen ausgebreitet waren, sah man, dass er auch immer noch über die transparenten, libellenartigen Flügel verfügte, sie verteilten sich gleichmäßig unter die restlichen Flugfedern.

Emily hatte sie auch vor den wilden Snopiren gewarnt, die auf der Eisinsel zuhause waren, und den Angriff geschildert, den sie zusammen mit Hicks während der Rückkehr von ihrem Ausflug erlebt hatte. Sie erzählte, wie er die Piranhas, wie er sie nannte, mit (vermutlich deren eigenen) Eiern einigermaßen in Schach gehalten hatte, wobei das erste zerstört worden war, die Snopire das zweite hatten fangen können und das dritte wohl am Boden zerschellt war. Dann fiel ihr ein, dass dieses letzte Ei ein *schwarzes* gewesen war, und als Sugar erklärte, dass nur die Karmjit Eier diese Farbe hatten, waren sie sich relativ sicher, dass es sich um das Ei handelte, dass Jani während seiner Fahrt auf den Gleisen in den Schoß gefallen war.

Sugar wusste auch zu berichten, dass Hicks regelmäßig Piloten auf die Eisinsel schickte, um Eier der wilden Snopire zu stehlen – es waren die, die nach Nevedar gebracht und aufgezogen wurden, um später als Reittiere benutzt zu werden. Von einer Zucht wusste sie nichts, aber dass er Angriffe auf Orbíma geflogen hatte, schon. Teilweise war dies mit berittenen Snopiren erfolgt, aber auch mit solchen, die er für diese Zwecke abrichtete – Pitbulls in Fledermausform. Über die Gründe konnten sie nur spekulieren, doch es lag nahe, dass er den Amibros nicht wohl gesonnen war.

Landy hatte sich hingelegt, damit sie auf seinen Rücken klettern konnten, und Emily war geblieben, um ihnen nachzuwinken. Sie hatte versprochen, auch ein paar Runden zu schlafen, aber Jani war klar, dass sie es vor Sorge um ihn vermutlich nicht können würde.

Die Eisinsel kam nun in Sicht und wie schon seine Mutter wenige Tage zuvor, war auch Jani fasziniert von der präzisen fünfeckigen Form des Eilands, das wie ein weißer Diamant im blauen Ozean schimmerte.

Er hätte gerne einen Blick auf die Dinosaurier geworfen, aber sie hatten Emily versprechen müssen, in gebührender Entfernung an der Insel vorbeizufliegen, um ganz sicher den Radar der wilden Snopire nicht auszulösen. Auch wenn er ein winzig kleines Bisschen von diesem Versprechen abgewichen wäre, Landy ließ es nicht zu und flog einen weiten Bogen. Offensichtlich hatten Karmjits etwas für Ehre übrig.

Vor ihnen zeichnete sich nun ihr eigentliches Ziel ab und Sugar dirigierte Landy weit in den Norden des Kontinents, ließ ihn die Landspitze umrunden und von dort die nördliche Küste entlang fliegen. Rechterhand lag der Landstrich mit den bizarren Kristallen und sie sahen die funkelnden Stacheln auf und nieder stoßen.

Jani beobachtete das Schauspiel mit einem mulmigen Gefühl im Magen. »Und das ist nur eine optische Täuschung?«, fragte er nahe Sugars Ohr. Auch wenn der Wind von Landys Flügeln etwas abgehalten wurde, war es noch unglaublich laut.

»Ja«, rief Sugar über die Schulter zurück. »Aber nicht alles, manche Dornen sind echt und damit immer noch gefährlich. Wir nehmen aber einen anderen Weg.«

Sie flogen weiterhin parallel zur Stachellandschaft und sahen in weiter Ferne Blitze in einen Himmel zucken, der sich dort wie eine schwarzgraue Gewitterfront abzeichnete, während zu ihrer Linken das ruhige Meer ebenso kobaltblau schimmerte wie der Himmel darüber.

Jani löste eine Hand aus Landys Federn und deutete auf die Blitze. »Fliegen wir da etwa hin?«, fragte er laut.

»Nicht ganz«, sagte Sugar. »Wir landen vorher.«

Sie bogen genau dort ab, wo der Kristallabschnitt in eine trostlose graue Gegend überging, flogen noch ein Stück bis ein breiter Fluss ihren Weg kreuzte und landeten kurz dahinter. Jani und Sugar rutschten von Landys Rücken und vertraten sich die steifen Beine. Der Boden war hier trocken und bröselig, es staubte bei jedem Schritt.

Der kristallene Landstrich nahm die obere Ecke des Kontinents ganz für sich ein, in Form eines spitzwinkligen Dreiecks. Sie hatten das schmale Ende umflogen und standen nun vor einer steilen Wand, die sich weit in den Süden zog und wie sie von Emily wussten, am Ende von dem Wald abgelöst werden würde, der nicht weit von Orbíma Zitíí wuchs.

Die graue Gegend, die außer der Kristallecke den Norden des Kontinents bedeckte, schien eine sehr ungemütliche zu sein, Jani konnte von seinem Standpunkt aus nicht nur Blitze, sondern auch Feuerschwaden sehen, die sich abwechselnd mit ausgewachsenen Tornados kreuz und quer durch ein düsteres Wolkengeschwader bewegten, manche züngelten bedrohlich in ihre Richtung.

Erst auf den zweiten Blick begriff er, warum nichts davon ihnen wirklich nahe kam – der Fluss schien eine natürliche Barriere zu bilden, das wilde Wetter blieb außerhalb. »Ist das die Schwarzöde?«, fragte er. »Wo die Hutzlifutze leben?« Auch wenn er sich nicht vorstellen konnte, wie hier etwas leben sollte.

Sugar verneinte. »Die Schwarzöde liegt noch weiter hinter dem Wald«, erklärte sie, »nahe der Wüstengegend, in der ihr angekommen seid.«

Jani schaute sich um. »Und wie geht es jetzt weiter?«, fragte er.

»Er bringt dich hinein«, erwiderte sie. »Ich nehme meinen Zugang. Was auch immer passiert – du darfst auf keinen Fall den Boden betreten!«

Dann ließ sie sich auf das Geröll sinken, verschränkte die Hände im Schoß und erstarrte zur Puppe.

Jani schaute erst sie verdutzt an, dann die steile Felswand. Er drehte sich zu dem Karmjit. »Weißt du denn, wie man hinein kommt?«

»Ich habe so eine Ahnung«, sagte Landy.

»Könntest du dich wieder hinlegen?«, bat Jani. »Ich werde es anders nicht auf deinen Rücken schaffen.«

»Du wirst nicht auf mir reiten«, sagte der Griffin. »Ich werde dich tragen. Nimm bitte deine Tasche ab, dann kann ich dich besser halten.«

Jani verstand zwar gar nichts mehr, nahm aber folgsam seinen Rucksack ab und legte ihn der Sugar-Puppe vor die Füße, wobei er noch einen der Gurte um ihre steifen Handgelenke schlang. »Okay, und jetzt?«

»Ich werde jetzt etwas mit mir machen. Sobald ich es sage, trittst du direkt vor mich.«

»Okay...?«

»Geh ein paar Schritte beiseite.«

Und dann begannen diese Geräusche wieder – metallisches Surren und Schnappen und ein kreischender Ton, als Metall auf Metall rieb. Mit offenem Mund beobachtete Jani, wie sich der Griffin, der eben noch aus Fleisch und Blut erschienen war, in einen verwandelte, der vollständig aus Metall bestand. Ein Körper aus geschichtetem schwarzen Eisen, die farbigen Flecken an den Flanken wurden zu Platten aus Bronze, Messing, Kupfer, wo vorher Gelenke gewesen waren, griffen jetzt Zahnräder ineinander, goldenen Schuppenschichten erschienen anstelle der Mähne – *Steampunk* war das Wort, das Jani durch den Kopf schoss, während er der Verwandlung, die den Umfang des Greifs beträchtlich erweiterte, entgeistert zusah.

»Komm vor mich«, sagte Landy jetzt. Wenigstens seine Stimme war dieselbe geblieben.

Jani tat wie geheißen.

Der Greif setzte sich auf die Hinterbeine und fasste mit beiden Klauen vorsichtig Janis Mitte. »Halte dich an meinen Krallen fest«, sagte er.

Jani tat es. Seine Ellbogen kamen auf goldfarbenen Gelenken zu liegen. Landy zog ihn so nahe wie möglich an seine eiserne Brust.

Dann streckte er den gepanzerten Kopf vor und legte die gebogene Oberseite seines Kupferschnabels an die Felswand. Sekunden später begann der Schnabel in fluoreszierendem Grüngelb zu leuchten und die Wand wechselte die Farbe – was wie grober Felsen ausgesehen hatte, wurde zu einem tiefschwarzen, glänzend glatten Material, das vielleicht Marmor war oder Granit, am ehesten aber Obsidian. Die Verwandlung der Wand breitete sich aus wie ein unregelmäßig verlaufender Tintenklecks auf einem saugfähigen Blatt Papier.

Unter viel mechanischem Getöse und sogar Dampfentwicklung breitete der Karmjit seine Flügel aus und bewegte sie mit zunehmender Geschwindigkeit auf und nieder, bis sich Janis Füße vom Boden hoben, weil sie sich in die Höhe bewegten. Im festen Griff des Karmjits klammerte er sich an die goldenen Krallen und schloss instinktiv die Augen, als dieser vorwärts stieß – doch die schwarze Wand leistete keinen Widerstand, sie glitten einfach hindurch.

## 89

Emily ging mit Spooky zurück ins Blockhaus, suchte sich ein freies Lager, legte sich hin, drehte sich auf die Seite und stellte fest, dass sie sich einen Platz direkt in Blickrichtung auf Hicks' Lager ausgesucht hatte. Das Gesicht des Franzosen glänzte krankhaft fahl, Haare und Bart standen nach allen Seiten ab, die Augen waren nach oben verdreht, aus seinem Mund lief ein feiner Speichelfaden. Hätte sich nicht sein Brustkorb immer wieder schwach gehoben und gesenkt, sie hätte ihn längst für tot gehalten. Sie wusste nicht, wie die Amibros darüber dachten, aber sie fände es nur gerecht, wenn er bald das Zeitliche segnete. Nicht nur Vem würde noch leben, wenn er nicht gewesen wäre.

Sie drehte sich auf die andere Seite und schloss die Augen, aber sie sah immer noch Hicks' zombiehafte Züge vor sich. Angestrengt versuchte sie, das innere Bild mit einem von Jani zu ersetzen, aber das brachte nur die Frage mit sich, wo dieser sich gerade befand und ob es ihm gut ging.

Sie hasste es, schon wieder von ihm getrennt zu sein, auch wenn sie sich nichts vormachte – er war prima ohne sie zurechtgekommen. Sie seufzte. Es war ja auch gut so, sie wollte ja, dass er zu einem selbstbewussten, eigenständigen jungen Mann heranwuchs, keinesfalls sollte jemals jemand ihm nachsagen, er wäre ein Muttersöhnchen. Allerdings ging sie stark davon aus, dass sie beide für ihre jeweiligen Abnabelungsprozesse noch etwas mehr Zeit gehabt hätten, wenn ihnen nicht dieses absurde Erlebnis dazwischen gekommen wäre. Was ihre Gedanken einmal mehr zu dieser seltsamen Sugar brachte und ihrer Erklärung für das Geschehene.

Sie drehte sich unruhig auf den Rücken und legte einen Arm unter ihren Kopf. Vorausgesetzt, sie glaubte ihr, würde das bedeuten, dass sämtliche Erkenntnisse über den Ursprung der Erde, ihres gesamten Sonnensystems, genauer gesagt des gesamten Universums hinfällig waren. Nichts davon existierte wirklich. Bis auf den Planeten Erde, der wiederum synthetisch geschaffen war. Mit Bewohnern, zwar nicht künstlich, aber aus Urahnen entwickelt, die einst bunt zusammengewürfelt auf der Welt ausgesetzt worden waren. Vergleichbar einer Streudose ›Wiesenblumenmischung‹-Samen, wie sie sie jedes Jahr im Frühling in ihrem Garten aussäte und sich dann überraschen ließ, was daraus heranwuchs und im Sommer schließlich blühte. Und wenn dazwischen zu viel Unkraut zu wuchern begann, dann rupfte sie es aus und warf es auf den Kompost, wo es vermoderte.

Ähnlich war es doch hier – wenn diesen angeblichen Forschern nicht passte, was sich entwickelte, dann stoppten sie das Wachstum, warfen weg, was ihnen nicht gefiel, harkten den Boden um und streuten neuen Samen aus.

Und was für ein Schock für alle Gläubigen – sie waren infiltriert worden mit Religionen ebenso wie mit Gottheiten, ein Hoch auf die Leichtgläubigkeit des Menschen und seine rege Fantasie. Nicht dass sie selbst damit ein Problem hätte, schließlich glaubte sie an die Urknalltheorie, eher haderte sie mit der Tatsache, dass auch diese nun hinfällig war und es *doch* eine höhere Macht gegeben hatte, die für die Entstehung der Erde verantwortlich war. Wenigstens die Bewohner verdankten ihre Existenz anscheinend keinem Schöpfer. Wobei sich die Frage auftat, wo denn die ursprünglichen Traubenwelten herkamen. Da konnte sie sich im Grunde mit Sugar zusammen tun – sogar deren Spezies hatte diese Frage noch nicht gelöst.

Projekt RD – *Erde.* Und AD-M und éWAH – *Adam und Eva* – in Scharen. Lautsprachlich funktionierte das nur in Deutsch, aber sie ging davon aus, dass es für jede Sprache eine eigene Version gab. Wenn das alles der Wahrheit entsprach, war es ein rechter Scherz. Manch großer Komiker hätte seinen Spaß daran gehabt. Loriot zum Beispiel. Sie musste kichern bei der Vorstellung an seinen Weihnachtsschwank mit dem Atomkraftwerk-Baukasten und der Szene, in der winzige lebendige Menschen mit einem Mann kommunizierten, der durch die vom GAU zerstörte Zimmerdecke aus einem realen Wohnzimmer in die Miniaturspielzeugwelt blickte – den hiesigen Umständen war Loriot mit dieser Idee gar nicht so fern gewesen.

*Meine Güte, Weihnachten,* dachte sie. Wie fern war ein solches Fest an diesem Ort. Musste sie sich ernsthaft mit dem Gedanken auseinandersetzen, ihr künftiges Zuhause in einer Stadt wie Orbíma zu haben, wo sich die Nachbarn tagsüber in Wölfe, Einhörner und Raben verwandelten? Was für ein Stoff andererseits für ihre Geschichten! Obwohl – hier würde sie damit niemanden hinter dem Ofen hervorlocken. Wenn sie wirklich weiterhin schreiben wollte, wären wohl ganz andere Themen gefragt, Geschichten von Autobahnstaus, Shopping-Touren oder wirklich dem alljährlichen Wahnsinn zur Weihnachtszeit würden hier vermutlich unter die utopische Kategorie eingeordnet werden.

Immer noch hellwach, rollte sie sich zur Seite, nur um erneut in Hicks stumpfsinniges Gesicht zu blicken.

»Ach verdammt«, fluchte sie und gab es auf. Dann doch lieber draußen in der Sonne die frische Luft genießen und vielleicht ein wenig dösen. Sie nahm sich eine Decke vom Lager, Spooky stand schon parat, erwartungsvoll schwanzwedelnd und offensichtlich froh darüber, dass er nicht gezwungen war, öde in der Gegend herumzuliegen.

# 90

Sie befanden sich im Innern einer Höhle gewaltigen Ausmaßes, in der es jedoch keinesfalls dunkel war, wie man hätte erwarten können, sondern taghell.

Landy flog ein Stück weit ins Innere und blieb dann einfach wie ein Hubschrauber in der Luft hängen. Offensichtlich wollte er vermeiden, dass sie irgendetwas berührten. Jani vergewisserte sich, dass er immer noch festgehalten wurde und blickte sich dann um.

Unter seinen baumelnden Füßen waren es noch zwei, drei Meter bis zum Boden, nach oben hin bis zur Decke etwa die doppelte Entfernung. Der Raum war von ovaler Form, mit völlig glatten Wänden, es gab keine Unregelmäßigkeiten wie Einbuchtungen, Vorsprünge oder ähnliches. Jani sah unzählige Säulen verschiedener Größe und Form, die aus dem Boden emporwuchsen und sich am oberen Ende verjüngten – ähnlich den Stalagmiten in einer Tropfsteinhöhle, nur dass es die Gegenstücke dazu, die Stalagtiten, nicht gab.

Die Säulen verteilten sich nahe der Wand, standen lose vereinzelt oder in Gruppen beieinander. Über die freie Mitte der Höhle verteilten sich in größeren Abständen Anordnungen von Mobiliar und Gerätschaften, die wissenschaftlich anmuteten.

Das Ungewöhnliche bestand darin, dass alles von einer glitzernd lichtbrechenden Masse überzogen war, in der sich flüssige Kristalle zu befinden schienen – sie wirkte überwiegend transparent-eisblau, partiell aber auch blendend weiß.

Der Karmjit drehte sich langsam um seine eigene Achse, so dass Jani alles in Augenschein nehmen konnte.

»Wie machst du das«, fragte er flüsternd.

»Was denn?«, kam es fragend zurück.

»Na, dass du in der Luft stehen kannst.«

»So.« Landy kippte sich ein wenig und streckte seine Klauen, die Jani hielten, seitlich von sich, so dass dieser einen Blick auf die Flügel werfen konnte. Es waren die Libellenflügel, die jetzt zeigen konnten, für welche Aufgabe sie gedacht waren – sie bewegten sich so schnell, dass man ihnen den Flügelschlag gar nicht ansah, und hielten den Karmjit auf einer Stelle. Jani fragte sich, ob auch sie inzwischen aus Metall waren.

Als der Greif ihn wieder vor seine Brust zog, entdeckte Jani etwas inmitten einer Gruppe von Stalagmiten. »Flieg mich mal dort rüber«, bat er.

Von Nahem betrachtet, beinhaltete die eisblau-weiße Masse winzige Kristalle, die sich in allen Regenbogenfarben brachen, wirkte aber andererseits auch sehr glibberig. Jani hätte sie gerne angefasst, aber Landy wich sofort zurück, als er es versuchte und brummte warnend.

»Okay, okay«, gab Jani nach. »Ich fasse es nicht an. Flieg noch näher ran.«

Zwischen den Säulen hingen seltsame Gebilde, die ihm vage bekannt vorkamen. Sie erinnerten an Laichklumpen, die in einem Gartenteich zwischen den Seerosen klebten.

Und dann wurde ihm schlagartig klar, was er da vor sich hatte. »Wow. So sehen also Trauben mit Beerenwelten aus.«

Der Griffin schob ihn vorsichtig noch weiter vor und Jani erkannte, dass diese Trauben im Verhältnis zu seinen eigenen Maßen exakt die Größe echter irdischer Trauben hatten – die darin hängenden Beeren könnte er pflücken und sich einfach so in den Mund schieben. Was für eine irrwitzige Vorstellung, dass es sich um *Planeten* handeln sollte, die *bewohnt* waren. Sie hingen dicht an dicht – und der Begriff *Parallelwelten* bekam eine ganz neue Bedeutung.

Sie flogen ein paar der Säulen ab und entdeckten viele weitere Beerenwelten. Der jeweilige Stiel der zugehörigen Traube war immer mit der tragenden Säule verwachsen.

»Welche davon ist wohl die Erde«, grübelte Jani laut. »Oder die Welt, von der du stammst.«

»He – ich bin nur eine Imitation«, erinnerte ihn Landy. »So wie alles hier. Vielleicht sind unsere Welten gar nicht abgebildet.«

»Da hast du auch wieder recht«, stimmte ihm Jani zu. »Ich frage mich, wo Sugar ist.«

»Ich bin hier«, antwortete augenblicklich ihre Stimme, aber als sie sich in die Richtung drehten, war nichts zu sehen.

»Wo ist *hier*?«, fragte Jani.

In den Boden ein Stück weit vor ihnen kam Bewegung, erst bildete sich nur eine kleine Wölbung in der glitzernden Masse, doch sie wuchs immer weiter, bis sie ein mannshohes, unförmiges fließendes Etwas bildete, das, wie Jani zugeben musste, einem überdimensionierten *Zucker*hut nicht unähnlich sah. Aber musste das gleich bedeuten, dass ...?

Noch während er »Ne jetzt, oder?« von sich gab, gab auch das Gebilde noch ein paar mehr Auswüchse von sich, und zwar so lange, bis es einem menschlichen weiblichen Wesen ähnelte. Ihr Gesicht sah irgendwann exakt so aus wie Sugars, auf den Rest ihres Körpers wollte sie anscheinend nicht so viel Aufwand verwenden, er blieb eine eisblau-weiße Masse, die sich unentwegt bewegte, von den Händen tropfte, in sich zerrann, sich wieder neu bildete.

Das Geschöpf kam auf sie zu geflossen und wuchs dann geschmeidig in die Höhe, bis es Jani direkt ins Gesicht schauen konnte. Es waren unverkennbar Sugars Züge, die ihn da liebreizend anlächelten.

»Soll ... soll das...«, stotterte er. »Soll das jetzt etwa heißen, du bist ... äh ... ihr seid ... öhm ... so ein Kristallglibberzeugs?« Er machte eine

Handbewegung, die die gesamte Höhle umfasste. »Und lebt an so einem Ort? Der auch aus lauter Glibber besteht?«

»Wir sind der Ort«, sagte das Wesen lächelnd.

»Ah verdammt, stimmt ja«, sagte Jani und erinnerte sich an das, was sie immer geantwortet hatte, wenn sie nach dem Ort gefragt wurde, an dem ihre Spezies lebte. Er schaute umher – die Masse war einfach überall und ja, wenn man sich darauf einließ, konnte man auch sagen, dass sie nichts *bedeckte*, sondern dass alles *aus ihr bestand*.

»Das ist irre«, sagte er. »Aber wie soll das funktionieren? Ich meine – eure Labore«, er wies auf die Gruppen beieinander stehender Gegenstände und Möbel. »Das sind sie doch? Wie fertigt ihr die Werkzeuge, mit denen ihr arbeitet, die müssen doch winzig sein, präzise?«

Das Sugar-Geschöpf hob einen Auswuchs in die Höhe, der wohl ein Arm geworden wäre, wenn sie mehr Zeit darauf verwendet hätte. »Sieh hin«, sagte sie.

Und vor seinen Augen verwandelte sich das Ende des Fortsatzes nacheinander blitzschnell in verschiedene Utensilien, die man in einem Labor so brauchen würde – Reagenzgläser unterschiedlicher Größe, passende Halterungen, Messer, Spatel, Pinzetten, Löffel, Petrischalen, Messgeräte, Kabel. Als sie den zweiten Arm hinzunahm, wurde es noch bizarrer – es entstanden Computer, Monitore, Rechner, Tische, Stützhalterungen.

Dann änderte sich das Aussehen in Gegenstände, die Jani völlig unvertraut waren, aber alle mechanisch anmuteten, miteinander kunstvoll verknotete goldene Schlingen, sanduhrförmige Behältnisse wie aus Stein gemeißelt, Kugelformationen in verschiedenen Metallsorten, die umeinander scheinbar schwerelos kreisen, Bolzen spuckende bronzene Tetraeder, Kupferbottiche, in denen Silberpegel rhythmisch an die Wände schlugen.

Jani konnte mit alldem nichts anfangen, aber er hörte den Karmjit einen erstaunten Laut ausstoßen und begriff schließlich. »Du zeigst uns Gegenstände aus unseren Welten«, stellte er fest.

Sugar stellte die Produktionen ein, worauf ihre Arme wieder zu länglichen Strängen wurden, die an ihren Seiten in schwachen Wellen waberten. »So ist es«, sagte sie lächelnd. »Nur eine Demonstration unserer Fähigkeiten.«

»He sehr beeindruckend«, ließ sich Landy vernehmen.

»Unsere eigenen Arbeitsmittel sehen natürlich anders aus«, ergänzte sie.

»Natürlich«, wiederholte Jani, mit den Gedanken ganz woanders. »Das heißt, ihr könnt euch oder Teile von euch in jede Form verwandeln? Egal ob fest oder flüssig?«

Sugar nickte. »Egal ob fest oder flüssig. Oder gasförmig. Jeder Zustand. Und alles dazwischen und darüber hinaus.«

»So kommst du also in die Körper? Aber müsstest du nicht mit dem Rest von dir ... äh ... von euch noch verbunden sein? Und so was wie 'ne Nabelschnur hinter dir herziehen?«

»Nein, das geht so.« Wieder hob sie ihren Arm, formte am Ende eine menschliche Hand, streckte den Zeigefinger aus und deutete abwärts. An der Spitze des Fingers bildete sich ein Tropfen, der sich irgendwann löste und in der Luft schwebte. Sie hielt die Hand darunter und der Tropfen fiel darauf und verband sich wieder mit der Substanz, aus der er entstanden war. »Wir können Teile ablösen, die eigenständig agieren. Ich benötige nur Wasser für den Eintritt auf die Welt, anschließend bewege ich mich als Partikelgefüge, das überall Zugang findet.«

»Wasser?«, fragte Jani. »So, wie der Fluss draußen?«

Sie nickte. »Ja, er zieht sich über ganz Palla, ober- und unterirdisch. Über diesen Weg kann ich überall hin gelangen. Oder ich benutze einfach den Ozean.«

»Faszinierend.« Jani schaute sich um. Kristallmasse, wohin er auch blickte. »Bist du das alles oder sind auch andere von deiner Art hier drin?«

»Es ist eine vollständige Imitation, aus mir entwickelt. So gesehen, ist alles ich.«

»Aber die Traubenwelten nicht?«

Sie lächelte. »Nein, sie sind nicht wir. Und ihre Abbilder hier sind nur leere Kopien der Welten an sich, ohne Bewohner.«

»Und Projekt RD? Und dein Baukasten? Kann man die hier auch anschauen?«

Sugar nickte. »Folgt mir.«

Sie führte sie zu einem der Labore und deutete auf eine Vorrichtung. Auf einem dreibeinigen Fuß lag eine breite runde Schale, über deren Mitte eine apfelsinengroße Kugel schwebte, die von einer transparenten Hülle umgeben war. Die Erd-Kontinente waren vage zu erkennen. Die Hülle war mit Hunderten von mikrofeinen Drähten gespickt, die wiederum zu Dutzenden von Geräten führten, die rund um das Dreibein verteilt standen.

»Dies entspricht in vereinfachter Form Projekt RD«, erklärte Sugar, »und dort ist die Nachahmung eines Baukastens«. Sie zeigte auf eine andere Stelle des Labors, an der sich ein ähnliches Dreibein in vergleichbarer, aber schlichterer Ausstattung befand, es waren wesentlich weniger Drähte und angeschlossene Geräte vorhanden.

»Was ist mit den Größenverhältnissen?«, fragte Jani.

»Die habe ich an dich angepasst. So wie du hier alles siehst, so ist es für uns am echten Ort.«

»Und real sieht es da, wo du lebst, exakt so aus wie hier?«

»Es kommt der Wirklichkeit sehr nahe, ja, aber hier hat es Grenzen. Der echte Ort hat keine.«

»Er hört nicht auf, meinst du?«

»Genau. Und er fängt nicht an.«

*Sehr philosophisch*, dachte Jani. »Und was ist außerhalb?«, fragte er.

»Außerhalb?« wiederholte Sugar.

»Ja, außerhalb des Ortes. Draußen. Hier wäre zum Beispiel die Sturmwelt etwas, das außerhalb liegt. Was ist es bei euch?«

»Oh. Da ist nichts. Es gibt kein Außerhalb.«

Jani wollte gerade protestierend erwidern, dass das unmöglich sein könne, als der Karmjit urplötzlich herum schwang und zielstrebig in eine Richtung flog. »Landy? Highlander? Was ist los?«

»Ich rieche...«

»Du riechst? Was riechst du?« Jani hob schnuppernd die Nase in die Luft. »Ich rieche gar nichts. Langsam Junge, langsam. Lass mich bloß nicht fallen!«

Fast am Ende der Höhle angekommen, erhob sich wenige Meter von der Wand entfernt eine ganze Reihe nebeneinander stehender Stalagmiten, die an den Palisadenzaun von Nevedar erinnerten. Landy hielt genau darauf zu, wurde davor langsamer und flog dann ein Stück zur Seite, so dass man hinter diesen Zaun blicken konnte.

Dort lag das Gerippe von etwas, das vielleicht einmal ein großes Tier gewesen war, die weißen Knochen zum Teil unter Kristallmasse verborgen. Doch das war nicht alles – ein Stück weiter lagen noch mehr Knochen, die deutlich nicht zu dem ersten Gerippe gehörten – es handelte sich um ein menschliches Skelett.

»Wow«, machte Jani. »Was ist das?«

»Ein Karmjit«, sagte Landy dumpf.

»Wie bitte? Bist du sicher?«

»Ich bin sicher. Ich kann es riechen. Es war ein Weibchen.«

»Aber wie kann das sein? Und warum liegt dort außerdem noch ein Mensch? Es gab doch nur noch einen Karmjit außer dir. Und er war hier, mit einem Amibro. Beiden ist nichts geschehen. Das hat Sugar meiner Mutter gesagt, ich war dabei. Sugar? Sugar, wo bist du? Sag was?« Jani verrenkte sich den Hals, aber es fiel schwer, hinter sich zu schauen, wenn dort die breite Metallbrust eines Greifen prangte.

Doch dann schob sich an ihrer Seite die Kristallmasse in die Höhe und wurde am oberen Ende zu Sugars Gesicht. »Das ist nicht ganz richtig«, sagte sie. »Sie haben den Ort betreten. Es ist ihnen nichts geschehen. Das waren meine Worte.«

»Hä? Und was ist jetzt der Unterschied?«

Ein flüssiges Stück Armersatz deutete auf die bleichen Knochen. »Das hat nichts mit dem Betreten zu tun.«

Jani konnte ihr nicht folgen. »Mit was hat es dann zu tun?«

»Mit dem Verlassen.«

»Welchem Verlassen? Des Ortes? Das Verlassen hat sie umgebracht?«

»Nein«, sagte Sugar. »Das hätte sie nicht getötet.«

»Was war es dann?«

»Sie haben den Ausgang nicht gefunden.«

Janis Augen weiteten sich. »Sie kamen hier nicht mehr raus? Aber du warst doch hier oder nicht?«

»Ich war hier.«

»Warum hast du ihnen nicht geholfen? Ihnen den Ausgang einfach gezeigt?«

»Ich weiß nicht, wo er sich befindet.«

Jani lachte ungläubig. »Wie kannst du das nicht wissen? Du weißt doch auch, wo man herein kommt.«

»Das ist etwas anderes.«

»O Mann. Also waren das wirklich der andere Karmjit und der Gelegehüter. Und sie sind hier verhungert oder was?«

»Der Karmjit wurde müde und landete. Die Berührung ist nicht gefährlich, solange sie nur kurz anhält. Sie aber blieben am Boden.«

»Das heißt, die Masse hat sie getötet? Der Glibber? Aber du bist doch der Glibber! Das würde ja bedeuten, dass du sie getötet hast!«

»Es tut mir leid«. Sie hörte sich zerknirscht an. »Das ist etwas, das ich nicht wusste. Ich konnte es nicht beeinflussen. Ich nehme an, es ist ein Schutz gegen Eindringlinge. Die Traubenwelten sind immun dagegen.«

»Na gut. Okay.« Jani fühlte den heftigen Drang in sich, ganz schnell wieder von diesem Ort zu verschwinden. »Ich denke wir haben genug gesehen, um die anderen mit meinen Erinnerungen zu versorgen. Landy? Bist du noch da?«

Der Karmjit knurrte. Es war ein trauriges Knurren.

»Junge, es tut mir leid. Wirklich. Aber wir können ihnen nicht mehr helfen. Lass uns hier abhauen, bevor du auch zu müde wirst und landen musst.«

Der Greif schaute noch einen Augenblick stumm auf die sterblichen Überreste seiner Vorgängerin, dann drehte er sich wieder um und flog zurück in die Richtung, aus der sie gekommen waren. Jani versuchte, sich an irgendetwas zu orientieren. Hatten sie an dieser Stalagmitengruppe die Traubenwelten betrachtet oder doch an der anderen? War dieses Labor vorher schon an dieser Stelle gewesen? Er sah nur Eisblau und Weiß und glitzernde Kristalle.

Und dann spürte er, wie sich ihm die Nackenhaare fröstelnd aufstellten. »Landy? Weißt du noch, wo wir hereingekommen sind?«

Der Griffin drehte sich einmal um die eigene Achse und nahm die Höhle in Augenschein. Dann seufzte er tief. »Ich fürchte, ich weiß es nicht.«

# 91

Emily suchte sich einen abseits stehenden einzelnen Baum in der Nähe der Picknickplätze, breitete die Decke aus, setzte sich darauf, lehnte sich an den Stamm und hob den Blick zum Himmel. Wenn man unberücksichtigt ließ, dass sich inmitten des grünen Blattwerks auch blaue Blätter befanden, dass sie soeben an einem überdimensionierten Reagenzglas vorbei gelaufen war, das mitten auf der Wiese lag, und dass keinerlei Vogelstimmen zu hören waren, hätte dies auch ein lauschiger Platz in einem Park auf der Erde sein können.

Emily seufzte. Sie war längst über den Punkt hinaus, wo sie diese Dinge als Einbildung oder Hirngespinste abtun konnte. Aber sie machten ihr auch nicht mehr wirklich etwas aus. Sie gehörten nun mal hierher. War sie dabei, sich einzugewöhnen? Heimisch zu fühlen? Wenn sie das so schnell konnte – sie versuchte nachzurechnen, wie lange sie hier war. Zehn Tage? Zwei Wochen? – was sagte das dann über sie aus? Dass sie alles hier hatte, was sie benötigte, um sich heimisch zu fühlen? Nur ihren Sohn und ihren Hund? Vermisste sie denn sonst gar nichts?

*Doch,* gestand sie sich ein. Es gab etwas, das ihr sehr fehlte. Ihre beiden Kater. Die Menschen, die ihr nahe standen, waren dagegen in weite Ferne gerückt. Im wahrsten Sinne des Wortes. Aber wer weiß, vielleicht stellten sich entsprechende Sehnsüchte ja irgendwann ein. Wer zuhause blieb, vermisste Abwesende immer mehr als umgekehrt. Und irgendwie war sie ja eine Art Reisende zurzeit.

Spooky kam von einer Runde Schnupperinspektion zurück und streckte sich neben ihr aus. Sie kraulte ihn zwischen den Ohren. »Die Katzen«, murmelte sie dabei. »Ist das zu glauben? Erzähl das bloß nicht weiter.«

*Zack,* war Spooky wieder auf den Beinen und begrüßte schwanzwedelnd Roc, der von Emily unbemerkt zu ihnen getreten war. Er beugte sich tatsächlich nieder und strich dem Hund über den Kopf. Emily konnte sich nicht erinnern, bisher überhaupt einmal beobachtet zu haben, dass die beiden miteinander Kontakt aufgenommen hätten. Was hatte sich verändert? Unwillkurlich zog sie die Beine an und legte ihre Arme um die Knie.

»Was willst du?«, fragte sie, eine Spur schärfer als beabsichtigt. Es war schon verrückt – Roc hatte sich kein bisschen verändert seit dem ersten Tag an dem sie ihn gesehen hatte, im Speisesaal in Orbíma. Die abgetragene schwarze Kleidung, die strähnigen Haare, die ungepflegten Bartstoppeln, die grobe Narbe. Dann fiel ihr ein, dass er sich ja im Wald von Alwadar verwandelt hatte. *Wie dumm von ihr.* Danach wurden sie doch immer in ihren Originalzustand versetzt.

»Darf ich mich setzen?«, fragte er, tat es aber sogleich, ohne ihre Erwiderung abzuwarten.

»Bitte sehr, gerne, nimm doch Platz«, sagte Emily spitz.

Er ging nicht darauf ein, saß ihr gegenüber mit verschränkten Beinen und gesenkten Schultern, ein bisschen wie ein geprügelter Hund. Der Anblick bereitete ihr Unbehagen.

»Was ist los?«, fragte sie, ein wenig freundlicher.

Er hob den Blick. »Ich möchte Euch ... dir ... meinen Platz anbieten.«

Emily schaute verwirrt. »Warum sollten wir Plätze tauschen? Ich sitze hier ganz gemütlich.«

»Meinen Platz an Vems Seite.«

»Hä?« Jetzt hörte sie sich schon an wie Jani. Dann dämmerte ihr etwas. »Redest du von der Totenwache, oder was immer ihr da macht?«

Roc nickte. »Wir nennen es Lichtschutz«, sagte er. »So wie wir Licht für die Träume wünschen, erhoffen wir uns auch Licht in der Dunkelheit des Todes. Wer stirbt, hat noch das Licht des Lebens um sich und durch unsere Anwesenheit während des Übergangs sorgen wir dafür, dass dieses Licht nicht von dem Verstorbenen weicht, sondern ihn begleitet.«

»Verstehe«, Emily lächelte jetzt. »Ein schöner Brauch. Aber warum glaubst du, dass ich daran teilhaben sollte?«

»Nun«, Roc räusperte sich. »Es heißt, dass diejenigen, die dem Toten auf besondere Weise verbunden waren, die stärkste Kraft besitzen, um das Licht zu halten.«

»Auf besondere Weise verbunden? Du meinst seine Familie, seine Kinder, Verwandte?«

Roc schüttelte den Kopf. »Diese auch, aber nicht nur. Sie müssen nicht von seinem Blut sein, sie können ihm auch ... einfach nur ... sehr nahe gestanden haben.«

»Redest du hier etwa von Liebe?«

Roc senkte wie peinlich berührt den Blick. »So ist es«, flüsterte er.

»Und was sollte ich dann dort verloren haben?«, fragte Emily, plötzlich ärgerlich. »Denkst du etwa, er hätte mich geliebt? Ich bitte dich, wir wissen ja wohl beide, dass das nicht stimmt.«

Die Antwort kam zögernd. »Nein, das war nicht mein Beweggrund. Ich glaubte ... ich dachte ... dass *Ihr* ihn liebtet.«

»*Du*, lieber Roc, es heißt *du*. Wann merkst du dir das endlich mal?«

Er sagte nichts.

Emily sprang auf die Füße und lief aufgebracht ein paar Schritte auf und ab. Sie hatte Vem etwas versprechen müssen, wovon sie nicht einmal Jani erzählt hatte. Und sie hasste ihn beinahe dafür. Aber wer konnte einem Sterbenden schon einen Wunsch abschlagen?

Sie setzte sich wieder. »Also gut. Ich werde dir jetzt etwas erklären. Aber wage ja nicht, es irgendjemanden zu erzählen.«

»Ich verspreche, es für mich zu behalten«, sagte Roc.

»Lass mich gefälligst ausreden«, schimpfte sie.

Roc musste grinsen, aber sie konnte es nicht sehen, weil er den Kopf immer noch gesenkt hielt.

»Ich hatte mich in Vem verliebt, das ist richtig. Aber es war mehr so eine Schwärmerei. In so was können wir Menschen ... äh ... ich ganz besonders ... verfallen, wenn jemand sehr Beeindruckendes auftaucht. Du weißt schon, umwerfend gut aussehend, total charmant, mit echter Klasse. Und Vem war so jemand. Eigentlich machen das nur Teenager. Und das ... tja ... ist mir halt bei Vem passiert. Vielleicht bin ich ja noch nicht richtig erwachsen. Aber jetzt ist mir klar, dass es nicht... Außerdem kannte ich ihn doch gar nicht wirklich. Wir haben nie über Persönliches gesprochen. Da weiß ich ja mehr von dir!« Irritiert hielt sie inne. *Was rede ich denn da?* Überspielte den Moment mit einem freudlosen Lachen und fuhr fort: »Also nichts mit Liebe. Du kannst deinen Platz behalten. Und das solltest du auch. Ich glaube Vem wäre es gar nicht recht, wenn ganz besonders *du* nicht da wärst, um sein Licht zu schützen.«

Roc hob den Blick und schaute sie eine ganze Weile stumm an, als würde er überlegen, wie er nur aus ihr schlau werden sollte. *Seine Iris ist tatsächlich tiefschwarz,* dachte Emily. *Ist das biologisch überhaupt möglich? Das muss ich unbedingt mal googeln.*

»Was war es, das der Hund für sich behalten sollte?«, fragte Roc.

»Wie bitte?« Emily konnte dem plötzlichen Themenwechsel nicht folgen.

»Als ich herkam – du sagtest ihm gerade, dass er etwas nicht weitererzählen soll.«

»Oh. Das. Abgesehen davon, dass dich das gar nichts angeht – ich hatte gerade festgestellt, dass ich von meinem irdischen Leben nur meine Katzen vermisse.« Sie lächelte schief. »Und das ist irgendwie eine Erkenntnis, auf die ich nicht besonders stolz bin.«

Roc runzelte die Stirn. »Warum ist das so?«

Emily zuckte die Schultern. »Na ja. Wenn mir gar keine Menschen fehlen – meine Eltern zum Beispiel, oder Freunde, oder Arbeitskollegen – dann könnte das durchaus bedeuten, dass es um meine sozialen und emotionalen Fähigkeiten nicht besonders gut bestellt ist. Okay, ich sehe dir an, dass dir das nichts sagt. Es geht um zwischenmenschliche Eignungen. Und um gefühlsmäßige. Da wirst du nicht viel mit anfangen können.«

»Aber dein Sohn?«

»Na, das ist etwas anderes. Er ist ja hier mit mir. Ihn würde ich vermissen, aber das brauche ich ja nicht, zum Glück.«

Roc stand unvermittelt auf. »Ich werde jetzt zurückgehen. Zu Vem«, sagte er.

»Okay«, sagte Emily verdutzt.

Im Gehen drehte er sich noch einmal um. »Ich denke es ist gut, so wie es ist«, sagte er. »Es bedeutet, dass es dir nicht schwer fallen wird, in einer neuen Umgebung glücklich zu sein.«

Emily schaute ihm erstaunt nach. Der Typ war für Überraschungen gut. Und er hatte nicht mal gefragt, was *Katzen* waren.

# 92

»Na super. Und was machen wir jetzt?«

»Vor allem ruhig bleiben«, sagte der Griffin beruhigend. »Ich werde noch lange nicht müde werden. Wir haben Zeit.«

»Du hast gut reden«, sagte Jani, »dir fallen auch nicht gleich die Arme ab. Ich spüre meine schon kaum mehr.«

»Aber dagegen lässt sich doch etwas machen. Warum hast du nichts gesagt?« Er hantierte ein wenig herum (wobei Jani die Luft anhielt, weil er befürchtete, jeden Moment abzurutschen), dann hatte er seine Klauen verschränkt und Jani saß darin wie in einem etwas zu engen Ohrensessel, konnte sich an der einen Seite anlehnen und zur anderen die Beine ausstrecken.

»Junge, das ist echt toll zum gemütlichen Ausspannen, mal abgesehen davon, dass 'n paar Kissen fehlen, aber im Moment ist mir nicht nach Entspannung, ich muss was sehen können. Mach doch mal hier die Krallen runter, dass ich mich dran festhalten kann – ja genau, so ist prima!«

Jetzt saß er mit dem Gesicht nach vorne, ließ die Füße baumeln und hielt sich an den Seiten fest. »Und jetzt brauchen wir einen Plan. Sugar, wo bist du? Komm her!«

Ein eisblau glitzerndes Kristallhäufchen bildete sich am Boden unter ihm und waberte kaum merklich hin und her. Sie machte sich anscheinend nicht mehr die Mühe, einem Menschen ähnlich zu sehen.

»Mal angenommen, Landy klopft mit seinem Schnabel die Wand ab, ist die Berührung mit dem äh ... Glibber dann schon gefährlich?«

»Nein«, erwiderte das Kristallding, das Sugars Stimme hatte. »Der Abwehrprozess beginnt erst nach einer langen Zeit.«

»Was heißt eine lange Zeit? Also in Erdling-Zeit – Minuten? Stunden? Tage?«

»Viele Stunden.«

»Okay dann. Landy – klopf die Wand ab, vielleicht ist sie ja irgendwo durchlässig oder dein Schnabel gibt uns wieder Leuchtzeichen.«

Der Karmjit tat es, zuerst sehr vorsichtig und dann schneller, als er sicher sein konnte, dass sein Schnabel nicht zu Staub zerfiel, wenn er ihn in die Masse tauchte.

Jani konnte nicht aufhören zu reden. »Wir sind auf der richtigen Seite. Sind wir doch, oder? Wir kamen herein und schauten uns um. Die Höhle ist oval. Wir sind nach links bis ans andere Ende zu den Knochen. Dann umgedreht und zurück. Nicht bis ans Ende. Und wir sind nie auf die andere Seite rüber. Das hier muss die richtige Seite sein! Aber du hast dich auch ein paar Mal gedreht ... Was wenn du doch auf die andere Seite ... nein, das kann nicht sein, wir waren ja noch nicht mal in der Mitte...« Und so fort und so fort.

Währenddessen flog der Griffin die Wand auf und ab und lehnte immer wieder hoffnungsvoll seinen Schnabel gegen etwas, das ihm doch nur harten Widerstand entgegensetzte. Jedes Mal, wenn er sich zurückzog, war dieser Akt von einem unangenehmen Schnalzgeräusch begleitet, in dem Moment, in dem der Schnabelrücken aus der Kristallsubstanz flutschte.

Jani rutschte unruhig auf seinem goldenen Klauensitz herum und fühlte Panik in sich aufsteigen. Das konnte doch alles gar nicht wahr sein. Wie waren sie nur in diese Situation geraten?

Dann fiel ihm ein wieso. »Wieso hast du uns überhaupt hierher gelockt, wenn du doch wusstest, dass wir nicht mehr herauskommen würden?«, fuhr er den Kristallhügel wütend an, der sie am Boden gleitend still begleitete.

»Ich wusste es nicht.«

»Was soll das nun wieder heißen? Du hast doch miterlebt, was mit den anderen beiden passiert ist. Hast du zumindest gesagt.«

»Aber sie waren ohne Führung hier und ich habe gehofft, das würde einen Unterschied machen.«

Jani verstand nicht. »Was meinst du damit, ohne Führung?«

»Ich habe sie nicht hergebracht.«

»Du hast sie nicht eingeladen? Nicht aufgefordert, mitzukommen? Ihnen nicht den Eingang gezeigt? So in der Art?«

»Ja.«

»Wie sind sie dann hierher geraten?«

»Sie sind ständig miteinander geflogen. Haben sich alles angesehen. Sie kamen an den Eingang, weil sie sich vor der Sturmwelt schützen wollten.«

»Und wie wussten sie, dass da ein Eingang ist?«

»Der Karmjit wusste es.«

»So wie ich es wusste«, mischte sich Landy ein. »Es hat mit dem Fluid zu tun, es hilft uns, Metall aufzuspüren.«

Jani blickte nach oben, wo der Kopf des Greifs ihn überdachte. »Du meinst das Zeug in deinem Schnabel oder?«

Landy nickte. »Richtig.«

»Also waren sie nur durch Zufall in der Höhle«, fasste Jani zusammen und klatschte dann auf Landys Klauen. »Mach, mach, such weiter!«

Der Karmjit rührte sich nicht. »Ich habe alles abgesucht.«

Jani schaute sich hektisch um. »Ja, gut, aber nur diese Seite. Flieg rüber auf die andere!«

»Dort sind wir nicht hereingekommen«, gab Landy zu bedenken.

»Aber vielleicht kommen wir dort raus!«

»Ist das möglich?«, wandte sich der Griffin an Sugar. »Kann der Ausgang an anderer Stelle liegen als der Eingang?«

»Nein«, erwiderte der Glibberhügel. »Es ist derselbe Ort.«

»Aber wir haben doch schon alles abgesucht!« Jani wurde die Kehle eng. Er hatte das Gefühl, keine Luft mehr zu bekommen. Er wollte raus. Sofort. Panisch schlug er gegen die goldenen Krallen. »Ich halte das nicht mehr aus.

Ich muss hier weg. Lass mich runter. Ich ersticke hier drin … ich…« Dann sah er sich flink nach vorne aufwärts geschoben, so dass Landys Schnabel direkt vor ihm schwebte.

»Lege deine Hände auf meinen Schnabel«, sagte der Karmjit ruhig und bestimmt.

Jani gehorchte willenlos. Keine Minute später konnte er wieder durchatmen. Erschöpft lehnte er seine Stirn an das gebogene Kupfer und schloss die Augen. Er spürte wie ihn Kraft durchströmte und dann auch Zuversicht.

»Besser?«, fragte Landy sanft.

»Viel besser«, seufzte Jani und konnte schon wieder grinsen. »Wie funktioniert das? Ist das so ein Hokuspokus wie mit den Kupferarmbändern? Oder liegt das an dem Zeug da drin?«

»Das Fluid hat diese Wirkung«, erklärte Landy.

»Cool. Und hält das an? Oder muss ich jetzt die ganze Zeit deinen Schnabel festhalten?«

»Es hält eine Weile vor«, sagte der Karmjit belustigt.

Daraufhin nahm Jani behutsam seine Hände weg, wartete einen Moment ab und setzte sich dann erleichtert wieder zurecht. »Okay, wirkt noch! Und jetzt können wir uns wieder unserem kleinen Problem widmen. Was ist mit Hilfe von außen? Sugar, könntest du nicht einfach wieder in die Puppe … äh … in deinen Kunstkörper zurückgehen, der sitzt ja noch vor der Höhle. Und uns den Eingang öffnen?«

»Ich kann ihn nicht öffnen«, kam die lapidare Antwort.

Langsam, aber sicher machte sie ihn wirklich sauer. Wo war dieses süße Mädchen hin, in das er sich sogar verliebt zu haben geglaubt hatte? Wie hatte sie ihn dermaßen an der Nase herumführen können? Vielleicht sollte er sie einfach fragen?

»Was ist eigentlich los mit dir?«, fing er an. »Es ist noch gar nicht so lange her, da glaubtest du, mich zu lieben. Und jetzt, wo es so aussieht, als würde ich hier sterben müssen, ist dir das völlig egal? Was für ein beschissenes Spiel spielst du? Seid ihr komischen Kristaller irgend so 'ne Monster-Alienrasse? Die alles platt machen? Das Universum beherrschen wollen oder so'n Scheiß?«

»Nein.«

»Nein? Warum zum Teufel bewegst du dann nicht deinen funkelnden Arsch und hilfst uns endlich?«

»Weil es keinen Unterschied macht.«

»Wie jetzt? Was soll das nun wieder heißen? Fängst du schon wieder an, in Rätseln zu sprechen? Und verdammt noch mal, sei wenigstens so höflich und sieh aus wie Sugar, es nervt total, mit einem Klumpen Glibber zu quatschen!«

Den schimmernden Hügel durchlief ein Zittern – Jani stöhnte gequält, jetzt erinnerte er ihn an Wackelpudding … aber dann wuchs er auf Augenhöhe und bildete langsam, mühsam, aber dafür sehr präzise Sugar nach, ab Taillenhöhe aufwärts.

Jani presste erleichtert einen Luftstoß durch die Lippen. »Puh. Das ist sehr gut. Vielen Dank.«

Sugar lächelte lieb. »Gern geschehen.«

Jani überlegte, ob der Glibber nicht doch besser gewesen wäre. Jetzt war sein Urteilsvermögen wieder gewaltig eingeschränkt. Er räusperte sich. »Also, was wolltest du sagen?«

»Ich sagte euch, dass ein Ereignis bevorsteht.«

»Uns? Wann?«

»Bevor ich euch die Antworten auf eure Fragen schenkte.«

»Oh, du redest vom Blockhaus. In Nevedar.«

»Ja.«

»Du hattest es ziemlich eilig mit allem. Die ganze Zeit über.« Er grinste. »Und jetzt bist du immer noch nicht fertig.«

»Es wird nicht mehr lange dauern.«

»Na, da bin ich ja beruhigt. Um was für ein Ereignis handelt es sich denn? Du hast uns noch gar nichts davon erzählt.«

»Die Ruhephase ist bald vorbei. Meine Gruppe wird ein neues Projekt starten. Ich werde es übernehmen. Palla wird nicht mehr gebraucht.«

»Moment, Moment. Deine Zeit als ... Dingens ... Schüler, Lehrling ... oder wie ihr das nennt – du bist durch? Du hast ausgelernt? Machst bei den Großen mit?«

»Ja.«

»Und was passiert mit allem hier? Mit Palla? Mit deinem Baukasten?«

»Er wird abgeschaltet und gesäubert und verbleibt so, bis der nächste Nachfolger herangewachsen ist und ihn wieder in Betrieb nimmt.«

Einige Augenblicke lang herrschte bestürztes Schweigen.

Jani brachte es nicht über sich, aber der Karmjit stellte die Frage.

»Was geschieht mit den Bewohnern dieser Welt?«

Sugar lächelte ihr trauriges Lächeln. »Es wird nicht weh tun«, überging sie die Antwort. »Ich froste euch vorher.«

# 93 / Tag 9 – Früher Morgen Nevedar

Als Tember zu ihr kam und sie weckte, fand sich Emily unter einer zweiten Decke liegend vor, von der sie nicht wusste, woher sie stammte, geschweige denn, dass sie mitbekommen hätte, eingeschlafen zu sein. Allzu lange konnte es aber nicht gewesen sein, sie konnte kaum die Augen aufhalten. Sie setzte sich auf, gähnte laut, rieb sich die Augen, strich sich Haarsträhnen aus dem Gesicht.

»Sugar ist gerade eingetroffen«, eröffnete Tember. »Sie wartet auf uns alle in der Halle.«

Emily strahlte erfreut. Das bedeutete, dass…

»Jani ist nicht bei ihr«, nahm ihr Tember gleich die Hoffnung. »Ich mache mir Sorgen«, fügte sie leise hinzu.

Emily tätschelte ihre Hand, raffte die Decken zusammen und pfiff nach Spooky, der sogleich angeflitzt kam. »Erst mal abwarten, was sie sagt. Vielleicht gibt es ja einen guten Grund dafür.«

Den gab es. Laut Sugar flogen Jani und Landy direkt weiter nach Orbíma, um die Stadtbewohner über die baldigen Transporte zu informieren und bei den Vorbereitungen für die Ankunft zu helfen.

Emily warf Tember einen bedeutungsvollen Blick zu, der besagte »Siehst du, hab ich doch gesagt.«

Nach und nach tauchten sie alle auf, die entweder geschlafen oder Lichtwache gehalten hatten: Wasee, Roc, Mero, Lir, Baako, Delilah, Golda, Lhorakh, Trayot und Stein. Hicks lag nach wie vor auf seinem Lager, hatte aber die Seite gewechselt. Emily fragte sich, ob das ein gutes oder schlechtes Zeichen war. Irgendjemand würde wohl nach ihm sehen müssen, wenn dies hier vorüber war.

Sugar bat sie, wieder am Tisch Platz zu nehmen und setzte sich dazu.

»Ich werde euch jetzt Kijanus Erinnerungen zeigen«, fiel sie gleich mit der Tür ins Haus. »Es wird nicht so schnell gehen wie beim ersten Mal, als ich diese Methode gewählt habe. Ich nehme mir mehr Zeit, damit es euch nicht überfordert. Wahrscheinlich werden die anderen bald aus ihrem Schlaf erwachen, so dass die Transporte beginnen können, wenn ich geendet habe. Bitte denkt jedoch daran, dass ihr über das Erfahrene gegenüber den anderen Stillschweigen bewahren müsst. Dies ist nur für euch bestimmt.«

Sie schaute jeden der Anwesenden nacheinander lächelnd an. Jeder fühlte sich dadurch aus irgendeinem Grund um sein Einverständnis gebeten und so nickten sie ihr alle zu.

»Gut. Wollen wir dann?«

»Noch eine Frage«, meldete sich Trayot zu Wort.

»Ja?«

»Angenommen wir verstehen etwas nicht, mittendrin. Können wir dann...«

»Unterbrechungen sind nicht möglich.«

Trayot brummte, ersparte sich aber eine Erwiderung.

Emily fühlte plötzlich ein unwohles Gefühl aufsteigen. Sie saß zwischen Tember und Roc, spürte, dass letzterer sie anschaute und wandte den Blick zu ihm. Da war etwas in seinen schwarzen Augen, das sie die Hand nach seiner ausstrecken ließ, bevor sie darüber nachdenken konnte. Und als sie es wollte, hatte er sie schon genommen.

Und dann kamen Janis Erinnerungen über sie alle.

## 94 / TAG 10 – FRÜHER MORGEN HÖHLE

»Und jetzt raus mit der Sprache. Was hast du vor?«

»Was meinst du?«, fragte Jani unschuldig.

Landy lachte. Auch wenn es kein fröhliches Lachen war. »Du hast dich erstaunlich schnell mit der Situation abgefunden und sie erstaunlich schnell davon überzeugt, dass die anderen von allem erfahren sollten.«

Jani sagte nichts.

»He – sie ist weg. Wir haben lange genug gewartet. Ich kann spüren, dass sie nicht mehr da ist.«

»Sicher?«, Jani schaute sich um. »Was ist mit dem Rest von dem Zeug hier?« Er versuchte, sich nicht zu früh zu freuen.

»Nichts von ihr drin«, sagte der Karmjit.

»Ganz sicher?«

»Ganz sicher.«

»Okay, dann lass mich runter.«

»Auf den Boden?«

»Auf den Boden, genau.«

Der Griffin sank bis fast nach ganz unten, öffnete seine Krallen, so dass Jani hinausschlüpfen konnte und landete dann auf allen Vieren. Er lockerte seine strapazierten Flügel und faltete sie sorgsam an beiden Seiten zusammen. »Du bist also der Meinung, dass die Masse nicht mehr gefährlich ist?«, fragte er.

Auf dem Zeug lief es sich wie auf einem schlammigen Waldpfad, der mit Glassplittern übersät war, es knirschte bei jedem Schritt. Jani ging in die Knie und sah sich den Glibber von nahem an.

Dann stand er wieder auf und blickte sich aufmerksam um. »Ich bin sicher, sie ist gefährlich, da wo Sugar zuhause ist. Aber als sie sagte, dass die Traubenwelten hier nur leere Imitationen sind, da kam mir der Gedanke, dass es vielleicht auch möglich sein könnte, dass dieses Zeugs einen nur umbringt, wenn sie anwesend ist. Und wie's aussieht, könnte ich richtig liegen damit.«

»Sie hat auch gesagt, es dauert eine Weile, bis die Wirkung einsetzt.«

Jani zuckte die Schultern. »Lassen wir's drauf ankommen. Wir merken bestimmt frühzeitig, wenn es so wäre. Dann fliegen wir wieder. Aber ich glaube es eigentlich nicht. Irgendetwas ist anders, seit sie weg ist. Kommt dir die Farbe nicht auch viel blasser vor? So, als wäre das Zeug seelenlos geworden.«

Landy hob seine Klauen und Tatzen einzeln hoch und betrachtete sie eingehend. »Könnte stimmen. Es bleibt noch nicht einmal mehr kleben. Aber wie soll uns das helfen?«

»Erinnerst du dich, wie sie das mit ihrem Zugang erklärt hat? Dass sie einen winzigen Teil von sich in Wasser fallen lässt?«

»Ja. Sie sagte, in den Ozean oder in den Fluss.«

»Genau! In den Fluss, der sich durch ganz Palla zieht, sagte sie. Als du mit deinem Schnabel den Eingang geöffnet hast, hat sie ihre Hülle draußen liegen lassen und war schon hier drin, als wir reinkamen. Ich glaube, dass der Fluss durch die Höhle fließt, unter dem Glibber. Irgendwo kommt er rein, irgendwo rinnt er raus. Und wenn wir ihn finden, können wir vielleicht nach draußen schwimmen. Oder tauchen.«

Jani blickte auf und schaute den Karmjit an – maß den mächtigen Steampunk Körper mit zweifelndem Blick. »Du kannst doch immer noch deinen Pokémon Trick, hoffe ich? Die Kugelverwandlung?«

Landys Gesichtsausdruck sagte mehr als Worte.

»Soll das heißen, es passt dir nicht, aber ja, du kannst es?«

Landy verdrehte die Augen. »Ja.«

»Na prima. Dann los, hilf mir. Wir müssen die Höhle ablaufen und den Fluss suchen. Ich brauche nur noch …« Eilig lief er zu dem Ende der Höhle, an dem die Skelette am Boden lagen. Probierte die Knochen des Karmjit durch, bis er einen fand, der locker saß und zog ihn heraus.

Landy, der ihm gefolgt war, sog hörbar den Atem ein.

Jani schaute ihn entschuldigend an. »Sorry, hoffe das ist okay für dich? Ich kann damit im Boden stochern.«

»Ist in Ordnung«, stimmte der Griffin widerwillig zu. »Sie hätte nichts dagegen gehabt, uns zu helfen, schätze ich.«

»Willst du auch einen?«

»Nein, danke«, sagte Landy pikiert. »Ich benutze meine Klauen.«

Sie blieben nebeneinander und liefen die Höhle der Länge nach ab, von einem Ende bis zum anderen, beim Wechsel in die andere Richtung versetzten sie ihre Bahn jeweils ein paar Meter parallel zur vorherigen.

»Wieso waren von ihr eigentlich Knochen übrig?«, fragte Jani irgendwann.

»Ich verstehe nicht?«

»Deine Vorgängerin. Wenn sie den Eingang öffnen konnte, musste sie doch so wie du jetzt unterwegs gewesen sein, voll aus Metall?«

»Das musste sie«, bestätigte Landy. »Ich nehme an, die Kristallmasse hat die Veränderung bewirkt. Oder sie hat es absichtlich getan, wenn ich auch den Grund nicht sagen kann. Spätestens im Tod verwandeln wir uns aber ohnehin zurück.«

Je weiter sie in die Mitte vorrückten, desto öfter kamen ihnen die Labore in die Quere. Jani stocherte mit seinem Knochen akribisch jeden Millimeter ab, den er erreichen konnte, während Landy einen Bogen um die Gerätschaften machte. Auch hier zeigte sich deutlich die Imitation, die Gegenstände erwiesen sich größtenteils als nur angedeutet, nicht bis ins kleinste Detail ausgearbeitet.

Auf der anderen Seite gingen sie dann weiter ihre Bahnen ab. Janis Euphorie begann nachzulassen, was wenn er sich doch geirrt hatte? Der Gedanke, dass sie vielleicht hier auf das Ende warten mussten und er Emmi und Tember vorher nicht mehr sehen konnte, schnürte ihm die Kehle zu.

Wenn Sugar allen in Nevedar seine Erinnerungen bis zum Schluss zeigte, dann würden sie auch wissen, dass er und der Karmjit in dieser Höhle gefangen waren. Wahrscheinlich würden sie in Betracht ziehen, ihnen zu Hilfe zu kommen, aber er hoffte, dass die Übermittlung deutlich genug war, um zu zeigen, dass es sinnlos wäre, weil niemand von ihnen in der Lage war, den Eingang zu öffnen. Seine Mutter würde wahrscheinlich durchdrehen. Hoffentlich passte irgendwer auf sie auf, ihr traute er alle möglichen verrückten Kurzschlusshandlungen zu.

Eigentlich war es ja noch zu früh, um schon sein Leben an sich vorüberziehen zu lassen, aber er konnte nichts dagegen tun, mit einem Mal musste er an die Erde denken, an sein Zuhause, die Schule, die Band, an alle Menschen, die damit zusammenhingen, allen voran sein Vater.

Wie ahnungslos waren sie alle gewesen! Während er am Abend für seine Führerscheinprüfung gebüffelt hatte, hatten die Kristaller da die Sonne aus- und den Mond angeschaltet? Und auf der anderen Halbkugel genau umgekehrt? Oder entsprach wenigstens die Erdrotation noch der Wirklichkeit und sie mussten nur dafür sorgen, dass weder das eine noch das andere Licht ausging?

Wenn Paps mit seinem Orchester auf Tour war, saßen dann nur Menschen im Publikum? Oder waren vielleicht ein paar darunter, die in ihrem Inneren musikbegeisterte Kristaller beherbergten, ohne es zu ahnen? Der Aloe Vera Saft, von dem er und Emmi jeden Morgen ein Schnapsglas tranken, weil seine Mutter darauf schwor, dass das Zeug das Immunsystem stärkte – hatten vielleicht Kristaller den Hersteller *Forever Living* irgendwann einmal gegründet, um eines ihrer Gesundheitsmittel unter die Menschen zu bringen?

Verdammt auch, jede winzige unwichtig erscheinende Kleinigkeit konnte nun etwas sein, an dem diese Glibberwesen in irgendeiner Art beteiligt waren. Aber trotzdem würde er lieber dorthin zurückkehren und alles wissen, als alles wissen und hier in etwas verwandelt zu werden, das man besser in einer Tiefkühltruhe aufbewahrte.

»Ist alles in Ordnung?«, fragte Landy besorgt.

»Ja klar«, sagte Jani eine Spur zu fröhlich. »Wieso nicht?«

»Weil du nun schon eine ganze Weile auf der Stelle da stehst und ein Loch in den Boden bohrst.«

»Oh.« Tatsächlich, er lief nicht, er stand. Und der Knochen stak ein Stück weit im Boden. »Sorry«, murmelte er, »war wohl in Gedanken. Gehen wir weiter.«

»Worüber hast du nachgedacht?«, wollte Landy wissen.

»Nichts«, brummte Jani.

»He – du kannst es mir erzählen. Ich mache mir ja auch Gedanken.«

Jani hob ergeben die Schultern. »Ich hab nur an die Erde gedacht. Mich an mein Leben dort erinnert. Und dann überlegt, dass da schon immer die Kristaller im Hintergrund gewirkt haben. Das macht mich echt fertig. Wir leben in einer totalen Scheinwelt. Was die uns alles in der Schule beibringen – da stimmt ja das Meiste absolut nicht! Und das schon seit Jahrzehnten, ach was sag ich – seit Jahrtausenden, Jahrmill…, seit Anbeginn halt!«

»Du nennst sie Kristaller?«

»Tu ich das? Na ja, passt ja auch irgendwie. Aber weißt du, was das Schlimmste ist? Ich würde trotzdem gerne wieder zurück. Scheiß auf die Kristaller. Ich hab vorher nicht gemerkt, dass sie da sind, ich würde es wohl auch jetzt ignorieren können.«

Landy seufzte. »Und für mich ist Palla all das, was für dich die Erde ist. Auch wenn ich freundlicherweise mit Erinnerungen an meine wahre Herkunft ausgestattet bin. Das liegt wohl an dem Original, das für meine Kopie hergehalten hat.«

Jani warf ihm einen schrägen Blick zu. »Da hast du mehr Glück als ich. Wir stammen ja noch nicht mal wirklich von der Erde. Also unsere Vorfahren. Die kommen von irgendeiner Traubenwelt, nach der unsere Gattung benannt wurde. Nicht zu fassen. Ich darf nicht weiter drüber nachdenken, sonst dreh ich durch.« Er stieß den Knochen zornig auf die Substanz am Boden. »Die könnten einen echt mal fragen, ob man eigentlich will, was sie so alles mit einem anstellen.« Er fühlte den Blick des Griffs auf sich. »Ach, ist doch wahr. Wie die sich aufführen. Wenn ihnen was nicht passt, zack – *tabula rasa*. Raus mit dem Müll, nächste Ladung rein. Neues Spiel, neues Glück. Dabei wissen sie noch nicht mal, ob es wirklich schiefgeht. Wie war die Wahrscheinlichkeit? Neunzig Prozent oder so? Und da geben die schon auf. Könnten uns ja auch mal 'ne Chance geben und das Ganze aussitzen. Vielleicht hätten wir's ja gepackt. Ist ja nicht so, dass uns die ganzen Probleme am Arsch vorbeigegangen wären. Und außerdem, was soll das heißen, *neunzigprozentige Wahrscheinlichkeit?* In welchem Zeitraum denn? Okay, wenn's in den nächsten fünf Jahren ist, hätten wir es wohl nicht geschafft. Aber so wie die's mit den Zeiten haben, meinen die wahrscheinlich die nächsten *fünfhundert* Jahre. Und da wär's doch auf jeden Fall drin.«

»He – und wenn nicht, können sie anschließend immer noch taburasa machen!«, stimmte Landy ihm enthusiastisch zu.

Jani musste lachen. »Tabula rasa – genau!«

Er blieb stehen und schaute sich um. Sie hatten noch etwa anderthalb Bahnen vor sich, dann war die Höhle durchkämmt. »Tja, ist wohl müßig, sich darüber den Kopf zu zerbrechen«, sagte er niedergeschlagen. »Sieht so oder so nicht gut aus für uns.«

Landy blieb urplötzlich stehen, schnellte den Kopf ruckartig in Janis Richtung herum und stand starr.

Jani wurde klar, dass sein Blick nicht ihm galt, sondern auf irgendetwas hinter ihm gerichtet war. »Was ist los?«, fragte er, während er sich umdrehte. Da war nichts zu sehen.

»Jemand kommt«, flüsterte der Karmjit.

## 95 / Tag 10 – früher Morgen Nevedar

Die Bilder in ihren Köpfen endeten mit einem letzten Blick auf die Stelle in der Höhle, an der Sugar zu sehen war, bevor sie sich zurück nach Nevedar begeben hatte. Damit war die Vorführung von Janis Erinnerungen zu Ende.

Es folgte ein Moment der Stille, in der jeder auf seine Art die Neuigkeiten verarbeitete. Emily stand auf, langte über den schmalen Tisch und versetzte der Kristallerin eine schallende Ohrfeige. »Du verdammtes Miststück!«, zischte sie, drehte sich um und verließ den Saal. Spooky folgte ihr treu.

Auf der Veranda angekommen, lehnte sie sich auf die Brüstung und atmete tief durch.

*Nur nicht in Panik geraten*, dachte sie. *Du hilfst ihm nicht, wenn du jetzt durchdrehst.* Aber was konnte sie tun? Sugar hatte gelogen, was Janis Aufenthaltsort anging, aber nun gut, wie in den Erinnerungen zu sehen gewesen war, hätte sie das von sich aus vielleicht gar nicht getan – es war Janis Idee gewesen. Damit erst mal alle beruhigt waren. Vor allem sie selbst natürlich.

Sie seufzte. Ihr war schon klar, dass sie alles sehen sollte, um die Ausweglosigkeit der Situation zu begreifen. Nur ein Karmjit konnte den Eingang öffnen, und wo sollten sie einen zweiten herbekommen, wenn es doch immer nur einen geben konnte? Die andere Frage war, wie viel Zeit ihnen noch blieb, bevor Sugar ihren ›Baukasten‹ abschaltete. Es half alles nichts, sie musste wieder rein. Von drinnen waren laute Stimmen zu hören.

»Das ist nicht fair«, eiferte sich Trayot gerade. »Wir dürften gar nicht hier sein. Das hat dieses Ding selbst gesagt. Mit der Übertragung von uns Menschen hat es seine eigenen Regeln gebrochen. Dass hier die anderen abgeschaltet werden, mag ja korrekt sein. Aber wir Menschen würden uns normalerweise im Archiv befinden. Und wenn dieses Arche Noah Projekt wieder gestartet wird, wären wir dabei.« Er zeigte mit dem Finger auf Sugar. »Ich verlange, dass man uns zurückbringt!«

*Sieh an*, dachte Emily. Keine Rede mehr davon, dass Sugar nur Blödsinn erzählte. Glaubte er ihr inzwischen? Sie konnte sich nicht vorstellen, dass er seine Theorie von der ›höheren Aufgabe‹, die ihnen zuteil werden sollte, schon aufgegeben hatte. Allerdings schien er die Kristaller nicht für Gott zu halten, sonst würde er Sugar kaum als ›Ding‹ bezeichnen.

Die blickte ihr aufmerksam entgegen, als sie nun wieder an den Tisch zurückkehrte. Sie machte nicht den Eindruck, als ob ihr die Ohrfeige Probleme bereitet hätte. Vielleicht hatte sie ja gar nichts gespürt, weil sie in dieser künstlichen Hülle steckte.

»Geht es dir besser?«, fragte Sugar freundlich.

»Bist du überhaupt weiblich?«, fragte Emily ihrerseits.

Die Irritation über die unerwartete Antwort hielt nur kurz an. »Nein«, erwiderte Sugar dann.

»Und vermutlich auch nicht männlich?«, ergänzte Emily ihre Frage.

»Weder noch. Das ist richtig.«

»Ihr pflanzt euch gar nicht fort, ihr bleibt immer dieselbe Menge, oder?«

»Auch das ist richtig.«

»Aber dieselbe Spezies bleibt ihr nicht, weil sich durch eure Forschungen euer Wissen erweitert. Ihr entwickelt euch weiter. Im Geiste quasi.«

Sugar nickte zustimmend.

»Das haben wir auch alle schon kapiert, Werteste«, warf Trayot dazwischen und klang einmal mehr wie Hicks' Sprachrohr. »Ich hätte jetzt gerne eine Antwort auf meine Frage.«

»Nur noch eins«, sagte Emily zu Sugar, »wie viel Zeit bleibt uns noch bis zur Abschaltung?« Sie erinnerte sich, wie Jani die Zeitenfrage formuliert hatte. »In Erdling-Zeit meine ich«, fügte sie schnell hinzu.

»Ein, höchstens zwei Tage«, war die Antwort.

»Also genügend Zeit, um mit den Transporten fertig zu werden?«

»Ja.«

»Und wenn du wieder die Zeit manipulieren würdest?«

»Das würde nur eure Wahrnehmung verändern, aber das Ereignis nicht verhindern.«

Emily nickte. »Gut, danke. Und ich entschuldige mich für die Ohrfeige. Die war nicht angebracht.«

»Was ist jetzt mit meiner Antwort?«, lärmte Trayot ungeduldig.

Sugar wandte sich ihm zu, ohne Emilys letzte Worte zu kommentieren. »Ich weiß nicht, ob ihr für das Archiv vorgesehen wart. Ich habe euch viel früher von Paris nach Palla transferiert.«

»Ist ja auch egal«, wischte Trayot ihre Antwort beiseite. »So oder so war der Eingriff nicht berechtigt. Und wir müssen es jetzt ausbaden. Wer stellt bei euch die Regeln auf, die du gebrochen hast? Wohl doch die Forscher, die es besser drauf haben als du. *Die* sollen mal mit uns reden und erklären, wie sie das wieder in Ordnung bringen wollen!« Am Ende zitterte seine Stimme stark.

»Sie nehmen niemals Kontakt auf«, sagte Sugar.

»Aber du tust es doch auch!«

Sugar nickte. »Ein weiterer Regelbruch. Sie aber brechen keine Regeln.«

Scottie Stein tätschelte Trayot den Arm. »Lass gut sein, Henri. Da lässt sich wohl nichts machen. Finde dich damit ab.« Er machte eine ausholende Armbewegung zu einer Reihe betretener Gesichter. »Sie müssen es doch auch.«

Trayot schluckte schwer. Er wollte sichtlich weiterdiskutieren, aber im Moment schien ihm die Kraft zu fehlen.

Baako, der Alwi Häuptling, ergriff schließlich das Wort. »Ich würde gerne bei meinem Volk sein, wenn es zu Ende geht. Ich denke, es ist alles gesagt. Ich schlage vor, dass wir uns nun den Transporten widmen.«

Zustimmendes Stimmengemurmel zeigte an, dass die anderen es ähnlich sahen.

»Gut«, sagte Wasee, »dann hole ich jetzt die Frauen, damit dieser Raum für das Frühstück vorbereitet werden kann. Wir sollten den Anschein wahren, dass alles in Ordnung ist.«

Sie blickten einander stumm an, als wären sie unschlüssig, wer den Anfang machen wollte, die Runde der Eingeweihten zu verlassen. Dann fassten sie sich spontan rundum an den Händen, wobei Golda und Delilah auf beiden Seiten Sugars sogar dafür sorgten, dass diese einbezogen wurde.

»Viel Glück euch allen«, sagte Emily.

»Alles Gute«, sagte Stein.

»Möge Licht auf eurem Weg sein«, sagte Tember.

Und so sprach jeder ein paar Worte der Aufmunterung und des Trostes. Sie lächelten sich an, drückten einander noch einmal die Hände und ließen dann los, um ihrer Wege zu gehen. Nur Sugar, die nichts gesagt hatte, blieb in sich gekehrt sitzen.

Emily hielt Golda auf, die an ihr vorbei nach draußen fliegen wollte. »Hoheit, wo ist eigentlich Eure Tochter? Ich kann mich nicht erinnern, sie hier drin gesehen zu haben, als wir die Erinnerungen erhalten haben?«

»Ich weiß es nicht«, sagte die Königin der Centerflies und bemühte sich, zu verbergen, dass sie sich sorgte. »Sie war schon vorher verschwunden. Ich konnte sie nicht finden.«

»Sie war sicherlich erschöpft«, sagte Emily ermutigend. »Sie wird irgendwo eingeschlafen sein.«

Golda verdrehte die Augen. »Das vermute ich auch. Dummes Kind. Ich sehe jetzt in den Unterkünften nach ihr.«

»Viel Glück«, rief Emily ihr nach, als sie weiterflog.

Wasee kam mit den Betreuerinnen zurück und sie begannen, den Saal auf Vordermann zu bringen. Die Fenster wurden zur Lüftung aufgerissen, die Tische gesäubert und eingedeckt, aus der Küche war das Klappern von Geschirr zu hören. Mero, Lir und Roc verteilten die Stühle zurück an die Tische, Trayot und Stein standen bei Hicks, um den sich Delilah kümmerte, und ließen sich über seinen Zustand informieren.

Vereinzelte Frühaufsteher trafen ein und legten erst einmal Hand an, wo sie mithelfen konnten. Emily brachte Spooky in die Küche zu Tember, die bei der Zubereitung des Frühstücks half, und bat sie, ihn zu füttern und vorübergehend dort zu behalten, damit er ihm Saal nicht im Weg war. Tember tat es gerne.

Emily schnappte sich einen Lappen, ging zurück und wischte über ein paar Tische, bis sie wie zufällig auf Roc stieß, der Stühle umstellte. Sie zupfte ihn am Ärmel und raunte ihm »Komm mit« zu, dann wischte sie sich unauffällig in die Nähe der Eingangstür und als sie sicher war, dass alle beschäftigt waren und niemand, auch nicht Sugar, auf sie achtete, schlüpfte sie hinaus.

Kurz darauf erschien auch Roc und blickte sie verwundert an.

»Komm mit«, sagte sie wieder, bevor er fragen konnte, und lief schnellen Schrittes zielstrebig voran. Roc folgte ihr wortlos. Entgegenkommenden aus den Schlafunterkünften wies sie freundlich den Weg zum Blockhaus und erklärte denen, die es wissen wollten, dass die Transporte bald beginnen würden, sie sich aber doch erst mit einem Frühstück stärken sollten.

Auch am Landeplatz herrschte geschäftiges Treiben, die Snopire wurden gefüttert und getränkt, Geschirre angelegt, gesattelt. Emily machte sich auf die Suche nach Salvador, der aufgrund seiner Größe nicht zu übersehen war, tätschelte ihm begrüßend den Hals und nahm dann seinen Piloten beiseite.

Dieser stimmte zu, noch schnell einen Abstecher zu fliegen, um jemanden abzuholen, insbesondere wenn ihn sein Häuptling darum bat, wie Emily ihm vorflunkerte. Salvador war kräftig und schnell genug, um höchstwahrscheinlich rechtzeitig zu den Transportflügen wieder zurück sein zu können. Und da sein Tier die Menschenfrau gern hatte und sie immer besonders gut zu ihm gewesen war, war der alwadarianische Pilot gerne bereit, ihr diesen Gefallen zu tun. Er informierte die anderen, dass er noch kurz einen Auftrag erledigen müsse und sie ohne ihn anfangen sollten, falls er sich verspätete.

Kurz darauf waren sie in der Luft und nahmen Kurs auf die Nordspitze des gegenüberliegenden Kontinents.

Roc, der wieder hinter Emily saß, beugte sich vor und sprach gegen den Wind laut in ihr Ohr. »Wäre jetzt nicht eine Erklärung fällig?«

»Weißt du es nicht schon?«, fragte sie über die Schulter.

»Ich meine nicht unser Ziel«, erwiderte er. »Sondern warum ich mitkommen sollte.«

»Ich hätte das alleine durchgezogen«, gab sie zurück und beschloss, ihm nicht den wahren Grund zu nennen. »Aber es könnte sein, dass ich Hilfe brauche.«

»Warum dann so geheimnisvoll? Weshalb hast du nicht einfach gefragt?«

»Ich wollte nicht riskieren, dass du *Nein* sagst.«

»Und da verlässt du dich darauf, dass ich dir folge, wenn du *gar nichts* erklärst?«

Sie drehte sich in ihrem Sitz um und grinste ihn an. »Wieso nicht? Hat ja funktioniert.«

## 96 / Tag 10 – Morgen Höhle

»Wer ist es? Sugar?«, fragte Jani flüsternd zurück.

»Nein, ich glaube nicht«, wisperte Landy und schritt langsam auf die Stelle zu.

Jani blieb an seiner Seite, bis sie im hinteren Drittel in der Nähe der Wand stehen blieben. »Hier ist es?«, fragte er.

»Ich bin nicht sicher – aber da, sieh doch!« Der Karmjit deutete mit einer Klaue auf den Boden vor der Wand. Jani trat näher. In einer halbkreisförmigen Fläche bewegte sich dort etwas und bei genauerer Betrachtung schien die blasse Substanz Blasen zu werfen. Dann tauchte eine Blase auf, die größer war als die anderen, quäkte halb erstickt »Zu 'ilfe!« und versank wieder.

Mit einem ungläubigen »Ne, oder?« warf sich Jani auf den Boden und griff mit beiden Händen in die Masse. Seine Finger stießen in ein Loch mit warmer Flüssigkeit und berührten kurz darauf einen kleinen Körper, den er packte und herauszog, und der sich anschließend die Seele aus dem Leib hustete und spuckte.

»Himmel, Zwerg, was machst du nur für Sachen«, murmelte er, während er das Geschöpf mit seinem Hemdensaum abzutrocknen versuchte, unterstützt von Landy, der sie mit seinem warmen Atem kräftig anpustete.

»Darf ich vorstellen«, sagte Jani zu dem Karmjit. »Prinzessin der Centerflies Die-mit-den-Federn-tanzt, auch *Federchen* genannt.«

»Isch danke eusch«, krächzte die Kleine, als sie wieder in der Lage war, einen Ton von sich zu geben. Sie versuchte, sich auf ihre vier Hufe zu erheben, aber die Beine knickten ihr ein, also blieb sie auf Janis Handfläche liegen und schlang zitternd die Arme um ihren Oberkörper. Jani hob sein Hemd an Landys Schnabel.

»Kannst du da mal eine Ecke abtrennen?«, bat er und legte dann das wie mit einem scharfen Messer sauber abgeschnittene Stück Stoff Federchen um die Schultern, die sich dankbar hineinwickelte.

»Gehts besser?«, fragte er und strich der Kleinen mit dem Zeigefinger behutsam ein paar lange Haarsträhnen aus dem Gesicht.

»Viel besser«, nickte Federchen und strahlte ihn dabei glücklich an.

Er grinste kopfschüttelnd. »Du bist vielleicht 'ne verrückte Nummer. Jetzt erzähl schon – wie hast du uns gefunden? Und wie zum Teufel bist du hier rein gekommen?«

Federchen beichtete erst einmal, dass sie in Janis Rucksack hergekommen war – sie war unbemerkt hinein geklettert, nachdem Sugar die Metallkugel herausgenommen hatte. Eigentlich nur, um eine Runde zu schlafen. Dann konnte sie nicht mehr fort, weil sie erst aufwachte, als sie schon in der Luft waren, auf dem Weg zur Eisinsel. Alles, was geschehen war, hatte sie beobachtet, aber als Jani und Landy in der Höhle verschwunden waren, hatte sie Angst bekommen und den Rucksack verlassen.

Dort fand sie die leere Sugar-Hülle vor, die sie ebenfalls ängstigte, ganz zu schweigen von den blitzenden Feuerstürmen, die so nahe tobten, dass sie glaubte, sie würden jeden Moment die Felsen erreichen. Nervös begann sie zu fliegen, immer die Felswand entlang, mal in die eine, mal in die andere Richtung. Flog nicht zu weit und kehrte immer zum Eingang zurück, um Jani und Landy nicht zu verpassen, falls sie wieder heraus kämen.

Sie versuchte es auch oberhalb des Gebietes, aber die auf und nieder stoßenden Kristalldornen schreckten sie ab. Auf der dem Meer zugewandten Seite beobachtete sie dann zufällig, wie ein heller Fleck direkt aus dem Felsen zu kommen schien, zur Wasseroberfläche schoss und sich dort nebelig verflüchtigte. Erst als sie bei ihrer nächsten Rückkehr zum Eingang feststellte, dass Sugars Hülle verschwunden war, brachte sie die Ereignisse in Verbindung und flog zurück, um die Stelle genauer zu untersuchen. Sie entdeckte einen Spalt im Gestein und benötigte mehrere Anläufe bis sie sich traute, ihn ganz zu durchschwimmen.

»Du kannst schwimmen?«, fragte Jani erstaunt.

»Aber natürlich, wir 'aben viel Wasser zu'ause«.

»Logisch – ihr lebt ja am Meer. Und der Spalt führte bis hierher?«

»Ja, aber 'ier drin war das Wasser böse. Es 'at misch festge'alten.«

»Es ist mit der Masse vermischt, das macht es dick wie Schlamm. Das war ganz schön leichtsinnig von dir«, regte sich Jani auf. »Du wusstest doch gar nicht, wo der Spalt hinführt. Und wie weit er reicht. Du hättest umkommen können!«

»Aber du 'ast misch gerettet!« strahlte sie wieder.

»Ja aber nur mit viel Glück«, Jani verdrehte die Augen. »Kannst dich bei Landy bedanken. Wenn der nicht was gemerkt hätte, wäre das wohl schiefgegangen…«

»Isch danke dir«, wandte Federchen sich sofort ernsthaft an den Karmjit.

»He – gern geschehen, Prinzessin!«

»Wie breit ist dieser Spalt eigentlich?«, wollte Jani wissen. »Hattest du viel Platz zum Schwimmen oder war es eng?«

»Sehr eng, isch konnte meine Flügel nicht ausbreiten.«

»Na toll«, machte Jani, »dann können wir unser Vorhaben wohl vergessen.«

»Welches Vor'aben?«, fragte Federchen.

Sie erklärten ihr, was der Grund dafür war, dass sie nicht mehr aus der Höhle herausgekommen waren.

Die Augen der Kleinen wurden groß. »Oh, dann seid ihr 'ier gefangen?«

»Sieht so aus«, bestätigte Jani bedrückt. »Mit meiner Theorie vom Fluss lag ich ja wohl daneben. Und für Sugar reichte so ein kleiner Spalt, der ein bisschen Wasser hierher bringt, natürlich vollständig aus, um rein und raus zu gelangen.«

»He – vielleicht können wir den Spalt vergrößern?«, überlegte Landy.

Jani blickte ihn zweifelnd an. »Aber mit was denn? Wir haben kein Werkzeug.« Er hob seinen Knochen hoch. »Der würde eher zerbrechen als dass er einen Kratzer in einen Felsen ritzt.«

Landy streckte eine seiner Klauen vor. »Hiermit?«

Jani zuckte die Schultern. »Versuchs!«

Der Karmjit ließ sich auf seinen metallenen Bauch nieder und streckte einen Vorderlauf in das Loch, aus dem sie Federchen geholt hatten. Er drehte und wand das Bein, dann drang das Geräusch von Metall, das auf Stein kratzte, an ihr Ohr. Nach einer Weile förderte er eine Klaue voll Schutt zutage, den er auf die Seite schüttete. Die Prozedur wiederholte er so lange, bis eine plötzliche Wasserfontäne aus dem Loch schoss.

»Stopp!« rief Jani.

Landy zog die Klaue heraus und zog sich etwas zurück.

Sie beobachten, wie der Wasserschub die halbkreisförmige Fläche etwa auf das doppelte Ausmaß vergrößerte, dann beruhigte sich die Bewegung wieder. Nach einer Weile begannen an der Oberfläche neue Blasen gemütlich zu blubbern, als das Wasser mit der Masse reagierte.

»Wir holen den Ozean herein, wenn wir so weitermachen«, stellte Jani fest. »Die Frage ist – wirst du dich durchgegraben haben, bevor die Höhle vollgelaufen ist? Denn wenn nicht, werden wir ertrinken.«

Landy setzte sich auf die Hinterläufe und schüttelte seinen großen Griffinkopf. »Ich bin erst so weit gekommen«, er zeigte etwa einen halben Meter an. »Und das nur in die Tiefe. Du würdest noch gar nicht durch passen.« Er seufzte. »Das Wasser wird schneller folgen, als ich graben kann.«

Jani schluckte schwer und nickte. *Verdammt.* »Dann lassen wir es. Ich lass mich echt lieber frosten als elend abzusaufen. Frosten hab ich schon erlebt. Das ist gar nicht schlimm. Man schläft einfach ein.«

Der Karmjit warf ihm einen schnellen Blick zu. »Gut. Wenn du es sagst.«

Jani fiel etwas ein. »Warte – kannst du dich eigentlich auch wieder in die Schlangenform verwandeln? Denn wenn ja, dann würdest du doch durch den Spalt passen und könntest raus!«

»Nein, das ist mir nicht möglich«, erwiderte Landy. »Es gibt noch eine nächste Form, aber ich kann nicht in die vorherige zurück. Und selbst wenn ich es könnte, ich würde auf keinen Fall ohne dich gehen.«

»Ach das ist doch sentimentaler Quatsch, wieso denn nicht?«

»Prägung«, sagte Landy nur und als Jani anhob zu widersprechen, schnitt er ihm gleich das Wort ab. »He – sag nichts. Es würde nichts ändern. So ist es eben.«

Jani klappte seinen Mund wieder zu und zuckte mit den Schultern. Es war ihm natürlich auch lieber so. Er wollte nicht allein zu sein, wenn es passierte.

Federchen guckte von einem zum anderen. »Isch verstehe kein Wort«, sagte sie. »Was redet ihr da?«

»Ups.« Jani und Landy wechselten vielsagende Blicke. Sie wusste ja noch gar nichts von der bevorstehenden Abschaltung. Jani brachte es ihr so schonend wie möglich bei und bereitete sich auf Tränen und einen Nervenzusammenbruch vor.

Federchen blieb jedoch gefasst, nur ihre Stimme zitterte kaum merklich als sie sprach. »Isch bin glücklisch wenn isch dann bei dir sein kann.«

*Ach herrjeh. Der nächste Kandidat, der ihn nicht verlassen würde.* Jani drängte die Tränen zurück, die ihm plötzlich vor Rührung in die Augen schossen, beugte sich vor und drückte einen Kuss auf die winzige Stirn der Kleinen. »Dann wäre das also geklärt«, sagte er mit einem dicken Kloß im Hals. »Wir drei geben unsere Abschiedsparty in der Höhle der Kristaller. Wow.«

# 97

Als sie die Eisinsel in gebührender Höhe überflogen, die Salvador aus Angst vor den wilden Snopire schon ganz von alleine einhielt, erklärte Emily Roc, was es mit dem bläulichen Gebirge dort und den sich bewegenden Flecken auf der Ebene davor auf sich hatte. Dinosaurier sagten dem Amibro gar nichts und so baten sie den Piloten, auf Sichtweite hinunterzugehen. Er dirigierte den widerstrebenden Snopir an den entferntesten südlichen Rand der Insel und ließ ihn dann sinken, bis Roc mitteilte, dass er die Tiere deutlich genug erkennen konnte.

Es waren nicht so viele unterwegs wie während Emilys Ausflug mit Hicks, aber sie konnte Roc ein paar Eisraptoren zeigen und einen T-Rex, der sein Frühstück verspeiste – der dunkelrote Blutfleck hob sich scharf gegen das Weiß des Untergrundes ab.

Sie hielten sich nicht lange auf und nahmen eben Kurs aufs offene Meer, als Emily bei einem letzten Blick zurück auf der weißen Fläche etwas entdeckte, was nicht ins Bild passen wollte – etwas Grünes bewegte sich dort die südöstliche Küste hinauf. Irgendetwas regte sich in ihr bei dem Anblick und sie rief dem Piloten zu, noch einmal kurz zurück zu fliegen. Salvador drehte unwillig, aber gehorsam um.

»Was ist los?«, fragte Roc.

Sie streckte den Arm aus und deutete nach vorne. »Da – siehst du das? Das Grüne, das sich dort bewegt?«

Roc starrte angestrengt in die Richtung, die sie anzeigte. Sie näherten sich schnell und Emily sah den grünen Fleck immer deutlicher.

»Ich sehe dort etwas«, bestätigte Roc. »Aber es ist gelb.«

Emily wurde blass. »O nein! Ist das Nia?«

Entsetzt suchte sie mit den Augen die Fläche ab, auf der Suche nach dem T-Rex. Sie entdeckte ihn so weit entfernt, dass er wohl keine Gefahr für die Metaschweberin – so sie es war – darstellte. Es beruhigte sie aber nicht wirklich, da sie wusste, dass es nicht nur diesen einen Tyrannosaurus gab.

Inzwischen waren sie nahe genug, um deutlich die junge Frau zu erkennen, die zielstrebig durch den Schnee stakte. Auch der Alwi Pilot sah sie jetzt und drehte sich mit gleichzeitig erschrockenem und fragendem Blick zu Emily herum.

Sie nickte ihm zu. »Wir müssen sie da rausholen!«, rief sie. »Kannst du landen?«

Vermutlich hätte er gekonnt, wenn er nicht seinen Kampf mit Salvador gehabt hätte, dessen Furcht vor dieser Gegend noch größer war als sein Wille zum Gehorsam. Der Snopir führte sich auf wie ein wild gewordener

Hengst, scheute und bockte, so dass Emily und Roc alle Mühe hatten, sich auf seinem Rücken zu halten.

Als der Pilot aufgab und dem Tier seinen Willen ließ, konnte Emily noch einen letzten Blick auf Nia erhaschen, die unbeirrt durch die Schneelandschaft wanderte, inzwischen allerdings mit Kurs auf die Eisberge. Salvador, vom Zwang befreit, drehte augenblicklich ab und schoss davon, bestrebt, so viel Abstand wie möglich zwischen sich und die Eisinsel zu bringen.

In kürzester Zeit tauchte die Küste des anderen Kontinents vor ihnen auf und der Snopir, durchgegangen und immer noch unter Stress, war unfähig die Gefahr zu erkennen, die auf sie lauerte. Die Felswand oberhalb der Klippen, hinter der sich der Kristallweltabschnitt befand, war über und über mit wilden Vampirfledermäusen bedeckt, die sich an das Gestein schmiegten.

Der Pilot entdeckte sie als erstes und brüllte Salvador Befehle in die Fledermausohren, die nicht zu diesem durchdrangen.

Sie waren nur noch wenige Meter entfernt, als die Piranhas sich wie eins aus dem Felsen lösten und ihnen mit ohrenbetäubendem wütendem Kreischen entgegenstürzten.

Salvador stoppte entsetzt seinen Flug und richtete sich mit einem gewaltigen Satz senkrecht auf, um auf der Stelle herumzuwirbeln, der Pilot knallte heftig gegen seinen Schädel, verlor den Halt und stürzte ab, blieb aber mit einem Fuß in den Gurten hängen. Emily prallte erst nach vorn, dann nach hinten gegen Roc, der sich aber schon geistesgegenwärtig die Halteriemen doppelt um die Handgelenke geschlungen hatte und sie auffing.

Der Snopir hatte die Drehung vollendet, sackte wieder in die Gerade und flüchtete panisch, wobei er es schaffte, noch einmal an Geschwindigkeit zuzulegen. Der Pilot baumelte noch immer im Gurt, er schien bewusstlos, Emily und Roc klammerten sich an die Riemen, flach auf den Rücken der Fledermaus gepresst.

Die Piranhas verfolgten sie wie ein echter Schwarm ihrer blutrünstigen Namensvettern, wobei sie mühelos Salvadors Geschwindigkeit hielten, und nicht nur das, zu beiden Seiten holten sie ihn sogar ein. Emily fiel auf, dass sie im Gegensatz zu ihrer letzten Begegnung nicht anzugreifen versuchten und begriff schließlich, dass sie den Snopir in eine bestimmte Richtung lenkten. Die Eisinsel tauchte erneut vor ihnen auf und Salvador war nicht in der Lage, an ihr vorbeizufliegen – die wilde Horde trieb ihn direkt darauf zu, leitete ihn in gerader Linie zur höchsten Erhebung des Gebirges, wo sich nach Hicks Erzählungen ihre Brutstätten in unterirdischen Eishöhlen befanden.

Der im Gurtzeug verheddelte Pilot kam wieder zu sich, Blut aus einer Platzwunde an der Stirn floss über sein Gesicht. Er zog sich mühsam nach oben, bis er halb auf Salvadors Hals hing. Dann begann er, in sein Ohr zu brüllen und was immer er sagte, es bewirkte eine Veränderung – der große

Snopir verlor etwas von seiner Kopflosigkeit, er flog noch genauso schnell, aber überlegter. Nahm kleine Richtungsänderungen vor, die die Piranhas offenbar übersahen und hätte es vielleicht geschafft, auf die offene Ebene abzudrehen, wenn nicht eine weitere unangenehme Überraschung auf sie gewartet hätte – ein Empfangskomitee. Aus den vor ihnen liegenden weißen Bergen strömte ein weiterer Schwarm Vampirfledermäuse auf sie zu, würde bei Erreichen dafür sorgen, dass Snopir und Reiter umzingelt waren, und die Falle zuschnappen lassen.

Das war zu viel für Salvador. Mit einem entsetzten panischen Kreischen ließ er sich vornüber kippen und raste Richtung Boden, offensichtlich in der Absicht, unter der entgegenkommenden feindlichen Front hinweg zu tauchen. Dabei verlor er das Gleichgewicht, kippte seitwärts ab, versuchte sich zu fangen, kippte zur anderen Seite, kam ins Strudeln und verlor den Piloten. Kopf voraus bretterte er in einen Schneehügel, überschlug sich mehrfach, wobei Emily und Roc von seinem Rücken geschleudert wurden. Er schlitterte noch etliche Meter weiter, bis ein weiterer Hügel, der diesmal jedoch aus Eis bestand, seiner wilden Flucht und seinem Leben ein halsbrecherisches Ende bereitete.

Emily vernahm noch das johlende Triumphgeschrei, das aus dutzenden Piranhakehlen erschall, dann verlor sie das Bewusstsein.

## 98

»Isch könnte 'ilfe 'olen«, schlug Federchen irgendwann zaghaft vor.

Es hatte nicht lange gedauert, bis Jani wieder begann, herumzulaufen und laut darüber nachzudenken, ob man nicht vielleicht doch noch etwas tun könnte. Er konnte einfach nicht tatenlos auf das Ende warten. Ihm war lieber es passierte, wenn er gerade mit etwas ganz anderem beschäftigt war.

»He – sie hat nicht unrecht«, stimmte Landy zu. »Noch einmal nach draußen zu schwimmen wird einfacher für sie sein, auf der anderen Seite gibt es ja nur Wasser.«

»Kommt gar nicht in Frage«, wehrte Jani den Vorschlag ab. »Es bleibt immer noch gefährlich und wenn ihr etwas passiert, können wir nicht helfen. Wir würden es noch nicht mal merken! Außerdem wissen wir doch schon, dass niemand außer dir den Eingang öffnen kann.«

Der Karmjit lag lang ausgestreckt auf dem Bauch, er hatte ein wenig gedöst, und hob nun den Kopf, um nach seinem neuen Reiter zu schauen. Federchen hatte ihn begeistert von allen Seiten in Augenschein genommen und irgendwann beschlossen, dass man in der Kuhle zwischen seinen eisernen Schulterblättern nicht nur prinzessinnengerecht über allem thronen konnte, sondern auch noch seine Schmetterlingsflügel zum Trocknen und Putzen ausbreiten.

»He – alles klar da oben, Prinzessin?«

»Formidable! Isch liebe es!«, rief sie begeistert zu ihm hinunter.

»Na wenigstens eine, die ihre gute Laune nicht verliert«, brummte Jani in seinen Stoppelbart.

»Was 'ast du gesagt?«

»Ach, gar nichts.«

»Glaubst du, dass Sugar noch einmal hierher kommt, bevor…«, Landy beendete seinen Satz nicht.

Jani zuckte mit den Schultern und blieb nachdenklich am Blubberblasensee stehen. »Keine Ahnung«, sagte er. »Nach allem, was sie so von sich gegeben hat, sollte man meinen, dass es ihr am Herzen liegen würde. Aber inzwischen glaube ich nicht mehr, dass sie meinte, was sie sagte. Dass sie es überhaupt verstanden hat. Was es bedeutet. Ich meine – das sind völlig emotionslose Wesen. Sie mag ja gedacht haben, dass sich was geändert hat bei ihr, aber vermutlich hat sie sich das nur eingebildet.«

»Und was ist mit dir?«, hakte der Griffin nach.

»Jani liebt nur misch!«, krakeelte Federchen von ihrem Thron.

»Das steht außer Frage«, bestätigte Landy amüsiert.

»Aber so was von!«, lachte Jani. »Aber ist 'ne gute Frage.«

Er war sich nicht sicher, ob er darüber reden wollte. Und wenn, wusste er eh nicht genau zu sagen, was er fühlte. Eine gewisse Ernüchterung hatte bei ihm eingesetzt. Sugar hatte ihn getäuscht, sie war nicht, was sie zu sein vorgegeben hatte, das nagte an ihm. Auch wenn er manches von ihr vermisste, es waren doch nur Gesten und Verhaltensweisen, die zu ihrer menschenähnlichen Form gehörten. Mit der Glibbermasse konnte er gar nichts anfangen.

Der Gedanke an Tember schmerzte ihn mehr, weil sie sich zum Schluss ihm gegenüber so kühl verhalten und Mero zugewandt hatte. Das mochte zwar nur aus traditionellen Gründen geschehen sein, aber wenn er ehrlich war, dann pfiff er auf Traditionen – er wollte eine Beziehung, die die Liebe über all solche Dinge stellte. Andererseits war das alles sowieso egal angesichts dessen, was ihnen bevorstand. Nicht bei Emmi sein zu können am Ende, und seinen Vater nicht mehr wiederzusehen, das machte ihm am meisten zu schaffen.

»Und?«, fragte Landy genau zum richtigen Zeitpunkt.

Jani drehte sich zu ihm um. »Alles halb so wild«, gestand er ein. »Lieber wäre mir, ich könnte meine Mutter noch mal sehen. Für sie ist es viel schlimmer ohne mich. Ich wäre gerne bei ihr, wenn es passiert.«

»Muss schön sein, eine Mutter zu haben«, sinnierte Landy.

»Jap«, nickte Jani. »Kommt aber auf die Mutter an.«

»Aber 'allo«, kommentierte Federchen und brachte sie wieder zum Lachen.

»Nicht so einfach als Tochter der Königin, hm?«, meinte Jani lächelnd.

»Qui«, nickte die Kleine. »Aber für sie ist es auch schlimmer ohne misch.«

Daraufhin trat eine Runde betretenes Schweigen ein.

»Komisch«, sagte Jani.

»Was?«, fragte Landy.

»Keine Ahnung warum, aber ich muss gerade an Bobbeye Hicks denken.« Jani grinste schief. »Ich habe mich gefragt, ob er schon gestorben ist. Ich meine, er war wirklich ein Arschloch, und dann die Sache mit Vem … Ich würde eigentlich sagen, er hats verdient. Aber…«

»Aber?«

»Na ja, ich hätte es in der Hand gehabt, ihn zu retten. Sugar hat gesagt, du könntest dein Gift wieder unschädlich machen. Ich hätte es dir nur befehlen müssen. Und jetzt habe ich ein schlechtes Gewissen, weil ich es nicht getan habe.«

Landy brummte.

»Was gibts da zu brummen?«, fragte Jani.

Landy räusperte sich. Brummte wieder. »Ich habe es schon getan«, sagte er schließlich kleinlaut.

»Was!?«

»War gar nicht meine Absicht. Aber ich habe so viel Kraft aufgewendet, diesen Amibro am Leben zu erhalten–«

»Vem?«

»Ja. Etwas von der Kraft ist auf Hicks übergegangen. Sein Lager war direkt neben Vems. Ich wusste es, aber ich konnte es nicht ändern.«

»Bist du sicher, dass es geklappt hat?«

»Nein, sicher bin ich nicht.«

»Hm. Wir werden es wohl nicht mehr erfahren. Aber ich bin froh, dass du es getan hast.«

Das Brummen hörte sich jetzt erfreut an.

Wieder senkte sich Schweigen über sie. Jeder hing seinen Gedanken nach.

Bis sich Landy auf seine Pfoten und Klauen aufrichtete und einmal lautstark tief durchatmete. »Ich wüsste da noch eine Möglichkeit«, sagte er.

»Was meinst du?«, fragte Jani irritiert.

»Eine Möglichkeit, hier herauszukommen.«

»Was? Welche?«

»Meine nächste Form, die letzte – sie wird nochmals um vieles größer sein als diese. Wenn ich sie erzwingen kann, während ich in dem Spalt stecke, würde das die Wand sprengen.«

Jani schaute ihn ungläubig an. »Wie soll das gehen?«

»Erinnerst du dich, wie meine jetzige Form hervorgebracht wurde?«

»Äh – ich hab die Kugel über den Zaun in die Tiefe geworfen?«

»Du hast mich in Lebensgefahr gebracht, genau gesagt.«

»Moment, Moment. Sugar versicherte mir, du wärst nicht gefährdet, weil du einen Absturz verhindern würdest.«

»Sie kennt sich aus mit meiner Art. Sie wusste, dass die Lebensgefahr die Verwandlung erzwingen würde.«

Jani riss entrüstet die Augen auf. »Es hätte also doch schiefgehen können?«

»Vielleicht – wenn die Schlucht nicht tief genug gewesen wäre.«

»Wenn ich die in die Finger kriege«, knirschte Jani.

»He – es hat ja funktioniert. Sie hatte recht. Und das Prinzip verwenden wir jetzt wieder.«

»Inwiefern?«, fragte Jani misstrauisch.

»Ich nehme die Kugelform an. Du steckst mich so tief es geht in den Spalt. Und dann warten wir.«

»Wir warten? Auf was?«

»Dass mir die Luft ausgeht.«

»Ach du Scheiße. Das ist nicht dein Ernst?!«

»Hast du eine bessere Idee?«

»Aber ... bist du denn sicher, dass es funktioniert? Was, wenn du einfach erstickst?«

»He – es *wird* funktionieren.«

Jani war nicht überzeugt. »Wie groß wirst du sein? Was ist deine nächste Form?«

Landy klappte den Schnabel auf und zu und hielt dann hilflos inne. »Ich weiß nicht, wie man das nennt. Aber es ist mindestens dreimal so groß wie dieser Körper. Vielleicht größer.«

»Na toll. Ist es wieder was, das fliegt? Oder wird es irgendetwas anderes sein? Das zum Beispiel schwimmt?«

»Ich werde immer noch fliegen können.«

Jani tigerte hektisch hin und her und raufte sich die Haare. »Okay, also mal angenommen, es klappt – wir stecken dich da rein, dir geht die Luft aus, du drohst zu ersticken, du verwandelst dich, du sprengst die Wand. Das Meerwasser wird einbrechen. Wir müssen dann alle drei nach draußen und an die Oberfläche schwimmen. Du kannst fliegen – aber wirst du auch schwimmen können?«

Der Karmjit nickte. »Das schaffe ich – bis zur Oberfläche ist es nicht weit.«

»Aber du bist aus Metall! Du wirst wie ein Stein versinken!«

Landy schüttelte den Kopf. »Ich werde nicht aus Metall sein.«

»Nicht? Hm…«

Federchen flog von ihrem Thron herunter und landete auf Janis Schulter. »Isch möschte es tun«, sagte sie flehentlich. »Landy kann uns zu Muttern fliegen.«

Jani musste lachen. »Zu Muttern, na klar. Zu *unseren Müttern* heißt das, du Zwergnase.«

Die Centerfly kicherte. »Das ist ein lustiges Wort!«

»Wir wissen nicht, wie viel Zeit uns bleibt«, gab Landy zu bedenken. »Wenn, dann müssen wir es sofort tun.«

Jani schlang die Arme um sich. »Mann, mir ist schlecht. Wollt ihr das wirklich?«

»Qui!«, kam von Federchen.

»Ja«, sagte der Griffin mit fester Stimme.

Jani stöhnte. »Federchen, du wirst in mein Hemd kriechen, wenn ich es dir sage, dich am Stoff festhalten und nicht loslassen, komme was da wolle, ist das klar?«

Sie nickte. »Aber 'allo!«

»Landy, du schwimmst auf der Stelle nach oben, sobald du dich verwandelt hast – du wirst so schnell wie möglich Luft brauchen!«

»Geht klar.«

»Ich warte ab, wie stark das Wasser eindringt. Sobald der Druck nachlässt, folge ich dir. Nach dem, was Federchen erzählt hat, müssen wir uns rechterhand an den Felsen halten und kommen dann wieder an Land. Pass auf die Stürme auf!«

»In Ordnung«, erwiderte Landy und streckte ihm eine Klaue hin.

»Was…?«, fing Jani an, dann sah er die runde weiße Erhebung. »Ne, oder? Wieder ein Knopf?«

Der Karmjit nickte.

Jani holte tief Luft und streckte die Hand aus. »Alle bereit?«
»Nein«, sagte Federchen.
»Nein«, sagte Landy.
»Ich auch nicht«, sagte Jani und drückte auf den weißen Punkt.

## 99

Sie lag unter grünem Schnee begraben, der ihr die Lippen versiegelte und die Luft abschnitt, so dass sie anfing, panisch um sich zu schlagen.

»Shhhh«, flüsterte der Schnee und der Druck auf ihrem Mund lockerte sich etwas.

Emily schlug die Augen auf und blickte auf einen Zeigefinger, der auf Lippen lag, aus denen immer noch ein leises »Shhh« ertönte. Beides gehörte zu Roc, der sich über sie beugte und als er sicher sein konnte, dass sie zu sich gekommen war und ihn verstanden hatte, seine Hand von ihrem Mund nahm.

Sie wollte sich aufrichten, aber er schüttelte den Kopf und hielt sie unten. Sie schaute zur Seite und konnte zumindest schon einmal feststellen, dass Schnee und Eis immer noch weiß waren, nicht grün. Bei der Bewegung brummte ihr der Schädel. Ein Eishügel versperrte ihr die Sicht, Roc hob vorsichtig den Kopf und lugte darüber. Dann war er wieder unten bei ihr und schob einen Arm unter ihren Rücken.

»Wir müssen weiter«, sagte er leise und half ihr aufzustehen, hielt sie aber in geduckter Haltung und zog sie mit sich, vom Hügel weg aufwärts.

Sie befanden sich am Fuße des Eisgebirges, hier war alles mit kleineren und größeren Eisbrocken bedeckt, die Roc als Deckung nutzte und um die er sie herum dirigierte.

»Wo willst du hin?«, flüsterte Emily und Roc machte eine Kopfbewegung den Hang aufwärts. Dort oben war eine Öffnung im Sockel des Gebirges.

»Eine Höhle?«, wisperte Emily.

»Ich hoffe es«, gab Roc keuchend zurück.

Emily fragte sich, wie lange er sie schon mitschleppte, so außer Atem wie er war. Einige Meter weiter legten sie eine Pause ein und Emily hatte das erste Mal Gelegenheit, in Ruhe zurückzublicken.

Sie sog scharf den Atem ein und brauchte einen Moment, um zu verstehen, was es mit den rotweißen Stücken und Klumpen auf sich hatte, die sie weit unten am Anfang des Hanges verstreut liegen sah. Das war einmal Salvador gewesen.

Roc zog sie am Arm. »Weiter«, sagte er nur und sie fragte sich, was ihn so antrieb. Außer der verunstalteten Leiche des Snopirs konnte sie nichts entdecken; die dort gefressen hatten, waren wohl schon satt.

Dann hörte sie Flattern und Rauschen in der Luft und Roc zerrte sie sofort hinter den nächst größeren Eisbrocken und bedeutete ihr, sich zu ducken. Gleich ihm hob sie dann aber doch den Kopf, um einen Blick zu erhaschen auf das, was vor sich ging.

Es waren wie sie schon erwartet hatte, Piranha-Snopire, die sich an den Überresten des armen Salvador gütlich taten, aber was Emily nicht erwartet hatte, war das, was die Flucht ergriff, als die Vampirfledermäuse landeten. Aus dem Innern des toten Snopirs stoben Dutzende hühnergroße Dinosaurier und auch zwei Raptoren, die ihr Mahl nur widerwillig freigaben. Die Tiere liefen nicht davon, sondern hielten sich in gebührendem Abstand, offensichtlich darauf wartend, dass ihre Konkurrenz wieder abzog. Währenddessen streiften sie blutrünstig umher und Emily verstand, warum Roc vermeiden wollte, dass man sie beide entdeckte.

Die Piranhas rissen große Stücke aus dem Fleisch und flogen dann wieder davon, vermutlich fütterten sie ihren Nachwuchs damit. Sobald sie alle fort waren, stürzten sich die Wartenden wie die Aasgeier zurück auf ihr Fressen und waren sekundenschnell im Inneren verschwunden, um ihr Festmahl fortzusetzen. Das war auch der Augenblick, in dem Roc sie wieder am Arm griff und sie sich weiter zur Höhle vorarbeiteten.

Als sie angekommen waren, hieß Roc sie zu warten und ging alleine hinein. Emily spähte den Abhang hinunter, aber im Moment war alles ruhig um Salvadors Überreste. Sie musste Roc nach dem Pilot fragen, sie hatte ihn bisher nirgendwo entdecken können. Und auch ob er Nia vielleicht gesehen hatte.

Roc kam zurück und reichte ihr die Hand. »Komm rein«, flüsterte er. »Pass auf deinen Kopf auf.«

Es war eine kleine Höhle, mit einer sehr niedrigen Decke im vorderen Bereich, unter der man geduckt hindurch gehen musste. Dahinter dehnte sie sich aus, auch in die Höhe. Für Roc war es gerade so möglich, aufrecht zu stehen, Emily hatte ein paar Zentimeter mehr Spielraum. Fasziniert schaute sie sich um – die Höhle war von bläulichem Licht erfüllt und völlig aus Eis.

»Setz dich«, sagte Roc leise, »ich muss noch etwas erledigen.«

Sie suchte sich eine Stelle im hinteren Bereich, wo sie sich an die Wand lehnen konnte und setzte sich auf den Boden. Der war weiß, fühlte sich aber weder nach Schnee noch nach Eis an, sondern wie festes trockenes Erdreich, nur dass die Farbe nicht dazu passte. Die Wand in ihrem Rücken war dagegen wirklich eiskalt und sie wünschte, sie hätte den Pelzmantel hier und nicht die dünne Kleidung an. Jetzt, mit etwas Entspannung, fühlte sie auch wieder die Kopfschmerzen, vielleicht hatte sie von dem Sturz eine Gehirnerschütterung davongetragen? Aber müsste ihr dann nicht übel sein?

Roc machte sich am Höhleneingang zu schaffen, er trug mehrere Eisbruchstücke herbei und schichtete sie unter der tief hängenden Decke zu einer Barrikade auf, bis nur noch ein schmaler Durchgang offen war. In diesen zog er einen einzelnen Brocken, der einen kleinen Sichtbereich offen ließ, aber einen Eindringling erst einmal aufhalten würde.

Dann kam er zu ihr. »Hast du das Messer noch?«, fragte er.

Emily fingerte an ihrem Gürtel herum. Es war tatsächlich noch da, ebenso wie die Peitsche.

»Gibst du es mir«, bat Roc. »Ich habe meins bei dem Sturz verloren.«
Sie reichte es ihm und er steckte es in seine leere Scheide.
*Ein Messer und eine Peitsche,* dachte Emily. *Super ausgestattet gegen Dinosaurier.*
Roc warf einen letzten Blick durch den Sehschlitz am Eingang, dann drehte er sich zu ihr. »Ist das bequem?«, fragte er und fügte hinzu: »Bist du in Ordnung? Ich weiß, dass du keine äußeren Verletzungen hast, aber vielleicht etwas, das ich nicht gesehen habe?«

»Nur Kopfschmerzen«, sagte Emily. »Und es ist okay, aber ganz schön kalt.«

»Oh. Warte«, sagte er. Er setzte sich neben sie, lehnte sich an die Wand und winkte ihr. »Komm her.«

Emily rutschte überrumpelt näher, lehnte sich an seine Schulter und er legte den Arm um sie.

»Besser?«

»Mh-hm«, machte sie. Schön warm war das. »Viel besser. Danke. Aber was ist mir dir? Nicht zu kalt?«

»Nein, das macht mir nichts aus. Manche Amibros frieren nicht. Ich gehöre dazu.«

»Echt? Das wusste ich noch gar nicht. Hast *du* dich denn verletzt bei dem Sturz?«

Er zeigte ihr seinen freien Arm, an dem die Unterseite des schwarzen Hemds aufgerissen war und sich einige deftige Schrammen über die Haut zogen, die aber nicht mehr bluteten. »Das ist alles.«

»Gut.« Emily kuschelte sich enger an seinen warmen Körper. Sie fühlte sich auf einmal schrecklich matt. »Ich glaube, ich bin noch ganz schön k.o.«, sagte sie schwach. »Schlimm, wenn ich wieder einschlafe?«

»Nein«, sagte er sanft. »Mach nur. Ich passe auf.«

»Wir müssen überlegen, was wir jetzt tun sollen«, fiel ihr noch ein.

»Später«, sagte er. »Schließ die Augen.«

»Ich bin froh, dass du da bist«, murmelte sie, während sie schon hinüber dämmerte.

Roc senkte sein Kinn auf ihr Haar und sagte gar nichts.

# 100

»Wie passt Landy *da* rein?«, fragte Federchen verblüfft, die von Janis Schulter aus die wundersame Verwandlung beobachtet hatte.

»Gute Frage, nächste Frage«, erwiderte Jani, kniete sich neben den Blasenteich, tastete nach der Öffnung im Felsen und schob dann die metallene Kugel so tief hinein, wie es nur ging, nahm noch den Knochen zu Hilfe für ein paar Zentimeter mehr.

Anschließend sah er sich unschlüssig um. Wo sollte er sich am besten positionieren, links oder rechts der Stelle, die der Karmjit sprengen würde? Weiter entfernt? Er entschied sich für die rechte Seite, dort war mehr Platz und er konnte sich weiter zurückziehen, falls nötig.

»Komm jetzt runter«, sagte er und griff nach Federchen. Auch bei ihr war er sich unsicher, ob das Innere seines Hemds wirklich die beste Lösung war. Er stopfte es tief in seine Hose und setzte die Centerfly hinein. Dann zog er kurzerhand das Lederband heraus, mit dem das Hemd vorne verschnürt war, und verknotete das eine Ende mit seinem Gürtel, das andere reichte er Federchen. »Kannst du dir das um den Bauch binden?«, bat er.

Die Kleine verstand, schlang das Band um ihren Pferdekörper und verknotete es. »Gut so?«

»Jap«, nickte Jani. »Halte dich trotzdem fest, so gut du kannst!«

»Isch 'abe Angst«, piepste es aus dem Hemd und das kleine Köpfchen lugte heraus.

Jani schob sie zurück und meinte eine Bewegung unter den Füßen zu spüren. »Festhalten! Ich glaube, es tut sich was.«

Er verharrte angespannt nahe der Wand und lauschte auf Geräusche und Bewegungen.

Da war es wieder. Durch den Boden lief eindeutig ein Beben und jetzt erzitterte auch die Wand. Der Teich schwappte an den Rändern hin und her. Vielleicht sollte er doch auf die andere Seite gehen?

Er hatte sich in der Zwischenzeit überlegt, dass sie auch Glück haben könnten mit dem eindringenden Wasser. Da sich nur der Spalt, in dem nun die Landykugel steckte, unter der Meeresoberfläche befand, die Kristallhöhle an sich aber auf festem Grund stand, würde das Wasser zwar einbrechen, sich aber eventuell dem Meeresspiegel anpassen und somit die Höhle gar nicht füllen.

Das Objekt seiner Überlegungen ächzte laut in seinen Grundfesten und dieser dumpfe Ton ließ Jani spontan über den Teich auf die andere Seite springen. Sogleich fühlte er sich beengt und um Fluchtraum gebracht. Also zurück. Als er bei der Landung kurz einknickte, war ihm klar, dass er auf diese Späßchen doch lieber verzichten sollte – offensichtlich waren seine Knie nicht mehr die stabilsten.

Irgendwo im Innern der Felsen schrien die Steine unter dem immensen Druck und Jani hielt sich die Ohren zu. Der gesamte Raum schien nun zu beben. Oder war er es, der so zitterte?

»Nun mach schon, mach schon«, flüsterte er heiser. Einer spontanen Eingebung folgend, nahm er die Hände von den Ohren und wölbte sie um den kleinen Körper, der sich unter seinem Hemd verbarg.

Und dann explodierte die Höhle – allerdings nicht ganz so wie erwartet. Die Wände um den Spalt herum barsten aufwärts heraus – Jani fuhr erschrocken herum und erhaschte für eine Millisekunde einen Blick auf ein hünenhaftes schwarzes Etwas, das diese Felsen mit den Schultern hochzuheben schien, dann brach der halbe Boden unter seinen Füßen weg und riss ihn in die Tiefe des Ozeans.

Während seines wirbelnden, strudelnden Untergangs blieben seine Gedanken erstaunlich ruhig und klar. Natürlich würde ihm die Luft ausgehen. Natürlich musste er zur Wasseroberfläche. Und genauso natürlich wusste er, dass er nicht herausfinden würde, wo oben und wo unten war. Er hatte die Augen weit geöffnet, aber alles um ihn herum sah gleich aus, ein wildes helldunkles Wechselspiel von Blasen, Strömen, Strudeln.

Er spürte Federchen unter seiner Hand, sie war noch da, das war gut. Wobei – *gut* war relativ. Hatte sie so wie er noch einmal tief Luft holen können und hielt diese jetzt an? Wie lange eine Centerfly wohl den Atem anhalten konnte? Er hatte keinen Schimmer. Aber er wusste, dass es ihm selbst nicht mehr lange möglich war. Wieso hatten sie diese Möglichkeit nicht in Betracht gezogen? Dass der Boden einfach wegbrechen würde? Vielleicht musste man Physik studiert haben, um über solche Dinge Bescheid zu wissen. Oder doch Architektur, Statik, Ingenieurwesen?

*Okay, das war's,* dachte er. *ICH MUSS JETZT LUFT HOLEN.*

Und dann war da Tembers Gesicht vor dem seinen, ihre wunderschönen orangenen Augen blickten ihn an, voller Liebe, baten ihn, es noch nicht zu tun, noch zu warten, nur eine Sekunde noch, und noch eine und – irgendetwas schnappte ihn unter den Achselhöhlen und riss ihn mit sich, pfeilschnell durch das Wasser, jagte ihn der Oberfläche entgegen und genau in dem Moment, als er meinte, sein Brustkorb müsse bersten und seine Lungen zerplatzen, und deshalb doch den Mund öffnete und damit sein Todesurteil unterschrieb, sog er tief ein – jedoch kein Wasser, sondern Luft! Reine klare Luft!

Dann wurde er auf den Rücken gedreht und was immer ihn hielt, zog ihn jetzt rasend schnell rückwärts durchs Wasser, er sah den blauen Himmel weit über sich, und dann drehte es ihn wieder herum und schob ihn vorwärts und da fühlte er schon Grund unter sich und griff mit beiden Händen hinein, zog sich weiter, bis er im Trockenen war, drehte sich auf den Rücken, atmete stoßweise, schnaufte, keuchte, hustete.

Sein nächster Gedanke galt Federchen, er zog sie aus seinem Hemd, sie triefte und spuckte, aber ansonsten schien sie okay. Er legte sie auf seine

Brust, dann richtete er sich auf die Ellbogen auf und sah seinen Retter. Oder war es eine Retterin? Das Wesen schaute mit dem Oberkörper aus dem Wasser heraus, schien aus fließenden cyangrünen Algensträngen zu bestehen, mit einem fein gezeichneten Gesicht im oberen Drittel, und es lächelte und winkte.

Jani wollte Danke sagen, aber aus seiner Kehle kam nur ein Krächzen. Er winkte zurück und das Geschöpf tauchte ab, um gleich darauf delphingleich aus dem Wasser zu schnellen, einen Salto zu schlagen, im Flug noch einmal zu winken, und dann endgültig zu verschwinden. Und das, was da als letztes Stück im Meer versank, war nicht ein nixenhafter Fischschwanz – nein, es waren drei, in Flaschengrün, Babyblau und gänzlich unpassend erscheinendem Rosarot.

»Wow«, sagte Jani ehrfürchtig und starrte noch eine Weile auf den glitzernden Wasserfleck, darauf wartend, dass die Kreatur noch einmal auftauchte. Wie hatte Sugar noch gesagt, hieß die Unterwasserwelt? Richtig, eine Hommage an Jules Verne – aus *Atlantis* und *Nautilus* – Natlantilus. War das eine Nemor gewesen, die er da gesehen hatte?

»Wo ist Landy?«, piepste es auf seiner Brust.

»Oh, Scheiße«, Jani schnappte sie und sprang auf die Füße.

»Du 'ast ihn vergessen?«, fragte Federchen entrüstet.

»Ich stand unter Schock«, verteidigte er sich und sah sich dann um. Sie befanden sich an einem kleinen einsamen Sandstrand, den sanft die Wellen überspülten und der sich gut überblicken ließ. Da war niemand außer ihnen. Und rundherum war dichter grüner Wald. Grüner Wald? Wo zum Teufel waren sie?

»Landy?«, rief er laut. »Highlander? Bist du hier irgendwo?«

Nur Stille antwortete ihm.

Jani ging ein Stück den Strand hinauf, setzte Federchen im Sand ab, schlüpfte aus den nassen Kleidungsstücken und breitete sie auf dem Boden aus. Dann setzte er sich daneben. »Lass uns etwas warten«, meinte er. »Bestimmt kommt er noch. In der Zwischenzeit können die Sachen trocknen.«

# 101

Roc lehnte Emily vorsichtig an die Wand, stand auf und schlich zum Eingang der Höhle.

»Wwwwas ist los?«, fragte Emily zähneklappernd. Rocs Körperwärme beraubt, wurde ihr sofort so kalt, dass sie aufwachte.

»Schhh«, machte Roc leise und starrte durch den Spalt nach draußen.

Als er zurückkam, schob er sie kurzerhand vorwärts, setzte sich hinter sie und zog sie dann an sich, so dass sie zwischen seinen angewinkelten Beinen saß. Sie kauerte sich zusammen, drängte sich an seine Brust, und er schlang seine Arme um sie, hielt sie fest, bis das Zittern nachließ.

»Ich dachte, ich hätte etwas gehört«, beantwortete er dann ihre Frage. »Oder gespürt. Ein Beben im Boden.«

»Aber es ist nichts zu sehen?«

»Es ist nichts zu sehen«, bestätigte er.

»Was sollen wir bloß tun?«, fragte Emily. Jede Sekunde, die verstrich, brachte sie dem Abschalten näher. *Jani, es tut mir so leid. Ich glaube, ich schaffe es nicht mehr zu dir.*

»Warten, bis sie nicht mehr hungrig sind. Dann können wir raus.«

»Sie sind immer noch da?«

»Ja.«

»Aber selbst wenn wir raus können«, flüsterte sie verzweifelt. »Wie kommen wir von der Insel weg?«

Sie spürte, wie seine Umarmung kurz fester wurde. Was sie als sehr tröstlich empfand.

»Ich weiß es nicht«, sagte er leise.

»Was ist mit dem Piloten?«, fragte sie. »Hast du ihn gesehen?«

»Ja«, erwiderte er. »Sie sind schon fertig mit ihm.«

»Oh«, Emily schauderte. »Und Nia?«

»Nicht mehr gesehen.«

»Für sie bin ich froh«, sagte Emily. »Wenn es vorbei ist.«

»Warum?«

»Sie hat so eine Existenz nicht verdient. Für immer auf der Suche nach dem Mann, den sie liebt. Wenn ich gewusst hätte, was aus ihr wird, hätte ich die Geschichte anders geschrieben. Mit Happy End.«

»Happy End?«

»Mit gutem Ausgang. Sie finden sich und leben glücklich bis an ihr Lebensende. So was.«

»Aber sie hatten einander für eine kurze Weile?«, fragte Roc.

»Ja, für eine Nacht. In der sie sich sehr geliebt haben.«

»Ich wünschte, ich könnte die Geschichte lesen.«

»Theoretisch könntest du das sogar. Sie ist hier, irgendwo auf Palla. Jani hatte noch Sachen aus unserem Haus geholt, zu Anfang, als er und Tember mit diesem bunten Pferd unterwegs waren, weißt du noch? Er sagte, er hätte auch meine Geschichten mitgenommen.«

Es war ihnen beiden klar, dass sie gar nicht mehr die Zeit dazu hatten, die Sachen zu finden. Emily bot nicht an, die Geschichte einfach zu erzählen. Sie machte ihr ein schlechtes Gewissen. Künftig würde sie sich gut überlegen, wie sie ihre Stories ausgehen ließ. Aber es würde wohl kein *künftig* mehr geben…

»Vermisst du Felecia?«, hörte sie sich plötzlich fragen, ohne recht zu wissen, warum sie das tat.

»Ja«, sagte er nach einer Weile.

»Du liebst sie immer noch.« Es war mehr eine Feststellung als eine Frage.

Wieder schwieg er einen Moment bevor er antwortete. »Ja.«

Was hatte sie auch erwartet? Sie rückte ein wenig ab von ihm, drehte sich in seinen Armen herum und schaute ihm ins Gesicht. Ihr fiel auf, dass er ganz schön wild aussah – mit den Bartstoppeln, der Narbe, den wüsten Haaren, bloß warum starrte sie auf seine Lippen? Irritiert hob sie die Augen und begegnete seinen schwarzen. Ihr Herz machte einen Sprung. Völlig durcheinander wandte sie den Blick ab. *Was ist jetzt los? Doch zu hart mit dem Kopf aufgeschlagen?* Sie schüttelte das komische Gefühl ab und kam zu dem, was sie hatte sagen wollen.

»Roc – hör zu – es tut mir leid, dass ich dich dazu gebracht habe, mit mir zu kommen. Was immer ich auch Vem versprochen habe, ich hätte dich nicht mit hineinziehen dürfen. Du könntest bei deinen Leuten sein. Du bist nur wegen mir in dieser Lage.«

Sie spürte, wie er sich versteifte.

»Was hast du Vem versprochen?«

*Mist.* Sie hatte es doch nicht erzählen wollen. *Zu spät.* Sie blickte ihn wieder an. »Er bat mich, auf dich zu achten, mich um dich zu kümmern. Er hatte Angst, dass du dir etwas antun könntest. Du weißt schon, wegen Felecia.«

Er zog die Augenbrauen hoch. »Und du hast zugestimmt?«

»Ich bitte dich! Er lag im Sterben. Was hätte ich denn tun sollen?«

Ein amüsiertes Lächeln, das seine Augen nicht erreichte, umspielte seinen Mund. »Verstehe. Er hatte kein Recht, dich in eine solche Verlegenheit zu bringen.«

»Na ja. Ich glaube, er hat nicht darüber nachgedacht. Er hat an dich gedacht. Es lag ihm viel an dir.«

Rocs Mimik wurde undurchsichtig.

»Er hat dich geliebt«, fügte sie leise hinzu.

Er schloss kurz die Augen und wandte den Kopf zur Seite. »Ich weiß.«

Dann schaute er sie wieder an. »Ich entbinde dich von dieser Verpflichtung.«

»Aber...«

»Es geht mir gut. Vem hatte keinen Anlass, sich zu sorgen.«

Emily runzelte die Stirn. »Sicher?«

Roc wich ihrem Blick aus.

»Ich glaube dir nicht«, sagte Emily fest.

Roc verdrehte die Augen.

Emily blickte finster. »Du hast die Frau verloren, die du liebst und die du – wie lange? Über ein Jahr? – gesucht hast. Und dazu noch ein Kind, von dem du nichts wusstest. Dir *kann* es nicht gut gehen.«

»Hör auf!« Er packte und schüttelte sie. Brachte sein Gesicht ganz nah an ihres. »Es ist wahr!«, sagte er grimmig und seine Augen funkelten. »Vem hatte recht! Er kannte mich gut genug. Aber er wusste nicht... Normalerweise hätte ich genau das... Ich hätte niemals ohne sie leben wollen. Niemals. Aber dann ist etwas passiert...« Er ließ sie los, schob sie von sich und stand abrupt auf. Ein paar Schritte ging er in den Raum hinein, dann wandte er sich zu ihr um. »Bist du jetzt zufrieden? Es ist alles gut. Ich will nicht sterben. Es gibt keinen Grund, auf mich zu achten.« Er drehte sich weg und ging zum Eingang, wo er aus dem Sichtloch starrte.

Emily wusste, wenn es möglich gewesen wäre, wäre er geradewegs aus der Höhle gestürmt. Sie richtete sich langsam auf, noch unsicher, ob ihre Beine sie tragen würden, was sie aber taten. Sie ging zu ihm und starrte nachdenklich auf seinen Rücken. Es regte sich da so eine Ahnung in ihr... Sie hob eine Hand und berührte seine Schulter. »Was ist passiert?«, fragte sie leise. »Ich meine, das dich abgehalten hat...«

Sie fühlte ihn beben unter ihrer Hand. Ahnte schon, dass er nicht antworten würde, sondern sie abschütteln. Wollte gerade nachhaken, als er es doch tat.

»*Du*«, sagte er gepresst. »*Du* bist passiert.«

Emily erstarrte. Dann zündete tief in ihrem Innern ein Funke und schickte wohlige Wärme in jeden Winkel ihres Körpers. Ihr war nicht mehr kalt. Ihr wurde gerade etwas klar.

»Ist schon gut«, sagte Roc tonlos. »Du musst nichts sagen. Ich weiß, dass du nicht–«

»Sei still«, unterbrach sie ihn. Zog ihn an der Schulter und brachte ihn dazu, sich umzudrehen.

Roc mühte sich sichtlich, nicht die Fassung zu verlieren, als er ihrem Blick begegnete. In seinen Augen spielten die silbernen Sprenkel und die Erinnerung an ihre Nacht im Kerker, die *wirkliche* Erinnerung, kam mit solcher Macht über sie, dass ihr die Knie weich wurden. Ihre Augen hielten die seinen fest, als sie sein Gesicht sanft umfasste, dann ihre Finger in sein Haar vergrub und ihre Lippen den seinen näherte. »Du weißt gar nichts«, sagte sie, bevor sie ihn küsste.

Der Eisraptor, der wenige Meter seitlich der Höhle stand – außerhalb Rocs Blickfeld –, starrte mit kleinen bösen Augen in Richtung Eingang und legte den Kopf schief. Als hätte er gerade etwas Interessantes gehört.

## 102

»Okay, das reicht jetzt.« Jani zog seine Sachen wieder an. »Er kommt nicht. Gehen wir ihn suchen.«

Er wartete, bis Federchen auf seiner Schulter Platz genommen hatte, dann warf er einen letzten Blick auf den Ozean und steuerte auf den Wald zu. »Wald, Wald«, überlegte er laut. »Wo könnten wir sein? Wo ist so ein Wald auf Palla?«

Er erreichte die ersten Bäume und inspizierte sie aufmerksam. Laub- und Nadelbäume, sie sahen aus wie die auf der Erde, nichts Ungewöhnliches. Er lief den Waldrand in jede Richtung einmal ab, auf der Suche nach einem Weg oder Pfad, ein Wildwechsel hätte es auch getan, aber da war nichts. Also trat er einfach hinein und stellte fest, dass so etwas auch nicht nötig war, der Wald war gar nicht so dicht, wie es von außen den Anschein hatte, die Bäume standen weit genug auseinander, um ein bequemes Laufen zu ermöglichen, es gab kaum Buschwerk. Der Boden war weich und moosig.

Das Problem war, dass er die Orientierung verlieren würde, wenn er tiefer hinein ging. Noch konnte er den Strand sehen und das Glänzen der Meeresoberfläche, aber wenn beides erst einmal außer Sicht war, würde er sich vermutlich hoffnungslos verirren.

Ein leichtes Flattern von Federchens Flügeln brachte ihn auf das Naheliegende. Wieso hatte er daran nicht schon früher gedacht? Er ging zurück zu der Stelle, wo der Strand begann und holte Federchen von seiner Schulter. »Du musst Späher spielen«, sagte er zu ihr. »Ich bleibe hier und warte auf dich. Schau dich um, ob da irgendetwas ist, das du erkennst. Oder irgendetwas, das so aussieht, als sollten wir hingehen. Aber flieg nicht zu weit, ich will dich nicht auch noch verlieren.«

»Isch passe auf!«, versprach die Kleine und schwang sich in die Luft.

Jani ging in der Zwischenzeit ruhelos am Strand auf und ab, betrachtete den wolkenlosen Himmel und das glitzernde Meer und überlegte, ob er in der Zwischenzeit eine Sandburg bauen sollte, nur um sich abzulenken. Zeichnen war auch nicht drin, höchstens mit einem Ast im Sand, das Moleskine befand sich im Rucksack und der war wohl verloren. Warum hatte er ihn auch draußen gelassen, anstatt mit in die Höhle zu nehmen? Landy hatte das so gewollt, erinnerte er sich.

Andererseits – ohne den zurückgelassenen Rucksack, in dem sich Federchen versteckt gehalten hatte, was sie zum damaligen Zeitpunkt nicht wussten, hätten sie nichts von dem Spalt im Felsen gewusst und der Karmjit wäre nicht auf die Idee gekommen, ihn zum Sprengen zu benutzen.

Jani seufzte. Irgendwie hing alles zusammen. Hoffentlich ging es Landy gut, wo immer er war. Er zweifelte nicht daran, dass er es geschafft hatte –

dieses schwarze Ungetüm, das er noch kurz gesehen hatte, und das vermutlich Landy gewesen war, konnte es unmöglich *nicht* geschafft haben. Wahrscheinlich suchte er ihn. Sofern das mit der Prägung überhaupt angehalten hatte. Vielleicht fiel die ja im Endstadium ab? Dann wäre er frei und könnte gehen, wohin er wollte. Jani schüttelte den Kopf. Nein, dann hätte er sich nicht für das Treffen verabredet, das sie vereinbart hatten. Oder hätte er doch? Und nichts von der Ent-Prägung erzählt, einfach um zu verhindern, dass sich Jani gegen die Sprengung ausspräche? Ach, es war zum Verrücktwerden. Und sinnlos, darüber nachzudenken. Er konnte nur hoffen, dass er es noch rechtzeitig herausfinden würde.

Ein kleiner rosa-lila Fleck am Himmel entpuppte sich als rückkehrende Centerfly. Erleichtert lief Jani ihr entgegen und ließ sie auf seiner Handfläche landen. »Und?«, fragte er gespannt, »etwas entdeckt?«

»Qui!«, erklärte Federchen, sichtlich stolz ob der erfolgreichen Mission. Dann deutete sie nach links und erklärte, dass sie dort in sehr weiter Entfernung Blitze gesehen hatte – dort musste sich also die Sturmwelt befinden.

»Und in der anderen Richtung?«, wollte Jani wissen.

Nach dem Wald eine Wiese und weit entfernt ein roter Bergrücken, der laut Federchen gaaaaaaaanz lang war, in beiden Richtungen. Und davor war noch etwas Komisches, Rundes...

»Das muss der Fogmon sein!«, rief Jani freudig. »Und das davor Orbíma! Da gehen wir hin und wenn wir Glück haben, sind dort auch alle anderen.«

Sie machten sich auf den Weg quer durch den Wald, Federchen stieg hin und wieder auf und checkte ihre Richtung.

Das erste, das sie sahen, als sie vom Wald auf die Wiese traten, waren zwei Snopire in der Luft – der eine beladen im Landeanflug, der andere leer im Abflug.

»Die Transporte!«, rief Jani, »sie sind in vollem Gang!«

Die Wiese war eine frühlingshafte, von Gras und Blumen übersät, mit moosigem Grund und sanft hügelig. Aber den Fogmon sowie die Orbíma-Faust konnte Jani bereits sehen. Er schätzte die Entfernung auf eine halbe bis dreiviertel Stunde strammen Laufens.

*M, bitte sei da,* bat er in Gedanken und beschleunigte seine Schritte.

Sie waren einige Meter weit gekommen, als er sah, wie sich von der Stadt ein Punkt löste und schnell auf sie zubewegte. Beim Näherkommen entpuppte sich der Punkt als Pferd und Jani überlegte gerade, welcher Hornhufer-Amibro es sein konnte – schließlich war ja Tag und alle hatten ihre Gestalt gewandelt, als ihm beim weiteren Näherkommen des Tieres aufging, dass dieses Pferd bunt war. Die grellpinke Mähne flatterte im Wind, die zitronengelben Fesseln blitzten bei jedem Galoppsprung und auf dem fliederfarbenen Rücken saß ein Reiter – nein, eine Reiterin mit roten Haaren – war das Tem?

Sie war es und strahlte über das ganze Gesicht, als sie Saelee vor ihm zum Halten brachte, von ihrem Rücken glitt und ihn begrüßte.

Jani hatte das Gefühl, als hätte sie vorgehabt, ihm um den Hals zu fallen, aber irgendetwas hielt sie ab. Wahrscheinlich die Tatsache, dass *er* eher vor Zurückhaltung denn Zuwendung strahlte und stattdessen seine Aufmerksamkeit der Stute widmete. »Na Mädchen, wie ist es dir ergangen?«, sagte er und klopfte ihren Hals. Bei allem Misstrauen freute er sich natürlich furchtbar, Tember zu sehen, aber das brauchte sie ja nicht wissen. »Sie haben sie also zurückholen können?«, fragte er und deutete auf Saelee.

Tember nickte. »Ja, der Durchgang im Fogmon ist wieder offen.«

»Wie konntest du uns auf diese Entfernung sehen?«, wollte er wissen.

»Trayot und Stein«, erklärte sie, »sie sind auf den Türmen und passen auf. Wegen der Transporte. Dass sich keine wilden Snopire nähern. Sie haben solche Gläser mitgebracht, mit denen sie in die Ferne schauen können. Sie haben dich gesehen.«

»Ach – und da bist du gleich hergekommen?«

»Ja, sofort«, sagte sie und ihre orangenen Augen strahlten ihn aufs Neue an. »Du hast mir so gefehlt! Nach deinen Erinnerungen, die uns Sugar gezeigt hat, hatte ich so furchtbare Angst, dich vielleicht nicht wiederzusehen.«

Jani schluckte. Was hatte das nun wieder zu bedeuten? »Aber ... was ist mit Mero? Ich dachte, du und er...«

Sie nickte. »Ich weiß. Ich dachte das auch. Ich wusste nicht, was ich tun sollte. Es war schrecklich.« Sie griff nach seiner Hand. »Roc hat es bemerkt. Und mir gesagt, ich solle auf gar keinen Fall etwas tun, dass mein Herz nicht möchte.« Sie lächelte. »Ich weiß ja, dass er damit Erfahrung hat. Also habe ich all meinen Mut zusammengenommen und mit Mero gesprochen. Und stell dir vor – er war so erleichtert! Ihm ging es so wie mir – er will die Zuteilung auch nicht! Er bleibt mit Wasee in Nevedar, sie wollen sich um das Gelege kümmern, bis die Snopire ausgewachsen sind und sie dann frei lassen.«

»Wow«, Jani war ehrlich überrascht. Jetzt kam es nur noch darauf an, dass er auch wirklich verstand, was sie da sagte. »Und du ... willst ... was...?«, fragte er vorsichtig.

Sie warf ihm die Arme um den Hals und drückte sich an ihn. »Ich will *dich*«, flüsterte sie in sein Ohr. »Wenn du ... falls du ... mich auch willst?«

»O Mann«, sagte er voller Erleichterung, schlang seine Arme um sie und vergrub das Gesicht in ihren Haaren. »Aber so was von!«

Federchen flatterte mit einem entrüsteten Quieken aus der Gefahrenzone und ließ sich auf dem Rücken der violetten Stute nieder, die ihren Kopf neugierig zu dem kleinen Wesen drehte, das ihr gar nicht so unähnlich sah. »Isch glaube, Jani liebt doch nischt nur misch«, erklärte ihr die Centerfly ernsthaft.

Jani lachte laut. »Keine Angst, Zwergnase, ich habe genug Liebe für euch beide.« Er nahm Tembers Gesicht in die Hände, küsste sie auf den

Mund und zwinkerte ihr zu. »Sofern ihr beiden damit leben könnt, dass es zwei Frauen in meinem Leben gibt.«

Tember lachte und küsste ihn zurück. »Es ist mir eine Ehre, die Zweitfrau neben einer Prinzessin zu sein!«

»Oh, isch danke eusch!«, rief Federchen mit glücklichem Gesichtsausdruck und verteilte vom Rücken der Stute Kusshändchen an sie beide.

»Ist meine Mutter auch da?«, wollte Jani wissen.

Tember schüttelte den Kopf. »Sie hat mir noch Spooky in die Küche gebracht, damit ich ihn füttere und seitdem habe ich sie nicht mehr gesehen. Und Roc auch nicht. Wir wissen aber von den Piloten, dass sie beide mit dem großen Snopir Salvador weggeflogen sind. Ich dachte, sie wollte vielleicht zu dir?«

»Ich habe sie nicht gesehen. Allerdings war ich auch nicht mehr außerhalb der Höhle, weil ... na ja, wir haben was ganz Verrücktes getan, um überhaupt rauszukommen. Und ich bin mit Federchen dann ganz woanders gelandet als erwartet. Landy – also der Karmjit – ihn habe ich seitdem auch nicht mehr gesehen – er ist nicht zufällig in der Stadt?«

»Nein, nicht dass ich wüsste. Was war es denn, das ihr getan habt?«

Jani nahm sie an der Hand. »Lass uns nach Orbíma gehen. Ich erzähle es dir unterwegs.«

## 103

Sie saßen voreinander auf dem Boden der Höhle und erörterten die Möglichkeiten, sowohl die Höhle als auch die Insel zu verlassen.

Die Diskussion schleppte sich ein wenig dahin, denn der Umstand des rückliegenden aufschlussreichen Ereignisses sowie die Tatsache, dass sie so nah saßen, dass sich Emily jederzeit, wenn ihr wieder kalt wurde, nur nach vorne lehnen musste, um sich in Rocs Umarmung aufzuwärmen, führten zu zahlreichen Unterbrechungen, die vorwiegend aus Küssen und hingebungsvollem, wenn auch teilweise schüchternem gemeinsamen Schweigen bestanden.

Sie vermieden es geflissentlich, über sich und ihre Gefühle zu sprechen, so als könne ein einziges Wort den Zauber brechen. Aber es war auch gar nicht nötig – Gesten und Blicke hatten diese Aufgabe zu hundert Prozent übernommen.

Emily war immer noch völlig aufgewühlt von der unerwarteten Erkenntnis dessen, was sie für Roc empfand. Das war ihr überhaupt noch nicht passiert, es gar nicht zu bemerken. Normalerweise war sie sich solcher Gefühle mehr als klar, vor allem, weil sie sich bewusst für jemanden entschied. Hier hatte sie offensichtlich den Wald vor lauter Bäumen nicht gesehen und während ihr Verstand noch in eine ganz andere Richtung gepolt war, war ihr Herz in heimlichem Alleingang davon geprescht.

Sie fand das so bemerkenswert, dass die Romantikerin in ihr geneigt war, es als eine Ausnahmeerscheinung zu betrachten, die nur bedeuten konnte, dass er ›derjenige war, welcher‹. Was sofort die Realistin auf den Plan holte, mit einem Beutel voller Zweifel im Gepäck. Emily schob sie vehement in eine Ecke ihrer Gedankenwelt, schloss sie dort ein und machte ihr klar, dass ihre Zeit noch nicht gekommen war. Bis dahin hatte sie gefälligst die Klappe zu halten.

Roc legte seine Hand unter ihr Kinn und hob ihr Gesicht. Er schmunzelte, als wüsste er, über was sie nachgedacht hatte.

Himmel, dieses Lächeln – es war atemberaubend. Wieso hatte sie das vorher noch nicht bemerkt. Und diese Augen! Okay, *die* hatte sie bemerkt. Aber da hatte sie noch nicht verstanden, warum sie etwas in ihr auslösten. Er küsste sie. Und küssen konnte der Mann! Ihre sämtlichen Hormone schlugen Purzelbäume. Innerlich musste sie lachen über sich. Sie fühlte sich wie fünfzehn.

Ihre Hände rutschten wie von selbst unter sein Hemd und auf seinen Rücken. Er zog sie eng an sich. Ihr beider Atem beschleunigte sich, aber schließlich löste er sich sanft und hielt sie nur fest in seinen Armen, bis sich ihre Herzschläge wieder beruhigt hatten.

*Ganz Gentleman,* dachte Emily. *Wenn er wüsste, dass wir schon längst...*

Dann schob er sie verhalten energisch ein Stück von sich weg. »Wo waren wir?«, fragte er und grinste frech.

»Puh«, Emily grinste zurück, strich sich einige Haarsträhnen aus dem erhitzten Gesicht und benutzte seine Knie als Armlehne. »Schwimmen? Ich glaube wir waren dabei, zu überlegen, bis wohin wir es schwimmend schaffen könnten.«

Er nickte. Seine Hände wanderten in ihre Hosenbeine und umfassten ihre Waden. Ganz unschuldig. »Stimmt. Schwimmen war das Thema«, sagte er, während seine Finger über ihre Haut strichen. »Wir können annehmen, dass das Wasser nur nahe der Insel so kalt ist, dass es uns gefährlich werden könnte. Weiter weg sollte es so warm sein, wie es überall ist.«

»Aber bei unserer Wanderung auf dem Wall war das Wasser eiskalt«, wandte Emily ein.

»Nur an dieser einen Stelle in der Mitte«, berichtigte Roc. »Und die ist nicht normal. Da geht irgendetwas vor, das eine Überquerung verhindern soll.«

Emily erinnerte sich. »Wir haben es nur wegen dir geschafft.«

»Richtig«, nickte er, beugte sich vor, küsste sie erneut und erstarrte zur Salzsäule, als er sich gerade wieder von ihren Lippen gelöst hatte.

Ganz langsam drehte er den Kopf zur Seite und schaute zum Höhleneingang. Emily folgte seinem Blick.

Durch den Sehschlitz schob sich gerade eine geschuppte stumpfe Schnauze, die kleinen Nüstern schnupperten geräuschvoll. Dann zog sich die Schnauze zurück und als Nächstes presste sich ein Kopf seitlich vor die Öffnung und ein Auge mit stechendem Blick starrte herein.

Roc und Emily rührten sich nicht.

Als das Tier sich zurückzog, hechteten sie beide sofort in einen seitlichen toten Winkel, in dem der Raptor sie nicht sehen würde, wenn er noch einmal in die Höhle schaute.

Emily versorgte Roc kurzerhand mit all ihrem Halbwissen über Velociraptoren, das sie vorwiegend aus *Jurassic Park* hatte.

»Sie jagen niemals allein«, flüsterte sie in sein Ohr. »Immer im Rudel, versteckt. Einer lenkt das Opfer ab und die anderen kommen von den Seiten. Ihr Maul ist voller spitzer Zähne und an den Füßen haben sie Reißklauen.«

Roc überlegte. »Wir müssen sie einzeln töten. Deine Peitsche um ihren Hals und mein Messer in ihrem Herz.«

Emily stockte der Atem. Ihre Hand glitt an die Seite, wo die Peitsche hing. Als ob sie mit dem Ding umgehen könnte. Wahrscheinlich bekam sie es noch nicht mal vom Gürtel losgeknotet. »Vielleicht sollten wir lieber tauschen. Du die Peitsche und ich…«

Roc nickte. »Natürlich, wenn du besser mit dem Messer…«

Emily schluchzte auf. »Ich kann gar nicht – weder mit dem einen noch mit dem anderen.«

Er zog sie sofort in seine Arme. »Shhh. Ist schon gut«, flüsterte er. Und fügte hinzu: »Schrei sie einfach an – das wird sie sicher in die Flucht schlagen.«

Emily hob den Kopf und schaute ihn irritiert an. Meinte er das ernst?

Roc grinste breit.

Sie hieb ihm auf die Schulter. »O du...! Wie kannst du in dieser Situation noch Scherze machen?«

Er zuckte die Schultern. »Wer redet von Scherzen?«

Bevor sie ihn wieder schlagen konnte, drückte er seinen Mund auf ihre Lippen und erstickte so jede Anwandlung von Gewalt im Keim.

Heftiges Krachen ließ sie herumfahren – der Raptor hatte sich gegen den einzelnen Eisbrocken geworfen, der unterhalb des Sichtschlitzes stak. Der bewegte sich zwar nur minimal, aber er bewegte sich.

Roc hob einen Finger an die Lippen, zog sein Messer und schlich auf die andere Seite. Emily nestelte an Gürtel und Peitsche herum und hatte sie zu ihrer Überraschung in kürzester Zeit in der Hand. Sie stellte sich auf ihrer Seite auf.

Der Raptor begann, die Oberseite des Eisblocks mit seinen kurzen Vorderbeinen zu bearbeiten, nahm die Zähne zu Hilfe, als er merkte, dass sich das Eis abschaben ließ. Immer wieder presste er seinen Kopf in die Lücke, kam aber noch nicht hindurch.

Als es dann endlich klappte, warf Emily die zu einer Schlaufe gebogene Peitsche über seinen Kopf, bevor sie überhaupt nachdenken konnte. Sie zog seinen Hals mit beiden Händen nach unten und Roc rammte ihm sein Messer ins Auge. Das Tier sackte auf der Stelle tot auf den Eisblock.

Roc und Emily sahen sich ungläubig an, dann fielen sie einander lachend in die Arme.

»Du warst unglaublich!«, staunte Roc immer noch.

Emily lachte. »Ich kanns gar nicht erklären, es passierte einfach–«

Mit einem unangenehm lauten, schabenden Schlupflaut verschwand der Raptorkopf ruckartig direkt neben ihnen aus der Öffnung. Erschrocken blickten sie ihm nach und mussten entsetzt zusehen, wie er von einem blutrünstig keckernden Pulk seiner Artgenossen in Stücke gerissen und verschlungen wurde. An ihm hingen noch Peitsche und Messer – Roc und Emily hatten beides noch nicht wieder an sich genommen. Emily zählte acht Raptoren – die würden es mit vereinten Kräften in die Höhle schaffen, ohne Zweifel. Und sie hatten keine Waffen mehr.

Roc dachte dasselbe, das sah sie in seinen Augen, als er sie stumm ansah. Er zog sie vom Eingang weg, zur Seite an die Wand. Nahm ihr Gesicht in seine Hände und küsste die Tränen weg, von denen sie gar nicht gemerkt hatte, dass sie sie weinte.

»Viel Zeit blieb uns ja nicht gerade«, sagte sie unter Schluchzen.

»Shhh«, machte Roc wieder und lächelte. »Uns geht es besser als Nia – wir müssen uns wenigstens nicht bis an unser Lebensende suchen.«

Emily schniefte. »Du meinst, wir haben unser Happy End schon?«

Er nickte. »Genau. Die Zeit spielt dabei keine Rolle.«

»Aber was ist mit Jani?« Ihre Hände krallten sich in sein Hemd. »Ich kann nicht fassen, dass ich ihn nicht mehr sehen werde.«

Roc strich über ihr Haar. »Mach dir klar, dass es nicht nötig ist. Er denkt genauso an dich wie du an ihn. Ihr braucht nicht beieinander sein, ihr seid auch so verbunden. Für immer.«

Es klang völlig logisch. Er hatte völlig recht. Und doch machte es sie völlig fertig.

Der Aufprall der Kraft vereinter Raptorenkörper ließ die Eisbarrikade des Eingangs erzittern. Ein kleiner Eisklumpen löste sich aus der Ecke und fiel zu Boden.

Emily drängte sich panisch an Roc. Ihr Herz klopfte bis zum Hals. *Ich will nicht sterben!* schrie alles in ihr und sie konnte sich nur mühsam beherrschen, nicht schrill zu kreischen, wie es ihr als Frau in einer solchen Situation üblicherweise zukam. In Horrorfilmen jedenfalls.

»Hab keine Angst«, sagte Roc. »Du hast es ja gesehen. Es wird schnell gehen.«

Irgendwie schaffte sie es, sich zu fassen und ihn anzulächeln. »Und wenn nicht, schreie ich sie in Grund und Boden«, erwiderte sie und klang fröhlicher als ihr zumute war.

»O ja, das kannst du gut«, grinste er.

Sie legte die Arme um seinen Nacken und blickte in die schönen schwarzen Augen. Es war schon verrückt. Sie war tatsächlich verliebt. Und es fühlte sich nach so viel mehr an.

»Ich liebe dich«, sagte sie leise. »Ich wünschte nur, es wäre mir ein wenig früher klar geworden.«

Ein bittersüßer Zug umspielte seine Mundwinkel, als er sie in die Arme schloss. »Und ich liebe *dich*.«

## 104

Ihnen beiden war klar, dass sie auf Saelees Rücken viel schneller nach Orbíma gelangen würden, aber es gab so viel zu erzählen, dass sie bei ihrem Fußmarsch über die Wiese blieben.

Als er seinen Bericht von den Vorfällen in der Kristallhöhle beendet hatte, brachte ihn Tember auf den neuesten Stand, was die Transporte anging.

Sie war mit einem der ersten Snopire herüber gekommen, um bei der Organisation zu helfen. (Und sie hatte nicht nur den Whippet, sondern auch Janis Gitarre mitgebracht, wofür sie erst einmal ihre Erzählung unterbrechen musste, weil er sie minutenlang dankbar küsste). Alle Amibros, die von Nevedar herüber kamen, waren in ihrer menschlichen Gestalt geblieben. Tember erklärte es sich damit, dass kein Wechsel der Tageszeit stattgefunden hatte und ging davon aus, dass die üblichen Verwandlungszyklen sie frühestens am nächsten Morgen einholen würden.

Da die Amibros in Orbíma davon jedoch nicht betroffen waren, befanden diese sich natürlich in ihrer jeweiligen Tierform. Deshalb hatte man beschlossen, die Bestattung von Vem in der bevorstehenden Nacht vorzunehmen, wo sie ihr alle zusammen in menschlicher Form beiwohnen konnten. Sein Leichnam und die der beiden weiteren getöteten Amibros wurden derzeit für die Zeremonie hergerichtet.

»Du weißt schon, dass die Abschaltung jetzt jederzeit eintreten könnte?«, fragte Jani sie vorsichtig.

Sie drückte seine Hand und warf ihm ein ansatzweise verzweifeltes Lächeln zu. »Ich versuche, nicht daran zu denken.«

»Du hast es ihnen nicht gesagt?«

Tember schüttelte den Kopf. »Nein, wozu sollte das gut sein? Mero und Wasee sind in Nevedar geblieben, nur Lir weiß es noch und er stimmt mit mir überein, dass wir es für uns behalten. Die anderen, die es wissen, haben zugestimmt, es genauso zu halten.«

»Die anderen?«

Es stellte sich heraus, dass von dem eingeweihten Kreis fast alle hier waren. Trayot und Stein natürlich, sie hatten sich ja bereits für Orbíma entschieden und auch Hicks mitgebracht, der immer noch in seinem Dämmerzustand vor sich hinvegetierte und nun in einem eigenen Zimmer von Amibros gepflegt wurde. Jani fragte sich, ob das nun bedeutete, dass Landys Kräfte versagt hatten oder ob Hicks andernfalls gar nicht mehr am Leben wäre.

Lhorakh hatte beschlossen, erst am nächsten Tag weiter in die Schwarzöde zu reisen, um an Vems Bestattung teilnehmen zu können. Auch Baako und Delilah hatten sich entschieden, Vem die letzte Ehre zu erweisen und erst danach in den Dschungel zurückzukehren. Gleiches galt für Golda, nur dass sie noch in Nevedar verblieben war, weil sie nicht fortgehen wollte, bevor sich nicht geklärt hatte, was mit ihrer Tochter war.

»Hast du das gehört, Zwergnase?«, rief Jani zu Federchen hinüber, die sich als einzige Reiterin auf Saelees breitem Rücken tragen ließ. »Wir müssen deiner Mutter unbedingt eine Nachricht zukommen lassen, wenn wir angekommen sind!«

Und das waren sie innerhalb der nächsten zehn Minuten, sofort bemerkt von Spooky, der wie ein Irrer angerast kam und Jani vor Freude beinahe umwarf. Lir winkte von weitem und zuckte hilflos grinsend die Schultern – er hatte auf den Hund aufgepasst, als Tember mit Saelee davon geritten war.

Jani betrachtete sprachlos das chaotische Getümmel vor dem großen Stadttor, das offen stand. Von einem gerade gelandeten Snopir stiegen mehrere Amibros mit kleinen Kindern und wurden von Wölfen, Raben und Einhörnern umringt, vermutlich Familienangehörige. Die Amibros, die von Nevedar gekommen waren, und entweder keine Kinder mitgebracht oder sie schon in Quartieren untergebracht hatten, halfen den Neuankömmlingen zu ihren Unterkünften.

Tember hatte ihm erzählt, dass sie sowohl die Rücksiedelung als auch die Unterbringung der Gäste nur grob organisiert hatten. Es sollte jeder erst einmal einen Platz zum Schlafen haben, alles andere würden sie in den nächsten Tagen regeln, von denen nur ein kleiner Kreis wusste, dass sie gar nicht mehr stattfinden würden.

An einer anderen Stelle vor der Stadt kümmerte man sich um die Hutzlifutze, die weiter in die Schwarzöde transportiert werden würden, sobald die Snopire, die zur Zeit Alwadarianer in den Dschungel brachten, zur Verfügung standen. Laut Tember war die Gruppe der Verhüllten gleich mit dem ersten Transport nach Orbíma gekommen und hatte sich umgehend auf den Weg zu ihrem Zuhause in der roten Wüste gemacht.

Aydo, der Stallbursche, kam ihnen entgegen und übernahm Saelee, um sie zurück zu ihrem Stall zu bringen. Federchen verabschiedete sich und flog wieder auf Janis Schulter.

Jani sah, dass der Snopir für den Rückflug fertig gemacht wurde und griff Tember am Arm. »Ich brauche so schnell wie möglich einen freien Snopir, um Landy und meine Mutter zu suchen«, sagte er eindringlich.

»Willst du nicht erst etwas essen?«, fragte Tember.

»Ich würde zu gern«, nickte Jani. Er war hungrig wie ein Löwe. »Aber das muss warten. Wer weiß, wie viel Zeit uns noch bleibt.«

Tember stellte es nicht in Frage. »Sprich mit dem Piloten«, sagte sie. »Flieg mit ihm und nimm einen freien Snopir in Nevedar. Gib Golda Bescheid, dass ihre Tochter hier ist.« Sie wandte sich an Federchen und streckte die Hände aus. »Bleib du bei mir, damit deine Mutter dich hier antrifft.«

Die Prinzessin zögerte, aber Jani hob sie von seiner Schulter, drückte ihr einen Kuss aufs Köpfchen und reichte sie Tember. »Tu, was sie sagt«, sagte er zu ihr. »Bitte. Damit ich weiß, wo meine zwei liebsten Mädchen sind, wenn ich zurückkomme.«

Das reichte natürlich, um Federchen zu überzeugen. Sie strahlte.

Jani beugte sich zu Spooky und wuschelte ihm über das kurze Fell. »Ich muss noch mal weg, Junge. Sei brav.«

»Beeil dich«, drängte Tember. »Er fliegt gleich los.«

Jani nahm sie in die Arme und hielt sie einen Moment fest an sich gedrückt.

Dann küsste er sie. »Danke.«

Tember schenkte ihm das aufmunterndste Lächeln, zu dem sie in der Lage war. »Du wirst sie finden, bestimmt.«

Jani nickte knapp, drehte sich um und eilte zu dem Piloten, der sich sofort einverstanden erklärte. Sie bestiegen den Snopir und hoben ab, begleitet vom Johlen und Winken der Zurückbleibenden. Jani starrte hinunter auf Tember, bis ihr roter Schopf nicht mehr zu sehen war.

*Hoffentlich sehe ich dich wieder*, dachte er und biss die Zähne zusammen. Seine Augen brannten.

## 105

Als der erste Raptor an der äußersten Ecke der linken Barrikade durch das Eis brach, mussten sie feststellen, dass sie noch nicht so sehr mit dem Leben abgeschlossen hatten wie gedacht.

Die Todesangst setzte Adrenalin frei anstatt sie zu lähmen und Roc versetzte dem Räuber einen Stiefeltritt gegen den Kopf, der ihn erst einmal zu Boden gehen ließ, dann traten sie mit vereinten Kräften nach, bis das Tier regungslos liegenblieb, auch wenn sie keineswegs sicher waren, dass sie es getötet hatten.

Dem nachfolgenden Raptor stieg der Blutgeruch in die Nase, er schnappte sich den am Boden Liegenden, zerrte an ihm, bekam ihn aber nicht ganz herausgezogen und fing an Ort und Stelle an, ihn zu fressen. Der Rest des Rudels bekam mit, was vor sich ging, und versuchte auch einen Bissen abzubekommen, indem sich die Tiere in die Lücke quetschten, aufeinander losgingen und um jeden Zentimeter Platz kämpften.

Roc behielt sie im Auge, schob sich an den mittleren Eisblock und drückte ihn mit Emilys Hilfe nach außen, bis die Öffnung groß genug für sie war, dann schlüpften sie hindurch. Im Zeitlupentempo bewegten sie sich seitwärts von der Höhle weg, die Blicke auf das Rudel gerichtet, von dem vor allem wild hin und her peitschende Schwänze zu sehen waren und kreischendes Gezeter zu hören.

Sie erreichten das Messer und die Peitsche, die im Schnee lagen und nahmen sie an sich.

»Wenn ich es sage«, flüsterte Roc, »rennen wir, runter, zum Wasser.«
Emily nickte.

Sie schlichen noch ein Stück weiter, dann streckte er den Arm aus und ergriff ihre Hand. »Jetzt!«

Sie hechteten los, um sofort abrupt wieder zu stoppen. Emily schloss eng zu Roc auf, der sie noch immer an der Hand hielt und mit der anderen langsam das Messer hob.

Der Raptor, der ein Stück den Abhang hinunter geduldig gewartet hatte, stierte ihnen aus seinen Schlitzaugen interessiert entgegen. Von der Seite kam ein Keckern, das sich fast wie Kichern anhörte. Dort stand ein zweiter. Hinter ihnen war es beklemmend still geworden und als sie sich umschauten, blickten die verbleibenden vier von der offenen Front der Höhle neugierig zu ihnen herüber. Dann trabten sie leichtfüßig herbei und blieben ein paar Schritte entfernt stehen.

Roc und Emily schoben sich Rücken an Rücken und wendeten beständig die Köpfe, um die Dinosaurier im Blick zu behalten.

Die keckerten eine Weile abwechselnd, als würden sie ihren nächsten Schritt besprechen.

Ohne Vorwarnung sprang derjenige, der am Hang gewartet hatte, mit einem jähen mächtigen Satz auf Roc zu, Emily schrie auf – und der Raptor hing bewegungslos in der Luft.

Roc keuchte und drehte sich nach den anderen um – überall dasselbe Bild – die Raptoren verharrten bewegungslos in ihrem jeweiligen Status. Der an der Seite hatte ebenfalls zum Sprung angesetzt, war aber noch nicht vom Boden losgekommen. Die Vierergruppe hatte die Hälse weit nach vorne gereckt und zum Teil waren ihre Mäuler geöffnet und man konnte die Reihen nadelspitzer Zähne deutlich sehen.

»Sugar...«, flüsterte Emily.

»Weg hier«, entschied Roc, rannte los und zog sie mit sich.

Auf dem Weg nach unten umliefen sie einen ausgewachsenen bläulichweißen T-Rex, der einer Eisstatue gleich im Hang festsaß und sich offensichtlich auf dem Weg nach oben befunden hatte, und als sie die Überreste von Salvador erreichten, hing dort ein Piranha halb in der Luft, mit einem Fleischbrocken im Maul, der gerade zum Rückflug angesetzt hatte. Zwei weitere saßen noch auf dem toten Körper, bewegungslos, und aus dem Bauch des Snopirs lugten mehrere Augenpaare von erstarrten Hühnerdinos, die nicht mehr rechtzeitig vor den Vampirfledermäusen hatten fliehen können.

Dann hörten sie das Rufen.

»Mutter von Jani! Kannst du mich hören?«

Roc starrte Emily an, sie schaute ungläubig zurück. Dann blickten sie beide umher. Es war nichts zu sehen. Sie liefen weiter, Richtung Meer, möglichst weit weg von den Dinosauriern, immer wieder nervöse Blicke über die Schultern werfend, ob sich die Raubtiere auch wirklich nicht bewegten.

»Mutter von Kijanu? Bist du hier?«

Emily schaute hektisch um sich, bis Roc zu den seitlichen Ausläufern des Eisgebirges deutete. Darüber drehte etwas seine Kreise, das der Silhouette nach kein Snopir war und auch kein Piranha. Da es das Einzige war, das sich in dieser Gegend noch rührte, lag die Vermutung nahe, dass die Rufe von dort stammten.

»Wer ist das?«, fragte Roc flüsternd. »Oder was?«

»Ich hab keine Ahnung«, gab Emily ebenso leise zurück. »Es scheint Jani zu kennen. Ob es ungefährlich ist?«

»Vielleicht täuscht es dies nur vor«, Roc war deutlich misstrauisch.

Sie gingen in Deckung hinter dem Hügel, der Salvadors Leben beendet hatte, und beobachteten das Wesen von ihrem Versteck aus. Für eine Weile verschwand es hinter dem Eisgebirge, wo sie es immer noch rufen hörten. Und manchmal auch husten, seltsamerweise. Was meistens von etwas begleitet wurde, das sich wie Flüche anhörte. Dann trat Stille ein und es tauchte nicht mehr auf.

Roc und Emily sahen sich um. Wenn sie jetzt weiter zum Wasser liefen, würden sie ihre Deckung verlassen müssen und so schnell auch keine mehr finden, da war nur Eis und Schnee auf ihrem Weg. Und ein paar erstarrte Dinosaurier.

»Wollen wir wirklich schwimmen?«, fragte Emily skeptisch.

»Mir fällt nichts ein, was wir sonst tun könnten«, sagte Roc. »Und wir sollten schnellstens weg von hier – wer weiß wie lange die Starre anhält.«

»He – da bist du!«, sagte eine Stimme erfreut hinter ihnen und erschreckte sie fast zu Tode. »Und deinen Begleiter kenne ich doch auch! Aber kein Problem, ich kann auch drei von euch tragen!« Das Wesen war offenbar einmal um die Insel herumgeflogen und hatte dabei einfach die Klappe gehalten. Sie hatten nicht gehört, dass es sich von der anderen Seite genähert hatte.

*Ich bin im falschen Film*, dachte Emily und brachte den Mund nicht mehr zu. Roc stellte sich schützend vor sie. Was da ruhig und gelassen auf vier kräftigen Beinen vor ihnen landete, war ein korpulenter Drache. Seine ebenholzschwarzen Schuppen funkelten in der Sonne, die riesigen Flügel glänzten wie schwarzes Latex. Der lange dornengespickte Hals bog sich zu ihnen herunter und brachte den Kopf des Tieres vor ihre Gesichter. In kleinen Höckern sitzende goldene Augen blickten freundlich aus einem rundlichen Gesicht mit flachen Nüstern und kurzer Schnauze. Der Stirn entsprangen zwei schmale lange, nach hinten gebogene Hörner, der Kopf war von einem Kranz aus Stacheln umgeben, die durch gefaltete Hautlappen miteinander verbunden waren.

»Ich muss mich entschuldigen«, sprach der Drache, »es ist mir sehr peinlich, aber ich habe deinen Namen nicht behalten, Mutter von Jani.«

»Emily«, sagte Emily fast automatisch und trat nach vorne an Rocs Seite, der deshalb zusammenzuckte und den Griff um sein Messer verstärkte. »Kennen wir uns denn?«

»Oh, Verzeihung«, der Drache schien erneut peinlich berührt. »Ich habe nicht bedacht, dass du mich nicht erkennen würdest. Ja, wir kennen uns durchaus, du hast mich allerdings bisher nur als Griffin gesehen, wenn ich mich recht erinnere. In der Zwischenzeit habe ich mich weiterentwickelt und bin nun ... dies.«

Emily schlug die Hände vor den Mund. »Ach du meine Güte – du bist dieser ... von dem es nur einen geben kann – Jani hat dich *Highlander* getauft?«

»Wir haben uns auf *Landy* geeinigt«, erklärte der Drache und sein Maul verzog sich zu einem deutlichen Lächeln.

»Unglaublich!«, staunte Emily und schloss das, was sie an Drachenkopf umfangen konnte, in eine spontane Umarmung. »Ich freue mich sehr, dich zu sehen! Dies hier ist Roc, Dreierdrei der Amibros.«

»Zweierdrei inzwischen, um genau zu sein«, korrigierte Roc und steckte das Messer weg. »Ich freue mich auch.«

»He – ganz meinerseits!«, begrüßte ihn Landy.

»Aber was verschlägt dich denn hierher?«, fragte Emily. »Und das Wichtigste – wo ist Jani?«

»Das weiß ich nicht«, sagte der Karmjit bedauernd. »Man hat mir jedoch versichert, dass er in Sicherheit sei.«

»Also ist es euch gelungen, einen Weg aus der Höhle zu finden?«, wollte Roc wissen, während er sich umschaute und vergewisserte, dass die Starre der Dinos noch anhielt.

»So ist es«, nickte Landy und erzählte ihnen, wie sie es angestellt hatten. »Ich habe noch sehen können, wie Jani in die Tiefe des Meeres gerissen wurde, aber ich konnte ihm zuerst nicht folgen, weil meine neuen Flügel sich in den Felsen verklemmt hatten. Erst als immer mehr Teile der Höhle einbrachen, konnte ich mich befreien und bin auch sofort untergegangen. Zum Glück kamen die Nemor und brachten mich zurück an die Wasseroberfläche und hierher zur Eisinsel. Sie versicherten mir, dass sie auch Jani gerettet hätten und er sich in Sicherheit befände. Ich jedoch müsse zuerst auf der Insel nach seiner Mutter suchen und sie nach Orbíma, in die Stadt der Amibros bringen, bevor ich ihn wiedersehen könne.«

»Wer sind die Nemor?«, fragte Emily.

So wie Landy sie beschrieb, schien es sich bei ihnen um Geschöpfe des Meeres zu handeln, eine Mischung aus Fisch und Pflanze, er wusste nicht, woher sie gekommen waren.

»Lasst uns von hier verschwinden«, drängte Roc.

»Sehr gerne«, stimmte Landy zu und streckte eine Schwinge so aus, dass sie den Boden berührte. »Steigt auf meinen Rücken.«

»Warum hast du von dreien gesprochen, die du tragen kannst?«, fragte ihn Emily, schon im Begriff, auf den Flügel zu klettern.

»Ich habe auf der Suche nach dir jemanden aufgelesen«, erklärte Landy und wies mit dem Kopf über seine Schulter. »Ich glaube, sie ist eingeschlafen.«

Emily beeilte sich aufzusteigen, Roc hielt sich nahe hinter ihr. Als sie den breiten Rücken erreichten, fanden sie dort ein Mädchen vor – den Kopf auf den verschränkten Armen ruhend, die wiederum an den Hals des Drachens gelehnt waren. Es war Nia, die hier friedlich schlummerte, und sowohl Emily als auch Roc sahen sie mit rotem Haar und grünem Kleid.

Sie nahmen vorsichtig hinter ihr Platz, um sie nicht zu wecken, und Landy hob ab, sobald er sich vergewissert hatte, dass alle sicher saßen. Kaum waren sie in der Luft, brach auf der Insel das Chaos aus, als alle dort befindlichen Tiere aus ihrer Starre erwachten. Emily und Roc beobachteten gebannt, wie die Eisraptoren vor der Höhle laut zeternd die Gegend absuchten, wütend über den Verlust ihrer vermeintlichen Beute.

Emily lehnte sich schaudernd an Roc, der seine Arme fest um sie legte. Es erschien ihr immer noch wie ein Traum, dass sie noch am Leben waren. Sie musste sich unbedingt bei Sugar für ihr Eingreifen bedanken.

Landy drehte eine letzte Runde über diesem Teil der Insel, öffnete das Maul, holte tief Luft und pustete ein paar feurige Flocken hinunter auf die Dinosaurier, die sich davon aber nicht sonderlich beeindrucken ließen. Lediglich der T-Rex, der auf dem Weg zu den Raptoren war, brüllte schmerzerfüllt, als ihm einige Feuertropfen kleine Löcher in die Haut brannte. Landy pustete jetzt schwarzen Rauch und begann heftig zu husten, bis er schlussendlich einen Schwall Rußpartikel zutage förderte und sich sein Atem wieder beruhigte.

»Verzeihung«, krächzte er seinen Passagieren zu. »irgendetwas mache ich falsch. Das klappt noch nicht so, wie es sollte.«

»Versuchst du etwa Feuer zu speien?«, fragte Emily.

»So ist es«, bestätigte Landy. »Aber niemand hat mir erklärt, wie es funktioniert.«

»Wahrscheinlich brauchst du nur Übung«, lachte Emily und ihre Anspannung verflog endlich. Die Erkenntnis, dass sie gerettet waren, machte sie ganz schwach, sie war froh, dass sie saß und sich an Roc anlehnen konnte.

Jetzt fehlte nur noch Jani, dann wäre ihr Glück komplett.

## 106

Das Gelände war anheimelnd und idyllisch, ein farbenfrohes Blütenmeer unter tiefblauem Himmel, so weit das Auge reichte, im Zentrum ein einzelner mächtiger Baum mit knorrigem Stamm, der anstelle einer Blätterkrone einen Regenbogen trug. Ein sanfter Windhauch trug die spezielle Duftmischung mit sich, die an den Morgen eines Sommertages erinnerte, der heiß und voller Unbeschwertheit sein würde.

Emily stand knöcheltief in duftenden Blumen, fühlte noch eine Ahnung an ihren letzten Gedanken in sich, der Jani gegolten hatte, und sah sich außerstande, die Situation zu begreifen. Sie drehte sich langsam um ihre eigene Achse und da war … niemand. Kein Roc. Kein Drache. Keine Nia.

»Ich träume wieder«, sagte sie laut und der Klang ihrer eigenen Stimme erschreckte sie.

Bei der nächsten Umdrehung blickte sie auf den Rücken von Roc, der plötzlich dort stand. Er schaute zu Boden, zum Himmel, drehte sich und sah sie an mit einem Gesichtsausdruck, als hätte er einen Geist gesehen.

»Was –?«, begann er.

»Keine Ahnung«, sagte Emily kopfschüttelnd.

»Wo sind –?«

»Kein Schimmer.«

Er schaute an ihr vorbei und seine Augen weiteten sich. »Tember?«

Emily sah etwas hinter ihm flattern. »Golda? Federchen?«

Und dann schallte ein Ruf über die Wiese.

»Emmi?!«

Emily drehte sich ungläubig um, sie musste sich verhört haben – aber nein, der da angerannt kam, sie schnappte, mal eben durch die Luft wirbelte, lachend absetzte und umarmte, war Jani.

Während sie ihn erst einmal gar nicht mehr loslassen wollte, nahm das wundersame Phänomen weiterhin seinen Lauf – wie aus dem Nichts tauchten sie nacheinander an verschiedenen Stellen auf – Mero, Wasee, Lir, Lhorakh, Baako, Delilah, sogar Spooky, außer sich Freude, wieder mit seinen *beiden* Menschen vereint zu sein. Zum Schluss materialisierten sich Trayot und Stein gleichzeitig, die einen Bobbeye Hicks in ihrer Mitte stützten, der zwar äußerst schwach auf den Beinen war, dafür aber offenbar wieder einigermaßen bei sich.

»Ich flog gerade noch auf einem Snopir!«, erzählte Jani. »Ich hatte vor, dich zu suchen!«

Emily deutete auf Roc. »Und er und ich saßen eben noch auf einem schwarzen Drachen!«, berichtete sie. »Auf dem Weg nach Orbíma.«

»Ein schwarzer Drache??«, fragte Jani erstaunt und hörte sich dann sprachlos Emilys Erläuterung an, um wen es sich dabei gehandelt hatte und wie es dazu gekommen war, dass sie ihm begegnet waren.

»Das ist ja krass!« Jani lachte ungläubig, war aber unsagbar froh zu hören, dass es Landy offensichtlich gut ging.

Alle redeten durcheinander, erinnerten sich genau, wo sie gewesen waren, bevor sie sich plötzlich hier wiedergefunden hatten und erzählten einander davon, rätselten lautstark darüber, was passiert sein mochte und begriffen irgendwann zumindest eines – alle die hier versammelt waren, gehörten zu der Gruppe der ›Eingeweihten‹.

Es war dieser Moment der Klarheit, als Jani einen weiteren Neuankömmling entdeckte und die anderen darauf aufmerksam machte. Präzise in der Mitte zwischen ihnen und dem seltsamen Regenbogenbaum stand eine hell gekleidete Gestalt, deren weißen Haare im Wind wehten – Sugar. Augenblicklich erstarben ihre Gespräche und als sie sah, dass sie die Aufmerksamkeit aller hatte, winkte Sugar sie zu sich.

Sie empfing die Gruppe lächelnd, jedoch wortlos, trat beiseite und forderte mit einer Handbewegung dazu auf, dass man an ihr vorbei zum Baum gehen solle.

Als sie ihn erreicht hatten, wurde klar, woher er sein verblüffendes Aussehen hatte – die kräftigen Äste bildeten eine ausladende, weit gebogene Krone, die auf die Ferne deshalb wie ein Regenbogen erschien, weil die Zweige überladen waren mit bunten Blättern und Blüten, die in ihrem radialen Verlauf die Spektralfarben eines solchen nachbildeten.

Emily ging nahe heran und betrachtete fasziniert die untere violette Reihe, die im Übergang zur indigofarbenen zum Teil sogar aus zweifarbigen Blüten und Blättern bestand.

Während sie dort stand, erschien neben dem knorrigen Stamm plötzlich ein rötliches Glimmen, das sich unaufhörlich vergrößerte. Roc war mit einem Mal bei ihr und zog sie am Arm weg von der Stelle. Die ganze Gruppe trat ein paar Schritte zurück und beobachtete, wie ein zweites und drittes Glimmen zuseiten des ersten entstand, sie gemeinsam zu einem roten Leuchten anwuchsen, miteinander verschmolzen und dann schlagartig verschwunden waren.

An ihrer statt verblieben dort drei in weiße Gewänder gehüllte Gestalten, deren Körper unscharf und fließend wirkten. Nur ab Hals aufwärts waren sie gut zu erkennen, mit präzise gezeichneten Gesichtszügen.

Jani, der mit Tember an der Hand neben seiner Mutter stand, pfiff leise durch die Zähne. Aber er war nicht der einzige, der wusste, um was es sich bei den Gestalten handelte, denn sie alle hatten seine Erinnerungen gesehen, in denen sich Sugar in einer ähnlichen unvollendeten Weise in der Kristallhöhle gezeigt hatte.

Emily griff ihn am Arm und flüsterte »Kristaller?«, nur um sicherzugehen.

»Ich glaube schon«, gab Jani ebenso leise zurück, was aber nicht bedeutete, dass er auch nur die geringste Ahnung hatte, warum sie hier waren, Sugar hatte ja gesagt, dass Kristaller keinen Kontakt aufnahmen. Vielleicht waren es Teile von Sugar selbst? Dann fiel ihm ein, dass er und Landy durch ihr Vorgehen die Höhle zerstört hatten, worüber Sugar sicher nicht erfreut gewesen war. Vielleicht begann hier eine Art Bestrafungszeremonie, die ihn zur Rechenschaft ziehen sollte? Wie die drei dort standen, hatten sie etwas von einem Tribunal, das gleich Gericht halten würde. Aber hätte dann nicht nur er mit dem Karmjit hier sein müssen?

Der dem knorrigen Stamm am nächsten stand, hatte männliche, Falten durchsetzte Gesichtszüge und schulterlanges Haar, außerdem deutete sich um sein Kinn ein Bart an. Die Gestalt in der Mitte wirkte deutlich weiblich mit langen lockigen Haaren und apartem Gesicht, welches aber ebenfalls mit Hilfe von Falten ein fortgeschrittenes Alter anzeigte. Die dritte Gestalt war von männlichem Äußeren und stellte sich jünger dar als die beiden anderen, mit glatter Haut und kurzem Haar. Alle verfügten über dieselben strahlend hellen Augen wie Sugar, die wie Diamanten glitzerten.

Erwartungsvolle Stille hatte sich über die Gruppe gesenkt, als der Bärtige das Wort ergriff.

»Wir grüßen euch, Wissende«, sagte er mit tiefer Stimme. »Wir haben euch hergebeten, weil wir mit euch sprechen möchten.«

*Hergebeten ist gut*, dachte Jani. *›Entführt‹ wäre wohl das passendere Wort.* Er hatte nicht vor, sich einschüchtern zu lassen.

»Wo sind wir hier?«, fragte er herausfordernd und reagierte nicht auf Emilys erschrockenen Seitenblick.

»Rainbowedge«, erwiderte der Bärtige ruhig. »Seht selbst.«

Als sie sich jetzt umschauten, war die blühende Wiese auf einmal mit mehreren Herden grasender bunter Pferde überzogen, vereinzeltes Wiehern drang zu ihnen und Jani erinnerte sich an Tembers Worte.

»Die Spektraler stammen von hier«, erklärte er den anderen und warf Tember einen fragenden Blick zu. »Richtig?«

Sie nickte.

»Warum hier?«, fragte Jani den Bärtigen.

»Wir haben einen abgeschiedenen Platz gewählt, an dem wir uns ungestört unterhalten können«, erklärte dieser.

»Und wo keine Gefahr besteht, dass euch jemand sieht?«, vermutete Jani.

Der Bärtige nickte zustimmend. »Wir —«, begann er.

»Wer seid ihr?«, stellte Jani seine nächste Frage.

»Ich hatte gerade vor, es euch zu sagen.«

»Oh. Na, dann lassen Sie sich nicht aufhalten.«

Emily berührte ihn am Arm und als ihm bewusst wurde, wie blass sie geworden war, nahm er sich vor, mal eine Weile die Klappe zu halten.

Der Bärtige nickte und fuhr geduldig fort. »Wir vertreten die Forschungsgeneration, die nun von der, die ihr Sugar nennt, abgelöst werden wird. Ich selbst gehöre zum ältesten Teil und werde mich mit dem passiven Ganzen wieder vereinen, ebenso wie sie«, er deutete auf die weibliche Gestalt neben ihm, »die zu einem jüngeren Teil gehört. Von ihm«, er zeigte auf die dritte Gestalt, »habt ihr schon gehört. Er ist der *Löscher*, als jüngster Teil wird er Sugar so lange zur Seite stehen, bis ihre Forschungsgruppe sich vollständig entwickelt hat. Dann fließt auch er in das Ganze zurück.«

»Ihr seid also wirklich Kristaller«, konnte Jani sich nicht beherrschen, doch wieder etwas zu sagen.

»Da wir um diese Bezeichnung wissen, kann ich es bestätigen«, erwiderte der Bärtige.

»Habt ihr auch Namen?«

»Das ist nicht üblich.«

»Aber ihr seid doch auf der Erde auch als Gott, Allah, Buddha und so weiter unterwegs gewesen.«

»Es ist richtig, dass wir Namen vergeben, wenn die Unsrigen auf RD tätig werden müssen.«

»Na, dann spricht doch auch jetzt nichts dagegen. Ich habe Sugar ihren Namen gegeben, ich denke mir gerne auch welche für euch aus. Eigentlich weiß ich sogar schon passende – Kristo für dich und Krista für sie. Den Löscher lassen wir so.«

Emily schaute ihn an, als hätte er den Verstand verloren. *Hab ich wahrscheinlich auch,* dachte Jani. Er wusste selbst nicht, was ihn ritt, derart frech zu agieren. Tember drückte seine Hand, sie schien ihn besser zu verstehen als er sich selbst.

Die, die ab jetzt Krista hieß, sprach zum ersten Mal. »Ich danke dir«, sagte sie mit sanfter Stimme. »Das wird unsere Unterhaltung erleichtern.«

Der Bärtige, der sich noch nicht geäußert hatte, blickte seine Begleiterin aufmerksam an und schien sich aufgrund ihrer Entscheidung zu fügen. »Kristo also«, nickte er. »So soll es sein.«

Er überließ nun Krista das Wort.

»Wie wir seit der Wiederkehr aus der letzten Ruhephase wissen, hat Sugar, die nun die Nachfolge übernehmen soll, etliche unserer Regeln gebrochen, die seit unendlich vielen Generationen bestehen. Dabei erhielt sie Hilfe von Löscher.«

*Oha,* dachte Jani. Stand hier unter Umständen gar nicht er, sondern Sugar vor Gericht? Widerspruch regte sich in ihm und das Gefühl, Sugar verteidigen zu müssen.

»Sie mag Regeln gebrochen haben«, wandte er ein. »Aber das hat sie nicht in böser Absicht getan. Sie ist weiter entwickelt als ihr es seid, sie war neugierig und vor allem verfügt sie über etwas, was euch, wie ich es verstanden haben, völlig unbekannt ist – sie hat Empfindungen, sie kann fühlen.

Das hat sie veranlasst zu tun, was sie getan hat. Ohne Regelbruch gibt es keinen Fortschritt!«

Er wappnete sich gegen Beschimpfungen und war mehr als bereit, in eine Diskussion einzusteigen, als er überrascht feststellte, dass ihn die drei Kristaller mit mildem Lächeln bedachten.

»Treffend formuliert«, ergriff nun der Löscher das Wort. »Nicht unähnlich habe ich es ihnen nach ihrer Wiederkehr berichtet.«

»Wir haben zugehört«, sagte Kristo. »Wir haben verstanden.«

»Unsere Spezies verändert sich«, ergänzte Krista. »Wir erkennen diese Entwicklung. Wir sind davon überzeugt, dass sie eingetreten ist, um uns der Antwort näher zu bringen. Oder weil wir ihr bereits nahe gekommen sind. Wir werden den Fortschritt dieser Entwicklung nicht miterleben, aber bereits in unserer nächsten aktiven Phase werden wir mit den Ergebnissen arbeiten.« Sie zögerte kurz und fügte dann hinzu: »Wir *freuen* uns bereits darauf.«

»Und die passende Frage zu der Antwort, die ihr sucht, war noch mal welche?«, fragte Jani.

»Warum wir miteinander existieren«, erwiderten die drei wie aus einem Mund.

»Kristaller und Traubenwelten?«, fragte Jani.

Sie nickten.

»Wollt ihr nicht wissen, warum ihr *überhaupt* existiert, bevor ihr euch damit auseinandersetzt, warum da noch andere sind?«

»Das wissen wir bereits«, erklärte Krista. »Wir existieren, um die Antwort auf die Frage zu finden.«

»Wer sagt das?« Jani ließ nicht locker.

»Wir.«

»Warum?«

»Weil wir deshalb existieren.«

»Aaaah«, Jani raufte sich die Haare. »Ich gebs auf. Andere Frage. Sugar sagte, ihr würdet niemals Kontakt aufnehmen – warum tut ihr es nun doch? Wieso erzählt ihr uns dies alles? Das müsstet ihr doch gar nicht.«

»Sugar ist, was ihr ein ›Kind‹ nennen würdet«, sprach Kristo. »Sie verfügt über unser Wissen, aber noch nicht über unsere Erfahrung, die unsere Handlungen beeinflusst. Eine Reaktion wie die unsere auf ihren Regelbruch konnte sie nicht vorhersehen. Sie wird es jedoch künftighin können.«

»Wir haben euch hier versammelt«, übernahm Krista die Beantwortung des zweiten Teils von Janis Frage, »um euch über eine Änderung zu informieren, die wir vornehmen werden.«

Sie ließ ihren diamantenen Blick über ihre Zuhörerschaft schweifen, die zum Teil noch stand, zum Teil auch auf dem Blumenboden saß, und gebannt an ihren Lippen hing.

»Zum ersten Mal in unserer Historie werden wir, was ihr als ›Baukasten‹ bezeichnet, nicht abschalten. Palla soll weiterhin bestehen bleiben. Ebenso seine Bewohner. Nachfolgende Generationen erhalten stattdessen neue Welten. Wir verfügen, dass diese Handlungsweise für jeden Baukasten so lange fortgesetzt wird, bis triftige Gründe eine Änderungsmaßnahme bewirken. Treten diese nicht ein, wird sich nichts ändern. Die Entscheidung ist von den dann jeweils aktiven Forschungsgruppen zu treffen.«

Was sie sonst noch sagen wollte, ging erst einmal in lautem Jubelgeschrei unter. Sie fielen sich gegenseitig um den Hals, gleich ob Alwadarianer, Amibro, Hutzlifutz, Mensch oder Centerfly. Sie konnten ihr Glück kaum fassen, und auch wenn die meisten Angehörigen ihrer jeweiligen Völker gar nichts von dem bevorstehenden Ende gewusst hatten, hätte die Erleichterung darüber, dass dieses nun abgewendet war, kaum größer sein können.

Als sie sicher sein konnte, dass man sie wieder hörte, fuhr Krista fort. »Es gibt noch eine zweite Änderung. Diese betrifft das Projekt RD. Wir wissen um die Einwände von euch MN-SC-HN.« Ihr Blick streifte die Gruppe der Franzosen, glitt zu Emily und Jani. »Wir denken, dass die Ereignisse von uns verlangen, unsere Vorgehensweise in Frage zu stellen. Wir verfügen, dass von nun an kein Projekt mehr durch unser Eingreifen beendet wird. Einzig die ganzheitliche Zerstörung der Welt durch die Bewohner selbst soll künftig als Grund gelten, das Projekt AHR-CHENO-Â-RD neu starten zu dürfen. So lange auch nur ein einziges Lebewesen am Leben ist, muss das Projekt weitergeführt werden. Der Löscher hat uns versichert, dass es möglich ist, unsere Technologie diesen veränderten Umständen derart anzupassen, dass sie weniger gefährdet ist. Wir müssen sie bedauerlicherweise größtenteils aufrechterhalten, da eure Welt andernfalls zu existieren aufhören würde. Jedoch soll es keine direkten Eingriffe mehr geben, die erfordern, dass wir persönlich in Erscheinung treten.«

Sie legte eine Pause ein, die Jani nutzte, um seiner Mutter einen Arm um die Schultern zu legen. Wobei es ihm fast weniger darum ging, ihr Beistand zu bieten, als sich selbst ein bisschen an ihr festzuhalten. Was er ja nicht kund tun musste. Die Gruppe wartete schweigend. Krista war noch nicht fertig, das spürten sie.

»Ihr werdet euch fragen, was mit unseren Forschern ist, die an gänzlich anderen Projekten arbeiten. Es ist uns nicht möglich, mit unseren Erkenntnissen in ihre aktiven Phasen vorzudringen. Jedoch werden ihre nachfolgenden Generationen von dem heutigen Ereignis Kenntnis erhalten und so werden die neuen Regeln nach und nach von unserer gesamten Spezies aufgenommen und verinnerlicht werden.«

Es folgte eine weitere kurze Pause, dann fuhr sie fort. »Dem Regelbruch des Löschers verdanken wir auch die Möglichkeit, noch während unserer scheidenden aktiven Phase erstmalig einer weiteren neuen Verfügung zu entsprechen. Ausnahmslos jedes Lebewesen, das sich zum Zeitpunkt des letzten Abbruchs auf RD befand, liegt als gefrorenes Original im Archiv vor. Dies ermöglicht uns, den letzten Zustand des Projekts wieder herzustellen. Die Vorbereitungen für diesen Prozess sind bereits im Gange.«

Ein Raunen ging durch die Menge. Janis Hand krallte sich in Emilys Schulter. »M, weißt du, was das bedeutet? Paps ... er wird wieder...«, er schluckte schwer.

Emily umarmte ihn stumm.

Dann sagte Krista noch etwas. »Wir bieten euch MN-SC-HN an, nach RD zurückzukehren.«

Emily stand wie vom Donner gerührt, Jani keuchte, Trayot sprang auf die Füße.

»Wir müssen dieses Angebot jedoch an eine Bedingung knüpfen«, fuhr Krista fort, bevor jemand etwas sagen konnte. »Es ist euch nicht gestattet, so ihr euch erinnert, euer Wissen über die wahre Natur der Welt jemals öffentlich kund zu tun.«

»Aber wie stellt ihr euch das vor?«, fragte Trayot aufgeregt. »Wir entstammen unterschiedlichen Zeitaltern.«

»Es bedeutet eine Einschränkung für euch«, nickte Krista. »Es steht uns nur diese eine RD-Version zur Verfügung. Die euch natürlich bereits enthält. Ihr habt die Wahl zwischen einem Austausch oder dem Verbleib auf Palla.«

»Was?«, Trayot klappte fassungslos den Mund auf und zu. »Es gibt uns alle schon?«

»So ist es«, bestätigte Krista. »Bis auf die Frau, die sich ursprünglich bei euch befand, gibt es Versionen von euch, natürlich sehr viel jüngere, in diesem Projekt. Wenn ihr entscheidet, zurückkehren zu wollen, werden wir sie nicht rückführen. Sie bleiben als Frozen im Archiv. Und wir werden Korrekturen an euren Blutlinien vornehmen müssen.«

»O Gott«, stammelte Trayot, seine Beine gaben nach und er musste sich setzen. »O Gott.«

Scottie Stein klopfte ihm beruhigend den Rücken. »Warum existiert Felecia nicht?«, wollte er wissen.

»Ihre Historie nahm eine andere Entwicklung«, erläuterte Krista. »Statt ihrer wurde ein Junge geboren.«

»O Gott«, kam wieder von Trayot.

»Können wir auch noch eine Weile auf Palla bleiben und uns später entscheiden?«, fragte Stein.

Krista schüttelte den Kopf. »Nein. Ihr müsst zurück sein, wenn RD reaktiviert wird.«

Trayot stöhnte.

»Können wir dann wenigstens etwas Bedenkzeit bekommen?«, fragte Stein.

Krista sah Kristo an, der schließlich den Kopf neigte. »Ein wenig.«

»Danke«, sagte Stein, dann steckten die Franzosen die Köpfe zusammen und unterhielten sich leise.

Krista blickte nun Emily und Jani an, erwartungsvoll. Sie sagte nichts.

Emily schaute zu ihrem Sohn, der den Kopf gesenkt hatte, und begegnete dahinter Tembers schreckgeweiteten Augen. Dann drehte sie sich zu Roc, der ihren Blick ruhig erwiderte. Sie wandte sich an Krista. »Ich habe eine Frage. Wenn wir zurückkehren ... können wir ... jemanden mitnehmen?«

Jani hob überrascht den Kopf und registrierte zum ersten Mal, dass Roc die Hand seiner Mutter hielt. Er hatte gar nicht darüber nachgedacht, aber jetzt wurde ihm bewusst, dass der Amibro nicht von ihrer Seite gewichen war, seitdem sie sich hier befanden. Waren die beiden nicht zusammen auf der Eisinsel gewesen? Davor gemeinsam im Dschungel verloren gegangen? Davor zu zweit in einem Kerker gefangen gehalten worden? Davor miteinander vom Strand der Centerflies bis nach Alwadar gewandert? Und am Strand des Fogmon waren sie ebenfalls gemeinsam aufgetaucht. *O Mann, wie blind kann man eigentlich sein? Aber was ist dann mit Vem gewesen?* Er schüttelte die Gedanken ab, er wollte hören, was die Kristallerin auf die Frage zu sagen hatte. Schließlich hatte er sie sich selbst schon gestellt.

»Nein«, erwiderte sie gerade. Bildete er sich das ein, oder schwang da Bedauern in ihrer Stimme mit? »Nur die Lebendübertragungen sind transferierbar. Kunstwesen sind es nicht.«

Janis Herz krampfte sich zusammen. Der Begriff ›Kunstwesen‹ tat ihm in der Seele weh. Es war ihm scheißegal, wer oder was für Tems Existenz verantwortlich zeichnete, für ihn war sie aus Fleisch und Blut. Und wenn er Emilys Gesichtsausdruck sah, dann wusste er, dass sie genauso dachte.

»Aber ihr müsst nicht gehen, wenn ihr nicht wollt«, fügte Krista behutsam hinzu.

»Können wir ebenfalls Bedenkzeit haben?«, fragte Emily mit letzter Kraft. Sie hatte das Gefühl, als löse sich der Boden unter ihren Füßen auf.

Kristo wiederholte seine Worte: »Ein wenig.«

»Ich möchte noch etwas wissen«, meldete sich Scottie Stein nochmals zu Wort.

Krista nickte ihm freundlich zu.

»Was ist mit Erinnerungen? Werden wir sie mitnehmen, wenn wir zurückkehren ... werden wir uns erinnern können an alles hier?«

Die Kristaller wechselten Blicke, recht hilflose, wie Jani fand, dann sprach der Löscher. »Es wäre möglich bei Emiliane und Kijanu, weil sie in ihre Version der Welt zurückkommen. Auch wenn unser Eingriff nicht spurlos an ihr vorübergegangen sein wird. Es ist möglich, dass sich die Dinge dort nun anders entwickeln, als sie es ohne unsere Abschaltung getan hätten. Aber eure Version der Erde ist eine völlig andere und das könnte dazu führen, dass es sich bei euch, was Erinnerungen angeht, anders verhält. Tatsächlich wissen wir es aber nicht, weil es erstmalig durchgeführt wird.«

Stein bedankte sich für die Antwort und die Franzosen diskutierten weiter. Jani fragte sich, was Hicks wohl zu dem Thema beitragen möchte. Landys Heilmethode schien ja doch funktioniert zu haben. Ob der Maler wieder ganz der Alte war? Er hatte kein Verlangen danach, es rauszufinden. Er hatte sich bis jetzt ferngehalten von ihm.

Emily zupfte ihn am Ärmel. »Wollen wir ein bisschen abseits…?«

Zusammen mit Roc und Tember gingen sie ein paar Schritte, bis sie außer Hörweite waren.

Kaum waren sie stehen geblieben, ergriff Tember das Wort. »Ich werde nicht bleiben. Es ist allein eure Entscheidung. Bitte nehmt keine Rücksicht auf mich.« Sie berührte Janis Gesicht in einer zärtlichen Geste. »Gleich ob du gehst oder bleibst, es wird nichts an dem ändern, was ich für dich fühle.« Dann drehte sie sich um und ging zurück zur Gruppe. Jani schaute ihr hilflos nach.

Roc hob Emilys Hand an die Lippen und küsste sie. »Dies gilt auch für mich. Ich werde jede Entscheidung akzeptieren. Aber ihr beide müsst sie treffen. Bedenkt, dass ihr diese Gelegenheit nicht noch einmal erhalten werdet.«

Er schenkte ihr einen innigen Blick, dann folgte er Tember.

Jani lächelte ein bisschen und deutete mit dem Kopf in Rocs Richtung. »Wann ist das denn passiert?«

Emily lief rot an wie ein Schulmädchen. »Auf der Eisinsel«, sagte sie leise. »Im Angesicht eines kurz bevorstehenden Endes wird einem offensichtlich so einiges klar.«

»Offensichtlich… Ist es ernst?«

Emily blickte bekümmert und nickte.

»Puh.« Er schluckte. »Und *dito*.«

Sie strich ihm über die Schulter. »Es tut mir so leid.«

Jani atmete tief durch. »Also kommen wir zum Thema. Was tun wir?«

»Was willst *du*?«, fragte sie.

»Tem nicht verlieren«, kam die Antwort wie aus der Pistole geschossen. »Und Paps auch nicht.« Nach kurzer Pause: »Und du?«

Emily hatte ihre Entscheidung schon längst gefällt. »Ich tue das, was du tust.«

»Aber—«

Sie hob abwehrend die Hand. »Kein Aber. Ich werde meine Erinnerungen – vielleicht – behalten und davon kann ich ein Leben lang zehren. Und wenn ich alles vergessen habe, ist es sowieso egal. Aber ich könnte niemals ein Leben ertragen, in dem ich nicht wenigstens zum Telefonhörer greifen kann, um deine Stimme zu hören – oder einen schwarzen Drachen besteigen, der mich mal eben zu dir fliegt. Du bist immer noch das Wichtigste für mich. Das lässt sich nun mal nicht ändern.«

Jani widersprach nicht. Er wusste, dass es zwecklos wäre. Und dann wurde ihm klar, dass auch er gerade eine Entscheidung getroffen hatte. Er würde nämlich nicht damit leben können, seinem Vater die Alternative angetan zu haben. Paps würde in einer Welt weiterleben, in der sein Sohn plötzlich nicht mehr existierte, ohne dass es eine Erklärung dafür gab. Jani war der Gedanke unerträglich, was dies bei seinem Vater auslösen würde. Bis an dessen Lebensende.

Er griff Emilys Hand und drückte sie. »Lass uns nach Hause gehen.«

»Sicher?«

*Nein, gar nicht,* dachte er und vermied es, zu Tember zu schauen, oder er wäre verloren. Stattdessen rang er sich ein Lächeln für seine Mutter ab. »Ja.«

Sie nickte tapfer und erwiderte den Druck seiner Hand.

Die Kristaller erwarteten sie bereits, jetzt zu viert, Sugar stand nun bei ihnen.

Emily und Jani teilten ihre Entscheidung mit. Es stellte sich heraus, dass sich die Franzosen für dasselbe entschieden hatten.

»Wann?«, fragte Trayot.

»Nach der Bestattungszeremonie heute Nacht«, sagte Sugar. »Bleibt am See, wenn alle anderen gegangen sind.«

»Lebt wohl«, sagte Kristo. »Möge Projekt RD ein langes Leben beschieden sein.«

»Lebt wohl«, sagte Krista. »Habt Dank für alles, was ihr für uns getan habt.«

»Lebt wohl«, sagte der Löscher. »Kein Fortschritt ohne Regelbruch.«

Rotes Glimmen leuchtete auf, verschlang Kristaller, Regenbogenbaum, Blumenwiese, und im nächsten Moment blickten sie auf die Stadtmauern von Orbíma. Sie waren zurück.

Und Emily fiel erst jetzt ein, dass sie vergessen hatte, Sugar für die Rettung auf der Eisinsel zu danken.

## 107

Die Transporte waren so gut wie vorüber, ein letzter Snopir machte sich gerade zum Aufbruch nach Nevedar bereit und hätte Wasee und Mero mitnehmen können. Sie entschieden sich jedoch, Vem die letzte Ehre erweisen zu wollen und erst am nächsten Tag zurückzukehren. Snopire würden in Orbíma künftig sowieso zur Verfügung stehen, die verschiedenen Stämme hatten sich darauf geeinigt, jeweils einige der Tiere in ihre Obhut zu nehmen, damit es leichter war, in Kontakt zu bleiben. Und das wollten sie alle.

Wer diese Nacht in der Stadt der Amibros verbrachte oder auf Dauer heimgekehrt war, hatte inzwischen sein Quartier bezogen, die Gruppe der Eingeweihten zog sich nun ebenfalls auf ihre Zimmer zurück, es war später Mittag. Tember hatte ein gemeinsames Essen im Speisesaal angekündigt, zu dem sie wieder zusammenkommen würden.

Roc und Tember waren schnell verschwunden, während Jani noch vor den Toren geblieben war, denn kurz nach ihnen war auch Landy angekommen, gänzlich durcheinander, weil er alle seine Passagiere unterwegs verloren hatte. Umso erleichterter war er, Emily und Roc wohlbehalten vorzufinden. Wohin Nia verschwunden war, vermochte niemand zu sagen, aber bei ihr war dies auch nicht ungewöhnlich. Sein Auftauchen sorgte erst einmal für Panik unter den Anwesenden, Zweibeinern ebenso wie Vierbeinern, schließlich hatten sie noch nie zuvor einen Drachen gesehen.

Erst als Jani auf seinen Rücken kletterte, albern auf und nieder hüpfte und aus großer Höhe herunterbrüllte, dass dieses Tier seines und darüber hinaus völlig ungefährlich sei, beruhigten sie sich allmählich und widmeten sich wieder dem, was sie zuvor getan hatten. Jani stieg ab und nahm Landy dann beiseite, er hatte einiges mit ihm zu bereden.

Emily sah sie nebeneinander über die Wiese gehen, Junge und Drache ins Gespräch vertieft, bevor sie sich mit dem Whippet auf ihr Zimmer begab.

Es war ihr altes Zimmer und ein wehmütiges Gefühl ergriff sie, als sie über den roten Steinfußboden und den weichen Fellteppich zum Fenster ging und die Läden weit öffnete. Es fühlte sich an, als läge ein halbes Leben hinter ihr, seit sie das letzte Mal hier gewesen war.

Von der Regenbogenlampe auf dem Tisch entfernte sie das Tuch, so dass es im Zimmer heller wurde. Sie schaute in das Badezimmer und fand den Holzzuber bereits mit heißem Wasser vorbereitet, liebend gerne folgte sie der unausgesprochenen Einladung, legte ihre erheblich mitgenommene Kleidung ab und versank in zart blumig duftendem Schaum. Als Nächstes brach sie in haltloses Schluchzen aus.

Es brauchte seine Zeit, bis sich wieder einigermaßen beruhigt hatte, aber als sie die Tür aufgehen hörte und Jani nach ihr rief, war sie in der Lage, normal zu klingen.

»Sitze in der Wanne!«, ließ sie ihn wissen.

»Tember hat mir ein paar frische Klamotten für dich mitgegeben«, sagte Jani nebenan. »Ich lege sie hier auf den Tisch, in Ordnung?«

»Ja, super, danke dir.«

»Du ... wenn ich den Rest der Zeit bei Tem rumhänge, wäre das okay für dich?«

»Mehr als okay, natürlich. Möchtest du denn auch noch baden?«

»Mach ich bei Tem.«

»Oh, okay. Jani?«

»Ja?«

»Wie hat es Landy aufgenommen?«

»Er hat sich schwer getan. Ich habe ihm eine Aufgabe gegeben, glaub das hat geholfen.«

»Was für eine Aufgabe?«

»Auf Tember und Federchen zu achten, an meiner statt. Für immer...«

Ihr liefen schon wieder Tränen über die Wangen. Zum Glück konnte er es nicht sehen. »Das ist gut«, sagte sie schließlich. »Jani?«

»Ja?«

»Kann ich dich und Landy um einen Gefallen bitten? Wenn das, was ich will, überhaupt möglich ist.«

Jani streckte den Kopf zur Tür herein. Wenn er ihre rotgeweinten Augen bemerkte, so sagte er jedenfalls nichts dazu. »Worum gehts?«

Als er wenig später gegangen war und sie aus der Wanne gestiegen, stand sie in ein großes Handtuch gewickelt am Tisch und betrachtete gerührt die Kleidungsstücke, die Tember ihr hatte bringen lassen. Es war Amibro Tracht, aber in Farben wie sie sie mochte und sie verstand nur zu gut, dass es sich dabei um ein Abschiedsgeschenk handelte.

Fertig angekleidet und mit fast trockenen offenen Haaren stand sie versunken am Fenster und spielte mit dem Schlangenstirnband in ihren Fingern, als es an die Tür klopfte.

Roc trat ein und sie konnte deutlich sehen, wie ihm bei ihrem Anblick der Atem stockte. Allerdings ging es ihr umgekehrt ebenso – so hatte sie Roc noch nie gesehen. Sauber, rasiert und in ein Mix aus dunkelrotem Stoff und schwarzem Leder gekleidet, sie erkannte ihn kaum wieder. Ihre gegenseitige Bewunderung hielt allerdings nur wenige Sekunden an, dann fielen sie übereinander her, und es war nicht ganz klar, was mehr wiegte – die Leidenschaft oder die Verzweiflung.

Wieder hielt Roc sie beide zurück, bevor sie zu weit gingen, lächelte sie an und nestelte etwas aus seiner Hosentasche, das er ihr auf der ausgestreckten Handfläche entgegen hielt. »Ich möchte dir etwas geben«, sagte er.

Der Anhänger war an einem schmalen Lederband befestigt, er stellte zwei miteinander verschlungene Figuren dar, gefertigt aus Regenbogenkristall und Gold – einen Wolf und eine Frau.

»Himmel, wie wunderschön«, hauchte Emily.

»Ich habe es gemacht«, sagte Roc schlicht, während er hinter sie trat und die Kette um ihren Hals legte. »Es ist ein Amulett. Ich wollte es Felecia schenken, wenn ich sie hierher zurückgebracht hätte. Ich möchte immer noch, dass es die Frau trägt, die ich liebe.«

Emily strich still über das Schmuckstück und fuhr die Form der Figuren nach. »Ein Glücksbringer«, flüsterte sie.

Er drehte sie zu sich und schaute ihr ängstlich in die Augen. »Das ist doch in Ordnung für dich? Wenn du lieber nicht … wegen Felecia…«

»Shhh«, machte sie und küsste ihn. »Es *ist völlig* in Ordnung. Und ich danke dir sehr.«

Erleichtert legte er die Arme um sie. »Gut.«

»Roc?«

»Ja?«

»Warum willst du nicht mit mir schlafen?«

Er blickte völlig perplex und sie musste kichern, weil sie ihn aus der Fassung gebracht hatte.

»Wirst du wohl nicht lachen!«, sagte er, sehr bemüht, grimmig dreinzuschauen.

»Entschuldige«, prustete sie und musste noch mehr kichern. »Ist schon okay, wenn du es nicht sagen willst.«

»Aber ich will ja«, erwiderte er leise. »Es sagen. Und es tun.«

Sie hob den Blick zu seinem Gesicht.

»Ich habe Angst, dass sich Cias Schicksal wiederholt,« gestand er. »Dass auch du ein Kind erwarten wirst, dass auch dieses nicht überlebt, dass auch du letztendlich daran zugrunde gehen wirst. Ich würde es nie erfahren, und die Ungewissheit würde ich nicht ertragen.«

Emily senkte den Blick. Sie hatte lange mit der Entscheidung gerungen, aber nachdem nun klar war, dass sich ihre Wege trennen würden, hatte sie ihm unbedingt noch sagen wollen, dass sie sich bereits geliebt hatten, damals im Kerker. Damit sie diese Erinnerung teilen konnten. Jetzt würde sie es auf keinen Fall mehr tun. Ihr kamen wieder die Tränen und schnell legte sie ihre Arme um Roc und presste sich an ihn.

»Nicht weinen«, flüsterte er in ihr Haar. »Wir hatten mehr, als wir erwarten durften.«

Er hatte ihre Entscheidung nicht in Frage gestellt. Er hatte noch nicht einmal wissen wollen, warum sie entschieden hatte, zu gehen. Sie wünschte sich zum ersten Mal, dass sie sich an nichts erinnern würde, wenn sie wieder zuhause war.

Wenig später trafen sie die anderen im Speisesaal. Tember lächelte angesichts Emilys Kleidung, und die schloss sie kurz fest in die Arme und bedankte sich dafür. Der Tisch war reich gedeckt, aber außer Spooky, der sich freudig über einen Napf Futter hermachte, griff nur Hicks herzhaft zu. Emily schob es seinem abgemagerten Zustand zu und vermutete außerdem, dass er nicht wirklich begriffen hatte, was vorging. Der alte Hicks hatte sich mitsamt dem Karmjitgift in irgendwelche Sphären verzogen, in die ihm niemand folgen konnte.

Die anderen schienen alle nicht sonderlich hungrig, die Unterhaltung drehte sich um nichtige Dinge und zog sich schwerfällig und betreten dahin.

Irgendwann öffnete sich die Tür und Jani kam herein, suchte Emily, nickte ihr bestätigend zu und setzte sich zu Tember an den Tisch. Auch er blieb still und aß nur wenig.

Bald entschuldigten sich die beiden und gingen, Spooky entschied sich, dass er eine Weile bei Jani sein wollte und folgte ihnen, was wie ein Stichwort dazu führte, dass auch die anderen sich nach und nach verzogen, man würde sich zur Bestattungszeremonie wieder sehen.

Emily und Roc blieben übrig.

»Ich würde gerne dein Zuhause sehen«, sagte sie zu ihm. »Zeigst du es mir?«

Er nickte und reichte ihr die Hand. »Komm.«

Sie traten vor das Gebäude und er führte sie einmal quer über den weiten Vorplatz zu dem allerersten Häuschen, das hier an der Wand klebte. Direkt daneben stand einer der filigranen Türme, die den Platz flankierten.

»Wir sind schon da«, sagte er grinsend und öffnete die Tür.

»Gibts ja wohl nicht«, lachte Emily. »Na, das war ja ein langer Weg.«

Er deutete auf die rot gepflasterte Straße, die sich hinunter zum Eingangstor schlängelte und verzog das Gesicht. »Glaube mir, es *ist* ein langer Weg. Jeden Tag!«

Emily zuckte die Schultern. »Jammere nicht. So weiß ich wenigstens, dass du fit bleiben wirst!«

Das Innere des Häuschens war wider Erwarten entzückend. Was nicht unbedingt an der Einrichtung der vier Zimmer lag, die war einfach und zweckmäßig, aber an der Bauweise. Der mit Gold und Regenbogenpunkten versetzte rote Stein war hier innen genauso vertreten wie außen und die Wände endeten in Bögen kurz unter der Decke, so dass man an jeder Stelle freie Aussicht auf das zartblaue, transparent wirkende Kuppeldach hatte.

»Möchtest du etwas trinken?«, fragte Roc, ganz Gastgeber.

»Hast du Kaffee?«, fragte sie.

Er schüttelte den Kopf. »Nein, aber ich werde welchen besorgen. Wartest du so lange?«

»Und ich habe etwas vergessen«, sagte sie. »Ich werde es schnell holen. Wir treffen uns dann wieder hier.«

Natürlich hatten sie denselben Weg und rannten händchenhaltend und kichernd wie Teenager über den Platz zurück, erst in der Halle bog Roc in die Küche ab und Emily eilte auf ihr Zimmer.

Sie hatte Jani gebeten, etwas für sie zu holen, und sich gedacht, dass es mit Hilfe der Flugkünste eines Drachen recht schnell zu erledigen sein müsste. Weder sie noch Jani hatten wissen können, ob es überhaupt noch dort war, wo er es zurückgelassen hatte, aber offensichtlich war es so gewesen – der große Rucksack lehnte am Tisch. Sie öffnete ihn, holte heraus, was sie brauchte und beeilte sich, zu Rocs Haus zurückzukehren.

Er war noch nicht wieder da und sie nutzte die Zeit, um durch die Zimmer zu streifen und sich jede Einzelheit einzuprägen. Wenn sie doch ihre Erinnerungen behielt, dann wollte sie sich ihn in seinem Zuhause vorstellen können. Sie setzte sich auf jeden vorhandenen Stuhl, berührte jeden Gegenstand und legte sich zum Schluss ein paar Minuten auf sein Bett.

Als Roc mit einer Kanne in der Hand zurückkam, saß sie in der der Küche an einem kleinen runden Tisch und zwei Fotos vor sich liegen. Roc küsste sie auf die Stirn, und fragte, während er Kaffee in Zinnbecher füllte: »Was ist das?«

»Man nennt es Fotos«, sagte Emily.

Roc stellte die Becher auf den Tisch und setzte sich, Emily schob ihm das Foto zu, das den Hund und die beiden Kater zeigte.

Er blickte verwirrt darauf. »Wie kommt Spooky hinein?«

Emily lachte. »Das ist nur ein Bild von ihm. Es gibt Apparate bei uns, mit denen kann man solche Bilder anfertigen.«

»Wie das Bild von uns Amibros?«

Emily schüttelte den Kopf. »Nein, das wurde von Hand gezeichnet und das hat sicher sehr lange gedauert. Wenn du ein Foto machst, hast du einen kleinen Kasten in der Hand, drückst einfach einen Knopf, ein bisschen Technologie muss wirken und dann erhältst du das Bild, das genauso aussieht wie das Original.«

»Was sind die anderen Tiere?«

Emily grinste. »Das sind die Katzen.«

»Ah! Ich hatte mich schon gefragt…«

Sie trank von ihrem Kaffee und schob ihm das zweite Bild hin. »Hier ist noch eins.«

Roc nahm es. »Das bist du«, sagte er mit belegter Stimme. »Deine Haare sind nicht so lang wie jetzt.«

Sie nickte. »Es ist ein bisschen älter. Der Junge ist Jani, da ist er sieben Jahre alt. Und der Mann ist sein Vater.«

Roc strich abwesend mit dem Finger über die Stelle, wo sie selbst abgebildet war.

»Ich möchte, dass du es behältst«, sagte sie leise.

Er schluckte schwer und nickte nur.

»Ich habe noch etwas für dich«, sagte sie und griff nach dem, das sie auf den Boden gestellt hatte.

Er blickte fragend, als sie den prall gefüllten Ordner vor ihn auf den Tisch legte.

»Man benutzt diese Dinger, um Papier geordnet aufzubewahren«, sagte sie und schlug ihn auf. »Es sind alle Geschichten darin, die ich geschrieben habe. Manche sind noch nicht mal fertig geworden. Und die meisten sind wahrscheinlich kein bisschen gut.« Sie grinste und zuckte die Schultern. »Aber hier, die erste – das ist die über Nia. Die du lesen wolltest.«

Roc war sehr blass und atmete tief durch. »Wie hast du sie wiedergefunden?«, fragte er.

»Jani und Landy haben sie für mich geholt.«

Er klappte langsam den Deckel zu und strich mit der Hand darüber. »Ich werde es ... später lesen«, sagte er. Dann kam er zu ihr, kniete vor ihrem Stuhl, legte die Arme um ihre Taille und barg seinen Kopf in ihrem Schoß.

Die Geste zerriss ihr das Herz.

Jani und Tember befanden sich mit Spooky, der sich selbst eingeladen hatte, in der Bibliothek. Zuerst hatten sie dem Altehrwürdigen Rat einen Besuch abgestattet, der Tembers Status als Einerdrei der Amibros bereits offiziell bestätigt hatte. Die Entscheidung über die Zuordnung der beiden anderen Positionen sollte erst nach Vems Beerdigung in den nächsten Tagen gefällt werden. Wobei bereits bekannt war, dass Roc'B Darwo seinen Posten abgeben würde, was niemanden sonderlich verwunderte. Mero und Wasee kamen als Paar nicht in Frage, aber Tember hatte Lir vorgeschlagen, worüber sich die Alten nachzudenken bereit erklärt hatten.

Der Rat, der aus drei männlichen und drei weiblichen uralten Amibros bestand, ließ sich noch einmal die genauen Umstände von Vems Tod erzählen. Tember wandelte die Geschichte insofern ab, als sie die Schüsse aus Hicks Pistole als unbeabsichtigten tragischen Unfall darstellte, der seiner fortgeschrittenen Geisteskrankheit zuzuschreiben war. Jani war überrascht, den Rat in menschlicher Form vorzufinden, Tember erklärte ihm später, dass ab einem gewissen sehr, sehr hohen Alter keine Verwandlungen mehr eintraten.

Jetzt standen sie vor dem versiegelten Behälter, der Neos LEET-Rätsel enthielt. Der Kasten war auf einem rötlichen Steinsockel sicher verankert, die Kanten der trüb transparenten Scheibe an der Oberseite in Gold eingefasst.

Obwohl er nun wusste, um was es sich bei dem Fetzen Papier handelte, schaute Jani doch mit einer gewissen Ehrfurcht darauf. »Was geschieht jetzt damit?«, fragte er.

»Nichts«, sagte Tember und zuckte die Schultern. »Wir lassen alles wie es ist.«

»Aber es waren so viele dabei in Nevedar, du weißt schon, als Hicks durchgedreht ist. Werden sie *Das Uralte Geheimnis* jetzt nicht in Frage stellen?«

»Wir haben Hicks bereits für geisteskrank erklärt und bei der Geschichte bleiben wir einfach.«

»Du bist nicht der Meinung, dass deine Leute ein Recht darauf haben, die Wahrheit zu kennen?«

Tember blickte ihn nachdenklich an. »Doch, der Meinung bin ich. Aber darf ich ihnen deshalb so viel Kummer bereiten? Ich würde sie mit einer furchtbaren, qualvollen Erkenntnis belasten. Du machst dir keine Vorstellung davon, wie es sich anfühlt, zu wissen, dass man *nicht echt* ist.«

Er nahm sie in die Arme. »Es macht keinen Unterschied für mich. Für mich kannst du echter nicht sein.«

Sie drückte sich an ihn. »Ich weiß.«

»Was wirst *du* tun?«, fragte sie nach einer kleinen Weile. »Wenn du zurück auf der Erde bist, und deine Erinnerungen noch hast – wirst du den Menschen die Wahrheit über ihre Welt sagen? Trotz des Verbots der Kristaller?«

Jani fühlte sich wie vor den Kopf geschlagen. »Darüber habe ich noch gar nicht nachgedacht«, erwiderte er leise. Und das hatte er wirklich nicht. Ob es Folgen hätte, wenn sie das Verbot missachteten?

Tember nahm seine Hand. »Komm, ich will dir noch etwas zeigen«, sagte sie.

Die Kammer befand sich in einem anderen Trakt der Bibliothek, Tember nestelte einen Schlüssel aus ihrem Rock und schloss die Tür auf, nachdem sie sich noch schnell umgesehen hatte, dass sie nicht beobachtet wurden.

Im Innern des winzigen Raumes gab es nur einen einzigen Tisch, auf dessen Seiten jeweils eine Regenbogenlampe lag. Spooky schnüffelte interessiert herum, es roch modrig hier drin, das schien ihm zu gefallen. Tember entfernte die Tücher, so dass es hell wurde.

In der Mitte zwischen den beiden Lampen lag ein dickes schwarzes Buch. In geschwungenen golden Lettern waren die beiden Wortbruchstücke ›len‹ und ›goria‹ untereinander in den Deckel graviert, dazwischen und außen herum wanden sich blaugrüne Ranken, durchsetzt von rotgoldenen Blüten, die Rosen ähnelten.

»Du kannst es öffnen, wenn du möchtest«, ermunterte ihn Tember.

»Aber das ist doch auch so ein Hochheiligtum von euch und nur der Einerdrei – oh«, er lachte auf. »Das bist ja jetzt du.«

Wie er vermutet hatte, handelte es sich um einen Kalender, jedoch nicht um eine billige Abreißversion, sondern eine sehr edle und wahrscheinlich teure Ausgabe. Man schlug die Seiten nach oben um und jedes Blatt war in drei Sprachen beschriftet, Englisch, Französisch, Deutsch. Fast ein Drittel des Kalenders bestand aus durchgestrichenen Wörtern, denjenigen, die bisher für die Namensvergabe benutzt worden waren.

Jani begann blockweise zu blättern und stellte fest, dass sich die Sprachen zu ändern begannen, Russisch, Spanisch, Italienisch und Latein tauchten ebenso auf wie japanische, chinesische und arabische Schriftzeichen. Es waren auch durchaus viele Zahlen enthalten, aber Tember hatte ja schon erzählt, dass sie die einfach nicht beachteten, weil sie nichts mit ihnen anzufangen gewusst hatten. Am Ende schloss sich noch eine Sammlung von verschiedenen Kalendersystemen an.

Jani hob das Werk hoch und drehte es vorsichtig um – die gesamte Rückseite hatte offenbar ebenfalls Beschriftungen enthalten, vielleicht Informationen über den Inhalt und den Herausgeber, aber diese Buchstaben hatten der Beanspruchung nicht widerstanden, es waren nur noch wenige goldene Reste vorhanden, die man nicht mehr entziffern konnte.

Er legte das Buch sorgsam zurück und schloss den Deckel. »Ich nehme an, du wirst es auch weiterhin verwenden?«, fragte er lächelnd.

»Mal sehen«, sie grinste verschmitzt, »vielleicht erfinde ich auch ein paar Namen.«

Ihm fiel etwas ein. »Was ist nun eigentlich mit der Legende?«, fragte er. »Der Tag, an dem das Geheimnis der Zweitnamen entschlüsselt wird. Was sollte da noch passieren?«

»*Dieser Tag wird unermessliche Erleuchtung bringen und grenzenlose Seelennot*«, zitierte Tember.

»Was er getan hat«, nickte Jani, »vor allem letzteres.« Er dachte an die durch Hicks' Hand ums Leben gekommenen Amibros. Insbesondere Vem.

Sie waren schon dabei, die Kammer zu verlassen, als Jani plötzlich innehielt. Mit ein paar Schritten war er zurück am Tisch und blätterte den Kalender wieder auf, schaute sich die durchgestrichenen Namen an. »Das verstehe ich nicht«, murmelte er.

»Was ist los?«, fragte Tember.

»Wie war die Vorgehensweise bei der Namensvergabe noch, sagtest du? Vem hat das Buch geöffnet und dann…«

»Vem hat das Buch geöffnet und uns den Namen vorgelesen. Je nachdem, ob er für ein Mädchen oder einen Jungen bestimmt war, haben entweder ich oder Roc den Namen auf der Nennungsschrift notiert.«

»Aber nie hat einer von euch einen Blick in dieses Buch geworfen?«

»Nein, das war uns nicht erlaubt.«

»Also habt ihr nie gesehen, ob das, was euch Vem vorgelesen hat, auch dem entsprach, was in dem Buch stand?«

»Nein, das haben wir nicht.«

»Wie hat euch Vem den Namen genannt? In seiner Vollständigkeit, also zum Beispiel Roc Bote Darwo?«

»Ja, genau so. Die Zweitnamen werden dann später auf einen Buchstaben reduziert.«

»Tja, dann muss Vem aber schon ein bisschen mehr um das Geheimnis gewusst haben, als er gesagt hat.«

»Wieso das?«

Er wies auf den Kalender. »Sieh doch – die durchgestrichenen Wörter – sie sind nicht zerstückelt wie die euren. Die stehen da ganz normal. September, Oktober, November. Thursday, Friday. Und so weiter. Vem musste selbst damit herumspielen, um so lustige Namen vergeben zu können wie er es getan hat. Und die vor ihm diesen Job hatten, offensichtlich auch.«

Tember blätterte ungläubig in den Seiten. »Ich verstehe nicht, was das bedeutet«, sagte sie verwirrt.

»Aufrechterhaltung von Tradition?«, mutmaßte Jani. »Wer weiß wie und wann es seinen Anfang genommen hat, dass die Namen aus diesem Buch genommen wurden? Vielleicht hat der erste Einerdrei schon Anagramme gebildet und diesen Spaß an seinen Nachfolger übertragen? Auf die Art blieb es ein gut gehütetes Geheimnis.«

Tember schüttelte den Kopf. »Wir haben ja gar keine Tradition. Sugars Maschine, die uns gemacht hat, die hat auch das gemacht.« Sie deutete auf das Buch. »Die Art der Namensvergabe ist uns einfach – wie hast du es genannt? – *eingepflanzt*.«

Jani streckte tröstend die Hand aus. »Es tut mir leid…«, fing er an.

»Nein, es ist nicht schlimm«, sagte Tember fest, blickte ihn an und fügte hinzu: »Jetzt werde ich sogar ganz sicher Namen erfinden!«

Jani grinste. Er musste an Löschers letzte Worte denken: ›Kein Fortschritt ohne Regelbruch‹.

Sie gingen zurück in Tembers Zimmer, und während sie im Badezimmer verschwand, füllte Jani für den Hund Wasser in eine Schale und öffnete dann seinen kleinen Rucksack.

Zu Landys neuen Eigenschaften als schwarzer Drache gehörte auch die Entwicklung einer Fluggeschwindigkeit, die einem Düsenflieger nahe kam, und so hatten sie nach dem Aufsammeln des großen Rucksacks am Fogmon auch noch einen Abstecher zur Sturmwelt gemacht, um zu sehen, ob es den kleinen auch noch gab.

Der Ozean hatte sich zwar die nördliche Spitze des Kontinents vollständig einverleibt, von der Kristallhöhle war nichts mehr zu sehen gewesen, aber der Rucksack hatte noch an seinem Platz gelegen, wo er standhaft den kleinen Wellen trotzte, die erste Versuche unternommen hatten, ihn wegzuspülen. Sein Notizbuch war unversehrt, der Kugelschreiber noch funktionsfähig.

Nachdem er Emmi den großen Rucksack aufs Zimmer gebracht hatte, hatte er die Klarsichthülle mit seinen Songtexten herausgenommen und in dem kleineren untergebracht. Er musste noch einer Idee nachgehen, auf die ihn die Erlebnisse der letzten Stunden gebracht hatten.

Er suchte nach einem bestimmten Blatt Papier und als er es gefunden hatte, faltete er es zusammen, steckte es ein und klopfte an die Badezimmertür. »Tem? Ich schaue noch mal nach Landy, okay? Bin bald wieder da. Ich nehme den Hund mit.«

»In Ordnung«, rief sie. »Ich lasse dir dann Wasser ein.«

Er lachte. »Okay«.

*Wie ein altes Ehepaar,* dachte er. Was ihm gar nicht so abwegig vorkam. Er hätte es sich durchaus vorstellen können.

In der Halle traf er auf Mero und Wasee, die ihm Spooky abschwatzten, weil sie gerne noch einmal mit ihm spazierengehen wollten. Jani hatte nichts dagegen, der Whippet auch nicht, was aber durchaus mit dem Leckerbissen zu tun haben mochte, den Wasee hinter ihrem Rücken versteckte.

Das Stadttor war noch immer geöffnet und er trat hinaus und sah sich suchend um. Es war gar nicht Landy, den er treffen wollte, sondern jemand, den er verloren und abseits stehend gesehen hatte, als er mit dem Drachen über den Fogmon geflogen war.

Schnellen Schrittes lief er parallel zu dem Gebirgszug über die Wiese, konnte irgendwann den wieder freigelegten Durchgang sehen, und lief weiter, bis er sie tatsächlich im Schatten des Berges sitzend entdeckte. Er blickte sich um, er war durchaus noch in Sichtweite der Stadt, aber er nahm an, dass man sie auf die Entfernung und im Schatten nicht ausmachen können würde.

Er trat zu ihr, sie schaute ihm bereits entgegen.

»Hallo Sugar«, sagte er und setzte sich neben sie.

# 108 / Tag 10 – Der letzte Abend

Emily beobachtete mit einem Gefühl quälender Machtlosigkeit, wie sich die Farben des Himmels über dem Kuppeldach unaufhaltsam veränderten, Vorboten des bevorstehenden Sonnenuntergangs. Roc und sie lagen Seite an Seite auf seinem Bett, mit ineinander verschlungenen Fingern. Sie hatte ihn gelöchert mit Fragen über seine Vergangenheit, Kindheit, Jugend, Vorlieben, Abneigungen, Stärken und Schwächen und er hatte ihr geduldig geantwortet.

Jetzt drehte sie sich zur Seite, rückte nahe an ihn und barg ihren Kopf an seiner Brust, während sich sein Arm bereits um sie legte.

»Eins würde ich gerne noch wissen«, sagte sie leise.

»Wie – nur noch *eine* Frage?«

Sie grinste. »Ja, dann bist du erlöst. Glaube ich.«

Er lachte. »Leg los.«

»Wann hast du zum ersten Mal bemerkt, dass du … hm … etwas für mich empfindest?«

Er musste nicht lange nachdenken. »Gleich zu Anfang«, sagte er. »Als ich dir zum ersten Mal begegnet bin, als Wolf. Du hast mir Yuna übergeben, weißt du noch?«

Sie kicherte. »O ja. Ich wollte das Wölfchen gar nicht mehr hergeben.«

»Zuerst hast du damit gedroht, sie zu töten und mich dazu gebracht, das Rudel abzuziehen. Ich war so zornig auf dich«, er lachte in der Erinnerung. »Und am Ende hast du sie auf den Kopf geküsst und mir noch erklärt, welche Verletzungen sie sich deiner Meinung nach zugezogen hat.«

»Und da hast du schon…?«, fragte Emily ungläubig.

»Nun, du hattest mich beeindruckt. Ich konnte dich nicht vergessen. Wie du versucht hast, keine Angst zu zeigen … Wie schön du warst … deine wilden Augen…« Er räusperte sich. »Dann bist du in Orbíma aufgetaucht – ich hatte dich schon gesehen, bevor wir uns bei Vem trafen – und wieder rührtest du etwas in mir an. Es machte mich wütend, ich wollte das nicht, ich konnte es nicht brauchen, mein ganzes Sein war darauf ausgerichtet, Cia zu finden und nach Hause zu holen.«

»Himmel«, flüsterte Emily, »deshalb hast du dich die ganze Zeit so aufgeführt. Du warst so ein Kotzbrocken.«

»Ein was??«

Sie lachte. »Ein ungehobelter, unverschämter Kerl. Ich wusste gar nicht wie mir geschieht. Ich konnte mir keinen Reim darauf machen, ich dachte, ich hätte irgendetwas verbrochen.«

Er grinste. »Es tut mir leid. Es war reiner Selbstschutz.«

»Ja, das ist mir jetzt auch klar.«

»Hat aber nichts genutzt«, fügte er leise hinzu.

Er drehte sich zu ihr und sie rückte ein Stück ab, bis ihre Gesichter einander zugewandt waren und sie sich in die Augen sehen konnten. Dies war die einzige Stelle zwischen ihnen mit etwas Abstand zueinander. Bis die Sonne unterging, rührten sie sich nicht mehr von der Stelle.

Als Jani zurückkehrte, erwartete ihn Tember mit nichts auf der Haut außer einem Handtuch, das sie um den Körper geschlungen hatte. Ihre Haare waren noch nass, also nahm er an, dass sie gerade erst aus dem Bad gekommen war.

Er deutete zu dem Raum hinüber. »Soll ich noch warten oder bist du schon fertig?«

Anstelle einer Antwort löste sie das Handtuch und ließ es auf den Boden fallen.

Janis schluckte. Diese Tätowierungen, wo sie überall verliefen…

Sie trat zu ihm und begann, die Lederschnüre an seinem Hemd zu lösen.

»Ähm, Tem«, stammelte er. »sollte ich nicht lieber erst … Tem, ich glaube, ich stinke…«

Sie antwortete, indem sie ihm das Hemd über den Kopf zog, sanft mit den Fingern über seine Brust bis zu seiner Hose glitt und sich an seinem Gürtel zu schaffen machte.

Er keuchte und griff ihre Handgelenke.

Sie hob den Blick.

»Tem, versteh mich nicht falsch. Bist du sicher? Ich meine, du weißt schon, ich habe noch nie … und du auch nicht … und vielleicht ist jetzt nicht der richtige Zeitpunkt…«

Sie legte einen Finger an seine Lippen. »Es wird keinen anderen Zeitpunkt mehr geben«, sagte sie sanft, aber bestimmt. »Und ich war mir nie sicherer.«

Dann ließ sie ihrem Finger ihren Mund folgen und drängte sich an ihn.

Ihre nackte Haut auf der seinen zu spüren, fühlte sich … richtig an, und wenn er eben noch gedacht hatte, dass er doch überhaupt nicht wusste, wie *es* funktionierte, dann merkte er gerade, dass er sich keine Sorgen machen brauchte – er musste da ja nicht allein durch, Tem war bei ihm. *So was von.*

Er hob sie auf seine Arme und trug sie hinüber zum Bett.

# 109 / Tag 10 – die letzte Nacht

Die Prozession zog sich von Orbíma bis an den See. Ständige und zeitweilige Bewohner, allesamt seit Sonnenuntergang in menschlicher Form, säumten den gesamten Weg, jeder trug eine Fackel, die Kinder hielten in roten Stein gebettete, leuchtende Regenbogenkristalle.

Als erstes trugen sie Vem auf den Vorplatz hinaus, er lag auf einer mit bunten Tüchern überdeckten Trage, umgeben von so vielen Regenbogensteinen, wie sie Platz gefunden hatten. Er war in ein schlichtes, aber goldenes Gewand gekleidet, ein ebenfalls goldenes Stirnband hielt sein rotbraunes langes Haar, sein elfenbeinweißes Gesicht hatte einen friedlichen Ausdruck, die Augen waren weit offen, denn er sollte das Licht sehen.

Die Träger hielten die Bahre mithilfe breiter, kunstvoll verzierter Lederriemen, alle vier trugen weiße Kleidung. Es waren Roc, Mero, Lir und Jani, die diese Aufgabe übernommen hatten. Hinter ihnen schritten die sechs Mitglieder des Altehrwürdigen Rats mit Tember an der Spitze.

Der Zug setzte sich in Bewegung, Aydo und ein weiterer Amibro ritten auf den beiden Spektraler Stuten, die in festliches Geschirr gezäumt waren, im Schritttempo voraus. Sobald der Vorplatz frei wurde, folgten die Tragen mit den anderen getöteten Amibros, Familienmitglieder und Freunde trugen und begleiteten sie. Wasee und die Betreuerinnen von Nevedar geleiteten die Bahre, auf der sich Guu auf ihren letzten Weg begab. Den Abschluss bildeten alle Fremden, die vor allem Vem die letzte Ehre erweisen wollten, sowie enge Vertraute.

Emily brachte Spooky mit, hielt ihn aber an einer Leine, einer neuen, sie war ein Geschenk von Mero und Wasee. Federchen saß auf ihrer Schulter, während Golda das Fliegen vorgezogen hatte. Baako und Delilah gingen Seite an Seite, Emily hatte das Gefühl, dass sich da eine Romanze anbahnte.

Viele Amibros, die Emily nicht kannte, befanden sich in der Gruppe, aber auch Rays, sie trug Yuna auf dem Arm. Lhorakh war dabei, sie hatte gehört, dass ihn eine ganz spezielle Ehrung erwartete, wenn er am nächsten Tag in die Schwarzöde zurückkehren würde. Trayot und Stein nahmen teil, sie hatten Hicks jedoch zurückgelassen, um die Gemüter nicht zu erhitzen. Die Geschichte seiner Geisteskrankheit hatte die Runde gemacht, aber dennoch wollte niemand den dabei haben, der für all diese Toten verantwortlich war. Er würde zum See gebracht werden, wenn die Zeremonie vorüber war.

Hinter den Trauernden schlossen sich nacheinander die Fackel- und Regenbogensteinträger dem Zug an, so dass er immer länger wurde.

Der lichtgesäumte Weg führte die rote Hauptstraße durch Orbíma hinunter, durch das Eingangstor hindurch, und über die Wiese zum Wald.

Jani sah schon von weitem die riesige Silhouette von Landy, der einen Platz hinter den Lichtträgern eingenommen hatte, nicht weit vom Rand des

Walds entfernt. Er selbst ging hinter Roc auf der linken Seite und das war auch die Seite, auf der sich der Karmjit befand. Als sie sich näherten, kam Bewegung in den Drachen. Er breitete die Flügel aus, streckte sich lang, den Kopf weit vor. Durch seinen Körper lief ein Zittern, das sich zu einem Beben und dann einem deutlich sichtbaren Schütteln steigerte.

Jani musste an sich halten, um nicht den Riemen von der Schulter zu werfen und zu ihm zu rennen. Was zum Teufel war da los? War Landy krank? Es sah aus, als würde er sich in Krämpfen winden. Er starrte angespannt hinüber, während sie immer näher kamen und Einzelheiten ausmachen konnten. Landys Kopf war jetzt deutlich zu erkennen und Jani erkannte, dass die goldenen Augen des Karmjit ihn mit festem Blick fixierten. Im gleichen Moment hörten die Zuckungen auf.

Der Drache setzte sich auf seine Hinterbeine und richtete sich mit dem Oberkörper in stolzer Haltung auf, die geöffneten Schwingen hoben sich nach oben, bis sie einander berührten, reichten, obwohl er sie angewinkelt hielt, weit über seinen Kopf. Ihre Blicke trafen einander und dann verwandelte er sich.

Die pechschwarze Farbe zog sich von seiner Haut wie Tinte, die von einem Löschblatt aufgesogen wird, und legte einen Steampunk-Körper frei, der gleißend hell im Dunkel der Nacht widerschien. Die Dornen im Nacken waren einer schlohweißen Mähne gewichen, Kopf und Hals bestanden aus silbernen Schuppen, die Brust war ein eisblauer Panzer, die Gelenke silbrige Scharniere, der Körper und der Schwanz geschichtete silberweiße Platten. An den schneeweißen Klauen funkelten silberne Krallen und zwischen eisblauen langen Knochen spannten sich silberhell schimmernde Flügel.

Der Prozess hatte sich in Sekundenschnelle vollzogen und trotz aller Ergriffenheit, die dem Trauerzug innewohnte, erhob sich ein andächtiges Raunen in der Menge.

Jani konnte den Blick nicht abwenden und stolperte mehr den Weg entlang als dass er ihn ging. Als sie mit ihrer Trage auf einer Höhe mit dem Silberdrachen waren, bog dieser den Hals und senkte den Kopf in Ehrerbietung an die Toten. Landy schaute nicht mehr auf, bis sie im Wald verschwunden waren und Jani wusste, dass die Enthüllung seiner letzten Identität als nun ausgewachsener Karmjit sein Abschiedsgeschenk an ihn gewesen war. »Leb wohl«, flüsterte er.

Alle, die der Prozession nicht bis an den See folgen konnten, weil der Platz dazu nicht ausreichte, blieben entweder auf dem letzten Stück des Pfades zurück oder versammelten sich am Waldrand. Sie begannen zu singen in dem Moment, in dem die Spektraler den See erreichten.

Emily erkannte die Gegend kaum wieder, rund um den See war der Boden abgeflacht und von allem Gestrüpp befreit worden, sie bewegten sich auf moosig-weichem Grund. Die Stämme und Zweige der umliegenden Bäume waren mit Regenbogenkristallen in roten Steinfassungen geschmückt und tauchten die Umgebung in das für sie typische Licht. Das dichte Blätterdach war gelichtet, so dass auch der silberne Schein des ersten Mondes hereinfallen konnte, und auf dem stillen See trieben so viele Blüten, dass kein Wasser zu sehen war.

Die ledernen Riemen von Vems Trage wurden mit wenigen Handgriffen am Geschirr der Stuten befestigt, ihre Reiter ließen sie längs des schmalen Sees vorwärts gehen, so dass sie die Bahre auf das Wasser hinaus zogen. Die nächste Trage wurde mit der vorderen verschnürt, die Pferde gingen einige Schritte weiter und zogen nun beide. So ging es fort, bis alle vier Bahren sanft auf dem mit Blüten übersäten Wasser schaukelten. Die Reiter kamen zurück und stellten sich an den Seiten des Pfades auf. Alle, die dem Trauerzug bis hierher gefolgt waren und Platz fanden, verteilten sich nun um den See.

Emily spürte, wie sich Rocs Arme von hinten um sie legten und verschränkte ihre Finger mit den seinen. Sie sah Jani auf der gegenüberliegenden Seite stehen, Arm in Arm mit Tember. Unwillkürlich schaute sie zu den Altehrwürdigen, aber die schienen sich nicht für die Liebesbeziehungen ihres Rats zu interessieren, vielleicht auch nur nicht im Moment. Sie fragte sich, wie man ihre plötzliche Abwesenheit wohl erklären würde, aber Roc und Tember würde sicherlich ein logischer Grund einfallen.

Der Singsang derjenigen, die am Waldrand zurückgeblieben waren, wurde von denen aufgenommen, die sich auf dem Pfad befanden, und setzte sich immer weiter zum See fort, bis alle Amibros eingestimmt hatten. Es war ein elfenzart klingendes, gleichzeitiges schwermütiges wie auch hoffnungsvolles Lied, das von Anfang und Ende, Freud und Leid ihres zweifachen Lebens erzählte, von Liebe und Unvergesslichkeit und immer von dem Licht, das die noch immer umgab, die ihr Leben hatten lassen müssen, das sie stärkten mit ihrer Anwesenheit und ihrem Gesang, das sie nie verlassen sollte, so dass sie einander wiederfänden, wenn die eigene Zeit gekommen war.

Irgendwann endeten die Worte und machten einem Gesang Platz, der in erster Linie aus melodiösem Summen bestand, in das sich klagende Laute mischten. Mit diesem Wechsel kam wieder Bewegung in den Zug, diejenigen, die bereits am Ufer des Sees standen, steckten ihre Fackeln in den Boden und taten dann dasselbe mit weiteren Fackeln, die ihnen von den weiter entfernt Stehenden gereicht wurden. Nach und nach wanderten auf diese Weise alle Fackeln der Lichtträger nach vorne, auch die derjenigen, die am Waldrand zurückgeblieben waren, und bildeten schließlich einen mehrreihigen feurigen Flammenwall rund um den See. Dies geschah, ohne dass die Amibros ihr Summen unterbrachen und sie behielten es auch bei, als sie sich jetzt langsam auf den Rückweg machten. Den Kindern, die ihre Regenbogensteine bei sich behalten hatten, kam nun die wichtige Aufgabe zu, der Trauergemeinde den Weg zurück nach Orbíma zu leuchten.

Zurück blieb der Kreis der Eingeweihten, was nicht weiter auffiel, da die darunter befindlichen Amibros den See und die darauf Befindlichen bis zum Morgengrauen hüten würden.

Emily hatte so etwas wie eine Feuerbestattung auf See erwartet, bei der die schwimmenden Bahren mitsamt der Toten in Brand gesetzt wurden, aber Roc hatte sie darüber aufgeklärt, dass die Körper bei Sonnenaufgang einfach mit dem Licht der letzten Metamorphose dorthin mitgingen, wohin auch das Licht sich begab. Das Schauspiel würde sich darstellen wie jede Verwandlung, nur dass anschließend nichts mehr da war – die Leichen würden spurlos entschwunden sein.

Als sich der gesamte Trauerzug verzogen hatte, wartete am Beginn des Pfades, in ausreichend großer Entfernung zu den lodernden Fackeln, eine Gestalt auf sie – Sugar. Sie erklärte, dass ein Reiter unterwegs war, um Hicks zu holen, und bat sie, sich voneinander zu verabschieden.

Ab diesem Zeitpunkt war mit Federchen nichts mehr anzufangen, sie hockte auf Janis Schulter, klammerte sich in sein Haar und weinte nur noch bitterlich, während sich Mero, Wasee, Lir, Golda, Baako, Delilah und Lhorakh mit Umarmungen und letzten Worten, so ihnen nicht die Kehle zugeschnürt war, von Jani, Emily, Trayot und Stein verabschiedeten. Das Schmerzhafteste war, dass sie einander nur Lebewohl sagen konnten, aber nicht *Auf Wiedersehen*.

Jani holte die kleine Prinzessin schließlich mit sanfter Gewalt von seiner Schulter, redete mit Engelszungen auf sie ein und drang schließlich zu ihr durch, indem er ihr erklärte, dass sein Drache ab jetzt ihr gehöre, er schenke ihn ihr und sie müsse versprechen, sehr gut auf ihn zu achten, weil er es ja nun nicht mehr tun könne.

Unter dem Eindruck eines solch großen Vertrauensbeweises versiegten Federchen die Tränen. »Isch schwöre!«, schniefte sie mit Inbrunst.

Jani lächelte. »Ich danke dir«, sagte er ernst und küsste sie ein letztes Mal auf das kleine Köpfchen. »Und ich verlasse mich auf dich!«

Er übergab sie Wasee, die versprach, sie gleich zu Landy zu bringen. Golda nahm auf Wasees Schulter Platz, falls ihre Tochter unterwegs weiteren Beistand benötigte. Dann verließen sie den See und Jani, Emily und die Franzosen winkten ihnen nach, bis sie im Dunkel des Walds verschwunden waren. Die Amibros würden später zurückkommen, um zusammen mit Roc und Tember die Wache am See zu übernehmen.

Noch war Hicks nicht gebracht worden, aber den wenigen Zurückgebliebenen war klar, dass ihre Zeit ablief. Trayot und Stein zogen sich diskret in die Nähe von Sugar zurück, Emily und Roc sowie Jani und Tember nahmen sich jeweils eine Seite des Sees für einen letzten gemeinsamen Spaziergang, der trennende Fackelwall sorgte für ein wenig Abgeschiedenheit.

Emily und Roc gingen Hand in Hand schweigend nebeneinander her, dann blieben sie gleichzeitig stehen und fingen ebenso gleichzeitig zu reden an. Prompt mussten sie lachen.

»Ach verdammt«, sagte Emily mit einem gequälten Blick in Rocs Augen, »ich will nicht lachen. Das ist das Letzte, wonach mir jetzt ist.«

Roc ließ ihre Hand los und umfasste ihre Schultern. »Sag das nicht«, bat er. »Ich will, dass du lachst. Ich will, dass du glücklich bist. Versprich es mir. Bitte.«

Und als sie den Blick senkte und schwieg, fügte er leise hinzu: »Ich könnte es nicht ertragen, dich unglücklich zu wissen. Tu es für mich. Selbst wenn es bedeutet, dass du einen anderen lieben wirst. Ich bitte dich darum. Versprich es mir. Es ist mein einziger Wunsch.«

Emily hielt krampfhaft die Tränen zurück, als sie schließlich nickte und den Blick hob. »Ich werde es versprechen – unter einer Bedingung: du musst dasselbe für mich tun.«

In seinem Gesicht spielten die Muskeln, als er einen inneren Kampf focht und sich bewusst wurde, was er von ihr verlangte. Und dass er das nicht konnte. Genauso wenig wie sie.

Verzweifelt riss er sie in seine Arme und stammelte in ihr Haar. »Vergib mir. Ich kann es nicht. Und ich kann es nicht von dir verlangen.«

Er hielt sie, dass sie kaum noch Luft bekam, und sie weinte sein Hemd nass. So wenig Zeit. Sie drängte die Tränen zurück.

»Ich verspreche, dass ich lachen werde, wenn ich mich erinnere, wie wir miteinander gelacht haben«, sagte sie mit schwacher Stimme. »Ich verspreche, dass ich glücklich sein werde, denn du wirst immer bei mir sein. Hier.« Sie barg seine Hand unter der ihren und legte sie auf die Stelle, unter der ihr Herz schlug. Dann legte sie ihre andere Hand an seine Brust und schaute ihn an. »Versprichst du mir dasselbe?«

In seinen dunklen Augen spiegelten sich die Flammen am See wie kleine tanzende Funken. Sie ließen ihre nicht mehr los, während sie spürte, wie sich seine freie Hand um die ihre schloss, die auf seiner Brust ruhte. »Ich verspreche es.«

»Ich werde Songs schreiben«, sagte Jani euphorisch, »über alles, was ich hier erlebt habe.« Sie waren einmal bis zum Ende des Sees gelaufen und er hatte ununterbrochen geredet.

Jetzt mussten sie zurückgehen und er spürte, wie ihn die Kraft verließ. Tember hielt seine Hand, sie hatte die ganze Zeit über geschwiegen, und wenn er ihr während seines fröhlichen Redeschwalls einen kurzen Blick zuwarf, nur gelächelt. Er stand bewegungslos da und starrte in die flackernden Flammen. Tember ebenfalls. *Stoppe mich, bevor ich weiter nur Blödsinn verzapfe,* dachte er verzweifelt. *Sag was. Irgendetwas. Ich hasse Abschiede. So was von.*

»Wir verabschieden uns nicht«, sagte Tember.

Er zuckte zusammen. »Was? Ich hab doch nicht laut...«

Sie kicherte. »Doch. Du hast.«

»O Mann. Siehst du, du hast mich schon völlig um den Verstand gebracht.«

Sie schlang die Arme um seinen Hals, küsste ihn auf den Mund und lachte. »Gut so.«

Er grinste sie an. »Okay, wir verabschieden uns also nicht. Was tun wir stattdessen?«

»Wir ... geben uns Aufgaben!«

»Aufgaben?«

Sie nickte. »Jeder denkt sich ein paar Dinge für den anderen aus, die er erledigen muss, wann immer er möchte. Aber eine Aufgabe muss dabei sein, die täglich zu verrichten ist. Und zwar so lange, bis wir uns wiedersehen.«

Er schaute verdutzt. »Bis wir ... aber...«

Ein funkelnder Blick ihrer orangefarbenen Augen ließ ihn einhalten. Er verstand. *So tun als ob.*

»Hast du das Buch da? In das du immer geschrieben hast?«, fragte sie.

»Du meinst das Moleskine? Ja klar.« Er zog es aus seiner Hosentasche, zusammen mit dem Kugelschreiber.

»Gut«, sagte sie lächelnd, »ein Blatt für dich, eins für mich. Fangen wir an. Ich weiß schon eine Aufgabe für dich.«

Sie hakte sich bei ihm unter, und während sie ›arbeiteten‹, schlenderten sie gemächlich zurück.

# 110 / TAG 10 – GO

Verhaltenes Wiehern kündigte ein sich näherndes Pferd an, es gab keine Frage, um welches es sich handelte.

Emily löste sich aus Rocs Armen und wischte sich das Gesicht mit dem Volantärmel ihres Oberteils trocken. »Ich muss furchtbar aussehen«, sagte sie entschuldigend. »Jani trifft der Schlag, wenn er mich so sieht.«

»Da ist was dran«, sagte Roc und lachte, als sie ihn entsetzt anschaute. »Ich scherze nur. Du bist wunderschön. Was ist mit mir?«

»Du bist auch wunderschön«, sagte sie ernsthaft.

»Aber das meinte ich doch gar nicht!«, er schaute betreten.

»Ich weiß«, grinste sie.

Er rollte die Augen. »Das werde ich so vermissen...«

Noch einmal zog er sie in seine Arme.

»Wir müssen gehen«, sagte er leise. »Wir schaffen das, ja?«

Emily nickte stumm. Sie fühlte sich wie auf dem Weg zum Schafott. Gab es da nicht manchmal Begnadigungen in letzter Minute? Aber wer sollte sie schon begnadigen? Sie hatte sich ihre Todesstrafe ja selbst ausgesucht.

Während sie Arm in Arm zu Sugar gingen, kamen von der anderen Seite Jani und Tember, offenbar schwer vertieft in irgendetwas, das er in sein Notizbuch kritzelte. Emily fand, dass sie erstaunlich gelöst und fröhlich aussahen.

Aydo war mit Hicks eingetroffen und Trayot und Stein holten ihn gerade von Saelees Rücken. Er war unsicher auf den Beinen, aber er klopfte der Stute den Hals und murmelte etwas von »braves Pferd«. Aydo hob die Hand zum Gruß, wendete das Tier und galoppierte den Weg zurück, den er gekommen war.

Bevor Sugar etwas sagen konnte, kam Emily ihr zuvor. »Ich kam noch nicht dazu«, sagte sie, »aber ich möchte mich unbedingt noch dafür bedanken, dass du uns auf der Eisinsel das Leben gerettet hast.«

Jani horchte überrascht auf.

Sugar schüttelte lächelnd den Kopf. »Das war nicht ich. Es waren die Forscher.«

»Oh«. An diese Möglichkeit hatte Emily nicht gedacht. »Dann richte bitte ihnen meinen Dank aus.«

Sugar lächelte wieder. »Nicht mehr nötig.« Sie schaute kurz nach oben.

»Oh, verstehe«, kam wieder von Emily. *Sie hörten also zu.* »Da wäre noch etwas.«

Sugar schaute sie erwartungsvoll an.

Emily räusperte sich. »Du hast uns einmal erzählt, dass du nur eine begrenzte Anzahl von Lebewesen auf Palla haben durftest. Wenn jetzt fünf von uns die Welt verlassen, wäre dann Platz für fünf neue?«

»Nun ... vielleicht...«, sagte Sugar zögerlich. »Es gibt Tode. Und Geburten. Es herrscht ein Gleichgewicht.«

»Aber wir fünf machen Platz auf einen Schlag, das ist doch richtig?«

Sugar nickte.

Emily holte Luft. »Ich dachte, dass du vielleicht Sebastian her schaffen könntest – für Nia. Damit sie aufhören kann, ihn zu suchen.«

»Und wenn du schon dabei bist«, mischte sich Jani ein. »Besorg doch bitte eine Steinfrau für den armen Ronny Donny. Und eine Karmjitin für Landy! Weißt du, auf der Erde gibt es ein Gesetz, das die Einzelhaltung von Tieren verbietet, weil das Quälerei ist! Aber das stammt bestimmt nicht von euch...«

Sugar neigte den Kopf zur Seite, als würde sie auf etwas lauschen. Dann lächelte sie. »Es ist gestattet. Ich werde tun, was ich kann.«

»Vielen Dank«, sagte Emily erfreut.

Kurz blickte sie selbst Richtung Himmel, obwohl sie natürlich wusste, dass sie keinen der Kristaller dort erblicken würde. Dafür sah sie die Dreier-Konstellation der Monde, es musste nach Mitternacht sein, die Zwillingsluni waren aufgegangen.

»So schön«, flüsterte sie, was dazu führte, dass sie alle aufblickten und den Anblick in sich aufnahmen, manche ein letztes Mal.

Roc wandte sich an Sugar. »Müssen Tember und ich gehen?«, fragte er.

Sugar zögerte, schien dann wieder auf etwas zu lauschen und schüttelte schließlich den Kopf. »Nein, ihr könnt bleiben. Aber ihr müsst hinter mich treten.«

»Jetzt?«, fragte Roc.

»Jetzt«, erwiderte sie.

Er nickte, drehte sich zu Emily, nahm ihre Hände, schaute in ihre Augen und sagte: »Ich liebe dich, Emilija Jaden. Möge für immer Licht in deinen Träumen sein.« Nahm ihr Gesicht in beide Hände, küsste sie sanft auf die Lippen und ging dann wortlos, um sich hinter Sugar zu stellen.

*Das war das erste Mal, dass er meinen Namen gesagt hat.* Emilys Hand hob sich und umfasste das Amulett. Ihr Blick war unverwandt auf Roc gerichtet.

In der Zwischenzeit hatte Jani ein Blatt aus seinem Notizbuch gerissen, es Tember gereicht und sie in die Arme geschlossen. Jetzt trennten sie sich, wobei sie rückwärts schritt, und seine Hände so lange hielt, wie es möglich war. Dann trat sie neben Roc. Der blickte kurz zu ihr und legte dann einen Arm um sie.

Sugar dirigierte die Erdlinge etwas zurück, näher an den See, und teilte sie dann in zwei kleine Gruppen, Emily und Jani standen beieinander ebenso wie Stein, Hicks und Trayot, zwischen sich ein paar Meter Abstand.

Trayot beugte sich vor und winkte zu Emily und Jani. »Lebt wohl und viel Glück – vielleicht sieht man sich ja wieder.«

Jani winkte zurück. »Euch auch alles Gute!«

Dann trat er rasch noch einmal aus der Reihe, war mit ein paar Schritten bei Sugar und umarmte sie fest, was sie ein bisschen aus der Fassung zu bringen schien. »Mach's gut«, er lächelte sie an. »Und keine Sorge – du hast alles richtig gemacht.«

Schnell war er zurück bei seiner Mutter und legte einen Arm um ihre Schultern.

Sie starrte stur geradeaus und er wusste nicht nur wohin, sondern auch, warum. Er hatte das Gleiche vor. Ein Stückchen weiter fand sein Blick die orangenen Augen, an die er sich bis an sein Lebensende erinnern wollte. Sie schwammen in Tränen und er musste blinzeln, um Tems Gesicht noch einmal klar sehen zu können, weil auch seine Augen nicht mehr trocken waren. Dabei hatten sie sich doch die ganze Zeit so angestrengt, cool zu bleiben…

*Ich liebe dich,* formten ihre Lippen, und er tat es ihr nach.

Hoch oben auf der felsenen Steinwand, die den Fogmon bildete, beobachtete ein silberner Drache, wie die drei Monde über dem Wald von Orbíma verschwanden, als sie für einen Moment in blauweiß flimmerndes Licht getaucht wurden, das in Blitzen nach allen Seiten schoss.

Das Tier warf den Kopf in den Nacken und spie den gewaltigsten und schönsten Feuerstrahl gen Himmel, den je ein Karmjit vollbracht hatte, während sich seiner Kehle ein brüllender schmerzerfüllter Laut entrang, der jede Seele zerriss, die ihn hörte.

Es gibt gar unterschiedne Beeren,
Von allen Farben trifft man sie,
Und manche hält man hoch in Ehren,
Und manche wirft man vor das Vieh.
Sie sind im Temperament verschieden
Und von gar mancherlei Statur.

*Aus ›Zur Weinlese‹ von Novalis*
*(Georg Freiherr von Hardenberg, 1772-1801)*

# 111 / TAG 1

Jani klopfte hektisch an die Scheibe des Küchenfensters und Emily zuckte erschrocken zusammen und ließ das Messer fallen. Irritiert hob sie es wieder auf und betrachtete es. Für den Moment war ihr entfallen, was sie damit zu tun gedacht hatte.

»Was ist denn los?«, rief sie, während sie die Tomaten auf dem Schneidebrett entdeckte. Vermutlich waren sie das Ziel gewesen. Aber warum erinnerte sie sich nicht?

»Mach uns bitte die Tür auf, wir sind ausgesperrt!«

Emily schaute durch die Scheibe, Jani stand mit Spooky an seiner Seite auf der Terrasse und wedelte mit der Hand. »Komme!«, rief sie, legte das Messer achselzuckend zu den Tomaten und ging durchs Wohnzimmer zur Terrassentür. Davor maunzten die beiden Kater, im Fernseher liefen die Abendnachrichten. Emily scheuchte die Katzen beiseite und öffnete die Tür.

Puh, kam es da kühl herein. Roch das etwa schon nach Schnee? Es war doch erst Oktober. Sie schlang fröstelnd die Arme um sich. »Wie ist das denn passiert, hast du den Schlüssel vergessen?«

Spooky drückte sich an ihr vorbei ins Haus und sauste Richtung Küche, wo sich sein Fressnapf befand, dann folgte Jani, sie schloss die Tür hinter ihm.

Als sie sich umdrehte, wäre sie fast mit ihm zusammengestoßen, dann er stand dort und starrte sie komisch an. Im Fernseher sprachen sie über Sternschnuppen.

»Was ist denn los?«, fragte sie ihren Sohn. »Und wie siehst du überhaupt aus? Wo hast du die Klamotten her?«

Er griff sie am Arm. »Kommst du mal mit bitte«, sagte er, »ich möchte dir etwas zeigen.«

»Äh, klar.« Sie ließ sich von ihm in ihr Schlafzimmer führen, das gleichzeitig auch Büro war, Schreibtisch und Computer waren unter dem Hochbett untergebracht.

Er schob sie vor den Spiegelschrank und schaltete das Licht ein. »Schau dich an«, sagte er.

Die Emily im Spiegel trug eine interessante schwarze Kombination aus Figur betonendem geschnürten Mieder mit gerafften Volantärmeln, die so tief angesetzt waren, dass sie die Schultern frei ließen. Dazu einen knöchellangen Rock mit seitlichen Schlitzen, der in Zipfeln locker über eine schwarze Strumpfhose fiel. Um ihren Hals hing ein Lederband, dessen Ende in der Korsage verschwand. Ihre Füße steckten in flachen schwarzen Fellstiefeln.

»Wow!«, Emily lachte überrascht. »Das sieht toll aus. Aber woher kommt das? Wieso habe ich es an? Ich hatte doch meine Jeans…« Sie griff sich an die Stirn und wankte.

Jani fasste sie unter. »M, alles okay?«

»Mir tut der Kopf weh«, stöhnte sie.

Er führte sie zurück ins Wohnzimmer und half ihr, sich auf die Couch zu setzen. Dann eilte er in die Küche, wo er Spooky traf, der beim Fressen war, warf eine Brausetablette Aspirin in ein Glas und füllte es mit Wasser. Wenn Emmi heftige Kopfschmerzen bekam, wurde ihr schnell übel.

Er brachte ihr das Glas und setzte sich neben sie. Spürte dabei etwas unter sich, griff in seine Hosentasche und holte das Moleskine heraus. Blätterte kurz darin, seufzte erleichtert und legte es dann behutsam wie ein wertvolles Kleinod auf den Tisch vor dem Sofa.

Der Whippet kam offensichtlich gesättigt aus der Küche und sprang leichtfüßig auf seine Ecke der Couch, wo er sich gemütlich zusammenrollte. Er besaß zwar auch einen eigenen Hundekorb in diesem Zimmer, aber meist zog er die dick gepolsterte Alternative vor.

Emily hatte ausgetrunken und reichte Jani das Glas, der es auf den Tisch stellte. »Das habe ich auch noch nie gesehen«, sagte sie und deutete auf den Hund.

Spooky trug ein aus buntem Stoff geflochtenes Halsband.

»Äh ja, das ist neu«, Jani beugte sich vor und befreite den Hund davon.

»Was ist nur los mit mir?«, fragte Emily schwach. »Hab ich jetzt Alzheimer oder was?« Sie begann merklich zu zittern.

»Ist dir kalt?«, Jani sprang wieder auf, eilte davon und brachte ihr ein Kopfkissen und mehrere Decken. »Keine Sorge«, sagte er beruhigend, »das ist höchstens Schnupfheimer. Du brütest wahrscheinlich ne Grippe aus, du … äh … hast dich schon den ganzen Tag nicht gut gefühlt.«

»Tatsächlich?«, fragte sie.

»Jap. Komm, leg dich ein bisschen hin.«

Sie hob die Beine auf die Couch, er stopfte ihr das Kissen unter den Kopf, deckte sie zu und den Hund gleich mit, ihre Füße lagen an Spookys Bauch, er wusste, dass das schön wärmte. Emmi sah blass und erschöpft aus.

»Schön entspannen«, sagte er. »Ich bin kurz in der Küche.«

Die Kater folgten ihm, sie waren noch nicht gefüttert worden. Er knuddelte sie mal eben begrüßungstechnisch durch, bevor er das Trockenfutter in ihre Schalen verteilte. »Na ihr Rabauken«, flüsterte er. »Kommt euch gar nicht so vor, als wären wir fort gewesen, was?«

Als er mit einer Flasche Wasser zurückkehrte, schlief Emily tief. Er legte noch eine weitere Decke über sie und sah, dass ihre Hand eng an ihren Körper gepresst war, ihre Finger hielten etwas umklammert, das am Ende ihres Lederbands hing. Er konnte nicht erkennen, was es war.

Er drosselte die Lautstärke des Fernsehers, wollte ihn aber nicht gänzlich ausschalten, damit die plötzliche Stille sie nicht wieder weckte. Drehte den Dimmer der Stehlampe etwas herunter, so dass das Zimmer in dämmrigem Schein lag.

Leise öffnete er dann die Terrassentür, bedeutete Spooky, der ihn mit gespitzten Ohren von seinem Sofaplatz aus beobachtete, bei Emily zu bleiben, und ging hinaus auf die Terrasse. Die Tür zog er hinter sich zu, man brauchte nur dagegen zu drücken, dann würde sie wieder aufgehen.

Er lief über die Terrasse und dann die kleine Treppe in den Garten hinunter, wo er auf dem Rasen stehen blieb und tief durchatmete. Es war wirklich kühl, aber es störte ihn nicht. Die schwarzen Silhouetten der beiden hohen Baumwipfel, Tanne und Birke, wiegten sich sacht im Wind, die wenigen am Kirschbaum übriggebliebenen Blätter raschelten leise.

Er legte den Kopf in den Nacken und schaute nach oben. Der Himmel war schwarz und klar. Er sah die Sterne funkeln und wusste, dass er sich nie wieder an den Missionen der NASA oder den neuesten Forschungsberichten von Astronomen und Physikern würde begeistern können. Der bleiche Mond war fast voll und überraschte ihn mit seiner Ähnlichkeit zu dem, den er gerade verlassen hatte. »Bisschen einsam, hm«, sagte er leise. »Na ja, bist ja eh nur 'ne Lampe.« Dann reckte er die Arme in die Höhe und winkte mit beiden Händen zum Firmament. »Hey, wir sind gut angekommen. Danke auch!«

Es fühlte sich dämlich an und er ließ die Arme wieder sinken. Durch das große Südfenster am Haus konnte er im Wohnzimmer bunte Schatten flackern sehen, verursacht vom Fernsehbild. Sein Blick wanderte zum Haus der Nachbarn, Licht fiel aus einem der Fenster im Dachgeschoß.

Kurzentschlossen lief er nach vorne zur Straße. Da stand er, der kanariengelbe Golf Variant, von Emmi ordentlich am Bordstein geparkt, nachdem sie ihn von der Bandprobe abgeholt hatte. Gegenüber bei den Nachbarn brannte auch noch Licht. Na ja, es war ja auch noch früh am Abend. Am Abend des…? Er stellte fest, dass er keine Ahnung hatte, welcher Tag heute war.

Er trat an das Auto heran und fuhr mit der Hand über das Metall der Karosserie. Es fühlte sich kühl und glatt an, wie das eben so war bei Metall. Im schwachen Licht der Straßenlaterne sah das Gelb fast wie Gold aus.

*So golden wie die Federn eines Greifs.* Er zog seine Hand zurück, als hätte er sich verbrannt und beeilte sich, wieder hinters Haus zu kommen, hoffentlich hatte ihn keiner der Nachbarn beobachtet.

*Ey, schon gesehen – der Sohn von der Jaden kommt abends raus und streichelt sein Auto, was ist denn mit dem los?* Er konnte sich den Klatsch bildlich vorstellen.

Er warf einen letzten Blick zum Nachthimmel und ging dann wieder hinein. Holte sich das Bettzeug aus seinem Zimmer, streifte den Mac mit einem Blick – *nein, noch keinen Bock auf dich* – schob dann im Wohnzimmer den Tisch ein wenig zur Seite und richtete sich ein Lager auf dem Teppich ein. Emily hatte sich nicht bewegt, aber sie atmete unruhig.

Er schob sein Kopfkissen an das Sofa, lehnte sich sitzend dagegen und zog die Bettdecke über seine Beine. Die Katzen kamen und verteilten sich, der kleine Somali Merlin kuschelte sich zu Spooky auf die Couch, während es sich Muffin, der Birma Kater, auf seinen Beinen bequem machte.

Jani langte zum Tisch hinüber, griff sich das Moleskine und las darin, bis er müde wurde.

Mitten in der Nacht wachte er auf und fand Emily im Halbdunkel auf dem Sofa sitzend vor, in Tränen aufgelöst. Sie hielt ihm anklagend den Anhänger ihrer Kette entgegen. »Wie konnte ich es vergessen, sofort vergessen?«, schluchzte sie.

»Oh«, sagte er. »Du weißt es also wieder?«

Sie nickte, während die Tränen in Strömen flossen. »Ich habe mich nicht erinnert! Sehe im Spiegel das – », sie deutete auf ihre Kleidung, » – und erinnere mich nicht!« Sie war völlig fertig.

Er setzte sich neben sie und nahm sie in den Arm. »M-chen, das ist doch nicht schlimm. Das waren bestimmt die Nachwirkungen des Transfers. Jetzt erinnerst du dich doch. Es ist alles gut.«

»Ich ... habe ... solche ... Angst«, ihre Stimme holperte in Schluchzern. »Was, wenn es wieder passiert? Wenn es nur der Anfang davon ist, dass ich alles vergesse?«

Jani schüttelte nachdrücklich den Kopf. »Das glaube ich nicht, echt nicht. Außerdem bin ich ja da. Wenn es doch noch mal vorkommt, sorge ich dafür, dass du dich wieder erinnerst. Okay?«

Rote glasige Augen starrten ihn flehentlich an. »Schwörst du?«, schniefte sie.

Er hob die Hand. »Großes Indianerehrenwort!«

Sie beruhigte sich etwas und zeigte ihm dann den Anhänger.

»Von Roc?«, fragte er.

Sie nickte. »Ein Amulett. Selbst gemacht.«

»Wow«, sagte er. »Das ist wirklich sehr schön. Ist es auch wasserdicht?«

»Wieso?«, sie sah ihn irritiert an.

Er blickte ernst. »Na, du wirst es ja voraussichtlich nie wieder ablegen. Und du musst ja ab und an mal duschen.« Er zog die Nase kraus. »Möglichst bald wäre gut.«

Als sie lachen musste, atmete er innerlich auf. *Das wird schon wieder,* dachte er.

»Blöder Kerl«, sie schniefte und grinste ihn müde an. »Erst mal schlafen.«

Er grinste zurück. »Jap. Gute Idee.«

Sie legte sich hin und er deckte sie wieder zu.

Als er selbst auch wieder unter seinen Kissen lag, hörte er sie flüstern: »Möge Licht in deinen Träumen sein...«
»Und in deinen«, gab er leise zurück.

# 112 / TAG 2

Jani war schon seit den frühen Morgenstunden auf und hatte einiges erledigt. Seine tägliche *Aufgabe*, zum Beispiel. Und dann eine Theorie überprüft, die sich glücklicherweise als zutreffend herausgestellt hatte. Alles, was sie nach Palla mitgenommen hatten, genauer, was mit ihnen nach Palla *transferiert* worden war – es musste hier noch existieren, denn – wie er inzwischen herausgefunden hatte – sie waren vor *dem Zeitpunkt* zurückgekehrt. Am Abend des 8. Oktober, kurz vor dem Auftauchen der vermeintlichen Draconiden-Meteoriten.

Und so war es auch. Er hatte seine Gitarre bei Tem gelassen und schon gestern Abend gesehen, dass ihr Zwilling an der Wand im Wohnzimmer lehnte, aber sich erst heute Morgen getraut, das Instrument anzufassen. Und siehe da – es war nicht zu Staub zerfallen.

Im Keller schaute er nach dem großen Rucksack – er lag an seinem angestammten Platz, der kleine war auch, wo er hingehörte. Die beiden Fotos hingen an der Pinwand, Emmis Ordner stand ordentlich im Regal, seine Songtexte flogen immer noch in allen möglichen Ecken herum, und ganz zum Schluss öffnete er die antike Kommode. Auch dort war alles noch da, was er auf Palla entnommen hatte.

Am meisten faszinierte und beglückte ihn aber die Tatsache, dass in seinem Zimmer ein Moleskine-Notizbuch lag, identisch mit dem in seiner Hosentasche, bis auf kleine Unterschiede. Das eine brandneu mit völlig blanken Seiten, das andere, fleckig und abgegriffen, voller Notizen und zipfeliger Papierreste, die auf herausgerissene Seiten hindeuteten.

Er hatte sie nebeneinander gelegt und lange angesehen. Dass sie beide da waren, überzeugte ihn davon, dass alles, was er auf Palla zurückgelassen hatte, auch noch auf Palla vorhanden war, denn wenn immer nur ein Exemplar von zwei Versionen hätte existieren dürfen, dann würde es eines der beiden Notizbücher nun nicht mehr geben.

Und um seiner Theorie das i-Tüpfelchen zu verpassen, hatte er auch noch mutig einen Stift gegriffen und irgendeinen Blödsinn in das bisher unbenutzte Moleskine geschrieben, der sich völlig von dem Inhalt des zweiten unterschied. Es hatte beider Zustand in keinster Weise verändert.

Jetzt saß er vor dem Rechner und frischte sein Wissen auf. Heute war Sonntag, der 9. Oktober 2011. Das bedeutete, dass keine Maßnahmen, wie sich von der Schule oder Emmi von der Arbeit zu entschuldigen, nötig waren. Sie hatten einen Tag, um sich wieder einzugewöhnen, vielleicht würde es ja ausreichen.

Er checkte seine Mails, nicht dass er und die Jungs heute einen Gig hatten, an den er sich nicht erinnerte. Sie traten ab und an in kleineren Läden auf, und wenn dann meist am Wochenende. Und sie hatten am Freitag noch geprobt. Was natürlich auch eine ganz gewöhnliche Probe gewesen sein konnte, denn normalerweise trafen sie sich mehrmals in der Woche, um zu üben.

Florian ›Fips‹, der Drummer, hatte ihm geschrieben, aber nur um ihn zu motivieren, ordentlich zu büffeln. Stand da etwa eine Arbeit in der Schule an? Aber nein, als er weiterlas, war klar, dass es um den Führerschein ging. Stimmt, er zog sich ja seit Wochen die Theorie rein – wann war eigentlich die nächste Fahrstunde? Er überlegte kurz, dann schaute er in seiner Schultasche nach, hatte er nicht einen Kalender für so was? Er hatte und die Fahrstunden bis zur Prüfung waren auch verzeichnet.

Er klickte sich ins SchülerVZ und öffnete auch ICQ, blieb aber erst mal unsichtbar, es ging ihm nur darum, alle vorhandenen Namen zu sichten und festzustellen, ob ihm dazu ein Gesicht einfiel. Es gelang ihm bei den meisten auf Anhieb, bei einer Handvoll musste er etwas länger nachdenken, aber letztendlich waren das eh nur die Leute, mit denen er nicht so viel zu tun hatte.

Dann las er noch ein paar neue Einträge und plötzlich zog sich ein breites Grinsen über sein Gesicht. Er spürte, wie sein eingerostetes Hirn langsam in die Gänge kam, und als nach gut drei Stunden seine Mutter wüst verstrubbelt in der Tür stand, war er mit allem so ziemlich auf dem neuesten Stand.

»Guten Morgen«, sagte sie und gähnte. »Wie spät ist es? Ich habe geschlafen wie eine Tote. Welcher Tag ist überhaupt? Musst du nicht in die Schule?«

Er grinste sie an. »Es ist Sonntag, der 9. Oktober. Hab schon alles gecheckt. Ich hab keine Termine, und weißt du, was das Geilste ist? Es sind Herbstferien! Zwei Wochen lang. Freitag war der letzte Schultag! Deswegen waren wir auch schon so früh im Proberaum!«

Emily machte große Augen. »Herbstferien? Stimmt ja! Hatte ich da nicht parallel auch Urlaub genommen?«, sie runzelte die Stirn. »Na, egal, schaue ich später nach. Erst mal brauch ich einen Kaffee! Und Frühstück!«

»Frühstück brauche ich auch noch!«, merkte Jani an.

Sie lächelte. »Geht klar.«

Kurz darauf hörte er sie erst im Bad und dann in der Küche hantieren. Etwas ließ ihn aufstehen und nach unten gehen. Sie stand da in ihrer schwarzen Amibro-Kluft und füllte Kaffeepulver in einen Filter. Trug sie das jetzt absichtlich noch oder hatte sie es wieder nicht bemerkt?

Emily hob den Blick und sah, wie er sie musterte.

»Schickes Outfit, so zum Frühstück«, sagte er beiläufig.

Der Löffel in ihrer Hand blieb auf dem Weg zum Filter in der Luft stehen. »Wie meinst du das?«, fragte sie misstrauisch.

Er ging aufs Ganze. »Na, so wie ich's gesagt habe – Tem hat voll deinen Geschmack getroffen, oder?«

Emily seufzte erleichtert und der Löffel setzte seinen Weg fort.

»Himmel«, lamentierte sie, »hast du mich erschreckt. Ich dachte schon, jetzt hättest *du* dein Gedächtnis verloren. Ja, ich liebe es total, ich wollte es noch ein bisschen anbehalten.« Sie lächelte ihn an. »Später bekommt es einen Ehrenplatz im Schrank und wird nur zu Fasching rausgeholt.«

Er lachte lauthals los. »*Du* hast gedacht, *ich* hätte alles vergessen? Ne, oder? Und ich wollte nur checken, ob *du* nicht wieder…«

Jetzt musste sie auch lachen. »Nein, alles in Ordnung. Funktioniert jetzt wieder ganz prima hier oben«, sie tippte sich an die Stirn.

»Dann bin ich ja beruhigt«, grinste Jani. »Schätze, wir können uns ab jetzt drauf verlassen, dass es auch so bleibt.«

Während sie frühstückten, klingelte das Telefon, womit sie im ersten Moment nichts anzufangen wussten. Dann klatschte sich Jani an die Stirn und lief in den Flur, um es abzuheben.

Als er zurückkam, strahlte er. »Das war Paps! Völlig normal, als wäre nichts gewesen. Na ja, ist ja auch nichts passiert für ihn.« Er lächelte schief. »Sieht so aus, als hätte ich doch was vergessen. Paps wollte wissen, wo ich bleibe, wir waren doch zum Frühstück verabredet. Ich hab gesagt, dass wir verschlafen hätten und dass ich später mit dem Fahrrad rüber komme. Ist das okay? Sonst kann ich auch noch mal verschieben.«

»Nein, nein, mach nur«, sagte sie lächelnd. »Hast ja lange genug warten müssen. Wir sind also genau wieder da, wo wir waren, als es anfing? Schon verrückt. Meinst du, irgendetwas an der Zukunft hat sich verändert?«

»Dass sie anders ist als die, die wir gehabt hätten, wenn uns Sugar nicht nach Palla geholt hätte? Laut Löscher ist es wahrscheinlich, aber ich schätze, das werden wir nie erfahren. Und du kommst hier zurecht? Sicher?«

»Sicher. Wenn du bei Mark übernachten willst, geht das auch in Ordnung. Ruf mich dann nur noch mal an vorher, damit ich nicht warte.«

»Okay, cool.«

Während sie aßen, erzählte er Emily von seiner überprüften Theorie und fand sie freudig überrascht. »Gottseidank«, sagte sie. »Ich habe Roc meine Geschichten dagelassen und hatte schon befürchtet, dass sie vielleicht verschwinden würden, wenn wir nicht mehr da sind.«

»Nö«, sagte Jani kauend. »Kannst davon ausgehen, dass er sie noch hat.«

»Und das Kalenderbild ist tatsächlich da?«

»Jap.«

Sie überlegte. »Ich glaube, ich würde es gerne rahmen und hier irgendwo aufhängen. Hättest du was dagegen?«

Er strahlte sie an. »Fänd ich toll.«

Sie lächelte wieder. »Gut, dann ist das gebongt.«

Nachdem Jani sich auf den Weg zu Mark gemacht hatte, bestand Emilys erste Handlung darin, die Schublade in der Kommode zu öffnen und ›*Dark Ones by A. Brownley 2002*‹ herauszunehmen. Im Gegensatz zu seinem abgenutzten Pendant auf Palla war dieses Kalenderblatt ohne Knicke und Falten.

Sie setzte sich aufs Sofa, legte das Bild vor sich auf den Tisch und betrachtete es minutenlang, während ihre Finger mit dem Anhänger an ihrem Hals spielten.

Da war er, der ›Rat der Drei‹, in einer Zusammenstellung, die es so nie mehr geben würde. Sie beneidete Jani, er hatte da ein ganz wunderbares Bild von seiner Freundin, das ihm helfen würde, ihr Aussehen nicht zu vergessen.

Sie strich zart über das Abbild des schwarzen Wolfs zu Füßen des Mädchens. So sehr sie sich seine Gesichtszüge auch eingeprägt hatte, sie wusste, dass sich die Erinnerung verflüchtigen würde, nicht sofort, auch nicht in ein paar Monaten, aber irgendwann. Sie fand es schön, dass der Wolf sie direkt ansah, ebenso wie das Mädchen auf dem Bild war auch er so gezeichnet, dass es wirkte, als blickte er dem Betrachter in die Augen.

Merlin sprang auf den Tisch und maunzte sie um Streicheleinheiten an, schnell brachte sie das Blatt in Sicherheit, erst mal zurück in die Kommode, in der kommenden Woche würde sie einen Rahmen besorgen. Auch ihr Kleid litt bereits unter den Zuständen in der Wohnung, Schwarz war hier eigentlich untragbar, denn in kürzester Zeit setzten sich Katzen- und Hundehaare darauf ab. Bis auf den Somali hatten sie alle sehr helles Fell, und selbst seine getinkerten roten Haare sah man auf dunklem Stoff.

Sie kraulte das Katerchen am Kopf, was er sehr mochte, wohlig schnurrend schloss er die Augen. Heiligen Birmas wurde nachgesagt, dass sie die meiste Zeit des Tages verschliefen, und mit liebevollem Blick auf ein eingerolltes Fellknäuel in den Tiefen eines der Sessel konnte sie dies nur bestätigen. Bei Somalis – der langhaarigen Variante der Abessinier – sah das schon ganz anders aus. Sie waren viel lebhafter und wollten beschäftigt werden, und waren sie der Meinung, dass man dieses Bedürfnis nicht ausreichend erfüllte, nahmen sie die Sache selbst in die Hand. Muffin wusste ein Lied davon zu singen und ebenso Spooky, der sich aber meistens willig zu irgendwelchem Schabernack überreden ließ.

»So, du Räuber, ich muss mal unter die Dusche – stell nicht zu viel an, okay?«

Sie stieg die Treppe zum Obergeschoß hinauf, wo auf der gegenüberliegenden Seite von Janis Zimmer in zwei kleinen Räumen mit Verbindungstür all ihre Kleidung mitsamt Schuhwerk in Schränken und Kommoden untergebracht war. Sie schlüpfte aus ihrem Kleid, hängte die einzelnen Teile auf Kleiderhaken und verbrauchte eine ganze Fusselbürste, um sie von den Tierhaaren zu säubern.

Sie war sehr froh, dass sie ihre Kater unversehrt zurückhatte, aber nun gab es eine neue Leere in ihr, mit dem sie fertigwerden musste.

Sie drückte ihr Gesicht in den Stoff des Oberteils, aber wenn sich dort jemals sein Geruch befunden hatte, dann war er spätestens mit dem Transfer verlorengegangen. Düfte gehörten wohl nicht zu den Dingen, die man auf die Reise zwischen den Welten mitnehmen konnte. Sie hüllte die Stücke noch zusätzlich in schützende Klarsichtfolien und hängte sie in den Schrank. Die Stiefel stellte sie erst einmal darunter, vielleicht brauchten sie gar nicht auf die Karnevalszeit warten, sie eigneten sich prima als herbstliches Schuhwerk.

Dann lief sie wieder nach unten, betrat das Bad und zog die Tür hinter sich zu. Sie betrachtete sich im Spiegel, der über dem Waschbecken hing. Und erkannte mit Schrecken, dass ihre Haut immer noch stark gebräunt war. Bei Jani war es nicht anders – wie wollte er diesen Umstand seinem Vater erklären? Sie hatten sich vor einer Woche das letzte Mal gesehen, vielleicht konnte er ihm ja irgendeine Geschichte von Sonnenbank oder Selbstbräuner vorflunkern.

Die mit dem Wolf verschlungene Frau ruhte zwischen ihren nackten Brüsten, sie griff das Amulett und zog das Lederband über ihren Kopf. Sie wollte doch lieber darauf verzichten, beides dem Wasserstrahl der Dusche auszusetzen und nicht das Risiko eingehen, dass sie es nicht vertragen würden.

Sie stieg in die Kabine, mischte das Wasser so heiß, wie sie es gerade aushielt, und stellte sich dann darunter, lehnte sich dabei an die Wand und schloss die Augen. Dann stellte sie sich vor, dass es Roc war, an den sie sich lehnte. Sofort kamen ihr die Tränen und ihr so schön aufgebauter standhaft tapferer Morgen stürzte in sich zusammen wie ein Kartenhaus.

Sehr viel später saß sie in Jeans, Chucks und Pullover vor ihrem Computer, daneben standen ein volles Glas Rotwein, die zugehörige Flasche, zur Hälfte geleert, ein halbvoller Aschenbecher, und zwischen ihren Lippen klemmte eine brennende Kippe. Die Zigaretten waren über zwei Jahre alt und schmeckten auch so, sie hatte zwei Päckchen in der hintersten Ecke einer Schublade gefunden, in der sie früher, als sie noch rauchte, Zigarettenschachteln für Notfälle zu verstecken pflegte.

Ihr ging es schon viel besser! Sie hatte in ihrem Posteingang ein paar Mails gefunden, die ihr einen schönen Urlaub wünschten, das war doch schon mal was. Noch wusste sie zwar nicht, wie lange sie Urlaub hatte, aber das würde sie schon noch rausfinden. Das Telefon hatte zwei Mal geklingelt, aber da es nicht Janis Nummer auf dem Display zeigte, hatte sie nicht abgenommen.

Im Moment browste sie durch die Website von Amalia Brownley auf der Suche nach den ›Dark Ones‹, sie wollte das Bild downloaden, um es sich als Hintergrundbild im Computer einzurichten. Es sah jedoch so aus, als gehörte der 2002er Kalender bereits zur Sektion der ›rare&retired images‹ und sie konnte es nicht finden. Dann würde sie es eben abfotografieren und eine digitale Kopie benutzen. Als Nächstes googelte sie den Begriff ›schwarzer Wolf‹ und beschäftigte sich die nächsten Stunden mit allem, was sie dazu finden konnte.

Sie öffnete noch eine weitere Flasche Wein, gestattete sich einige Minuten ›Schlosshundheulen‹, wie sie es getauft hatte, und nahm irgendwann

Spooky auf eine Runde Gassigehen in den Garten mit, wo sie auf dem Rasen zusammenbrach.

Jani fand sie dort am frühen Abend, sie hatte seine Anrufe nicht beantwortet, also hatte er seinem Vater etwas von Grippe und Fieber erzählt und dass er lieber zuhause sein wollte. Mark hätte ihn mit dem Auto gebracht, aber er wollte eine Begegnung seiner Eltern im Moment noch vermeiden und fuhr mit dem Fahrrad, nachdem er versprochen hatte, sich baldmöglichst zu melden, denn sie wollten in den Herbstferien noch ein paar Sachen zusammen unternehmen.

Irgendwie schaffte er es, Emily zurück ins Wohnzimmer auf die Couch zu schaffen, die sowieso noch als Bettlager hergerichtet war, und die Kater einzusammeln, die sich inzwischen schon neugierig im Garten herumgetrieben hatten, aber zum Glück in Spookys Nähe geblieben waren.

Als er Emilys PC inspizierte, konnte er einigermaßen nachvollziehen, mit was sie sich den ganzen Tag beschäftigt hatte. Er las auch die E-Mails, aus denen hervorging, dass sie tatsächlich Urlaub hatte.

In der Nacht half er ihr zwei Mal ins Bad, weil sie sich übergeben musste, danach schlief sie ohne weitere Unterbrechungen ihren Rausch aus.

Sie verbrachte den gesamten Montag auf dem Sofa, entweder schlafend oder weinend oder schweigend vor sich hin brütend.

Am Abend bekam sie Fieber und am Montag bat er seinen Vater telefonisch um Hilfe. Üblicherweise mussten sich Kranke ja heutzutage in den übelsten Verfassungen noch in die Praxen schleppen, um überhaupt Aufmerksamkeit zu erhalten, aber Mark hatte einen Freund, der Arzt war, und den schickte er vorbei.

Die Diagnose lautete auf mittelschwere Virusgrippe und Jani bekam fiebersenkende und antibiotische Medikamente in die Hand gedrückt, die er seiner Mutter verabreichen sollte. Er verbrachte seine Ferien als Krankenpfleger zuhause.

# 113 / WOCHE 3

In der Mitte der zweiten Woche kam Emily wieder auf die Beine, war zwar noch geschwächt, erholte sich aber zusehends und wurde über das Wochenende so fit, dass Jani zustimmte, als sie anbot, ihn Montags zu fahren, wenn die Schule wieder begann.

Nicht nur das Gymnasium befand sich in Hannisberg, sondern auch der Proberaum. Jani wollte nach der Schule mit Fips und Lukas noch für ein, zwei Stunden Musik machen und später dann den Bus zurück nach Hause nehmen. Emily setzte ihn vor dem Schulgebäude ab, wünschte ihm einen schönen ersten Tag, winkte zum Abschied und fuhr auf dem Nachhauseweg frontal gegen einen Baum.

Der behandelnde Arzt im Krankenhaus, der sich ihnen als Dr. Adam vorstellte, erklärte Mark und Jani, dass Emily Glück gehabt hatte, weil sie angeschnallt war und auch der Fahrerairbag sich geöffnet hatte. Sie wurde noch auf Gehirnerschütterung, Schleudertrauma sowie innere Verletzungen untersucht, aber bisher schien sich der Hauptschaden auf ein gebrochenes Handgelenk und Prellungen an Brust und Beinen zu beschränken. Und ein kaputtes Auto. Zum Unfallhergang hatte der Arzt sie bereits befragen können und es schien, als sei sie einem großen Tier ausgewichen und von der Straße abgekommen.

Mark und Jani nahmen im Wartezimmer Platz, Dr. Adam hatte versprochen, sie gleich zu benachrichtigen, wenn die Untersuchung beendet war.

Jani saß stumm auf seinem Stuhl, ihm zitterten immer noch die Knie. Weil Emily seine Handynummer in ihrem Portemonnaie bei sich trug, hatte die Polizei ihn verständigt, und er hatte seinen Vater angerufen, der ihn sofort von der Schule abholte und mit ihm zum Krankenhaus gefahren war.

Mark warf seinem stillen Sohn einen Seitenblick zu und klopfte ihm dann aufmunternd auf die Schulter. »Kopf hoch, sie wird schon wieder«, sagte er. »Unkraut vergeht nicht. Ich hole mir einen Kaffee, willst du auch was?«

»Ja, 'ne Coke bitte.«

»Kaykay.«

Jani schaute zu, wie sein Vater in seiner schlaksigen Art zu den Automaten rüberschlenderte, aufmerksam Bedienungsanleitungen las, jede seiner Taschen abtastete, bis er endlich seine Geldbörse gefunden hatte, umständlich Kleingeld zusammensuchte und ein gefühltes Jahrhundert später mit eine Dose Cola und einem dampfenden Kaffeebecher zurückkehrte.

Paps hatte mit seinen weißblonden halblangen glatten Haaren etwas an sich, das an einen irren Dirigenten erinnerte und in der Art, wie er auftrat, an einen zerstreuten Professor. Aber Jani wusste, dass dieser Eindruck täuschte. Paps war nur einfach immer die Ruhe selbst.

Sie nippten an ihren Getränken.

»Bisschen viel für dich im Moment, hm?«, sagte Mark schließlich. »Die Ferien waren ja mal eben für die Katz.«

»Na ja, ging so«, wich Jani aus. »Hab halt viel für den Führerschein gelernt.« *Und außerdem an Songs gearbeitet,* dachte er, *meine Aufgaben erledigt, jede Menge über Mythologie gelesen, besonders über Drachen und Greifen, nach Neo gesucht, Musik gehört...* Nein, es war nicht wirklich schlimm gewesen, es würde nur jetzt kompliziert werden, wenn...

»Bloß wenn sie jetzt nicht auf die Füße kommt, könnte es schwierig werden, weil ich ja wieder Schule habe«, fügte er hinzu.

»Und bei uns gehts am Freitag los«, sagte Mark und meinte das Orchester, bei dem er und sein Lebensgefährte Lars engagiert waren. »Ich könnte vielleicht versuchen, einen Ersatz zu finden.«

Jani wehrte gleich ab. »Lass uns erst mal hören, was der Doc sagt.« Er wusste, dass sein Vater sich schon lange auf die Tournee freute, sie würde das Orchester quer durch Europa führen.

»Wann kommen eigentlich deine Großeltern zurück?«, fragte Mark.

»Die sind noch zwei oder drei Wochen unterwegs.«

Emilys Eltern tourten durch Australien, ihm fiel ein, dass er auf Opas letzte SMS noch gar nicht geantwortet hatte, in der er begeistert vom *Ayers Rock* geschwärmt hatte. Aber das war nicht so wild, er kannte seinen Enkel und erwartete nicht auf jede Nachricht ein Feedback.

»Notfalls können wir vielleicht Bea Bescheid geben, was meinst du?«, überlegte Mark weiter.

Bea war Emilys beste Freundin. Jani nickte. »Klar, ich hatte eh schon Mühe, sie abzuwimmeln, damit sie sich nicht auch noch die Grippe fängt. Sie würde bestimmt helfen. Und die Ruskis könnt ich auch noch aktivieren.«

Die ›Ruskis‹ waren Victor und Boris, Emilys enge Freunde von früher, die sie immer mit zu den Auftritten schleppte, wenn er mit der Band irgendwo spielte. Den Spitznamen hatten sie wegen ihrer Namen weg, die nur zufällig russische waren, sie hatten nichts mit ihrer Herkunft zu tun, beide waren gebürtige Deutsche.

»Auf dass das Chaos triumphiere!«, witzelte sein Vater und Jani musste lachen.

Emmi wäre sicher begeistert, wenn die zwei ihren Haushalt aufmischen würden, der eine strenger Vegetarier, der andere allergisch gegen Tierhaare. »Na ja, nur wenn alle Stricke reißen«, sagte er grinsend.

Schließlich tauchte Dr. Adam wieder auf. Erwartungsvoll erhoben sie sich von ihren Sitzen.

»Alles so weit in Ordnung«, beruhigte er sie sofort. »Keine inneren Verletzungen, bisschen den Hals gezerrt, aber das lässt sich mit Salbe behandeln. Eine leichte Gehirnerschütterung und wie ich schon sagte, das linke

Handgelenk ist gebrochen. Die Prellungen werden wohl am meisten weh tun. Und außerdem noch schön bunt werden.« Er zögerte und fuhr dann fort: »Da wäre noch eine Sache, aber das kann ich nur mit den nächsten Verwandten besprechen.« Er schaute Mark an: »Sie sind der Ehemann?«

Mark schüttelte den Kopf. »Der Vater des jungen Mannes hier, ja. Aber ich bin nicht mit seiner Mutter verheiratet. Wir sind Freunde.«

Der Arzt nickte. »Ich dachte es mir schon aufgrund Ihres abweichenden Nachnamens – aber heutzutage muss das ja nicht unbedingt etwas heißen.« Er lächelte Jani an. »Kann ich dich – ich darf doch *du* sagen? – dann kurz alleine sprechen?«

Jani schaute seinen Vater ratlos an, aber Mark nickte ihm aufmunternd zu.

Sie gingen ein paar Schritte den Gang hinunter und blieben vor einer Tür stehen, an der das Namensschild ›Dr. Med. E. Adam‹ angebracht war. Der Arzt öffnete sie und bat ihn herein.

»Nimm Platz«, forderte er ihn auf und lehnte sich selbst an die Kante seines Schreibtischs.

Jani blieb lieber stehen. Er war zu nervös. »Was ist los?«, fragte er. Aus irgendeinem Grund hatte er plötzlich schreckliche Angst, dass sich Emmi irgendeine Krankheit auf Palla eingefangen hatte, die hier unbekannt und unbehandelbar war.

»Während der Untersuchung deiner Mutter konnte ich mich des Eindrucks nicht erwehren, als sei sie psychisch sehr belastet«, begann Dr. Adam und beobachtete seine Reaktion, »Was sie so zum Unfallhergang erzählt hat … hm … ging es ihr in letzter Zeit nicht gut?«

Janis Züge verhärteten sich. »Was wollen Sie damit sagen? Dass sie sich umbringen wollte?«

Der Arzt hob abwehrend die Hände. »Darauf wollte ich gar nicht hinaus«, sagte er. »obwohl – wenn eine seelische Belastung vorliegen sollte, ist es sicher nicht verkehrt, eine eventuelle Suizidgefährdung im Auge zu behalten. Das ist aber von Fall zu Fall verschieden und kommt auch immer auf die Umstände an.«

»Emmi würde das niemals in Betracht ziehen. Schon allein wegen mir nicht.« Er hoffte, dass er damit richtig lag. So ganz sicher war er sich im Moment nicht.

»Ich verstehe«, sagte Dr. Adam. »Aber da war etwas? Richtig? Vielleicht eine Beziehung, die in die Brüche gegangen ist?«

Jani riss die Augen auf. »Wie kommen Sie darauf?«

»Liege ich richtig?«

Jani druckste herum. »Ähm, ja, schon. Sie ist nicht richtig in die Brüche gegangen. Es ist mehr so, dass … na ja, sie mussten sich trennen … umständehalber.«

»Ich verstehe«, sagte Dr. Adam wieder. »Und es ist kein Kontakt mehr möglich?«

Jani schüttelte den Kopf. »Eher nicht, nein. Aber warum wollen Sie das wissen?«

Der Arzt drehte sich zu seinem Schreibtisch, nahm die Akte, die dort lag und schlug sie auf. »Nun, es ist so«, sagte er, während er das obenauf liegende Dokument eingehend betrachtete, »deine Mutter ist schwanger.«

»Ach du Scheiße«, sagte Jani und setzte sich nun doch.

Dr. Adam schaute kurz, wie er es aufnahm und fuhr dann fort, während er in der Akte blätterte. »Sie ist noch ganz am Anfang, dritte Woche, vielleicht vierte. Das ist natürlich noch viel zu früh, um zu sagen, ob der Embryo auch bleibt. Normalerweise ließe sich die Schwangerschaft noch gar nicht feststellen, das wurde jetzt eher zufällig festgestellt, bei der Auswertung eines speziellen Bluttests, den wir bei Unfalluntersuchungen anwenden.« Er klappte die Akte wieder zu und legte sie zurück auf den Tisch.

»Weiß sie es schon?«, fragte Jani.

Dr. Adam schüttelte den Kopf. »Ich wollte erst mit ihren Angehörigen sprechen. Um festzustellen, ob es in ihrer Verfassung eventuell geboten ist, mit der Neuigkeit zu warten. Was meinst du?«

Jani fuhr sich hektisch durch die Haare. »Puh«, machte er. »Gute Frage, nächste Frage.« *Wer kam als Vater in Frage? Doch nur Vem oder Roc?* Aber was, wenn Hicks ihr etwas angetan hatte? Hatte er sie nicht in einen Kerker gesteckt? Sie hätte es ihm sicher nicht erzählt, wenn so etwas geschehen wäre. *Aber andererseits – zu dieser Zeit war Hicks noch nicht durchgedreht, und Vem wiederum war schwul und hätte wahrscheinlich gar nicht mit ihr... Und Rocs Kind würde sie doch bestimmt...*

Er blickte auf. »Sie wird sich freuen«, war er sich plötzlich sicher. »Das ist genau das Richtige für sie.«

»Gut«, nickte Dr. Adam und lächelte. »Dann habe ich jetzt eine Aufgabe für dich.«

Ihr Gesicht war so weiß wie die Laken, zwischen denen sie lag, etwas verloren in dem großen Krankenhausbett, mit dunklen Ringen unter den geschlossenen Augen, den zur Hälfte eingegipsten linken Arm auf der Bettdecke liegend, im anderen eine Kanüle, deren dünner Schlauch zu einem Tropf führte.

Sie erhielt ein wenig intravenöse Stärkung und ein Schmerzmittel war auch enthalten. Dr. Adam hatte ihn darüber informiert, und auch darüber, dass er sie gerne noch ein paar Tage zur Beobachtung dabehalten wollte, um sicher zu gehen, dass auch weiterhin alles in Ordnung blieb.

Seinem Vater hatte er diese letzten Infos als das präsentiert, was ihm der Arzt unter vier Augen hatte sagen wollen. Die Schwangerschaft erwähnte er nicht, Emmi musste selbst entscheiden, wer davon erfahren sollte. Mark wartete noch draußen, er hatte akzeptiert, dass Jani erst einmal alleine zu seiner Mutter wollte.

Jani nahm sich einen Stuhl, rückte ihn vorsichtig an das Bett, setzte sich leise und betrachtete sie. Sie trug das Lederband mit Rocs Anhänger um den Hals. Fast sofort öffnete sie die Augen, so als hätte sie seine Anwesenheit gespürt.

»Hey«, flüsterte er lächelnd und griff nach ihrer Hand.

»Hey«, flüsterte sie schwach.

»Wie geht es dir?«, fragte er.

Sie verdrehte die Augen.

»Ach, doch schon so gut?«, feixte er.

Sie musste lachen, fuhr aber gleich schmerzverzerrt zusammen. »Ist es schlimm?«, fragte sie leise.

»Nö«, sagte er. »Was da so weh tut, sind nur jede Menge Prellungen. Sagt der Doc. Und deine Hand ist gebrochen. Zum Glück die linke. Und wegen einer leichten Gehirnerschütterung musst du noch ein paar Tage hier bleiben. Und außerdem noch dein Hals, dem gehts gar nicht gut, weil ich ihn dir nämlich gleich umdrehe. Du hast mir so einen Schrecken eingejagt!«

»Es tut mir leid«, sagte sie kläglich.

»Weißt du noch – im fliehenden Wald, die Käfer?«

Sie schaute ihn überrascht an und nickte. »Die roten. Sie sahen aus wie Londoner Doppeldecker.«

Er grinste. »Genau die. Damals hast du mir versprochen, dass du mir NIE WIEDER so einen Schrecken einjagen würdest!«

Sie blickte noch kläglicher. »Ich kam um die Kurve«, sagte sie schwach. »Da war ... ein Tier. Ich hätte es überfahren, wenn ich nicht ... ich habe den Lenker herumgerissen und dann...«

Er drückte fest ihre Hand. »Ist schon gut«, sagte er. »Ich bin nicht böse. Nur froh, dass nichts Schlimmeres passiert ist. Was war das für ein Tier?«

Ihre Augen flackerten. »Ein schwarzer Wolf.«

Er starrte sie an. »Ne, oder?«

»Das habe ich mir natürlich nur eingebildet. Ich sehe dauernd schwarze Wölfe«, sie lächelte schwach. »Aber in dem Moment ... plötzlich stand er mitten auf der Straße ... ich habe reagiert, bevor ich nachdenken konnte.«

»Hast du das dem Arzt auch erzählt? Dr. Adam? Dass du einem Wolf ausgewichen bist?«

Sie nickte.

Jani lachte. »Kein Wunder, dass er dich für gestört hält.«

Emily machte große Augen. »Tut er das?«

Jani grinste. »Allerdings.«

»Oje. Dann muss ich unbedingt noch mal mit ihm sprechen.«

»M, kann ich dich was fragen?«

Sie schaute erstaunt. »Natürlich.«

»Also äh, was Persönliches. Intimes, um genau zu sein.«

Sie blickte zusehends verwirrter, nickte aber.

Er räusperte sich. »Auf Palla, hast du da eventuell … ähm … du und Roc, habt ihr vielleicht miteinander…«, er stockte und lief rot an.

Emily schmunzelte und erlöste ihn. »Ja, haben wir. Gewissermaßen. Ein Mal.«

Jetzt schaute *er* irritiert. »Was meinst du mit *gewissermaßen*?«

»Na ja«, sie bewegte sich unbehaglich. »Es ist passiert, als wir zusammen in dem Kerker waren. Ich war im Halbschlaf und dachte er wäre Vem, Roc hatte hohes Fieber und dachte, ich wäre Felecia. Aber ja, wir haben.«

»Krass«, sagt er. »Und das war das einzige Mal?«

Sie nickte und verzog den Mund. »Leider.«

»Und du hast sonst mit niemandem…?«

Ihre Augen blitzten empört. »Nein!«

»Okay, okay«, gab er klein bei und grinste. »Ich wollte nur sichergehen.«

»Warum? Um was geht es überhaupt?«

Er nahm ihre Hand fest in seine beiden und atmete tief durch. »Okay, ich sags dir jetzt. Aber nicht aufregen, okay?« Sein Blick wanderte zu ihrem Bauch. »Das würde euch beiden nicht gut tun.«

»Wie? Was?«, sie war seinem Blick gefolgt, dann weiteten sich ihre Augen. »WAS? Ne, oder?!«

Er grinste breit. »Aber so was von.«

Mark stand Jani unter der Woche zur Verfügung, wenn er ihn brauchte, aber er kam ganz gut allein zurecht, nahm den Bus zur und von der Schule, auch wenn es bedeutete, dass er mehr Zeit einplanen musste, und besuchte Emily täglich, was sich mit dem Fahrrad erledigen ließ.

Ihre erste große Freude war einer massiven Furcht gewichen, dass die Kristaller ihre Schwangerschaft nicht gutheißen und etwas dagegen unternehmen könnten. »Du weißt, was sie gesagt haben, als wir sie damals gefragt haben. Dass Kunstwesen nicht übertragbar seien. Aber jetzt bin ich schwanger von einem solchen *Wesen*. Was, wenn sie gelogen haben und es doch möglich ist und sie es nur nicht wollten? Wegen der Vermischung von realen und nicht realen Bewohnern zum Beispiel. Ich trage ein hybrides Baby in mir! Und ich bin sicher, sie haben Möglichkeiten, zu verhindern, dass es zur Welt kommt.«

Jani dachte darüber nach, aber dann schüttelte er den Kopf. »Sie werden ihm nichts tun. Weißt du, selbst wenn es ihnen nicht in den Kram passt – die neue Verfügung galt ab *sofort*. Sie dürfen gar nicht mehr eingreifen. Vielleicht hätten sie eine besondere Regelung für Schwangerschaften aufgestellt, wenn sie geahnt hätten, dass so etwas passieren könnte. Aber dazu hat ihre Fantasie wohl nicht ausgereicht.« Gedanken an eine gewisse letzte Nacht mit Tember und Mutmaßungen über mögliche parallele Ereignisse auf Palla verdrängte er vehement. Er nahm Emilys Hand und sagte eindringlich: »Positiv denken, okay?«

Emily nickte. Seine Argumentation war nicht von der Hand zu weisen und allmählich beruhigte sie sich wieder.

Jani spannte seinen Vater nur gegen Ende der Woche ein, um ausreichend Lebensmittel einzukaufen, damit Emily und er erst einmal über die Runden kamen. Der Zoo spielte vorbildlich mit – obwohl Spooky die Vormittage allein zuhause verbringen musste, beschränkten sich die Streiche, die er unter Merlins Anleitung beging, doch nur auf Kleinigkeiten wie zum Beispiel das gemeinsame Jagen und Erlegen einer Packung Toastbrote, die Jani leichtsinnigerweise auf der Küchenanrichte liegen gelassen hatte.

Sein Vater hatte sich auch darum gekümmert, den Unfall mit der Versicherung abzuklären. Auf Anraten von Dr. Adam hatte Emily das verursachende Tier von einem schwarzen Wolf in einen braunen Hirsch geändert, und da ein Zusammenstoß einen ähnlichen Schaden verursacht hätte wie ihr Ausweichen, trat ihre Versicherung für den Schaden ein. Das Gutachten des Sachverständigers hatte ergeben, dass man ihr Auto würde reparieren können, also sorgte Mark dafür, dass der Golf in eine entsprechende Werkstatt gebracht wurde und sie vorübergehend ein Ersatzfahrzeug erhielten.

Emily wurde am Freitag aus dem Krankenhaus entlassen, war aber noch einige Wochen krankgeschrieben, und Mark übernahm auch das, holte erst Jani von der Schule und dann sie und brachte beide nach Hause. Er musste allerdings gleich weiter, weil der orchestereigene Tourbus in wenigen Stunden aufbrechen würde. Jani verabschiedete sich und ging schon mal ins Haus, während Emily sitzen blieb, um noch ein paar Worte mit Mark zu wechseln.

Als erstes fiel sie ihm um den Hals und drückte ihn fest. »Danke, danke, danke!«, sagte sie. »Das hätten wir nie ohne dich geschafft. Wie kann ich das je wieder gut machen?«

Er lächelte sie an. »Hab ich doch gerne getan. Und gutmachen kannst du es, indem du unseren Sohn mal wieder zu Atem kommen lässt. Er hat sich ganz schön für dich aufgerieben. Die Jungs und er haben in den drei Wochen nicht einmal geprobt, und nebenbei muss er noch für den Führerschein und die Schule lernen.«

Emily nickte schuldbewusst. »Ich weiß. Aber es wird besser werden ab jetzt, versprochen.«

»Dein Wort in Gottes Ohr«, schmunzelte er und blickte bedeutungsvoll auf den Gips an ihrer Hand. »Lad nicht alles auf seine Schultern, lass dir von Bea helfen oder deinen Ruskis, wenn du doch noch Hilfe brauchst.«

»Mache ich«, lachte Emily. »Und nächstes Wochenende kommen auch meine Eltern zurück, meine Mutter wird liebend gern vorübergehend bei mir einziehen, du kennst sie ja.«

»O weh, dann vielleicht doch lieber Janis Schultern missbrauchen?«

Sie lachten beide lauthals und Emily drückte ihn noch mal.

»Kaykay«, grinste er. »Jetzt muss ich aber los.«

»Habt viel Spaß«, sagte sie. »Grüß mir deinen Schatz und melde dich mal von unterwegs.«

»Mach ich«, sagte er und wartete, bis sie ausgestiegen war. »Baba!«

Sie winkte zum Abschied, warf dem kleinen weißen Auto vor ihrem Haus einen schrägen Blick zu und lief die Treppe zur Haustür hinauf, die sofort von Jani für sie aufgehalten wurde. Spooky war auch da und hüpfte freudig an ihr hoch.

»Was ist denn das für ein Zwerg?«, fragte sie mit Blick auf das Auto. »Hast *du* den ausgesucht?«

Jani grinste. »Cool oder? Das ist ein Fiat 500, auch Knutschkugel genannt.«

Sie lachte. »Na, der Name passt aber wirklich. Und wie kommen wir da rein? Zusammengefaltet?«

»Der tut nur so klein. Paps konnte locker drin sitzen.«

Und das wollte etwas heißen, immerhin war Mark zwei Köpfe größer als Jani.

»Wann bekommen wir unseren Kanarienvogel zurück?«, wollte sie wissen.

»Etwa in einer Woche, die Werkstatt ruft dann an. Paps hat mir alles erklärt, ich hab die Unterlagen hier.«

»Und wann ist deine Prüfung?«

»Für den Führerschein? In drei Wochen«, sagte er und tat so, als zitterte er schon vor Furcht.

Emily grinste. »Keine Angst, du brauchst bestimmt nicht drei Anläufe wie deine heldenhafte Mutter.«

»Nö, ich brauch vier!«

Kichernd ging sie ins Haus, durch den Flur zur Küche und staunte. »Hier ist es aber sauber! Warst du das?«

»Jap«, sagte er stolz. »Ich bin jetzt voll der Hausmann!«

Spontan drehte sie sich zu ihm und umarmte ihn. »Ich bin stolz auf dich. Danke für alles!«

»Ärgs, du erdrückst mich«, krächzte er.

Sie musste lachen und ließ ihn los. »Ich muss mich bei dir entschuldigen«, sagte sie dann betreten. »Ich habe mich schrecklich gehen lassen, es tut mir so leid. Ich habs einfach nicht auf die Reihe bekommen. Dabei habe ich Roc sogar versprochen, dass ich nicht trauern würde ... aber es ging einfach nicht...«

»Ich weiß schon«, sagte Jani. »Du bist in ein Loch gefallen. Voll die Depri-Phase nach einer Trennung. Der Doc hats mir erklärt, kann schon mal vorkommen.«

Jani hatte ihr erzählt, welche Erklärung er Dr. Adam für ihre Schwangerschaft geliefert hatte und Emily fand die Idee prima, sie würden dabei bleiben.

»Mit Depri ist jetzt aber Schluss«, versprach sie.

»Das will ich dir auch geraten haben«, grinste Jani mit Blick auf ihren Bauch. »Sonst kriegst du nämlich mächtig Ärger mit mir und meinem Bruder. Äh, oder meiner Schwester.«

Emily lachte. Sie war sehr erleichtert gewesen, dass Jani kein Problem mit der Aussicht auf Familienzuwachs hatte. Zwar mussten sie sich noch ein paar Wochen gedulden, bis die risikoreiche Anfangsphase vorüber war, aber irgendetwas sagte ihr, dass sie Rocs Kind nicht verlieren würde. Es wäre ja auch einfach nicht fair.

»Ich koche jetzt«, kündigte Jani an. »Guck du dich mal richtig um. Hier ist nämlich nicht nur sauber…«

»Aha?« Emily griff nach Muffin, der ihr um die Beine strich und hob ihn auf den Arm. »Dann lass uns mal schauen, was der junge Herr hier noch so angestellt hat.«

»Fang im Wohnzimmer an«, sagte Jani, während er mit dem Kochgeschirr klapperte.

»Zu Befehl!«

Es waren vor allem die Wände, die er verändert hatte – sie hingen voll mit gerahmten Bildern. Da waren – natürlich – die *Dark Ones* von A. Brownley, aber es gab auch Kriegerinnen von Luca Toro, schwarze Wölfe und Raben, Drachen und Greife, Landschaftsbilder und sogar einen Nachthimmel mit drei Monden, alle kamen sie ihren Palla-Pendants sehr nahe.

»Himmel«, rief sie zur Küche hinüber. »Wo hast du die nur aufgetan?«

Bewaffnet mit Kochlöffel und Topflappen kam er zur ihr und strahlte über das ganze Gesicht. »Deine Kalender zum Teil«, erzählte er, »die haben schon eine Menge hergegeben. Und den Rest hat Google erledigt, ich hab mir die Finger wund gebrowst, um Bilder zu finden, die allem möglichst ähnlich sehen. Hab sie ausgedruckt und im Copy-Shop vergrößert.«

»Unglaublich«, sagte Emily, immer noch baff.

»Ist dir doch recht?«, fragte er. »Aktion ›Gegen das Vergessen‹?«

»*Aber so was von*«, ahmte sie seinen Spruch nach und grinste.

»Das Beste hast du noch gar nicht gesehen«, sagte er, »komm mal mit.« Er ging mit ihr die Treppe hinauf in den oberen Flur.

Fassungslos starrte sie auf die Bilder an den Wänden. Sie waren nicht größer als DIN A4 und Jani hatte sie mit Magneten an die schmale Metallleiste geheftet, die zu diesem Zweck dort angebracht war, und bisher vor allem dazu gedient hatte, seine künstlerischen Ergüsse vom Kleinkindalter bis jetzt auszustellen.

»Du hast ihn gefunden?«, fragte sie, sie konnte es kaum glauben. Es waren Hicks' Centerfly-Zeichnungen.

»Zumindest seine Bilder«, sagte Jani. »Im Zusammenhang mit diesem Wettbewerb, für die er sie gezeichnet hat. Der ist aber schon 'ne Weile her. Ich konnte nicht rausfinden, wo er lebt. Ob überhaupt noch.«

»Und Trayot? Scottie?«

Er schüttelte den Kopf. »Keine Spur.«

Emily runzelte die Stirn. »Wie ist das überhaupt möglich? Dass die Zeichnungen existieren, meine ich. Hieß es nicht, dass die Vergangenheit der drei ausgelöscht werden musste, damit sie zurückkehren konnten?«

»Hab mir auch schon den Kopf zerbrochen«, nickte Jani. »Aber die Kristaller haben von der *Blutlinie* gesprochen, also haben sie vielleicht nur was mit den Vorfahren gemacht und alles sonstige gelassen, wie es war.«

»Ich frage mich, wie das gehen soll. Kommt ja auch noch dazu, dass sie aus einer anderen Zeit stammten, welches Jahr war es noch, 2026? Und wie alt war Hicks, vielleicht um die vierzig? Wir haben 2011, also war seine hiesige Version grad mal…«

»…so fünfundzwanzig Jahre alt«, ergänzte Jani. »Könnte doch hinkommen, dass er in dem Alter studiert hat? Soweit ich mich erinnere, hat er als Student an dem Wettbewerb teilgenommen.«

Emily winkte ab. »Lassen wir das, davon bekomme ich nur Kopfschmerzen.« Sie wandte den Blick wieder zur Wand. »Da ist Golda!«, jauchzte sie dann entzückt und deutete auf eine Zeichnung.

Er deutete auf ein anderes. »Und da Federchen«, sagte er leise.

Sie hörte den Kloß in seinem Hals und strich ihm über den Rücken. »Ich habe dich noch gar nicht gefragt, wie du mit allem zurechtkommst«, sagte sie beschämt. »Du musst Tember doch auch schrecklich vermissen.«

Er zuckte die Schultern. »Ich habe 'ne neue Freundin.«

»Was? Im Ernst?« Sie war ehrlich überrascht. Erinnerte sich, dass er und Tember ja auch wirklich recht unbekümmert ausgesehen hatten bei ihrem Abschied. Ob es vielleicht doch nicht so ernst gewesen war?

»Wer ist sie denn?«, fragte sie. »Wie heißt sie?«

»Hope«, sagte er.

Sie konnte sich an ein Mädchen dieses Namens nicht erinnern. »Ist sie an deiner Schule?« Dann ging ihr ein Licht auf. *Hoffnung.*

Jani grinste breit. »Ich werde sie wiedersehen«, sagte er im Brustton der Überzeugung und begab sich zurück nach unten in die Küche.

# 114 / ENDE 2011

Von nun an lief alles gut. Emily hatte sich gefangen und das blieb auch so. Noch unter dem Mantel der Verschwiegenheit informierte sie ihren Chef in der Werbeagentur über ihre Schwangerschaft und er ließ sich sofort auf ihren Vorschlag ein, ihren Arbeitsplatz zu Hause einzurichten, um bis zum Beginn des Mutterschaftsurlaubs ihre Aufträge von dort zu erledigen – dank Internet kein Problem. Sie würde nach der Geburt den gesamten, ihr zustehenden Erziehungsurlaub nehmen, aber stundenweise weiterhin der Agentur zur Verfügung stehen.

Von Dr. Adam hatte sie eine Handvoll Frauenärzte für die weitere Betreuung empfohlen bekommen und sich für eine arbeitnehmerfreundliche Praxis entschieden, die ihr Termine in den frühen Abendstunden ermöglichte – von Anfang an war sie darauf bedacht, insbesondere die Checks, die Ultraschall beinhalteten, erst nach Sonnenuntergang vornehmen zu lassen. Sie wollte lieber kein Risiko eingehen.

Jani hatte seine Führerscheinprüfung beim ersten Versuch bestanden und da er nun bis zum Erreichen der Volljährigkeit nur in Beisein eines ›erfahrenen Begleiters‹ fahren durfte, nutzte er jede Gelegenheit dazu, was auch bedeutete, dass er sie zu ihren Terminen beim Gynäkologen kutschierte. In der Zwischenzeit hatten sie ihr Auto zurück und die ›Knutschkugel‹ war wieder abgegeben worden, Emily machte sich aber eine innere Notiz, dass Jani an der Marke Gefallen gefunden hatte. Vielleicht ließ sich ein solcher Kleinwagen zu seinem 18. Geburtstag finanzieren.

Ende November konnte der Gips an ihrem Handgelenk abgenommen werden und anlässlich eines Adventskaffees am darauffolgenden Sonnta zog sie ihre Freundin Bea ins Vertrauen. Zumindest was die Tatsache anging, dass sie ein Kind erwartete. Über den Vater hatte sie sich eine passende Story zurechtgelegt, in der die Preisgabe seiner Identität nicht inbegriffen war.

Bea ließ allerdings nicht locker und kitzelte doch ein paar Informationen zu Aussehen und Wesen des geheimnisvollen Mannes aus ihrer Freundin heraus, die der Wahrheit sehr nahe kamen. Emily musste feststellen, dass es ihr gut tat, außer mit Jani auch einmal mit jemand anderem, insbesondere einer Freundin, über Roc sprechen zu können.

Als nächste wurden Victor und Boris eingeweiht, schließlich auch Mark, dem sie es am Telefon eröffnete, da er noch bis über den Jahreswechsel mit dem Orchester unterwegs war. Sie wollte nicht, dass er es von jemand anderem erfuhr. Bei allen drei Männern hüllte sie sich bezüglich Roc aber standhaft in Schweigen, das Vaterthema war tabu, es habe sich nur um eine Affäre gehandelt, die beendet sei.

In der Woche vor Weihnachten kamen ihre Eltern zu Besuch, sie würden bis zum zweiten Feiertag bleiben. Zu diesem Zeitpunkt befand sie sich etwa in der zehnten oder elften Schwangerschaftswoche und befand, dass dies nun ausreiche, um einen weiteren guten Verlauf erwarten zu können. Am Weihnachtsabend, den sie bei gutem Essen gemütlich zu viert mit Jani verbrachten, machte sie ihren Eltern ihre zweite Großelternschaft zum Geschenk. Beide flippten fast aus vor Freude und steckten die Tatsache, dass sie erneut keinen Schwiegersohn zum Enkelchen dazu erhielten, recht schnell und gelassen weg – sie waren ja bereits einiges von ihrer Tochter gewohnt.

Dann stand auch schon Silvester vor der Tür, Jani wollte mit Lukas und Fips ein paar Partys besuchen und Emily hatte Bea, Victor und Boris mit ihren Partnern eingeladen, um in das neue Jahr hinein zu feiern. Der 31. Dezember fiel in diesem Jahr auf einen Samstag und am Freitag davor hatte sie noch einmal einen Termin bei ihrem Frauenarzt. Jani kam, wie er es manchmal tat, mit hinein, um sich die neuesten Bilder seines Geschwisterchens auf dem Ultraschall Monitor anzuschauen.

Diesmal jedoch war irgendetwas anders als sonst. Die untersuchende Ärztin wollte gar nicht mehr aufhören, mit dem Sensor Emilys Bauch abzufahren, veränderte immer wieder die Winkel am Bildschirm, zoomte rein und raus, und rief schließlich einen Kollegen dazu, mit dem sie flüsternd diskutierte.

Emily, inzwischen kreidebleich, klammerte sich an Janis Hand und befürchtete das Schlimmste. Beide hatten sie die Anzeige auf dem Monitor verfolgt und nichts Ungewöhnliches festgestellt, also konnte es sich doch nur um etwas handeln, das nur das erfahrene Auge eines Arztes zu erkennen in der Lage war.

Schließlich verließ der Kollege den Raum und die Ärztin wandte sich an Emily. »Bitte entschuldigen Sie die Aufregung«, sagte sie. »Aber ich wollte absolut sichergehen. Normalerweise stellt sich eine solche Situation schon früher dar, aber wir haben es hier wohl mit einem sehr geschickten Baby zu tun – es hat sich perfekt vor uns versteckt.«

Emily und Jani blickten sie verständnislos an.

Die Ärztin drehte den Monitor ein wenig mehr zu ihnen, veränderte die Einstellung von Zoom und Kontrast und aktivierte dann die farbige Darstellung.

Mit dem Cursor zog sie einen roten Umriss um die Kontur des Embryos. »Hier haben wir unser Baby«, sagte sie und begann dann, eine zweite Linie zu ziehen. »Und hier haben wir noch ein zweites.«

Sie wandte den Kopf und lächelte Emily freundlich an. »Sie erwarten Zwillinge.«

# 115 / Frühjahr 2012

In den folgenden Monaten änderte sich so einiges im Hause Jaden. Emily war für die Planung verantwortlich, Jani für die Umsetzung. Genauer gesagt, für die Organisation der Umsetzung. Die Babys brauchten ein Zimmer und Emily würde mit dickem Bauch in Kürze nicht mehr die Leiter zum Hochbett hochklettern können. Also musste der begehbare Kleiderschrank dran glauben.

Die Möbel wurden auf Emilys Büro, das Gästezimmer und den oberen Flur verteilt, an ihre Stelle traten Kinderwiegen, Kinderbettchen, Wickelkommoden, Regale und was sonst noch von Nöten war, und dazu ein großes, ausziehbares Schlafsofa für Emily. So würde sie in der Anfangszeit nach der Geburt bei den Kleinen schlafen können und später wieder ihr Hochbett beziehen.

Sobald die Zimmer leer waren, wurden sie aber erst kindgerecht renoviert, die Wände erhielten einen neuen Anstrich, zum Teil auch Tapeten, erste Spielsachen hielten Einzug.

All diese Arbeiten erledigten Jani und die Ruskis, auch Mark und sein Partner halfen mit, wenn ihre Verpflichtungen im Orchester ihnen Zeit dafür ließ. Emily legten sie nahe, ihnen möglichst aus dem Weg zu gehen, sie habe sich gefälligst zu schonen, sicherlich müsse sie doch jetzt Geburtsvorbereitungskurse und Ähnliches besuchen?

Das musste sie zwar tatsächlich, aber sie nutzte die Gelegenheit, um sich heimlich noch einer anderen Beschäftigung zu widmen. Die Sportart nannte sich ›Whipcracking‹ und wurde mit Peitschen ausgeführt.

Zu Anfang hatte Emily im Internet nur Kurse gefunden, die das Erlernen des Peitschenknalls anboten, eine ganz eigene Kunstrichtung, die Peitschenknalltöne zu Melodien verarbeitete. Ein anderes Suchergebnis führte sie zu einer Performancekünstlerin, die mit australischen Peitschen tanzte und dazu passende Choreographie-Workshops anbot. Schließlich fand sie dann doch, was sie suchte.

Ein Country Club, der vor allem Westernstyle-Reitkurse im Programm hatte, brachte auch den Gebrauch von Whips bei. Zwar gehörte auch hier das Peitschenknallen zum Inhalt des Kurses, aber darüber hinaus wurde das ›Cutten‹ gelehrt – das gezielte Köpfen von Flaschen und Dosen mithilfe der Peitschenschnur.

Emily war sich sicher, dass die Verhüllten auf Palla noch ganz andere Dinge mit ihren Peitschen anfangen konnten, aber es kam dem, was sie lernen wollte – nämlich der Verwendung von Peitschen als Waffe, immerhin nahe. Die Übungswhips wurden zur Verfügung gestellt, so dass sie vorerst auf die Anschaffung eigener Exemplare verzichtete, sie hätte sie nicht unbemerkt zuhause unterbringen können.

Für eine halbe Stunde Unterricht nahm sie einen Anfahrtsweg von rund vierzig Minuten in Kauf, aber für ihren Schwangerschaftskurs war sie auch um die zwei Stunden außer Haus. Den anderen fiel nicht auf, dass sie zu diesem Zweck in der Woche doppelt so häufig unterwegs war wie andere Frauen.

Sie hätte Jani zu gerne davon erzählt, aber Whip-Cracking war nicht ungefährlich und Jani hatte sich inzwischen zum Experten für Zwillingsgeburten gegoogelt, die als Risikoschwangerschaften eingestuft wurden. Sie wollte ihn nicht noch mehr beunruhigen, als er sowieso schon war. Außerdem befürchtete sie, dass er sie davon abbringen könnte. Es gefiel ihr, etwas tun, bei dem sie sich einbilden konnte, wieder auf Palla zu sein...

Doch auch Jani stand nach wie vor unter ›Palla-Einfluss‹, in Kürze musste er in der Schule die Wahl seiner Prüfungsfächer für das Abitur abgeben, nach den Sommerferien begann die Oberstufe für ihn. Die G8-Reform war inzwischen wieder gekippt worden und die Schulzeit an Gymnasien von zwölf zu dreizehn Jahren zurückgekehrt.

Hatte er zuvor vor allem mit den künstlerischen Bereichen geliebäugelt, so hörte sie ihn jetzt nur noch von Fächern reden, die möglicherweise für Umweltthemen relevant sein könnten. Als sie nachhakte, eröffnete er ihr, dass er vorhatte, nach dem Abitur ein Studium oder eine Ausbildung in diesem Bereich aufzunehmen.

»Weißt du noch, wie uns die Kristaller in Rainbowedge erklärt haben, sie hätten *uns zugehört*?«, fragte er sie. »Ich bin sicher, damit haben sie auch mich gemeint. Als ich mit Landy in der Kristallhöhle war, habe ich mich lautstark darüber aufgeregt, dass sie die RD-Projekte abbrechen, anstatt uns die Chance zu geben, unsere Probleme selbst in den Griff zu bekommen. Jetzt, wo wir diese Chance tatsächlich bekommen haben, kann ich nicht einfach rumsitzen und nichts dafür tun. Ich muss mithelfen!«

Am Abend vor Janis achtzehntem Geburtstag am 22. Februar posierte der kräftigere Zwilling auf dem Ultraschallbild so eindeutig, dass die Ärztin sein Geschlecht nicht hätte verheimlichen können, selbst wenn sie gewollt hätte – Emily und Jani starrten beide auf den Monitor und brachen dann in Lachen aus.

Jani strich mit der Handfläche über ihren leicht gewölbten Bauch und sagte zu dem Bild gewandt: »Danke für das nette Geburtstagsgeschenk ... *Emil*.«

Emily patschte ihn auf den Kopf. »Ich geb' dir auch gleich Emil.«

Aber natürlich behielt Emil seinen Spitznamen erst einmal bei. Sein Geschwisterchen, schmächtiger und immer noch gern in seinem Schatten versteckt, bot sich bis zur Geburt niemals so dar, dass man sein Geschlecht hätte erkennen können. Jani und Emily waren sich einig, dass sie voreilige

Schlüsse zogen, aber sie konnten einfach nicht anders als davon auszugehen, dass es ein Mädchen war.

Die Ärztin riet ihnen, für alle Fälle zwei männliche und zwei weibliche Namen parat zu haben, da manchmal auch eine vorgefallene Nabelschnur den Eindruck erwecken könne, dass es sich bei einem Baby um einen Jungen handelte, obwohl dem gar nicht so war.

Janis Geburtstag fiel dieses Jahr auf den Aschermittwoch, das Ende der Faschingszeit. Während er mit Karneval nicht sonderlich viel anfangen konnte, hatte Emily immer gerne mal einen Maskenball besucht oder einem Umzug beigewohnt, dieses Jahr war ihr aber nicht danach. Das ursprünglich geplante Kostüm – ihr Amibro-Outfit – hatte sie wieder in den Schrank gehängt, als ihr klar wurde, dass sie der Anblick mehr schmerzte, als ihr gut tat.

Die Vorstellung, es zu tragen, katapultierte sie sofort zurück zu den letzten Stunden, die sie mit Roc verbracht hatte, und die Sehnsucht nach ihm schnitt ihr die Luft ab. Sie wusste inzwischen ziemlich genau um die Auslöser solcher Attacken und war geübt darin, ihnen aus dem Weg zu gehen. Aber hin und wieder lief sie doch in eine Falle. Zumindest ein Mal, denn anschließend wusste sie um die neue Gefahrenquelle und konnte sie meiden. Also verschloss sie den Schrank wieder und sah zu, dass sie auf andere Gedanken kam.

Beim Abendessen packte Jani sein geliebtes Moleskine aus und begann damit, mögliche Namen für die Babys zu notieren. Emily fiel es schwer, selbst Ideen beizusteuern, sie hatte sich bisher noch nicht damit befassen wollen, weil sie das Gefühl hatte, dass sie selbst sie nicht auswählen brauchte, sie würden zu ihr kommen. Vielleicht ja von Jani.

Sie deutete auf die Namen, die die Listen in den beiden Spalten anführten und schimpfte: »Auf gar keinen Fall!« Auf der einen Seite stand natürlich *Emil*. Und auf der anderen *Elfriede*. Jani musste so sehr lachen, dass er sich an seiner Brotscheibe verschluckte.

Emily klopfte ihm grinsend den Rücken. »Das geschieht dir recht, du Scherzkeks«.

Sie musste es heute unbedingt schaffen, länger aufzubleiben als ihr Sohn und hatte ihre Mühe damit, da sie inzwischen meist schnell müde wurde und früh zu Bett ging. Sie tat so, als müsse sie unbedingt noch eine Anzeige für die Agentur fertigstellen, was durchaus hin und wieder einmal vorkam. Endlich wünschte ihr Jani eine gute Nacht, mahnte sie, nicht mehr zu lange zu arbeiten und verschwand nach oben.

Sie wartete zehn Minuten, dann schickte sie die vereinbarte SMS an Mark und holte die im Schrank versteckten Geschenke. Als sie Mark und Lars etwa eine halbe Stunde später die Haustür öffnete, waren die bunt verpackten Präsente schon auf dem Tisch im Esszimmer drapiert, die Happy-Birthday-Girlande und Luftschlangen aufgehängt und die ersten fünf Luftballons aufgeblasen. Die beiden Männer legten noch ein kleines Päckchen dazu und halfen ihr bei den restlichen dreizehn Ballons, was auch gut war, denn sie hatte schon beim dritten Exemplar Schwindelanfälle bekommen.

Als Emily endlich die Leiter ins Hochbett erklomm, war es bereits kurz nach Mitternacht und sie sank erschöpft in die Kissen und schlief umgehend ein.

Rocs schwarze Augen brannten sich in die ihren, er hielt ihre Hände warm umfasst und sagte: »Emilija Jaden, ich liebe dich. Willst du–?« Doch bevor er seinen Satz beenden konnte, riss der Boden zwischen ihnen entzwei und ein Spalt tat sich auf, aus dem langes weißes Haar flutete und ihr die Sicht auf ihn nahm. Seine Hände versuchten verzweifelt die ihren zu halten, aber der Spalt weitete sich immer mehr, und irgendwann lösten sich ihre Finger.

Emily wachte auf, lauschte dem Pochen ihres klopfenden Herzens, spürte Tränen auf ihrem Gesicht und erstickte fast an dem Gefühl, dass sie Roc im Stich gelassen hatte. Sie hatte schon oft von ihm geträumt, aber dieser Traum war neu. Sie erinnerte sich an seine Abschiedsworte, nur dass er in Wirklichkeit den zweiten Satz nicht mit »Willst du–« angefangen, sondern ihr Licht in ihren Träumen gewünscht hatte. Damals hatte er zum ersten Mal ihren Namen gesagt, in einer abgewandelten Weise, wie es zuvor noch niemand getan hatte (und in ihrem Leben waren ihr schon etliche Varianten untergekommen). Was wollte er sie fragen? Wollte er etwa um ihre Hand anhalten? Doch warum fühlte sie sich so schuldig? Was wollte ihr dieser Traum sagen? Dass sie hätte bleiben sollen? Sie zerbrach sich den Kopf und schlief darüber schließlich wieder ein.

Für den nächsten Morgen hatte sie sich den Wecker gestellt, was gut gewesen war, denn sie fühlte sich so ausgelaugt, dass sie sonst verschlafen hätte. Sie stand fast eine Stunde vor Jani auf und bereitete ihm sein Lieblingsfrühstück – amerikanisch mit Bacon, Pancakes, Ahornsirup und Orangensaft.

Vom Duft geweckt, erschien er verschlafen im Morgenmantel und riss beim Anblick des bunt geschmückten Esszimmers die Augen auf. »M, du hast'n Knall!«

Kichernd umarmte sie ihn »Ein letztes Mal Kindergeburtstag, versprochen! Herzlichen Glückwunsch.« Das größte Geschenk verbarg sich im kleinsten Paket und sie sorgte dafür, dass er es erst ganz zum Schluss in die Finger bekam. Es waren ein Schlüssel und eine Karte – unterschrieben von allen, die dafür zusammengelegt hatten, am meisten hatten ihre Eltern und sein Vater beigesteuert.

»Okay, du bist nicht die einzige, die einen Knall hat«, strahlte Jani. »Wo ist er?«

»Na, vor der Tür natürlich«, grinste Emily.

Jani eilte in den Flur und schaute durch die verspiegelte Haustür. Kanarienvogel und Knutschkugel standen einträchtig hintereinander auf der

Straße. Damit war auch klar, wer für die Idee verantwortlich zeichnete. Er drückte seine Mutter fest, mit einem Mal sehr sprachlos.

So schnell wie an diesem Tag war er sonst nie fertig, stolz fuhr er mit seinem eigenen Auto zur Schule, Emily winkte ihm amüsiert nach und fand sich wenig später mit Spooky auf dem Sofa sitzend und wehmütig in ein paar alten Fotoalben blätternd, die vollgestopft waren mit Babybildern von Jani.

»Volljährig«, seufzte sie. »Erwachsen. Was sagt man dazu?«

Der Whippet legte ihr seinen Kopf aufs Bein und schwieg.

»Tja, da fehlen dir die Worte, was«, sagte sie und streichelte ihn, wobei der Anhänger ihrer Kette in ihr Sichtfeld baumelte. Sie griff ihn und betrachtete wehmütig die miteinander verschlungenen Figuren.

Plötzlich spitzte Spooky die Ohren, hob den Kopf und schaute zu ihrem Bauch. Emily hatte die Bewegung auch gespürt und konnte jetzt deutlich eine kleine Beule auf ihrer Bauchdecke erkennen.

Sie lachte laut und legte beglückt eine Hand auf die Stelle. »Ja hallo, wen haben wir denn da?« Es war das erste Mal, dass sie die Kleinen spürte. »Hab schon verstanden«, sagte sie lächelnd. »Ich muss mir neue Alben zulegen, bald gibts wieder Babyfotos.«

Statt einer Geburtstagsparty, zu der Jani keine große Lust gehabt hatte und die er auch Emmi nicht zumuten mochte, hatte es nachmittags Kaffee und Kuchen mit Familie und Freunden gegeben. Alle Gäste hatten Rücksicht auf Emily genommen, die sehr übernächtigt wirkte und gelegentlich von gewaltigen Gähnattacken überfallen wurde, und waren am späteren Nachmittag wieder aufgebrochen. Jani bestand darauf, das Aufräumen und die Fütterung der Raubtiere zu übernehmen, und schickte seine Mutter frühzeitig zu Bett, wogegen sie erst protestierte – schließlich war es *sein* Geburtstag – sich dann aber doch überreden ließ.

Als er mit allem fertig war, ging er mit Spooky nochmal kurz in den Garten, es war empfindlich kalt und Neuschnee lag in den kommenden Tagen laut Wetterbericht im Bereich des Möglichen. Bisher waren sie von einem harten Winter verschont geblieben und hatten nur wenig Weiß gesehen, aber noch war der Frühling nicht da.

Er ließ den Anblick der Sterne am klaren Nachthimmel auf sich wirken und überlegte nicht zum ersten Mal, wie die Forschungen außerhalb des gefakten Universums wohl fortschreiten mochten. Ob sich die Beobachtungen inzwischen mehr auf die emotionale Seite sowohl der Erdlinge als auch der Kristaller selbst konzentrierte? Da besonders letzteres ein völlig neues Untersuchungsgebiet war, dürfte es ihnen für eine Weile reichlich Beschäftigung bieten. Ob Kristo und Krista schon ins passive Ganze zurückgekehrt waren? Und hatten Sugar und der Löscher bereits Unterstützung in Form einer eigenen Forschergruppe? Jani seufzte. *Müßig, sich den Kopf darüber zu zerbrechen.*

Er ging zurück ins Haus, löschte die Lichter, lauschte kurz an Emilys Tür und ging dann hinauf in sein Zimmer, wo er den Mac einschaltete.

Während der Rechner hochfuhr, kümmerte er sich um die kleinen Pflanzen auf seinem Fensterbrett, sie hatten Namensschilder und jeden Monat war eine neue hinzugekommen. Sie hießen *Tember, Landy, Federchen, Saelee* und *Darrav*, jede war aus einem Ableger gezogen, das gehörte zur ›Aufgabe‹. Zum Glück hatte Emily genügend Pflanzen, die so etwas ermöglichten und auch genügend Ahnung, um ihm zu helfen – er hatte bisher mit Grünzeug wenig am Hut gehabt. Nachdem er sie versorgt hatte, wünschte er jeder von ihnen persönlich eine gute Nacht und Licht in ihren Träumen. Das Herz, das er täglich in einen Kalender zeichnete, möglichst unterschiedlich, hatte er heute Morgen bereits eingetragen, es war nach dem Aufstehen immer seine erste Aktion des Tages.

Er setzte sich an seinen Computer und checkte die Mails – jede Menge Geburtstagsgrüße waren eingegangen, vorerst beantwortete er nur die seiner Großeltern und bedankte sich noch einmal für mehr als die Hälfte seines Fiat 500. Das hatte er zwar auch schon telefonisch getan, aber Oma und Opa waren mal wieder auf Reisen, Griechenland diesmal, und er hatte sie beim Durchwandern einer Schlucht erwischt, wo der Handyempfang gestört war und die Verbindung nach kurzer Zeit abriss.

Er wusste, dass Emmi ihre Eltern über den Geburtstermin der Zwillinge im Unklaren ließ, in der Hoffnung, dass sie bis dahin eine Reise gebucht hätten, die verhindern würde, dass ihre Mutter hier einzog, um ihr unter die Arme zu greifen. Was nicht daran lag, dass sie etwas gegen ihre Hilfe gehabt hätte, sondern weil sie sich immer noch Sorgen machte, dass die Babys ›anders‹ sein könnten.

Aus diesem Grund zerbrach sie sich auch den Kopf, wie sie die Geburt so organisieren könnte, dass niemand die Neugeborenen sah. Es war schwerlich möglich. Dank der Einstufung als Risikoschwangerschaft war es zwar nicht unmöglich, von vorneherein einen Kaiserschnitt zu planen und diesen auf die Stunden nach Sonnenuntergang zu legen, aber wie sollte das ohne Krankenhaus und entsprechendes Personal funktionieren?

Die Alternative war eine Hausgeburt ohne Kaiserschnitt, doch das Internet hatte nur eine Handvoll Hebammen ausgespuckt, die das bei Zwillingen durchzogen und es war auch abhängig von der Lage der Kinder, über die im Moment noch gar nichts gesagt werden konnte. Emily tendierte dazu, aber bisher war nur Jani in diese Pläne eingeweiht, und er versuchte, sie dazu zu überreden, einfach mal einen Untersuchungstermin auf den Tag zu legen, um sich zu versichern, dass die Babys ganz normal waren. Wovon er im Übrigen überzeugt war.

Nachdem er die Mail an Oma und Opa abgeschickt hatte, klickte er auf einen Ordner, der mit ›Tem‹ beschriftet war. Hier bewahrte er seine Tagebucheinträge auf, die Bilder, die er zu bestimmten Motiven aus dem Internet downgeloadet hatte, seine Ausarbeitungen, zu verschiedenen Themen verfasst, und die Gedichte und Songs, die er für sie schrieb – alles Teil der Aufgaben, die sich Tember für ihn ausgedacht hatte. Es gab auch Zeichnungen, aber die bewahrte er in Papierform auf.

An seinem heutigen Geburtstag war noch ein Text für sie fällig, etwas das beschrieb, was sich durch sein neues Lebensalter geändert hatte. Er schaut eine Weile auf die leere Seite und hing seinen Gedanken nach, während Mick Jagger ›Angie‹ sang, auf dem iTunes Podcast, den er eingestellt hatte. Irgendwann bewegten sich seine Finger auf der Tastatur.

*Yesterday when I was young*
*I was filled up with sorrow*
*Today I am old and wise*
*and might be dead tomorrow.*
*I don't care*
*life isn't fair*
*anyway anywhere*
*My angel of time,*
*guide me through this crime*
*I long for you,*
*but you are not there.*
*I loved you yesterday*
*I do today*
*I will tomorrow*
*and even inbetween*
*You ask me about changes*
*I haven't seen*
*any in ages.*

Er starrte noch eine Weile auf die Worte, dann versah er das Dokument mit dem aktuellen Datum, speicherte es ab und schloss die Datei. Egal wie gut oder schlecht er seine Texte fand, ob sie vollständig waren oder nur Fragmente, immer waren sie Spiegel seiner Seele und er veränderte sie nie. Es kam aber auch selten genug vor, dass er sie überhaupt noch einmal anschaute. Sie waren nicht für seine Augen bestimmt, er bewahrte sie nur auf für jemand anderen.

Rund vier Wochen später war Frühlingsanfang und am Vormittag des folgenden Freitags hatte es zu schneien begonnen. Jani war mit Fips und Lukas nach der Probe in kräftigem Schneetreiben ins örtliche Kino gegangen, es gab das hoch gelobte Erstlingswerk eines jungen Regisseurs zu sehen, ein Endzeitdrama mit dem Titel ›Dunkel‹. Im Anschluss fuhren Fips und Lukas noch auf ein Bier in einen nahegelegenen Schuppen, in dem an diesem Abend eine Technoband spielte, der Jani nicht besonders viel abgewinnen konnte. Also machte er sich auf den Heimweg.

Es schneite nicht mehr, und er sann während der Fahrt über den Film nach. ›Dunkel‹ spielte weit in der Zukunft, zu einer Zeit, in der das ›Global Dimming‹ – die Verdunklung der Sonne durch Luftverschmutzung – katastrophale Ausmaße angenommen hatte. Zwar hatte die Verdunklung auch der globalen Erwärmung gegengewirkt, aber mit der Folge, dass sich Temperaturen und Intensität des Tageslichts beständig verringerten.

Im Film hatten die Hauptfiguren mit Kälte gleichermaßen zu kämpfen wie mit Dunkelheit und dazu noch mit Stürmen aus schwarzem Staub, der das Atmen erschwerte, so dass sie von Kopf bis Fuß vermummt sein mussten, wenn sie sich im Freien aufhielten. Jani erinnerten sie stark an die Verhüllten aus der roten Wüste Pallas.

Die Protagonisten hatten von einem Ort gehört, an dem es noch warm war und Licht gab, vermutlich unterirdisch, und versuchten, diesen zu finden, wobei sie natürlich viele Gefahren bestehen mussten. Der Film hatte ihm gefallen, aber noch mehr interessierten ihn jetzt die echten Umstände globaler Verdunklung, darüber wollte er mehr wissen.

Als er vorsichtig um die Kurve fuhr, in der Emmi ihren Unfall gehabt hatte, konnte er im Scheinwerferlicht seines Fiat noch die Schrammen an dem Baum sehen, in dem sie gelandet war. Abgesehen davon, dass er sowieso ein bedächtiger Fahrer war, passte er an dieser Stelle immer besonders auf. Heute war es zudem wahrscheinlich auch glatt, selbst wenn die Schneedecke nicht sehr dick war, weil es nicht durchgehend geschneit hatte. Im Moment fielen jedoch wieder zarte Flocken.

Am Straßenrand sah er jemanden in dunklem Mantel und bunter Wollmütze stehen, der den Daumen rausstreckte, als er ihn kommen sah. Emmi hatte ihm eingeschärft, bloß nie Anhalter mitzunehmen, weil das viel zu gefährlich sei, aber als Jani jetzt langsam an der Person vorbei fuhr, sah er, dass unter der Mütze ein schwarzhaariges Mädchen steckte, das jetzt zitternd die Arme um sich schlang und mit den Füßen stampfte, während es ihm enttäuscht nachblickte.

Er bremste vorsichtig ab und fuhr an den Seitenrand. Das Mädchen kam schnell angelaufen, öffnete die Beifahrertür und sprang herein. Er musterte sie kurz, sie war voll auf Goth gestylt, die Mütze hing ihr tief ins Gesicht.

»Vielen Dank«, sagte sie, während sie auf einem Kaugummi kaute. »Ich dachte schon, du lässt mich erfrieren.«

Jani grinste. »Sorry, musste mich erst mal durchringen, jemand mitzunehmen, der so gefährlich aussieht.« Er wies auf ihre farbenfrohe Mütze. »Die passt aber nicht.«

Sie zog sie vom Kopf und stopfte sie in den Mantel. Ihre Augenbrauen waren gepierct. »Ich weiß, hab aber keine andere.«

Jani lachte. »Okay, und wo willst du hin?«

Sie schaute ihn aus schwarz ummalten Augen an und knatschte auf ihrem Kaugummi herum. Dann zuckte sie die Achseln. »Schätze, zu dir. Du bist doch Kijanu Jaden? Schräger Name.«

Er blickte sie an, wie vom Donner gerührt. »Äh!? Und was willst du von mir?«

Wieder hob sie die Schultern. »Na ja, ich hör halt Stimmen, manchmal. Heute war's nur eine. Sie hat mich hergeschickt.«

»Hierher? An diese Straße?« Er hatte ja selbst vor einigen Stunden noch nicht sicher gewusst, dass er um diese Uhrzeit hier entlang fahren würde, wie konnte das jemand anders wissen?

»Ja, Alter, sag ich doch.«

»Aber wann hat sie das getan? Seit wann stehst du da?«

Erneutes Schulterzucken. »Vorhin. Hab vielleicht 'ne Viertelstunde gewartet. War nich so wild, ich wohn gleich da.« Sie deutete auf eines der Häuser, an denen die Straße vorbei führte.

Jani schüttelte den Kopf. »Ich kapiers nicht. Und was jetzt? Sollst du mir was ausrichten oder so?«

»Nö, ich soll nur einsteigen. Dachte, du wüsstest dann schon.«

Er schaute sie fassungslos an. »Und das machst du einfach so? Ich könnte ja auch ein Killer sein und mein Komplize hat dich geschickt.«

»Mach dich locker«, sie schaute völlig unbeeindruckt. »Die Stimme hat gesagt, du bist in Ordnung. Können wir dann mal fahren? Ich frier mir hier den Arsch ab.«

Janis erster Impuls war, sie rauszuwerfen und nach Hause zu schicken. Aber die Neugier hielt ihn ab. Er fuhr langsam los und überlegte, was er jetzt tun sollte. Er konnte sie doch nicht mit nach Hause bringen. Obwohl, Emmi schlief wahrscheinlich schon. Wenn er also sehr leise war... Aber es behagte ihm trotzdem nicht.

Bald darauf näherten sie sich dem Ortsschild von Rostal und auf der Höhe des davor liegenden Fußballplatzes sagte das Mädchen plötzlich: »Fahr dorthin«.

Völlig überrumpelt bog er in die zuführende Straße und hielt das Auto auf dem Grünstreifen an, der das Gelände umgab und als Parkplatz diente. Er schaute neugierig zu dem Mädchen hinüber, sie starrte mit leerem Blick geradeaus.

Kopfschüttelnd drehte er den Schlüssel und stellte den Motor aus. Er hatte keinen Bock auf irgendeine Polizeistreife, die oben auf der Straße vorbeifuhr und die Scheinwerfer sah. »Wärmer wirds hier aber auch nicht«, frotzelte er. »Also was ist jetzt?«

Das Gothic Girl wandte langsam den Kopf zu ihm und fragte: »War das richtig so?«

# 116 / Sommer 2012

Der Frühling ging vorüber, der Sommer hielt Einzug, Emily ging es trotz wachsendem Umfang gut, den Babys ebenfalls. Eine Ultraschalluntersuchung bei Tag, zu der sie sich schließlich durchgerungen hatte, hatte keine anderen Ergebnisse gebracht als die bisherigen nach Sonnenuntergang, und so war sie schließlich von ihrer fixen Idee abgekommen, dass in ihr irgendwelche metamorphende Mutanten heranwuchsen.

Jani dagegen fühlte sich immer mieser. Er war oft schlecht drauf und sein Umfeld bekam es zu spüren. Emily begegnete seiner Übellaunigkeit mit Geduld und Nachsicht, er hatte viel um die Ohren, das Schuljahr näherte sich seinem Ende, was mit vielen Prüfungen verbunden war, die Band trat nun öfter auf, so dass sie fast jedes zweites Wochenende unterwegs waren. Endlich hatten sie sich auch für einen Namen entschieden – sie nannten sich ›The Lazy Pals‹. Dazu kam die Tatsache, dass sowohl Florian als auch Lukas seit kurzem Freundinnen hatten, während Jani jeder Annäherung der holden Weiblichkeit ein derartiges Desinteresse entgegenbrachte, dass es aufzufallen begann.

»Nein, ich bin nicht schwul«, erklärte er irgendwann seinem Vater. »Und es gibt auch jemanden, aber sie lebt weit weg. Ich habe sie … äh … übers Internet kennengelernt. Ich möchte nicht darüber reden. Respektiere das bitte.«

Diese Erklärung funktionierte so gut, dass sie von nun an jeder zu hören bekam, der komische Bemerkungen machte. Daraufhin hatte er endlich seine Ruhe.

In Wirklichkeit gab es einen ganz anderen Grund. Es machte ihn schier verrückt, dass sich Sugar nur dieses eine Mal mit ihm in Verbindung gesetzt hatte und seitdem nicht wieder.

Es war jetzt über drei Monate her, und wenn es nicht Gothic Girl Ristin gegeben hätte, die auf seine Schule ging, wie sich herausgestellt hatte, und eigentlich Christine hieß, wäre er inzwischen vermutlich überzeugt gewesen, alles nur geträumt zu haben.

Er hatte sie an dem Abend später wieder nach Hause gefahren, ohne Erklärung für ihre Erinnerungslücke. Nun hielt sie ihn offensichtlich für einen Spinner, oder vielleicht auch sich selbst, jedenfalls machte sie einen großen Bogen um ihn, behielt ihn aber aus der Ferne stets misstrauisch im Blick. Er machte ihr keinen Vorwurf, aber es ging ihm auf die Nerven.

An seinem letzten Tag auf Palla, als er Sugar im Schatten des Fogmon aufgespürt hatte, da hatte er versucht, sie zu manipulieren. Die Idee war ihm gekommen, als er sie von Landys Rücken aus zufällig gesehen hatte. Einsam hatte sie gewirkt, verloren und nicht zugehörig. Es war eine Verzweiflungstat, er fühlte sich nicht wohl dabei, aber er konnte es auch nicht unversucht lassen. Er ging es von zwei Seiten an, zielte zum einen auf ihre Gefühle und zum anderen auf ihren Ehrgeiz.

Er setzte auf ihre Liebeserklärung, die sie ihm gemacht hatte, denn wenn darin nur ein Körnchen Wahrheit lag, musste ihr daran gelegen sein, ihn nicht vollständig zu verlieren. Er machte kein Hehl daraus, dass er Tember liebte, aber er vermittelte Sugar, dass er auch für sie viel empfand. Als er versucht hatte, ihr das Wesen der Liebe zu erklären, war er ja zum Glück so schlau gewesen, das gleichzeitige Lieben mehrerer Personen nicht auszuschließen.

Es war gar nicht einmal vollständig gelogen, denn für die unschuldige Kleine mit den vielen Fragen, die sie vor der Enthüllung ihrer Identität gewesen war, hatte er wirklich etwas übrig. Er schenkte ihr den Song, den sie so mochte und versprach ihr, dass er regelmäßig Lieder für sie schreiben würde, als Zeichen, dass er sie nicht vergessen hatte.

Wie nebenbei machte er ihr den Vorschlag, den Kontakt einfach nicht abreißen zu lassen. Was sprach schon dagegen, wenn sie ihn hin und wieder besuchte? Und dann schlug er den Bogen zur Wissenschaft. Ihre Zeit der aktiven Forschung stand kurz bevor, aber jetzt, nach den neuen Verfügungen, was blieb ihr da noch außer der reinen Beobachtung? Würde das nicht langweilig werden? Welche neuen Erkenntnisse würde sie *ihrer* nächsten Generation hinterlassen können, die sie weiter brachten auf der Suche nach der Antwort auf die Frage der Koexistenz von Kristallen und Traubenwelten? Warum nicht wirklich etwas wagen und gezielt tun, was zuvor noch nicht getan worden war?

Wie zum Beispiel Kontakt aufzunehmen mit den Erdlingen, ihnen die Wahrheit über ihre Existenz eröffnen und gemeinsam versuchen, der Antwort auf die Spur zu kommen.

Wie zum Beispiel herauszufinden, ob Kunstwesen nicht doch ebenso transferierbar waren wie Nicht-Künstliche.

Wie zum Beispiel ein Welten überspannendes System zu schaffen, das Transfers in alle Richtungen ermöglichte und damit das Kennenlernen und den Austausch der Lebewesen untereinander. Natürlich müsste sie dazu Regeln brechen, aber *ohne Regelbruch kein Fortschritt*. Er bot sich an, ihr zur Seite zu stehen und jede Unterstützung zu gewähren, zu der er fähig war.

Er war sich nicht sicher, ob sie angebissen hatte, aber zumindest erklärte sie damals, darüber nachdenken zu wollen. Eins jedoch machte sie ihm klar, wenn überhaupt, dann konnte dies erst entschieden werden, wenn die Vorgängergeneration, die Krista und Kristo vertreten hatten, vollständig in das passive Ganze zurückgekehrt war. Bekamen sie vorher Wind davon, bestand die Gefahr, dass sie noch Gegenmaßnahmen ergreifen würden. Sugar verfügte nicht über das Wissen, ihre Reaktion vorherzusehen. Jani durfte zu niemandem ein Wort über ihr Gespräch verlieren, Sugar würde, sofern sie sich für eine oder mehrere seiner Ideen entschied, den Kontakt zu ihm suchen und ihn darüber informieren.

Und das war es, was sie ihm gesagt hatte, als sie in Ristins Körper zu ihm gekommen war. Dass sie nun die Entscheidungsgewalt inne hätte und seine Ideen in Betracht ziehen würde. Nicht mehr und nicht weniger. Er würde wieder von ihr hören.

Sie hatte ihm noch nicht einmal Zeit gelassen, nach Tember zu fragen. Er hatte ihr nicht von Emmis Schwangerschaft erzählen können. Wobei er im Grunde aber davon ausging, dass sie das sowieso schon wusste. Sie hatte ja auch nicht gefragt, ob er wie versprochen Songs für sie schrieb. Weil sie vermutlich auch das wusste. Er tat es, und hatte auch in den vergangenen drei Monaten nicht damit aufgehört.

Mehrmals war er kurz davor, Emmi von Sugars Kontaktaufnahme zu erzählen, sein Redeverbot müsste jetzt ja eigentlich aufgehoben sein, aber dann ließ er es doch. Was sollte es bringen? Außer einem unerwarteten Hoffnungsschimmer, der allen Schutz niederreißen würde, den sie sich endlich hatte aufbauen können. Die Grausamkeit einer Enttäuschung würde sie wohl kaum verkraften können. Schließlich ging er durch diese Hölle schon, seitdem sie zurück waren, er wusste, wie es sich anfühlte. Er konnte nur hoffen, dass Sugar von sich hören ließ, bevor er alt und grau geworden war. Die Zeit in ihrer Welt verstrich nun mal anders als in seiner.

»He, du Trauerkloß!« Emily stand auf der Terrasse, die Hände ins Kreuz gedrückt. Ihr leichtes geblümtes Kleid spannte sich über der beträchtlichen Kugel, zu der ihr Bauch geworden war. Spooky sauste an ihr vorbei in den Garten. »Nicht verzweifeln, in einer Woche sind Sommerferien! Lust auf einen Kaffee?«

Jani beschloss, mit den Grübeleien für eine Weile auszusetzen, grinste und sprang vom Liegestuhl auf. »Klar, aber lass mich das machen. Roll du mal schön her und setz dich.«

»Frecher Kerl«, sagte sie lachend.

Er half ihr in den Stuhl. »Hast du schlafen können?«

»Mmh, ging so. Sie haben wieder Fußball gespielt.«

Er schmunzelte. »Müssen wohl doch zwei Jungs sein.«

In der Küche bereitete er zwei Milchkaffee zu, mit verschwindend geringem Koffeinanteil. Er selbst, der seit seinem Geburtstag ebenfalls der Kaffeesucht fröhnte, mochte die Mischung so am liebsten, und Emily durfte ihr Lieblingsgetränk auf ärztliche Weisung nur noch in Maßen zu sich nehmen. Sie hatte erst in vier Wochen Termin, aber da es bei Zwillingsgeburten öfter vorkam, dass die Babys die Zeit ihrer beengten Wohnverhältnisse um zwei bis drei Wochen verkürzten, hatte die Ärztin dazu geraten, vorsichtshalber zu meiden, was dieser Möglichkeit förderlich sein könnte.

Emily hatte sich aufgrund der normalen Untersuchungsergebnisse am Tag nun doch für eine natürliche Geburt im Krankenhaus entschieden, die Tasche war schon gepackt und stand für alle Fälle bereit, ebenso wie diverse Telefonnummern für Notfälle oder Benachrichtigungen. Auch ihre Eltern standen auf Abruf, jegliche Reisepläne waren in den Herbst verlegt, damit sie auch ja nicht die Geburt der neuen Enkelchen verpassten. Lediglich die Namen standen immer noch nicht fest. Ihr Umfeld drängte zwar, aber Emily ließ sich nicht stressen, notfalls mussten die Babys eben noch ein paar Tage warten, bis sie endlich ihre Erleuchtung hatte.

Am 29. Juni, dem Freitag darauf, war Jani nach nur drei Stunden Schule frühzeitig wieder zuhause und wedelte fröhlich mit seinem 11er Abschlusszeugnis, in dem die guten Noten für wissenschaftliche Fächer erstaunlich zugenommen hatten. Er hatte sich inzwischen entschieden, was seine Abiturprüfungsfächer anging. Mathematik und Physik würde er nach den Ferien als Leistungsfächer belegen, dazu kamen Biologie, dann das vorgeschriebene Fach Deutsch und, weil er dieses Aufgabenfeld auch noch abdecken musste, aus dem Bereich der Gesellschaftswissenschaften Philosophie. Auf die drei Nebenfächer musste er sich aber erst in der 13 festlegen und konnte sie bis auf Deutsch noch ändern, wenn ihm danach war.

Die ersten zwei Wochen Ferien waren mit schnöder Faulenzerei verplant, im Anschluss war Lukas, der erst mal mit seinen Eltern in Urlaub fuhr, wieder im Lande und sie hatten vor, sich dann zu häufigen Sessions im Proberaum zu verabreden. Mit seinem Vater würde er sich zwei Konzerte ansehen, Mark hatte Karten für James Blake und für die Chili Peppers besorgt. Außerdem hatte Jani noch eine Option auf ein zweiwöchiges naturwissenschaftlich-technisches Praktikum beim *Fraunhofer Institut*, das er aber von Emily und ihrer Schwangerschaft abhängig gemacht hatte – wenn sie ihn brauchen sollte, wollte er zur Verfügung stehen können.

Seine Mutter brach angesichts des tollen Zeugnisses in gebührende *AHs* und *OHs* aus und empfahl die sofortige Informierung von Vater und Großeltern, weil es dann eventuell noch einen Taschengeldzuschuss für die Ferien geben könnte. Lachend begab sich Jani auf sein Zimmer, nicht nur um entsprechende Mails zu verfassen, sondern um vor allem seine Schultasche in eine Ecke seines Schranks zu pfeffern und sie sechs Wochen lang keines Blickes mehr zu würdigen. Na ja, vermutlich würde er sie zwischendurch doch mal brauchen, vor allem wenn es mit dem Praktikum klappte, aber dann wollte er sie wenigstens so lange nicht sehen, bis es so weit war.

Er schaltete den Mac ein und ließ die Jalousien herunter, damit es im Zimmer kühl blieb, draußen war es schon mächtig warm, es würde noch ein heißer Tag werden.

Er war gerade dabei, seine Armada von Jungpflanzen zu wässern (zu den bisherigen hatten sich inzwischen noch *Baako, Darwo, Darhor* und *Orbima* gesellt), als es an der Haustür klingelte. Er kümmerte sich nicht weiter darum, Emily war ja unten, und setzte sich an seinen Computer, der inzwischen hochgefahren war. Dann hörte er Emily rufen.

»Jani, Besuch für dich! Florian ist da.«

»Okay! Komme!« Er wunderte sich, sie hatten sich doch gerade noch an der Schule verabschiedet. Fips hatte es eilig gehabt, nach Hause zu kommen, um sich umzuziehen, er schwitze sich tot in seinen langen Hosen, hatte er gesagt. Wenn er etwas vergessen hatte, wieso rief er dann nicht einfach an?

Als er die Treppe hinunterging und sah, wen Fips mitgebracht hatte, schwante ihm nichts Gutes. Was mochte Ristin seinem Freund über ihn erzählt haben? Er hatte nicht gewusst, dass sie sich kannten.

»Hey Leute«, begrüßte er sie. »Was gibts?«

Fips schaute wortlos zu seiner Begleiterin. Er war offensichtlich noch gar nicht zuhause gewesen, er trug immer noch die Jeans.

»Wir müssen reden«, sagte die, ausnahmsweise ohne Kaugummi im schwarz bemalten Mund.

Jani zog die Augenbrauen hoch. »Ach ja, und über was?«

Emily hantierte in der Küche und schaute herüber. Merlin strich ihr um die Beine, in der Hoffnung auf einen Leckerbissen. »Ihr braucht nicht im Flur stehen bleiben«, sagte sie. »Wollt ihr euch nicht in den Garten setzen? Ihr könnt den Sonnenschirm aufstellen, ich habe auch kalte Getränke.«

Jani war klar, dass sie neugierig war, zu erfahren, wen Fips da mitgebracht hatte. »Jo, wieso nicht«, meinte er und wies dann auf das Mädchen. »Das ist übrigens Christine, genannt Ristin. Ristin – meine Mutter.«

Emily kam aus der Küche und streckte ihr die Hand hin. »Hallo, freut mich, dich kennenzulernen.«

Ristin schaute auf ihre Hand, dann in ihr Gesicht und zu Jani. Dann lächelte sie. »Wir sind es.«

Jani verstand sofort. »Oh, Scheiße!« Er blickte zu seinem Freund. »Er etwa auch?«

Fips und Ristin nickten beide.

Emily senkte langsam ihre Hand und verstand gar nichts. »Was ist denn los?«, fragte sie völlig verwundert.

*Verdammt.* Janis Gedanken rasten. Gab es noch eine Möglichkeit, sie da raus zu halten?

Ristin legte ihm eine Hand auf den Arm. »Es ist gut«, sagte sie freundlich. »Wir wollen sie dabei haben.«

»Toll«, schnaubte er aufgebracht. »Echt toll. In ihrem Zustand? Super Idee!«

»Klärt mich mal jemand auf?«, sagte Emily in pikiertem Tonfall. »Mein *Zustand* ist ganz fabelhaft.«

Jani rollte die Augen und nahm sie am Arm. »Mal sehen, wie lange noch. M, komm mit mir, du musst dich setzen.« Und über die Schulter gewandt, sagte er: »Wir gehen ins Wohnzimmer.«

Er scheuchte Muffin auf, der sich auf dem Sofa lang ausgestreckt hatte, stützte Emily, als sie sich schwerfällig niederließ und stopfte ihr ein paar Kissen in den Rücken. Rückte die beiden Sessel für Fips und Ristin näher, setzte sich dann zu Emily und nahm ihre Hand.

Die zog sie wieder weg und schaute ihn entrüstet an. »Wenn ihr mir nicht bald sagt, was los ist, fange ich wirklich noch an, mich aufzuregen. Da bekommt man ja Angst! Ist irgendjemandem etwas zugestoßen?«

Jani seufzte. »Also gut. Aber bleib cool, denk an die zwei da drin.« Er deutete auf ihren Bauch. Dann machte er eine Kopfbewegung zu Ristin. »Sie ist Sugar.« Er schaute zu Fips. »Und er – Löscher, nehme ich an?«

Fips neigte bestätigend den Kopf.

Alle drei blickten zu Emily und warteten auf ihre Reaktion.

Die schaute sprachlos von einem zum anderen und brach dann in herzliches Gelächter aus, das gar nicht mehr enden wollte. »Himmel«, keuchte sie schließlich kurzatmig, »war das etwa deine Idee? Willst du mich aufmuntern oder so etwas?«

»Interessante Reaktion«, bemerkte Ristin.

Fips nickte zustimmend.

Jani nahm noch einmal Emilys Hand und hielt ihren Blick fest. »Mama. Überleg doch mal. Wir dürfen doch gar nicht darüber sprechen. Glaubst du ernsthaft, ich hätte mich nicht daran gehalten?«

Irgendetwas in seinen Augen und die Tatsache, dass er sie *Mama* genannt hatte, führte dazu, dass sie die Hautfarbe wechselte. Dann griff sie haltsuchend nach dem Lederband an ihrem Hals und umklammerte das Amulett.

Er sprang schnell auf. »Ich hole ein Glas Wasser.«

Als er zurückkehrte, nahm sie es mit zitternden Fingern und trank es in einem Zug leer.

»Gehts?«, fragte er besorgt.

Sie nickte, stellte das Glas auf den Tisch ab, atmete tief durch und wandte sich dann direkt an Ristin. »Wie geht es … unseren Freunden auf Palla?«

»Es geht ihnen gut«, erwiderte Sugar lächelnd. Für eine kurze Weile erzählte sie von Roc und Tember – wie gut die neue Einerdrei der Amibros ihr Amt ausführte und wie intensiv sich der ehemalige Dreierdrei Wissenschaft und Forschung widmete.

Dann kamen sie zur Sache. Sugar umriss kurz das Gespräch, das sie mit Jani auf Palla geführt hatte und die Ideen, die er ihr unterbreitet hatte. Emily schaute sprachlos zu Jani, aber Sugar erklärte sofort – ihn entlastend –, dass sie von ihm absolutes Stillschweigen verlangt hatte, damit Kristo-Krista nicht in unerwünschter Weise eingreifen konnten.

Als die Zeit ihrer alleinigen aktiven Phase gekommen war, habe sie Jani umgehend darüber informiert (den neuerlichen Seitenblick seiner Mutter kommentierte dieser mit einem geflüsterten »erzähl ich dir später«) und dann Löscher ins Vertrauen gezogen und sich mit ihm beraten.

Sie hatten sich entschieden, ausnahmslos jede Idee umzusetzen. Sie nannten es ›Projekt Kontakt‹. Und sie waren hergekommen, um es Jani und Emily mitzuteilen und sie zu fragen, ob sie der Projektgruppe beitreten wollten. Das Projekt sollte zum Inhalt von Sugars gesamter aktiver Phase werden und natürlich musste ein ausführlicher Plan dafür erarbeitet werden, der auch berücksichtigte, dass Jani und Emily aufgrund menschlicher Lebenserwartung nur eine begrenzte Zeit daran beteiligt sein würden, und dann ihre Kinder und Kindeskinder ihre Arbeit fortführen sollten.

Jani klingelten die Ohren. »Soll das heißen, ihr wollt so eine Art generationsübergreifenden Vertrag mit uns abschließen?«, fragte er baff.

Sugar lächelte. »Wir würden es lieber ein Bündnis nennen, getroffen in enger Freundschaft.«

Emily hob die Hand. Sie machte einen erstaunlich ruhigen Eindruck. »Habe ich das richtig verstanden – unser Part soll darin bestehen, euch zu beraten, wie ihr es am besten anfangt, der gesamten Menschheit mitzuteilen, dass es euch gibt? Und sie im zweiten Schritt darüber zu informieren, welche Rolle ihr bezüglich ihrer Existenz spielt? Und der Existenz des Planeten Erde an sich?«

Sugar und Löscher nickten. »So ist es.«

Emily blickte Jani an. »Also mal eben die Urknalltheorie vom Tisch wischen? Die Kirche ad acta führen? Die Wissenschaft auf den Kopf stellen? Adam und Eva begraben?«

»Äh. Die gabs!«, wandte Jani ein.

»Himmel!« Emily schüttelte den Kopf. »Na, dann viel Spaß. WIE SOLL DAS FUNKTIONIEREN?«

Jani zuckte die Schultern. »Nicht von heute auf morgen. Das ist klar. Aber nach und nach? Meinst du denn nicht auch, dass sie es wissen sollten?«

»Himmel«, Emily vergrub das Gesicht in den Händen. Blickte wieder auf. »Ist euch bewusst, welcher Gefahr wir ausgesetzt wären? Bei all diesen Spinnern da draußen? Die würden uns doch auf dem Scheiterhaufen verbrennen. Am nächsten Baum aufknüpfen. Oder ins Irrenhaus einliefern.«

»Wir müssten es eben sehr geschickt angehen«, überlegte Jani laut. »So, dass es nicht auf uns zurückfällt. Es unter der Hand verbreiten, nach und nach mehr Menschen ins Vertrauen ziehen, bis es ein Selbstläufer wird.«

»Am besten gehen wir in den Untergrund!«, bemerkte Emily ironisch.

»Wir sind ja auch noch da«, sagte Löscher lächelnd. »Wir haben die Zeiten der Inquisition miterlebt, ebenso wie alle Glaubenskriege, die je geführt wurden. Wir wissen um die Kämpfe, die Philosophen und Wissenschaftler geführt haben und nicht selten mit ihrem Leben bezahlen mussten. Zusammen mit eurer Hilfe können wir es besser machen.«

»Aber nicht mit solchen Holzhammermethoden«, sagte Emily und deutete auf die beiden. »Menschen übernehmen und sie euch zu Willen machen, ist kein guter Anfang für einen vertrauensvollen Kontakt.«

Jani schaute sie bestürzt an. Er war diese Übernahmen von Palla schon so gewohnt, dass er sich gar keine Gedanken mehr darüber gemacht hatte. »Sie hat recht«, sagte er. »Das muss aufhören. Ihr müsst in eigenen Körpern kommen, das könnt ihr doch?«

»Natürlich«, nickte Löscher. »Ich bin noch nicht so gut darin, aber ich werde es von ihr lernen.« Er schaute zu Sugar.

Jani tat es auch. »Es muss aber menschlich sein. Nicht dass du als weißhaarige Amibro auftauchst.«

Sie nickte. »In Ordnung. Es wird etwas dauern, aber es ist möglich.«

»Und wenn es vorher etwas Dringendes gibt, dann übernimmst du einfach mich!«

Sugar nickte wieder.

»Könnt ihr die beiden zurückbringen, ohne dass sie sich erinnern?«, wollte Emily wissen.

»Das geht«, wusste Jani. »Sie haben dann so was wie 'nen Filmriss, aber das ist nicht so dramatisch.«

Emily war einigermaßen zufrieden. »Gut. Wie seid ihr überhaupt auf sie gekommen? Ist das Mädchen Florians Freundin?«

Jani lachte laut auf. »Nein. Nicht ganz sein Typ.«

»Ich hatte sie gewählt, weil sie spirituell empfänglich ist«, erklärte Sugar, »es ist einfach, sie zu übernehmen. Und Janis Freund haben wir heute gezielt ausgewählt, damit es normal erscheint, dass wir hierher kommen.«

Emily nickte. »Verstehe.«

Dann stellte Sugar die entscheidende Frage: »Also seid ihr einverstanden und werdet uns helfen?«

Jani und Emily blickten sich an.

»Ich nehme an, du fieberst geradezu, es zu tun?«, fragte sie mit leisem Lächeln.

Er grinste. »Jap.«

Emily schwieg noch einen Moment und strich abwesend mit den Händen über ihren Kugelbauch. Dann blickte sie die beiden Kristaller an. »Ich bin einverstanden«, sagte sie, »unter einer Bedingung. Ich will, dass ihr schwört, oder was immer ihr tun könnt, was einem Schwur gleich kommt, dass ihr meine Familie schützen werdet, bei allem was euch heilig ist und mit allen Möglichkeiten, die euch zur Verfügung stehen. Und wenn es bedeutet, dass ihr sie per Transfer evakuiert, sollte ihr Leben in Gefahr sein. Sollte jemals ein Mitglied meiner Familie Schaden erleiden, der mit dem Projekt zu tun hat, dann ist unsere Vereinbarung hinfällig. Und unsere Freundschaft ist gestorben.« Sie legte eine Pause ein und schaute beiden Kristallern fest in die Augen. »Und!«, fügte sie hinzu, »ich will, dass dieser

Schwur für alle Generationen gilt, nach mir, nach Jani und nach euch. Dafür müsst ihr sorgen.«

»Hört, hört!«, sagte Jani und klappte seinen Mund wieder zu, der während der Ansprache offen gestanden hatte.

Emily patschte ihm auf den Kopf. »Keine Witze jetzt. Mir ist todernst damit.« Sie wandte sich an die Kristaller. »Also, wie siehts aus?«

Sugar lächelte. »Streckt eure Hände aus«, bat sie.

Jani und Emily taten es. Sugar hob den Zeigefinger von Ristins linker Hand. An der Spitze des Fingers bildete sich plötzlich ein winziger eisblauer Tropfen. Sie tupfte damit erst auf Emilys Handfläche, dann auf Janis, dann verrieb sie sanft beide Flecken, bis sie von der Haut aufgenommen waren. Danach legte sie ihre Handflächen unter Emilys und Janis und sagte, während sie ihnen abwechselnd in die Augen blickte: »Von nun an sind wir in euch und euren Nachkommen für alle Zeit. Ihr seid Teil von uns. Und steht auf auf ewig unter unserem Schutz.«

Löscher legte seine Handflächen zu Sugars. »Auf ewig«, bekräftigte er.

»Wow«, sagte Jani. »Jetzt hab ich Glibber in mir. Merk aber nix.« Er blickte zu Emily. »Und es schadet ihr nicht in ihrem Zustand?«

»Natürlich nicht«, sagte Sugar. »Es sind winzige Partikel. Ihr werdet nie etwas davon bemerken, aber für uns ist es erkennbar. Und wenn wir eingreifen müssen, handeln wir nicht wider die Verfügung, denn ihr gehört jetzt zu unserer Art.«

»Ich glaube, ich könnte noch Wasser brauchen«, sagte Emily schwach.

Jani stürmte gleich los und brachte eine ganze Flasche mit. »Alles okay?«, fragte er besorgt.

»Bisschen viel für mein kleines Hirn«, Emily grinste. »Aber geht schon.«

»Es gibt noch eine Neuigkeit«, eröffnete Sugar. »Ich denke, ihr solltet davon wissen.«

»Herrjeh«, seufzte Emily.

Die scheidenden Kristaller hatten während ihrer Ansprache auf Rainbowedge etwas verschwiegen, nämlich dass Löscher zu spät kam, als er anfing, mit ihnen über die eingetretenen Veränderungen ihrer Spezies zu sprechen. Zu diesem Zeitpunkt hatten sie Projekt AHR-CHENO-Â-RD bereits neu aufgesetzt und frisch gestartet, und zwar mit den Kopien der Lebewesen und der Erde, die Löscher ursprünglich genau zu diesem Zweck vorbereitet hatte.

Jani unterbrach sie. Er war blass geworden. »Moment, Moment. Soll das heißen – ihr habt uns auf die Kopie zurückgeschickt? Die Menschen mit denen wir leben … mein Vater … es sind die Kopien?«

Sugar schüttelte den Kopf. »Nein. Alles ist so geschehen, wie es gesagt wurde. Das im Archiv versteckte Weltenoriginal wurde reaktiviert, ihr seid ebenso die Originale wie alle Menschen um euch. Und natürlich auch dein Vater. Was wir sagen wollen ist – die *Kopie* existiert *ebenfalls*. Und entwickelt sich weiter. Unter unserer Beobachtung stehen nicht nur Projekt RD und Palla, sondern noch eine dritte Welt. Wir nennen sie RD2.«

»Wer lebt dort?«, fragte Emily. »Ich meine – war es nicht so, dass bei einem Neustart nie alle Lebewesen verwendet wurden, sondern immer nur eine Auswahl? Und die Welt wurde vorher gesäubert, von allem was sie bedrohte?«

»Das ist richtig«, bestätigte Löscher. »Was ich auf Anweisung gesäubert habe, war die Kopie. Und die angewiesene Auswahl an Lebewesen habe ich durch Kopieren der Originale erstellt. Es handelt sich immer noch um Milliarden von Bewohnern.«

»Wie viele genau?«, wollte Jani wissen.

»Ungefähr die Hälfte«, erklärte Löscher.

»Dreieinhalb Milliarden?«

»In etwa.«

Emily schluckte. »Sind wir dabei? Unsere Kopien, meine ich.«

Die beiden Kristaller sahen einander an. Sugar nickte schließlich. »Ja. Deshalb solltet ihr es erfahren.«

Emily griff sich an den Kopf und sagte nichts mehr.

»Ihr dürft nicht eingreifen, oder?«, fragte Jani. »Und abbrechen?«

»Nein«, erwiderte Sugar. »Vielleicht in einer anderen Forschungsgeneration. Aber nicht in meiner.«

»Und warum informiert ihr uns dann?«

»Damit ihr die Entscheidung mit uns zusammen trefft.«

»Welche Entscheidung?«

»Ob RD2 in das Projekt ›Kontakt‹ mit einbezogen werden soll oder nicht.«

»Du meine Güte«, entfuhr es Emily. »Das klingt für mich wie eine Episode aus *Fringe* – Parallelwelten und so. Also, ich für meinen Teil möchte mir nicht so gern begegnen.« Sie griff nach ihrem Wasserglas.

Jani wandte sich an Sugar. »Du redest von der fortgeschrittenen Planung, nehme ich an? So mit Transfers zwischen den Welten und fröhlichem Kennenlernen der verschiedenen Arten?«

Sie nickte. »Ja.«

»Puh«, machte Jani. »Wollen wir die Entscheidung nicht vielleicht unseren Nachkommen überlassen? In ein paar Generationen? Bis wir damit loslegen können, wird ja eh noch 'ne Ewigkeit ins Land gehen.«

Wieder wechselten die Kristaller einen Blick.

»Wir müssen das nicht jetzt entscheiden, das ist richtig«, sagte Löscher. »Aber was die Transfers angeht, so arbeiten wir bereits daran.«

»Bitte?«, Jani glaubte sich verhört zu haben. »Ich dachte, die Projektgruppe würde solche Dinge erst einmal besprechen?«

»Das tun wir«, bestätigte Sugar. »Die anderen Mitglieder haben sich bereits dafür ausgesprochen.«

Emily runzelte die Stirn. »Welche anderen Mitglieder denn?«

»Die pallaischen.«

Jani setzte sich kerzengerade in seinem Sitz auf. »Wer von Palla?«

»Die, die ihr die *Eingeweihten* nanntet.«

»O verdammt!«, fluchte Jani. »Sie sind alle dabei?«

»Wir sprachen zuerst nur mit den Amibros, mit denen, die von uns wussten. Sie machten den Vorschlag, auch die anderen Wissenden ins Vertrauen zu ziehen. Das taten wir.«

Emily lachte ungläubig. »Ist das zu fassen?«

Jani kam ein Verdacht. »Du sagtest, ihr arbeitet bereits daran«, sagte er misstrauisch. »Was genau heißt das? Ihr geht es doch hoffentlich vorsichtig an? Die Transfers müssen hundertprozentig sicher sein, niemand darf sein Leben riskieren.«

»Die Transfers sind voraussichtlich sicher«, sagte Sugar und wies auf Löscher. »Er macht sie sicher. Er ist Spezialist.«

»Die Transfers sind nicht das Problem«, übernahm der Genannte das Gespräch. »Auch wenn ich dennoch noch einige Testberechnungen durchführen möchte. Es sind die Kunstwesen selbst, die uns Sorge bereiten. Die Maschine, die sie aus den Vorlagen angefertigt hat, hat sie für diese eine Welt geschaffen. Und wenn die, die bereits in der Grundausstattung vorhanden waren, wurden auf den Baukasten abgestimmt. Wir wissen nicht, ob und wie sie in anderen Welten bestehen können.«

»Und wie wollt ihr das herausfinden?«, hakte Jani nach, noch immer beunruhigt.

»Wir müssen es ausprobieren«, erklärte Sugar.

Jani wusste nicht, was er davon halten sollte. »Ihr wollt ein paar arme Seelen in die Weltgeschichte beamen und sehen, ob sie es überleben?«

Sugar schüttelte den Kopf. »Nein, nicht ohne ihre Einwilligung. Nicht mehr. Du selbst hast mich einmal darauf hingewiesen, dass es unrecht ist, mit jemandem ungefragt zu machen, was wir wollen, erinnerst du dich?«

»Ja, okay, gut, ihr lernt dazu. Sehr löblich. Aber wie wollt ihr das anstellen? Ihr würdet Freiwillige brauchen. Und wer würde sich schon für solche irrsinnigen Experimente zur Verfügung stellen?«

Sugar blickte Löscher an.

»Wir haben zwei, die es tun wollen«, sagte dieser ruhig.

»O nein«, stöhnte Emily und krallte sich in die Polster der Couch. »Ich habe es geahnt.«

Jani blickte nervös zu ihr, dann wieder zu dem Kristaller. In seinen Zehen regte sich ein unangenehmes Kribbeln, das langsam den Körper hinaufkroch. Er brachte kaum die Frage heraus. »Wer ... ist ... es?«

»Die beiden Amibros. Tember und Roc.«

Adrenalin schoss durch Janis Adern. *Freudiges Adrenalin*, musste er sich eingestehen.

Emily stöhnte wieder.

Er nahm ihre Hand und langsam breitete sich ein Strahlen auf seinem Gesicht aus. Aufgeregt drückte er ihre Finger. »Beruhige dich, M. Stell dir doch nur vor, was das bedeutet!«

Emily krallte sich jetzt mit aller Kraft an seine Hand. »Ich weiß«, keuchte sie. Dann krümmte sie sich vor Schmerzen.

»Ma?«, Jani starrte sie entsetzt an. »Oh, verdammt. Geht es etwa los?«

Jetzt fing sie doch tatsächlich an zu lachen. Und presste unter Lachen, Stöhnen und Keuchen mühsam zwischen den Lippen hervor: »Das ... versuche ich ... zu sagen ... ja.«

Jani sprang auf, völlig durch den Wind. »Wir müssen ins Krankenhaus, ich hole deine Sachen!«

»Ich muss erst ... Bad.«

Er half ihr aufzustehen, aber sie schafften es nicht mehr rechtzeitig, die Fruchtblase platzte noch im Flur. »Ihr müsst sie halten, bitte«, rief Jani den Kristallern zu. »ich muss den Notarzt rufen.«

»Ich kann mich darum kümmern«, sagte Löscher.

»Wie jetzt? Willst du ihn anrufen?«

»Um die Geburt«, präzisierte der Kristaller.

Jani schaute skeptisch. Der Umstand, dass es sein Freund Fips war, der da vor ihm stand, machte das Denken nicht gerade einfacher. »Du kennst dich damit aus?«

Fips-Löscher nickte. »Umfassend.«

Emily konnte sich dank Wehenpause einmischen. »Ich bin dafür. Wäre mir sogar sehr lieb.«

Jani kannte den Grund dafür und nickte. Dass er jetzt nicht nochmals darüber mit ihr diskutieren konnte, war klar. »Okay, wollen wir dann rauf zu deinem Bett?«

»Ich glaub nicht, dass die Zeit reicht«, sagte Emily und krümmte sich stöhnend. »Hol ... Decken.«

Löscher und Sugar übernahmen sie und halfen ihr zurück ins Wohnzimmer. Wieder einmal wurde die Fläche vor der Couch umgestaltet, diesmal in ein Kreißbett. Jani schleppte Decken herbei, sie legten saubere Laken darüber und lehnten jede Menge Kissen an das Sofa, damit Emily mit erhöhtem Oberkörper liegen konnte. Dazu saubere Handtücher, den Erste-Hilfe-Kasten, heißes Wasser. Die beiden Kater hatten begonnen, nervös um sie herumzuschleichen, Jani verbannte sie vorübergehend aus dem Wohnzimmer. Spooky saß draußen vor der Terrassentür und wartete darauf, hereingelassen zu werden, aber Jani verschob es auf später, vorerst war das genau der richtige Platz für den Hund.

Löscher, der vor Emilys Füßen kniete, deutete auf sich selbst. »Er wird länger wegbleiben als geplant, vielleicht solltest du ... jemand anrufen?«

»O Mann, klar, gute Idee!«, Jani hetzte die Treppe zu seinem Zimmer hinauf, riss das Handy an sich, das neben dem Mac lag und ließ die Nummer seines Freundes wählen. Am anderen Ende meldete sich Fips' jüngere

Schwester Fiona. Jani redete auf sie ein und erzählte etwas von im Garten sitzen und Kaffee trinken, und später Filme schauen und dass es spät werden könnte, und sie versprach gelangweilt, es ihren Eltern auszurichten. Als er das Handy ausgeschaltet hatte, hörte er von unten Babygeschrei. Er rannte wie ein Irrer hinunter, nahm zwei Treppenstufen auf einmal und schlitterte ins Wohnzimmer, wo Sugar gerade ein kleines Stoffbündel in Emilys Arme legte, aus dem es kraftvoll brüllte.

Jani konnte sich vorübergehend nicht rühren und Emily grinste munter und meinte: »Jetzt komm schon her, du hast Emils Ankunft verpasst – wie du hörst, ist er stinksauer auf dich.«

Kurz darauf schaute Jani in ein zerknautschtes krebsrotes Gesichtchen, in dem die Augen fest zusammengepresst waren und aus dem winzigen Mund ein Krach kam, den er einem solchen Zwerg niemals zugetraut hätte. Wenige Minuten später nahm er seiner Mutter das Baby ab, denn Zwilling Nummer Zwei kündigte sich an und hatte es offenbar eilig. Jani ging zwei Mal den Flur auf und ab, worauf sich der Kleine in seinem Arm tatsächlich beruhigte, dann quäkte es auch schon aus dem Wohnzimmer.

»Wow«, staunte Jani. »Das ging aber schnell!«

Löscher lächelte ihn an. »Der Weg war schon offen, sie mussten nur noch nachrutschen.«

»Sie? Also doch ein Mädchen!« Jani wollte Bündel Emil an Emily zurückgeben, um das neue Baby entgegenzunehmen, als ihm bewusst wurde, dass Löscher in der Mehrzahl gesprochen hatte. Und das keineswegs aus Versehen. Emily hielt ZWEI Bündel im Arm. Er kniete sich hin und blickte als erstes in das Gesicht des kleinen Mädchens. Sie war viel kleiner und zarter als ihr Zwillingsbruder, schrie überhaupt nicht und ihre dunklen Augen schienen Jani bereits interessiert anzuschauen, wobei ihm klar war, dass sie wahrscheinlich noch gar nichts richtig wahrnehmen konnte.

Aus dem zweiten Bündel drang leises Fiepen. Jani schlug das Tuch zur Seite und blickte fassungslos auf ein winziges weißes Fellknäuel. »Was ist es?«, fragte er, obwohl er die Antwort schon kannte.

»Ein Wolfswelpe natürlich«, sagte Emily ruhig. »Was dachtest du denn?«

Das erste Stillen funktionierte wunderbar, sie legte den Welpen einfach ebenfalls an, und er saugte, als sei es das Natürlichste der Welt. Wie es mit seiner Ernährung künftig weitergehen sollte, darüber wollte sich Emily noch keine Gedanken machen. Sie fand es verwunderlich, dass Nummer drei die ganze Zeit über unentdeckt bleiben konnte und bei den Untersuchungen die dritten Herzschläge niemandem aufgefallen waren, aber so war es nun mal und natürlich war es gut so. Das Geschlecht des Welpen ließ sich noch nicht zweifelsfrei bestimmen und ob er ein Gestaltwandler war, musste sich erst noch herausstellen.

Inzwischen war es früher Nachmittag, Emily war müde, aber es ging ihr gut, am Montag eine Hebamme oder die Ärztin für eine erste Untersuchung holen zu lassen, hielt Löscher für absolut ausreichend.

Sugar hatte ihr geholfen, sich zu waschen und frische Sachen anzuziehen, Jani ließ sich derweil von Löscher seinen ersten Kurs in Säuglingspflege geben. Emily mochte sich noch nicht auf ihr Zimmer zurückziehen, also wurde die Couch frisch hergerichtet und sie zog mit den Kleinen erst einmal dorthin. Dort fand dann auch ein erstes Kennenlernen mit Spooky statt, der endlich herein durfte und ob der vielen unbekannten Gerüche im Raum aufgeregt herumlief. Die in den Armen ihrer Mutter friedlich schlafenden Winzlinge beschnüffelte er neugierig und befand dann seinen frisch gefüllten Futternapf für wesentlich interessanter.

Emily und Jani hielten sich nun nicht mehr zurück mit Fragen über ihre pallaischen Freunde und die Kristaller gaben bereitwillig Auskunft. Berichteten von dem tagelangen Fest, das gefeiert worden war, als Baako Delilah zur Frau nahm. Erwähnten, dass Lir den Posten des Zweierdrei übernommen hatte und eine junge Freundin von Wasee die dritte Position im Rat, während Wasee selbst und Mero noch immer auf Nevedar lebten und sich um die Snopire kümmerten. Erzählten von der erfolgreichen Erfüllung der Bitten, die Emily und Jani zum Abschied geäußert hatten – wie Nia ihren Sebastian bekam und seitdem weder Hexenlieder sang noch sich je wieder in Luft aufgelöst hatte. Dass Ronny Donny mit einer Pingavin-Riesin zusammengebracht worden war und von da an in Frieden mit seinen Nachbarn lebte. Nur mit der Karmjitin für Landy hatte es noch nicht geklappt, aber er war es ganz zufrieden, wurde er doch von Federchen völlig in Beschlag genommen, mit der er regelmäßig all ihre Freunde besuchte, die über Palla verstreut lebten.

Schließlich wurde es Zeit für Sugar und Löscher und sie unterhielten sich leise darüber, wie es nun weitergehen sollte.

»Versprecht uns, dass ihr Roc und Tember nur transferiert, wenn es wirklich ganz sicher ist«, bat Emily. »Und sagt Roc bloß nicht, dass er Vater geworden ist, sonst lässt er vielleicht alle Vorsicht außer Acht.« Sie war sogar überzeugt davon, dass er das tun würde. Sie blickte die Kristaller argwöhnisch an. »Ihr habt ihm hoffentlich nichts von meiner Schwangerschaft erzählt?«

Beide verneinten so vehement, dass sie erst recht misstrauisch sein wollte, aber um ihres Seelenfriedens willen beschloss, ihnen zu glauben.

Jani stimmte ihr zu. »Wir möchten auf keinen Fall, dass sie ihr Leben riskieren, das müsst ihr ihnen von uns sagen, okay? Ich für meinen Teil lebe lieber mit dem Wissen, dass Tember irgendwo existiert, wo es ihr gut geht, als mit der Gewissheit, dass es sie gar nicht mehr gibt.«

Sugar und Löscher gaben ihr Bestes, überzeugend darzulegen, dass auch sie keine Gefährdung wünschten, schließlich sollte das Projekt in Zukunft einen steten Kontakt und Austausch ermöglichen, natürlich wollten auch sie, dass die Prozedur eine vollkommene sichere sein würde.

»Wann wird es so weit sein?«, wollte Emily wissen.

Doch da wollten sich die Kristaller nicht festlegen. Oder konnten es nicht. Als sie sich verabschiedeten, versprachen sie, erst wiederzukehren, wenn sie eigene passende Körper erstellt hatten, und Transfers nur anzugehen, wenn alle Unwägbarkeiten ausgeschlossen werden konnten. Mehr war ihnen an Zusagen nicht möglich. Jani ließ sie zur Haustür hinaus, wo Fips' Auto stand. Sie würden erst Ristin absetzen und dann Fips nach Hause fahren.

Emily hatte Mühe, die Augen offen zu halten, und merkte kaum, dass Jani zurückkam.

»Du musst dich jetzt erst mal ausruhen«, sagte er bestimmt. »Ich kümmere mich um die Bande.«

Sie protestierte nur schwach, als er die Babys nach oben brachte und schließlich sie holte. Auf ihn gestützt, stieg sie die Treppe hinauf, und streckte sich erleichtert auf dem Bett aus.

»Wo sind sie?«, flüsterte sie. Sie konnte kaum noch einen klaren Gedanken fassen.

»Alle zusammen in einer Wiege«, sagte Jani. »So wie sie es gewohnt sind.«

»Passt du auf?«

»Keine Sorge, ich bin in der Nähe. Schlaf dich aus.«

Sie spürte noch, wie er sie zudeckte, dann übermannte sie der Schlaf.

Jani schaltete das Babyphon ein und setzte sich unten vor den Fernseher, nachdem er aufgeräumt, die Katzen versorgt und sich selbst etwas zu Essen gemacht hatte. Spooky kam zu ihm auf die Couch und rollte sich in seiner Ecke zusammen. Im Moment liefen Nachrichten, aber auf Arte brachten sie um viertel nach Acht *The 13th Floor*, den musste er sich geben, weil er ihn an einen bestimmten Sonnenaufgang auf Palla erinnerte.

Rund zwei Stunden später fiel ihm siedend heiß auf, dass es draußen dunkel geworden war – er hatte den Sonnenuntergang verpasst, allerdings über das Babyphon auch nichts Verdächtiges gehört.

Auf Zehenspitzen eilte er die Treppe hinauf. Das Bett mit der tief schlafenden Emily stand im vorderen Zimmer, er schlich nach hinten, wo das Kinderzimmer eingerichtet war und blickte in die Wiege, in die er die drei Kleinen gelegt hatte. Dort schliefen nur die beiden Babys, der Wolfswelpe war nicht mehr da. Wider besseren Wissens – wie sollte der Zwerg herausgekommen sein – suchte er nicht nur die Wiege ab, sondern beide Zimmer, aber er konnte ihn nirgends finden.

Gleichwohl ihm fast schlecht war vor Sorge, beschloss er Emily nicht zu wecken, er wollte nicht, dass sie sich aufregte. Dann versuchte er, ruhig nachzudenken. Vielleicht befand sich der Kleine in einer Art Metaschweber

Zustand, der sich erst festigen musste? Er war das Kind eines Kunstwesens und unterlag vermutlich gänzlich anderen Bedingungen als seine menschlichen Geschwister, sie mussten nur noch herausfinden, welchen.

Jani ging in sein Zimmer und googelte die Zeit für den zu erwartenden Sonnenaufgang. Wenn wirklich amibroische Gene für das Verschwinden des Welpen verantwortlich waren, dann konnte nur der Wechsel von Tag und Nacht Aufklärung bringen. Die Sonne würde gegen halb 6 aufgehen, spätestens dann würde er wieder nachschauen. Er stellte seinen Wecker und nahm ihn mit nach unten.

Die halbe Nacht blieb er auf und schaute Fernsehen so lange es ging, aus Angst, die Kleinen zu überhören, falls sie aufwachten und Hunger hatten. Aber sie schienen ebenso erschöpft wie ihre Mutter und schliefen ihre erste Nacht durch.

Er machte sich Gedanken über RD2, die Welt der Kopien. Es war ein seltsames Gefühl, sich vorzustellen, dass er dort nun ein zweites Leben führte. Die Kopien hatten Palla nie besucht, was bedeutete, für den Jani auf dieser anderen Welt gab es keine Tember, genauso wenig wie die Emily-Kopie jemals Roc begegnet war. Wie mochten sie sich entwickeln, was würde aus ihnen werden? Was geschah auf dieser Welt? Dasselbe wie hier? Konnte eigentlich nicht sein, denn Löscher hatte die Welt gesäubert, die Jani- und Emily-Kopien würden ihr Leben unter besseren Umweltbedingungen führen als sie hier vorherrschten.

Wie die Kristaller es wohl anstellten, dass eine solche Säuberung nicht auffiel? Zu dem Zeitpunkt war Eingreifen noch möglich gewesen, vermutlich hatten sie weltweite Atomausstiege inszeniert, wundersame Erholung von Ozeanen und Atmosphäre, unter Zuhilfenahme eingespeister wissenschaftlicher Erklärungen.

Es machte ihn sehr neugierig. Vielleicht würde er ja eines Tages doch die Möglichkeit ergreifen, RD2 einen Besuch abzustatten. Er brauchte seine Identität ja nicht preiszugeben, im Falle ihm dann gelingen würde, sein Alter Ego aufzuspüren. Aber bis dahin war es noch ein weiter Weg, noch stand ja gar nicht fest, dass die Transfer-Idee funktionieren würde. Aufregend fand er die Aussicht trotzdem.

Als Emily am nächsten Morgen aufwachte, schien die Sonne durch das Fenster. Sie fühlte sich frisch und gestärkt, und schaute gleich nach ihrem Familienzuwachs. Das kleine Mädchen hatte die Augen geöffnet, ihr Brüderchen schlief noch. Ebenso wie der Wolfswelpe, er lag auf der Seite und sein Bäuchlein hob und senkte sich unter dem zarten weißen Flaum.

Emily hob ihre kleine Tochter aus der Wiege, nahm sie mit ins Bett und legte sie an ihre Brust, wo sie ruhig und gemächlich trank. Sie hatten etwa zehn Minuten Ruhe, dann war das Verschwinden der Schwester offenbar bemerkt worden, lautes Brüllen schallte herüber.

Augenblicke später stand Jani in der Tür, noch deutlich verschlafen, die Haare verwuschelt. Mit einem Blick erfasste er die Situation und stolperte ins Nebenzimmer. »Ich hole ihn«, sagte er.

Spooky, der ihm gefolgt war, hüpfte leichtfüßig zu Emily aufs Bett. Und schnupperte am Baby.

Emily lachte. »He, nicht so stürmisch. Ab mit dir.« Sie wedelte mit der freien Hand und der Whippet stakste gemächlich ans Ende des Betts und rollte sich zu ihren Füßen zusammen.

Jani kam mit dem schreienden Bündel herüber, setzte sich auf den Bettrand und half Emily, ihn anzulegen. Sofort verstummte das Gebrüll und ging in gieriges Schmatzen über.

Jani schüttelte den Kopf. »Der hat vielleicht ein Organ!«

Einen Moment beobachtete er die Säuglinge, dann rang er sich durch und fragte: »Seit wann ist das Wölfchen wieder da?«

Emily blickte erstaunt. »War es denn weg?«

Jani nickte und erzählte ihr vom vergangenen Abend und seine Theorie darüber. »Ich wollte eigentlich vor Sonnenaufgang nach ihm schauen«, sagte er, »aber ich hab den Wecker wohl überhört.«

Wie auf ein Stichwort erklang leises Winseln aus dem Nebenraum.

»Bring ihn mir doch bitte«, sagte Emily, »und nimm die Kleine mit, sie schläft schon wieder.«

Jani tauschte die Babys aus und anschließend bekam der Welpe sein Frühstück.

Emily betrachtete das schneeweiße Bündelchen mit zärtlichem Ausdruck. »Wir werden sein Geheimnis schon herausfinden«, sagte sie. »Jedenfalls wird es für uns so viel einfacher werden.« Wie hätte sie es Freunden und Familie erklären sollen, wenn eines der Babys oder gar alle sich tagsüber in Wölfe verwandelt hätten? So wie es sich jetzt darstellte, konnten sie ihnen erzählen, dass sie sich noch einen jungen Hund zugelegt hatten. Man würde sie zwar für verrückt erklären, weil sich sie freiwillig noch mehr Arbeit aufhalste, als sie mit den Zwillingen eh schon haben würde, aber das war lange nicht so kompliziert wie die Alternative.

Nach der Fütterung erhielten die drei frische Windeln (der Welpe versank beinahe in seiner) und lagen dann aneinandergeschmiegt in der Wiege und schliefen wieder.

»Dir gehts gut?«, fragte Jani und Emily nickte.

»Und zwar richtig«, sagte sie. »Ich glaube, sie sind einfach nicht so groß wie andere Babys, alles kam mir ganz schön leicht vor. Und Löscher kannte sich wirklich gut aus.«

»Vielleicht war er ja selbst als Arzt auf der Erde unterwegs«, mutmaßte Jani. »Oder *in* einem. Aber wir lassen morgen trotzdem jemand kommen?«

»Ja«, sagte Emily, »ich werde die Ärztin anrufen und hören, was sie vorschlägt.«

»Und Oma und Opa? Paps? Bea?«

»Waah«, machte Emily. »Bald. Aber noch nicht heute!«

Jani grinste breit. »Wie wäre es dann mal langsam mit Namen?«

»Okay«, stimmte Emily zu. »Ich hätte gerne welche, die mit ›R‹ beginnen. Gibt deine Sammlung dazu was her?«

»Wenn nicht, wird gegoogelt«, rief Jani, schon auf dem Weg, sein Moleskine zu holen.

Anderthalb Stunden später hatten sie sich entschieden. Das französische *Remi* für den Jungen, weil auf diese Weise ein Stück Emil erhalten blieb (das einzige Zugeständnis, zu dem Emily in diesem Fall bereit war), *Rawiya* (›geheimnisvoll‹) für das Mädchen und der kleine Fellknäuel erhielt einen elbischen Fantasienamen aus ›Herr der Ringe‹: *Ráca* bedeutete ›Wolf‹.

## 117 / Sommer 2012 bis Sommer 2013

Die folgenden ersten Wochen waren vor allem eins – anstrengend. Emily, die vehement darauf achtete, dass Jani seine Sommerferien nicht als Kindermädchen verbrachte, sondern sie auch genießen konnte, nahm an Hilfe an, was sich bot, aber nur tagsüber. Da holte sie nach, was ihr nachts an Schlaf fehlte, wo sie darauf bestand, sich allein um die Kleinen zu kümmern, die dann nach wie vor auf zwei reduziert waren, was aber außer ihr nur Jani wusste.

Ihre Mutter bewohnte für ein paar Wochen das Gästezimmer, ihre Freundin Bea schaute ebenso wie Victor und Boris oft vorbei, und auch Mark stand häufig zur Verfügung.

Auch wenn sie alle mehr als erstaunt gewesen waren, dass sich Emily kurz vor der Geburt noch einen Hundewelpen zugelegt hatte, verstanden sie doch nur zu gut, dass sie dem süßen Wesen nicht hatte widerstehen können. Wo er doch ohne Mutter aufgefunden worden war und im Tierheim vielleicht nicht überlebt hätte, so klein wie er war…

Ob es um Besorgungen ging, Wäsche waschen, die Zwillinge baden, den Rasen mähen, oder einfach mal den Kinderwagen bei schönem Wetter durch den Ort schieben, Emily hatte genügend Zeit, um immer einmal wieder zu entspannen oder ein paar Stunden zu schlafen.

Jani stimmte dann auch zu, das geplante Praktikum zu absolvieren, das ihn sehr begeisterte, aber als Vollzeitbeschäftigung auch sehr forderte. Entsprechend erschöpft war er am Abend und ging früh zu Bett.

Als die Sommerferien vorüber waren, war Emilys Mutter wieder abgereist und die Freunde mussten nicht mehr täglich helfen, der Alltag mit den Babys hatte sich eingespielt.

Die Kleinen entwickelten sich schnell, schneller als normal. Sie zahnten bereits Ende des zweiten Monats und anstatt zwischendurch Haare zu verlieren, bevor die endgültige Farbe nachwuchs, blieb dieser Zyklus aus und die Haare wuchsen stetig. Allen voran war natürlich Ráca, der Wolfswelpe, der bereits mit drei Wochen tapsig herum lief, und sich inzwischen als weiblich herausgestellt hatte. Rawiya schien sich zu bemühen, mit ihrer Wolfschwester Schritt zu halten und war ihrem Bruder Remi immer ein gutes Stück voraus.

Anfang Dezember, im Alter von fünf Monaten krabbelten beide sicher und zogen sich an flachen Möbeln (oder den Haustieren) hoch, Rawiya begann vier Wochen später, in der ersten Woche des neuen Jahres, zu laufen, eine Hand in Rácas weißem Fell vergraben. Remi tat seine ersten alleinigen Schritte an Janis 19. Geburtstag Mitte Februar, wo er seinem großen Bruder in die Arme rannte, der diese kleine Vorführung mit »Emil ist echt immer gut für Geburtstagsüberraschungen!« kommentierte.

Zu diesem Zeitpunkt brabbelten sie bereits fleißig und Rawiya sprach erste Worte. Der Kinderarzt, zu dem Emily inzwischen ging, machte kein großes Aufheben, für ihn waren die Kinder einfach ein wenig frühreifer als andere, aber nicht wesentlich klüger, und so sollte sich Emily keine Sorgen machen, Hauptsache, sie waren gesund.

Beide Kinder hatten inzwischen ihre eigenen Bettchen, aber während Remi keine Probleme damit hatte, alleine zu schlafen, tat Rawiya kein Auge zu, bevor nicht Ráca neben ihr lag. Dabei war ihr völlig egal, wie eng es wurde, die junge Wölfin war mit rund sieben Monaten ausgewachsen und ein Stück größer als Spooky, ließ es sich aber dennoch nicht nehmen, sich in das Gitterbett zu quetschen. Emily störte sich nicht sonderlich an diesem Ritual, denn sobald die Sonne untergegangen war, war Ráca verschwunden und Rawiya hatte das Bett bis zum Morgen für sich allein. Wachte sie einmal nachts auf, akzeptierte sie die Abwesenheit der Wölfin jedoch stets klaglos.

Am 29. Juni 2013 feierte das Trio seinen ersten Geburtstag und Emily und Jani hatten seit einem Jahr nichts von den Kristallern gehört und gesehen. Waren sie zu Anfang noch bei jedem Klingeln aufgeregt zur Tür gestürzt – und hatten, wenn dort weder Wolf noch Rabe saß, in jedem unbekannten Gesicht einen Kristaller vermutet – so wich dieses Verhalten schließlich einem Gefühl dumpfer Enttäuschung, das viele Wochen angehalten hatte.

Immer wieder versuchten sie einander damit aufzumuntern, dass es nur eine Frage der Zeit war, bis Löscher alle noch geplanten Tests durchgeführt hatte und beide Kristaller sich individuelle menschliche Avatare erstellen konnten.

Dann kam die Zeit der Sorge. Aber sie konnten sich nicht vorstellen, dass den Kristallern etwas zugestoßen war, sie hatten keine Feinde. Zumindest wussten sie von keinen. Einzig in der Masse begründete Verzögerungen waren vielleicht möglich, aber es schien nicht schlüssig, da Sugars unbeeinflusste aktive Forschungsphase ja bereits begonnen hatte. War auf Palla irgendetwas schiefgegangen? Hatte Löscher vielleicht herausgefunden, dass sich die Kunstwesen nicht transferieren ließen? Aber hätten sie dann nicht ihre Freunde auf der Erde, von denen sie wussten wie fieberhaft sie auf Nachricht warteten, davon in Kenntnis gesetzt? Andererseits – während hier auf der Erde Monat um Monat verging, verstrichen für die Kristaller vielleicht nur Minuten, je nachdem wie sie den Zeitverlauf für sich gewählt hatten.

Emily begann sich darüber auszulassen, dass ein Leben für die Amibros in dieser Welt sowieso ein Ding der Unmöglichkeit gewesen wäre – seien es die Metamorphosen, die zu verheimlichen nötig gewesen wäre, oder die Tatsache, dass sie überwiegend immer gleich gekleidet sein würden und das auf eine Art, die mitnichten unauffällig war. Sie lebten in einem kleinen

Dorf, würden sie nicht Tratsch und Klatsch auf sich ziehen? Schon jetzt wurde über sie geredet.

Aber Jani wollte von solchen Dingen nichts hören. »Dann ziehen wir eben woanders hin«, war seine Standardantwort auf Emilys derartige Einwände. Es würde sich schon alles richten lassen, wenn sie nur erst wieder vereint wären. Und würde es nicht ein Ziel des ›Projekts Kontakt‹ sein, dass die Menschen auf der Erde die Kristaller ebenso wie die Pallaner kennenlernten?

Sie versuchten, die Hoffnung nicht aufzugeben, aber um sich selbst vor der Enttäuschung zu schützen, begannen sie wieder zu der Einstellung zurückzukehren, die sie sich nach der Rückkehr von Palla angeeignet hatten – sich damit abzufinden, dass sie Tember und Roc nicht wiedersehen würden und die Erinnerung an ihre Zeit auf Palla in ihren Herzen zu bewahren.

Die Bilder, die Jani damals aufgehängt hatte, gab es immer noch, sie waren Teil ihres Lebens. Durch den Familienzuwachs hatte sich dieses sehr verändert und trotz aller Traurigkeit, die latent immer vorhanden war, war das Haus dank Rawiya, Remi und Ráca doch immer auch mit Lachen und Freude erfüllt.

Emily träumte noch immer regelmäßig den einen Traum, in dem sie von Roc getrennt wurde, weil der Boden zwischen ihnen aufriss. Sie fragte sich, ob das weiße Haar, das aus dem Spalt flutete und ihr die Sicht nahm, für Sugar stand, als Symbol für die Kristaller, oder ob es sich um Rácas weißes Wolfsfell handelte, als Symbol für den Betrug an Roc, weil sie ihm nicht von der Nacht im Verlies erzählt hatte. Wenn sie aufwachte, war da immer dieses Schuldgefühl und irgendwoher musste es doch kommen?

Sie arbeitete nach wie vor für die Werbeagentur und hatte mit dem Schreiben wieder angefangen, doch diesmal sollte es keine Kurzgeschichte werden, sie wollte sich an einem Buch versuchen. Palla würde keine unwesentliche Rolle darin spielen. Außerdem hatte sie ihre Ausbildung zur ›Whipcrackerin‹ wieder aufgenommen – Jani gab dann den Babysitter, sie hatte ihn nun in ihr geheimes Hobby eingeweiht und er ließ ihr den Spaß. Für solche Andenken bewahrenden Rituale hatte er vollstes Verständnis.

Immer noch versuchte er gelegentlich, die Franzosen über das Internet aufzuspüren, vielleicht wäre eine Reise nach Frankreich, irgendwann einmal, keine schlechte Idee. Er hielt auch die Augen nach Neo auf, indem er sich mit LEET befasste und in entsprechenden Foren unterwegs war. Theoretisch war es durchaus möglich, dass ihm der kleine Angeber eines Tages über den Weg lief, je nachdem aus welcher Projektphase Sugar ihn transferiert hatte, existierte er ja vielleicht in dieser Welt.

Das Rätsel um die Buchstabenfragmente auf dem schwarzen Umschlag des Kalenderbuchs, aus dem die Amibros ihre Namen bezogen, hatte er längst gelöst. Wenn man die Wikipedia-Seite durchstöberte, die man zum Suchbegriff ›Kalender‹ erhielt, stolperte man schon in den ersten Zeilen über das System ›Gregorianischer Kalender‹.

›len‹ und ›goria‹ konnten die Teile eines Titels sein, der vielleicht *Ewiger Kalender Gregorianisch* gelautet hatte. Oder auf lateinisch *Calendarium Gregorianum*. Oder in einer anderen Sprache. Aber prinzipiell war Jani überzeugt, dass dies die Lösung war.

## ✳ ✳ ✳

Als es an einem sonnigen Nachmittag im Spätsommer 2013 an der Haustür klingelte, hatten weder Emily noch Jani auch nur die Spur einer Vorahnung. Die Zwillinge spielten im Garten im Sandkasten, bewacht von Hund und Wölfin. Emily konnte sie durch das Küchenfenster sehen, wenn sie wollte, sie bereitete ihnen gerade einen Obstsnack und sich selbst einen Kaffee. Jani hatte nach der Schule noch mit den Jungs geprobt, er war eben erst zurückgekehrt und zog sich in seinem Zimmer um, um dann ebenfalls nach draußen zu gehen.

Emily konnte von der Küche aus erkennen, dass vor der spiegelverglasten Tür zwei Personen standen, ein Mann und eine Frau, die ein kleines Kind auf dem Arm trug. Wahrscheinlich neue Nachbarn in der Straße, die sich vorstellen wollten, dies kam immer wieder einmal vor. Sie wusch sich schnell die vom Obstschneiden klebrigen Finger unter dem Wasserhahn, trocknete sie am Handtuch, ging dann zur Tür und öffnete.

»Ja, bitte?«

Die beiden durften etwa in ihrem Alter sein, waren hellblond und sahen eher wie Geschwister aus als wie ein Pärchen, leger in Jeans und T-Shirts gekleidet. Das Kind hingegen, ein kleiner Junge, kaum älter als ihre Zwillinge, hatte rötliche Locken und schaute sie neugierig an.

Bevor noch einer der beiden ihr antworten konnte, streckte der Kleine ein Ärmchen aus, deutete auf Emily und sagte fragend: »Omi?«

Emily musste lachen und dachte sich gerade eine lustige Erwiderung aus, als die Frau ihr das Kind auch schon entgegenstreckte und dabei lächelnd »Ganz recht, das ist deine Oma«, sagte.

Emily war so verblüfft, dass sie den Kleinen widerspruchslos auf den Arm nahm. Er war wohl auch ein wenig überrumpelt, steckte schnell einen Daumen in den Mund und sah sie mit großen Augen an. Sie registrierte gerade, dass diese unterschiedliche Farben hatten, als er den Daumen kurz heraus nahm und »Kra ist?«, fragte, dann steckte er ihn zurück.

Hinter den beiden Blonden tauchte jetzt eine dritte Person auf, die »Kra ist hier«, sagte und dann zwischen die beiden trat, die ihr Platz machten.

Die zweifarbigen Augen des Jungen – eines orange, eines kiwigrün – fixierten Emilys Blick, dann zeigte er auf die Hinzugekommene und erklärte ernsthaft: »Mama Kra hat.«

Vor Emily stand Tember, die roten Haare offen, in einem ganz menschlichen Baumwollkleid, sie trug einen schwarzen Raben auf der Hand und lächelte verschmitzt. »Hallo«, sagte sie.

»Himmel«, hauchte Emily und spürte, wie ihr die Knie weich wurden. Sie schaute von einem zum anderen und wusste nun auch, wer die beiden Blonden waren. Blickte den kleinen Jungen auf ihrem Arm erneut an und erkannte die Ähnlichkeit zu Jani. »Ist er der Grund, warum es so lange gedauert hat?«, fragte sie.

Löscher nickte. »Wir konnten es nicht früher riskieren.«

»Wie ist sein Name?«

Tember lächelte und strich dem Kleinen über die roten Löckchen. »Sag Omi deinen Namen.«

Der Daumen musste erst mal raus, dann kam, deutlich stolz darauf, dass er das schon sagen konnte: »Kim!«

»Eigentlich Kimber«, sagte Sugar schmunzelnd.

*Ein Mix aus* Kijanu *und* Tember, dachte Emily. »Und wer ist der Rabe?«, wollte sie wissen. »Sein Bruder?«

Tember schüttelte den Kopf. »Kra ist sein Meta-Teil, der Gestaltwandler. Kim verwandelt sich nicht, stattdessen erscheint Kra tagsüber. Nach Sonnenuntergang werden sie eins.«

»Himmel«, hauchte Emily wieder. Wieso war sie darauf nicht selbst gekommen? Rawiya und Ráca – jetzt wurde ihr alles klar. Sie hatte tatsächlich ›nur‹ Zwillinge bekommen, ein dritter Herzschlag war deshalb nicht entdeckt worden, weil er exakt mit seiner ›zweiten Hälfte‹ übereinstimmte.

Dann riss sie sich endlich zusammen. Ihr war natürlich schmerzlich bewusst, dass einer fehlte. Sie würde später nach Roc fragen, jetzt war etwas anderes wichtiger.

Sie streckte ihren freien Arm aus und umarmte die drei nacheinander innig, dann winkte sie ihnen, einzutreten. »Kommt rein, wir müssen dringend jemandem Bescheid geben, dass ihr da seid.«

Kra hüpfte mit einem Flügelschlag von Tembers Hand auf Emilys Schulter und Kim streckte seine kleine Hand aus und vergrub sie im Federkleid des Vogels.

Als sie hineingingen, kam Jani gerade die Treppe herunter. Er sah sie und blieb fassungslos wie angewurzelt mitten auf den Stufen stehen. Tember blieb ebenfalls stehen und starrte ihn an. Emily schob Sugar und Löscher an ihr vorbei, dirigierte sie ins Wohnzimmer und schloss leise die Tür hinter ihnen. Kims fragendem Blick begegnete sie mit »Mama kommt gleich!«

Muffin schlief irgendwo im Haus, aber Merlin war da und strich ihr um die Beine. Kim sah ihn und zappelte aufgeregt, also ließ sie ihn herunter und zeigte ihm, wie man eine Katze streichelt. Kra war die Sache offenbar instinktiv nicht geheuer, er flatterte davon und ließ sich auf einem der Regale nieder, um die Katze-Kind-Begegnung aus sicherer Entfernung zu beobachten.

Auch wenn sich der Gedanke, schlagartig Großmutter geworden zu sein, noch nicht richtig gesetzt hatte, wusste sie bereits, dass es kein Problem für sie war – auf einen kleinen Fratz mehr oder weniger kam es nun wirklich nicht an. Nur die Bezeichnung ›Oma‹ musste sie allen schnellstmöglich wieder abgewöhnen, ein ›Emily‹ sollte völlig ausreichen.

Sie fragte sich, wie es Jani aufnahm, von jetzt auf gleich eine vollständige eigene Familie zu haben. Wehmütig wurde ihr klar, dass seine unbeschwerte Jugend in dem Moment geendet hatte, als sie nach Palla transferiert worden waren – da war er gerade einmal siebzehn Jahre alt gewesen. Doch dies ließ sich nun nicht mehr ändern und zumindest hatte er seine Tember wieder.

Emily blickte auf und sah, dass Sugar und Löscher sie beobachteten, sie schienen aus dem Schmunzeln gar nicht mehr herauszukommen.

»Wir hatten die Hoffnung schon aufgegeben«, sagte Emily zu ihnen. »Warum habt ihr uns nicht einfach Bescheid gegeben?«

Löscher verzog das Gesicht entschuldigend und deutete auf Kim. »Seine Mutter war wie du – sie wollte nicht, dass ihr wisst, dass sie ein Kind erwartet. Damit ihr euch keine Sorgen macht.«

Emily nickte. Das konnte sie gut nachvollziehen.

»Aber wir haben die Zeit gut genutzt«, erklärte Sugar jetzt. »Wir konnten ihnen eure Sprache beibringen.«

»Was meinst du?«, Emily konnte nicht folgen.

Sugar lächelte. »Palla hat eigene Gesetze, jeder kann jeden verstehen, weißt du noch?«

Emily nickte. Natürlich – sie erinnerte sich gut an das Gespräch mit Hicks, als sie dahinter kamen, dass er Deutsch verstand, obwohl er es nicht sprach, und sie ihn, Trayot und Stein ebenso verstehen konnten, obwohl diese doch Französisch redeten.

»Pallaisch ist im Grunde nur ein in den Baukästen implizierters Werkzeug, ähnlich etwas, das ihr *Software* nennt«, erklärte Löscher. »Es bewirkt, dass wir jede Sprache verstehen können, indem es fremde Sprachen fließend umwandelt. Als Mittel zum Zweck, denn für unsere Forschungen ist es natürlich wichtig, dass wir allen Gesprächen folgen können. Der Nebeneffekt ist, dass sich auch alle Bewohner auf Palla untereinander verstehen und verständigen können, gleich welcher Sprache sie sich in Wirklichkeit bedienen.«

»Aber hier auf der Erde ist dieser Zustand aufgehoben?«, schloss Emily.

»So ist es. Ihr würdet die Sprache der Amibros nicht verstehen können und sie nicht die eure.«

»UND er hat ein Mittel entwickelt!«, sagte Sugar und schaute lächelnd zu Löscher.

Emily bemerkte erstaunt, dass in diesem Blick nicht nur Stolz lag, sondern ganz eindeutig auch etwas, das sie als Zuneigung bezeichnen würde, wenn sie es nicht besser gewusst hätte. War das denn möglich unter den Kristallern? Andererseits – vielleicht war ihre Gefühlswelt ja inzwischen in ein bisher unbekanntes Stadium eingetreten? »Was für ein Mittel?«, fragte sie neugierig.

Löscher lächelte bescheiden. »Es ändert den Rhythmus der Verwandlungen«, legte er dar. »Je nach eingenommener Menge kann die Metamorphose einfach vom Tag auf die Nacht verlegt oder sogar gänzlich unterdrückt werden. Sie verwenden es aber immer noch vorsichtig und unter meiner Aufsicht, da wir über Langzeitnebenwirkungen noch nichts wissen.«

»Das ist wunderbar!«, sagte Emily. »Es wird vieles einfacher machen.« Es lag ihr auf der Zunge, aber sie konnte sich einfach nicht überwinden, nach Roc zu fragen. Sie fürchtete sich vor der Antwort.

Löscher nickte. »Auch wenn es für euch lange gedauert hat – wir konnten vieles testen und vorbereiten. Projekt ›Kontakt‹ kann nun jederzeit starten. Wir sind bereit.«

Die Tür öffnete sich und Jani und Tember kamen herein, Hand in Hand, die Gesichter gerötet und strahlend. Emily war es zuvor nicht aufgefallen, aber natürlich – es war Tag und Tember befand sich dennoch in ihrer menschlichen Form, die sie auf Palla sonst nur in der Nacht angenommen hatte – wenn sie nicht gerade unter dem Einfluss von Nevedar stand.

Tember lächelte Jani an und deutete auf Kim. Der Kleine hockte neben Merlin, der sich auf den Rücken gedreht hatte, und streichelte selbstvergessen vor sich hin brabbelnd den weichen Bauch des roten Katers. Seine Eltern hielten sich eng umschlungen und schauten ihm einfach nur zu.

Emily beobachtete Jani und was sie sah, erleichterte sie ungemein. Der Ausdruck von Glückseligkeit in seinem Gesicht trieb ihr die Tränen in die Augen. Sie schluckte. Sie musste sich ablenken. War sie nicht gerade dabei gewesen, Obst zu schneiden...

»Ich mache schnell das Essen für die Zwillinge fertig«, sagte sie und wollte an Jani und Tember vorbei in die Küche gehen.

Jani hielt sie am Arm. »Ähm ... warte«, sagte er. »Lass mich das machen. Geh du ruhig schon mal in den Garten.« Er grinste sie an. »Wird langsam Zeit.«

Tember neben ihm nickte. »Finde ich auch«, sagte sie.

»Gute Idee«, stimmte Löscher ein.

»Würde ich auch empfehlen«, sagte Sugar.

Emily brauchte ein paar Sekunden, dann griff sie nach Janis Arm. »Er ist hier?«, hauchte sie.

»Natürlich«, sagte Tember. »Er hat die Kinder im Garten gesehen. Er ist direkt zu ihnen gegangen.«

Emily schaute erschrocken zu den Kristallern. »Ihr habt es ihm gesagt?«

Sugar schüttelte den Kopf. »Niemand hat ihm etwas gesagt.«

»Er hat es vermutet«, sagte Tember. »Und ich glaube, er hatte Angst, dass dir etwas zustoßen könnte. Er hat immer darauf geachtet, wie es mir ging und einmal sagte er, dass er hoffe, dir geht es ähnlich gut, falls du auch ein Kind erwartest.«

»Aber wie konnte er wissen, dass die Möglichkeit überhaupt bestand?«, sagte Emily stirnrunzelnd und sah Jani die Augenbrauen heben.

»Doch kein so hohes Fieber?«, gab er zu bedenken.

Ihre Augen weiteten sich. Natürlich. Roc hatte die Möglichkeit nur in Betracht ziehen können, wenn er *doch* von ihrer Nacht im Verlies wusste.

Aber warum hatte er nie etwas gesagt? Weil sie auch nichts gesagt hatte, wurde ihr klar. Hatte sie es geahnt? Und sich in ihrem Traum deshalb schuldig gefühlt? Was, wenn er es ihr übel nahm? Oder war das gar nicht sie gewesen, die sich schuldig gefühlte hatte, sondern Roc? Und sie hatte es gespürt?

»Wird es gehen?«, fragte Jani leise.

Sie nickte nur, dann drehte sie sich um, durchschritt mit schnellen Schritten das Wohnzimmer, öffnete die Terrassentür geräuschlos und trat hinaus in die warme Sonne.

Roc saß auf dem Rasen neben dem Sandkasten im sanften Schattenspiel der Birke. Rácas weißer Wolfskopf lag auf seinem Bein, neben der Wölfin lag Spooky lang ausgestreckt auf der Seite. Remi baute Sandburgen, sein dunkelbrauner Schopf beugte sich konzentriert über Schaufel und Eimerchen. Rawiya saß offenbar auf dem Schoß ihres Vaters, Emily konnte sie nicht sehen, weil Rocs Rücken sie verdeckte, aber sie hörte die helle Stimme ihrer Tochter fröhlich plappern.

Emily rührte sich nicht, mit jeder Faser ihres Körpers nahm sie den Anblick des Mannes auf, der dort bei seinen Kindern saß, und nirgendwo anders hingehörte. Sein Haar, schwarz wie das seiner Tochter, fiel ihm über die Schultern und sie musste lächeln, als ihr bewusst wurde, dass er Jeans und T-Shirt trug – aber selbstverständlich in Schwarz.

Die Wölfin hob den Kopf von seinem Bein und schaute aufmerksam zu ihr herüber, Emily sah an Rocs Kopfbewegung, dass er es bemerkte. Ihre Hand wollte an ihre Kehle, griff stattdessen den Anhänger der Kette, die sie immer trug, und umklammerte ihn.

Roc stand auf, setzte Rawiya zu Remi in den Sandkasten und strich beiden Kindern zärtlich über die Köpfe.

Emily hatte sich bereits in Bewegung gesetzt und blieb wenige Schritte von ihm entfernt stehen. Den Bruchteil einer Sekunde verhielt er auf der Stelle, dann drehte er sich langsam zu ihr um.

Sie fand, dass er schmaler aussah. Und besorgt. Als wüsste er nicht, was ihn erwartete. Er sah sie unverwandt an, versuchte in ihrem Gesicht zu lesen, rang mit sich, dann–

»Es tut mir so leid«, brach es aus ihm hervor. »Dass ich nicht da sein konnte, während der ganzen Zeit, die du...« Er blickte zu den Kindern.

Sie schüttelte heftig den Kopf. »Nein, *mir* tut es leid. Dass ich nie über unsere Nacht im Turm gesprochen habe. Aber ich ... ich dachte, du erinnerst dich gar nicht. Und später wollte ich nicht, dass du dich sorgst.«

»Und ich dachte, du wolltest nicht darüber sprechen«, sagte er leise. »Verzeih mir...«

»Aber es gibt doch gar nichts zu verzeihen ... du bist hier und das ist alles, was ich–«, ihre Stimme brach.

Die Schatten wichen von seinem Gesicht wie Wolken vor der Sonne. Mit wenigen Schritten war er bei ihr. Seine schwarzen Augen begegneten den ihren, die sich auf der Stelle mit Tränen füllten, sie konnte nichts dagegen tun.

Sanft löste er die Finger, die immer noch das Amulett umklammerten, und legte ihre Hand an seine Brust, wo er sie festhielt.

»Und du bist alles, was *ich* brauche«, sagte er.

# ENDE

# Merci!
♥Volker, Gi, Biggi, Anette, Eva, Falk, Leon, Lothar, Clover♥

## Karte von Palla
Copyright © 2018 Su Halcón

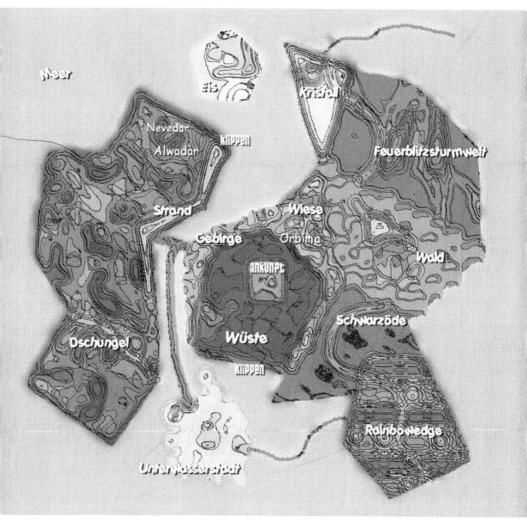